中共宜宾市委党史研究室　宜宾市地方志办公室

宜宾历史文化研究丛书

沧洲尘缶编校注

上

(宋) 程公许　著

陈明本　校注

巴蜀书社

出版说明

宜宾，历史悠久，文化底蕴深厚，是国务院命名的国家历史文化名城。市境内“筠连人”的发现，证明最晚在大约四万年前就有人类生存。五六千年前，就有氏族部落聚居于宜宾这片广阔的地域。进入到春秋战国时期，聚居此地的僰人就已迈进了文明社会的门槛，建立了高于氏族部落的、稳定的、独立的政治实体，史称“古僰国”，并以“夷中最仁”闻名。秦灭巴蜀后在此设立了最早的县级政区僰道。西汉高后六年建城，至今已逾二千二百多年。近年向家坝考古发掘表明，东汉时期，此地已有同整个巴蜀同步的文化。此后直至近代，宜宾始终保持与中原文化同步，积累了丰厚的文化遗存，在此基础上吸取先进文化，迈入了文化创新之路。

宜宾，有“西南半壁”之誉，自古就是兵家必争之地和川南的政治中心、军事重镇和经济中心。境内诸多历史遗存，如五尺道、南夷道、石门道、茶马古道与南方丝绸之路、抗元战争的登高山古城、曾省吾剿灭都掌蛮的九丝城、石达开转战川南的横江古镇，以及抗日战争中容纳了诸多内迁大学和研究机构的李庄古镇。

宜宾，自来物博。很早就以蒟酱、荔枝、苦笋，重碧酒、绿荔枝、杂粮酒、盐、茶闻名，加之有江河之利，成为商贸重镇和滇铜入京的重要通道。

其商贸之繁，有“填不满的叙府”之称。

宜宾这片沃土孕育诸多名人大师和显宦，也吸引了诸多文人墨客，如杜甫、黄庭坚、程公许、尹伸、周洪谟、赵树吉、薛焕、傅增湘、唐君毅、阳翰笙等，还有李硕勋、赵一曼、刘华、孙炳文、郑佑之、余泽鸿等革命英烈彪炳史册。

宜宾悠久的历史和丰厚的文化，是非常宝贵的资源，应当转化为现实的物质财富与精神财富。为了传承弘扬我市优秀历史文化，根据中共宜宾市委办公室、市人民政府办公室《关于传承发展中华优秀传统文化的实施意见》中加强宜宾历史文化的研究等要求，中共宜宾市委党史研究室（宜宾市地方志办公室）组织实施了《宜宾历史文化研究丛书》的编纂出版工作。

研究、整理、编纂出版此丛书，将众多不被人知晓的珍贵资源，转化为可读、可视、可供传播的有形媒质，使社会各界和广大读者能够从中汲取智慧。相信这一工作可以为经济、社会发展战略决策提供历史借鉴和学术理论支撑，对提升宜宾文化软实力，争创四川省经济副中心产生积极的作用。

我们也期待，有更多的研究者参与到宜宾历史文化的研究中来，并不断有更新、更深的研究成果面世。

凡 例

《沧洲尘缶编》为宋代程公许（1182－1251?）著。公许，字季与，一字希颖，号沧洲，南宋四川叙州宣化县登龙里（今四川宜宾市叙州区观音镇蟠龙村）人。嘉定四年（1211）进士。历官双流县尉、绵州教谕、崇宁知县、简州通判、施州通判、知袁州至刑部尚书，授龙图阁学士。事迹见《宋史》本传。

《沧洲尘缶编》是目前发现的宋代叙州人最早的著述之一，程公许初编时以“一官为一集”；明成祖时被编入《永乐大典》，按文体编排为十四卷；清代又被收录于《四库全书·集部四》。

《沧洲尘缶编》中有公许自序一篇，末署淳祐改元辛丑（1241），为程公许任南宋朝廷秘书少监时所自编。作者自序书名“采陆士衡‘惧蒙尘于叩缶，顾取笑于鸣玉’之句，名其编曰尘缶，并叙所以未暇搜择之本意”。书名取自陆机名句，反映了著者既怕书稿在陶缶中为灰尘蒙覆，又顾虑编辑成书被方家笑话的心理。从内容看，卷一至卷十二主要为诗词，卷十三至卷十四以及辑佚的附卷主要为记、序、策问、奏章、跋等，文学和史学价值很高。现将本次校注说明如下：

一、本次选定的《沧洲尘缶编》底本，为2005年商务印书馆据国家图书馆所藏文津阁本《四库全书·集部四·沧洲尘缶编》影印本。同时，将2003年上海古籍出版社影印的文渊阁本《四库全书·集部四·沧洲尘缶编》作为参校本。

二、全书按《国家标准GB/T15834—2011标点符号用法》规范使用标点符号。

三、书中对生僻字用汉语拼音字母注普通话读音。

四、全书依照国家2013年公布的《通用规范汉字表》，改繁体字为简化字。对原书中使用的异体、俗字，除个别可能因改动导致歧义或未曾简化的外，均不予保留，改为规范的简化字。底本文字如有衍、漏、讹等情况，即删之、增之、正之。

五、对书中词语意义与现代汉语差异较大者，或冷僻者，适当引用书证说明。同一词语在不同的诗文中先后出现，除先出现的首次注明外，后边再次出现时，则以括号参见某卷某页某注说明。所注词的义项和书证以商务印书馆《古汉语常用字字典》（商务印书馆1986年版）、《辞源》（商务印书馆2009年版）、《汉语大词典》（汉语大辞典出版社1986年版）为准。上述词典未收录者，则另行检阅他书予以加注和引用书证。凡加“此”或“此指”者，表明仅在本处语境中所有，不具有普遍意义。

六、书中涉及帝王年号纪年、干支纪年，均注出对应的公历纪年。如原文涉及月、日，则与农历纪月和纪日对应。凡标题涉及的人物，尽量以公历标明生卒年；正文涉及的人物，不标出生卒年。

七、历史人物、职官、典章制度、帝王年号、古行政区划和地名等，以上海辞书出版社1981年版《辞海》（中国古代史分册和历史地理分册）为准。

八、程公许《沧洲尘缶编》原书正文自注采用繁体小字双行竖排夹注，今改为简体小字单行横排，同时注明程公许自注。原书诗文中标题过长现象较多，实际是作者的题记，在不改变原意的前提下，今对其予以适度缩写，并将过长的标题列为程公许题记处理。对其自注和题记中难以理解者，予以疏解。

九、这次校注，与《宋史·程公许传》《全宋文》《全宋诗》《宋代蜀文辑存校补》《宋代蜀诗辑存》等做了比对，目前已经发现的佚文分别来自：《宋史·程公许传》8篇（中华书局1985版）；《全宋文》15篇（上海辞书出版社和安徽教育出版社2006年版）；《宋代蜀文辑存校补》（重庆大学出版社2014年版）中《淮海挐音》程公许序1篇，上述佚文共计24篇。《全宋诗》（北京大学出版社1996年版）和《宋代蜀诗辑存》（四川大学出版社2000年版）收程公许《沧洲尘缶编》集外轶诗共34首（多自《永乐大典》和方志中辑得）。以上辑佚的诗文，校注后一并编入附卷。

《沧洲尘缶编校注》编辑部

2022年9月

目录

卷一

卷一

提要

臣等谨案[①]：《沧洲尘缶编》十四卷，宋程公许撰。公许字季与，一字希颖，叙州宣化人[②]。举嘉定四年进士，历官权刑部尚书、宝章阁学士、知隆兴府[③]，事迹具《宋史》本传。

公许冲淡[④]自守，而在朝谠直敢言[⑤]，不避权幸[⑥]，屡为群小龉龁[⑦]，不安其位而去，当代推其风节。初不以文采见长，然所作才气磅礴，风发泉涌，往往下笔不能自休。本传称所著有《尘缶文集》《内外制》《奏议》《奉常拟谥》《掖垣缴奏》《金华讲义进故事》行世[⑧]，今皆散佚不传。惟《永乐大典》[⑨]载有公许诗文，题曰《沧洲尘缶编》，又有公许自序一篇，末署淳祐改元辛丑[⑩]，盖公许为秘书少监时所自编也。

案：公许当日所论列，如《应诏言事乞留杜范》《乞还言官》《言蜀事四条》《请蠲和籴》《乞罢龚基先》《论徐元杰事》诸疏[⑪]，宋史皆撮其大纲，著于本传，其全文必更剀切详明[⑫]。而详检《永乐大典》，均未之载。殆以《内外制》《奏议》诸编当时皆别本单行[⑬]，今惟文集仅存，故其它遂不复见欤。至古今体诗，据自序本以一官为一集。其目为《永乐大典》所割裂，原第已无可考。杂文亦仅有序记、策问等寥寥数篇，尤非完帙[⑭]。

今姑就所存者裒辑掇拾[⑮]，分类编次，厘为十四卷。大抵直抒胸臆，畅所欲言。虽不以煅炼为工，而词旨昌明，议论切实，终为有道之言，其格在雕章绘句上也[16]。

乾隆四十六年九月恭校上

总纂官

臣纪昀[17]　臣陆锡熊[18]　臣孙士毅[19]

总校官

臣陆费墀[20]

①案：通“按”，著者所加的简要批注和说明。

②叙州：北宋政和四年（1114），戎州改称叙州。宣化：北宋宣和元年（1119）置，治所在今四川宜宾市叙州区西北蕨溪镇。程公许（hǔ）墓在今宜宾市叙州区观音镇蟠龙村越溪河畔，墓后蟠龙书院即其年轻时读书之处。程公许与其兄公说、公硕三人同为进士。

③宝章阁：宝庆二年（1226）置，藏宁宗作品，置学士、直学士、待制等官。隆兴府：南宋隆兴元年（1163）以皇上宋孝宗曾任职于此，升洪州置，治所在今江西南昌。

④冲淡：又作冲澹（dàn），语言质朴，闲适恬静。

⑤谠（dǎng）直：正直，亦指正直的人。

⑥权幸；指有权势而得到帝王宠爱的奸佞之人。

⑦齮龁（yǐ hé）：侧齿咬噬，引申为毁伤、倾轧。

⑧《尘缶文集》：即《沧洲尘缶编》，作者程公许，字季与、号沧洲。沧洲是滨水之地，此指叙州宣化登龙里越溪河边。缶：古代一种大肚小口的陶器。《内外制》：唐宋时称由翰林学士所掌的皇帝诏令为“内制”，中书省设中书舍人分房行词为“外制”。《奉常拟谥》：奉常，官名，掌宗庙礼仪。谥（shì），古代的皇帝、皇后以及诸侯大臣等去世后，朝廷会依据其生前所作所为，拟出一个具有评价意义的称号。《掖垣缴奏》：掖垣（yè yuán），皇宫的旁垣，唐代称门下、中书两省，因分别在宫禁中左、右掖，故称。缴（jiǎo）奏，谓给事中行使职权，驳正制敕之违失而封还章奏。

⑨《永乐大典》：明朝永乐年间，姚广孝及解缙总编，由两千名学者在

1403—1408 年间编成。全书 22937 卷，11095 册，约 3.7 亿字，是一部中国古典文献的汇编。

⑩淳祐改元辛丑：1241 年。

⑪蠲（juān）：除去，免除。籴（dí）：买米，引申为买入之意。

⑫剀（kǎi）切：恳切规谏，切中事理。

⑬殆（dài）：副词，表推测，相当于“大概”“几乎”。

⑭帙（zhì）：本意是指帛书用囊盛放，后指装套的线装书，书一套叫做一帙。

⑮裒（póu）辑：汇集、编辑、辑录。掇拾：拾取。

⑯雕章绘句：刻意修饰文章的词句。

⑰纪昀：字晓岚，河北沧州人，历官兵部、礼部尚书，乾隆时任《四库全书》总纂修官。

⑱陆锡熊：字健男，上海人，乾隆时授内阁中书，累迁刑部郎中。与纪昀同司总纂《四库全书》。

⑲孙士毅：字智冶，浙江仁和人，历任内阁中书、侍读，乾隆时参与编修《四库全书》，后授兵部尚书、军机大臣、四川总督。

⑳陆费墀（chí）：陆费，复姓，字丹叔，浙江桐乡人。乾隆进士，授编修，任《四库全书》总校官。

自序

余自童丱从师[①]，习举子艺业。每窃窥古文章，辄欣然慕之，日课有程度。稍间，则涤笔研屏，处一室中试为诗、章、骚、赋等作。

父兄密窥，进而责之曰：“士生今世，舍科举何自致身？而所嗜独不尔得，无左乎[②]？”拱手对曰：“小子不敏，敢不敛手于父兄之命？虽然，窃尝闻之，匠石为人营宫室[③]，小大、广狭、圆方、短长，视主人所欲为度。群材会众工以迄于成，亦惟规矩绳墨运于心，而措诸手者何如耳。若曰：‘我能是我不能是，奚取于匠石为？’”父兄若然，其言未尝不深抑之也。

逮冠用志益苦[4]，尝病记问不能过人[5]，而伐柯取则[6]，粗究端绪[7]。再贡里选[8]，充赋于类，省主司皆奇其文，以为脱去时文窠臼[9]。辛未忝缀末第[10]，自是始得肆力于翰墨之林。

蜀之儒先，若后溪刘公[11]、雁湖悦斋二李公[12]、浩斋杨公[13]，皆辱进之函丈[14]，指示绳尺；而东南哲艾[15]，则有菊坡崔公[16]、昌谷[17]、蘧经曹二公[18]，先后推挽、游扬、引重[19]。是数先生者，其学行风节薰炙日久，所得不但文字而已。独浩斋谓文非学者先务，每侍坐必诲，以蒙庄“文灭质，博溺心”[20]二语。余固服膺其言[21]，勉自谨饬[22]。

而宿习深痼，文思一动，伸纸濡笔，飚激泉涌，沛然不得而遏，亦不暇于择也。日月迈矣，甲子一周，学不足以通古今，才不足以胜烦剧，谬当推择，职忝词翰[23]，公暇阅所藏藁编[24]，盈箱累箧。因取筮仕以来次第编缀[25]。古律诗以一官为一集；赋、骚、箴、颂、铭、赞、书、序、记、志、表、启，各以类相从；奏篇、谥议、内外、进退故事，则自为一帙。

追念三四十年间，幼而壮，壮而老，所遇有逆顺，所作有工拙。固当搜剔庞杂，采缀精英，以必其传之久。披编一阅，坚白同异[26]。然犹欲追记其一字一语之精与否，劳形怵心，老而不知息[27]，鲜不为远观之一笑乎？蘧伯玉行年六十[28]，而六十化是以始，于是之之为非也。宁知今以非之之为是也，后日不又以为非乎？

余自中年喜交方外，粗闻至道之要，方当落华取实，反求其一性之元。而友朋尚欲索我于文字言语间，用采陆士衡“惧蒙尘于叩缶，顾取笑于鸣玉”之句[29]，名其编曰尘缶，并叙所以未暇搜择之本意。友朋见者幸无强之以云雷之饰[30]，责之以宫商之音[31]。庶几万一不以吴楚之僭[32]，取罪于当代。

作者是编成于淳祐改元岁辛丑[33]之中秋，嗣有撰述续缀右方。

程公许书于翰苑之摛文堂

①童丱（guàn）：指童子、童年。丱，儿童束发成两角的样子。

②公许（hǔ）兄程公说历官广都、临邛时，程公许随侍左右。程公许倾慕古文章，少时尝有诗章骚赋之作，其兄引导他要专注科举，多读四书、五经等儒家经典著作。

③匠石：成语“匠石运斤”，说的是名为石的木匠，抡起斧子砍掉郢人鼻尖上的白灰，却没有碰伤其鼻，后用以形容技艺精湛。

④逮（dǎi）冠：成年以后。逮，及、到。冠，古代男子到成年则举行加冠礼，叫做冠，一般在二十岁。

⑤病：耻辱，以为羞辱。记问：典出《礼记·学礼》“记问之学”，指书本上的疑难杂说。过：问，向人请教。

⑥伐柯：《诗经·豳风·伐柯》：“伐柯伐柯，其则不远。”则，法也。后因以“伐柯”作为取法于人、遵循准则的典故。

⑦端绪：指头绪、端倪，些微的认识或模糊的想法。

⑧再贡：再次在家乡参加贡试。里选：地方官吏把乡中德才兼优者层层往上推举，并以“书”的形式记录被推荐者的事迹，供遴选录用参考。

⑨窠臼（kē jiù）：门臼，旧式木门承受转轴的臼形坑。喻旧的现成格式，老套路。

⑩辛未：1211 年，即嘉定四年，程公许 30 岁中进士。

⑪后溪刘公：刘光祖（1142－1222），字德修，号后溪，四川简州阳安人，故称阳安侯。历剑南东川节度推官、潼川提刑司检法、校书郎、知果州、侍御史、江西提刑、知夔州。宋宁宗即位，迁起居郎，负责记录皇帝的言行，成了皇帝身边的近臣。《宋史》卷三九七有传。

⑫二李公：李壁和弟李埴。李壁（1159—1222），字季章，号石林，又号雁湖居士，谥文懿。四川眉州丹棱人，仕至礼部尚书、参知政事。一生著述有《雁湖集》《中兴奏议》《清尘录》等近千卷。《宋史》卷三九八有传。李埴

（？—1238），字季允，号悦斋，四川眉州丹棱人。历官成都府路提刑、国史院编修官、实录院检讨官、秘书少监、起居舍人。理宗绍定四年（1231），为四川制置使兼知成都府。著《皇宋十朝纲要》25卷存世。

李壁、李埴的父亲史学家李焘曾知程公许家乡越溪河上游的荣州（治所在今四川自贡市荣县），后来长子李壁和第七子李埴兄弟入仕前曾在越溪河畔蟠龙书院讲学，程公许诗文深得二李指授，为其门生。

⑬浩斋杨公：杨子谟，蜀中学人，著有《浩斋退稿》。

⑭辱进：自谦之说，使（老师）蒙辱。函丈：《礼记·曲礼上》“席间函丈”，意思是老师讲席与学生坐席之间要留出一丈的空地，后以“函丈”作为对老师的尊称。

⑮哲艾：指明达的老人。

⑯崔公：崔与之（1158—1240），号菊坡，广州增城人。南宋著名政治家、诗人。嘉定十四年（1219），知成都府兼成都路安抚使，两年后升任四川制置使。任内安边积财，举贤抚士，使蜀中宁谧。正仕途高歌猛进，崔与之却审时度势，急流勇退，于嘉定十七年（1224）辞官归乡。此后，四辞礼部尚书，八辞参知政事。程公许入其幕府，文字、政事颇为崔所器重。

⑰昌谷：以《昌谷》诗代指刘克庄（福建莆田人，南宋豪放派诗人，曾知袁州，仕至工部尚书。）

⑱蘧（qú）经曹：以《蘧经集》指代曹叔远（浙江瑞安曹村人，历涪州通判、遂宁、袁州知府、礼部尚书）。

⑲推挽：前牵后推。游扬：宣扬，传扬。引重：标榜，推重。

⑳文灭质，博溺心：溺心灭质，意思是淹没天然的心性，掩盖淳朴的本质。出自《庄子·缮性》：“文灭质，博溺心。”

㉑服膺：铭记在心，衷心信奉。

㉒谨饬（chì）：谨慎小心。

㉓词翰：本指诗文、辞章、书札，此指程公许正担任的秘书少监一职。

㉔藳（gǎo）：本义指多年生草本植物禾秆，此有稿子、草稿之意。

㉕筮仕（shì shì）：古人将出做官，卜问吉凶，亦指初出做官。

㉖坚白同异：战国时公孙龙和惠施对“坚白石”这一命题的争论。公孙

龙认为“坚”“白”脱离“石”而独立存在，夸大差异性；惠施以“合同异”否定差别的客观存在。两者都只强调事物的一个方面，而否定其他方面。

㉗劳形怵心：使身心疲惫。怵，恐惧。

㉘蘧伯玉：蘧瑗（qú yuàn），春秋时期卫灵公时的大夫，相传年五十而知四十九年之非，勤于改过。

㉙陆士衡：陆机，字士衡，江苏苏州人，西晋著名文学家、书法家。程公许借陆机“惧防尘于叩缶，顾取笑于鸣玉”，交代了《沧洲尘缶编》书名来历。

㉚云雷：陶瓷器等装饰的一种原始纹样，图案呈圆弧形卷曲或方折的回旋线条。

㉛宫商：古代音律中的宫音与商音，后泛指音乐。

㉜僭（jiàn）：超越本分，古指地位在下的冒用在上的名义或礼仪、器物。

㉝淳祐改元辛丑：1241 年，属辛丑年。淳祐是宋理宗赵昀的第五个年号（1241—1252）。

王迈[①]序

西山真先生[②]文忠公不喜作诗，尝语门人曰：“予每不满班史[③]古今人物表，且有感程正公且作第一等人之言[④]。顷诠次圣贤[⑤]，别为一表。以传道者为第一，德行次之，节义又次之。而后，及于讲明学术之儒，先建列论，议之公卿，植立功业之将相，曰循吏、曰逸民，皆品列胪分之[⑥]。若文艺则在数等之下，诗又其下矣。”

仆有请曰：“若然，则删后信无诗乎？”先生曰：“有之，宽闲寂寞之滨寄兴冲淡[⑦]，惟有陶靖节[⑧]；流离颠沛之际一饭不忘君，惟有杜少陵[⑨]；其余则有之，不为补亡之不为缺。”先生虽不喜作诗，而其言则深于诗矣。

今沧洲程公以道德文章之绪余[⑩]，发而为大篇短章，无虑千百题[⑪]。方濯缨乎沧浪[⑫]，偃盖乎仙谷[⑬]，览峨眉、象耳之胜，吸锦江、泸水之清，落笔成章，神闲韵远，置之经典。游桃源及杂诗中，所谓其声之似我君者。

旋罹[⑭]兵祸，脱身豺虎中，冒瞿唐、滟滪而东下也，念家怀土，雪涕行涂[⑮]，前有《思治行》，后有《感怀成都十绝》[⑯]，可与《北征》同工异曲[⑰]。他如“大地众生愁暍[⑱]死，清风一壑可能传”等句，叠见层书，极其恻怛[⑲]。谓非从“穷年忧黎元[⑳]，叹息肠内热”得乎？使吾师文忠公见此帙必喜，陶杜之后有人矣。

抑仆所讶者，年来评诗，往往北面晚唐，恍惚形似，争相位置供观。其自谓得意者其格卑，而猥者其气馁，荣者其意纤，以壮涩为平淡，以浅俳为闲雅[㉑]，以腰袅婉弱为得幽深之趣[㉒]。公则不然，其势雄健如灵鳌之擘泰华[㉓]，其步骤迅捷如峻坂[㉔]之走铜丸。时乎绮丽如晴空彩霞，奇谲百态[㉕]；时乎萧散如孤云野鹤，不受羁絷[㉖]。

盖其学厌经饫史[㉗]，含《庄》咀《骚》，采缀菁华[㉘]，材料饱足，故能兼陶杜之体而有之。长袖善舞，理固应尔。诗乎诗乎，晚唐云乎哉！

仆非能诗，僭为后序。先之以诗说人，必不以为非；终之以臆说[㉙]，常有谓其嗜好背时，老独不改，且笑且骂者，公亦能为之解纷否？

臞轩王迈敬书

①王迈（1184—1248）：南宋诗人，福建仙游人，自号臞（qú）轩居士。嘉定十年（1217）进士，授漳州通判等职。

②西山真先生：真德秀，号西山。南宋后期与魏了翁齐名的著名理学家，朱熹之后的理学传人。

③班史：东汉著名史学家、文学家班固，撰有《汉书》。

④程正公：程颐（yí），字正叔，洛阳伊川人，世称伊川先生，北宋理学

家和教育家。

⑤诠次：指选择和编排。诠，通“铨”。

⑥胪（lú）：本义是皮肤，引申为铺陈、陈述。

⑦冲淡：指诗歌语言质朴，意境闲适恬静。

⑧陶靖节：陶渊明，名潜，字符亮，号五柳，私谥靖节先生，东晋末大诗人。

⑨杜少陵：杜甫，字子美，自号少陵野老，盛唐大诗人，号称“诗圣”。

⑩绪余：抽丝后留在蚕茧上的残丝，借指事物之残余或主体之外所剩余者。

⑪无虑：不计虑，指大约、大概。

⑫濯（zhuó）缨：洗濯冠缨。后以喻超脱世俗，操守高洁。出自战国屈原《楚辞·渔父》：“沧浪之水清兮，可以濯吾缨。”意为沧浪的水清，可以洗我帽缨。沧浪：汉水，此借指青苍色的水。

⑬偃盖：车篷或伞盖，喻指圆形覆罩之物。

⑭罹（lí）：指遭受苦难或不幸。

⑮雪涕：擦拭眼泪。行涂：道路，出自《后汉书·臧洪传》：“值幽冀交兵，行涂阻绝。”涂，通“途”。

⑯王迈原注：“《思治行》《感怀成都十绝》，不仅《四库全书》内无，《永乐大典》内俱已佚去，今无可校补，附识于此。”

⑰《北征》：唐代诗人杜甫创作的长篇叙事诗。诗中反映了安史之乱中民生凋敝、国家混乱的情景，陈述了他对时事的见解。

⑱暍（yē）：意为中暑。

⑲恻怛（cè dá）：哀伤。《礼记·问丧》：“恻怛之心，痛疾之意，悲哀志懑气盛，故袒而踊之。”

⑳黎元：即黎民百姓，出自杜甫诗“穷年忧黎元，叹息肠内热”。谓一年到头都为老百姓发愁、叹息他们的苦难，心里像火烧似的焦急。

㉑俳（pái）：古代指杂戏、滑稽戏，又有诙谐、幽默的意思。

㉒腰袅（niǎo）：宛转摇动貌。出自唐李贺《恼公》：“陂陀梳碧凤，腰袅带金虫。”

㉓鳌（áo）：传说中海里的大龟或大鳖。擘（bò）：用脚趾攀沿。泰华：泰山和华山。

㉔峻坂：高而陡的斜坡。

㉕奇谲（jué）：奇特怪异。

㉖羁絷（jī zhí）：马络头和绊马索，引申为拘束。

㉗厌经饫（yù）史：穷尽经书，饱览历史。厌，满足，穷尽。饫，古代家庭私宴，引申为饱食、饱览。

㉘菁（jīng）华：同“精华”，指事物最好的一个方面。

㉙臆说：只凭个人想象的说法。

赋

孔山①赋并序

少傅、平章、益国公乔先生应运挺生②，以宿学寿隽③，为国蓍蔡④，为善类司命⑤。皇上宵旰念治⑥，慨中外之多虞⑦，举元祐盛典⑧，尊礼以示眷留。而天下亦介公以眉寿康宁之福⑨，津梁四海，鼎台斯文⑩，是有关于世运者甚大，非后学谀闻可得而拟议也⑪。九阳朔旦⑫，弧矢纪祥⑬。叙州程某以文字受知⑭，谨抒鄙思。因公所居之墅，为《孔山赋》，以祝千亿载寿。

①孔山：位于浙江衢州縠（hú）水岸边，亦曰凤山，俗称窟窿山，以其中一峰“胸穿大窍，两头通明，整日风声鼓荡不息”而得名。此赋借孔山引出对《孔山文集》作者乔行简的赞美。乔行简（1156—1241），字寿朋，浙江东阳人。南宋理宗时曾任参知政事，兼同知枢密院事、右丞相、左丞相，至

平章军国重事。乔行简在宋理宗颁《求贤》《求言》二诏后，上疏："贤路当广而不当狭，言路当开而不当塞。治乱安危，莫不由此。"被封为益国公。乔行简晚年居于孔山别墅，著《孔山文集》。

②少傅：九卿之一，后只作为表彰有功之臣而设的虚职。平章：古代官名。唐代因宰相官高权重，另选任其他官员加"同中书门下平章事"衔，同参国事，宋因之。"平章"原意为评处、商酌。

③宿学：学识渊博、修养有素的学者。隽（jùn）：通"俊"，优秀，才智出众。

④蓍（shī）蔡：犹蓍龟，喻德高望重者。

⑤司命：掌握命运。

⑥宵旰（gàn）念治：指忙于政务以至于天未明就起身，天黑了还没有歇下来吃饭。宵，夜；旰，天色晚。

⑦虞：忧虑。

⑧元祐：元祐（1086－1094）是宋哲宗赵煦的年号。元祐年间由反对新政的旧党当政，因此"元祐"一词又被用来指称旧党及其成员。

⑨介：祈求。眉寿：古人认为眉毛长的人寿命也长，介眉寿即祈求长寿。

⑩鼎台：三公之位，此指乔行简位高权重。斯文：文质彬彬，优雅有礼。

⑪谀（xiǎo）闻：小有声名，孤陋寡闻，常用作谦词。

⑫九阳朔旦：朝阳初升。九阳：太阳。朔旦：旧历每月初一，此指开始初升。

⑬弧矢：桑弧蓬矢。古时男子出生，以桑木作弓，蓬草为矢，射天地四方，象征男儿应有志于四方。此处指光芒四射。

⑭受知：受人知遇。

客有自蜀趣吴，徘徊瞻顾。愕城阙之显敞，壮龙虎之盘踞。屹帝阍[①]之九重，俨而当宁[②]。运臂指于百工[③]，托羽翼于四辅[④]。岿然一老之山立，天使屏余以尊御[⑤]。有一德，克享天心[⑥]，则殷保衡[⑦]；听规谏，以礼自防，则犹卫武[⑧]。愿拥彗于舍人之门[⑨]，觊觎于百官之富[⑩]。想德容之瑟僩[⑪]，殷金石于音吐[⑫]。德盛岂易以形容？故一言曰忠恕。所谓年弥高而德弥劭[13]，华发之为元鼍者[14]，吾何幸而一旦遇哉！

意者运会所钟，穹苍佑助。景星卿云[15]，镠镐[16]而兆祥，名山大川，英淑之裒聚[17]。愿从主人订其然，庶几戴盆而快天日之睹[18]。主人于是敛容拜手而对曰：

子独不见夫无极之初[19]，是为气祖，溟涬一散[20]，判而二五[21]。辨方正位，咸有依据。温厚之气，盛于东南，文物之兴媲乎齐鲁[22]。矧东阳[23]之奥壤，分景烁[24]于宝婺。金华峥嵘而擅秀[25]，縠水[26]滂洋而西注。

标乎一境之镇曰孔山，乃介然而中处[27]。吐吞烟霞，蓄泄云雨。其大体则蛟螭结蟠[28]，其蕴异则鸾凤骞舞[29]。耸桧柏以干云霄，艳葩卉以晞晨露[30]。下惟五亩之宫[31]，犹崧高之降申甫[32]。皇肇锡以嘉名[33]，举世莫能诘其故。浮济达河[34]，惟兖州百年南北之间阻[35]。拟岱宗[36]之峻极，怅未列于职方之谱[37]。幸斯文之未坠，繄我公以宗主[38]。想瑞应于玉麟[39]，滃神光之绕户[40]。繇初学而壮仕，一以圣贤为规矩。经训厚其菑畬[41]，心地筑之场圃。礼义以为佩服，辞章以为绣组[42]。五十年进造之科[43]，晚乃由雍从而升政路[44]。念昔金困于鞑蒙，廷议颇惑于进取。公独轸忧于未然[45]，请力固于吾圉[46]。逮蔡息夹攻之师未旋[47]，而三京即谋于大举[48]。搢绅蓄缩而拱视[49]，公复慨然密陈于谏疏。使忠谋获伸于当时，何遽尝试于一掷之误[50]？

询黄发则罔有愆[51]，是宜皇明之悔悟。二年首铉[52]，乞身莫许[53]，优以辨章[54]，尊之保傅[55]。在昔元祐盛时[56]，有若臣博与臣著[57]，皆以宿德而尊重务[58]，礼貌之隆则均，然难易未可同日而语。追想杏坛之将圣[59]，道大与时而龃龉[60]。固尝叹："有用我者，可使为东周。[61]"怃然，"吾非斯人之徒与而谁与[62]？""莫我知其奈何[63]？"犹幸而"乐正[64]，《雅》《颂》之各得其所"。

美哉！我公得君之专，贵极而无改其素[65]。风云翕合[66]，精神会聚。稷契股肱[67]，周召心膂[68]。奎章文字之荧煌[69]，足以洗遗恨于千古。客闻斯言，顿首悚怖[70]。妄谓道之合不合，时之遇不遇。圣贤治之泊如[71]，来不迎而去不拒。痛痒切于体肤，独遑安于寝痞[72]。禄万钟于我何加，官一品于余奚与[73]？慨世运之多难，积事端之弊蛊[74]，刈葵遑复恤根本之伤[75]，樊柳何以为制狂之御。苟扶持犹可与有为，袖手而亟寻于山墅。绳愆纠缪以弼圣德[76]，进贤去佞以张治具[77]，戢贪举廉以固民心[78]，选将练兵以销外侮。苟元气之内充，奚客邪之足虑。谅宋德格于皇天，寿乔松以作明堂之柱[79]。吾将见战氛息于三垂，祥风浃乎寰宇[80]。圣主恨无官之可酬，订师尚父之称于太公吕[81]。

当兹时也，驾言返乎孔山，味芝英而吸琼醑[82]。孙曾列彩衣之庭，佩衿集户外之屦[83]。咏舞雩之春风，以寿斯文之脉缕[84]。论四代之礼乐[85]，以复治象于粹古[86]。使后觉咸椠范于六经[87]，而素域还通于率普[88]。

小子不敏，请因《鲁颂》而歌之。歌曰："戎狄是膺[89]，荆舒是惩[90]，俾尔昌而炽[91]，俾尔寿而富。酌大斗以跪献于公，千亿岁而为众父[92]。"

于是主人矍然而作[93]，请泚笔而书之[94]，以为孔山之赋。

①帝阍（hūn）：皇宫正门。

②俨：形容帝王态度肃穆专注，此代指帝王。当宁：典出《礼记》："天子当宁而立，诸公东面，诸侯西面，曰朝。"后遂以"当宁"指皇帝临朝听政。

③运臂（bì）指：如臂使指，比喻指挥如意，像胳膊支配手指那样。

④四辅：官名，传为古代天子身边的四个辅佐者。

⑤尊御：封建社会指上级对下级的管理或支配。

⑥克享天心：都信天，能敬天意。

⑦保衡：商代伊尹的尊号。伊尹辅助商汤灭夏建商，"以鼎调羹"治理

天下。

⑧卫武：卫国的武和晚年九十多岁了，仍谨慎从政，以礼自防，宽容批评，接受劝谏，因此很受人们尊敬。

⑨拥彗：手执笤帚扫地。

⑩觊觇（jì chān）：希图得到，偷偷察看。

⑪僩瑟（xiàn sè）：意为收放，形容君子为事收放有度。

⑫音吐：音吐鸿畅，成语，声音洪亮而且畅达。

⑬年高德劭（shào）：年纪大，品德好。劭，美好。

⑭元鼍（tuó）：中国特有的一种鳄鱼，穴居江河岸边，亦称“扬子鳄”“鼍龙”“猪婆龙”。

⑮景星：古代天文学家称吉祥之星为瑞星。瑞星有四，即景星、周伯星、含誉、格泽。卿云：庆云，五色云，古以为吉祥之气。

⑯轇轕（jiāo gé）：纵横交错，广大深远。

⑰英淑：古代妃嫔称号。裒（póu）聚：聚敛，汇聚。

⑱戴盆：戴盆望天，头上顶着盆子看天，喻行为和目的相反。

⑲无极之初：人类历史还没开始之时。极：端点，起点。

⑳溟涬（mǐng xìng）：天体未形成前的浑然元气。

㉑判而二五：一分为二。

㉒媲（pì）：匹配。

㉓矧（shěn）：另外，况且。东阳：浙江省中部。奥壤：沃壤。

㉔景铄：形容光亮灿烂。

㉕金华：古称婺州，即上句所言“宝婺”。位于浙江省中部，因其“地处金星与婺女两星争华之处”得名金华。

㉖縠（hú）水：浙江衢州市内的衢江，古称瀫水，钱塘江主要支流。

㉗介然：意思是专一，坚定不动摇。

㉘蛟螭（chī）：犹蛟龙。结蟠：环绕，盘结。

㉙蕴（yùn）：蓄藏，包含。异：个性特点。鸾（luán）凤：鸾鸟和凤凰，古代传说中的神鸟。骞（qiān）舞：高高地飞舞。

㉚艳葩（pā）卉：使花卉鲜艳。晞（xī）晨露：使晨露干燥。晞，晒发

使干。

㉛下维五亩之宫："维"，通"唯"。宫，上古泛指一般的房屋住宅，秦汉以后专指帝王住所。上古五亩之宅植桑，五十者可以衣帛。

㉜申甫：周代名臣申伯和仲山甫的并称，借指贤能的辅佐之臣。《诗经·大雅·崧高》："崧高维岳，峻极于天。惟岳降神，生甫及申。"

㉝肇：开始，初始。锡：通赐，赏赐。

㉞浮济达河：济，古济水源于今河南，流经山东入渤海。现黄河下游的河道就是原济水。

㉟兖（yǎn）：兖州。传说大禹治水成功后，划天下为九州，兖州即为其一。

㊱岱（dài）宗：泰山，位于山东泰安，被誉为"天下第一山"。

㊲职方：古指职掌地理版图方面之官。

㊳繄（yī）：文言助词，惟。宗主：众所景仰的归依者。

㊴瑞应：意指帝王修德，时世清平，天降祥瑞。玉麟：麒麟的美称。

㊵滃（wěng）：云气腾涌，青烟弥漫的样子。

㊶经训：出自经籍义理的解说。菑畬（zī shē）：耕耘，此喻探究事物的根本。

㊷辞章：诗词文章等的总称。绣组：用针将彩色的线缝在绸或布上构成图案。

㊸进造：前往造访学习。科：科考。

㊹雍从：仪态行动温文大方。政路：为政的途径，此指仕路、仕宦。

㊺轸忧：悲痛忧伤。轸，悲痛。屈原《九章》："出国门而轸怀兮。"

㊻圉（yǔ）：边陲。

㊼蔡息夹攻之师：指南宋派出的联蒙灭金的军队。

㊽三京：宋朝以东京开封府（今河南开封）、南京应天府（今河南商丘）、西京河南府（今河南洛阳）为三京。

㊾搢（jìn）绅：插笏于绅。绅是古代仕宦者和儒者围于腰际的大带，有官职的人，一般都称为缙绅。萎缩：做事懈怠不振作的样子。拱视：拱手相望。

㊿遽：遂，就。一掷：孤注一掷，危急时用尽所有力量此指，做最后一次冒险谏言。

㉛黄发：老年人头发由白转黄，代指老年人。罔：无，没有。愆(qiān)：过失。《三国志·蜀志·诸葛亮传》："街亭之役，咎由马谡，而君引愆。"

㉜铉：中国古代举鼎器具，状如钩，铜制，用以提鼎两耳。古代鼎被视为立国重器，是政权的象征，所以把铉比作三公等重臣。

㉝乞身：古代以做官为委身事君，故称请求辞职为乞身。

㉞辨章：亦作"辨彰"，使其昭然显明。

㉟保傅：原为辅导太子的宫官，后又指辅弼国君的重臣。

㊱元祐：参见 13 页注⑧。

㊲臣博与臣著：元祐时，司马光荐用文彦博、吕公著等旧党人，恢复旧制，废除新法。

㊳宿德：年老有德。

㊴杏坛：相传为孔子聚徒授业讲学之处。圣：人格高尚、智慧超群。

㊵道：指法则、规律，也指学术或宗教的思想体系。龃龉（jǔ yǔ）：上下牙齿对不齐，喻意见不合，互相抵触。

㊶可使为东周：春秋时，公山弗扰据费邑叛乱，召孔子，孔子欲去，子路不乐。子曰：如果有人用我，我就要在东方复兴周礼！

㊷怃然：失意貌。吾非斯人之徒与而谁与：如果不同世上的人群打交道还与谁打交道呢？

㊸莫我知：没有人知道我。奈何：怎么办。

㊹犹幸：幸好。乐正：整理音乐。孔子晚年实现仁政的理想落空，但通过正乐，对《诗经》做了分类整理。

㊺贵极：贵极人臣。素：白色、本色。

㊻翕（xī）合：协调一致。

㊼稷（（jì）：后稷，传说他在舜时教人稼穑。契：传说是舜时掌管民政的大臣。股肱（gōng）：指腿和胳膊，意指辅臣。

㊽周召：周成王时共同辅政的周公旦和召公奭（shì）的合称。两人分陕

而治，皆有美政。心膂（lǚ）：心与脊骨，喻主要的辅佐人员，得力之人。

⑲奎章：指杰出的诗文书法等。荧煌：辉煌。荧，微光闪烁。煌，明亮、辉煌。

⑳顿首：指磕头。后常用于书、简、表、奏等结尾用语，表示致敬。悚（sǒng）怖：害怕、恐惧。

㉑泊（bó）如：恬淡无欲貌。

㉒遑安：安闲、安逸。寐寤（mèi wù）：指人处于半梦半醒之间，精神处在一种恍惚的状态。

㉓禄万钟：优厚的俸禄。古代以十釜为一钟。何加：有什么好处。奚与：给予又有什么用。

㉔事端：事故、纠纷。弊蛊（gǔ）：弊害。蛊是传说中一种人工培养的毒虫，专用以害人。

㉕乂（yì）：割。遑：同“惶”，恐惧。恤：同情，怜悯。

㉖绳愆（qiān）纠缪（miù）：改正过失，纠正错误。绳，约束、纠正。愆，罪过、过失。弼（bì）：本意是矫正弓弩的工具，引申指辅佐。

㉗佞（nìng）：善辩，巧言谄媚。张：展开，扩大。

㉘戢（jí）：本义为收藏兵器，引申为止息、制止。

㉙皇天：指天空。常与“后土”并用，合称天地。明堂：古代帝王宣明政教的地方。

㉚三垂：指东、西、南三方边疆。浃：湿透，布满。

㉛尚父：指周朝吕尚，即姜子牙、太公望，后世用作尊礼大臣的称号。

㉜驾：乘车。言：语助词。芝英：传说中灵芝类瑞草。醑（xǔ）：粗酒。

㉝佩：古代的一种玉质装饰物。衿：古代服装下连到前襟的衣领。屦（jù）：用麻、葛等制成的单底鞋。

㉞舞雩（yú）：鲁国求雨的坛，在今山东曲阜市东。斯文：此指儒士、文人。脉缕（lǚ）：头绪。

㉟四代：虞、夏、商、周。

㊱治象：古代记载政教法令的文字。粹：同“萃”，集聚。

㊲后觉：觉悟晚。榘（jǔ）范：规范。六经：《诗》《书》《礼》《易》《乐》

《春秋》六部儒家经典。

⑱素域：指风俗淳朴的地区。率：率土，指四海之内。普：普天，整个天下。

⑲戎狄：春秋时分布在今黄河流域以北和西北地区的少数民族。膺：讨伐，打击。

⑳荆舒：指春秋时的楚国和舒国。舒在今安徽省庐江县境内。惩：惩罚，征讨。

㉑俾（bǐ）：使。尔：你，你们。

㉒众父：百姓之父，指国君。

㉓矍（jué）然：急遽，快速。

㉔泚（cǐ）笔：以笔蘸墨。

葛仙山赋① 并序

余尝读孙兴公《天台赋》②，观其标奇领异，云兴霞蔚，兼言外玄趣，冥与道会，意窃慕之。宰邑古唐昌③，一再因台檄周览此山之胜④，作记及诗若干首，纪载粗悉。最后登葛璝仙治⑤，岩洞深窈，林峦奇峭，赏叹不足，赋以识之。固不敢睎前文人⑥，或可与山中道侣班荆商论耳⑦。

①葛仙山：亦名葛璝（guī）山、葛家山，在今四川彭州市北，群峰环抱、山峦叠翠。相传晋道士葛永璝在该山结茅为庐，炼丹修道，羽化成仙，因此得名。即序中提到的“葛璝仙治。”

②《天台赋》：东晋诗人和书法家孙绰所作。孙绰善书博学，与王羲之交往密切，任临海章安令时作《天台山赋》。

③宰邑：此指程公许担任崇宁县令。唐昌古镇即今天成都郫都区唐昌镇，宋时为崇宁县治所。古称川西最富裕的上五县“温、郫、崇、新、灌”，其中

的“崇”即是崇宁县。

④台檄（xí）：古代朝廷用于征召、晓谕、诘责等的公文，此指公务。

⑤葛瑛仙治：晋代道人葛永瑛炼丹成仙之地。

⑥睎（xī）：眺望。

⑦道侣：道家指一起修行、修炼的同伴。班荆：成语“班荆道故”，铺开荆条，坐在上面叙谈往事，指朋友相遇，共坐谈心。

我思古人，托吏为隐，或避世而待诏金马门①，或采砂而求补句漏令②。虽未能耦耕媲沮溺③，洗耳同箕颍④，赐鉴湖一曲如贺知章⑤，名山中宰相若陶弘景⑥。然观其心乐天游，迹与俗混，冥机乎宠辱之途⑦，韬智于得失之境⑧，信与余而神晤，窃太息以起敬。缪抚字于一同⑨，幸福庭之接畛⑩。间捧檄以周游⑪，得探奇于旷静。闻葛仙之故栖，擅西山之最胜⑫。

诹辰良月⑬，六矢标庆⑭。抚蓼莪以含凄⑮，资尘露以报本⑯。问津白鹤之屯⑰，梯步青云之径。眩采翠于群峰⑱，划苍崖于千仞⑲。讯仙治于寥阒⑳，烂金碧于绝顶。于是静虑凝神，屏息以进。门闳严敞㉑，陛级崇峻。俨帝御于中天，班列真于清禁㉒。飙轮泛八会之音㉓，星坛绕虚步之韵㉔。订灵迹于往牒㉕，肇葛翁之栖遁㉖。黛滀岩泉之流㉗，玉舂溪碓之粉㉘。清尘嗣踵于蒲、杨㉙，营定聿严于韦尹㉚。荐兰燎以薰心，撷涧毛以寓敬㉛。上玄陟降于左右㉜，一念昭彻而响应。朝礼既周，羽节前引㉝。环斋馆于四阿㉞，缭丹雘于楹楯㉟。蔼净侣之如云㊱，竞延客以瀹茗㊲。莫不竹户风清，纸窗日冏㊳。荫柏纛之幽森㊴，罗怪石之巉嶙㊵。游目乎泰初之邻㊶，缓步乎北真之岭。荒寻未厌，林壑俄暝㊷。归休风露之界㊸，洞酌玻璃之醽㊹。清言中夕，倦憩投枕。

畅游仙之梦酣，愕震雷于龙篝㊺。起披衣而周眄㊻，浩一气之溟涬㊼。觇紫炁于白马㊽，丐刀圭于丹鼎㊾。二十四峰联岚而竞爽，八十一洞历游而难尽。乃借御于篴舆，仍乞火于束组㊿。纵屐齿于蒙茸[51]，探洞户于深靓[52]。风开烟阖[53]，霞卷雾喷。初谽谺以偪仄[54]，俄披豁以幽迥[55]。冰凝钟乳之溜，玉立岩壁之莹。或悬空以宝盖[56]，或四匝以珠幰[57]，或卷绡于深幄[58]，或绘雪于崇屏[59]。

步折旋而欲迷，路若穷而复远。岂余行之惮阻，惧日晏而盍返[60]。怅簪绂之身縻[61]，奈岩壑之味永。引车踯躅，回顾凄惋[62]。静念覆载，同一盖轸[63]。混沦初判于祖炁[64]，山泽潜通于玄牝[65]。妙大化融结之工[66]，慨百灵走奔之骏。不然，何以荡磨日月，凌驾参井[67]，毓秀孕英，栖仙宅圣，俯仰四海如一家，出入浩劫如一瞬？

然尝索至理于贝梵[68]，披玄机于琼缊[69]。十方香水之刹海[70]，九穹莽苍之劫刃。下风轮以持厚坤[71]，兼洪纤以该庶品[72]。敛之吾身，纳之方寸。非古非今，孰远孰近？

吾将谨缰索于猿马，豁视听于蛙黾[73]。袚熏声利之膏火[74]，远避色尘之坑阱[75]。挹灵源以斟酌[76]，即寸田以耕垦[77]。观六用于真空[78]，朝虚皇于内景[79]。当斯时也，虽御寇莫能诘其至游[80]，七圣亦有迷于大隗[81]。而况人间之朽腐[82]，何异蟪蛄与朝菌[83]。

倘三仙可挟而游[84]，尚吾言之有证。

①金马门：汉代宫门名，旁有铜马，为学士待诏处。最有名的待诏人物是东方朔，他性格诙谐，言词敏捷，滑稽多智，但皇帝始终不重用他。东方朔仍自得其乐，认为既然宫殿里可以隐居，何必去深山茅舍呢。

②句（gōu）漏令：东晋葛洪年老欲炼丹以求长寿，闻交趾国产丹砂，遂求为句漏令。句漏，也作“勾漏”，在今广西北流，因山中多洞，洞洞相通，故名。相传葛洪曾在此地白沙洞炼丹，洞方圆达百亩。以上东方朔和葛洪都是托吏为隐的典型。

③沮溺（jǔ nì）：长沮和桀溺是楚国两位隐士，他们在天下动乱时，主张避世隐遁，反对孔子入世救世，故孔子使子路问津，他们耕田不辍，不指示渡口方向。后以“沮溺”为避世隐士之典。

④洗耳：许由听到尧让位给自己而感到耳朵受到了污染，因而临水洗耳。

后遂以“许由洗耳”表示以接触尘俗的东西为耻辱，心性旷达于物外。箕颍：即箕山和颍水。相传尧时，贤者许由曾隐居箕山之下，颍水之阳。

⑤鉴湖一曲：唐代著名诗人、书法家贺知章，晚年请求皇上允许他退休回家建道观。唐玄宗恩准并赐鉴湖一角，在为其饯行酒酣之际，大笔一挥，写了一首诗相送。

⑥陶弘景：南朝齐梁间道教思想家、医学家。入齐，为诸王侍读，征左卫殿中将军，后辞官赴山中隐居。梁武帝礼聘不至，却每每就询朝廷大事，时人称为“山中宰相。”

⑦冥机：犹天机、天意。

⑧韬智：谋略和智慧。

⑨缪（mù）：古同“穆”，恭敬。

⑩畛（zhěn）：井田间的小路。

⑪捧檄（xí）：毛义捧檄，指孝子为养亲而出仕。东汉人毛义有孝名。张奉去拜访他，刚好公文至，要毛义去任守令。毛义捧着公文很高兴，张奉因此看不起他。后来毛义母死，即辞官，张奉才知他不过是为母而屈身出仕，感叹自己知之不深。

⑫程公许自注：“李文简公谓此山为西山第一。”李文简公是南宋著名史学家李焘，著有《续资治通鉴长编》五百二十卷。

⑬诹（zōu）辰：商订好日子。诹：商量，询问。

⑭六矢：唐代武举考骑射，二回六矢，中三箭者为合格。标庆：射中目标，值得庆贺。

⑮蓼莪（lù é）：《诗·小雅》篇名，表达子女追慕双亲抚养之恩。后因以“蓼莪”指对亡亲的悼念。

⑯资：取，取用。尘露：微尘滴露，喻事物微小不足称。

⑰白鹤之屯：程公许自注：“山下名鹤屯，常有鹤来栖宿。”

⑱眩：使眼睛花。

⑲划：用手攀爬。

⑳仙治：仙人居所。寥阒（liáo qù）：空旷寂静。

㉑门闼（tà）：宫门，借指朝廷。

㉒班列：排列。真：犹言众仙人，道教称得道之人为真人。清禁：指皇宫，皇宫中清静严肃，故称。

㉓飙轮：飞快旋转的轮子。泛：发出。八会之音：我国古代八种制造乐器的材料，通常为金、石、丝、竹、匏、土、革、木八种不同质材所制。泛指音乐。

㉔星坛：指道士施法之坛。

㉕灵迹：神灵的遗迹。往牒：往昔的典籍。

㉖肇（zhào）：肇始，开始。栖遁：避世隐居。

㉗黛：青黑色的山。滀（chù）：积聚。岩泉之流：程公许自注："丹井自岩窦注潴为一沼，甘寒不竭。"

㉘玉舂（chōng）溪碓（duì）：洁白的溪水推动舂茶叶的碓窝。粉：程公许自注："茶粉亦葛仙故事。"

㉙清尘：比喻清静无为的境界，清高的遗风。嗣踵：接踵而至。嗣：接续。踵：脚后跟。蒲、杨：程公许自注："葛仙之后又有蒲、杨二仙。"

㉚聿（yù）严：规矩章程。韦尹：程公许自注："南康镇蜀，以本命道场，兴创此观，今遂为道场。主豊（lǐ，祭祀所用）碑具在。"韦尹即韦皋，唐朝中期名臣、诗人，曾以剑南西川节度使兼戎州都督府都督驻节程公许老家戎州三年。据传戎州城中大观楼为其所建，宜宾西郊天池也是他所开辟。

㉛撷（xié）：采集。涧毛：山涧中的毛草。寓敬：修好房屋敬其居住。

㉜上玄：上天。又道家称人的心脏为上玄。陟（zhì）降：升降，上下。古者言天及祖宗之心灵默佑，皆曰陟降。

㉝羽节：汉用羽旄（máo）装饰的节。多指神仙仪卫。

㉞斋（zhāi）馆：斋戒时所住馆舍。四阿（ē）：宫庙四下曰阿。

㉟丹雘（huò）：可供涂饰的红色颜料。楹楯（dùn）：栏杆和楹柱。

㊱蔼净侣：和蔼清净之僧众。

㊲延客：引入，引见，迎接客人。瀹（yuè）茗：煮茶。

㊳冏（jiǒng）：通"炯"，明亮。程公许自注："观中诸寮窗户皆雅洁，与他观不侔。"

㊴柏纛（dào）：柏树枝丫如羽毛般排列。

㊵嶾嶙（yǐn lín）：高耸突兀。

㊶游目：放眼纵观。泰初之邻：天地未分之前没有边界的状态。

㊷俄暝：很快日落天黑。

㊸风露之界：程公许自注："风露界方丈前阁山中酒极佳。"

㊹泂（jiǒng）酌：谓从远处酌取。《诗·大雅·泂酌》："泂酌彼行潦，挹彼注兹，可以馈饎。"郑玄笺："远酌取之，投大器之中。"玻璃：玉石的一种，此指水晶，又称水玉。醖（yùn）：酿酒，此指酒。

㊺龙簨（sǔn）：古代悬挂钟、磬、鼓的架子上的横梁。

㊻周眄（miǎn）：环顾。

㊼溟涬（mǐng xìng）：天体未形成前的浑然元气。

㊽觇（chān）：偷偷地察看。紫炁（qì）：紫色云气。古代以为祥瑞之气，附会为帝王、圣贤等出现的预兆。

㊾丐：乞求。刀圭（guī）：药物。丹鼎：程公许自注："白马老君洞葛仙丹炉。"

㊿乞火：求取火种。束缊（yùn）：捆扎乱麻为火把。

51屐（jī）齿：屐底的齿，此指足迹。蒙茸：蓬松、杂乱的样子。

52深靓（jìng）：深邃宁静。靓，通"静"。

53阖（hé）：关闭。

54谽谺（hān xiā）：山谷空旷貌。偪仄（bī zè）：狭窄。

55披豁：开朗，明亮。幽迥（jiǒng）：犹深远。

56宝盖：佛、道或帝王仪仗伞盖。

57四匝（zā）：指四面环绕。珠幰（xiǎn）：车上的珠帘帷幔。

58绡（xiāo）：生丝。幄：在野外以布巾围成的临时性空间。

59崇屏：高大的屏风。程公许自注："已上皆状葛仙洞之奇胜。"

60岂：表示反诘，哪里。惮（dàn）阻：畏惧险阻。日晏：天色已晚。盍返：怎么不返回。

61怅（chàng）：不痛快。簪绂（zānfú）：簪用来绾住头发，绂是系官印印纽的丝绳。簪绂在此处引申指公务。身縻：缠身。縻，指牛缰绳，也有捆，拴的意思。

㉒踯躅（zhí zhú）：徘徊不前。凄惋（qī wǎn）：哀怨。

㉓覆载：覆盖与承载，喻帝王的恩德。盖轸：犹天地。《周礼·考工记》："轸之方也，以象地也；盖之圆也，以象天也。"

㉔混沦：混沌，浑然未分貌。祖炁（qì）：元始祖炁，指生天生地生人生万物的原始之炁，是构成天地万物的基本要素。

㉕玄牝（pìn）：道家指孳生万物的本源，比喻道，此处指天地。

㉖大化：大自然造化。融结：融合凝聚。语出晋孙绰《游天台山赋》："融而为川渎，结而为山阜。"

㉗荡磨：谓相切摩而变化。参井：参星和井星，位在西南方。

㉘至理：精深的道理。贝梵：梵呗，指佛教作法事时的赞叹、歌咏之声。

㉙披：打开。玄机：深奥的义理。琼组：美丽的赤黄色袋子。

㉚十方：佛教用语，佛教原指十大方向，即上天、下地、东、西、南、北、生门、死位、过去、未来。刹（chà）海：佛教语，犹言水陆。

㉛下风轮：风灾。佛教认为毁坏世界有火、水、风三灾。厚坤：指大地。

㉜洪纤（xiān）：大小，巨细。该：古同"赅"，完备。庶品：众物，此指众多祭品。

㉝猿马：驾驭车马，此指处世行事。豁：摒弃，舍却。蛙黾（wā miǎn）：蛙类动物，比喻谗谀之人。

㉞祓（fú）熏：古代用斋戒、沐浴、燃香等方法除灾求福。声利：名利。膏火：此指物欲。膏：灯油；火：饮食。

㉟色尘：佛教语，"六尘"之一，即眼根（视觉）所触及的尘境。坑阱（jǐng）：泛指深坑。

㊱挹（yì）：把液体盛出来。灵源：对水源的美称。斟酌：往杯盏里倾倒供饮用。

㊲寸田：寸田尺宅，比喻微薄的资产。

㊳六用：佛教语，指六根（眼、耳、鼻、舌、身、意）之功能。真空：佛教语，指超出一切色相意识界限的境界，借指不存在某种事物的领域。

㊴虚皇：道教神名，即高上虚皇道君。内景：内心。内景谓武术练功时内视的身内之象。

⑳御寇：即列御寇、列子，战国时道家学派代表人物，思想家、寓言家和文学家。诘：追问。至游：自身极度满足的游乐。

㉑七圣：学圣，春秋鲁国孔子。书圣，东晋王羲之。草圣，汉朝书法家张芝。医圣，汉末医学家张仲景。史圣，西汉历史学家司马迁。诗圣，唐代伟大诗人杜甫。画圣，唐代吴道子，擅长人物画。大隗（wěi）：神名。出自《庄子·徐无鬼》："黄帝将见大隗乎具茨之山。"

㉒朽腐：老朽，普通人。

㉓蟪蛄（huì gū）：又名蝉、知了。朝菌：一名大芝，朝生，见日则死。典出《庄子·逍遥游》："朝菌不知晦朔，蟪蛄不知春秋。"指其生命极为短暂。

㉔三仙：程公许自注："葛仙之后又有蒲、杨二仙。"

北定堂①赋并序

起部尚书眉山杨公②，以西清学士总戎左蜀③，作镇三泸④。开幕府之二年⑤，威令神行，惠化川流⑥，民气以和，边堠不警⑦，乃筑堂于北岩⑧，扁以"北定"。邑子程某窃窥盛心，实与忠武侯尚友千载⑨，敢竭昧陋，酌古揆今而为之赋⑩。若夫山川风物之胜，登临览观之乐，非千里意想所能模写。他日操几杖以从尚书，尚能伸纸援毫以为后赋云。

①北定堂：四川青神人杨汝明，宋光宗绍熙四年（1193）进士，曾授成都观察推官，后历官秘书郎、起居舍人、礼部侍郎，进工部尚书。杨汝明于南宋绍定初出任泸州知州，在北岩下建北定堂，邀程公许为堂作赋。此前，程公许与杨汝明等游北岩，作有咏记诗二十首。

②起部：源于周代官制中的冬官，营造宫室宗庙等大工程时，设置起部，

完工即撤。唐宋以工部为六部之一，实即起部改称。

③西清学士：侍从皇帝身边的学士，西清为皇宫西厢清净处。学士称号最早出现在周代，指读书的贵族子弟，后来演变成官名及文人学者的泛称。总戎：统管军事，统帅军队。左蜀：辅助治蜀。左，古同“佐”。

④作镇：镇守一方。三泸：南朝梁武帝时置泸州，唐高祖武德元年（618）复置，三年（620）置泸州总管府，四年（621）升为泸州都督府。治所均在今四川泸州市江阳区，民间遂有“三泸”之称。

⑤开幕府之二年：推算应为公元1229年。

⑥惠化：恩惠利民的举措。

⑦边堠（hòu）：古代设置于边地以探望敌情的土堡。宋陆游《叙州》诗：“须信时平边堠静，传烽夜夜到西楼。”

⑧北岩：位于今四川泸州市龙马潭区小市镇五峰山腰。杨汝明曾建北园于此，园内又筑北定堂，取孔明《出师表》中语，仍大书其《表》于屏。北定堂前长江、沱江两江横陈，群山环列，景色宜人。

⑨忠武侯：诸葛亮曾受封“武乡侯”，谥号“忠武”。尚友：重视朋友间交游。

⑩酌古揆（kuí）今：斟酌古今之事，互相参照。揆，揣度。

客有游于泸而咤曰：导江西来[①]，百川所宗。内江附庸[②]，汇而归东。有国于斯，屹屹其墉[③]。枕玉垒之崇冈[④]，带三峡之怒洪，控六诏为外拒[⑤]，罗万山为四封。由益州而下，盖节度府之最雄者也。南定有楼，曩昔谁创？作镇南服[⑥]，莫我敢抗。瞻彼北岩，峥嵘列嶂。忽高堂之幻出，抗霄极而显敞。揭北定之璇题[⑦]，隔川流而相向。安得与子鼓枻乘流[⑧]，跕屣而上[⑨]，周览面势，征其扁榜[⑩]。

有闻客言，欣然而笑者曰：子独不闻诸葛忠武侯之事乎？卯金之征[⑪]，雾塞飚驰。昭烈以帝室之胄[⑫]，间关百战[⑬]，晚脱鞅于坤维[⑭]。天授雄图，傅之羽翼。南阳之墟，龙奋其蛰[⑮]。片词乳水，千载胶漆。非不知鼎峙于一隅，何以逞志乎中国？

人事有兴废，天运有通塞。当其辍躬耕之耒，抱长吟之膝[16]，盖伊、吕王佐之俦[17]，岂管、乐伯图之匹[18]？彼有田一成，有众一旅，乃能祀夏配天，不失旧物。而况蜀汉富饶，高皇帝所以奠四百基业于磐石者哉[19]！

五月渡泸[20]，深入不毛，以夷斩夷，以栉以薅[21]。伟七纵而七擒[22]，奚天威之可逃！盖将定南方以恢远略，宁《采薇》远戍之惮劳[23]。想其建旐设旌[24]，祃牙于征[25]，徒御啴啴[26]，有闻无声。峒溪萦曲，篁竹阻深。载清飚兮卷雾瘴，注甘泽兮涤烟氛。铙歌铿鎗[27]，凯旋献俘。乃息敛输，乃休卒徒。顾神州而深矉[28]，慨妖孽之未除，追渥惠于先朝[29]，忍弃捐于半涂[30]？尔乃称戈比干[31]，陈师鞠旅[32]。男子战而女子运，众志一而义旗举。流涕抗表[33]，恢复汉祚[34]。杂耕渭滨，延颈子午。凛规置之绰绰，目何有于孱虏[35]！虽残灰莫起于炎精，然大义可伸于万古。

揆今泸川，岂昔泸溪[36]？盖寓名于都督之府[37]，使如心腹之运四肢。《王制》所纪，交趾雕题[38]。沐浴皇化，蔽遮南垂。委命下吏，贡琛远来[39]。繄抚御之得人[40]，屹金城与汤池[41]。中兴四将[42]，金运垂尽[43]。戍役未撤，军民交病。乃眷西顾，势靡有定。环剑以东[44]，泸为重镇，畴咨迩列[45]，孰堪事任？当斯时也，起部尚书杨公方峨弁垂绅[46]，拱备顾问。再拜请行，屏息惟命。

先皇[47]曰："吁！汝无去朕，予违汝弼[48]，斡我枢柄[49]。"尚书于是九顿首固以请。帝曰："俞[50]。趣刻印。"入辞便殿，欲别未忍。湘宣勤之玉卮[51]，叠匪颁之宫锦[52]。修门兮九重[53]，回首兮万里。十七年兮出入禁闼[54]，三千牍兮劘切黼扆[55]。步出昼以彷徉[56]，屯余乘其千骑。茸纛兮金节[57]，彤幨兮辔组[58]。前驱兮塞途，往开兮幕府。风霆命令之信，雨露德泽之普。协气洽而水红并蒂，有年书而茧栗同乳[59]。乃先事而防患，乃整军而经武。筹帷密运，莫余敢侮。熟窥盛心，固将尚友忠武侯于千古。是则北定堂之建也，岂必拱坐隅、侍谈麈[60]，而后诘其故也哉。

客敛衽而对曰[61]：北定取义，则闻之矣。地以人重，子亦闻之否乎？蓐收御辰[62]，素炜中外[63]。珠履集兮红蕖幕[64]，笳鼓沸兮细柳营[65]。尚书乃挥羽扇，岸纶巾[66]，据胡床，令三军。陈角抵，簇红旌[67]，射命中，马嘶腾，呈勇力，检技能。笑呼喧阗[68]，酒炙缤纷。人百其勇，惟所使令。饮中乐酣，投袂而起[69]。慨昔武侯，南征道此。千里驰驱，仆夫瘁止。独我治朝，声教远被，诵弦比屋，耕牧四履。边柝夕沉[70]，阁铃昼闭，上恬下穆[71]，可无事治。奈之何南国幸安，北尘骚屑[72]，龙蛇则山泽交兴，鹬蚌之阴晴莫决。奸豪侧睨以旁伺[73]，战守一无于定说。尾大不掉，财殚力竭。孰能为国家刷渭桥之耻[74]，防金瓯之缺？志感激以思奋，谅非余而谁责！

陟斯堂以遐观，发上指而眦裂。使子斯时操几杖，缀下客[75]，宁不慷慨激昂，为尚书而击节也！

呜呼噫嘻！今不与古并世，事或与势异宜。忠武侯信于已而厄于运，得于人而违于时，盖天厌汉德之日久，故大厦非一木之支。于皇艺祖[76]，得天下以仁，圣圣相传，翼翼绳绳[77]。嗣圣御图[78]，侧席隽英[79]。天其或者相兴复之景运，赐勇智于大君。总乾纲以独断，辟泰途以汇征。挥氛翳于九有[80]，耀景光于太清[81]。恢张圣德，图任旧人。愚窃料尚书之德业，庶几乎周室之甫申[82]。弼宣后以复古[83]，何王业偏安之足云！

小子不敏，敢诵所闻。酌大斗而祈耄耋[84]，跪敷衽而祝升平[85]！乃歌曰："王遣申伯，路车乘马[86]。我图尔居，莫如南土。"载歌曰："四牡骙骙[87]，八鸾喈喈[88]。仲山甫徂齐[89]，式遄其归[90]。"

客曰：泱泱乎歌矣哉！德盛者非斯文无以被金石，功高者非斯文无以流管弦[91]。请濡毫[92]于三泸之川，磨墨于三泸之山，书以为《北定堂之赋》，而附之《崧高》《烝民》之篇[93]。

①导江：相传大禹在岷江出峡处（今都江堰）疏异，引水灌溉成都平原后入沱江分流减灾，沱江在泸州注入长江。宗：归往。

②内江：岷江被都江堰分为内江和外江，外江直奔长江而去，内江再分两支，即府河、南河，灌溉成都平原。

③国：此指泸州城。屹屹：高大挺立。墉（yōng）：城墙。

④玉垒：玉垒山，都江堰“宝瓶口”一侧高大山体。

⑤六诏（zhào）：唐代位于今云南及四川西南的乌蛮六个部落的总称，“诏”意为王或首领。

⑥南服：古代王畿以外地区分为五服，故称南方为“南服”。

⑦璇（xuán）题：玉饰的椽头。

⑧鼓枻（yì）：指划桨泛舟。《楚辞·渔父》：“渔父莞尔而笑，鼓枻而去。”乘流：顺着水流，犹乘舟。

⑨跕屣（diǎn xǐ）：足尖轻轻着地而行。

⑩征：验证。扁（biǎn）榜：即匾额。

⑪卯金：繁体字“劉”拆成“卯、金、刀”，亦省作“卯金”。卯金之征即刘姓的征讨。

⑫昭烈：刘备，字玄德，三国蜀汉开国皇帝，谥号昭烈。胄（zhòu）：帝王或贵族的子孙。

⑬间（jiàn）关：崎岖辗转，形容旅途艰辛。

⑭鞅：古代用马拉车时套在马颈上的皮套子。坤维：指西南方。古以八卦定方位，西南方为坤。

⑮龙奋：贤才之士奋发有为。蛰：蛰伏，动物冬眠。

⑯抱长吟之膝：诸葛亮在隆中时常抱膝长吟，后将其常坐之石称为“抱膝石”，清代在此处修抱膝亭。

⑰伊、吕：指伊尹和吕尚，商伊尹辅商汤，西周吕尚佐周武王，皆有大功。王佐之俦（chóu）：指有非凡治国能力的人。俦，同辈、伴侣。

⑱管、乐（yuè）：管仲和乐毅。管仲春秋时任齐相，大兴改革，富国强兵。乐毅是战国后期杰出的军事家，辅佐燕昭王振兴燕国。伯图：称霸的雄图。伯，通“霸”。

⑲高皇帝：此指汉高祖刘邦。公元前 206 年，刘邦即皇帝位，定都长安，史称西汉。历东汉至 220 年，曹丕篡汉称帝，所以称“奠四百基业”。

⑳五月渡泸：《三国志·蜀志·诸葛亮传》：“亮躬耕陇亩，好为《梁父吟》。”刘备死后，益州郡豪强拥兵反叛。公元 225 年，诸葛亮率军南征，渡过泸水，使当地少数民族首领归顺蜀汉。后常以“五月渡泸”作为艰苦平乱之典。

㉑栉（zhì）：本义是梳子和篦子的总称，比喻像梳齿那样密集排列。薅（hāo）：去掉之意。

㉒七纵而七擒：诸葛亮南征，将当地酋长孟获捉住七次，放了七次，使他不再为敌。比喻运用策略，使对方心服。

㉓《采薇》：《诗经·采薇》，抒发士卒远戍的劳苦和哀怨的诗歌。惮（dàn）劳：怕苦怕累。

㉔旐（zhào）：上古郊野征战用旗，有四条长飘带，上有龟蛇图案。旌（jīng）：用羽毛或牦牛尾装饰的旗子，泛指旗帜。

㉕祃（mà）牙：古时出兵行祭旗礼。

㉖徒御：挽车、御马的人。啴啴（tān tān）：战马喘息。

㉗铙（náo）歌：军中乐歌，传说黄帝、岐伯所作。汉乐府中属鼓吹曲，马上奏之，以激励士气。铿訇（kēng hōng）：形容声音洪亮。

㉘矉（pín）：古同“颦”，皱眉头。

㉙渥（wò）惠：深厚的恩惠。

㉚弃捐：此处为人死的婉词。

㉛尔乃：这才，于是。称戈比干：本谓拿起武器，后用以指动用武力，发动战争。《书·牧誓》：“称尔戈，比尔干，立尔矛，予其誓。”

㉜陈师鞠旅：整备训练军队。《诗经·小雅·采芑》：“陈师鞠旅。”鞠：告诫。

㉝抗表：向皇帝上奏章。抗：以手举物。

㉞规复：指恢复机构、制度等。汉祚（zuò）：指汉朝的皇位和国统。祚：皇位。

㉟孱（chán）虏：俘虏。孱，软弱、卑微。

㊱揆（kuí）：揣测。泸溪：在今泸县境内。

㊲寓名：托名，借名。梁武帝置泸州，唐先置泸州总管府，继置泸州都督府。

㊳交趾：百越的一部，秦朝以后设交趾郡，范围包括今越南北部。雕题：纹脸。交趾是两足相向，即盘腿。

㊴委命下吏：百越的君主低着头，颈上捆着绳子，性命听凭朝廷的下级官吏处理。贡琛（gòng chēn）：进贡宝物。

㊵繄（yī）：相当于“是”。抚御：安抚和控制。

㊶金城与汤池：金以喻坚，汤喻沸热不可近，形容城池险固。婴城固守：据守城池，牢固设防。婴：围绕，婴城，据城。

㊷中兴：南宋建立之初，金兵南下，宋朝军民顽强抵抗，形成宋金长期对峙的局面，史称宋室“中兴”。四将：朝中将领张俊、韩世忠、刘光世、岳飞在抗金中起过重大作用，被誉为“中兴四将”。

㊸金运：金政权的命运。垂尽：临近尽头。

㊹环剑以东：环顾剑门关以东。

㊺畴咨（chóu zī）：访问，访求。迩列：近处身边的人。

㊻峨弁（biàn）：武官戴的高冠。垂绅：垂绅正笏，垂下衣带，恭敬地拿着朝笏，形容大臣庄重严肃貌。

㊼先皇：南宋皇帝宋宁宗。去：离开。

㊽予违汝弼：天子鼓励大臣进谏之词。言我有过失，你应匡正。

㊾斡：主管，掌管。枢柄：中枢的权柄，指军政大权。

㊿俞：俞允，指帝王直接允许臣下的请求。

51宣勤：宣勤殿。玉卮（zhī）：玉制的酒杯。

52匪颁：分赐。

53修门：楚国郢都的城门。出处《楚辞·招魂》：“魂兮归来！入修门些。”王逸注：“修门，郢城门也。”后泛指国都的城门。

54禁闼：宫廷门户，亦指宫廷、朝廷。

55牍（dú）：文牍，公文。劘（mó）切：直谏或切责。黼扆：古代帝王座后的屏风，上画斧形花纹，借指帝王。

㊻彷徉（páng yáng）：周游，遨游。《楚辞·招魂》："彷徉无所倚，广大无所极些。"

㊼茸纛（dào）：细柔的队旗。金节：诸侯使臣的符节。

㊽彤幨（tóng chān）：赤色车帷。辔：驾驭牲口的嚼子和缰绳。

㊾茧栗：形容牛角初生之时形小如茧似栗。《礼记·王制》："祭天地之牛，角茧栗；宗庙之牛，角握；宾客之牛，角尺。"

㊿拱坐隅：拱立坐隅，恭敬地站着肃立在座位旁边。侍谈麈（zhǔ）：即执麈尾而清谈。麈尾是魏晋清谈家经常用来拂秽清暑和显示身份的一种道具，宋朝以后逐渐失传。

61敛衽：整理衣襟，表示恭敬。

62蓐收：是古代中国神话传说中西方司秋之神。御辰：管理时光。

63素炜：光明磊落。素，纯洁。炜，光明。中外：此指内心与外表。

64珠履：珠饰之履，此代指有身份有谋略的门客。典出《史记》卷七八《春申君列传》：春申君任楚相，带兵击败围赵国邯郸的秦军。赵国平原君派使臣访春申君，想向楚炫富，特意用玳瑁簪子绾插冠髻，亮出珠玉装饰的剑鞘。而春申君的上等宾客都穿着宝珠装饰的鞋子来见赵国使臣，使赵国使臣自惭形秽。红蕖（qú）：红荷花。

65笳鼓：笳声与鼓声，借指军乐。细柳营：周亚夫当年驻军细柳，此指军营。

66岸：掀起头巾，露出前额。纶（guān）巾：古时头巾名，又名莲花巾。

67簸：颠动摇晃。红旌：红色的战旗。

68喧阗（tián）：喧哗，热闹。

69投袂：挥动袖子，形容精神振奋。

70边柝（tuò）：边地军营巡夜打更的梆子声。

71上恬下穆：举国上下沉静肃穆。

72骚屑：风声，此指北方战乱，人民凄清愁苦。

73侧睨（nì）：斜视。旁伺：在一边窥伺。

74渭桥之耻：唐代宗广德元年十月，吐蕃兵犯长安，过渭桥，京城失陷，代宗出走，官吏将士纷纷逃散，成为唐朝的一次国耻。

⑮缀（zhuì）下客：连结士人；尊重有能力的人。

⑯艺祖：有文德之祖，用以为开国帝王的通称。

⑰翼翼绳绳：小心谨慎、接连不断。《管子·宙合》："故君子绳绳乎慎其所先。"

⑱嗣圣：称新继位的皇帝。御图：统治天下。

⑲侧席：正席旁侧的席位，指谦恭以待贤者。隽（jùn）英：杰出人物。

⑳氛翳（yì）：阴霾之气。九有：九州。《诗·商颂·玄鸟》："方命厥后，奄有九有。"毛传："九有，九州也。"

㉑耀景光：犹祥光。太清：天空。

㉒庶几：近于，略同。甫申：参见17页注㉜。

㉓弼：辅佐。宣后：宣王中兴后，对外用兵不断，加之独断专行、滥杀大臣，中兴遂成昙花一现。

㉔酌大斗：酌酒的长柄勺。耄耋（mào dié）：八九十岁。

㉕敷衽：解开襟衽，表示坦诚。

㉖王遣申伯：周王赏赐申伯的物品用大车驷马装载。

㉗四牡骙骙（kuí kuí）：四匹雄性的马很健壮。骙骙，马强壮的样子。

㉘八鸾：八个鸾铃。鸾，结在马衔上的铃铛。马口两旁各一，四马八铃，故称八鸾。为天子车驾。喈喈（jiē jiē）：铃声和谐悦耳。

㉙仲山甫：参见17页注㉜。徂齐：到齐地筑城。

㉚式遄（chuán）其归：完工后迅速归来。式，乃。遄，迅速。

㉛被金石，流管弦：语出晋代陆机《文赋》："被金石而德广，流管弦而日新。"意思是刻在金石上，可以使功德广为传播；流布于管弦之上，可以与日俱新，千古流芳。

㉜濡（rú）：湿。毫：毛笔。

㉝《崧高》：参见17页注㉜。《烝民》：《诗经·大雅》的一篇。周宣王派仲山甫去齐地筑城，临行尹吉甫作诗赠之，诗中赞扬仲山甫的美德和辅佐宣王的政绩。烝民意即庶民，泛指百姓，是春秋战国时及之前历代对"百姓"的称谓。

幽思赋[1]并序

赋以幽思名，幽忧而慨所思也[2]。所思维何？有宋华文阁学士、光禄大夫、阳安侯后溪刘先生也[3]。先生之薨以嘉定十五年六月十四日[4]，葬以明年三月十八日。

门生程某幽思无涯[5]，仿楚骚之《大招》，以声其哀也。维先生言为天下则，行为天下法，人无知愚，皆知为君子之中庸。正色立朝，难进易退，孔子所谓"大臣以道事君，不可则止者"，先生其人欤！太史编摩[6]，奉常节惠[7]，万古传信，国有彝章[8]。承学鄙儒，敢犯不韪[9]，摹绘日月，伏念摄齐升堂[10]，岁一周星[11]。先生不以为愚，许其与于斯文，孜孜诲之曰："资禀自天，充养以学[12]，子其勉之。"某顿首书诸绅间[13]。尝执讯请益[14]，顾谓小子知慕古文，削牍荐朝[15]，可使备数，从搢绅诸儒以铅椠于万一[16]，某惧不敢当也。

辛巳春[17]，晋拜全德里第[18]。德容穆若[19]，黄发皤然[20]，而忧天下若己之饥渴。迨安舆就养古涪[21]，某职劝学从事[22]，从容撰杖屦[23]，又得闻所未闻。尔乃肖寿象于学宫，率诸生北面再拜。簪弁云集[24]，衿佩肃趋[25]，讲经乞言，饮酒序齿，蔼乎三代之余风。居无几，某捧行台檄[26]，北度剑外四阅月[27]，得手书一，甫趣之[28]，旋而凶问踵至矣。

呜呼哀哉！哲人萎，邦国瘁矣。人百其身[29]，莫可赎矣。天降酷罚，陟岵痛巨[30]。苴绖衔恤[31]，匍匐愧古[32]。想素车千两，会葬清溪之冈，形留神驰，伤父师之逝，而藐余小子之无依也，拊膺一恸而赋之[33]。

①此赋为程公许悼念老师刘光祖而作。刘光祖，参见7页注⑪。

②幽忧：过度忧劳，忧伤。

③华文阁：宫名，收藏宋孝宗作品。光禄大夫：战国置，初名中大夫，汉改光禄大夫，掌顾问应对。

④薨（hōng）：古代称诸侯或有爵位的官员死去。南宋嘉定十五年即公元1222年。

⑤门生：程公许嘉定二年（1209）前后曾从刘光祖学，嘉定十四年，程公许任绵州教授，又请刘光祖为诸生讲学。

⑥太史：官名，传夏末已有此职。西周、春秋时太史掌管起草文书，记载史事，编写史书，兼管国家典籍、天文历法、祭祀等。编摩：犹编集。

⑦奉常：官名，秦置，为九卿之一，掌宗庙礼仪。汉取“尊大”之意，改名太常。唐宋时又称奉常。

⑧彝章：常典，旧典。

⑨不韪（wěi）：不是，过错。

⑩伏念：伏，敬词；念，念及，想到。摄齐升堂：古时官员升堂时手提衣摆，谨防踩着跌倒失态。

⑪周星：指木星。木星每年经过黄道十二宫的一宫，约十二年运行一周天，称一周星。古人用它纪年，故又称岁星。

⑫资禀（bǐng）：天资，禀赋。充养：犹供养。

⑬书诸绅间：即“书之于绅”。绅：参见17页注㊾。

⑭执讯请益：接谈请教。

⑮削牍（dú）：古时削薄竹木成片，用以书写，有误则刮去重写，谓之“削牍”。后用以泛称书写、撰述。

⑯铅椠（qiàn）：古人书写文字的工具，亦指写作，校勘。铅，铅粉；椠，木板片。

⑰辛巳（sì）：公元1221年。

⑱里第：里中宅第。中国古代城市居住区经历了先秦的闾里制、汉唐的里坊制、两宋的街巷制、明清的邻里制和现代的社区制五种形态。里第的

“里”指的是闾里制和里坊制中的“里”，“第”则是门第的意思。

⑲穆若：和美貌。

⑳黄发：老年人头发由白转黄。皤（pó）然：白貌，多指须发。

㉑迨（dài）：等到。安舆：安车。就养：就近奉养。古涪：春秋时属巴国，汉为涪陵县地，唐以渝州涪陵镇和巴县地置涪州。

㉒职：担任。劝学从事：为州之学官。

㉓撰：拿住，持。杖屦（jù）：手杖与鞋子。古礼，五十岁老人可扶杖；又古人入室鞋必脱于户外，为尊敬长辈，长者可先入室，后脱鞋。

㉔簪弁：古代的一种帽子和装饰品，此指贵族子弟。

㉕衿（jīn）佩：指青年学子。语出《诗·郑风·子衿》：“青青子衿，悠悠我心……青青子佩，悠悠我思。”肃趋：恭敬地快走。

㉖台檄：见 21 页注④。

㉗剑外：剑门关以南的蜀中地区称“剑外”。阅月：经历一月。

㉘甫：刚刚。趣（cù）之：急切地展开阅读。

㉙人百其身：愿自己死一百次来换取死者的复生，表示对死者极其沉痛的悼念。

㉚陟岵（zhì hù）：《陟岵》为《诗经·魏风》的一篇，诗表达征人对父母和兄长的思念之情。陟，登上。岵，有草木的山。

㉛苴绖（jū dié）：丧服中麻布制的无顶冠与腰带，亦指居丧。衔恤（xián xù）：含哀，心怀忧伤。

㉜匍匐（pú fú）：倒仆伏地。愧古：愧对逝者。

㉝拊膺（fǔ yīng）：捶胸，表示哀痛或悲愤。恸：极悲哀，大哭。

闵吾之生离厄[①]兮，天降割其孔殷[②]。父我鞠、师我诲兮，逝将托焉而终身。愕龙蛇之岁度兮，梁坏悲乎哲人[③]。飕飕风木[④]重以哀兮，上下求索又莫觌[⑤]于吾亲。既县封而反虞兮[⑥]，感阳春以增悼。唏余首悲无涯兮，俄远日之余告。

呜呼先生兮，一朝倏然其何之[⑦]？其生有自来兮，其死必有归。望寝门已疏兮，安所得而陈词？凤凰承诏而翼车兮[⑧]，轶浮云乃曾举。周流四极，经营八荒兮，渺不知脱驾之奚所。抑将狃绝炎、俦传说以缀列耀兮[9]，无乃嘘紫气，谒柱史而扈西征[10]。凭绪风以谁讯兮，九天不可梯而升。伫影响之不可得兮，杳茫茫之不可明[11]。士一善斯可录兮，矧众芳之能并[12]。皇皇仁义之广居兮[13]，坦坦道德之九逵[14]。苟肖形皆可与为善兮[15]，志皓首而不衰。

春秋八十有一兮，士桀矱而国蓍龟[16]。隘世路莫能久此淹兮，趋无为、邻泰始其奚疑[17]。窃悲夫五百年之间生兮，艰于遭遇而易失。德容玉瓒之黄流兮[18]，斯文清庙之遗瑟[19]。气盈虚乌可常兮，道污隆又何能必[20]？

逝川不可挽而回兮，后将焉所考德！世坎窞日阽危兮，俗冥行而莫止[21]。怅已往之莫追兮，惕来者之将蹶[22]。天苍苍莫可诘兮，胡一老之不慭遗[23]。震余衷而私有感兮，忆往日舂粮而求仁[24]。闻一言曰充养兮，书诸绅今十年[25]。再跪履于里门兮，愿卒业乎涪滨[26]。北面拜手槐杏之阴兮[27]，吾今而知师道之尊。纷户履之三千兮[28]，奚狂简之下取[29]。愕风雩之咏归兮[30]，变薤露之恻楚[31]。哭匍匐以无因兮，块独茹哀于庐处[32]。愧端木之事师兮，踯躅六年而不忍去[33]。苟逝者而有知兮，尚观过而我恕[34]。

呜呼哀哉！三石孱颜兮后溪之堂，万松翁蓌兮清溪之冈[35]。子孙兮孺慕，岁时兮烝尝[36]。化鹤归兮何时，山嵯峨兮流水洋洋[37]。睨故邦兮颦蹙，尚弭节兮相羊[38]。

千秋兮万祀，先生兮不亡。

①闵：忧虑。

②孔殷：众多；繁多。孔，甚也。殷，盛也。

③梁坏悲乎哲人：出自孔子："泰山其颓乎？梁木其坏乎？哲人其萎乎？"意为泰山快要崩塌了么？屋梁快要断裂了么？哲人快要死去了么？

④风木：成语"风木之悲"，喻父母亡故，不及侍养。

⑤觌（dí）：相见。

⑥县封：古制，庶人死后以绳束棺下穴覆土埋葬。反虞：古代送葬返回时举行虞祭，称反虞。虞，祭祀名。

⑦倏（shū）然：忽然，形容极快。

⑧凤凰承诏：即天子之诏也。天子诏书必自中书省发，中书省即禁苑中凤凰池所在地，故云凤凰诏。

⑨羾（gòng）：到达。绝：越过。炎俦（chóu）传说：中国上古帝王炎帝和黄帝辈的传说。俦，同辈。以缀：连接。列耀：指建立功业的祖先。

⑩柱史：又叫柱下史，系史官将每旬要办的国家大事挂在宫中柱上而得名。"柱下史"也代指老子，老子曾为周柱下史。扈（hù）：随从。

⑪伫：长时间地站着。杳：幽暗，深广。

⑫矧（shěn）：况且。

⑬皇皇：盛大、显明。广居：宽大的住所，儒家用以喻仁爱。

⑭九逵（kuí）：指四通八达的大道。

⑮肖形：犹仿其形状，以其为榜样。

⑯春秋：指年。有：又。榘矱（jǔ yuē）：规矩法度。蓍（shī）龟：古人以蓍草与龟甲占卜凶吉，喻德高望重者。

⑰隘：狭窄。淹：滞留。趋：归向。无为：无为而治。奚疑：疑虑什么。

⑱玉瓒（zàn）：又名白萼、白鹤仙，百合科多年生草本花卉。黄流：指酒。此处鲜花和美酒皆为祭品。

⑲斯文：此指文人和雅士。清庙：《清庙》是《诗经・周颂》的第一篇，是洛邑告成时，周公率诸侯群臣告祭的诗。

⑳盈虚：盈满或虚空，谓盛衰、成败。乌：怎么。污隆：本指地形的高下，此指世道的盛衰或政治的兴替。唐刘知幾《史通・载言》："国有否泰，世有污隆。"

㉑坎窞（dàn）：坑穴，喻险境。阽（diàn）危：面临危险。冥行：夜行或盲目行事。

㉒踬（zhì）：被东西绊倒，喻事情不顺，遭受挫折。

㉓一老之不慭（yìn）遗：不愿意留下这一个老人。慭，愿；遗，留。出自《诗经・小雅・十月之交》："不慭遗一老，俾守我王。"

㉔舂（chōng）粮：《庄子·逍遥游》："适百里者宿舂粮，适千里者三月聚粮。"原指隔宿捣米备粮。后也以"舂粮"作百里的代称。

㉕书诸绅：参见17页注㊾。

㉖跪履：表示向长者虚心求教。愿卒业：希望完成学业。涪滨：绵州涪水之滨。

㉗槐杏之阴：古代乡舍山庄植树有"前槐枣，后杏榆，东榴金（石榴），西柿银"之说。

㉘户履：登门求学者。

㉙狂简：志向高远而处事疏阔。

㉚风雩（yú）咏归：孔子要弟子各谈志趣，曾皙（xī）不言从政，而愿到山水间游泳乘凉，唱着歌回家。孔子很赞赏，后因以"风雩咏归"比喻清高潇洒。

㉛薤（xiè）露：《薤露》为西汉时的一首诗："薤上露，何易晞。露晞明朝更复落，人死一去何时归。"薤，植物，叶细长，像韭菜。恻楚：悲痛。

㉜匍匐：倒仆伏地。无因：无所凭借。块：胸有垒块。茹哀：忍受悲痛。庐处：守灵的茅舍。

㉝端木：端木赐，复姓端木，字子贡，春秋末年孔子的得意门生。踯躅（zhí zhú）：徘徊不前。

㉞观过：察看所犯过错。我恕：原谅宽容我。

㉟孱（chán）颜：险峻、高耸貌。蓊薆（wěng ài）：草木茂密。

㊱孺慕：幼童对父母的爱慕，此指深挚的爱戴和怀念。岁时：每年一定的季节或时间。烝尝（zhēng cháng）：秋冬二祭，后亦泛称祭祀。

㊲化鹤：化鹤谓成仙，后多用以代称死亡。

㊳颦蹙（pín cù）：意思是颦眉蹙额，喻忧愁不乐。弭节：少停一会儿。相羊：亦作"相徉"，徘徊，盘桓。

南楼赋① 并序

武昌在今为上流巨镇，南楼得名，以庾公重②，虽风流迈往，而勋业无闻焉。悦斋先生李公由馆殿瑰望[3]，久更外庸[4]，上念荆州已试之绩[5]，酬沫水南定之功[6]，升直图书，载颁英簜[7]，就领征镇[8]，以世厥官[9]。推平日经纶之盛心[10]，运神州规划之长算，以一洗江左之陋[11]。其在是行，门生程某追送江岸，想南楼伟观，恨不能玒翮而从也[12]。咏歌不足，为赋以献。

①南楼：在湖北武汉武昌黄鹤山顶，一名白云楼，又名岑楼。程公许此赋为老师李埴任沿江制置副使兼知鄂州（治所在今武汉武昌）而作。

②庾（yǔ）公：东晋庾亮，字元规，元帝外戚，一连三朝为官，门下趋炎附势者多。王导厌恶庾亮权势逼人，见大风扬尘，便以扇拂尘说："元规尘污人。"表示对庾亮的鄙视。庚亮曾先后任江、豫、荆三州刺史。

③悦斋先生：李埴，参见 7 页注⑫。瑰望：声望好，名声大，李埴时在长江中游的鄂州训练水师。

④外庸：任地方官时的政绩。

⑤荆州：古代九州之一，大体相当于今湖北一带。

⑥沫水：即大渡河。

⑦英簜（dàng）：古代竹制的符节，持之以做凭证。后亦泛指外任官员的印信和证件。

⑧征镇：监临军事，守卫地方，总称征镇。

⑨世：一辈一辈相传。

⑩经纶：整理丝缕、理出丝绪和编丝成绳，统称经纶，引申为筹划治理国家大事。盛心：深厚美好的情意。

⑪江左：即江东，古时在地理上以东为左。因长江在安徽境内向东北方向斜流，而以此段江为标准确定东西和左右。大致范围指长江下游南岸地区。

⑫玒（gòng）：腾飞冲天。翮（hé）：禽鸟羽毛中间的硬管，代指鸟翼。

帝奠国于南服，迤长江以设屏[1]。纷裂土以作镇，错犬牙其接畛[2]。考形势之雄峙，壮武昌之名藩。扼上流之要冲，天设险之自然。伟南楼之显敞，压睥睨而连骞[3]。曲雕楯之缥缈，翼绣藻以回旋[4]。蔽亏日月，吞吐云烟。曼余曩赋于《远游》[5]，心轸纡以烦迷[6]。想危眺以流豁[7]，企斯楼而神驰。

于是落风桅，振霞袂[8]，缘百雉之巀嶪[9]，倚层轩而瞩睇；怅南北之瓜分，独惆怅而累欷。风号怒兮浪翻空，日晻暧兮云改容[10]。吊江右之陈迹[11]，遡元规之绪风[12]。想其羽衣褊褷[13]，佩玦锵鸣[14]，据胡床以笑傲[15]，鉴月采于空明。虽老子之兴复不浅，而奈何西风之尘污人也。

呜呼！介吴楚而建国，汇江汉以为池。控淮甸之平衍[16]，回大别之嵚巇[17]，上洞庭之深阻，下九江之淼弥[18]。地非人而莫守，是为委金汤而弃之。我宋南渡，鉴在典午[19]，眷此重镇，为国之阻。括湖外之转输，寄千里之镇抚。孰能屹一面之长城，守北门而卧护[20]？

有天下士，巽岩之子[21]。其翰墨发挥，如芳葩之丽春[22]；其丰神洒落，如璧月之湛水。磅礴乎万物之表，辐借乎群士之轨[23]。曩雠书于天禄[24]，俨正色乎朝端[25]。孤忠表乎独立，百壬为之热颜[26]。竟柄凿之难投[27]，远修门其几年[28]。秉姱节以事君[29]，何中外之间然。夫文以纬国，学以用世，舍是而求，土苴而已[30]。自非括今古于方寸，何以融体用于一致？

卓哉我公，周情孔思[31]。险夷不能揉其操，仕止无以夺其志[32]。使之谋谟庙堂，必蹇蹇以匪躬[33]；经纶宇宙，固恢恢乎余地[34]。彼其七纵七擒使敌人系首请命于下吏者[35]，此特公事业之绪余耳[36]。皇明烛远，万里如见。升图书寓直之华[37]，仍礼乐使华之遣。辇车骊驾[38]，烁风采于云烟；高牙大纛[39]，振筹策于方面。

吾想夫南楼之上，翠琰深刻[40]，烂巽岩之遗墨[41]，媲雄深于古作[42]。今也江山眩耀，烟云杂沓。先声隐訫[43]，三军改色。坐啸事简，观风时隙[44]。驱貔虎于列屯，出骊騵于华枥[45]。拥珠履其杂沓[46]，粲雕俎其繁饰[47]。旗建十丈，钟撞千石[48]。

驻目鹦鹉洲[49]，以酬正平之英魂[50]；流盻烟波江，以吊崔颢之诗魄[51]。酒中乐酣，乃命武士驾楼船，棹蒙冲[52]，飙轮激涛，粉雉翔空，出没蛟蜃，悲啸鱼龙。严武卫于整暇[53]，壮尊俎之折冲[54]。岂徒袭守江之误计[55]，抑将收北定之成功。岂与夫诧石头戍就而贻难于贼峻[56]，倚方岳道胜而过猜于茂洪[57]，昧经邦之远略而矫迹以风流者同哉[58]！

皇帝坐宣室[59]，思贾生[60]，怅去国之日迈，轸朕怀其不宁[61]。盍赐环以趣归，呼顺风以扬舲[62]。邈修门其九重[63]，宁虎豹之复狞。矧苗裔之蝉联[64]，评家世其第一。雁湖夜雨之萧瑟，鹤岭秀气之郁积。红药翻兮北门[65]，紫薇烂兮西掖[66]。汗简青兮兰台[67]，鼎铉调兮台席[68]。平武兮天朝，旧物兮世职。蹇余生之落寞[69]，尚玻瓈之味同。企龙门其千仞[70]，愿为御而无从。金跃冶以成铸[71]，玉蕴璞以希砻[72]。步踯躅兮江沚[73]，意欲往而忡忡[74]。望南楼其何许，眇天末之孤鸿。援长毫以欲赋，惭抽思之匪躬[75]。缀余佩兮琼枝，岌余冠兮芙蓉。

何当借以楼头之黄鹤，送以九万之顺风，竦身以攀若士之袂[76]，而一游夫蓬莱道山之宫也[77]。

①南服：古代王畿以外地区分为五服，南方为“南服”。迤（yí）：逶迤。形容道路、山脉、河流等弯弯曲曲延续不绝的样子。

②纷裂土：分封、割据土地。作镇：镇守一方。错犬牙：犬牙交错，比喻交界线很曲折。接畛：田地间的小路互相连接。

③睥睨（pì nì）：眼睛斜着看。连骞（qiān）：并驾之意，古时出行连骞是非常隆重之行为。

④楯（shǔn）：栏杆的横木，指阑干。绣藻：漆以文饰。

⑤蔽亏：因遮蔽而半隐半现。曩（nǎng）：以往。《远游》：屈原作，写想象中天上远游，表达理想追求。

⑥轸纡（zhěn yū）：抑郁而痛苦。

⑦危眺：登高远眺。流豁：流动的江面开阔、宽敞。企：踮着脚看，有

盼望的意思。神驰：心神向往。

⑧霞袂（mèi）：艳丽轻柔的舞衣。

⑨百雉（zhì）：指城墙的长度达三百丈，是西周、春秋时礼制规定的诸侯国都的规模。雉，古代计算城墙面积的单位，长三丈高一丈为一雉。巀嶪（jié yè）：高耸。

⑩晻暧（ǎn ài）：昏暗貌。

⑪江右：指长江下游以西的地区。中国古代方位一般以皇宫为坐标中心，前南后北左东右西。

⑫元规：参见42页注②。绪风：遗留下来的风气。

⑬褊𫌀（pián xiān）：衣服飘扬貌。

⑭佩玦（jué）：有缺口的环形佩玉。锵（qiāng）鸣：声音清越。

⑮据胡床：庾亮曾在武昌强占南楼，据胡床与诸人咏谑游乐，手下欲劝其走，庾亮说："老子兴趣正浓。"

⑯淮甸：淮河流域。平衍：平坦宽广。

⑰大别：大别山。嵚巇（qīn xī）：险峻貌。

⑱淼弥：水流旷远貌。

⑲典午："司马"的隐语，《三国志·蜀志·谯周传》："周语次，因书版示立曰：'典午忽兮，月酉没兮。'典午者，谓司马也；月酉者，谓八月也。至八月而文王（司马昭）果崩。"晋朝国姓司马氏，后因以"典午"指晋朝。

⑳卧护：犹卧治，谓在卧病中监军。

㉑巽（xùn）岩：南宋著名史学家李焘曾在四川丹棱县龙鹄山中筑"巽岩书屋"讲学、著书，子辈李壁、李埴等为官为文皆有成就。

㉒芳葩（pā）：花卉华美。丽春：美丽的春天，此喻词藻华美。

㉓辚（lìn）：车轮辗过。群士之轨：众多读书士人所走之路。

㉔雠（chóu）书：校对书籍。天禄：汉代阁名天禄阁，后亦通称皇家藏书之所。

㉕俨：恭敬，庄重。正色朝端：在朝廷严正执法。朝端，朝廷。

㉖壬：巧言谄媚的人。热颜：因羞愧而汗发于颜面，泛指惭愧。

㉗枘凿难投：意同"方凿圆枘"。圆榫眼和方榫头两下里合不起来，比喻

格格不入。

㉘修门：参见 33 页注㊿。

㉙秉姱（kuā）节：保持美好的节操。

㉚土苴（jū）：渣滓，糟粕、粪土。比喻微贱的东西。

㉛周情孔思：周公、孔子的思想感情。封建社会奉之为思想情操的典范。唐李汉《韩昌黎集序》："日光玉洁，周情孔思。"

㉜仕止：出仕或隐退。

㉝蹇（jiǎn）蹇以匪躬：指为君国而忠直谏诤。蹇，通"謇"，忠直的样子。匪躬，指不顾自身。

㉞经纶：参见 42 页注⑩。

㉟七纵七擒：参见 32 页注㉒。

㊱绪余：参见 11 页注⑩。

㊲寓直：寄宿于别的署衙当值，后泛称夜间于官署值班。

㊳辇车：古代宫中用的一种便车，多用人挽拉。骊驾：指两马并驾之车。

㊴高牙大纛（dào）：夏商周三代军队里的大旗，又比喻声势显赫。

㊵翠琰（yǎn）：碑石的美称。翠，苍翠。琰，上端尖的美玉。深刻：字迹刻痕很深。

㊶烂：闪耀。遗墨：死者留下来的亲笔书札、文稿、字画等。

㊷雄深：雄浑深厚。

㊸谹（hóng）：山谷中的回声。

㊹坐啸：指为官清闲。事简：公务省易。时隙（xì）：有闲暇。

㊺貔（pí）虎：貔和虎泛指猛兽，比喻桀骜（jié ào）不驯的武夫。列屯：小村落。骠：纯黑色的马。华枥（lì）：华丽的马槽。

㊻珠履：参见 34 页注㊹。杂沓：人数众多。

㊼粲：鲜明。雕俎（zǔ）：一种雕绘的木制礼器，祭享时以盛牺牲。繁饰：众多的采饰。

㊽钟撞千石（dàn）：据载，秦始皇在咸阳铸"千石之钟"，它是皇权君威的象征。石：中国市制容量单位，十斗为一石。

㊾鹦鹉洲：在武汉武昌城外江中。相传由东汉祢（mí）衡"锵锵戛金玉，

句句欲飞鸣”的《鹦鹉赋》而得名。

㊿正平：祢衡，字正平，恃才傲物，因为和江夏太守言语冲突而被杀，时年二十六岁。

㉛崔颢（hào）：唐朝诗人崔颢写有《登黄鹤楼》：“昔人已乘黄鹤去，此地空余黄鹤楼。”

㊲棹（zhào）：划动。蒙冲：中国古代具有良好防护的进攻性快艇。粉雉：山鸡。蛟蜃（shèn）：蛟与蜃，泛指水族。悲啸：凄戚长鸣。

㊳严武：陕西华阴人，曾任成都尹，与杜甫常以诗歌唱和。整暇（xiá）：形容既严谨而又从容不迫。

㊴尊俎（zǔ）折冲：比喻在宴席谈判中制胜对方。尊，盛酒器；俎，置肉之几。尊俎常用为宴席的代称。折冲，使敌方的战车折返，意为克敌制胜。

㊵守江误计：单凭长江天险而守是错误的。因为自古“守江必守淮”。

㊶石头戍：公元212年孙权始筑石头城（今南京），其后石头城便成为六朝京师军事要地。贻难于贼峻：留下险阻让敌人凭据。

㊷方岳道胜：即方镇联合，以制中枢。东晋偏安江左是八王之乱的产物，这是地方与中央之争。过猜：互相猜疑。茂洪：大而多。

㊸昧（mèi）：隐藏。经邦：治理国家。矫迹：隐逸。

㊹宣室：宣室殿，古代宫殿建筑名。

㊺思贾生：指汉文帝夜半向贾谊询问鬼神之事。

㊻轸（zhěn）：伤痛。怀其不宁：忧虑天下不太平。

㊼赐环：旧时指放逐之臣，遇赦召还。古者臣有罪待放于境，与之环则还，与之玦则绝。趣归：快速归来。扬舲：犹起航。舲：小船。

㊽邈（miǎo）：遥远。修门：参见33页注㊳。

㊾矧（shěn）：况且。蝉（chán）联：连续相承，不断获得。蝉的幼虫栖息在土里，依靠针状口器刺进树根，吸取汁液维持生命。成虫后脱掉蝉壳，延续生命，称为“蝉联”。

㊿红药：多年生草本，10月开花，花大艳丽。根茎药用治跌打损伤。翻：成片盛开。

66紫薇：别名紫金花，开花时正当夏秋少花季节，花期长，有“百日红”

之称。西掖：宫阙西侧。

㊼汗简青：古代在竹简上书写，先以火烤竹去湿，以便于书写和防蛀。后世把著作完成叫作汗青，此借指史册。兰台：汉朝为中央档案、典籍库。兰台也是史官修史之处，后世泛称史官为兰台。

㊽鼎铉：参见 18 页注㊾。台席：古以三公取象三台，故称宰相的职位为台席。

㊾蹇（jiǎn）：穷困，不顺。落寞：寂寞，冷落凄凉。

㊿企：开启。龙门：比喻声望卓著的人的府第。千仞：形容极高，古以八尺为仞。

71金跃冶以成铸：金乐于接受锻炼而成良器。

72蕴璞：指包藏着玉的石头。希砻：希望得到打磨。砻，磨砺。

73江沚（zhǐ）：江中小洲，借指江南一隅之地。

74忡忡（chōng chōng）：忧愁烦闷的样子。

75抽思：《抽思》是屈原流放时的作品。他把蕴藏在内心深处如乱丝般愁情抽绎出来，表达回朝从政实现理想之强烈愿望，抒发了对国君、对郢都思念之情。匪躬：参见 46 页注㉝。

76竦（sǒng）身：纵身向上跳。竦，通“耸”。若士：那个人。指有道之士。袂（mèi）：衣袖，袖口。

77蓬莱：位于山东烟台市北部，为神话中的海外仙山。

卷二

拟骚

拟九颂①

雁湖先生李公以嗣世之贤②，为儒林哲匠③。参贰几政④，协谋锄奸，功不自言。横遭娼嫉⑤，赋闲岁久，学日充，德日进，旱霖川航，四海系望。公许尝窃论楚臣《九章》《九歌》⑥，传者谓其托阳数以陈词⑦，悃悃款款之忠⑧，一篇而三致意，庶几君之一悟而国赖以安，非私于为己也。虽楚词有诗人主文谲谏之义⑨，而颂以美盛德之形容⑩，斯文之作⑪，体则骚而文则颂⑫，无乃不类乎？鸿飞遵渚⑬，吾党望于公者，虽累词千百，安能摹仿其万一？是则托楚骚纪阳数，表公之志，颂公之德，于古人托物引类之义⑭，或有取焉耳。

①拟：模仿，仿效。九：泛指多次或多数。颂：古代宗庙祭祀的舞曲歌辞，内容多为歌颂祖先的功业。《拟九颂》为程公许颂扬老师李壁而作。

②雁湖先生李公：参见7页注⑫。嗣世之贤：李壁之父为宋代史学家李焘（唐太宗第十四子李明之后），曾在四川丹棱龙鹄山下筑室讲学，著有《续资治通鉴长编》五百二十卷。焘官至光禄大夫，临终，宋孝宗尝问焘："卿诸子孰可用?"焘以璧对。李璧以父荫入官，后登进士第。

③哲匠：指明达而富有才能的大臣。

④参贰：辅佐。范仲淹《邠州建学记》："予参贰国政，亲奉圣谋。"几政：犹要政。

⑤娼（mào）嫉：嫉妒。因别人比自己好而怨恨。

⑥窃：谦辞，表示私自。《九章》《九歌》：屈原作品。

⑦阳数：在八卦图中，用1代替实线表示阳，用0代替断线表示阴，八个卦就成为八个二进制数，这二进制数的数值就是阳数，代表卦中阳的相对量。乾卦是全阳卦，阳数是7，最高；坤卦是全阴卦，阳数是0，最低。

⑧悃悃（kǔn kǔn）款款：诚恳，忠实。

⑨主文：掌管文书，撰拟文稿。此指诗文不直陈而用比兴手法。谲谏（jué jiàn）：委婉地规谏。

⑩美盛德之形容：通过形容状貌来赞美盛德。

⑪斯文：此指温文尔雅，文质彬彬。

⑫骚：屈原的《离骚》，后泛指诗文的一种体裁。

⑬鸿飞遵渚：雁循着水中小洲飞翔。

⑭托物引类：指援引类似的事物寄托己意。

龙鹤山[①]

龙吟兮九渊，鹤唳兮九天[②]。
飞仙兮下寥阔，鹤可驭兮龙可鞭。
白云兮坌谷[③]，飞泉兮鸣筑[④]。
掇瑶草兮帝庭，搴琼林兮木末。
问老仙兮何为，珠庭宴兮悦怡。
启琼笈兮探道帙[⑤]，眄灵童兮往授之。
粲仙李兮芳奕叶[⑥]，主斯文兮千岁期。
维嵩岳兮峻极[⑦]，繄甫申兮孕质[⑧]。
彼圩顶兮尼丘[⑨]，非毓圣兮何述[⑩]。
伟兹山兮万仞，独载英兮一家[⑪]。
下培塿兮何有[⑫]，上帝阍兮可排[⑬]。

龙奋髯兮翔骞[14]，鹤整翮兮褊襹[15]。

洒瓢滴兮泽苗槁，何蕙帐兮吾久淹[16]。

①龙鹤山：即龙鹄山，在今四川丹棱西北十五里。李璧之父李焘曾在龙鹄山下筑室讲学，此在赞颂老师李璧的家学渊源。李璧少聪颖，日诵万余言，词精练，文采飞扬。

②九渊：深渊。唳（lì）：雁等鸟高亢的鸣叫。九天：谓天空最高处。

③坌（bèn）：集聚。

④筑：弦乐器，有十三弦，弦下有柱，演奏声悲亢而激越。

⑤琼笈：玉饰的书箱，道帙：道教的书籍。眄（miǎn）：低头斜着眼睛看。

⑥仙李：仙李蟠根。指代李姓宗族昌盛。据传老子之母至李树下而生老子，生而能言，指李树曰："以此为我姓。"李唐统治者自言为老子之后，后因以指李姓宗族昌盛为"仙李蟠根"。奕叶：累世，代代。

⑦维：同"唯"，独。嵩岳：参见 17 页注㉜。

⑧繄：文言助词，惟。甫申：参见 17 页注㉜。

⑨圩（xū）顶：头顶凹陷。《史记·孔子世家》："（孔子）生而首上圩顶，故因名曰丘云。"孔子，名丘，字仲尼。

⑩毓圣：旧谓皇帝诞生。

⑪载英：世代培育英才。一家：此指一个家族，李璧之父李焘为唐太宗第十四子李明之后。

⑫培塿（lǒu）：小土丘。

⑬帝阍（hūn）：天帝的宫门。排：推开。

⑭龙奋髯：谓贤才之士奋发有为。翔骞：高飞。

⑮整翮（hé）：整理羽翼。翮：翅膀。褊襹：参见 45 页注⑬。

⑯蕙帐：帐的美称。久淹：长久滞留。

通德门①

驰余马兮南北，慨永怀兮故国。
岂乔木兮吾敬，繄世臣兮取则②。
许史兮金张③，煜煜兮煌煌。
薰天兮富贵，达观兮秕糠④。
水有源兮木有本，传不传兮天若吝。
彼高密兮崇门⑤，后何称兮子孙。
维指李兮蟠根⑥，光万丈兮斯文。
父子兮昆弟⑦。面命兮叮咛⑧。
闾户兮车不停轨，满堂烜兮朱与紫。
顾所重兮未然，宁以彼兮易此。
佩礼义兮服诗书，保厥美兮久不渝⑨。
百世兮嗣守，张赫奕兮吾闾⑩。
守一经兮范金石⑪，宁郑公兮专通儒。

①通德门：东汉时为表彰郑玄之德在其故乡山东高密所造。李璧也如郑玄一样，少年时就一心向学，不尚虚荣，天性务实。此篇借郑玄通德门赞美李璧的美德，李璧虽尚未中进士，却被朝廷以父辈“荫德”而被选拔任用。

②世臣：历代有功勋的旧臣。取则：取作准则、规范或榜样。

③许史：汉宣帝时外戚许伯和史高，皆辅佐汉室有功。金张：汉时金日磾、张安世的并称，二氏子孙相继，七世荣显。

④达观：遍览，纵观。秕（bǐ）糠：瘪谷和米糠，喻无用之物。

⑤高密：郑玄之通德门在其故乡山东高密。崇门：指富贵之家、高门望族。

⑥李兮蟠根：参见 53 页注⑥。

⑦父子昆弟：此指李焘和其子李璧、李埴。

⑧面命：当面叮咛，嘱咐。

⑨保厥美：谨守美质，保持美德。厥：那个。渝：改变，违背。

⑩赫奕：光辉炫耀貌。闾：古代二十五家为一闾。

⑪经：儒家经典。范金石：以模子浇铸青铜器或金子。

蟠龙书院①

修眉兮连娟②，曼翠霭兮麻源③。
君门狩兮九虎④，蹇予留兮三年⑤。
三峨之山兮远万里⑥，见斯人兮胡不喜⑦。
半轮秋兮促公归，空高径兮班屐齿⑧。
蹈夷险兮一心⑨，既何戚兮何欣。
忍较功兮曲突⑩，莽苍狗兮白云⑪。
清风飒兮绮疏⑫，明月耿兮庭除⑬。
纷缥帙兮插架⑭，尚青衿兮来趋⑮。
渺天涯兮延伫⑯，时与拂兮蠹鱼⑰。
雪堂兮躬耕⑱，万古兮芳馨。
匪天穷兮人厄⑲，九鼎重兮斯文⑳。

①蟠龙书院：位于程公许家乡四川叙州宣化县越溪河下游左岸，李焘曾知荣州（治所在今四川荣县，越溪河上游），后来其子李璧、李埴未入仕前曾讲学于此。程公说、程公硕、程公许三弟兄均聆听其教诲，并相继考中进士。2021 年，当地政府在原址恢复重建“蟠龙书院”，供人们游览参观。

②修眉：越溪河畔浅丘绵延，远观如眉。连娟：弯曲而纤细。

③曼：柔美。霭：云气。麻源：蟠龙书院附近有麻姑山，山泉甘甜清洌。

④九虎：王莽的九个将军，后用以喻强悍之军。此指金军的入侵，中断了四川学子科考之路。后来朝廷只好在受金军严重骚扰的四川、陕西举行“类省试”。《续资治通鉴·宋高宗绍兴五年》：“戊午，诏：‘川、陕类省试合格第一名，依殿试第三名例推恩，余并赐同进士出身。’”

⑤蹇（jiǎn）：行走困难，此有阻碍之意。

⑥三峨：峨眉山向南延伸的余脉。远万里：此指蜀地离南宋都城临安太远。

⑦斯人：此处和下句的“公”均指老师李壁。

⑧高径：幽雅的山间小径。班屐（jī）齿：指足迹、游踪。

⑨蹈夷险：踏踩着平坦与险阻。一心：专心专意。

⑩较功：科考机会。曲突：烟囱，此处借指乡野。晋张协《杂诗》之十：“里无曲突烟，路无行轮声。”

⑪苍狗：青狗，天狗。古代以为不祥之物，后以喻世事变幻无常。

⑫绮疏：指雕刻成空心花纹的窗户。

⑬庭除：指庭前阶下，庭院。

⑭缥帙（piǎo zhì）：淡青色的书衣，亦指书卷。插架：将书放入书架。

⑮青衿：青色交领长衫，古代读书人的常服，借指学子。趋：归向。

⑯延伫（zhù）：久立，久留。

⑰蠹（dù）鱼：虫名，蛀蚀书籍衣服。体小，有银白色细鳞，尾分二歧，形稍如鱼，故名。

⑱雪堂：故址在今湖北黄州市东。宋苏轼在黄州寓居临皋亭，就东坡筑雪堂读书。

⑲天穷：自然处境恶劣。人厄：人为的困苦，灾难。

⑳九鼎：禹铸九鼎以象征九州，夏、商、周奉为国家政权的象征，此喻朝廷。斯文：此指科举考试。

雁湖①

水平湖兮溶溶，雁鸣秋兮雝雝②。

气相求兮声相应，渺万里兮葭苇丛[3]。
晴云淡兮天宇清，行不乱兮自纵横。
伊美人兮心和平，韵埙篪兮锦绣文[4]。
湖光澹兮酒温卮[5]，鉴湖影兮烛须眉[6]。
纵百坡兮何聚散[7]，如此水兮涅不缁[8]。
彼弋人兮奚慕[9]，何南北兮定处。
臬臬兮秋风，潇潇兮夜雨。
飞鸣兮向阳，何心兮稻粱。
望层空兮接羽，友鸿鹄兮高翔。

①雁湖：位于四川广汉市雒城镇北门外鸭子河畔，水面两百余亩，现名金雁湖。民间传闻有仙女见汉州（广汉古称）人杰地灵、景色幽雅，就私下凡尘，犯了天规，被天帝罚为飞雁囚于此地。程公许任职绵州时路过雁湖，触景生情，表达对雁湖先生李壁的思念。

②雝雝（yōng yōng）：鸟和鸣声。

③葭（jiā）苇：芦苇。

④韵埙篪（xūn chí）：埙篪相应发出和谐音韵。埙与篪这两件乐器形制各异，前者如梨形，后者如笛状。但因发音原理相同，音色相近，在一起演奏可以获得音色和谐的效果。

⑤湖光澹（dàn）：湖水泛出的波光纡缓。卮（zhī）：古代酒器。

⑥鉴湖影：水平如镜映照出湖边人的身影。烛须眉：水在静止时能清晰地照见人的须眉。

⑦纵百坡：被大风吹起了倾斜的水浪。聚散：湖水离散之后会再聚，恢复平静。

⑧涅（niè）不缁（zī）：染不黑。成语“磨而不磷，涅而不缁”，谓极坚之物，磨也磨不薄；极白之物，染也染不黑。比喻意志坚定的人不会受环境影响。

⑨彼弋人兮奚慕：出自成语“鸿飞冥冥，弋人何慕”。大雁飞向远空，猎人没法得到。比喻隐者的踪迹高远，远走高飞，以全身避害。冥冥，高远。弋（yì）人，射猎的人。

石林①

貌棱层兮心洁贞②，玉韫质兮金作声③。
芙蓉冠兮独立，佩宝璐兮缤纷④。
胡拳拳兮石友，期岁晚兮相守。
瞠俗眼兮老丑，自心知兮坚久。
彼平泉兮森离立⑤，纷品第兮罗甲乙⑥。
吾何嗜兮狷介⑦，宁与汝兮同癖。
琴书兮左右，龟鹤兮前后。
觌面兮峥嵘⑧，忘言兮一笑⑨。
泰山兮非大⑩，拳石兮非小⑪。
体无不具兮，性何兮不有。
岩岩兮层霄，谽肤寸兮泽九州⑫。
时卷舒兮为世，亘古今兮独超。

①石林：此石林位于四川成都邛崃市天台山，山中石林是一片露于地表的灰质砾岩，经亿万年地质变化而成，形态各异。程公许借景抒情，颂扬先生李璧（号石林）冰清玉洁、坚韧挺拔的品格。

②棱（léng）层：高耸突兀。

③玉韫（yùn）：蕴藏着玉的质地。金作声：作金声，发出金属的声响。

④宝璐：美玉。缤纷：众多繁盛貌。

⑤平泉：指平泉庄。唐李德裕的别业，距洛阳三十里，台榭百余所，天下奇花异草，珍松怪石，无不毕具。离立：并立。此处指石林的洞穴高大宽敞，洞内石笋、石钟乳等景观可与平泉庄媲美。

⑥品第：评定并分列次第。罗甲乙：罗列排比出优劣。

⑦狷（juàn）介：正直孤傲，洁身自好。

⑧觌（dí）面：当面，迎面。峥嵘：高峻突兀。

⑨忘言：谓心中领会其意，不须用言语来说明。

⑩泰山：位于山东泰安市中部，主峰玉皇顶气势雄伟磅礴，古称东岳，为五岳之首。自秦始皇封禅泰山后，历朝帝王不断在山上建庙塑神，刻石题字。

⑪拳石：指园林假山。唐白居易《过骆山人野居小池》诗："拳石苍苔翠，尺波烟杳眇。"

⑫蔼：古同"霭"，云气。肤寸：古长度单位。一指宽为寸，四指宽为肤。此借指下雨前云气逐渐集合，变化，翻云覆雨。

南阁①

葵倾心兮向阳②，车导迷兮指南。
彼赫曦兮丽昼③，奚信耳兮铜盘④。
路通行兮九轨⑤，奚窘步兮蹒跚。
理有窒兮必通，物无幽兮不阐。
懿君子兮姱修⑥，曾何心兮独善。
曼余目兮流观，瞻咫尺兮威颜⑦。
慨冥行兮一世⑧，抚余衷兮独安。
惟纳约兮自牖⑨，苟墙面兮孰诱。
拥前旒兮余察⑩，昏擿埴兮余考⑪。
周道兮如砥⑫，君子兮所履。
彼蒙叟兮何知⑬，跬步兮千里⑭。
倚槛兮永歌⑮，君门九重兮奈何。
倚皇明兮寤鉴⑯，蹈前修兮不颇⑰。

①南阁：在南宋临安的皇宫正殿之南，是中央机构办公之地。此处用“南阁”借指李壁曾任礼部尚书、参知政事、同知枢密院事等职。

②葵倾：葵花向日而倾。比喻向往思慕的心情。向阳：喻蒙受恩遇。

③赫曦：炎暑炽盛貌，此指太阳。

④信耳铜盘：商至战国时期流行的一种铜制盥洗器。当时盥洗用耳浇水，用盘承接。

⑤九轨：可容九辆车并列行驶的路面宽度，指城中大道。

⑥懿（yì）：美，好。姱（kuā）修：姱容修态，此指容貌美丽，品德高尚。

⑦咫尺威颜：比喻离天子容颜极近。咫尺：周制八寸为咫，十寸为尺，形容距离近。

⑧冥行：夜间行路，比喻盲目行事。

⑨纳约自牖：《易经》爻辞说：“樽酒，簋二，用缶，纳约自牖，终无咎。”意为遭遇冤屈，困于监牢，由亲人每天弄一尊酒、两盘食物，用瓦缶盛着，从窗户递进来，坚强乐观地活下去，时间将证明你没有过错。

⑩前旒（liú）：古代帝王冕冠前沿垂悬的玉串，指代帝王。

⑪擿埴（zhāi zhí）：亦作“擿植索涂”，谓盲人以杖点地摸索道路，喻暗中求索。

⑫周道：大路，也指周代治国之道。砥（dǐ）：磨刀石，引申为平直，平坦。

⑬蒙叟：指庄周，庄子的别名。

⑭跬（kuǐ）步：半步，跨一脚，引申为举步、迈步，

⑮倚槛（yǐ jiàn）：倚着栏杆。永歌：咏歌，歌唱。

⑯寤（wù）鉴：明白，审察。寤，古同“悟”。

⑰前修：犹前贤。不颇：成语“无平不颇”，指凡事没有始终平直而不遇险阻的。

平舟①

沧海兮渺弥，杳莫见兮津涯。
愕风涛兮澒洞②，问灵皇兮何之③。
天苍苍兮正色，水混混兮相接④。
何人心兮过险，陡平陆兮震慑⑤。
维水流兮不盈，纵涉险兮心亨。
亦可载兮可溺，毋以弱兮意轻⑥。
兀漏舟兮澎湃，矧维楫兮不戒⑦。
羌左重兮右轻，曾何恃兮弗败。
引余袂兮褰余裳⑧，整余柂兮屹余樯⑨。
舟中人兮乃心一，险可济兮患可防。
乘流兮上下，如平地兮康庄。
思古人兮莫我遌⑩，志尊尧兮慨以慷。
固天命兮有当，繄人谋兮允臧。⑪

①平舟：宦海无风三尺浪，正直的李璧曾先后谪居抚州和贬知遂宁府。程公许以“平舟”祝愿老师李璧在宦海行船四平八稳，一帆风顺。

②澒（hòng）洞：水势汹涌，引申为冲击、震动。

③灵皇：对君王的美称。《楚辞·严忌》：“灵皇其不寤知兮，焉陈词而效忠?”

④混混：同“滚滚”，水奔流不绝貌。《孟子·离娄下》：“源泉混混，不舍昼夜。”

⑤陡平陆：使平原陆地变得崎岖不平。震慑：震惊惶惧。

⑥以弱兮意轻：因水柔弱而看轻它。

⑦维楫：系船之绳和船桨。不戒：不引以为戒。

⑧引：拉，伸。袂（mèi）：衣袖，袖口。褰（qiān）：揭起。裳（cháng）：古代指遮蔽下体的衣裙。

⑨柂（duò）：古同“舵”。

⑩遻（è）：遇，遇到。

⑪允臧（zāng）：确实好，完善。《诗・鄘风・定之方中》：“卜云其吉，终然允臧。”毛传：“允，信；臧，善也。”

朝阳阁①

东方兮煌煌，烜吾目兮晨光②。
耳翰音兮三唱③，屏群英兮远藏。
揽衣兮起起，危槛兮徙倚④。
宁餐华兮学仙⑤，何炙背兮夸美⑥。
众鼾睡兮昏莫知，我心恻兮独徘徊⑦。
胡羲驭兮不少尼⑧，恐君行兮迫崦嵫⑨。
晞余发兮扶桑⑩，骋余乘兮旸谷⑪。
玩咸池兮洗光⑫，伫阊阖兮开钥⑬。
建采旄兮飞虹⑭，驾蜿蜒兮八龙⑮。
鸾凤兮前导⑯，灵鸟兮后从。
于微闾兮发轫⑰，景未仄兮帝宫⑱。
及曜灵兮未晏⑲，尚察余兮从容。

①朝阳阁：始建于唐末，原址在湖北黄石市黄石港上矶，一进两重。大门朝东，日出时光照大殿，朝阳阁由此得名。程公许借此遥祝老师李璧的事业如朝阳升腾。世事变迁，朝阳阁殿宇逐年荒废。2010 年得以重建，现位于

黄石市江滩公园内。

②烜（xuǎn）：本意是火旺，引申义是照亮。

③翰（hàn）音：《礼记·曲礼下》：“凡祭宗庙之礼……羊曰柔毛，鸡曰翰音。”后因以“翰音”为鸡的代称。三唱：鸡叫三遍。

④危槛（jiàn）：危栏。徙倚（xǐ yǐ）：徘徊，逡巡。

⑤餐华：餐华饮露。华，古同“花”，花朵。

⑥炙背：晒背。唐杜甫《忆幼子》诗：“忆渠愁只睡，炙背俯晴轩。”

⑦心恻（cè）：恻隐之心，对别人的不幸表示同情。

⑧羲驭（xīyù）：太阳的代称。羲和为日驭，故名。尼：孔子，此处指贤明之人。

⑨迫：接近。崦嵫（yān zī）：山名，在甘肃天水西境，传说为日落的地方。此喻人的暮年。

⑩晞（xī）：干，晒干。扶桑：传说日出于扶桑之下，此代指太阳。

⑪骋（chěng）：纵马向前奔驰。旸（yáng）谷：古称日出之处。

⑫咸池：神话中日浴之处。《淮南子·天文训》：“日出于旸谷，浴于咸池。”

⑬阊阖（chāng hé）：传说中的天门。《楚辞·离骚》：“吾令帝阍开关兮，倚阊阖而望予。”

⑭建：树立。采旄（máo）：指用旄牛尾装饰的彩旗。

⑮八龙：神话中的八匹龙马。

⑯鸾凤：鸾鸟与凤凰，比喻贤俊之士。前导：引导，引路。

⑰于微闾（wēi lǘ）：神话中的山名。《楚辞·远游》：“朝发轫于太仪兮，夕始临乎于微闾。”

⑱景：通“影”。仄：倾斜。帝宫：天宫。

⑲曜（yào）灵：太阳。《楚辞·天问》：“角宿未旦，曜灵安藏?”王逸注：“曜灵，日也。”未晏：不迟，尚早。晏，迟，晚。

醴泉墅①

桑枝绿兮麦齐腰，醴泉山兮春和柔②。

有美人兮山曲，薜荔屋兮蕙裯[③]。
溪流兮清浏[④]，岚霭兮秾秀[⑤]。
鸟语韵兮清风，花气馥兮晴昼。
山中人兮衮绣衣[⑥]，泛滥游兮憺忘归[⑦]。
溉千顷兮芳茝[⑧]，艺百亩兮留夷[⑨]。
岁暮兮华实，折以遗兮所思。
怀渺渺兮何极，时不可兮再得。
丹凤兮飞飞，何两美兮未合[⑩]。
山中人兮忍淹留，皇溷伫兮石田秋[⑪]。
乐行兮忧违[⑫]，余心兮焉求。
草萋碧兮日婉娩[⑬]，炯四目兮余袂挽[⑭]。
披霞组兮䌷琼编[⑮]，倚仙翁兮与周旋。
乐莫乐兮醴泉之墅，役薪水兮公忍余弃[⑯]。
凌泛景兮从之游，渺下顾兮一稊米[⑰]。

①醴泉：甜美的泉水。

②醴泉山：在四川眉山市西。李璧家曾在此建有别墅。《读史方舆纪要〈卷七一〉眉州》：醴泉山“在州西八里。环绕州城，山半有八角井，清甘如醴”。和柔：谓柔媚宜人。程公许借此祝愿老师李璧公务劳顿之余，能回家乡“醴泉别墅”静心修养。

③薜荔：程公许家乡越溪河一带称冰粉子。常绿藤本，蔓生，叶椭圆形，花极小，果实富胶汁，夏天可将其搓揉成如胶冻状的冰粉，有解暑作用。蕙裯：香如蕙兰的被子。

④清浏（liú）：形容水流清澈。

⑤秾（nóng）秀：花木繁盛，艳丽秀美。

⑥衮（gǔn）绣衣：衮衣绣裳。镶嵌有花边的上衣和绣有花纹的下裳。

⑦泛滥：随便，漫不经心。憺（dàn）：泰然，恬静。

⑧千顷：百亩为顷。千顷，极言其广阔。芳茝（chǎi）：香草名。

⑨艺：种植。《周礼·天官·宫正》："会其什伍，而教之道艺。"留夷：香草名，一说即芍药。

⑩两美：指忠臣与明君。《楚辞·离骚》："曰两美其必合兮，孰信修而慕之?"未合：不合。

⑪皇：通"惶"，皇惧，恐慌害怕。石田：多石而不可耕之地，喻无法发挥才智的地方。秋：时光。

⑫乐行忧违：指所乐的事就去做，所忧的事则避开。语出《易·乾》："乐则行之，忧则违之。"

⑬萋（qī）：草生长茂盛的样子。日婉娩（wǎn wǎn）：阳光温暖柔和。

⑭炯四目：观察四方的眼睛明亮有神。袂（mèi）挽：挽起衣袖，袖口。

⑮霞缊（yūn）：霞光氤氲。细（chōu）：缀集。琼编：美好的诗文篇什。

⑯役（yì）：衙役、公差。薪水：柴和水，借指生活必需品。余弃：犹遗弃，谓不在意，不重视。

⑰稊（tí）米：小米，比喻自身渺小。《庄子·秋水》："计中国之在海内，不似稊米之在太仓乎。"

述九颂①

嘉定十二年春②，西师弛备，敌骑坌入天汉、三泉、洋川③，蜀大震。

上用心恻④，始下诏图任旧人，起前参知政事眉山李公于洞霄祠馆⑤，以端明殿学士知遂宁府⑥。未就镇，溃兵啸聚，自利、阆、果捣虚入城⑦。公乃弭节潼川⑧，与季弟左史直院侍郎公共议招降⑨，以伐其阚西之谋⑩，贼始疑沮⑪，逡巡引避。用能延景刻⑫，会将士以蹙之⑬，贼固为吾几上肉矣。

兵燹创残，流离未复，公始至，是究是图⑭，俾就安集⑮。民遂德之，家置一喙[16]。先一州而后天下，挽天河以洗兵甲[17]，苍生属望于公，不啻旱秧之渴雨。

先是岁行丁丑[18]，公初度之临也[19]，公许尝赋拟骚《九颂》为公寿，公读之喜，谓其文骎骎乎子骏[20]，与可伯仲之间。愚不敏，惧不敢当也。

今岁己卯[21]，公之寿籍方周一甲子[22]，而雨露疏恩，适丁斯时[23]，泰道初亨[24]，寿隽登用[25]，纪年太极[26]，自当与宋匹休[27]。

公许感公文字之知，不敢碌碌自比常伦[28]，再抒鄙思，为《述九颂》九章，章各有指，所以侈公道之开而申前作之未备，绘画日月，非僭则狂[29]，爱助之情，则在可取。

是岁十一月既望[30]，门人程公许拜手谨序。

①述：陈说。程公许此九颂为贺老师李壁 60 岁生日所作。

②嘉定十二年：公元 1219 年。此年金破川陕兴元（今陕西汉中）等诸州府。雅州蛮攻入卢山县（今四川芦山县），宋边兵大败，蛮众遂焚寨掠碉而去。

③坌（bèn）：像尘埃那样聚积，涌出。天汉、三泉、洋川：天汉、洋川在今陕西汉中境内，三泉在今四川广元市东北。

④恻（cè）：悲伤不忍。

⑤眉山李公：参见 7 页注⑫。洞霄祠馆：南宋杭州著名道观，李壁受排挤时任“提举洞霄宫观察使”之职。

⑥端明殿学士：后唐始置，宋沿置，由久任学士大臣担任，掌进读书奏。遂宁府：两宋时大部分位于今四川遂宁市与重庆市潼南区。

⑦利、阆、果：利州为今四川广元市大部和今陕西西南部及甘肃东南部，治所在广元老城。阆州：治所今阆中古城。果州：以今四川南充为主。因南充城西有历来盛产黄果（广柑）的果山，故定名“果州”。捣虚：乘虚进击。

⑧弭节：驻节。潼川：今三台县，曾经是四川的第二大重镇。潼川古称梓州，宋、元、明时为潼川府治所。

⑨季弟：排行最小的弟弟，此指李璧七弟，也是程公许老师的李埴，参见 7 页注⑫。左史：官名。春秋时置，左史记言，右史记事。直院：宋代入翰林学士院而未授学士职者称“直院”。侍郎：尚书的属官，初任称郎中，满一年称尚书郎，三年称侍郎。

⑩阚（hǎn）西：在西部边境吼叫骚扰。阚：吼叫。

⑪疑沮（yí jǔ）：恐惧沮丧。

⑫用能延景刻：用兵之前能充分思考准备。景刻：时间。刻，漏刻。

⑬会将士以蹙之：召集将士，用兵神速。蹙（cù）：紧急，紧迫。

⑭是究是图：深思熟虑。究，深思。图，考虑。

⑮俾就安集：使社会开始安定。俾（bǐ）：使。

⑯喙（huì）：鸡鸭等家禽。

⑰洗兵甲：挽下银河把甲胄、兵器全部清洗，永不再用。出自唐杜甫《洗兵马》：“安得壮士挽天河，尽洗甲兵长不用!”

⑱是岁行丁丑：公元 1217 年。

⑲初度：生日。临：南宋都城临安。

⑳骎骎（qīn qīn）：马跑得很快，迅疾。子骏：年轻英俊。

㉑今岁己卯：公元 1219 年。

㉒甲子：在中国古代的历法中，甲、乙、丙、丁、戊、己、庚、辛、壬、癸被称为“十天干”，子、丑、寅、卯、辰、巳、午、未、申、酉、戌、亥叫作“十二地支”。古代中国用天干地支来表示年、月、日、时。十天干和十二地支进行循环组合：甲子、乙丑、丙寅……一直到癸亥，共得到 60 个组合，称为六十甲子。纪年为 60 年一个周期，纪月为 5 年一个周期，纪日为 60 天一个周期，纪时为 5 天一个周期。中国传统的每天与 12 个时辰（时辰也就是大时，两个小时为一个大时）对应，用 5 天作为一个循环周期，所谓“五日一候”，共是 60 个时辰。

㉓适丁斯时：恰逢此时。丁，当，遭逢。

㉔泰道初亨：平安的道路初通，安定的社会秩序刚建立。

㉕隽（juàn）：鸟肉肥美，味道好，喻美味佳肴。登用：进用。

㊱太极：所谓太极即是阐明宇宙从无极而太极，以至于万物化生的过程。

其中的太极即为天地未开、混沌未分阴阳之前的状态。

㉗匹休：媲美，比配。

㉘自比常伦：自己比作李公此前所称的兄弟。常伦：通常的排序。

㉙僭（jiàn）狂：僭越狂妄。

㉚是岁：公元 1219 年。既望：农历十五日为望，十六日为既望。

毓粹①

五气兮顺行②，万汇兮嘉生。
繄人兮有异③，毓秀兮最灵。
纷总总兮横目④，何一浊兮一清。
岂后皇兮尔私⑤，命曰贤兮粹精。
虽才品兮靡易⑥，匪先觉兮曷程⑦。
诞空桑兮开有殷⑧，崧岳降兮周之祯⑨。
矧皇运兮配天⑩，作之辅兮差肩⑪。
蔼遗芳兮简编，屹柱石兮多贤。
眷指李兮嫡裔⑫，祖柱下兮老仙⑬。
扶舆兮瑞雾⑭，溶泄兮非烟⑮。
鞭鸾兮驭鹤，抉云汉兮来九天。
粲文瑞兮郁郁⑯，帝所赉兮坤轴⑰。
经天兮日星⑱，纬地兮岳渎⑲。
绵万祀兮不泯⑳，为生民兮耳目。

①毓粹：犹毓精。毓，本义是稚苗嫩草遍地而生，引申义是生养、孕育。程公许借此赞美养育老师李壁的皇天后土。

②五气：即金、木、水、火、土五行之气，古人视其为生养万物之原。

③繄（yī）：文言助词，惟。

④纷总总：众多貌。横目：指人民，百姓。

⑤后皇：天地的代称。后：土；皇，天也。

⑥靡易：没有变化。靡，无，没有。

⑦先觉：事先认识觉察，觉悟早于常人的人。曷（hé）程：怎么会先行。

⑧空桑：古地名，指今鲁西豫东地区，因有大片桑林而得名。又因是名相伊尹和圣人孔子的出生地而出名。

⑨崧岳：参见 17 页注㉜。周之祯：周朝的吉祥。祯：吉祥。

⑩矧（shěn）：况且。皇运配天：谓享有辅佐皇位天命。

⑪差（cī）肩：比肩，肩挨着肩。

⑫嫡裔：李璧的父亲李焘为唐宗室曹王之后。先祖李明为唐太宗李世民第十四子。

⑬柱下：老子姓李名耳，相传老子曾为周柱下史，后以“柱下”为老子或老子《道德经》的代称。

⑭扶舆：犹扶摇，盘旋升腾貌。

⑮溶泄：晃动貌，荡漾貌。非烟：指喜庆的五色祥云。《史记·天官书》：“若烟非烟，若云非云，郁郁纷纷，萧索轮囷，是谓卿云。卿云，喜气也。”

⑯粲（càn）文瑞：使文象与符瑞鲜明美好。郁郁：浓烈，旺盛貌。

⑰赉（lài）：赐予，给予。坤轴：古人想象中的地轴。

⑱经天纬地：织物的竖线叫经，横线叫纬，比喻规划天地。形容有治理天下的经世之才。

⑲岳渎（dú）：五岳和四渎的并称。五岳为南岳衡山、中岳嵩山、北岳恒山、东岳泰山、西岳华山，四渎为长江、黄河、淮河、济水。

⑳绵万祀：绵延万年。不泯：不灭。

载英①

岷山兮五岳丈人②，大江兮四渎之尊③。

羌郁积兮佳气，固人物兮载英。

环两川兮千里[4]，何江乡兮专美？

汇千顷兮玻璃，龙与鹤兮集止。

山之隐者聃耳孙[5]，子正见兮杨氏女[6]。

乘泛景兮罡风[7]，霭仙踪兮山之趾[8]。

禀帝命兮丛霄，聊世人兮游戏。

五男子兮翘楚[9]，今峣峣兮鼎峙[10]。

彼谈迁兮世史官[11]，怅有歉兮昆及季[12]。

真人兮高翔[13]，眄尘寰兮秕糠[14]。

悯俗兮惛瞀[15]，蹇余佩兮荧煌[16]。

老翁泉兮龙鹤之云[17]，前苏后李兮蔼芳馨[18]。

岷可砺兮江可竭，不可沫兮英与灵。

①载英：出自左思《蜀都赋》："江汉炳灵，世载其英。"炳灵，焕发灵气。载，承载，犹产生也。意谓江汉明灵，故代生贤哲。程公许借此赞美诞生老师李壁的蜀中山水。

②岷山：绵延川、甘两省边境，为长江、黄河分水岭。五岳丈人：青城山的别名。都江堰将岷江分水后化害为利，灌溉成都平原。嘉陵江的一支源头白龙江也发源于岷山。

③大江：明代以前，人们认为岷江是长江正源，因而称其为大江。四渎：江、淮、河、济。

④两川：唐肃宗至德二载（757），剑南道置东川、西川两节度使，因有"两川"之称。

⑤聃耳孙：老子的后世子孙。老子，姓李，名耳，字聃。

⑥子正见兮杨氏女：先生明媒正娶杨氏的女儿。李焘为丹棱人朝散大夫杨素的孙女婿。

⑦泛景：喻美景。罡（gāng）风：道教谓高空之风，后亦泛指劲风。

⑧霭：云气。仙踪：仙人的踪迹。山之趾：山脚。

⑨五男子：李焘五子中，李璧历任礼部尚书、参知政事，李垕主管成都府玉局观，李垔曾任朝散郎，李塾曾任承议郎，李埴官至资政殿学士、知眉州。翘楚：杰出人才。

⑩峣峣（yáo yáo）：高耸貌，形容性格刚直。鼎峙：如鼎足并峙。

⑪谈迁：司马谈和司马迁。司马谈为西汉太史令。其子司马迁发奋完成所著史籍，被后世尊称为太史公、历史之父。

⑫怅有歉：失意，歉疚。昆季：指李璧与李埴兄弟。长为昆，幼为季。

⑬真人：道家称存养本性或修真得道的人，亦泛称“成仙”之人。

⑭眄（miǎn）：斜着眼睛看。尘寰（huán）：人世间。秕糠：瘪谷和米糠，犹言糟粕，喻庸俗之人。

⑮惛瞀（hūn mào）：昏暗而不明事理。

⑯蹇：句首文言语助词。佩：古代系在衣带上的玉饰。荧煌（yíng huáng）：明亮耀眼。

⑰老翁泉：苏洵埋葬于“老翁泉”。当地人说月明之夜，可见一白发俊雅老翁倚坐在大堤之上，人近则消失水中。因此苏洵通常亦被称为“苏老泉”。龙鹤：龙与鹤，指仙人的坐骑。之云：腾飞到天上。之，动词，到。

⑱前苏后李：前有三苏父子后有李焘父子六人。芳馨：芳香，此喻美好的名声。

经文①

天不椓兮斯文②，寄命脉兮哲人③。
烂咸阳兮虐焰④，不可毁兮六经⑤。
苟日月兮可晦，何天地兮长存？
言不文兮行不远，义欲正兮词欲赡⑥。
学之荒兮气之浮，匪艰深兮必蹇浅⑦。
公昔来兮帝旁，佩琼蕤兮云锦裳⑧。

六龙兮伏轸[⑨]，从之兮彩凰。
愍世兮溷浊[⑩]，不扫兮不祥。
屈宋兮导前[⑪]，卿云兮翼后[⑫]。
韩柳兮并驰[⑬]，杜李兮齐骤[⑭]。
建安七子兮随行[⑮]，江左诸谢兮罗左右[⑯]。
抗吾旃兮典籍场[⑰]，轶吾毂兮风雅囿[⑱]。
探金匮兮秘图[⑲]，挞国华兮册书[⑳]。
范金石兮扬律吕[㉑]，散人世兮犹绪余[㉒]。
民之生兮有司命，彼指南兮亦有车。
秉斯印兮千万寿[㉓]，后有觉兮余楷模。

①经文：此指儒家四书五经等经典书籍。程公许借此赞美老师李壁的儒学渊源。李壁一生虽长期肩负中枢和地方军政重任，却嗜学如饥似渴，群经百家之书无所不读，熟知历朝典章制度，为文隽逸，一生著述甚丰。

②椓（zhuó）：敲打。斯文：此指儒士、文人。

③寄命脉：以重任相委托。哲人：智慧卓越的人。

④烂咸阳：指秦桧。《战国策·秦策四》载，齐、韩、魏攻秦，昭王割三城以求和，且曰："宁亡三城而悔，无危咸阳而悔也。"南宋丞相秦桧割地媚金以求偏安，事类昭王。秦都咸阳而桧姓秦，故时人以"烂咸阳"称之。虐焰：残暴的气焰。

⑤六经：参见19页注㊇。

⑥义欲正：人对事物的认识要客观公正。赡（shàn）：才情丰富。

⑦蹇（jiǎn）浅：犹言鄙陋浅薄。

⑧琼蕤（ruí）：玉花。

⑨六龙：指太阳。神话传说日神乘车，驾以六龙，羲和为御者。轸：古代指车箱底部四周的横木，借指车。

⑩愍（mǐn）世：悯世，忧世。溷浊（hùn zhuó）：混乱污浊。

⑪屈、宋：战国时楚辞赋家屈原、宋玉的合称。

⑫卿、云：汉代辞赋家司马相如（字长卿）、扬雄（字子云）的合称。翼

后：飞翔在后边。

⑬韩、柳：唐代古文家韩愈和柳宗元的合称。并驰：齐头并进。

⑭杜、李：杜甫和李白的合称。骤（zhòu）：快跑。

⑮建安七子：汉末建安（献帝年号）时期，孔融、陈琳、王粲、徐幹、阮瑀、应玚和刘桢七人，同时以文学齐名。

⑯江左：参见 42 页注⑪。诸谢：指晋谢安、谢石、谢玄等人。罗：罗列。

⑰抗：呈上。吾旃（zhān）：古代一种赤色曲柄的旗。

⑱轶（yì）：古同“溢”，充满、装满。毂（gǔ）：车。风雅：指《诗经》中的《国风》和《大雅》《小雅》，亦用以指代《诗经》。囿：借指事物萃聚之处。

⑲金匮（guì）：亦作“金柜”，铜制的柜。古时用以收藏文献或文物。秘图：神秘的图谶。

⑳掞（shàn）：舒展，铺开。国华：喻指国宝。

㉑范金石：浇铸铜器的模子。扬律吕：古代校正乐律的器具。

㉒绪余：参见 11 页注⑩。

㉓斯印：帝王之印。千万寿：犹言万岁，祝颂帝王长寿的套语。

耀德①

郊见帝兮琮璜②，瑟彼瓒兮流斯皇③。
物有专兮灵粹，宁糅杂兮寻常。
懿君子兮毓德④，可蠡测兮蕴藏⑤。
禀堪舆兮间气⑥，学远绍兮皇王⑦。
探坠绪兮邹鲁⑧，集皋夔兮众芳⑨。
俗薆薆兮要艾⑩，纷余佩兮兰纕⑪。

众襜襜兮冶服[12]，烂余裳兮织襄[13]。
石渠兮紫橐[14]，斗枢兮黄阁[15]。
持众美兮效君，宁濡迹兮康国[16]。
世惛惛兮莫与[17]，矫兹媚兮私处[18]。
畦于闾兮珣琪[19]，艺琼蔬兮玄圃[20]。
暖晴旭兮养和[21]，霏瑞雾兮来下。
苟昭质兮莫亏[22]，犹可遗兮远者。
及羲鞭兮未晏[23]，导帝之兮轨路。

①耀德：显扬以德化人。出自《国语·周语上》："先王耀德不观兵。"程公许在此赞美老师李璧为世人树立了以德化人的楷模。

②郊见帝：古代天子祀天帝诸神于郊外。琮璜（cóng huáng）：皆神圣的庙堂玉器，此喻德之美。

③瑟：弦乐器，似琴。瓒（zàn）：古代祭祀用的一种像勺子的玉器。斯皇：鲜艳。朱芾（fú）：围于礼服前面的大巾。

④懿：德行美好。毓德：修养德性。

⑤蠡（lí）测：成语"以蠡测海"，比喻以浅陋之见揣度事物。语出《汉书·东方朔传》："以筦窥天，以蠡测海。"蠡：贝壳做的瓢。

⑥堪舆："堪"为高处，"舆"为下处。此处"堪舆"指称天地。间（jiàn）气：古代谓英雄伟人，上应星象，禀天地特殊之气而生，正气为帝，间气为臣。

⑦绍：延续，继承。皇王：指古圣王，后亦泛指皇帝。

⑧坠绪：指行将绝灭的学说。邹鲁：邹，孟子故乡；鲁，孔子故乡。后因以"邹鲁"指文化昌盛之地、礼义之邦。

⑨皋夔（gāo kuí）：皋陶（yáo）和夔的合称。传说皋陶是虞舜时刑官，夔是虞舜时乐官，后常借指贤臣。

⑩俗：凡世间。薆薆（ài ài）：阴暗不明貌。薆，草木遮蔽阳光。艾：止，绝。

⑪兰纕（xiāng）：香兰做的佩带。

⑫襜襜（chān chān）：晃动貌。冶服：华丽的服装。

⑬烂：使明亮，有光彩。织襄：外衣镶边包裹。

⑭石渠：宫廷收藏字画的地方。紫橐（tuó）：紫色书袋。橐，口袋。

⑮斗枢：北斗七星的第一星，名天枢，亦泛指北斗。黄阁：汉以后的三公官署避用朱门，厅门涂黄色，以别于天子。后因以黄阁指宰相官署。

⑯濡迹：滞留、驻足。康国：太平盛世。

⑰惛惛（mǐn mǐn）：指晦昧不明。莫与：不参与其中。

⑱矫：假托。媚：喜好。私处：犹独居。

⑲闾：医无闾山，在辽东，其山产美玉名珣琪（xún qí）。

⑳艺：种植。琼蔬：晶莹剔透的果蔬。玄圃：传说黄帝的空中花园，凡人一旦登临，即可成仙。

㉑晴旭：阳光。养和：保养身心。和，指人体元气。

㉒昭质：明洁的品质。《楚辞·离骚》："芳与泽其杂糅兮，唯昭质其犹未亏。"莫亏：不缺损。

㉓羲鞭：羲和之鞭。《离骚》中，羲和为替太阳驾车的神。晏：迟，晚。

亮节①

萝门兮薜户②，宛其姝兮静女③。

抚瑶瑟兮清歌，歌不绝兮如缕。

事君子兮岁几何，荠非甘兮蘖非苦④。

金石兮贞心，恩深兮雨露。

艳半额兮娉倡⑤，岂娥眉兮能妩。

山之颠兮虎豹嗥⑥，波汹汹兮蛟龙饕⑦。

君欲行兮孰导，隐余思兮郁陶。

愿一列兮无从⑧，首倦栉兮频搔⑨。

宝辂兮瑶辙[10]，道阻兮积雪。
君何志兮远游，危断绥兮惙惙[11]。
岁冉冉兮将遒[12]，蹇奚淹兮山椒[13]。
愣哕凤兮戾止[14]，曰有诏兮汝谋。
日有食兮仍曜，景有晏兮复朝[15]。
苟荪菱兮弗谖[16]，聊延伫兮中洲[17]。

①亮节：高风亮节，高尚的品格和坚贞的节操。此篇赞美老师李璧为官清正廉洁，品行高尚。

②萝门：藤蔓植物缠绕的门。薜（bì）户：为薜荔所缠绕的门户，此指隐者的住所。

③宛：宛如。静女其姝（shū）：娴雅的美女含羞不语。出自《邶风·静女》："静女其姝，俟我于城隅。"姝，美女。

④荠：荠菜。蘖（niè）：植物的芽。

⑤半额：谓宽达额之一半。《后汉书·马廖传》："城中好高髻，四方高一尺；城中好广眉，四方且半额。"姱（kuā）倡：姣美的女子。

⑥嗥（háo）：野兽吼叫。

⑦汹汹：形容声音喧腾迅疾。饕（tāo）：饕餮（tiè），传说中的一种凶恶贪食的野兽，龙生九子之一。

⑧一列：一一陈述。无从：找不到门径或头绪。

⑨首倦栉兮频搔：身心疲乏，频繁搔头。栉（zhì）：梳子和篦子的总称。

⑩辂（lù）：古代车辕上用来挽车的横木，此指大车。辙：车轮压的痕迹，此指途径、门路。

⑪绥：古代指登车时手挽的索。惙惙（chuò chuò）：忧郁，忧伤貌。

⑫冉冉：慢慢变化。遒（qiú）：迫近。《楚辞·九辩》："岁忽忽而遒尽兮，恐余寿之弗将。"

⑬蹇（jiǎn）：行走困难。奚：文言疑问代词，相当于"胡""何"。淹：滞留。山椒：传说山中树木之精，鬼的一种，夜里出没袭击人类。

⑭哕（huì）：泛指鸟叫声。戾（lì）止：来到。

⑮景（yǐng）：通“影”，影子。晏：迟，晚。复朝（zhāo）：一天天重复出现。

⑯苏：一种香草，亦称“荃”。薆（ài）：草木茂盛。弗谖（xuān）：永矢弗谖，永远不会忘记。谖，忘记。

⑰聊：姑且，勉强。延伫（yán zhù）：久留，此指归隐。

固屏①

蚩尤旗兮飞奂②，天狗堕兮隐雷③。
天运兮日蹙④。目涨兮氛埃。
一失兮一得，孰强兮孰弱！
莽三垂兮骨纵横，恣强敌兮横奔突。
天万里兮杳莫知，何一朝兮飞羽愕？
皇乃眷兮西顾，怆赤子兮何负。
白驹兮来思⑤，空谷兮逸豫⑥。
有俶兮东方⑦，千骑兮煌煌。
淑旗兮绥章⑧，往钦兮汝臧⑨。
膏余车兮秣余马⑩，汝不来兮盍整驾。
忽雾塞兮飙回，梗绿林兮辚藉⑪。
不我后兮我前，幸劫灾兮天假⑫。
怒辙兮徒劳，鼎鱼兮焉逃⑬。
民生兮何尤，膏火兮煎熬。
蛟涎兮脱祸，父母兮鞠我⑭。
集雁兮中洲，作屏兮蜀左⑮。
内讧兮外阻，谁御兮谁拒。
肤寸兮郁遥岑⑯，先州兮后天下。

①固屏：南宋宁宗开禧三年（1207）正月十八日，在南宋向金发动的“开禧北伐”面临全面失败之际，南宋王朝的四川宣抚副使吴曦“受金命称蜀王”，正式宣布反叛宋朝。朝廷紧急启用李璧、李埴兄弟，迅速平定叛乱。作者以“固屏”为题，称颂两位老师在四川为南宋筑起一道屏障。

②蚩尤旗：彗星名。古代以为此星出有征伐之事。飞炱（tái）：烟气凝积而成的黑灰。

③天狗：又称天狼星。堕（duò）：掉下来。民间传闻，天狗陨，雨血三日。

④天运：犹天命，自然的气数。日蹙（cù）：一天比一天紧迫。

⑤白驹：比喻流逝的时间。来思：归来。

⑥空谷：空旷幽深的山谷，此指贤者隐居的地方。逸豫：安乐，舒适貌。

⑦俶（chù）：整理行装。

⑧淑旗：指绘有蛟龙的旗帜。绥（suí）章：古代旗竿顶端所饰的染色的鸟羽或旄牛尾，用以别贵贱。

⑨往钦兮汝臧（zāng）：去朝廷献上你的才华。钦，皇帝，此指朝廷。臧，美好，善良的才德。

⑩膏余车：把油抹在我的车轴上。秣（mò）：喂养。

⑪梗：阻塞。绿林：此指吴曦叛军。辚藉（lín jí）：互相辗轧，践踏。

⑫幸劫灾：意外地免去劫难。天假：上天给予。

⑬鼎鱼：鼎中之鱼。比喻濒于灭亡的人或事物。焉逃：逃往哪里。

⑭鞠我：养育，抚养我。《诗·小雅·蓼莪》：“父兮生我，母兮鞠我。”

⑮蜀左：此指嘉陵江左岸。

⑯肤寸：参见59页注⑫。遥岑（yáo cén）：远处陡峭的小山崖。

入辅①

滃沦兮泽有水②，渺莫窥兮涯涘③。

鼓之雷兮嘘之风[4]，沛万里兮流莫止[5]。
潏涛澜兮泛东洋[6]，张乾纲兮翕坤纪[7]。
渺观兮古今，贤运兮齐轨[8]。
狼跋兮其胡[9]，赤舄兮几几[10]。
东征兮迟迟，滔滔兮不归。
归来兮何时，绣裳兮衮衣[11]。
美人兮嫮好[12]，不遇兮人老。
昔与余兮成言[13]，忍弃之兮异道[14]。
九疑兮缅哉[15]，重华兮宴娭[16]。
苍龙兮峙阙[17]，岧峣兮帝台[18]。
蕙裯兮芷幄[19]，从之兮九垓[20]。
麾青虬兮以梁[21]，骖孔鸾兮以驾[22]。
霭云旃兮缤纷[23]，恍松乔兮来御[24]。
步咫尺兮帝轩，帝一笑兮何言。
恍流眄兮下土[25]，扫埃氛兮九埏[26]。
余左兮汝右，余先兮汝后。
汝作朕兮股肱[27]，拜稽首兮万寿。

①入辅：入辅吾皇。程公许此指老师李壁以父荫入官，后登进士第，仕至礼部尚书、参知政事；李埴历官成都府路提刑、国史院编修官、实录院检讨官、秘书少监、起居舍人。兄弟辅佐朝廷30余年。

②奫（yūn）沦：水深广貌。

③涯涘（sì）：水岸边，引申为尽头。

④鼓之雷：水流湍急，水声如雷。嘘之风：水起风生。

⑤沛：此指水势湍急，迅猛。

⑥潏（yù）：水涌出。泛东洋：流向东边的大海。

⑦张乾纲：展开天的纲维。翕（xī）坤纪：聚合大自然的规律。坤，大地，大自然。

⑧贤运齐轨：效法先贤，循着前人的轨迹。

⑨狼跋其胡：老狼前行踩着颈下的肉，喻艰难窘迫。跋：踩。胡：颈下垂肉。

⑩赤舄（xì）：古代天子、诸侯所穿的鞋。赤色，重底。几几：鞋头尖而上翘。《诗·豳风·狼跋》："狼跋其胡，载疐其尾。公孙硕肤，赤舄几几。"意为老狼前行踩颈肉，后退绊尾又跌倒。贵族公孙腹便便，脚蹬朱鞋光彩耀。

⑪绣裳衮衣：古代帝王及公卿穿的绣有卷龙的礼服，借指帝王或公卿。

⑫美人：此指品德美好的人。嫮（hù）：夸耀。

⑬成言：订约，商定。

⑭异道：分道扬镳。

⑮九疑：山名，在湖南宁远县南。相传舜南巡崩于山间，葬于山前。二妃娥皇、女英前来寻觅，由于九峰相似，令人疑惑，终未得见。

⑯重华（chóng huá）：舜，姚姓，妫氏，名重华，史称帝舜、虞舜。宴娭（xī）：宴饮嬉戏。

⑰苍龙：传说中的青龙，古传为祥瑞之物。阙（què）：皇宫门前两边供瞭望的楼。

⑱岧峣（tiáo yáo）：遥远、高峻貌。峣，高的样子。帝台：帝阙。

⑲蕙裯：参见64页注③。芷幄（wò）：散发着香气的帐幕。

⑳九垓（gāi）：九层，指天。

㉑麾（huī）青虬（qiú）：指挥青色的龙。以梁：以之为桥。

㉒骖（cān）：驾。孔鸾（luán）：孔雀和鸾鸟，喻指德才贤能者。以驾：以之为座驾，以其为辅佐。

㉓霭云旃（zhān）：祥云密集如同赤色旗帜。

㉔松乔：神话中仙人赤松子与王子乔的合称，此处泛指隐士或仙人。赤松子传说为神农时雨师。王子乔传为蜀人，弃官修炼道术，得道后骑鹤升天。御：驾驶车马。

㉕下土：大地，此指人间。

㉖埃氛：尘埃弥漫的大气，喻污浊的尘世。九埏（shān）：九州的边际。

㉗股肱（gōng）：大腿和胳膊。此喻左右辅佐之臣。

纪生[①]

一日兮周正[②]，建子兮良辰[③]。
黄钟兮起律[④]，鲁台兮望云[⑤]。
气机兮翕辟[⑥]，往来兮不停。
皇揆予兮初度[⑦]，秉幼志兮洁贞。
延日月兮察幽[⑧]，晞雨露兮瀹氛[⑨]。
荪拳拳兮余爱[⑩]，何险艰兮弛勤。
与荪违兮星纪[⑪]，思专专兮曷已[⑫]。
九折臂兮成医，信情质兮可恃[⑬]。
端策兮以占[⑭]，有孚兮韦编[⑮]。
阴极兮阳复[⑯]，贤运兮不然。
矧甲子兮一周[⑰]，测天度兮循环[⑱]。
丹台兮定录[⑲]，寿纪兮日延[⑳]。
理无窒兮不亨，物去故兮就新。
蠖屈兮求信[㉑]，根归兮再荣[㉒]。
彼涸阴兮毓质[㉓]，亦忍俟兮阳春[㉔]。
洪钧兮密庸[㉕]，播物兮无垠。
开八荒兮寿域[㉖]，如华胥兮大庭[㉗]。

①纪生：纪念诞辰。程公许再次表明此为贺老师李璧六十大寿而作。

②一日：犹言一月之日。孔颖达：“一之日、二之日，犹言一月之日、二月之日。”周正：周历正月，即农历十一月。

③建子：指以夏历十一月（建子月）为岁首的历法，属周正。

④黄钟：古之打击乐器，多为庙堂所用。律：中国古代审定乐音高低的

标准，把声音分为六律（阳律）和六吕（阴律），合称“十二律”。

⑤鲁台：位于湖北武汉市黄陂区，是纪念北宋理学宗师程颢、程颐兄弟的圣地。望云：望白云，谓仰慕贤者。

⑥气机：谓天地有规律运行的自然机能。翕（xī）辟：开合，启闭。

⑦皇揆（kuí）予初度：父亲端详我出生时气度不凡。出自《楚辞·离骚》：“皇览揆余初度兮，肇锡余以嘉名。”皇，此为对先代的敬称。揆，揣测、观察。初度，谓始生之时，后也称生日为“初度”。

⑧延日月：随时日增加。察幽：成语“洞幽察微”，意为彻底地看到幽深微妙处。

⑨晞雨露：谓沐浴恩泽。晞：拂晓。瀹（yuè）氛：云雾像煮茶时水汽蒸升。瀹，煮。

⑩荪：一种香草。拳拳：眷爱貌。唐白居易《访陶公旧宅》诗：“每读《五柳传》，目想心拳拳。”

⑪与荪违：与美好的事物久违。星纪：星次名，泛指时光岁月。

⑫思专专：用心专一。曷已（hé yǐ）：怎么能停止。

⑬信：诚实、可靠，不欺骗，不怀疑。情质：犹衷情或性情与素质。可恃（shì）：可以依靠。

⑭端策：用手平拿着蓍草，仔细地看。策，卜筮用的蓍草。占：占卜。

⑮有孚：有诚信。孚，信用。韦编：古代用竹简书写，用皮绳编缀称“韦编”，泛指古籍。

⑯阴极阳复：阴气盛极，一阳来复。古人认为天地间有阴阳二气，每年夏至日，阳气尽而阴气始生；冬至日，则阴气尽而阳气开始复生。

⑰矧（shěn）况且。甲子：参见67页注㉒。

⑱测天度：测量周天的度数。古代天文学划分周天区域的单位。宋苏轼《管仲论》：“今夫天度三百六十，均之十二辰。”

⑲丹台：道教指神仙的居处，此指古代帝王为功臣绘制画像的台阁，汉有云台，唐有凌烟阁。定录：确定录入。

⑳寿纪：寿数。宋程俱《自宽吟戏效白乐天体》诗：“人言病压身，往往延寿纪。”

㉑蠖（huò）屈：形容像尺蠖一样的屈曲之形。比喻人不遇时，屈居下位或退隐，等待施展抱负。蠖的幼虫身体细长，行动时一屈一伸像拱桥，休息时常用腹足和尾足抓住树枝，使虫体能斜向伸直如树枝。求信（shēn）：企求伸展。信，通“伸”。《易·系辞下》：“尺蠖之屈，以求信也；龙蛇之蛰，以存身也。”

㉒根归兮再荣：叶落归根后会让草木更茂盛。

㉓涸（hé）阴：谓隆冬寒气凝结。毓质：生养、孕育着美好的事物。

㉔忍俟（sì）：耐心等待。

㉕洪钧：指天。《文选·张华〈答何劭诗之二〉》：“洪钧陶万类，大块禀群生。”密庸：暗中显功效。《列子·周穆王》：“善为化者，其道密庸，其功同人。”

㉖八荒：即东、南、西、北、东南、东北、西北、西南八个方向。寿域：谓人人得尽天年的太平盛世。

㉗华胥（xū）：传说是伏羲氏的母亲。华胥氏之国无帅长，其民无嗜欲，怡然自得。此用华胥喻理想的安乐和平之境。

真侣①

天门开兮九重，烂钩陈兮紫宫②。
烜舜瞳兮万里③，穆五弦兮从容④。
予唱兮孰和，劳心兮忡忡。
渺烟尘兮萧瑟，慨世途兮荆棘。
上帝兮孔仁⑤，赉予兮良弼⑥。
金碧波兮涨漪沦，妖氛洗兮景气新。
皇轸思兮六合⑦，伫公来兮经营。
天苍兮地厚，日月兮悠久。

民命兮以延，国脉兮以寿。
云鬅鬙兮仙者家[⑧]，瑶之台兮户琼玖[⑨]。
饭宝屑兮醴玄霜[⑩]，脯擘荔兮果梨枣。
驭鹤兮鞭龙，故山兮春风。
吾谁侣兮赤松[⑪]，匪上玄兮曷从[⑫]。
抚尘劫兮浩荡，燕钧天兮乐融[⑬]。
长接引兮群品[⑭]，与龙汉兮无穷[⑮]。

①真侣：道士。程公许此喻指老师李璧为得道仙人。

②烂钩陈：帝王宫禁灿烂耀眼。钩陈：星官名，此指后宫。紫宫：紫微宫，星名，古代认为系天帝之座，紫微垣是神话中天帝的居室。

③烜（xuǎn）舜瞳（tóng）：使帝王的眼睛明亮。烜，明亮。瞳，瞳仁，眼睛。

④穆五弦：温和的五弦之音。穆：温和。从容：悠闲舒缓。

⑤孔仁：成语“孔仁孟义”，孔子提出“仁”的思想，孟子提出“义”的概念。帝王孔仁指的是封建时代倡导儒家学说。

⑥赉（lài）予：赐予我。良弼（bì）：犹良臣辅佐。《书·说命上》：“恭默思道，梦帝赉予良弼，其代予言。”孔传：“梦天与我辅弼良佐，将代我言政教。”

⑦轸（zhěn）思：痛思。轸，伤痛。六合：天地四方，天下，人世间。

⑧云鬅鬙（péng sēng）：云雾缭绕。鬅鬙，喻山石花木等参差散乱。

⑨瑶台：美玉砌的楼台，亦泛指雕饰华丽的楼台，传说中的神仙居处。户琼玖：以美玉装饰门窗。琼和玖，泛指美玉。《诗·卫风·木瓜》：“投我以木瓜，报之以琼玖。”毛传：“琼、玖，玉名。”

⑩饭宝屑：以宝玉屑为饭。醴玄霜：以玄霜为饮料。玄霜，神话中的一种仙药。

⑪赤松：即赤松子，古代中国神话传说中的上古仙人，为神农时雨师。《楚辞·远游》：“闻赤松之清尘兮，愿承风乎遗则。”

⑫上玄：上天。曷从：何从。

⑬燕：古同“宴”，宴饮。钧天：天的中央，古代神话传说中天帝住的地方。

⑭接引：接待，招待。群品：万事万物；佛教语，谓众生。

⑮龙汉：道教谓元始天尊年号之一。

古词

亨泉词①

《亨泉词》，眉山程公许为常博张侯赋也②。侯家资阳③，考盘莲花峰下坎地④，得井窾木以成⑤，有洌且寒⑥。昔堙今渫⑦，以“亨”取义，而为之铭。宿学巨公咸有纪述⑧，肃容伏读，灵源至味，挹注不可穷⑨。顾后生何敢与于斯文畴⑩，昔承教下风，所愿求益。仿楚骚体，作亨泉之词。若曰纫艾撷萧⑪，祈頡颃于飞霞之佩⑫，则公许所不当僭⑬。

①亨泉：位于今四川资阳市北三里许的莲花峰下。

②常博：太常博士，古官职名。太常寺属官，掌教弟子，分经任职，国有疑事，则备咨询。职位清闲，品级不高，唐从七品上，宋同前代。张侯：资阳人。

③资阳：位于四川盆地中部，周朝时属蜀国，秦昭襄王六年（前 301），为秦国蜀郡辖地。西汉时设资中县。北周时因县城在资水（今沱江）之北，故称资阳县。隋唐时属简州、资州。

④考盘：隐居地。《诗·卫风·考盘》：“考盘在涧，硕人之宽。”《考盘序》则言此诗为刺庄公“不能继先公之业，使贤者退而穷处”，故后即以喻隐

居。莲花峰：位于资阳城北三里许的莲花山。

⑤窾（kuǎn）木：凿空木头制作轱辘。

⑥有洌且寒：有泉水清洌爽口。

⑦堙：堵塞。渫（xiè）：淘去污泥，疏通。

⑧宿学巨公：学识渊博、修养有素的学者。

⑨挹（yì）注不可穷：把泉水盛出很快又会注满。比喻前人文字寓意深刻，每读一遍，又有新意。

⑩于斯：同“于此”，在这里。文畴（chóu）：著文相比。畴，同类，类聚。

⑪纫艾撷（xié）萧：摘取和捆束艾蒿。萧，艾蒿。

⑫祈颉颃（xié háng）于飞霞之佩：请求借助您的美名飞翔。出自唐代韩愈的《调张籍》：“乞君飞霞佩，与我高颉颃。”祈，请求。颉颃，上下飞翔。上曰颉，下曰颃。飞霞之佩，华丽的佩饰，美好的名声。

⑬僭（jiàn）：参见9页注㉜。

有闷兮寒泉[①]，运而往兮几何年[②]。
地灵兮启秀，不我后兮不我先。
川媚珠兮圆折[③]，莲吐蕊兮便娟[④]。
坤文郁兮瑞世[⑤]，所思邈兮虞渊[⑥]。
芳至今兮未沫[⑦]，世载英兮昌维[⑧]。
其考盘兮山阿[⑨]，龟何以兮食只。
筑之垣兮登登，忽而凹兮窈深。
累甓兮寻丈[⑩]，刳木兮虚心[⑪]。
木为仁兮仁者静[⑫]，水阏险兮不失信[⑬]。
矧生数兮土以培[⑭]，固受命兮独也正[⑮]。
孰牖兮孰窒[⑯]，孰导兮觱沸[⑰]。
否倾亨兮所遭[⑱]，余何丧兮何得。
美人兮委蛇，洞酌兮永歌[⑲]。

昔泥不食兮匪我吝[20]，今渫可汲兮湛不波[21]。
韦绝编兮堂上[22]，晤三圣兮惝恍[23]。
有孚兮坎习[24]，不穷兮井养。
消息兮盈虚[25]，道体兮《易》象[26]。
沛吾辀兮八荒[27]，志拯溺兮靡遑[28]。
鸡鸣喈喈兮霜月晓[29]，纷纭归梦兮殷辘轳[30]。
万家兮渴饮，千里兮相望。
猿奚悲兮鹤奚怨，旱欲霖兮川欲航。
功成兮不居，彼泉兮有常。
缨可濯兮沧浪[31]，鲤可羞兮汉姜[32]。
修绠兮汲古[33]，新学兮肺肠[34]。
美人兮归何时，乐莫乐兮旧乡。

①闷（bì）：幽静。寒泉：清冽的泉水。

②运而往：汩汩流淌。

③川媚珠：水中藏着明珠而使江河秀丽，比喻人杰地美。晋陆机《文赋》：“石韫玉而山晖，水怀珠而川媚。”圆折（yuán shé）：指水流旋转曲折。《尸子》：“凡水，其方折者有玉，其圆折者有珠。”

④便娟：轻盈美好貌。

⑤坤：地，此地。文郁：文风鼎盛。瑞世：犹盛世。

⑥邈（miǎo）：遥远。虞渊：亦称“虞泉”，传说为日没处。

⑦未沫：未消失。

⑧世载英：世代孕育人才。载，充满。昌维：保持兴盛。

⑨其：指资阳张侯。山阿（ē）：山坳。

⑩累甓（pì）：堆积砖。甓，砖。寻丈：大约一丈。

⑪刳（kū）木：剖开后再挖空木头。

⑫仁者静：《论语·雍也篇》：“智者乐水，仁者乐山；智者动，仁者静；智者乐，仁者寿。”

⑬阂（hé）险：阻隔危险。阂，隔阂。不失信：继续流淌。

⑭矧（shěn）：况且。生数：谓水、火、木、金、土五行相生的关系。土以培：土以培木。

⑮固受命：本受天之命。独也正：出自苏轼《过大庾岭》："浩然天地间，惟我独也正。"

⑯牖（yǒu）：窗户，引申为通畅。上古的"窗"专指开在屋顶上的天窗，开在墙壁上的窗叫"牖"。窒：阻塞不通。

⑰觱沸（bì fèi）：泉水涌得很急貌。

⑱否（pǐ）倾：否倾卦是《易经》六十四卦之第十二卦。否倾卦由通畅到闭塞。亨：以求通达。

⑲洞酌：参见 25 页注㊹。永歌：咏歌，歌唱。

⑳昔泥不食：以前有泥浆不能食用。

㉑渫（xiè）：淘去污泥。汲（jí）：从井里打水。湛（zhàn）不波：清澈平静。湛，清澈。

㉒韦绝编："韦编"指用熟牛皮绳编连起来的竹简书。据说孔子读《易》，多次翻断了牛皮绳。后人用"韦编绝"形容读书刻苦勤奋。

㉓晤三圣：遇见三个圣人（尧、舜、禹）。惝恍（chǎng huǎng）：模糊不清，恍若隔世。

㉔孚：信用。坎习：坎卦之习。坎为冬季最寒冷的时间，卦象是一阳居中，外寒冷而内温和，精气包藏，宜养习。

㉕消息：消长，增减。盈虚：盈满或虚空。

㉖道体：道家的根本。体：事物的本身或全部。《易》象：《周易》所"观"所"取"，都是事物自然现象，将这些现象加以概括，总结出八卦之象与辞，揭示天地万物变化规律。

㉗沛：行动迅疾。辀（zhōu）：车辕，借指车。八荒：八方。

㉘拯溺：救援溺水的人，引申指解救危难。靡遑：不惊慌失措。

㉙喈喈（jiē jiē）：象声词，禽鸟鸣声。霜月：寒夜的月亮。

㉚殷辘轳：辘轳转动如雷鸣。殷，雷声。

㉛濯缨：参见 11 页注⑫。

㉜姜：姜太公，即西周初的姜尚，又称姜子牙。姜太公用直钩不挂鱼饵垂钓，愿者上钩。

㉝修绠（gěng）：汲水用的长绳。汲（jí）古：谓钻研或收藏古籍、古物，如用长绳汲水于井，需要深入。

㉞新学：初学者，程公许自称。肺肠：表达真心想法。

仙谷祠送别杨少卿东归①

揽飞云兮遐思，轶迅飙兮流目②。
涪之水兮渺弥③，秘殊境兮仙谷④。
彼仙谷兮何有，辟埃氛兮泬寥⑤。
森幽篁兮拥翠，蓊嘉柏兮相樛⑥。
路窈窕兮山盘纡，田可稼兮溪可渔。
谷中人兮归何时，雾冥冥兮雨霏霏。
人心洪涛兮冲君航，世途羊肠兮隤君马⑦。
盍舍策兮停桡⑧，聊相羊兮田野⑨。
兰室兮蕙裯⑩，鹤舞兮猿嗥。
君归来兮何乐，澹无取兮焉求⑪。
敷床兮千万轴⑫，问何如兮岳之麓。
慨视世兮抢攘⑬，忍洁身兮幽独。
谷中人兮无淹留⑭，霭肤寸兮泽九州⑮。
芳菲菲兮未沫⑯，期岁晚兮逍遥⑰。

①程公许自注："仙谷祠送别西宪杨少卿奉祠东归。"仙谷祠：位于四川绵阳市游仙区桃花仙谷。奉祠：南宋在都城及地方宫观内设宫观使，以安置五品以上不能任事或年老退休的官员等，他们只主祭祀，故亦称奉祠。杨少

卿：杨泰之（1169—1230），字叔正，眉州青神人，曾任绵州教授。程公许早年识杨泰之于绵州乡校，理宗时，杨泰之由果州太守迁大理寺少卿（相当于今最高人民法院副院长），后闲居绵州仙谷祠，程公许撰文送别其东归眉州。

②轶迅飙（biāo）：疾风，暴风。流目：流览，随意观看。

③涪之水：绵阳涪江。渺弥：水流旷远貌。

④秘：神奇罕见。殊境：异域，他乡。

⑤辟埃氛：避开了尘埃弥漫的空气，喻远离污浊的尘世。泬寥（xuè liáo）：清朗空旷貌。

⑥蓊嘉柏：茂盛高大笔直的柏树。相樛（jiū）：枝杈相互纠缠。

⑦隤（tuí）君马：使你的马倒下。隤：倒下。

⑧舍策：放下手中书本。停桡：停船。

⑨相羊：参见 41 页注㊳。

⑩兰室：芳香高雅的居室。蕙裯：参见 64 页注③。

⑪澹（dàn）无取：澹泊名利，不据为己有。

⑫敷床千万轴：在床上铺开字或画。

⑬抢攘：兵戈抢攘，形容战争时期社会动荡混乱。抢攘，纷乱。

⑭无淹留：不逗留。

⑮霭：云气。肤寸：参见 59 页注⑫。

⑯芳菲菲：花草茂盛，香气浓郁。未沫：未消失。

⑰岁晚：农历九月，此时秋水澄碧，菊花正开，丝毫不比春景逊色。此处指晚年。逍遥：优游自得，安闲自在。

撰先伯桂隐先生哀词①

伯父桂隐先生，以嘉定十一年正月十三日卒于丹棱之里居②，后十二月十七日葬。程氏自唐入本朝，号眉山望族。曾叔祖夔州府尹③，由上庠擢政和二年进士乙科④，浮沉州、县间，以学行为缙绅榘范[5]；叔祖飞鸟府君早逝[6]，不克大耀[7]。先生夔州嫡长孙，飞鸟嫡长子也。生长见闻，娴于礼度[8]，非诗书不嗜，非道义不友，终老韦布[9]，为乡达尊[10]。家君子盖先生之亲手足[11]，稚龆出继[12]，友爱尤洽。公许每归乡省坟墓，拜先生堂下，丰神散朗[13]，谈论赡博[14]。其卒且葬也不得一恸[15]，以寓其哀[16]。先生早悟道家秘诀，形留神往，岂真死者乎？乃仿楚人之词，为文以招之。

①桂隐先生：程公许的伯父。曾祖父弟弟的嫡长孙，终老布衣。哀词：文体名。初用以哀悼夭而不寿者，后亦用于寿终者，多用韵语写成。

②嘉定十一年：公元 1218 年。

③曾叔祖：曾祖父的弟弟，政和中进士，以学行为缙绅榘范。夔州即今重庆奉节，古属夔州。府尹：府级的最高长官，以文臣充，多为正四品。叔祖飞鸟府君早逝而无闻。

④上庠（xiáng）：古代的大学。擢（zhuó）：选拔、提升。政和二年：公元 1112 年。进士乙科：进士分档，甲科为一档，乙科为二档。

⑤缙绅：参见 17 页注㊾。榘（jǔ）范：规范，楷模。

⑥叔祖：曾叔祖的儿子。

⑦不克：不能。大耀：大的作为。

⑧娴于礼度：对礼仪很熟悉。

⑨韦布：韦带布衣，古指未仕者或平民的寒素服装。

⑩达尊：众所共尊。

⑪家君子：家父。盖：超过，胜过。

⑫稚龆（tiáo）出继：幼年过继给别人做儿子。稚，幼小。龆，儿童换牙。此指程公许的父亲很小出继给叔祖飞鸟府君家，与伯父友爱，超过亲生兄弟。

⑬丰神散朗：风貌神情，飘逸爽朗。丰，指风度神采。

⑭赡（shàn）博：丰富广博。

⑮恸（tòng）：极悲哀，大哭。

⑯以寓其哀：以寄托哀思。

丹山之岩兮阻且深，丹山之云兮闭其霖[①]。
中有姝兮静处[②]，冠岌峨兮瑶簪[③]。
方辙兮坎滞[④]，返辔兮穹林[⑤]。
辛夷兮为屋[⑥]，芷幄兮兰衾[⑦]。
世与我兮异好，不可揉兮精金。
信有味兮恬漠[⑧]，亦何怨兮寡朋。
猿嗥兮鹤愤，鸟悲兮蛟吟。
忽西崦兮堕日[⑨]，急响绝兮玉琴。
载魂魄兮仙逝，空桂枝兮萧森[⑩]。
朔风兮陵厉[⑪]，白昼兮多阴。
素车兮丹旐[⑫]，曷返兮遥岑[⑬]。
天高兮地厚，古往兮来今。
彼达观兮超旷，奚死生兮爱憎。
四方兮上下，杳眇兮莫寻。
鹤归兮何日，瑶草兮我心。
涕浪浪兮沾襟，君无滞兮远行。
归来兮娱乐，故山兮崚嶒[⑭]。

①闭：掩蔽，隐藏。霖：雨水。

②姝（shū）：美人。静处：犹静居。

③冠岌（jí）峨：帽子高耸貌。瑶簪（zān）：玉簪。簪是绾发首饰，亦用其把帽子别在头发上。

④坎滞：因道路凹凸不平而陷窘境。

⑤返辔（pèi）：犹回马。穹林：幽深的树林。

⑥辛夷：指辛夷树，高数丈，木有香气。

⑦芷幄：以香草芷为帐幕，此指为逝者搭建的灵堂。兰衾（qīn）：以兰草和兰花为被子，此指尸体入殓时盖尸的东西。

⑧信：崇奉。味：情趣，兴致。恬（tián）漠：宁静淡泊。

⑨西崦（yān）：指崦嵫山。传说中的日落处。

⑩空桂枝：使月不再圆。传说月中有桂树，因以“桂枝”指月。萧森：草木凋零，阴森衰败貌。

⑪陵厉：气势猛烈。

⑫素车：古代凶、丧事所用之车，以白土涂刷。丹旐（zhào）：用写有死者姓名的旗幡，竖于柩前或敷于棺上，出丧时为棺柩引路。

⑬遥岑（cén）：远处陡峭的小山崖。

⑭故山：坟墓。崚嶒（líng céng）：高耸突兀。

安人赵氏哀词①

安人赵氏，故大丞相卫文定公之季女②，今朝散郎主管建宁府武山冲佑观虞公之妃③，嘉定七年六月十一日终④，后二年九月二十七日葬⑤。公钟情嘉耦⑥，述文志墓⑦，语皆传信。眉山程公许仿楚骚之乱⑧，为词以相挽者，以宽公之悲云⑨。

①安人：封建时代命妇的一种封号。宋代自朝奉郎以上，其妻封安人。命妇享有各种仪节上的待遇，一般多指官员的母、妻而言，俗称为“诰命夫人”。历代封建王朝命妇的封号皆从其夫官爵高低而定，唐以后形成制度。

②卫文定公：赵雄，四川资中人。孝宗时先后任礼部尚书、右丞相，封卫国公，谥文定。季女：小女儿。

③朝散郎：文散官名。从七品上。建宁府：地处福建北部。冲佑观：宫观名，在福建武夷山。虞公：虞刚简，四川仁寿人，其祖父为抗金名将虞允文。

④嘉定七年：公元 1214 年。

⑤后二年：即南宋嘉定九年。

⑥钟情：感情专注。嘉耦：意为互敬互爱、和睦相处的夫妻。
⑦志墓：撰写墓志铭。
⑧乱：古代乐曲的最后一章或辞赋末尾总括全篇要旨的部分。
⑨宽：宽心，使悲伤的心情松缓。

商飙之萧瑟兮①，百草莽其披离②。
何深林敷蕙兮③，蔼芳华其不亏④。
物有生而美兮，岂伊人而不然。
阆浚房其窈窕兮⑤，非从夫将孰称贤。
媢璇源之驶浏兮⑥，四仙之峰其巃嵸⑦。
衮衣爱硕肤兮⑧，笄珈配之炜晔⑨。
有斋季女淑且明兮⑩，天作之对奚苟求。
懿玉屏有孙兮⑪，嗣宽闲之洁修⑫。
面嘉命必敬戒兮⑬，庶几君子之好逑⑭。
歌福履之将兮⑮，咏室家之其宜⑯。
敝屣珠玉何有兮，佩礼义而服诗书⑰。
顾俗好之骛荣兮⑱，得则盈而失则沮⑲。
美君子不群兮，期百岁而偕处。
何孤鸾舞镜兮⑳，悼亡赋而鬓霜。
念天秩之有典兮㉑，幽明离隔其忍忘。
冷辟邪烬绝兮㉒，迭旁行其蛛蠹㉓。
耿松冈之夜月兮，尚欣欣从舅姑游。
悼人命孰司兮，参大衍其非夭㉔。
信流芳之未沫兮，岂独华发而曰寿。
苟天理之可恃兮，君子之步其丹霄㉕。
汤沐大国日可冀兮㉖，尚足慰芳魂于一丘。

①商飙：秋风。唐韦应物《拟古诗》之六："商飙一夕至，独宿怀重衾。"

②披离：散乱貌。

③敷蕙：铺开蕙兰。蕙兰初夏开淡黄绿色花，气味很香。

④蔼芳华：使香花繁茂。不亏：不毁坏。

⑤阒（qù）浚房：幽深的闺房。窈窕：娴静，美好貌，此指美女。

⑥璇源：参见 87 页注③。浏：水清澈。

⑦巀嶪（jié yè）：高耸。

⑧衮（gǔn）衣：镶边衣服，此指美女。硕肤：大的美德，此指德高望重之人。

⑨笄珈（jī jiā）：妇人首饰，代指妇女。炜晔（wěi yè）：光彩夺目。

⑩淑：善良，美好。明：睿智聪明。

⑪懿玉屏：美好的品行。有孙：有晚辈效仿。

⑫嗣（sì）：继承。宽闲：从容，闲适。洁修：纯正而美好。

⑬嘉命：朝廷授官赐爵的敕命。敬戒：敬畏。

⑭君子：泛指才德出众的人。好逑：好配偶。《诗・周南・关雎》："窈窕淑女，君子好逑。"

⑮福履（lǚ）：犹福禄。《诗・周南・樛木》："乐只君子，福履绥之。"

⑯室家之其宜：适宜居家过日子。出自《诗・周南・桃夭》："桃之夭夭，灼灼其华。之子于归，宜其室家。"

⑰佩礼义：佩以礼义，以礼法道义为佩饰。服诗书：服以诗书，以指《诗经》和《书经》作为服饰。

⑱骛（wù）荣：追求虚荣。骛，奔跑，追逐。

⑲盈：满足。沮（jǔ）：沮丧，灰心失望。

⑳孤鸾（luán）：孤单的鸾鸟，比喻高人隐士。舞镜：山鸡舞镜，喻自我欣赏。出自南朝宋刘敬叔《异苑》卷三："山鸡爱其毛羽，映水则舞。魏武时，南方献之，帝欲其鸣舞无由。公子苍舒令置大镜其前，鸡鉴形而舞，不知止。"

㉑天秩：上天规定的品秩等级，谓礼法制度。典：标准，法则。

㉒辟邪：古代传说中的神兽。烬绝：纸钱灰和香烛烬绝。

㉓迨：等到。旁行：横行。蛛蠡：蜘蛛，蠡虫。

㉔大衍（yǎn）：《易·系辞上》："大衍之数五十。"后以大衍为五十的代称。夭：未成年的人死去。

㉕丹霄：谓绚丽的天空。汉贾谊诗："青青云寒，上拂丹霄。"

㉖汤沐：沐浴。大国：大地，此暗喻国家统一。日可冀：指日可待。

卷三

四言古诗

明禋进戒诗①

臣公许言，伏睹皇帝陛下改元端平②，躬亲政事之三祀大飨③，明堂以报以祈④，竭情致敬。先期格于道祖⑤，即以是日斋太庙，诘朝见裸月星明溉乾坤⑥，清夷逮玉辂言旋斋宫⑦，都人夹道瞻望天颜睟穆嘉气⑧。扶舆中夕⑨，雷雨交作于乘舆未兴之前，而小霁于降神盥奠之际⑩。意者雨露风霆，无非所以为教先皇帝告于吾君，顾歆警戒⑪，其仁爱之至欤！

熙事告成⑫，圣心加惕。诏有司，郄步辇⑬，辍班贺⑭，免御楼。所以敬天威，销眚沴祈祥也⑮。后四日申诏，避殿减膳，孚号告廷⑯，以礼拜罢。明智天运，威断神谋，列辟退朝⑰，举笏相庆。不期乾道、淳熙之气象⑱，复见于今。臣列属奉常预观容典，深惟陛下钦畏图治之心⑲，凡百臣子当知所以，将顺规戒，效尘露于海岳⑳。谨仿周颂敬之之义，撰成《明禋进戒》古诗一章，凡二百四十六句，缮写进呈，悫悫精忠㉑，惟陛下裁赦。

①明禋（yīn）：洁敬，此指明洁诚敬的献享。《书·洛诰》："伻来毖殷，乃命宁予以秬鬯二卣，曰明禋，拜手稽首休享。"进戒：向皇上提出自己的见解与建议。

②伏睹：拜见。端平：宋理宗赵昀的第三个年号（1234—1236）。端平元年正月初十，南宋与蒙古联军攻克蔡州，金朝灭亡。

③三祀（sì）大飨（xiǎng）：大、中、小三祀是古代春季三种祭礼的合

称。大飨：是合祀先王和遍祭五方天帝的祭礼。

④明堂：参见 19 页注⑲。以报以祈：为此报恩并向神求福。

⑤先期格于道祖：在预定的某个日期以前感通太上老君。格，感通。道祖：道德天尊，又名太上老君。

⑥诘（jié）朝：同“诘旦”，即平明、清晨。明穊（jì）乾坤：光亮布满天地间。穊，密布。

⑦清夷：清静安宁。逮：追随。玉辂（lù）：帝王所乘之车，以玉为饰。言：语气词。

⑧睟（zuì）穆：温润端庄。嘉气：瑞气。

⑨扶舆中夕：半夜准备车马。夕，夜晚。

⑩小霁：短暂的雨止天晴。

⑪歆（xīn）：指祭祀时鬼神享受祭品的香气。

⑫熙事：吉祥的事。熙，通“禧”。

⑬郄（xì）步辇：让人抬的步辇闲置。郄，也作“隙”，闲，空。

⑭辍（chuò）班贺：废止列班庆贺。辍，停止，中止。

⑮眚沴（shěng lì）：灾害之气。

⑯孚号：君王的号令或诏命。《易·夬》：“扬于王庭，孚号有厉。”

⑰列辟：文武百官。

⑱乾道淳熙：南宋乾道、淳熙年间（1165—1189）。皇帝宋孝宗赵昚（shèn）于圆丘祭祀，大赦天下。

⑲深惟：深入考虑。《战国策·韩策一》：“此安危之要，国家之大事也。臣请深惟而苦思之。”钦畏：敬畏。钦，恭敬。

⑳效尘露于海岳：效仿微尘滴露积成大海高山。

㉑悬悬精忠：诚挚殷切，纯洁忠贞。

於赫圆宰[①]，视听自民。
惟圣能飨，非德莫亲。
乃眷炎宋，受命以仁。
十有三叶[②]，涵海毓春。

德厚流光，施及吾君。
历数有归，兆协大横[3]。
性笃孝恭，天纵睿神。
思皇帝统，积累艰勤。
譬彼菑田[4]，是播是耘。
遗大朕躬[5]，曷其敢宁！
嗣训九年，端拱严宸[6]。
权纲复归，如日宣精[7]。
奸憸投荒[8]，耆哲扬廷[9]。
与物更始，三载唯寅[10]。
宗祀戒期，历吉中辛[11]。
孚号万方，以肃先庚[12]。
饬我玉币，洁我粢盛[13]。
秋霖淫泆，俄浃六旬。
法宫祗惧[14]，虔祈百灵。
炉沉未烬，如谷应声。
飙籁号起，雾祲敛昏。
凡百执事，肄习彬彬。
戊辰斋居[15]，弥竭精纯。
昧旦盛服，天仗肃陈。
爰趋殊庭，溯瞻九闳。
眷我道祖，凝神窈冥。
浚发灵源，流福无垠。
旋跸清庙[16]，感恻蒿君[17]。
端冕对越[18]，秉心著存。
暨入祢室[19]，有涕其零。
僾若有见，忾如有闻[20]。

景纬陆离[21]，瑞霭轮囷[22]。
乃备法驾，玉轪金轮[23]。
苍龙载驱，和鸾锵鸣。
黄纛晅昼[24]，翠蕤梢云[25]。
还复斋寝，以须肇禋[26]。
重屋启邃，八牖彻扃[27]。
秸席纯敷，蜡炬交荧。
金石森列，豆笾苾芬[28]。
有雨其雱[29]，激电震霆。
先事以戒，升奠而停。
皇心益祗[30]，惕若持盈。
上帝降鉴，富媪式凭[31]。
二后严配[32]，五帝侍轩[33]。
陛级陟降[34]，食饮乐欣。
礼仪既备，廷列九宾[35]。
宣旨辍贺，免御端门。
天降威灵，宁不震惊。
省咎宸扆[36]，肆眚八纮[37]。
相古肆祀，酒冽牡骍[38]。
托物荐忱[39]，惟德之馨。
玉带之图[40]，奉高所营。
盖第圜水[41]，入自昆仑。
辩说踳驳[42]，舛厥本源[43]。
若稽皇祐[44]，裁自帝尊。
合祛参侑[45]，不渎不烦。
维时泰和，穆穆迓衡[46]。
尚劳圣虑，抑加鸿名。

制诏皋己[47]，千古日星[48]。
其在于今，履运艰屯。
经躔错度[49]，水旱洊臻[50]。
寇盗虔刘[51]，公私窭贫[52]。
国论轇轕[53]，政条放纷。
所宜急急，补坏支倾。
皇帝明哲，问学日新。
夔夔翼翼[54]，是究是询。
广内九重[55]，方丈八珍。
采翠眩转，尊罍溢醇。
皇情泊然，尧采若颦[56]。
沓来封章，敷列典坟[57]。
旰不遑食[58]，坐或达晨。
虽躬其劬[59]，未凝厥勋[60]。
因飨而思，咎证之频[61]。
天诱帝衷，跻之干淳[62]。
天启神断，旋乾转坤。
抵龟蔽志[63]，扬号列绅。
若古有训，股肱惟人[64]。
进退以礼，艰哉选抡。
匪余则私，弛弛必更。
皤皤一老，为世重轻。
毋徐其驱[65]，扰我心旌。
奚蠹莫理[66]，奚坠莫撑。
孰枉而陟[67]，孰贤而湮。
孰道之同，而返丘园。
迟汝之来，秉我化钧[68]。

莫莫葛藟[69]，芘其本根[70]。
有来赞祼[71]，麟趾振振[72]。
时庸展亲[73]，金帛赈膰[74]。
慨昔急难，在原脊令[75]。
岂不尔矜，义或夺恩。
盍考故实，以厚人伦。
言路之辟，公论以信。
谁窒其来，岁久积堙。
亦既疏瀹[76]，源清则亨。
毋厌其鲠，而其佞言。
药石我爱，醪醴我酲。
好恶之岐，治忽以分。
民亦劳止，鲂尾其赪[77]。
托之守宰，尔抚尔循。
边以警闻，皇皇算缗。
吏缘为奸，星火急征。
慨彼嘉殖，耗于螣螟[78]。
戢贪禁苛[79]，前令盖申。
祁祁中原[80]，百年荆榛[81]。
天狼耀芒，较昔则狞。
撕我边关[82]，歼我边氓。
汔可小休，亦人之情。
倘得少暇，修其政刑。
毋宁玩愒[83]，以纵鲸吞。
维是四端[84]，急甚救焚。
天何言哉，警戒谆谆。
仁爱之心，与父母均。

皇帝曰咨，尔公尔卿。
其左右我，以经以纶。
鼎雉申儆[85]，中兴有殷。
云汉惧灾，王化复行。
维思无邪，负扆有铭[86]。
敢不参倚[87]，日省吾身。
我阙汝规[88]，毋我逢迎。
渊冰虎尾[89]，始终一诚。
神示神考，宁不我听。
百臣司葩[90]，虔恭骏奔。
跪诵祝册，如帝其聆。
式稽周颂[91]，进戒九阍[92]。
敬之敬之，毋圮于成。
海深岳崇，不废涓尘。
图易于艰，渝险而平。
天赐帝寿，如古大椿[93]。
天祚景运[94]，万亿子孙。
臣虽不敏，致力于文。
泚笔以俟，矢歌维清[95]。

①於（wū）赫：叹美之词。圆宰：指天。古人认为天主宰万物，故称。

②十有三叶：开国至今皇位已传十三代。

③兆协大横：卦兆显示为登基之兆。大横：龟卜卦兆名，龟文呈横形。

④譬（pì）彼菑（zī）田：譬如那初耕的田地。

⑤遗大朕躬：上天赋予重大责任。

⑥端拱：正身拱手。严宸（chén）：北极星所在，后借指帝王所居。此指帝王庄严临朝，清简为政。

⑦如日宣精：德政如太阳一样光芒四射。

⑧奸憸（xiān）：奸诈邪恶。投荒：贬谪、流放至荒远之地。

⑨耆（qí）哲：老成贤达之人。

⑩寅：寅时，指凌晨三至五点。

⑪历吉中辛：相书显示为中辛吉利。

⑫以肃先庚：颁布命令前先行说明。

⑬粢盛（zī chéng）：盛祭祀谷物的祭器。

⑭法宫：宫室的正殿，古代帝王处理政事之处。祗（zhī）惧：敬惧，小心谨慎。

⑮戊辰：干支计时，早上七至九点。斋居：斋戒别居。

⑯跸（bì）：帝王出行时清道，禁止行人来往。清庙：即太庙，帝王的宗庙。

⑰感恻：感动悲伤。蒿焄（xūn）：犹焄蒿。焄，同“熏”，香气。蒿，烟雾蒸发的样子。

⑱端冕：玄衣和大冠，古代帝王、贵族的礼服。对越：犹“对扬”，答谢颂扬。此指帝王率大臣们祭祀天地神灵。

⑲祢（mí）：对已在宗庙中立牌位的亡父的称谓。

⑳僾（ài）若有见，忾（xì）如有闻：成语“僾见忾闻”，仿佛看见身影，听到呼吸声。多形容对已过世尊长的怀念。僾，仿佛。

㉑景纬（wěi）：日与星。陆离：光彩绚丽貌。

㉒瑞霭（ǎi）：吉祥的云气。轮囷（qūn）：盘绕貌。

㉓玉轪（dài）：玉饰车辖。金轮：金饰车舆。此借指华丽的车。

㉔黄纛（dào）晅（xuǎn）昼：皇帝车上的黄伞在白日下熠熠生辉。纛，帝王车舆上的饰物。晅，明亮。

㉕翠蕤（ruí）：缀有翠羽的饰物。蕤，草木的花下垂的样子。梢云：高入云端。

㉖肇禋（zhào yīn）：开始祭祀。肇，始；禋，祀。

㉗八牖（yǒu）：古时明堂有九室，每室有八牖。牖，窗。彻扃（jiōng）：打开窗闩。

㉘豆笾（biān）：祭器。木制的叫豆，竹制的叫笾。苾（bì）芬：芬芳，

此指祭品的馨香。

㉙雱（pāng）：雨下得很大的样子。

㉚祇（zhī）：恭敬。

㉛富媪（ǎo）：地神。式凭：依附观望。

㉜二后：指周文王、周武王。《诗·周颂·昊天有成命》："昊天有成命，二后受之。"毛传："二后，文武也。"严配：谓祭天时以先祖配享。

㉝五帝：上古传说中的五位帝王：黄帝（轩辕）、颛顼（高阳）、帝喾（高辛）、唐尧、虞舜。

㉞陟（zhì）降：升降，上下。《诗·大雅·文王》："文王陟降，在帝左右。"

㉟九宾：公、侯、伯、子、男、孤、卿、大夫、士。

㊱省（xǐng）咎：自责。宸扆（chén yǐ）：皇帝座后的屏风，借指皇帝。

㊲肆眚（shěng）：宽赦罪人。八纮（hóng）：八方极远之地，泛指天下。

㊳牡（mǔ）骍（xīng）：雄性赤色的马。

㊴荐忱（chén）：献上真诚的情意。

㊵玉带之图：贵官谋划的事情。玉带：饰玉的腰带，古代贵官所用。

㊶圜（huán）水：古文献记载的陕北地区的一条河流。圜，通"环"。

㊷辩说踳（chuǎn）驳：说法不统一。踳驳，错乱，驳杂。

㊸舛（chuǎn）：违背。厥：那个。

㊹稽：考证。皇祐：宋仁宗赵祯使用过的年号之一。他13岁继位，在位四十二年，是两宋时期在位时间最长的皇帝。此处以皇祐借指先代帝王。

㊺合祛（qū）：开启关闭。参侑（yòu）：相互依存。

㊻穆穆迓（yà）衡：端庄恭敬地迎接太平之政。

㊼辠己（zuì jǐ）：引咎自责。

㊽千古日星：程公许自注："皇祐手诏引咎，顷者星躔（chán）舛（chuǎn）历，水旱沴（lì）和。人适洊（jiàn）饥，物非备顺。方轸纳蝗之念，弥兴罪己之怀。"躔，天体的运行。舛历，错误的轨迹。沴，水流遇阻不顺。洊饥，连年饥荒。轸，伤痛。

㊾经躔（chán）：日月星辰运行的轨迹。

⑤⑩洊臻（jiàn zhēn）：接连地来到。

⑤①虔（qián）刘：劫掠，杀戮。

⑤②窭（jù）贫：贫穷。

⑤③国论：有关国计民生的主张。轇轕（jiāo gé）：交错；杂乱。

⑤④夔（kuí）夔：戒惧敬慎貌。

⑤⑤广内：汉宫廷藏书之所，指帝王书库。

⑤⑥尧采：帝王神色。颦（pín）：忧愁的意思，本义为皱眉。

⑤⑦典坟："三坟五典"的省称，指各种古代文籍。

⑤⑧旰（gàn）不遑食：天晚了都没时间吃饭，形容工作劳累。旰，晚。

⑤⑨虽躬其劬（qú）：虽然亲自过度操劳。劬，过分劳苦。

⑥⑩未凝厥勋：未能成就那个功勋。

⑥①咎证：过失的报应，灾祸应验。

⑥②跻之干淳：登上涯岸。

⑥③抵龟蔽志：古人占卜的一种方法。

⑥④股肱（gōng）：参见 18 页注⑥⑦。惟人：唯在用人得当。

⑥⑤毋徐其驱：不要因其行动缓慢而加以嫌弃。

⑥⑥蠹（dù）：蛀蚀器物的虫子，此指祸国害民的人。

⑥⑦枉：行为不合正道。陟：晋升，进用。

⑥⑧秉：赋予。化钧：教化之权。钧，陶器所用的转轮。

⑥⑨莫莫：茂密貌。葛藟（lěi）：落叶藤本植物，夏季开花，果实黑色。

⑦⑩芘（bì）：同"庇"，荫蔽。

⑦①赞祼（guàn）：周代重要礼仪，主要有祼祭和祼飨两类。祼祭是将酒浇在地上，用于祭奠祖先。祼飨，指君主对朝见的诸侯酌酒相敬。

⑦②麟趾：麟足。《诗·周南·麟之趾》："麟之趾，振振公子。"后以"麟趾"喻德才兼备者。振振：众多。

⑦③时庸：时运和谐。展亲：重视亲情。

⑦④脤膰（shèn fán）：古代祭社稷和宗庙用的肉。

⑦⑤在原脊令：喻兄弟友爱，急难相顾。《诗·小雅·常棣》："脊令在原，兄弟急难。"脊令，水鸟名，其在山原陆地失其常处，飞则鸣，求其类，犹兄

弟之于急难。

⑯疏瀹（yuè）：疏浚，疏通。

⑰鲂（fáng）尾其赪（chēng）：形容人困苦劳累，负担过重。《诗·周南·汝坟》："鲂鱼赪尾，王室如毁。"毛传："赪，赤也；鱼劳则尾赤。"朱熹集传："鲂尾本白而今赤，则劳甚矣。"

⑱螣（téng）：螣蛇，古书上说的能飞的蛇。螟：螟蛾的幼虫。

⑲戢（jí）：打击。苛：苛捐杂税。

⑳祁祁（qí）：广阔、宁静。中原：原野之中。

㉑荆榛（zhēn）：灌木丛生，荒芜凄凉。

㉒搀（chàn）：攻取，掠夺。

㉓玩愒（kài）："玩岁愒日"的略语，谓贪图安逸，旷废时日。愒，荒废。

㉔四端：指仁、义、礼、智四种道德观念的萌芽。《孟子·公孙丑上》："恻隐之心，仁之端也；羞恶之心，义之端也；辞让之心，礼之端也；是非之心，智之端也。人之有是四端也，犹其有四体也。"

㉕鼎雉（zhì）申儆：灾异的征象。商王武丁祭祀开国之君成汤，突然有一只野鸡落在鼎耳上鸣叫。长子祖己乘机告诫武丁：祭祀的时候，近亲中的祭品不要过于丰厚。申儆，儆戒，告戒。

㉖负扆（yǐ）：背靠屏风，指皇帝临朝听政。铭：铸、刻在器物上警诫自己的文字。

㉗参（cān）倚：参前倚衡，指言行要讲究忠信笃敬，站着就仿佛看见"忠信笃敬"四字展现于眼前，乘车就好像看见这四个字在车辕的横木上。

㉘阙（quē）：过错。

㉙渊冰虎尾：喻危险境地。《诗·小雅·小旻》："战战兢兢，如临深渊，如履薄冰。"

㉚司蕝（jué）：按规定职位履职。蕝：古代朝廷朝会时表示位次的茅束。

㉛式稽：仪式取法。周颂：《诗》"三颂"之一，共三十一篇，为西周宗庙祭祀乐章。因多颂德之作，故后用以指朝廷颂歌。

㉜九阍（hūn）：九天之门，喻朝廷。

⑬大椿：古寓言中的长寿木名。《庄子·逍遥游》："上古有大椿者，以八千岁为春，以八千岁为秋。"

⑭天祚（zuò）：上天赐福。景运：好时运。

⑮矢歌：《诗·大雅·卷阿》："矢诗不多，维以遂歌。"维清：《诗·周颂·维清》，是一首在祭祀仪式现场所诵唱的歌。

五言古诗

游灵隐寺①

夙好在岩壑②，强持缚缨簪③。
野性当奈何，惝恍如惊麕④。
京华百万家，戢戢瓦迭鳞⑤。
海气荡烦暑⑥，作威凌轹人⑦。
湖山招我来，九里松风清⑧。
稽首灵鹫山⑨，西瞻目若营⑩。
云何一峰碧，飞来如羽轻。
俗见囿畛域⑪，达观渺沙尘。
不见毗耶离⑫，示病老净名⑬。
古掌断世界⑭，犹如陶家轮⑮。
竺慧去不返⑯，雪猿呼莫闻。
斯言谁与证，万壑空烟云。
老禅法龙象⑰，谈麈纷纵横⑱。
萍蓬万里外，缱绻犹乡情⑲。
斋盂乳铺玉⑳，茗椀花糁琼㉑。

两腋扶清风，取意岩壑行。

冷泉掬清泚[22]，五峰凌峥嵘。

真赏味无味，内观湛空明[23]。

可能一枝筇，云水自由身[24]。

永愧隐峰老，勇决拂衣巾[25]。

①灵隐寺：位于浙江杭州市，背靠北高峰，面朝飞来峰，始建于东晋，开山祖师为天竺僧人慧理和尚。

②夙（sù）好：平素所喜好，早年的喜好。岩壑（hè）：山峦溪谷。

③缨簪（zān）：缨和簪，古代显贵的冠饰，借指做了高官。

④惝恍：失意，伤感，心神不安貌。惊麕（jūn）：受惊的鹿。

⑤戢戢（jí jí）：密集貌。瓦迭鳞：屋顶瓦片重叠如鱼鳞。

⑥海气：台风。烦暑：烦闷的暑热。

⑦作威：发威。凌轹（lì）：欺压。

⑧九里松：地名，在杭州市西湖北。唐刺史袁仁敬于行春桥至灵隐、三天竺间植松，左右各三行，凡九里，苍翠夹道，人称“九里松”。

⑨灵鹫山：即飞来峰。

⑩西瞻（zhān）：向西望。若营：群山连绵不断。

⑪俗见：平常所见。囿畛（zhěn）域：局限在一定范围。畛域，界限，范围。

⑫毗耶离：指维摩诘菩萨。诗文中常用以比喻精通佛法，善说佛理之人。

⑬净名：毗摩罗诘（Vimalakīrti）佛的别称。

⑭世界：佛教语，犹言宇宙。世指时间，界指空间。过去、现在、未来为世。东、西、南、北、东南、西南、东北、西北、上、下为界。

⑮陶家轮：制陶人家轮子旋转。

⑯竺慧：指灵隐寺开山祖师，来自天竺的僧人慧理和尚。

⑰龙象：指罗汉像。唐罗隐《甘露寺火后》诗：“只道鬼神能护物，不知龙象自成灰。”

⑱谈麈（zhǔ）：古人清谈时所执的麈尾，此指清谈。纵横：南北曰纵，

东西曰横；经曰纵，纬曰横。

⑲缱绻（qiǎn quǎn）：纠缠萦绕，固结不解。《诗·大雅·民劳》："无纵诡随，以谨缱绻。"

⑳斋盂乳铺玉：斋盂乳白，洁净如玉。

㉑茗椀（wǎn）：茶碗。茗，茶。椀，同"碗"。花糁（shēn）琼：花茶香浓如琼浆。糁，小渣，此指花瓣。

㉒冷泉：位于灵隐寺前飞来峰下，唐元英建亭其上，名冷泉亭。掬（jū）清泚（cǐ）：用手捧起清凉透澈。

㉓内观：即内视，道家的修养方法之一，谓不观外物，绝念无想。湛（zhàn）：清澈。空明：空旷澄澈。

㉔云水：谓漫游，漫游如行云流水，漂泊无定，故称。

㉕勇决：勇敢而果断。拂衣巾：撩起衣襟，振衣而去。

登金华庵观大面诸峰①

斋心谒殊庭②，异境目力眩。
积阴疑漏天，娲石谁与炼？
列仙喜我至，一笑晴景现。
絮云敛太空，螺翠敞大面③。
正位俨宸极④，群峰拱星弁。
烟云互吐吞，草木郁葱蒨⑤。
错磨金碧丽⑥，襞积霞绮绚⑦。
平生饫看山⑧，及兹颇创见。
常闻西城君，承诏通明殿⑨。
玉虬层空来，宝室仙境擅。
真侣万五千，朝夕侍游燕⑩。

凝神杳渺间，稽首瓣香荐[11]。
倏看碧瑶岑[12]，坌起白云片[13]。
溟涬含一气[14]，瞬息阅千变。
意恐大隗迷[15]，或作巨鳌抃[16]。
仙者奚异人，岂忍为独善。
利欲膏火熬，是非蛮触战[17]。
持是以求仙，何异沙作膳。
吾身信浮沤[18]，世事如掣电。
本来一晶明[19]，初不假方便。
随缘聊尔耳，可使为物转[20]。
寸田须锄耘[21]，老屋亟营缮。
行迷及未远，补过以无倦。
飙游如有闻[22]，印我本誓愿[23]。
他年童初馆，或可备精选。

①金华庵：位于成都市双流区黄龙溪镇古佛洞街上，建于宋朝，现存建筑为清代重建。大面诸峰：位于今成都市青城山后，跨松潘县境，今名赵公山。

②斋（zhāi）心：祛除杂念，使心神凝寂。谒（yè）：拜见。殊庭：异域，仙人居处。

③螺翠敞大面：大面诸峰如螺翠敞露出来。

④正位：正中之位。俨：很像。宸（chén）极：即北极星。

⑤郁葱蒨（qiàn）：郁郁葱葱，草木苍翠茂盛貌。

⑥错磨：金华庵庙宇檐角交错。

⑦襞（bì）积：衣服上的褶裥，此指琉璃瓦屋顶的瓦沟。霞绮（qǐ）绚：如锦绣的云霞艳丽多采。

⑧饫（yù）：饱食，此指饱览。

⑨通明殿：传说中玉帝的宫殿。

⑩侍游：陪从帝王出游。燕：古同“宴”，宴饮。

⑪稽首：叩头至地。瓣香：佛教语，喻崇敬的心意犹如一瓣花香。荐：进献，祭献。

⑫倏（shū）：极快地。碧瑶岑（cén）：指远处碧绿陡峭的小山。

⑬坌（bèn）起：飞起，扬起。

⑭溟涬（míng xìng）：天地融为一体，混混沌沌的样子。

⑮大隗（wěi）：神名。

⑯鳌抃（áo biàn）：形容欢欣鼓舞。《楚辞·天问》："鳌戴山抃，何以安之?"抃，拍手，鼓掌。

⑰蛮触（chù）：《庄子·则阳》："有国于蜗之左角者，曰触氏；有国于蜗之右角者，曰蛮氏。时相与争地而战，伏尸数万。"后以"蛮触"喻指为小事而争斗者。

⑱信：副词，果真。浮沤（ōu）：水面上的泡沫，比喻短暂的生命。

⑲晶明：此指明亮纯洁的心。

⑳为物转：《楞严经》卷二："一切众生，从无始来，迷已为物，失于本心，为物所转。故于是中，观大观小。若能转物，则同如来。"人生活在这个世俗社会中，心总是为外在虚妄不实的境相所迷惑，心随境转，却不能转境。

㉑寸田：心田，心。宋苏轼《和饮酒》诗："寸田无荆棘，佳处正在兹。"锄耘：铲除，消灭杂念。

㉒飙（biāo）游：谓飘游的神灵。

㉓印愿：佛菩萨顺应众生的祈求所作的姿态，左手下垂于膝前，掌心向外。

古碑塔寺改律为禅

古碑塔寺改律为禅[①]，乡大夫招凌云智禅师主法席[②]，规模就整，侯丞用晦[③]，为赋揭章[④]，和者成轴[⑤]，书来索和。

①改律为禅（chán）：寺庙改律宗为禅宗。律宗着重研习及传持戒律。禅宗指出佛性人人皆有，创顿悟成佛之学。

②凌云：凌云寺，在四川乐山凌云山上，创建于唐初，乐山大佛在其旁边。法席：讲解佛法的座席，亦泛指讲解佛法的场所。

③侯：此为士大夫的尊称。丞：主官的佐吏。用晦：指文意含蓄，耐人寻味。

④为赋揭章：作赋写诗。

⑤成轴：裱糊字画。

智禅生峨下，稚齿希空门[1]。
落发受具戒[2]，持钵巡诸村。
有如摩尼珠[3]，炯然古井水[4]。
又若大明镜，不受尘垢昏。
衰世不见理，窥天于覆盆[5]。
誓将昌祖道[6]，特用报佛恩。
得法归焉社[7]，闭口不复论。
眷言古丛城[8]，往事空剑痕。
谁规此浮屠，峻极压厚坤。
意令五浊海[9]，亲见两足尊[10]。
末法禅贩盛[11]，遗教仿佛存。
破律会十方[12]，有诏下九阍[13]。
法席遴厥选[14]，炉香冷复温。
竖拂集龙象[15]，催粥吼鲸鲲[16]。
能使幽衢暝，豁开若木暾[17]。
空花眩俗眼[18]，孰比牢脚跟[19]。
斯道许津梁[20]，如天柱昆仑。
施金方山积，巧匠犹水奔。
请以六度法[21]，为拔六欲根[22]。

诸君快说偈㉓，群魔惊褫魂㉔。
何时共峻陟㉕，层霄疑可扪。
勿谓蟹井小，可敌鲸海吞。

①稚齿：儿时。希：盼望。空门：指佛寺。

②受具戒：指比丘、比丘尼所应受持之戒律，因与沙弥、沙弥尼所受十戒相比，戒品具足，故称具足戒。依戒法规定，受持具足戒即正式取得比丘、比丘尼之资格。

③摩尼珠：宝珠。晋法显《佛国记》：“（狮子国）多出珍宝珠玑，有出摩尼珠地，方可十里。”

④炯（jiǒng）然：明亮，清澈。古井水：唐孟郊《列女操》：“贞妇贵殉夫，舍生亦如此。波澜誓不起，妾心古井水。”后因以“古井水”比喻寂然不为外物所动之心。

⑤覆盆：覆盆窥天。戴盆则不得望天，望天则不得戴盆，事不可兼施。此喻战乱使世道昏暗。

⑥祖道：祖师传下来的佛法。

⑦社：古代人们聚集祭神的地方、日子和祭礼都叫社。

⑧古丛城：成都附近蚕丛祠一带。

⑨五浊：佛教谓尘世中烦恼痛苦炽盛，充满五种浑浊不净，即劫浊、见浊、烦恼浊、众生浊和命浊。

⑩两足尊：如来佛的尊号。

⑪末法：佛教语，指佛法的衰微时期。裨（bì）贩：小贩。《文选·张衡〈西京赋〉》：“尔乃商贾百族，裨贩夫妇，鬻良杂苦，蚩眩边鄙。”薛综注：“裨贩，买贱卖贵，以自裨益。”

⑫破律会十方：宋代寺院按住持产生方式可分为甲乙寺和十方寺。甲乙寺住持由同寺师徒相授，形成律宗。十方寺住持既可由地方官府参考僧正司的公举意见，以疏文延请住持；也可由朝廷敕差住持。十方寺制度进而形成禅宗，从宋仁宗到宋神宗都提倡禅宗。

⑬九阍：喻朝廷。阍，宫门。

⑭遴厥选：慎重选择、严格选拔、优中选优。厥，古同“撅”，掘。

⑮竖拂：高僧谈禅说理时竖起拂尘，用以难倒对方。龙象：龙与象。水行中龙力大，陆行中象力大，故佛教用以喻诸阿罗汉中修行勇猛有最大能力者。

⑯吼鲸鲲：如鲸鲲般声音大。

⑰木暾（tūn）：木柴燃烧，火光炽盛。

⑱空花：佛教语，隐现于病人眼中的繁花状虚影，比喻纷繁的妄想和假相。

⑲牢脚跟：脚踏实地。

⑳斯道：禅宗的办法。津梁：桥梁，比喻济渡众生。

㉑六度法：佛教语，指布施、持戒、忍辱、精进、精虑、智慧。

㉒六欲：泛指人的生、死、耳、目、口、鼻等各种感情欲望。

㉓偈（jì）：梵语“颂”，即佛经中的唱词。

㉔褫（chǐ）魂：夺去魂魄。

㉕峻陟（zhì）：向上攀登。

投龙宝室洞天

投龙宝室洞天①，过延庆观②，访王倅共父剑峰精舍③。

①洞天：道教称神仙居处。相传张天师在此凿开一古洞，得小蛇如筋，故称龙宝室。

②延庆观：即天师洞，位于青城山峭壁间，因东汉天师张道陵曾于此传道，故祀天师塑像，沿壁有廊可通。观重建于隋大业年间，名延庆观，又称常道观。

③倅：佐贰官员。共父剑峰：天师洞东面不远处有三块矗立的危岩，如斧劈刀削。一说为共工怒触而成。一传为张天师降魔时所劈，今石上有“降

魔”二字。精舍：此指出家人修炼的场所。

璧简荐宝室[①]，襟裾馥旃檀[②]。
眷言石交旧[③]，可惮脚力酸[④]。
层崖一剑裂，阴壑千古寒。
数椽栖泬寥[⑤]，小楼面巑岏[⑥]。
风穴激虎啸，石洞掀龙蟠[⑦]。
是日朔吹惨，舞空雪花漫。
开尊聊暖热，芼蔬劝加餐[⑧]。
心事喜我同，晤言蔼清欢。
欲去有余恋，小驻搜奇观。
评画过神品，誓鬼犹故坛。
君家古丛城[⑨]，甲第十亩宽。
胡独嗜幽寂，而乐兹考盘[⑩]。
戍丘渐相迫[⑪]，住山殊未安。
春风动倅马，云霄插双翰。
傥念猿鹤怨[⑫]，无多贪热官。

①璧简：青城山延庆观道长。

②襟裾（jīn jū）：衣前为襟后为裾，借指衣裳。旃檀（zhān tán）：即檀香。

③眷言：回顾貌。言，词尾。石交：石友，此指三块矗立的危岩。

④惮（dàn）：怕，心虚。

⑤椽（chuán）：此指屋檐。栖泬寥（jué liáo）：伸向空中。泬寥，旷荡空虚。

⑥巑岏（cuán wán）：高峻的山峰。

⑦石洞：岩洞。掀龙蟠：程公许自注：“共父开一风穴，并凿开一古洞，之中得小蛇如筋。”

⑧芼（mào）：可供食用的野菜。

⑨君家：延庆观道长璧简家。古丛城：在今蚕丛祠一带。

⑩考盘：参见85页注④。

⑪戍（shù）丘：军队防卫的战壕。

⑫猿鹤：猿和鹤，此借指隐逸之士。

罗仙宫①

罗仙宫道士留午饭后，遍览山中佳景三十六峰。罗列几席②，夜雨达旦，客枕甚清③。

①罗仙宫：位于今四川德阳市罗江区罗真山，又称罗真观。建于唐，几经兴废，明、清曾重修，现存建筑为康熙年间重建。

②罗列：安排布置。几：矮桌。席：用草或苇叶编成的卧具。

③客枕：旅途中过夜。

老树万安驿①，古井罗真山。
玉虬五云车，仙翁此往还。
云踪久不刓②，泛景疑可攀。
忆昔摛藻泮③，题诗揭松关④。
抱琴唐昌来⑤，快晴春物妍⑥。
截竹倚伶俜⑦，引袂飞褊襹⑧。
历阶一稽首，为我展笑颜。
善救无弃物，广度随有缘。
殊庭遥相望⑨，异关非浪传⑩。
道士多野朴，山肴亲洁蠲⑪。

披榛为前导[12]，奭酒勤款延[13]。
墨池鉴寒藻，书台滃非烟[14]。
所著何隐帙[15]，乃忍悭不传。
空余六六峰[16]，可想格笔椽[17]。
最怜覆盂亭[18]，秀出层峦颠。
周遭碧霞嶂，莽苍云海连。
酒囤拟洞酌[19]，花坪夐连娟[20]。
暝色阻穷探，夜雨得佳眠。
尘缘一相误，凡骨何当仙。
云霞岂不恋，简书当趣旋[21]。
神丹夜涧火[22]，青藜洞中天[23]。
仙翁如点头，未忍甘弃捐[24]。

①万安驿：唐置，在今四川德阳市东北罗江镇。

②刓（wán）：磨损，磨灭。

③摛（chī）藻：铺陈辞藻，意谓施展文才。泮（pàn）：又作“泮宫”，西周时诸侯所设的学校。

④揭松关：挂于柴门。程公许自注：“此指罗江县真宫事。”

⑤唐昌：参见 20 页注③。

⑥快晴：爽朗的晴天。

⑦截竹：竹乐器。伶俜（líng pīng）：孤单貌。

⑧引袂（mèi）：舒展衣袖。褊襬：参见 45 页注⑬。

⑨殊庭：异域，指仙人的居处。

⑩浪传：空传，妄传。

⑪洁蠲（juān）：洁净，简单。

⑫披榛（zhēn）：砍去丛生草木。

⑬奭（shì）：盛满。勤款延：殷勤诚恳地留客。

⑭书台：读书的处所。滃（wěng）：形容云起。非烟：参见 69 页注⑮。

⑮隐帙（yǐn zhì）：冷僻少见、不为人知的书籍。

⑯六六：三十六峰。

⑰格笔椽（chuán）：笔架。椽，放在檩上架着屋顶的木条。

⑱怜：爱。覆盂：倒置的盂，喻稳固。

⑲洞酌：参见 25 页注㊹。

⑳敻（xiòng）：远。连娟：弯曲而纤细。

㉑趣（cù）旋：快速归去

㉒神丹：道教所炼的灵药，谓服之能成仙。涧火：淬（cuì）火。热处理工艺之一，加热到一定温度后放在水中迅速冷却。

㉓青藜：本指藜杖，此借指夜读照明的灯烛。传刘向曾校书天禄阁，专精覃思。夜有老人，着黄衣，植青藜杖，叩阁而进，授《五行洪范》之文。后因以“青藜”借指苦读之事。

㉔弃捐：抛弃，特指士人不遇于时。

过金堂登李八百仙人道场①

失脚尘土窄，谒归旬朔暂②。
迂径款名山③，攀险得幽玩。
平川开霭杳④，长江远疏散
驱车松柏阴，闯户风日淡。
楼居规制古，殿壁丹青暗⑤。
仙翁李八百，曾举陟霄汉⑥。
遗迹古未陈，见我若笑粲⑦。
灵液喷幽岩⑧，枯楠茁新干⑨。
黄冠肃延劳⑩，绿茗劝浇灌。
饥肠殷雷蛰⑪，尘虑忽冰泮⑫。

碑阅唐隶遒[13]，诗为处士叹[14]。
三生学精苦[15]，一日升汗漫[16]。
我岂无宿缘，心犹悯世难。
思见甲兵洗[17]，永息毡毳悍[18]。
王度式金玉[19]，民劳拔涂炭。
翛然一儒腐[20]，不自省疏缓。
强令事驰驱，终觉窘羁绊。
何当脱屣去[21]，托迹烟霞伴。
宫洞吟步虚[22]，丹经严静观[23]。
太初以为邻[24]，巧历那可算。
松风天末来，为我发永叹。

①程公许自注："过金堂迂路登三学山李八百仙人道场。"金堂县，地处成都平原东北部。迂路，绕道。三学山，位于今金堂县城东北四公里栖贤乡三学寺村，山上有上、中、下三寺。据碑刻载，因李八百三生学道乃登仙，故以三学为名。李八百是道教传说仙人，时人计其年八百岁。道场，此指修道成仙的寺观。

②谒（yè）归：告假归里。旬朔（shuò）：十天或一个月，亦泛指不长的时日。

③迂径：绕道。款：至。

④霭杳：幽深渺茫。

⑤丹青：红色和青色，此指图画。程公许自注："楼制极古而工夫精丽，殿壁画皆唐人作。"

⑥举陟（zhì）：举步登高。霄汉：天河，亦借指天空。

⑦粲（càn）：露齿而笑的样子。

⑧灵液：水的美称。幽岩：深暗的岩洞。

⑨枯楠茁新干：程公许自注："皆山中事。"茁：植物才生长出来的样子。

⑩黄冠：道士之冠，借指道士。延劳：过度疲乏。

⑪饥肠：饥饿的肚子。殷雷：轰鸣的雷声。蛰（zhé）：藏。

⑫尘虑：犹俗念。冰泮（pàn）：冰冻融解。泮：散，解。

⑬遒（qiú）：雄健有力。程公许自注："观中唐碑最多，有处士送崔炼师诗刻石存焉。"

⑭处士：本指有才德而隐居不仕者，后泛指未做过官的士人。

⑮三生：前生、今生、来生。精苦：精勤刻苦。程公许自注："三学山，据碑刻中所载，以李八百仙人三生学道乃登仙，故以三学为名。"

⑯汗漫：广大，漫无边际。形容漫游之远。

⑰甲兵洗：参见 67 页注⑰。

⑱毡毳（cuì）：我国古代北方及西南少数民族所穿毛织服装，此借指少数民族首领。

⑲王度：王者的德行器度。式：示范，作为榜样。金玉：黄金与珠玉，比喻珍贵和美好。

⑳翛（xiāo）然：无拘无束，超脱貌。

㉑脱屣（xǐ）：比喻将为官从政看得很轻，无所顾恋，犹如脱掉鞋子。

㉒步虚：道士一边唱诵一边围绕法坛游走。

㉓丹经：讲述炼丹术的专书。

㉔太初：天地未分之前的混沌元气。

拟古二章①

其一

罡风轶飞浮②，从霄隐寥阔③。
其上仙者家，俯世尘漠漠。
慨我志远游，幽思无与豁④。
披云一长啸，曾举骑镠镐⑤。
整袂谒灵君⑥，授我一丸药。
侍宴旬始宫⑦，从游紫虚阁。

琅函闷道帙[8]，许我抽玉钥。
玄期记三生[9]，广渡有夙诺[10]。
世氛日澒洞[11]，帝念惨不乐。
愿借万里风，从君驾鸾鹤。
鞭雷挥斗柄[12]，夔罔并絷缚[13]。
扫清六合尘[14]，景象回阊阖[15]。
帝命不可稽[16]，侍晨司校录。
永劫保澄明[17]，何问痴仙愕。

①拟古：仿古体诗风格形式。古体诗有歌、行、吟，分四言、五言、七言、杂言，格律自由，在字数、句数、对仗、用韵、平仄上不讲究。

②罡（gāng）风：高天强劲的风，亦指西风。轶：超过。飞浮：下水舟行快速貌。

③丛霄：犹九霄。寥阔：天空渺茫。

④幽思：郁结于心的思想感情。豁：排遣；消散，开豁情怀。

⑤镠辐（jiāo gé）：此指空旷深远貌。

⑥袂（mèi）：衣袖。谒（yè）：拜见。

⑦旬始：星名。《春秋考异邮》曰："太白，名旬始，如雄鸡也。"

⑧琅函：书匣的美称。闷：古同"闭"，掩蔽。道帙（zhì）：道教的书籍。

⑨玄期：玄幻的时期。

⑩广度：佛教语，谓普遍渡人于彼岸。夙（sù）诺：以前许下的诺言。

⑪世氛：尘世喧嚣的气氛。澒（hòng）洞：虚空混沌貌。

⑫斗柄：北斗柄。北斗第一至第四星像斗，第五至第七星像柄。喻权柄，大权。

⑬夔（kuí）罔：敬重谨慎的样子。絷（zhí）缚：束缚，拘捕。

⑭六合：天下，人世间。

⑮阊阖（chāng hé）：传说中的天门，借指朝廷。

⑯稽：延迟。

⑰永劫：佛教语，谓永无穷尽。澄明：清澈，明净。

其二

霜英滤云母[1]，月华吐幽魄。
浚房锁葳蕤[2]，弄杼夜咿轧[3]。
天寒日苦短，箧不贮寸帛。
婵娟空自妍，襟袖无乃窄。
停机掩孤嚬④，欲歌心已咽。
积此万缕工，织成苎罗白[5]。
蹇修来何时[6]，复关滞涂辙[7]。
女无终不嫁，谨勿昧所择。
忍寒青琐窗[8]，熏麝翠罗幙[9]。
粲粲双明珰[10]，团团双白璧[11]。
稚齿昔所娱，玩之不能斁[12]。
春风荡繁囿[13]，触眼会良匹[14]。
撷芳索幽占[15]，两美斯有合[16]。
及兹岁未晏[17]，为君媚芳泽[18]。

①霜英：经霜的花朵，指菊花。滤云母：月光下的白色花瓣如同云母般晶莹。

②浚（jùn）房：幽深的闺房。葳蕤（wēi ruí）：华美艳丽貌。

③杼（zhù）：织布机上的梭子。咿轧（yà）：象声词。

④嚬（pín）：古同“颦”，皱眉。

⑤苎（zhù）罗白：古代名贵的丝织物，传说因美女西施曾在苎罗山下浣纱织绢而名。

⑥蹇（jiǎn）修：指媒妁。

⑦复关：男子所居之地，后来以复关代指情人。《诗·卫风·氓》：“乘彼垝垣，以望复关。不见复关，泣涕涟涟。既见复关，载笑载言。”滞：不通，

不见。涂辙：车轮的痕迹，犹踪迹。

⑧青琐（suǒ）窗：刻镂的青色连环花纹窗户。

⑨翠罗幙：绿色的丝织幕帐。幙，古同“幕”。

⑩粲粲（càn）：鲜明貌。珰（dāng）：古代妇女戴在耳垂上的装饰品。

⑪团团：圆貌。白璧：平圆形而中有孔的白玉。

⑫斁（yì）：厌弃。

⑬繁囿（yòu）：繁茂的园囿。

⑭触眼：目光所及。良匹：佳偶。

⑮撷（xié）芳：采摘芳草。占：迷信的人用铜钱或牙牌等判断吉凶。

⑯两美：郎才女貌。

⑰晏：迟，晚。

⑱媚：献上，展示。芳泽：女子仪容。

人头山肃谒石壁清源真君像①

人头接剑门，濯濯危髻绾②。
一峰表独立，层崖平若铲。
有一伟丈夫，远莫辨眉眼。
异闻验清源③，奇质自天产。
三生旧缘契，邂逅一笑莞④。
江流怒未平，父功子其僝⑤。
坐令老蛙缚⑥，笑看离堆铲⑦。
陆海擅两川⑧，利百倍灞浐⑨。
神圣杳难诘，事或载编简。
明德远矣哉，椒浆酌盈盏⑩。

①人头山：位于今四川广元市元坝区大朝乡境内，距剑门关15公里，民间相传是三国时期魏将邓艾被冤杀后的人头所化而成。肃谒（yè）：恭敬地谒见。清源真君：道教对神仙的尊称之一，即二郎神。

②濯濯（zhuó）：明净，清朗。危髻：高耸的发髻。绾（wǎn）：盘绕打结。

③验清源：神仙二郎神（清源妙道真君）应验。

④邂逅（xiè hòu）：不期而遇。笑莞（wǎn）：形容微笑。

⑤父功子其僝（zhàn）：江流后浪推前浪。僝，摧残，淹没。

⑥坐令：致使。老蛙缚：前一个浪头被后一个覆盖。

⑦离堆：此离堆在今四川南部县东南。唐颜真卿《鲜于氏离堆记》："阆州之东百余里，有县曰新政。新政之南数千步，有山曰离堆。"

⑧陆海：如海那样物产富饶的陆地。言其地高而物产饶，如海之无所不出，故云陆海。擅（shàn）：独有。两川：参见70页注④。

⑨灞（bà）浐（chǎn）：灞水，流经陕西西安城东。浐水：出秦岭北流入灞水。灞浐在此代指关中平原。

⑩椒浆：以椒浸制的酒浆，古代多用以祭神。盏：小杯子。

盐亭登高山庙[①]

晓驰光禄阪[②]，暑憩盐亭县。
嵯峨山迭云[③]，窈窕溪横链[④]。
长怜少陵叟[⑤]，浪走天涯遍。
耿然忧国心，甘作忍饥面[⑥]。
世难今略平，军行余后殿[⑦]。
凭高慨往哲[⑧]，欲去有余恋。

①高山庙：位于今四川盐亭县盐亭中学背后，为国家级森林公园。相传高山庙得名于隋朝河南人张竣夫斩蟒，张将危害县民生命之巨蟒乱剑杀死，民众感激而建庙纪念。

②光禄阪：位于盐亭县城附近临江处，为川北古蜀道咽喉，现属盐亭县城麻秧街道办事处。

③嵯（cuó）峨：山高峻貌。

④窈窕：深远，秘奥貌。横链：横着铁锁链桥。

⑤少陵叟：指唐杜甫。杜甫常以“杜陵”表示其祖籍郡望，自号少陵野老，世称杜少陵。

⑥忍饥面：挨饿的脸色。

⑦军行：行军。后殿：行军时居于尾部。

⑧凭高：登临高处。慨：感叹。往哲：先哲，前贤。

景行堂①

斯文一线流②，伊川师弟子③。
萍梗记经行④，丹青肖容止⑤。
升堂如有闻，虚心探厥旨⑥。
毋与时俗竞，溺心于口耳⑦。

①景行：出自《诗经·小雅·车辖》“高山仰止，景行行止”。景行，大路，比喻行为光明正大。

②斯文：此指礼乐教化、典章制度。一线流：喻事物间脉络相承。

③伊川：程颐（yí），河南洛阳伊川人，与其胞兄程颢（hào）师于周敦颐，为理学奠基，世称“二程”。

④萍梗：浮萍断梗，喻人行止无定。

⑤丹青：指画像。肖（xiào）：相似，像。容止：仪容举止。

⑥厥旨：主题。钟嵘《诗品》中称阮籍《咏怀诗》："厥旨渊放，归趣难求。"

⑦溺心：溺心灭质，指淹没天然的心性，掩盖淳朴的本质。语出《庄子·缮性》："文灭质，博溺心。"

贯道堂①

道秘不可传，非文无以贯。
君看圣画易，风行水上涣②。
谁令鞶帨工③，能使雅郑乱④。
六经日丽天⑤，诸子云雾散⑥。

①贯道：贯通彻悟至理，犹载道。

②风行水上涣：《易·涣》："象曰：风行水上，涣。"后以"风行水上"比喻自然流畅，不矫揉造作。涣，散开。

③鞶帨（pán shuì）：腰带和佩巾，此喻华丽的辞采。

④雅郑：雅乐和郑声。古代儒家以郑声为淫邪之音。

⑤六经：参见19页注⑻。

⑥诸子：指先秦至汉初的各派学者或其著作。

逢源堂①

务学有彝训②，左右逢其原。
后生巧穿凿③，末派迷本源④。

世不有先觉，谁当警群昏[5]。
佩衿来于于[6]，千古师道尊。

①逢源：形容办事顺利，做事得心应手。《孟子·离娄下》：“资之深，则取之左右逢其原。”

②彝训：指尊长对后辈的教诲、训诫。

③穿凿：开凿，挖掘，研究。

④末派：水的支流或下游，比喻事物后来发展的分支、流派。

⑤群昏：佛教语，谓昏然无知的众生。

⑥佩衿：参见38页注㉕。来于于：自得貌。《庄子·应帝王》：“泰氏其卧徐徐，其觉于于。”成玄英疏：“于于，自得之貌。”

卧龙亭[1]

隆中抱膝吟[2]，意岂慕闻达。
翻然起潜蛰，了不愆宿诺[3]。
废兴岂有命，忠直理难夺。
出处士所重[4]，羞死荀文若[5]。

①卧龙：喻隐居或尚未崭露头角的杰出人才。《三国志·蜀志·诸葛亮传》：“（徐庶）谓先主曰：‘诸葛孔明者，卧龙也，将军岂愿见之乎？’”

②隆中：山名，在湖北襄阳市西，临汉水。东汉末，诸葛亮隐居于此。抱膝吟：参见32页注⑳。

③了不：绝不。愆（qiān）：耽误。宿诺：预先的许诺。

④出处：谓出仕和隐退。

⑤荀文若：荀彧（yù），字文若，河南许昌人。东汉末年著名政治家、战

略家，曹操统一北方的首席谋臣。后因反对曹操称魏公而受曹操所忌，调离中枢，忧郁而亡。

小亭

道义曰群居，闲暇一游息。
小亭拥芳荣，长江鉴空碧[①]。
风雩不尽春[②]，庭草有生色。
习学自孔氏，深体而默识[③]。

①鉴：映照。空碧：指澄碧的天空。

②风雩（yú）：表示不愿仕宦之志。《论语·先进》："莫春者，春服既成，冠者五六人，童子六七人，浴乎沂，风乎舞雩，咏而归。"不尽：未完，无尽。

③默识：暗中记住。语出《论语·述而》："默而识之。"

题枕带双流阁[①]

层楼架蒲牢[②]，其下表奇观。
江连内外流，山列远近案[③]。
烽火日平安，烟霞奉娱玩。
蔽芾南国棠[④]，挺持九秋干[⑤]。

①枕带双流：北魏郦道元《水经注·江水一》："江阳县枕带双流，据江

（长江）洛（沱江）会（汇流）也。”江阳县曾属犍为郡，治今四川泸州市江阳区。枕带，依傍，近连。

②层楼：高楼。蒲牢：传说中生活在海边的野兽，其吼声洪亮，故古人常在钟上铸上蒲牢的形象。此以“蒲牢”为钟的别名。

③案：图案，图画。

④蔽芾（bì fèi）：茂盛貌。棠：相传西周的召公巡行乡邑，曾在棠树下听讼断狱，召公卒，民人思其政，怀棠树不敢伐。后人因作《甘棠》诗歌颂其政绩，诗中有“蔽芾甘棠”之句。后因以“蔽芾”“甘棠”颂扬有政绩的官吏。

⑤挺持：警惕地持有。九秋：多年。干（gān）：武器，此处意为防卫盾牌。

圆峤①

群峰最高处，一席如镜平。
烟霞敞松牖②，风月栖茅楹③。
仙姑紫绮裘④，飞步白玉京⑤。
挥手一长啸，四海风尘清。

①圆峤（qiáo）：传说中的仙山，常指隐士、神仙所居之地。
②牖（yǒu）：窗户。
③楹：堂屋前部的柱子。
④仙姑：对女道士的敬称。紫绮裘：道士的法服。
⑤白玉京：指天帝所居之处。

水云天

楼台错图画[①]，高低各云烟。
小车倦登览[②]，危栏且回旋。
沧波纳暝色[③]，溟蒙同一天[④]。
此中有真赏，题诗谢雕镌[⑤]。

①错：交错，交叉。
②小车：马拉的轻车。与牛拉的“大车”对言。登览：登高揽胜。
③沧波：碧波。暝色：暮色，夜色。
④溟蒙：小雨朦胧貌。同一天：水云共一天。
⑤雕镌（juān）：犹雕刻。

解缆凌云快晴[①]

淫雨三月赊，点篷今夕止。
萧晨企璇汉[②]，微云散霞绮[③]。
鸭绿澹不波[④]，软翠净如洗[⑤]。
吾行及端月[⑥]，余寒未云已。
何以写幽情，无多佳句子。

①快晴：参见120页注⑥。
②萧晨：凄清的早晨。企：踮着脚看。璇：璇宫，天帝住处。汉：云汉，

泛指浩瀚星空。

③霞绮（qǐ）：艳丽多彩如锦绮的云霞。绮：有文彩的丝织品。

④鸭绿：喻水色如鸭头浓绿。澹（dàn）：恬静的样子。

⑤洗：盛水洗笔的器皿。

⑥端月：农历正月（夏历十一月）。秦讳“正”，故云端月也。

舟行过昭化望远山秀色①

剑北山巑岏②，刺眼乱矛戟。
烟云借光景，稍觉含秀色。
倚樯寄遐瞻③，慨我三友益④。
有怀无与晤⑤，搔首暮云碧。

①程公许题记：“舟行过昭化，望远山秀色柬幕中诸丈。”昭化：今四川广元市昭化古城，古称葭萌，是保存最为完好的一座三国古城。柬，寄柬。丈，对老年男子的尊称。

②巑岏（cuán wán）：山高耸貌。

③遐瞻：远望，远眺。

④三友益：《论语·季氏》：“益者三友……友直，友谅，友多闻，益矣”。

⑤有怀：犹有所思念。

重阳陪诸乡丈游水乐洞①

重阳陪诸乡丈游水乐洞①，过风篁岭龙井②，张饮③，观两苏仙辩才法师像[4]。晚憩杨家梅园，归路小雨。

①诸乡丈：对乡间老年男子的敬称。水乐（yuè）洞：位于杭州市西湖西南的烟霞岭东侧，洞内流泉发出音乐般悦耳声响。

②风篁岭龙井：在今杭州市西湖区龙井村。井泉清冽，附近产龙井茶。

③张饮：设帷帐以饮。张，通“帐”。

④两苏：宋代文学家苏轼和苏辙兄弟的合称。辩才：佛教谓善于说法之才。法师：精通佛经并能讲解佛法的高僧。

凛秋天气佳，令节天赐沐。
客居意莫展，胜赏诸已宿。
风澹湖不波[1]，雾敛山更簇[2]。
画舫厌嚣喧，笋舆恣追逐[3]。
闲寻水乐洞，嵌空韵琴筑[4]。
烟云互吞吐，台馆适凉燠[5]。
非无人力胜，亦自天巧足。
侧步滑青苔，醉面爽飞瀑。
风篁转幽径，龙井鉴寒玉[6]。
默堂定未起[7]，清风谁与续。
四海两仙翁[8]，三生缘契熟[9]。
定知明月夜，屐响答空谷。
归路取名园，移尊屡更仆[10]。
冻雨不成泥，驺骑未须趣[11]。
峨岷渺何在，万里劳远目。
安得天瓢翻[12]，尽把边尘沃。
文昌德宏毅[13]，承旨气肃穆。
温雅奉常卿[14]，忠愤胶庠博[15]。
宫讲静有仪，正字竭忠告[16]。

而我赘其间[17]，自省羞朴樕[18]。
明堂索桴栋[19]，焉用采卷曲。
平生丘壑姿[20]，本不耐羁束。
抚事长郁陶[21]，临觞转颦蹙[22]。
故园俯大江，绕屋艺嘉木[23]。
何以娱岁晚，篱落森杞菊。
糗粮幸有储[24]，何不返耕筑。

①澹（dàn）：恬静、安然的样子。

②簇（cù）：聚集，丛凑。

③笋舆：竹舆，竹滑竿之类。

④嵌空：空阔。筑：古代弦乐器，形似琴，有十三弦。

⑤凉燠（yù）：凉热。

⑥寒玉：此喻清冷雅洁的水。

⑦默堂：南宋监察御史陈渊以其居室为“默堂”，学者称“默堂先生”。陈渊因奏论秦桧之罪，为桧所忌恨，去职后居西湖边风篁岭。

⑧两仙翁：苏轼和苏辙兄弟。

⑨缘契：犹缘分。

⑩更仆：此指饮酒数量多。

⑪驺（zōu）骑：驾驭车马的骑士。趣：通“趋”，趋向，奔向。

⑫天瓢：神话传说中天神行雨用的瓢。

⑬文昌：文曲星，传说主文运。德宏毅：谓志向远大，意志坚强。

⑭奉常卿：掌宗庙礼仪。

⑮忠愤：忠义愤激。胶庠（xiáng）：周代学校名。周时胶为大学，庠为小学。后世通称学校为“胶庠”。

⑯正字：官名，与校书郎同主雠校典籍、刊正文章。竭忠：竭尽忠诚。

⑰赘（zhuì）：赘附，依附。

⑱朴樕（sù）：丛木、小树，喻浅陋、平庸，此为谦词。

⑲明堂：参见 19 页注⑲。桴栋：栋梁，此指朝廷的支柱。

⑳丘壑：山陵和溪谷，谓隐逸。

㉑抚事：追思往事，感念时事。郁陶：忧思积聚貌。

㉒颦蹙（pín cù）：皱眉蹙额。形容忧愁不乐。

㉓艺：种植。

㉔糗（qiǔ）粮：干粮。一般指供外出路上食用的馒头烙饼等。

同王万里山行①

邂逅非宿期②，意行得奇眺。
三生湖山缘③，青眼不改旧④。
飞桨漾湖光，蹑屐梯云峤⑤。
玉立缑岭仙⑥，洒落我同调。
冲怀寄寥阔⑦，尘外恣吟啸。
眯目东华尘⑧，谁识此中妙。
吾侪肮脏资⑨，如痼不可疗。
溷溷渠得知⑩，不自耻牛后⑪。
已矣毋复言，恐贻水仙笑⑫。

①王万里：号淡斋，南宋邛州蒲江人。宋宁宗嘉定三年（1210），赴川陕类省试获第一。曾任叙州教授，知广安军，继知绍熙府（理宗时改荣州为绍熙府，治所在今四川荣县）。程公许返乡省亲，与王万里同游于越溪河山水间。

②邂逅（xiè hòu）：不期而遇。

③湖：越溪河流经叙州宣化境内浅丘，水势平缓，有百里翠湖之称。

④青眼：指对人喜爱或器重，黑色的眼珠在眼眶中间，青眼看人则是表示对人的喜爱或重视、尊重。

⑤蹑屐：穿着木屐。峤（jiào）：山道。

⑥缑（gōu）岭：借指修道成仙之处。传闻周灵王太子晋游伊洛间，道士浮丘公接以上嵩山。三十余年后，见之于山上，曰："告我家，七月七日待我于缑氏山巅。"至时，果乘白鹤驻山头，举手谢时人，数日而去。后因以"缑岭"为修道成仙之典。

⑦冲怀：冲怀恬淡，指性情恬静淡泊、与世无争。

⑧东华尘：此指宋都杭州市井。

⑨吾侪（chái）：我辈。肮脏：古代的意思是身躯肥胖。"肮"本义是咽喉，"脏"本义是身体内部器官的总称。北周庾信《拟连珠》："肮脏之马，无复千金之价。"就是指身躯发胖的马不再值千金之价了。

⑩溷（hùn）溷：混浊。

⑪牛后：牛的肛门，比喻处于从属地位。《战国策·韩策一》："臣闻鄙语曰：'宁为鸡口，无为牛后。'今大王西面交臂而臣事秦，何以异于牛后乎？"

⑫水仙：借指王万夫人，姓名不详。

次李晋仲同游南岩韵①

风林舞霜叶，野水收寒溪。
旭日爱清美②，良友欣招携。
近游南岩麓，远蹑樵人溪。
世未变野处，地已呈榱题③。
炼石既有穴，补天亦余梯。
仰梯磴可涉，穷择日从低。
窅深有神护④，险绝令心凄。
我归期再出，后会岂终暌⑤。
第膺三接宠⑥，未许寻高栖⑦。

①次韵：按照原诗的韵和用韵的次序来和诗，也称步韵。李晋仲：不详。

②清美：清秀美丽。宋司马光《永兴谢上表》："山川清美，土地膏腴。"

③榱（cuī）题：屋椽的端头，伸出屋檐，常遭雨淋，最先毁坏。此指水土流失。

④窅（yǎo）深：深邃貌。

⑤暌（kuí）：被隔离。

⑥第：先后。膺：得到，接受。三接宠：程公许自指在朝廷三起三落。

⑦高栖：指隐居。

再次韵

晋仲文学渊邃，方为朝阳鸣凤[①]，仆所次前韵及之[②]，而荐赐佳章。招隐[③]，敢再次韵以反之，以资他日重会一笑。

①朝阳鸣凤：比喻品德出众、才华横溢。语出《诗·大雅·卷阿》："凤凰鸣矣，于彼高冈，梧桐生矣，于彼朝阳。"

②仆：谦辞，程公许自称。及之：送达。

③招隐：征召隐居者出仕。此指程公许论劾郑清之遭排挤后，又被朝廷起用提举玉隆观、差知婺州。

丈夫为世用，钓筑辞岩溪[①]。
不用身徇道[②]，固可卷而携。
侃侃紫阳翁[③]，不践桃李蹊[④]。
淳熙用不终[⑤]，归途此留题。
坐令南岩高，万丈谁能梯。
倘止论兹山，仅亦培塿低[⑥]。

今如岘首碑[⑦]，千载令人凄。
我辈何适莫，但观道合暌[⑧]。
鸟兽不可群，仲尼非栖栖[⑨]。

①钓筑：渔钓和版筑。渔钓，传说周文王在渭水之阳遇见垂钓的姜尚，文王与他交谈，发现他有王佐之才，便一同乘车归来，拜以为师。版筑，古代筑墙时把土夹在两块木板中间，用杵捣实成墙。傅说（yuè）原是筑墙的工匠，被武丁发现其才，选拔为贤臣，国家大治。

②不用身徇道：不惜以身维护正义。徇，通“殉”。

③侃侃：谓直抒己见。紫阳翁：宋代理学家朱熹的别称。朱熹之父朱松曾在紫阳山（属今安徽省歙县）读书，朱熹后居福建崇安，题厅曰“紫阳书室”，以示不忘。

④桃李蹊（qī）：喻吸引众人奔趋的地方。

⑤淳熙：淳熙是南宋孝宗赵昚（shèn）的年号，共 16 年。宋孝宗普遍被认为是南宋最有作为的皇帝。

⑥培塿（lǒu）：小土丘。

⑦岘（xiàn）首碑：晋羊祜任襄阳太守，有政绩。后人以其常游岘山，故于岘山立碑纪念，称“岘山碑”，位于今湖北襄阳城西南 1 公里处。

⑧道合暌（kuí）：志趣相投还是相异。暌，隔阂。

⑨栖栖：孤寂零落貌。

游涪州北岩[①]

恭惟同出自，斯文其在兹[②]。
白衣帝王师[③]，古闻今所疑。
惨淡涪江滨，烟雨寒无炊。

一编洗心易[4]，后学之蓍龟[5]。
学禅谯夫子[6]，窥墙胡不麾[7]。
兹道贯三极[8]，何曾限藩篱[9]。
柱史接武来[10]，相望几何时。
旧隐勤汛扫，大书挺雄奇。
江山著羁臣[11]，千古同一悲。
渠自气浩然[12]，何成复何亏。
高堂俨遗像，宝墨镌丰碑。
往者不可作，搔首空涕洟[13]。
萧萧北岩松，悠悠我之思。

①涪州北岩：即今重庆涪陵城北侧长江岸边的白鹤梁，是一块长约 1600 米，宽 16 米的天然巨型石梁。白鹤梁题刻始于唐朝，现存题刻 165 段，3 万余字，石鱼 18 尾、观音 2 尊、白鹤 1 只。这是全世界唯一的一处以刻石鱼为“水标”，观测记录水文的地方。相传唐朝时尔朱真人在涪州今白鹤梁江边修炼，后得道乘仙鹤而去，故名“白鹤梁”。今三峡工程蓄水后，这里建成了水下博物馆。

②斯文：此处指儒士、文人的题刻。

③白衣：古代平民服饰，此指无功名或无官职的士人。

④编：成本的书。洗心：洗涤心胸，比喻除去恶念或杂念。

⑤蓍（shī）龟：古人以蓍草与龟甲占卜吉凶，引申为借鉴。

⑥学禅（chán）：学佛。谯：通“诮”，凡言相责让曰谯让。夫子：孔门尊称孔子为夫子，后世亦沿称老师为夫子。

⑦窥墙：战国楚宋玉《登徒子好色赋》：“天下之佳人，莫若楚国，楚国之丽者，莫若臣里，臣里之美者，莫若臣东家之子……然此女登墙窥臣三年，至今未许也。”后因以“窥宋”“窥墙”指女子对意中人的爱慕。麾：古代供指挥用的旌旗，此处指行动。

⑧三极：天、地、人。

⑨藩篱：以竹木编成篱笆，作为房舍外蔽，犹门户。

⑩柱史：参见40页注⑩。接武：步履相接，小步前行。

⑪著：显现，出现。羁（jī）臣：在旅途或流亡之臣。

⑫渠：水道，此指长江。浩然：盛大的样子。

⑬涕洟（yí）：涕泪俱下，哭泣。

和江平叔游无为山诗韵①

夙嗜一丘壑②，誓言苦难践。
梦踏西山云③，陟降原复巘④。
世纷不可耐，道根日以浅。
永愧龛中定，三叹涕如霰。
君从柯山来⑤，行尽蜀山险。
不惮屐齿蜡⑥，恣襞兰亭茧⑦。
毫端花五色，优昙时一现⑧。
翛翛尘外趣⑨，历历眼中见。
人生欢会少，抟沙随手散⑩。
何以慰瞻思⑪，英词展黄绢⑫。

①和韵：谓依照别人诗作的原韵作诗。江平叔：不详。从诗中看，他是自蜀经湖北黄州，至安徽芜湖无为县，再到浙江杭州拜会程公许的。无为山：在安徽无为县内，山环西北，水聚东南，名取“思天下安于无事，无为而治”之意。

②夙嗜（sù shì）：平素爱好。

③西山：山名，在四川北部，为岷山主峰。也称雪岭。

④陟（zhì）降：升降，高低。巘（yǎn）：不连于大山的小山。

⑤柯山：在湖北黄州定惠院东边。

⑥屐（jī）齿蜡：屐底的齿如打蜡般溜滑，容易摔跤。

⑦襞（bì）：折叠，此指裁剪。兰亭茧：兰亭茧纸。兰亭在浙江绍兴市西南之兰渚山上，东晋王羲之作《兰亭集序》，用茧纸书写。

⑧优昙（tán）：即优昙钵花。优昙钵是梵文 dumbera 的音译，即无花果树。其花隐于花托内，一开即敛，不易看见。佛教以为优昙钵开花是佛的瑞应，称为祥瑞花。

⑨翛（xiāo）翛：风吹声。三国魏甄皇后《塘上行》："边地多悲风，树木何翛翛。"

⑩抟（tuán）沙：捏沙成团，喻聚而易散。

⑪瞻思：仰慕，思念。

⑫英词：美好的文辞。

读故人洪舜俞内翰诗刻追和[①]

本性不谐俗，泛梗归无家[②]。
故人右扶风[③]，双旌拥崇牙[④]。
款门及暇日，褰裳蹑飞霞[⑤]。
维南古道场[⑥]，诸天集毗耶[⑦]。
巍撑凤骞舞[⑧]，岌起龙腾拿[⑨]。
坡仙旧诗刻[⑩]，清芬郁天葩。
云表塔标峻，具区帆影赊[⑪]。
万象森凑泊，穷探忽谽谺[⑫]。
金舆度窈窕[⑬]，翠幄巧蔽遮。
昔贤此幽栖，禅扉寂无哗。
萧爽万竿竹，芬甘一瓯茶。
清泉茁兰茗，黄粉飘松花。

意疑人境外，身漾天汉槎[14]。
浮生能几何，骛智那有涯[15]。
神龟宝巾笥[16]，曳尾宁坳洼[17]。
所嗜在闲旷，何心事雄夸。
洪崖石交旧[18]，岁晚蔗境佳。
心源秋水澹，艺苑春容奢。
冢上木遽拱[19]，海山枣如瓜。
今古一转烛，聚散犹抟沙[20]。
暮江趣浮鹢[21]，城树喧栖鸦。
愿言借一窗，炉香翻楞伽[22]。

①程公许题记："自道场山至何山，读故人洪舜俞内翰诗刻追和。"两山均在今浙江湖州境内。洪舜俞：即洪咨夔（1176—1236），字舜俞，号平斋，浙江杭州人，嘉泰元年（1201）进士，累官至刑部尚书。程公许在成都入崔与之幕府时，与洪交游相得，诗和相酬。内翰：唐宋称翰林为内翰。

②泛梗：《战国策·齐策三》："有土偶人与桃梗相与语。桃梗谓土偶人曰：'子，西岸之土也，挺子以为人，至岁八月，降雨下，淄水至，则汝残矣。'土偶曰：'不然，吾西岸之土也，土则复西岸耳。今子，东国之桃梗也，刻削子以为人，降雨下，淄水至，流子而去，则子漂漂者将何如耳。'"后因以"泛梗"喻漂泊。

③右扶风：京师重地。此指洪咨夔曾以计谋助崔与之击退金军对扬州的进攻。

④双旌：节度使出行时的仪仗。崇牙：旌旗的齿状边饰。

⑤褰裳：撩起下裳。楚欲攻宋，墨翟闻之，自鲁趋十日十夜，足重茧而不休息，裂衣裳裹足，赴郢说楚王。后遂以"褰裳"为不辞劳苦，急于为国事奔波之典。此指崔与之升任四川制置使后，洪咨夔追随前往。

⑥维南：道场山、何山在湖州城南，互相相连。维：连接。苏轼《游道场山何山》："道场山顶何山麓，上彻云峰下幽谷。"

⑦诸天：佛教语，指护法众天神。毗（pí）耶：梵语，古印度城名。

⑧骞（qiān）舞：犹飞舞。

⑨岌（jí）起：高耸而起。腾拿：腾空貌。

⑩坡仙：宋苏轼号东坡居士，仰慕者称之“坡仙”。

⑪具区：即太湖，又名震泽。《尔雅·释地》：“吴越之间有具区。”赊：繁多。

⑫谽谺（hān xiā）：山谷空旷貌。

⑬金舆：程公许自注：“何山一名金舆。”窈窕：此指深远、秘奥貌。

⑭天汉：天河。槎（chá）：木筏。

⑮骛（wù）智：追求智慧的精神境界。骛，奔跑，追赶。

⑯宝巾笥（sì）：谓以巾包裹，藏入箱箧视为珍宝。

⑰曳（yè）尾：曳尾涂中。典出《庄子·秋水》：“庄子持竿不顾，曰：‘吾闻楚有神龟，死已三千岁矣，王巾笥而藏之庙堂之上。此龟者宁其死为留骨而贵乎？宁其生而曳尾于涂中乎?’二大夫曰：‘宁生而曳尾涂中。’”涂，污泥。比喻与其显身扬名于庙堂之上而毁身灭性，不如过贫贱的隐居生活而得逍遥全身。坳（ào）洼：地面低洼处。

⑱洪崖：传说中的仙人名，黄帝臣子伶伦的仙号。石交：友谊牢固如金石的朋友。

⑲冢（zhǒng）：坟墓。遽（jù）：已经。拱：墓木拱矣，坟上树木已有两手合抱粗了。

⑳抟沙：参见 143 页注④。

㉑趣：催促。鹢（yì）：一种似鹭的水鸟。

㉒楞伽：山名，梵文音译。相传佛在此山说经。

驻白帝城怀古感事①

益以溢为国②，前后辟两门。

剑栈径偪侧③，峡江浪崩奔④。

盘礴六十州[5]，奠位西南坤[6]。
天险岂轻设，参旗宁易扪[7]。
我行当严冬，岸沙高涨痕。
绝壁走猱玃[8]，深潭伏鼍鼋[9]。
东逝注沧海，西来非一源。
相传石笋三，下接滟滪根[10]。
长怀草庐公[11]，受遗隆准孙[12]。
志节局不展，德义深可尊。
矧伊跃马壮[13]，得与同日论。
形势今犹昔，世故难为言。
抚事重感慨，遐瞻莽尘昏。
空余瀼西东[14]，未泯冰雪魂。
腊残春意动，清波跃河豚。
挝鼓趣下峡，渚宫同一尊[15]。

①程公许题记："连日驻白帝城，怀古感事，阅陆放翁诗集，追和其韵。"陆放翁：陆游（1125—1210），字务观，号放翁，浙江绍兴人，南宋文学家、史学家、爱国诗人。追和：后人和前人的诗。

②搤（è）：同"扼"，控制。为国：治国。

③偪（bī）侧：逼侧，狭窄。

④峡江：长江自奉节瞿塘峡以下，至湖北宜昌，称为峡江。崩奔：水流冲激江岸而奔涌。

⑤盘礴（bó）：延伸、蜿蜒。六十州：宋代四川路管辖范围。

⑥奠位：定位。坤：西和南之间的方向，即八卦坤所指的方向，通常指川、滇、黔等省区。

⑦参（cān）旗：星名，共九星。又名"天旗"。

⑧猱玃（náo jué）：泛指猿猴。唐杜甫《瞿塘两崖》："猱玃须髯古，蛟龙窟宅尊。"

⑨鼍（tuó）：扬子鳄。鼋（yuán）：体型大的龟鳖。

⑩滟滪（yàn yù）：即滟滪堆，长江瞿塘峡口的险滩，在重庆奉节东。

⑪草庐公：指汉末刘备三顾茅庐访聘的诸葛亮。

⑫受遗：古代谓大臣接受皇帝的遗命以辅政。隆准：高鼻。《史记·高祖本纪》："高祖为人，隆准而龙颜。"裴骃集解引文颖曰："准，鼻也。"后以"隆准"借指皇帝。此句指刘备白帝城托孤事。

⑬矧（shěn）：何况。伊：文言助词。跃马：策马驰骋腾跃。

⑭瀼（ráng）：波涛滚动状。西东：自西往东流。

⑮渚（zhǔ）宫：春秋楚国的宫名，故址在今湖北江陵县，此代指江陵。

登舟赴官巴西

中元节日[①]，登舟赴官巴西[②]。兄侄偕亲友追送三十里乃别，相顾凄黯，舟行得此诗以寄。

①中元：指农历七月十五日，民俗祭祀亡故亲人。汉族传统节日"三元"之一，上元为正月十五（元宵节），中元为七月十五（中元节），下元为十月十五。

②巴西：宋代绵州曾为隋唐巴西郡治地，故称绵州为巴西。绵州城的东、北两面依涪江。

随牒倦尘土[①]，归梦长纷纭。
及归岁阻饥，负米良艰勤[②]。
细摹食粥帖[③]，长歌送穷文[④]。
忽捧毛生檄[⑤]，往撷鲁宫芹[⑥]。
元方与犹子[⑦]，念我当离群。

折柬期诸彦[⑧]，褰裳集江濆[⑨]。
追送三十里，酒炙罗缤纷。
夜航语达旦，掺袂俄夕曛[⑩]。
汀芦黯回首，风萍怅轻分。
时危事远役，所遇无一欣。
元戎调新律[⑪]，笑谈静边氛。
容我坐无毡[⑫]，峨冠诵皇坟[⑬]。
采兰劝加餐[⑭]，伐木友多闻[⑮]。
诸君志姱修[⑯]，未可恬耕耘[⑰]。
努力崇令猷[⑱]，时来皆青云。

①牒：据以授官的委任状。尘土：细小的灰土，此指路途。

②负米：谓外出求取俸禄钱财等以孝养父母。

③食粥帖：苏轼《食粥帖》："夜坐饥甚，吴子野劝食白粥，云能推陈致新，利膈养胃。僧家五更食粥，良有以也。粥即快美，粥后一觉，尤不可说，尤不可说。"

④送穷文：韩愈所作，借主人与"智穷""学穷""文穷""命穷""交穷"五鬼的对话，抨击庸俗的人情世态，抒发内心的牢骚和忧愤。

⑤毛生檄：参见 23 页注⑪。

⑥鲁宫芹：喻官奉薄饷。

⑦元方与犹子：程公许亲友兄侄。

⑧折柬：折好任命文书。诸彦：众贤才。

⑨褰裳（qiān cháng）撩起下裳。江濆（pēn）：江岸。

⑩掺袂（shǎn mèi）：执袖，犹握别。夕曛：落日余晖，指黄昏。

⑪元戎：主将，统帅。

⑫无毡：没有毡子。唐代郑虔为国学广文馆博士，为官节约，杜甫赠诗有"坐客寒无毡"。

⑬峨冠：高冠。皇坟：传说三皇时代的典籍。

⑭采兰：喻选拔俊逸。程公许此行是任绵州教授。

⑮伐木：《诗·小雅》篇名。其诗云："伐木丁丁，鸟鸣嘤嘤……嘤其鸣矣，求其友声。"后因以"伐木"作为表达朋友间深情厚谊的典故。

⑯姱（kuā）修：高尚美好。

⑰恬耕耘：恬然自安，放弃奋斗、追求。

⑱令猷（yóu）：远大的志向、抱负。

吊齐斋先生尚书文节倪公四首①

公以正学、清文、精忠、谠论②，为先朝名侍从。玉色山立，百壬望而沮慑③，故身退而名益高。

浮玉山，碧浪湖吴兴胜处④，规创书院，来往宴娱，雅慕雪堂老仙亭馆⑤，皆摘诗句为扁榜。某之生也后⑥，僻处岷山，不获顺下风而趋。幸与先生之季子新安使君理正子武同朝⑦，为三益友⑧。会以口语去国，扁舟访子武，为置酒相羊水石间⑨，清风劲节，岌嶪与衡弁竞爽⑩。矧承家惟肖⑪，先生固有不亡者存。子武谓："是行也，不可无记述。"偶阅坡集《岘山亭》《飞英寺》《分韵》《月明星稀》四诗，僭率借韵，语拙不工，姑以抒其惓惓企慕之意云尔⑫。

①齐斋：齐山书房。倪文节公：南宋倪思（1147—1220），字正甫，浙江湖州人，著有《齐山甲乙稿》。曾任礼部侍郎、兵部尚书、礼部尚书等职，卒后谥文节。

②谠（dǎng）论：正直谏言。

③壬：巧言谄媚的人。沮慑（jǔ shè）：恐惧。

④碧浪湖：位于湖州城南1公里，湖中岛露若浮玉，故名浮玉山。

⑤雪堂：参见56页注⑱。

⑥某：程公许自指。

⑦子武：倪思三子倪武，仕至大理寺正。

⑧三益友：《论语》："友直，友谅，友多闻。"使人受益的三种朋友：正直的朋友，真诚而可信赖的朋友，博学而见多识广的朋友。

⑨相羊：参见 41 页注㊳。

⑩岌嶪（jí yè）：高峻貌。衡弁（biàn）：纵横的山峰。衡，同"横"，纵横。弁，本意指贵冠，此指山峰。

⑪矧（shěn）：况且。承家：承继家父。惟肖：相似。

⑫惓（quán）惓：深切思念；念念不忘。

其一

披襟白苹风①，荡桨碧澜月。
若下酒可斟②，顾渚茗堪啜③。
兹游足娱玩，所遇皆胜绝。
四海齐斋翁，清风传奕叶④。
平生心本朝，峨冠蓬怒发。
子皮五湖棹⑤，烟波时出没。

①披襟：敞开衣襟，多喻舒畅心怀。

②若下：酒名。唐李肇《唐国史补》卷下："酒则有郢州之富水，乌程之若下，荥阳之土窟春，富平之石冻春。"

③渚（zhǔ）：水中小块陆地。啜（chuò）：啜茗即品茶。

④清风：高洁的品格。奕叶：累世，代代。

⑤子皮：鸱夷子皮，范蠡之号。范蠡是春秋时楚人，曾为越相，助越灭吴。功成身退，乘轻舟隐于五湖。后至陶经商致富，又称陶朱公。

其二

仕道昔有训，退处非为名。

齐竽醉聒耳[①]，虞弦自希声[②]。
清波贯霅苕[③]，空翠浮弁衡[④]。
图史足怡悦，风月无将迎。
生世我已后，景行宁忘情[⑤]。
昂昂鸡群鹤，慰我双眼明。

①齐竽：犹滥竽，指不学无术的人。齐宣王使人吹竽，必三百人。南郭处士请为王吹竽，宣王说之，廪食以数百人。宣王死，愍王立，好一一听之，处士逃。聒（guō）耳：指声音刺耳。

②虞弦：语本《礼记·乐记》："昔者舜作五弦之琴，以歌《南风》。"后因以"虞弦"指琴。希声：无声，听而不闻的声音。《老子》："大器晚成，大音希声，大象无形。"

③霅苕（zhà tiáo）：湖州境内霅溪、苕溪的并称。苕，古书上指凌霄花，落叶藤本植物，开红花。

④弁（biàn）衡：山峰纵横。衡：古同"横"，纵横。

⑤景行：仰慕高尚的德行。《诗·小雅·车舝》："高山仰止，景行行止。"

其三

万顷湖浪碧，一点浮玉青[①]。
先生此考盘[②]，有道甘沉冥。
植柳荫水槛，栽莲绕风亭。
感慨手遗奏，精神超列星。
鸿鹄既层举[③]，鹍鸠争刷翎[④]。
克家类季子[⑤]，隧碑新刻铭。

①浮玉：湖州浮玉山，传说仙人居住的地方。

②考盘：参见 85 页注④。

③鸿鹄（hóng hú）：鸿雁与天鹅。层举：一齐向上抬头飞翔。

④鸮（xiāo）：俗称猫头鹰。鸩：（zhèn）：传说中的一种毒鸟，把它的羽毛放在酒里，可以毒杀人。刷翎：振翅。

⑤克家：能承担家业。季子：三子倪武。

其四

风尘日骚屑[①]，耆哲晨星稀[②]。
九原不可作[③]，斯文今谁归[④]。
临风想孤标[⑤]，把酒哦落晖。
扁刻见尚友，雪堂密传衣[⑥]。
归帆拂苹波，晴烟抹松扉。
满箧贮宝刻[⑦]，展诵省昨非。

①风尘：尘世，纷扰的现实境界。骚屑（xiè）：风声，此处指凄清愁苦。

②耆（qí）哲：老成贤达之人。

③九原：春秋时晋国卿大夫的墓地。汉刘向《新序·杂事四》："晋平公过九原而叹曰：'嗟乎！此地之蕴吾良臣多矣，若使死者起也，吾将谁与归乎？'"

④斯文：此指儒士、文人。

⑤孤标：山、树等突出的顶端，此处形容人品行高洁。

⑥雪堂：参见 56 页注⑱。此处借指苏轼。

⑦宝刻：珍贵的雕版刻印书籍。

刘园[①]

春来雨雪连绵，仲月之二日夙兴快晴[②]，急借小舫欲过沈氏大小玲珑岩[3]。怒风簸扬，撑入小港，舟子告以刘园近在，因往纵观，乃戊戌旧游也[4]。花竹逾茂，亭馆加葺，尤觉奇伟，徘徊抵暮始入城。

先时结束书笼，偶见案上《白集》一册[5]。是日早，信手翻阅，中有《和梦得洛中早春见赠七韵》，末句云："何日同宴游，心期二月二。"兹行本非夙戒[6]，而偶与白诗参合，小小嬉游亦有数耶？因追和其韵。

①刘园：在今浙江湖州南浔小莲庄，又称"刘园"。自宋为刘姓世居，后来为清末光禄大夫刘镛的家庙所在。

②仲月：指每季的第二个月，即农历二、五、八、十一月。因处每季之中，故称。此处指二月。夙兴（sù xīng）：早起。快晴：参见 120 页注⑥。

③大小玲珑岩：霅（zhà）川是浙江湖州市境内的一条河流，霅，形容水流激越的声音。霅溪的东苕溪与西苕溪源于天目山，分流至湖州市区后汇合，往北注入太湖，其下游有两玲珑山。

④戊戌：戊戌年，南宋理宗嘉熙二年（1238）。

⑤白集：《白居易诗文集》。

⑥夙戒：早有准备。戒，备，准备。

阴冱闭阳和[1]，快晴差惬意。
怒飙妒心赏，清游殊鲜味。
系船枯苇丛，闷损兀坐睡[2]。
断港曲尘波[3]，见引著胜地。
径梅伫揽结[4]，堤柳是才思。
尤怜石交旧[5]，劝我取一醉。
异事诧白诗[6]，偶同二月二。

①阴冱（hù）：固阴冱寒，严冬寒气凝结，积冻不开。阳和：春天的

暖气。

②闷损：烦闷。兀（wù）坐：独自端坐。

③断港：同别的水流不相通的港汊。曲尘：酒曲上所生菌，色淡黄。此借指嫩柳叶色鹅黄，倒映水中使春水呈鹅黄色。

④径：小路，此指路边。伫（zhù）：站立停留。揽结：摘取。

⑤石交：交谊坚固的朋友。

⑥白诗：即序中言白居易《和梦得洛中早春见赠七韵》。

赠修水黄君子行①

黄君以元祐太史公之诸孙②，寓籍分宜③，苦志于诗，以“蓬瓮寐语”名其集。长篇短调不主一体，敷腴而雅重④，浏亮而奇崛⑤，使读之者如游玉府百珍，目未暇睹也。庚伏袢热⑥，惠然再临，赠五言古体二十八韵。清风披拂袖间，念宿诺不可负⑦，而蘧径曹侍郎、三山陈广宗、韦辅江彝叟之序引⑧，固无可复加，因次所示诗韵，赘附编末云⑨。

①修水：今江西九江市下辖县。黄子行：号逢瓮，黄庭坚的孙辈，有《蓬瓮寐语》，今佚。

②元祐：参见13页注⑧。太史公：此指黄庭坚，江西修水县人，北宋诗人、书法家、词人，以校书郎坐修《神宗实录》失实，被贬涪州别驾、黔州安置，后因避亲，移戎州。黄庭坚不以贬谪为意，在戎州三年讲学不倦，四川士子仰幕，凡经他指点的文章都有可观之处。今宜宾流杯池留有其遗迹。

③寓籍：寄籍客居。分宜县：隶属于今江西新余。

④敷腴（fū yú）：喜悦、乐观状。

⑤浏亮：明朗。陆机《文赋》：“诗缘情而绮靡，赋体物而浏亮。”

⑥庚伏：即三伏。因三伏中的初伏、中伏分别自夏至后的第三、第四个庚日开始，而末伏自立秋后的第一个庚日开始。故三伏亦称“庚伏”。袢（pàn）热：袢暑、炎暑。

⑦宿诺：预先的许诺。

⑧蘧径曹侍郎：曹叔远，字器远，号蘧径，浙江瑞安人，曾任礼部侍郎。陈广宗、江彝叟：不详。序和引：二者皆为文体名。“引”大致如序而稍简短。

⑨赘（zhuì）：古同“缀”，连结。

雨润莘野犁①，水给汉阴瓮②。
一为大烹鼎③，玉食此焉供。
一如朽木偶，肯受关索弄④。
显晦势则然，达观等一梦。
可怜蓬瓮生⑤，万卷皆成诵。
静退一何勇，本不借怂恿。
孔孟使复起，必能与折衷。
世道日以隘，古心谁与共。
君家太史公，以文瑞吾宋。
崛奇庄骚语⑥，雅淡商周颂。
学力探窅深⑦，天巧妙机综⑧。
风流被诸孙，璆琳富包贡⑨。
若若绶满朝，傱傱清燕奉⑩。
那知一亩宫⑪，有士苦吟讽。
寐语甘自怡，经纶付时栋⑫。
伊余曩在列⑬，窃自耻阴拱⑭。
斥去职蕃宣⑮，玩愒糜廪俸⑯。
何借缪推激⑰，为我破愚钝。
由唐及国朝，作者亦已众。

元气所融会，谅亦劳艺种[18]。
苦心欲其工，何者适于用。
当知正始音，若睹治世风。
览辉千仞冈，一洗群目瞢[19]。
谀闻我自知[20]，可能相引重。
乞闲会得请，敢觊百钱送[21]。
假道愿款门，单车屏徒从。
不妨蒿藋径[22]，容我于二仲[23]。
秋风来有期，心旌转飞动。

①莘（shēn）野：指隐居地。《孟子・万章上》：“伊尹耕于有莘之野。”

②汉阴瓮：成语“汉阴抱瓮”。《庄子・天地》中有汉阴老人用瓮从井中取水浇菜地，不愿使用机械，认为机械是智巧机诈，不合天然。后遂用“汉阴瓮”表示淳朴无邪。

③大烹鼎：古代祭礼，大夫用五鼎盛猪、牛、羊、鸡、鸭，后比喻美食。

④关索弄：谓披枷戴锁，被鞭杖、拷打。

⑤可怜（lián）：可喜、可羡，古今词义不同。唐白居易《曲江早春》诗：“可怜春浅游人少，好傍池边下马行。”蓬瓮生：《蓬瓮寐语》的作者黄君。

⑥庄骚：指战国庄子的《庄子》和屈原《离骚》。

⑦学力：学问上的造诣。窅（yǎo）深：深邃貌。

⑧机综：机织声。宋黄庭坚诗：“溪毛乱锦缬，候虫响机综。”任渊注：“韵书曰：综，机缕也。”此指诗文有机织之声般的节奏。

⑨璆（qiú）琳：泛指美玉，此处喻贤才。包贡：本谓包裹橘柚进贡天子，此指以才能进奉朝廷。

⑩傱傱（sǒng sǒng）：众多貌。清燕：清闲，安逸。

⑪一亩宫：寒士的简陋居处。

⑫经纶：参见 42 页注⑩。时栋：当时的栋梁。

⑬伊余：自指，我。三国魏曹植《责躬诗》：“伊余小子，恃宠骄盈。”曩（nǎng）：从前。在列：犹在位、在朝。

⑭阴拱：暗中坐观成败。《汉书·黥布传》：“今抚万人之众，无一人渡淮者，阴拱而观其孰胜。”

⑮蕃（fān）宣：即藩垣。蕃，通“藩”。宣，通“垣”。本指藩篱与垣墙，引申为藩屏护卫。语本《诗·大雅·崧高》：“四国于蕃，四方于宣。”

⑯玩愒（kài）：成语“玩岁愒日”，谓贪图安逸，旷废时日。縻：浪费。廪（lǐn）俸：犹俸禄。

⑰缪（lù）：勠力同心。推激：推崇激扬。

⑱艺种：培植。

⑲瞢（méng）：目不明。

⑳谀（yú）闻：顺耳之说。

㉑觊（jì）：觊觎得到不该得的东西。

㉒蒿藋（diào）：此处泛指野草。蒿是青蒿。藋是藜类植物。

㉓二仲：汉羊仲、裘仲。二仲皆不愿被推举为官，后用以泛指廉洁隐退之士。

和景韩赠子敬末章韵①

艳冶昭阳妃②，娇好浣纱女。
盛时一转盼，零落委黄土。
彼姝秋胡妇③，真节甘独守。
炜炜编简上④，芳声乃持久。
我欲呼绪风，酹以一觞酒。
君看涧底松⑤，阅世几寒暑。
丈夫要如此，千载可尚友。
鬼蜮玩阿瞒⑥，何妨掺挝鼓⑦。
平生书五车，一字不堪煮。

忾我左右手，双顾石棱紫。
忍穷学师道，觅句迫徐俯[8]。
横陈味嚼蜡[9]，下笔迅流水。
忆昨涪江滨[10]，对吟夜床雨。
胡为轻判袂[11]，愁凭乌皮几[12]。
人生如飞蓬，飘落无定所。
那知锦官城，尊酒又同举。
草玄几垂丝[13]，笔力造化补。
自我交斯人，短翅思决起。
不因得趣同，那觉同心苦。
至今浮山梦[14]，历历西窗语。
斋厨厌苜蓿[15]，尘甑窘禾秳[16]。
忍饥搜枯肠，数息保气母[17]。
何当陪胜赏，一醉诗分取。
终恐吃期期，输君白玉麈[18]。

①景韩：不详。子敬：不详。

②艳冶：艳丽妖冶。昭阳：汉宫殿名。昭阳妃：泛指后妃。

③姝（shū）：美丽。秋胡妇：秋胡，春秋鲁人，婚后五日宦于陈，五年乃归。见路旁美妇采桑，赠金以戏，妇不纳。及还家，母呼其妇出，即采桑者。妇斥曰："子五年乃还，是忘母也，忘母不孝。好色淫佚，是污行也，污行不义。夫事亲不孝，则事君不忠。处家不义，则治官不理。孝义并亡，妾不忍见。"愤而投河死。后以"秋胡"泛指对爱情不专一的男子，以"秋胡妇"为节义烈女的典型。

④炜炜（wěi）：光彩耀目。编简：书籍，史册。

⑤涧底松：涧谷底部的松树。多喻德才高而官位卑的人。

⑥鬼蜮（yù）：《诗·小雅·何人斯》："为鬼为蜮，则不可得。"后以"鬼蜮"喻用心险恶、暗中伤人的小人。阿瞒：三国魏曹操的小名。

⑦掺挝（càn zhuā）：古代乐奏中的一种击鼓方法。

⑧徐俯：黄庭坚之甥，7 岁能诗，著有《东湖集》。

⑨横（héng）陈：横列、杂陈的公文。

⑩涪江：源于岷山主峰雪宝顶，南流经四川平武、江油、绵阳、三台、射洪、遂宁，重庆市潼南区、铜梁区，在重庆市合川区汇入嘉陵江。

⑪判袂（mèi）：分袂，离别。

⑫乌皮几：乌羔皮裹饰的小靠垫，古人坐时用以靠身。

⑬草玄：汉扬雄五十一岁潜心著《太玄》。垂丝：白发下垂。

⑭浮山梦：海市蜃楼现象，喻美好愿望。

⑮苜蓿（mù xū）：植物名，汉武帝时，张骞使西域始传入，可供饲料或作肥料，亦可食用。

⑯尘甑（zèng）：《后汉书·独行传·范冉》载，桓帝时以范冉为莱芜长，因丁母忧，不到官，结草室而居。“所止单陋，有时粮粒尽，穷居自若，言貌无改，闾里歌之曰：‘甑中生尘范史云，釜中生鱼范莱芜。’”范史云和范莱芜都是范冉，后因以“尘甑”为形容清贫之典。禾稆：稻米粮食。

⑰数（shù）息：静修方法之一，数鼻息的出入，使心恬静专一。气母：元气的本原。

⑱输：捐献，赠送。麈（zhǔ）：古书上指鹿一类的动物，其尾可做拂尘，此处代指拂尘。

答唐文权君三首①

其一

阴阳无停机②，寒暑迭更代。
迅商俄栗惨③，炎官亟敛退④。
岩壑有余妍，雨晴皆可爱。
迫迮红尘海⑤，适喜翠屏对⑥。

①程公许题记："唐文权君见前作和韵见教，赋诗三首以答之。"唐文权：从后面诗文看为程公许老家叙州友人。

②阴阳：宇宙间贯通物质和人事的两大对立面，天地间化生万物的二气。

③迅商：迅疾的西风。栗憀（liáo）：凄怆、凛冽，寒气袭人貌。

④炎官：神话中的火神。

⑤迫迮（zé）：聚集、紧靠貌，此指困厄。

⑥翠屏：程公许家乡叙州城岷江西岸，有绿色峰峦排列相对，望之如屏，即今之翠屏山和真武山。

其二

鲁国久仙去[①]，诗偕芙蓉秋。
渊渊韵金石[②]，往往余岩丘。
象贤来题舆[③]，同声应鸣璆[④]。
清渭发源远[⑤]，浊泾难混流。

①鲁国：此指叙州老城内的孔庙。因公元 842 年大洪灾，此庙荡然无存，后叙州城搬至岷江北岸今旧州坝。

②渊渊：象声词，岷江激荡江岸声。

③象贤：谓能效法先人的贤德。《仪礼·士冠礼》："继世以立诸侯，象贤也。"题舆（yú）：为贤者留车座。后以"题舆"谓景仰贤达，望其出仕。

④同声：声音相同，喻志趣相投。汉贾谊《新书·胎教》："故同声则处异而相应，意合则未见而相亲。"璆（qiú）：古同"球"，美玉，亦指玉磬。

⑤清渭：泾（jīng）渭分明。公许老家叙州金沙江与岷江交汇，一清一浊，岷江清澈，金沙江浑浊，两江交汇处界限分明（今金沙江向家坝等水电站修建后则相反）。程公许以此喻人品的清浊。

其三

赞房容久愒[①]，游子奚所叹。

树老昼常寂，云埋宵易寒。
龛灯对青荧[2]，手箑失白团[3]。
抚运忽有感，秋防趣三单[4]。

①赞房：川南民间乔迁新居的仪式。新房完工，主人家大排筵席，亲戚朋友登门祝贺、赞颂。此句言唐文权家新房已落成。愒（qì）：古同“憩”，休息。

②龛（kān）灯：神龛前的长明灯。青荧（yíng）：青光闪映。

③箑（shà）：扇。白团：团扇。

④趣（cù）：古通“促”，督促、催促。三单：三军。《诗・大雅・公刘》：“其军三单，度其隰原，彻田为粮。”此句程公许言将去阆州协助四川制置使、亦师亦友的李埴防备金军入侵。

清赋堂诗轴和韵[1]

避影恶木阴，忍渴贪泉水。
君看象渡河，步步须彻底。
士当秉特操，盛行贵知止。
佳境著蔗根，苦或起瓜蒂。
上尊赐方进，万事咨伯始[2]。
孰能超然观，贯之以一理。
瓢饮有余乐[3]，我自味无味。
忆登君子堂，积雪几没趾。
双鹤舞前除[4]，毷烟萦素几[5]。
迭石肖崄崿[6]，俯槛鉴清泚。
旌招还此来[7]，归梦曷能已。

红尘交辔语[8]，新律吐琼蕊[9]。
千载友元亮[10]，顾未忍违世。
将坛建鼓旗，许我陪末至[11]。
政恐如浊泾，难以汩清渭。
俗氛日轇轕[12]，菉葹乱荪芷[13]。
为君歌停云，倦翮思决起[14]。
念归怅无家，素食心所耻。
安得三间茅，托身安稳地。
一编岫云吟[15]，枯肠或能拟[16]。

①程公许题记："宗博宫讲何丈，以诸贤所赋清赋堂诗轴示教，借和元韵附轴尾。"宗博：宋皇族萧王赵宗博。宫讲：皇室教师。丈：对老年男子的尊称。诗轴：题上诗的卷轴。

②伯始：东汉时期重臣胡广，字伯始。《后汉书·胡广传》："虽无謇直之风，屡有补阙之益。故京师谚曰：'万事不理问伯始，天下中庸有胡公。'"

③瓢饮：语出《论语·雍也》："一箪食，一瓢饮，在陋巷，人不堪其忧，回也不改其乐。"原谓以瓢勺饮水，后用以喻生活简朴。

④前除：屋前台阶。

⑤穟（suì）：此指做柴火用的秸秆。萦（yíng）：回旋缠绕。

⑥肖（xiào）：相似，像。崄崿（è）：山石形状如大嘴张开。

⑦旌（jīng）招：以旌招之，谓征召贤士。

⑧交辔（pèi）：并辔而行。

⑨律：律管候气。古代判断二十四节气是否按时而至，即在密室内将不同长度的十二根律管，按地支十二方位埋入土内，上端与地面平，管端充以葭莩灰，覆以薄绢，每当各月中节气到时，相应的律管即灰冲绢飞，以此决定农事。

⑩元亮：晋诗人陶潜字元亮，曾任彭泽令，因不愿为五斗米折腰而归隐。后常用为隐居不仕的典实。

⑪末至：末至客，指有才华的宾客。西汉梁孝王在其所建的东苑置酒宴

客，枚乘、邹阳等均为座上客，司马相如末至，居客之右。

⑫轇轕（jiāo gé）：亦作“轇葛”，交错、杂乱。

⑬莱茨：杂草。荪芷：香味浓烈的草。

⑭翮（hé）：鸟的翅膀，此指鸟。

⑮岫云吟：出自陶渊明的《归去来兮》：“云无心以出岫，鸟倦飞而知还。”云朵已经无心出山，鸟儿飞累了知回家。喻作者自己无意出仕，厌倦官场而隐。

⑯枯肠：此喻枯竭的文思。拟：写出。

题夹江冯临父玉山庄图①

后溪刘先生为题小绝②，故秘书郎薛公赋长篇③，今益郡提刑秘阁张公属公许赋，并呈山房邵传中，康节曾孙也④。

①夹江：夹江县今属四川乐山市，以产宣纸闻名，为书画之乡。冯临父：冯时行，历官奉节尉、江原县丞、左朝奉议郎等，官至成都府路提刑。

②刘先生：刘光祖，参见 7 页注⑪。

③秘书郎：三国魏始置，唐代称“兰台郎”，专管图书收藏及校写。

④属：同“嘱”，嘱咐。山房：山中书室。邵康节：邵雍，北宋著名易学家、诗人，河南人。曾两度被举，均称疾不赴。子邵伯温官至成都路提刑，孙邵博知眉州，卒于犍为。曾孙邵传中隐居夹江玉山庄。

天下最佳处，惟二室三川①。
一气所融结，何地无云烟。
忆游古南安②，倦憩大观前。
十洲与三岛③，渺莽云水连。

追随子邵子[④]，飞步山房巅。
醉归迷夕霭，笑歌呼渡船。
至今诗箧中，秀色余芳鲜。
永愿借一壑，抱耒耕石田。
不学谷口隐[⑤]，姓名京师传。
邂逅大冯君[⑥]，为我开愁边。
烟霞粲画本[⑦]，风月起笔椽[⑧]。
上有玉山庄，遥挹峨峰妍[⑨]。
士为声利役，何如拥肿全[⑩]。
脱粟幸可饱，苦荼宜活煎。
画计不用决，与山终薄缘。
三间苟完矣，万松想苍然。
羊肠摧君輈[⑪]，问君归何年。
早逐山房翁[⑫]，江郊掉吟鞭[⑬]。
往来成二老[⑭]，日醉壶中天[⑮]。
对峙五言城[⑯]，写之七丝弦[⑰]。
勿遣俗士驾，污我青苔藓。

①二室：河南西部的嵩山由太室山与少室山组成。三川：古代三川指伊水、洛水和黄河。

②古南安：秦武王在今四川乐山建立南安县。

③十洲：道教称大海中神仙居住的十处名山胜境，泛指仙境。三岛：指传说中的蓬莱、方丈、瀛洲三座海上仙山，亦泛指仙境。

④邵子：邵雍曾孙邵传中。

⑤谷口隐：指隐居。典出汉扬雄《法言·问神》："谷口郑子真，不屈其志而耕乎崖石之下，名震于京师。"

⑥邂逅（xiè hòu）：不期而遇。冯君：汉冯野王、冯立兄弟先后为上郡太守，皆居职公正廉洁，时人称之为大、小冯君。后因以为称誉家族中人相继

为官而均有显著政绩的典实。

⑦粲（càn）画本：使绘画的范本增辉。

⑧笔椽（chuán）：椽是放在檩子上架着屋顶的木条，成语“大笔如椽”常用来夸赞别人文笔雄健有力或文章气势宏大。

⑨挹（yì）：挹胜，收取胜景。

⑩拥肿：淳朴自得貌。《庄子·庚桑楚》：“拥肿之与居，鞅掌之为使。”成玄英疏：“拥肿、鞅掌，皆淳朴自得之貌也。”

⑪辀（zhōu）：车辕，借指车。邵雍当年出游时必坐一小车，由一人牵拉。

⑫山房翁：此指隐居者。

⑬吟鞭：诗人的马鞭。掉吟鞭，多以形容行吟的诗人因景色美好而驻足。

⑭二老：宋代司马光以邵雍为兄，二人因高尚品德为时人所仰慕。邵雍初到洛阳，居乡郊草屋，打柴为生，烧火做饭侍奉父母。司马光敬重邵雍，常与之游，并为其置办了靠近都市的园宅。

⑮壶（hú）中天：传说费长房担任市场管理官员，有老翁卖药，悬一壶于肆头，市罢，跳入壶中。长房于楼上见之，知为非常人。次日复诣翁，翁与其俱入壶中，唯见玉堂严丽，旨酒甘肴盈衍其中，共饮毕而出。后即以“壶中天”谓仙境。

⑯五言城：谓五言佳作。宋赵蕃《送刘伯瑞》诗之一：“长怀远斋老，赠我五言城。”

⑰七丝弦：古琴有七根弦，此借指谱写成乐谱。

卷四

五言古诗

今日良宴会

良辰不可久，飞幰会华馆[①]。
雕俎粲陈前[②]，羽觞劝引满[③]。
危柱瑟难和[④]，急轸琴失按[⑤]。
含思以亮激[⑥]，响入凌霄汉。
四坐听我歌，歌罢倚长叹。
勿遣歌声悲，悲多听者惨。
振辔腾康庄[⑦]，及此岁未晏[⑧]。

①飞幰（xiǎn）：车上的帷幔，此代指车。华馆：高级客舍，宾馆。

②雕俎（zǔ）：一种雕绘的木制礼器，祭享时以盛牺牲。粲：鲜艳夺目状。

③羽觞（shāng）：古代一种酒器，作鸟雀状，左右形如两翼。

④危柱：指琴。瑟：弦乐器。

⑤轸：古琴下面七个松紧琴弦用的玉轸或木轸。

⑥亮激：响亮激昂。

⑦辔：驾驭牲口的嚼子和缰绳。

⑧晏（yàn）：迟，晚。

追怀成都旧游[①]

忆昔吏锦城[②]，寄隐云水乡。
萧散不任事，上官容我狂。
短篷漾空明[③]，舞棹歌沧浪。
会心多胜友，一举累十觞。
芳春乐事饶，飞幰集宝坊[④]。
意行无定在[⑤]，有花即相羊[⑥]。
马蹄穿夜市，奚奴背诗囊。
三年一炊黍[⑦]，旧游想微茫。
谁知涪江滨[⑧]，侧翅不得翔。
醉饮无与和，三叹热中肠。
雨晴好风景，轻舆便晚凉。
乱絮扑晚霭，牡丹泫残妆[⑨]。
春物能几何，营巢燕飞忙。
茶事迫榆火[⑩]，饧胶催粥香[⑪]。
我本乐烟霞，失身缚簪裳[⑫]。
官曹幸云冷，诗债可不偿。
锦城未即去，十景兹难忘[⑬]。
安能窘边幅，低头甘锁缰。
升沈自天分[⑭]，矫情恐有妨[⑮]。
借我白玉壶，为君歌慨慷。

①程公许自注："春事无几，端居萧索，追怀成都旧游，慨然有赋。"春事无几，谓春色时间不多。端居萧索，言独居萧条冷落。

②吏：为吏，名词动用。

③短篷：指小船。空明：特指月光下的清波。

④宝坊（fāng）：对寺院的美称。南朝梁简文帝《答湘东王书》：“鸣银鼓于宝坊，转金轮于香地。”

⑤意行：犹信步。唐刘禹锡《蛮子歌》：“腰斧上高山，意行无旧路。”定在：犹定准。

⑥相羊：参见 41 页注㊳。

⑦一炊黍：指烧一顿饭的时间。

⑧涪江滨：写此诗时程公许已任绵州教谕三年。

⑨泫（xuàn）：水珠下滴。

⑩茶事：古人饮茶以明前茶为上，因明前气温较低，发芽数量有限，受虫害侵扰少，芽叶细嫩，色翠香幽。榆火：本谓春天钻榆、柳之木以取火种，后因以“榆火”为典，表示春景。

⑪饧胶：饴糖。饧：糖稀。

⑫簪裳：冠簪和章服。古代仕宦者所服，因以借指仕宦。

⑬宋代成都十景：西岭晴雪（西岭雪山）、青城叠翠（青城山）、古堰流碧（都江堰）、草堂喜雨（杜甫草堂）、青羊花会（青羊宫）、祠堂柏森（武侯祠）、江楼修竹（望江楼）、文殊朝钟（文殊院）、宝光普照（宝光寺）、天台夕晖（邛崃天台山）。

⑭升沈（chén）：官位升迁或下降。

⑮矫情：掩饰真情。

饯寄庵居士龚彦质①

煌煌帝王都，列第喧丝竹。
林园竞选胜，四匝湖山曲。
谁知南屏下②，老叟甘幽独。

忆从古栝来[③]，红颊鬓鬓绿。
王侯争倒屣[④]，交友为瞩目。
引觞百壶倒，授简千颖秃[⑤]。
功名良误人，日月如转毂[⑥]。
侵寻四十年[⑦]，一往不可复。
浮云玩身世，投老寄僧屋。
坚忍不苟求，趺坐淡无欲[⑧]。
人生固幻梦，要须有归宿。
买山岂不念[⑨]，探囊一捧腹。
旧交上连璧[⑩]，情未忘伐木[⑪]。
苏台香正凝[⑫]，宝婺驾已夙[⑬]。
谈笑百金挥，拮据三间足。
何妨山水窟，就讯高燥卜。
行矣不可迟，片帆浪花蹙。
归来督工师，涓选亟营筑[⑭]。
开轩纳云水，绕槛艺松菊。
身闲心自平，长把黄庭读[⑮]。

①程公许题记："彦质侨处南山僧寮，泊然无营，趣尚高洁。某尝为彦质谋，投老不可无栖宿地，亦当及兹时图之，赠以文。庶几见者或一动心，而彦质素不苟求，未尝轻以示人也。彦质游甚广，莫如殿撰都承、敷文大卿二赵公厚，为彦质办。此更以古诗二十韵饯其行。"龚彦质：程公许好友，浙江栝苍人，时寄居于杭州西湖南山僧舍中。殿撰，宋代集英殿修撰、集贤殿修撰的省称。都承：枢密都承旨，官名。掌管枢密院内部事务。敷文：敷文阁。大卿：宋代俗称中央各寺（寺即官署）的正职长官为大卿。正是因"二赵公"解囊相助，龚彦质在苏州才有了安身之地。

②南屏：山名，在杭州市内，为西湖胜景之一。

③古栝：浙江栝苍县（今浙江丽水东南）。

④倒屣（xǐ）：急于出迎客人，把鞋倒穿。

⑤授简：遵嘱写作。颖：毛笔头。

⑥转毂：飞转的车轮，喻时光飞逝。

⑦侵寻：渐进，逐渐渡过。

⑧趺（fū）坐：盘腿端坐。

⑨买山：巢父和许由皆为尧时贤士，尧让位于二人，皆不受，买山而隐。后以“买山”喻贤士归隐，亦用以形容人的才德之高。

⑩连璧：并列的美玉，此喻并美的二赵公。

⑪伐木：参见149页注⑮。

⑫苏台：即姑苏台，在苏州西南姑苏山上。相传为春秋时吴王阖庐所筑，夫差于台上立春宵宫，作长夜之饮。越国攻吴，吴太子战败，遂焚其台。

⑬宝婺（wù）：婺女星，用为妇女的美喻。夙：旧。

⑭涓选：选择，选取。亟：赶紧。营筑：修筑，建造。

⑮黄庭：指《黄庭经》，道教的经典著作。唐李白《送贺宾客归越》诗：“山阴道士如相见，应写《黄庭》换白鹅。”晋王羲之书写有《黄庭经》法帖，留下换白鹅之典。

三伏中积雨如秋

峨眉三日雨①，客馆六月秋。
幽怀无与娱，依枕清夜游。
炎官失声势②，万木皆商讴③。
一凉德我厚，耿耿何隐忧。
忧多白人头，头白可复休。
积阴忤正气④，潢流冒崇丘⑤。
世故莽难期，病根宁易瘳⑥。
履霜不知戒，坚冰谅难尤⑦。
天运不停机，明当火西流⑧。

勿以余热在，而忘晚岁谋。
家贫迫短晷[⑨]，及时戒衣裘[⑩]。

①峨眉：峨眉山。在四川峨眉县西南，山势逶迤，山峰相对如眉。

②炎官：神话中的火神。

③商讴：作秋风歌。

④积阴：阴气聚集。忤（wǔ）：违反。正气：天地间至大至刚之气。

⑤潢：积水池。崇丘：高地。

⑥瘳（chōu）：治愈。

⑦坚冰：喻积过成祸。尤：怨恨，归咎。

⑧火西流：《诗经》中《国风》："七月流火，九月授衣。""流火"指"大火"星。每年仲夏黄昏，位于正南方。到七月黄昏，它的位置由中天逐渐西降，预示寒冷的季节快要来到，天气逐渐凉爽。

⑨短晷（guǐ）：日影短，谓白昼不长或将尽。晷，日影。

⑩戒：准备。

和刘光远仙尉[①]

季夏苦积阴，泥径殊窘步。
彼姝水花红[②]，媚此晴色暮。
邂逅小山桂，才洗仙掌露。
相携斋阁来，不著丹铅污[③]。
杲之与黄香[④]，胡为此同聚。
向来古锦九[⑤]，散落不知数。
吟肠久荒涩，幽赏但默喻。
殷勤吴市仙[⑥]，能供岩壑趣。
诗味淡愈佳，交情凝有素。

我愿同茑萝[⑦]，得与长松附。

①程公许自注："县圃莲花方开，同时木犀吐芳，刘光远仙尉赋诗，为和韵。"刘光远为程公许幕僚，晚年居苏州。仙尉是对官职较低的老年官员的美称。木犀（xī），通称桂花。季夏：夏季的最后一个月，农历六月。积阴：犹久阴。

②姝：美丽。水花：荷花的别名。

③著：显露。丹铅：点勘书籍用的朱砂和铅粉。

④杲（gǎo）之：庾（yǔ）杲之，南朝齐尚书左丞。黄香：东汉人，博览官藏典籍，官至尚书令。后亦借指史官。

⑤锦九：帝王的锦旗标识。历代帝王为了表示自己神圣的权力为天所赋，便竭力把自己同"九"联系在一起。

⑥吴市：吴都之街市，今江苏苏州。仙：此指刘光远。

⑦茑（niǎo）萝：茑萝与女萝两种蔓生植物的合称，比喻关系亲密。

借张大韵同赋[①]

涉秋苦多阴，婵娟喜见乍[②]。
天巧竟作难，借此三五夜[③]。
屯云滃四面，如鹜俗士驾。
宝坊盍朋簪[④]，尊酒共清话。
诸君读书眼，明不失隙罅[⑤]。
天眼物昏之[⑥]，谁为弯弓射。
连宵耿孤吟，虚窗自高挂。
竹风静逾爽，露叶灿可画。
梦踏市桥去，醉眠僧榻借。
阴晴且勿言，幽赏可能罢。

恨欠截老龙⑦，三弄倚风榭⑧。
酒酣歌慨慷，四坐勿渠诧⑨。
边尘日澒洞⑩，志士惜闲暇。
君看古圣贤，忧乐以天下。
持此阅人多，何但如传舍⑪。
短气吐复吞，欲言恐遭骂。
径思投绂去⑫，甘老渔樵社。
世论熟脂韦⑬，人物叹衰谢。
相期崇令猷⑭，兰鲍观所化⑮。

①程公许自注："十四日同张伯修、罗坚甫、大智赏月探韵，即事感兴，殊激懦衷。翌日，会保福辱诗示教，借张大韵同赋。"三人均为公许好友，张做过县令，罗为蜀学大师，大智为僧人，字南溟，天台（今浙江天台）人。后边保福也为公许文友。殊激：特别激励。懦（nuò）衷：无大志的胸怀。多用为自谦之词。辱诗：尊贵者写诗给卑贱者，此为客气自谦之说。

②婵娟：指代明月或月光。乍（zhà）：刚刚升起。

③三五夜：农历十五日夜晚。

④宝坊：对寺院的美称。盍朋簪（zān）：谓朋友聚会。

⑤隙罅（xì xià）：缝隙，裂隙，此指缺漏。

⑥天眼：古人有日、月乃天之眼睛之说。诗文中常用以指月亮。昏之：使之昏。

⑦老龙：指老子。语本《史记·老子韩非列传》："至于龙吾不能知，其乘风云而上天。吾今日见老子，其犹龙邪！"

⑧三弄：古曲名，即《梅花三弄》。倚风：谓随风倾侧摇摆。

⑨渠诧：大惊小怪。渠：大。

⑩澒（hòng）洞：绵延，弥漫。

⑪传舍：古时供行人休息住宿的处所。

⑫径思：一直想。投绂（fú）：弃去印绶，谓辞官。

⑬脂韦：油脂和软皮。《楚辞·卜居》："宁廉洁正直以自清乎？将突梯滑

稽如脂如韦以洁楹乎?”后因以“脂韦”比喻阿谀或圆滑。

⑭相期：期待，相约。崇：尊重，推重。令猷（yóu）：指好的规章、制度。

⑮兰鲍：成语“迁兰变鲍”，比喻潜移默化。语本《孔子家语·六本》：“与善人居，如入芝兰之室，久而不闻其香，即与之化矣；与不善人居，如入鲍鱼之肆，久而不闻其臭，亦与之化矣。”

重阳后亲友会饮于沧洲二首①

其一

雅志厌阛阓②，考盘乐郊墟③。
言归憩桑梓，不惮躬拮据。
岁晚此栖宿，佳气郁扶舆④。
淫雨度阳节，晴云吐月梳。
独酌良亦佳，所思在群居。
晨兴喜复晴，草具何可徐⑤。
黄花有余馥，白酒无多储。
清滩蛰雷吼⑥，轻霞彩幄舒。
翳然林水间⑦，舒啸天籁虚。
雪鬌醉先起，众宾且踌躇⑧。
人生有定分，适意不愿余⑨。
衣食粗能给，吾当赋《遂初》⑩。
相期晚节坚，结社同樵渔。

①程公许自注：“重阳后一日，亲友会饮于沧洲。以初九未成旬，重阳即此辰，探韵得‘初未’二字。”沧洲即程公许老家四川叙州宣化县登龙里（今四川宜宾市叙州区观音镇蟠龙村越溪河边）。程公许现存诗文中提及兄长有伯

兄程公说、仲兄程公硕、叔逢兄（三哥），还有与其甥侄来往的记载，常提到的有彦威侄、彦尹侄、彦济侄、道传侄、句（gōu）甥等。未成旬，即未超过十天。探韵，多见于文人的宴集，在酬唱时作诗而对用韵加以限制，此次会饮从“初九未成旬”中选了“初未”二字来限韵。

②阛阓（huán huì）：街市店铺。

③考盘：参见 85 页注④。

④扶舆：犹扶摇，盘旋升腾貌。

⑤草具：粗劣的饭食。《战国策·齐策四》：“左右以君贱之也，食以草具。”

⑥清滩：今越溪河金鸭滩一带。蛰（zhé）雷：惊醒蛰虫之雷，谓初发的春雷。

⑦翳（yì）然：犹隐没。

⑧踌躇（chóu chú）：忐忑不安。

⑨适意：舒适满意。余：多的想法。

⑩赋《遂初》：晋代孙绰作《遂初赋》，反映作者乐于隐居生活，后因以“赋《遂初》”借指辞官隐居。

其二

风露澹秋容，汀洲肃秋气。
吾庐倚高寒，游目周品汇。
既空买山资①，恨欠除堂费②。
醪觞漾篱菊③，浅酌殊有味。
蜜饵杂园蔬④，何妨食之既。
兴酣一凭眺，情感忽累忾。
裔夷恃天骄⑤，边关犹鼎沸⑥。
杀气缠惨淡，将材乏沉毅。
吁嗟楚芡荒⑦，遑恤顷筐塈⑧。
腐儒拙料事，积忧漫如猬⑨。

伊昔贤哲人，用智奔流末。
驷隙讵容追⑩，蚁溃可不畏。
索裘已较晚，寒机密经纬⑪。

①买山：参见173页注⑨。

②除堂：清扫堂室。宋陈师道《晁无咎张文潜见过》诗："排门冲鸟雀，挥壁带尘埃。不惮除堂费，深愁载酒回。"

③醪觞：米酒，程公许家乡产的醪糟酒。漾：液体溢出来。篱菊：篱下菊花。

④蜜饵：用蜜和米面制成的糕饼。

⑤裔夷：边远的夷人。天骄：天之骄子，此指剽悍勇猛。

⑥边关：程公许老家叙州是与马湖、乌蒙、南广三路接壤之地。

⑦吁嗟：叹息。楚芡荒：喻人才缺乏。

⑧遑恤：遑，闲暇。恤，担忧。意为哪有闲工夫担心以后的事呢。语出《诗·邶风·谷风》："我躬不恤，遑恤我后。"顷（qīng）筐：顷倒竹筐。

⑨漫如猬：忧愁多如刺猬身上的刺。

⑩驷隙：成语"驷之过隙"，喻光阴飞逝。讵：岂，难道。

⑪寒机：寒夜的织机。经纬：织物的纵线和横线，指条理、秩序。此喻国家治理。

听隐士陈希逸弹琴①

湖荡匝城府，堤柳一径通。
森戟昼漏永②，阒如墟野中③。
掣铃三日留④，郁郁殊寡悰⑤。
登埤垷遐眺⑥，荡我磊魄胸⑦。
沟畦磨衲丽⑧，烟芜图采工⑨。

广文一尊酒，邂逅清赏同。
慨昔石林老，小驻双旌红[10]。
燕坐凫鹭退[11]，行散龟鹤从。
得句陵子美，高世犹房公。
想此据胡床，长啸延清风。
想此蹑珠履[12]，和月吸酒钟。
想此援采毫，醉题揖遥峰。
想此披绮裘，凭高目征鸿。
逸驾渺难追，风光为谁容。
空余翰墨香，披拂葭苇丛。
翠琰子由赋[13]，正声响笙镛。
千年古汉州，绮疏贯晴虹[14]。
过眼不再读，恨我性识蒙[15]。
乔木噪晚鸦，低回马首东[16]。
绿绮有余韵[17]，因之讯仙翁[18]。

①程公许自注："过房公湖，临发，广文载酒登南楼。听隐士陈希逸弹琴，读雁湖先生诗及悦斋先生赋。"房公湖，在今四川广汉城西南，唐汉州刺史房公所凿。广文，"广文先生"的简称，泛指清苦的儒学教官。雁湖先生和悦斋先生，参见7页注⑫。

②森戟：森然排列的芦苇白天看上去如矛似戟。昼漏：白天。漏，漏壶，古代计时的器具。

③阒（qù）：寂静貌。

④掣（chè）铃：停车解下马铃。

⑤悰（cóng）：乐趣。

⑥埤堄（pì nì）：城上呈凹凸形而有射孔的矮墙。

⑦磊隗（wěi）：众石累积貌，喻胸中不平之气。

⑧衲丽：补缀连绵，如锦似毯。

⑨烟芜：云烟迷茫的草地岸边。图采工：彩色工笔画。

⑩双旌：唐代节度使出行时的仪仗。此借指高官。

⑪燕（yàn）坐：安坐，闲坐。凫鹜（fú wù）：水鸟。

⑫珠履：参见 34 页注64。

⑬翠琰（yǎn）：碑石的美称，此处指碑刻。子由赋：苏辙的赋。苏辙字子由。

⑭绮疏：雕刻成空心花纹的窗户。

⑮性识：天分，悟性。

⑯低回：琴音低回，思绪萦回。马首东：成语“马首欲东”，谓东归。

⑰绿绮（qǐ）：古琴名。此泛指琴。

⑱仙翁：此指弹琴的隐士陈希逸。

送安少愚下第东归①

去年游凌云②，传观一篇书。
问客谁所作，作者安少愚。
少愚宾城人③，万里走东吴④。
悯俗日抢攘⑤，正途欲荒芜。
磊块不能平，忧愤何当抒。
推枕一长叹，落笔万字余。
才难缪取舍，政棼费爬梳⑥。
国仇不可忘，储德要力扶。
肝膈无留藏⑦，首末详绎铺。
吾岂贪徇名，致主于唐虞。
书成诣匦投⑧，甘心斧钺诛。
九天隔云雨，万目争睢盱⑨。
圣恩不忍杀，放使归田庐。

我心日起敬，未见长欷歔。
今年科诏颁，君来试成都。
邂逅忽倾盖[10]，名下信不虚。
貌不逾中人，若为胆满躯。
革囊三尺剑，束书一蹇驴。
蹙頞谈世事[11]，抵掌嗤俗儒。
慨慷三策陈，傲睨众口谀。
诸公眼如月，谁遣紫夺朱。
少愚辴然笑[12]，得失毫发如。
行止谅由天，通塞何关渠。
归欤三间茅，搜我万卷储。
抱膝梁父吟[13]，曲肱味道腴[14]。
雅志期古人，昂昂千里驹。
安能徇众兆，泛泛水中凫。
今晨忽叩门，谒我掺执袪[15]。
剧谈重激昂，欲去仍踟躕。
时俗竞佻巧[16]，捷径争驰趋。
悦耳或为忠，仕道宁免迂[17]。
啖以鼎食味，诱以蛾眉姝。
煌煌万钉饶[18]，翼翼潭府居[19]。
众醉日以酣，独立谁为徒。
世岂有巢由[20]，甘受泥滓污。
或俯首州县[21]，或遁迹樵渔。
顾谓今乏材，毋乃几厚诬。
失计如我辈，苟为五斗驱[22]。
有志困风尘，浮沉非故吾。
思昔新法行，士有郑介夫[23]。
斥监安上门[24]，愤世胆气粗。

一朝勾驿传，奏疏列画图㉕。
天子恻然感，民力几少苏。
九原凛如生㉖，千载足起予。
荆舒最护短㉗，植党盘要途。
如何职冗贱㉘，九关许叫呼㉙。
愊仄复愊仄，视今良可吁。
喧然众楚咻㉚，甘作嬴秦拘㉛。
所以见君子㉜，羞汗如陨珠。
牛骥不同皂㉝，鸡凤宁同笯㉞。
要当操此心，圣贤为范模。
借问兰玉弃，如何萧艾敷㉟。
诗成为君歌，临风怳喑呜㊱。
向来清庙瑟㊲，忍滥齐门竽㊳。

①此诗为程公许在成都时所作。安少愚：叙州宜宾城人，程公许老乡。下第：科举时代考试不中者曰下第。四川在南宋后期，因军兴道梗，朝廷特许在成都举行“类省试”，即士人可以不必去杭州参加进士考试，在成都即可参考。成都“类省试”的第一名，相当于京城临安朝廷考试的第三名。东归：指从成都回叙州宜宾城。

②凌云：乐山凌云寺，又称大佛寺，创建于唐初。

③宾城：宜宾，汉置“僰道”，北宋徽宗政和四年（1114）改称宜宾县，时县城与州城同在今宜宾市江北旧州坝。

④走东吴：此指成都“类省试”之前，安少愚曾去京城临安考试。

⑤悯俗：成语“悯时病俗”，忧虑时俗。抢攘（chēng rǎng）：纷乱貌。

⑥棼（fén）：纷乱。爬梳：谓整治繁乱而使之有条理。

⑦肝膈（gé）：肺腑，喻内心。

⑧诣匭（guǐ）：指收纳谏书的机构。

⑨睢盱（huī xū）：睁眼仰视貌。

⑩倾盖：车上的伞盖靠在一起。

⑪蹙頞（cù è）：皱缩鼻翼，愁苦貌。

⑫辴（chǎn）：大笑貌。

⑬抱膝梁父吟：参见 32 页注⑳。

⑭曲肱（gōng）：谓弯着胳膊做枕头，比喻清贫而闲适的生活。腴（yú）：滋润。

⑮掺执：手轻轻架住对方的手或胳膊。祛（qū）：袖口。

⑯佻（tiāo）巧：轻佻巧佞。

⑰仕道：《论语・卫灵公》："子曰：'……邦有道则仕，邦无道则可卷而怀之。'"后因以"仕道"谓身逢治世则出仕，不苟求功名富贵。

⑱万钉：典故"万钉金带"：北魏大将军达奚武性贪婪，任大司寇时，将库房的万钉金带拿回家。被举报后，晋公宇文护因其有功，顺势把金带赐给了他。时人都很看不起他。

⑲翼翼：庄严雄伟貌。潭府：深邃的居宅。

⑳巢由：巢父和许由的并称，相传皆为尧时隐士，尧让位于二人，皆不受。因用以指隐居不仕者。

㉑俯（fǔ）首：低头，表示服从。州县：指州官或县官。

㉒五斗：参见 162 页注⑩。

㉓郑介夫：郑侠，字介夫，读书时曾受王安石关照，变法时被王重用。

㉔监安上门：郑侠一心要报答王安石知遇之恩，屡次陈述新法的危害，不仅没得到采纳，反被贬为京城安上门的监门小吏。

㉕列画图：指郑侠所绘的《流民图》。史书载"监安上门郑侠上疏，绘所见流民扶老携幼困苦之状，为图以献"，并将这种惨状归罪于王安石的新法。

㉖九原：参见 152 页注③。凛如：犹凛然，令人敬畏。

㉗荆舒：指春秋时的楚国和舒国。舒在今安徽庐江县境内，时为楚之盟国，故连称。

㉘如何：表反诘，犹言哪管他。职冗贱：官位卑贱。

㉙九关：指宫阙，朝廷。

㉚众楚咻（xiū）：成语"众楚群咻"，谓众多的楚国人共同来喧扰，后以指众多外来干扰。

㉛嬴秦拘：秦国的俘虏。

㉜君子：此指程公许。

㉝牛骥（jì）：牛和千里马，喻指愚人与贤者。皂：喂马或喂牛的饲槽。

㉞篍：鸟笼。

㉟萧艾：艾蒿，臭草，喻品质不好的人。

㊱喑呜（yīn wū）：悲咽。

㊲清庙瑟：指古帝王祭祀祖先的乐章。《礼记·乐记》：“《清庙》之瑟，朱弦而疏越，壹倡而三叹。”郑玄注：“清庙谓作乐歌，《清庙》也。”

㊳滥齐门竽：参见151页注①。

赠吴郡诸居士①

终南径甚捷②，结茆邻帝乡③。
朝为谷口翁，暮为省中郎。
先生独何事，寄傲临沧浪④。
才高世莫染，德熏名自香。
青黄分谁数，膏火竟堪伤⑤。
游心圣贤域，脱身忧患场。
世路虽龃龉⑥，天衢自腾骧⑦。
扪虱竟谁见⑧，卧龙兴何长。
借居仲淹里⑨，未升公德堂。
十年逐流摈，千里坐相忘。
颓龄或可借，辟谷岂无方⑩。
终期继青莲⑪，摇笔颂紫阳⑫。

①程公许自注：“居士有官不仕，善医不责，报以道义，自持隐君子也。友人杨良臣求诗，故赠之。”吴郡：东汉置，治所在今苏州。居士：旧时对在

家信道的人的泛称。善医不责，语出唐韩愈《杂说》："善医者，不视人之瘠肥，察其脉之病否而已矣"。杨良臣，不详。

②终南径：《新唐书·卢藏用传》载，卢想做官，隐居在长安附近终南山，借此终于达到了目的。后以终南捷径指求名利的最近便门路。

③结茆（máo）：编茅为屋。帝乡：京城附近。

④寄傲：寄托旷放高傲的情怀。沧浪：参见11页注⑫。

⑤膏火：特指夜间读书用的灯火，因亦借指勤学苦读。

⑥龃龉（jǔ yǔ）：不顺达，多指仕途。

⑦天衢（qú）：京都大路。腾骧：奔腾，引申为地位上升，宦途得意。

⑧扪虱（shī）：前秦王猛很穷苦，东晋桓温谒见，他一面侃侃而谈天下事，一面扪虱，旁若无人。后泛指任情自适。

⑨仲淹里：北宋杰出政治家、文学家范仲淹为苏州人。

⑩辟（bì）谷：谓不食五谷。道教的一种修炼术，辟谷时，仍食药物，并须兼做导引等工夫。

⑪青莲："诗仙"李白，字太白，号青莲居士。

⑫紫阳：传说中古代道家神仙常用称号。如周穆王时李八百号紫阳真君，汉周义山、宋张伯端俱号紫阳真人。

过眉山谒乡耆宿李八丈提刑①

忆昔下吴会②，拜公古渝州。
别来忽星纪③，不知几三秋。
岂不愿舂粮④，占乌渠渠屋⑤。
良期苦难俪⑥，千里劳远目。
公家难兄弟，与蜀关重轻。
峨眉迭连娟⑦，石笋屹峥嵘。
维国有蓍龟⑧，维士有司命。

并生天地间，受命独也正。
忧端日抢攘⑨，世论滋软熟⑩。
谁谓空谷远，有美人如玉。
我如南州橘，托根非不深。
逾淮恐成枳⑪，望远劳我心。
鲐背发皤然⑫，齿颊探骨鲠。
跪履乞一言⑬，书绅以自儆⑭。

①眉山：今四川眉山。耆（qí）宿：年高德劭有名望者。谒：拜见。八丈：言其高大，从诗中看，李八丈做过渝州提刑，名不详。

②吴会：泛指今江浙一带。

③星纪：泛指岁月。

④舂（chōng）粮：原指隔宿捣米备粮，此指很快拜访。

⑤乌：代词，那。渠渠：深广貌。《诗·秦风·权舆》："于我乎，夏屋渠渠。"

⑥俪：并列，相遇。

⑦连娟：眉毛弯曲而纤细。

⑧蓍（shī）龟：喻德高望重者。

⑨忧端：愁绪。抢攘（chēng rǎng）：纷乱貌。

⑩滋软熟：柔和圆熟。

⑪淮橘为枳：淮南的橘树，移植到淮河以北就变为枳树。比喻环境变了，事物的性质也变了。

⑫鲐（tái）背：谓老人背上生斑如鲐鱼之纹，为高寿之征，又代称老人。皤（pó）然：白貌，多指须发。

⑬跪履：《史记·留侯世家》载：汉张良游下邳圯上，遇褐衣老父堕履圯下，良取履，并长跪履之。老父曰："孺子可教矣。"授以《太公兵法》。后以"跪履"表示向长者虚心求教。

⑭书绅：参见17页注㊾。儆：使人警醒，不犯过错。

述志

仙曹寄江干①，吏隐适吾愿②。
西轩馆梅友，屋老狸鼠觇③。
坐令高世姿，不耐尘网罥④。
殷勤数问讯，余力稍营缮。
八窗敞虚明⑤，孤标对老健⑥。
伫立惨淡中，恍觉容采绚。
天风发奇芬，霜月泼冷艳。
官卑苟逃责，交淡日相见。
冻摇哦诗吻，坚作忍饥面。
痴顽信可怜⑦，无取复奚羡。
村醪未必佳，苦味且耐咽。
洗盏寿亲尊⑧，春和元不欠。
勿竞桃李场⑨，恐为吾友玷。

①仙曹：泛指朝廷官署。江干（gān）：江边；江岸。

②吏隐：谓不以利禄萦心，虽居官而犹如隐者。

③觇（chān）：看，偷偷地察看。

④尘网罥（juàn）：人在世间受到束缚，如鱼挂网。罥，悬挂。

⑤八窗：成语“八窗玲珑”，指四壁窗户轩敞，室内通彻明亮。虚明：指内心明澈纯洁。

⑥孤标：形容人品行高洁。老健：指诗文风格老练有力。

⑦痴顽：谓不合流俗。信：真。

⑧寿亲尊：为亲人长辈献酒。

⑨桃李场：喻争荣斗艳的场所。

呈叔逢兄并彦威侄三章①

其一

髧髦联雁队②，娱侍三老人。
清风一家法，欢颜四时春。
转烛二十年③，俯仰含悲辛。
聚散泡起灭，了知幻非真。
忽忽如有见④，耿耿恨难平⑤。
孝爱自天性，宁与迹俱陈。

①程公许自注："三年衔恤，绝不吟诗。既奉祥祭，触绪摧裂。偶得古诗三章，呈叔逢兄并彦威侄。"衔恤（xián xù）：父母或祖父母等直系尊长丧事，官员需守丧三年，又称"三年丁忧"。丁，遭逢的意思。程公许嘉定四年（1211）举进士，调温江尉，未上任，在越溪河畔为母亲守孝三年。祥祭：亲丧满十三个月或二十五个月的祭祀。叔逢兄为程公许的三哥。

②髧髦（dàn máo）：古时小儿发式。

③转烛：风摇烛火，用以比喻世事变幻莫测。

④忽忽：迷糊，恍忽。

⑤耿耿：烦躁不安，心事重重。《诗·邶风·柏舟》："耿耿不寐，如有隐忧。"

其二

母慈不逮养①，翁健长相依。
重关一回首，及瓜时当归②。
平安墨未干，讳问心有疑③。

茧足跋菅屦[4]，高堂空惠帏[5]。
罔象不可索[6]，流光倏如驰。
五鼎嗟奚及[7]，一生风树悲[8]。

①不逮养：谓已故。

②及瓜：《左传·庄公八年》："齐侯使连称、管至父戍葵丘，瓜时而往，曰：'及瓜而代'。"言任期一年，今年瓜熟时往，来年瓜熟时代之。连称、管至父两人因没按期替换而造反。后因以"及瓜"指任职期满。

③讳（huì）问：死讯。

④茧足：脚生茧子，引申指长途跋涉。菅屦（jiān jù）：用菅草编织为草鞋，古代服丧时着之。

⑤高堂：堂屋。惠帏：设于灵柩前的帷幕。

⑥罔象：虚无。

⑦五鼎：古代行祭礼时，大夫用五个鼎，分别盛羊、豕、肤（切肉）、鱼、腊五种供品。

⑧风树：《韩诗外传》卷九："皋鱼曰：'……树欲静而风不止，子欲养而亲不待也。'"后因以"风树"为父母死亡，不得奉养之典。

其三

秋风殷岩壑[1]，万木皆商讴[2]。
棘人有余哀[3]，揽衣良夜遒[4]。
三年辍清吟，寸肠堆百忧。
泪眦日以眵[5]，霜根一何稠。
棣华幸有依[6]，竹林可俱游。
心事期岁晚，庶无坠前修[7]。

①殷：震动。

②商讴：秋风吹响。

③棘人：《诗·桧风·素冠》："庶见素冠兮，棘人栾栾兮，劳心慱慱兮。"郑玄笺："急于哀戚之人。"后人居父母丧时，自称"棘人"。

④良夜遒：深夜迫近。

⑤眦（zì）：眼角。眵（chī）：俗称"眼屎"。程公许居丧期间因熬更守夜而眼屎特别多。

⑥棣（dì）华：《诗·小雅·常棣》："常棣之华，鄂不韡韡。凡今之人，莫如兄弟。"后因以"棣华"喻兄弟。

⑦庶无：但愿。坠：落，掉下。前修：犹前贤。

游仙二章①

其一

风埃曀八表②，涛澜浩无涯。
岧峣昆仑峰③，高与星纬排。
真人抚元运④，太虚以为家。
控辔下碧落⑤，飞步凌紫霞。
周览兴未已，归憩谁与偕。
乔松抚瑶瑟⑥，偓佺荐琼花⑦。
鞶鞶睆尘世，腐鼠纷攫拿⑧。
迢遥五云佩，荡漾八月槎⑨。
我欲往从之，层云不可阶。
素心耿相照，退当三月斋⑩。

①程公许自注："《游仙二章》，上范殿撰洁庵先生。"殿撰：宋代集英殿修撰的省称。范洁庵：南宋嘉定时曾任潼川府（古称梓州，今绵阳市三台县）知府，后任集英殿修撰。

②风埃：风吹尘土，此指战乱。曀（yì）：阴沉昏暗。八表：八方。

③岧峣：参见80页注⑱。

④真人：道家称修真得道的人。元运：犹天运，天命。

⑤辔：驾驭牲口的嚼子和缰绳。碧落：道教谓天空。

⑥乔松：古代传说中仙人王子乔和赤松子的合称。

⑦偓佺（wò quán）：传说中仙人，好食松实，目方，能飞行。

⑧腐鼠：惠子相梁，庄子往见。惠子恐其取代自己，搜于国中三日三夜。庄子见之曰："南方有鸟，其名为鹓雏，发于南海而飞于北海，非梧桐不止，非练实不食，非醴泉不饮。而鸱得腐鼠，鹓雏仰而视之曰：吓！今子欲以子之梁国而吓我邪?"后遂用为贱物之称。

⑨八月槎（chá）：传说中八月里按期通往天河的船筏。

⑩三月斋：斋戒三月，意指进一步修炼。

其二

空山学仙子，幽独性成癖。
谁令一念差，失脚尘网密。
随缘玩泡影，隐思晓继夕。
了了三生梦[①]，掣电了无迹。
岂不志远游，谁为傅羽翼[②]。
抱关觇紫气[③]，跪履问黄石[④]。
静虑倘冥契[⑤]，玄机讵难入。
缟发古仙翁，遗世而独立。
惝恍如有遇，一言曰守一[⑥]。
引臂许相从，长生托瑶籍。

①了了：明白，清楚。

②傅羽翼：指辅佐的人或力量。傅，辅佐。

③抱关：守关巡夜。觇（chān）：察看。

④跪履：参见187页注⑬。黄石：黄石公，别称圯上老人。

⑤静虑：涤除一切杂念。冥契：默契，暗合。

⑥守一：道家修养之术，谓专一精思以通神。

送悦斋先生①

风尘三十年，世途日险窄。
婵娟弃土梗②，倚市竞容泽。
大雅何寂寥，志士三叹息。
维皇惠斯文，为国永寿脉。
灵光岿独存③，硕果有不食。
坤维返全璧④，北墅归散策⑤。
天开景气新，晴破层冰积。
畴咨耿宵虑⑥，图任先耆德⑦。
披云绚天章⑧，趣驾觐宸极⑨。
喉舌俄申命，股肱待宣力⑩。
解弦未为难，航险那可忽。
泾渭不同流，熏莸讵相入⑪。
所虞愤失职⑫，阴拱或伺隙⑬。
事须众贤和，乃可殄行塈⑭。
沉几陛下圣⑮，虚己言路辟。
稍欣元气充，犹虑外忧迫。
敌情任反复，庙论须谨密。
功名百尺竿，家国万金璧。
平生一知己，瓣香无愧色⑯。
驽怯勉荷担，迟顽费推激。
大艑驾云涛⑰，熏风饱帆席。
叮咛耳面命，远别何须惜。

宽以七月程，修门拜赤舄[18]。

①程公许题记："上躬揽权纲，与天下更始。悦斋先生荐被宸翰，趋朝行阙，擢畀秋卿。渴伫黄发之询，别膺白麻之拜。某拿舟追送，引睇嫪恋，激奖训诲真情郁然，敢不肃戒行李拱俟。造命作五言古体一章，少抒衷曲，语意笨拙，惟高明赐览。"悦斋先生：李埴，参见7页注⑫。宸翰：帝王墨迹。阙（què）：宫前阙门，借指朝廷。擢畀（zhuó bì）：提拔。秋卿：《周礼》以秋官司寇掌刑狱，后世因称提刑长官为秋卿，此指嘉定四年（1211），悦斋先生李埴拜授成都府路提刑。白麻之拜：宋朝廷普通诏敕由中书门下省用黄麻纸书写，称为"外命"。凡拜免将相，号令征伐，皆用白麻纸，不经中书门下省，由皇帝直接向下传达，称为"内命"。此指李埴嘉定六年（1213），任国史院编修官、实录院检讨官，除秘书少监、起居舍人。睇嫪（lào）恋：看着依依不舍。郁然：浓厚貌。肃诫：恭敬地听取告诫。行李：使者，此指李埴。《左传·僖公三十年》："行李之往来，共其乏困。"杜预注："行李，使人。"拱：两手抱拳上举，以表敬意。

②土梗（gěng）：泥塑偶像。

③灵光：神异的光辉，喻有德才者。岿（kuī）：高大屹立。

④坤维：指西南方。全璧：完美无损的玉，此喻悦斋先生。

⑤散策：拄杖散步。唐杜甫《郑典设自施州归》诗："北风吹瘴疠，羸老思散策。"

⑥畴（chóu）咨：访问，访求。宵虑：夜不能寐。

⑦耆（qí）德：年高德劭、素孚众望者。

⑧披（pī）云：拨开云层。天章：指分布在天空的日月星辰等。

⑨趣驾：驾车速行。宸极：北极星，此喻帝王。

⑩股肱（gōng）：大腿和胳膊，此指与都城临安有密切关系的成都。宣力：效力。

⑪熏莸（yóu）：香草和臭草，喻善恶、贤愚等。相入：彼此融合。

⑫所虞：所忧虑的。

⑬阴拱：谓暗中坐观成败。伺隙：窥测可乘之机。

⑭殄（tiǎn）行塈（jí）：全力获得成功。殄，尽，全。塈，烧土为砖，

此指成功。

⑮沉几：成语“沉几观变”，意为冷静观察，随机应变。几，事物变化前兆。

⑯瓣香：佛教语，犹言一瓣香，此指师承，敬仰。

⑰大艑（biàn）：大船。

⑱修门：参见33页注㊿。赤舄（xì）：朝廷高官穿的鞋。此指接受朝廷任命。

上后溪刘先生左史十首①

其一

永平昔全盛②，旧学尊五更③。
惜哉趋舍缪④，眩眼车服荣。
恭惟自孔氏⑤，时止亦时行。
心泰无不足⑥，外内谁重轻。

①程公许自注：“《上后溪刘先生左史十首》，用襄阳诗两句‘行藏坚晚节，进退法先民’为韵。”上：进献。后溪刘先生：刘光祖，参见7页注⑪。左史：周代起左史记行，右史记言。行藏：指皇帝行止。

②永平：为东汉明帝刘庄的年号，此句言刘光祖乃皇族后裔。

③五更：三老五更，古代官员荣誉称号。相传周天子设此位以父兄之礼尊养年老德高、阅事深的退休官员。

④趋舍缪：取舍错误。

⑤孔氏：三国鼎立，文士多奔蜀，儒学助治蜀。

⑥心泰：心气平和。

其二

峨豸凛霜简①，立螭迫荷囊②。

从渠众醉酣③，我自深林芳。
岁晚发雪白，德称腰鞓黄④。
世无香山老⑤，谁与论行藏。

①豸（zhì）：没有脚的虫子，此指奸臣。霜简：弹劾的奏章。

②螭（chī）：魑魅。传说山林里害人的怪物。荷囊：官服。

③从渠：随大流。

④德称：贤德的声誉。鞓（tīng）：皮腰带。腰鞓黄借指忠厚的老臣。

⑤香山老：此以白居易比刘光祖，赞美其诗才。

其三

前溪文纬国①，东溪学草玄②。
补处自天授③，绝韦待谁编④。
渊源后溪水，脉络千载传。
兹事端不朽，松石同其坚⑤。

①纬：织布时用梭穿织的横纱，编织物的横线，与“经”相对。

②草玄：汉哀帝时，奸臣用事，附之者或起家至二千石。时扬雄方草《太玄》，自守淡泊。后因以“草玄”谓淡于势利，潜心著述。

③补处：指曾经到过的地方。宋陆游《高斋小饮戏作》诗：“白帝、夜郎俱不恶，两公补处得凭栏。”钱仲联校注：“两公谓杜甫曾客夔州，李白曾流夜郎也。”

④绝韦：参见 82 页注⑮。

⑤程公许自注：“公有松石一峰，以扁堂额。”

其四

厚德最耐看，士当论志远。

沄沄物归根[①]，混混泉有本[②]。
眼明长庚晓[③]，心知岁华晚。
后生须榘矱[④]，所愿加餐饭。

①沄沄（yún）：水流汹涌貌，此指纷繁众多。

②混混：同“滚滚”。

③长庚：古代指傍晚出现在西方天空的金星，亦名太白星、明星。《诗·小雅·大东》：“东有启明，西有长庚。”毛传：“日旦出谓明星为启明，日既入谓明星为长庚。”

④矩矱（yuē）：规矩法度，此指遵守规矩法度。

其五

鹿门忆庞公[①]，栗里怀靖节[②]。
我尝评斯人，用则同稷契[③]。
空谷倚逍遥，风尘俱骚屑[④]。
明发耿不寐[⑤]，长歌弥激烈。

①鹿门：鹿门山，在湖北襄阳市。后汉庞德公携妻子登山采药不返。后用指隐士所居之地。

②栗里：在今江西九江市西南。晋陶潜曾居此，他私谥靖节征士。

③稷（jì）契：稷和契均为唐虞时代贤臣。

④风尘：比喻战乱。骚屑：凄清愁苦。

⑤明发：黎明。

其六

事往置勿言，积厚报岂吝。
毫眉两山尊[①]，照眼双璧润[②]。

衮衮生公侯[③]，世佩斯文印。
譬之水盈科[④]，吾方见其进。

①毫眉：老年人的眉毛，因其毛长，故称。两山：古人面相学以左颧骨为东岳泰山，右颧骨为西岳华山。

②照眼：眼睛明亮。双璧润：脸颊红润。

③衮衮（gǔn）：说话滔滔不绝貌。生公侯：晋末高僧竺道生的尊称，相传其于苏州虎丘寺立石为徒，讲经至微妙处，石皆点头。

④盈科：水充满坑池；此喻打下坚实基础。

其七

楚都初拜公，里门跪承诲[①]。
一言忽唤醒，顿首汗浃背。
志远苦力短，寸进而尺退。
大书揭斋颜[②]，朝夕警不逮[③]。

①里门：闾里的门，此指刘光祖家乡简州。

②程公许自注："公许尝请诲，先生谓其资禀既纯，当加充养之功，因以扁书斋云。"

③不逮：不足之处；过错。

其八

月冷塞垣刁[①]，尘暗西风箠[②]。
所思天一方，飘飘管宁帢[③]。
我欲往从之，问以安乐法。
云深波浩荡，定自鸥鸟狎。

①塞垣（yuán）：边关城墙。刁：一种有柄的小斗，白天可供一人烧饭，夜间敲击以巡更。

②尘暗：敌军压境。箑（shà）：本意扇子，此指吹拂，呼啸。

③管宁：管宁割席，出自《世说新语·德行十一》，比喻中止与志不同、道不合的人为朋友。帢（qià）：古代士人戴的一种丝织的便帽，此借指刘光祖。

其九

千载嗣韩统[①]，斯文谅关天。
字衮失所归[②]，何以革其先。
陟屺有遗恨[③]，琢石图方镌。
百拜涕绠縻[④]，万一彤史传[⑤]。

①韩统：指战国末期法家代表人物韩非提出的君主专制中央集权理论。

②字：记录语言的符号，此指文化。衮（gǔn）：古代君王等的礼服，此指礼仪。

③陟屺（zhì qǐ）：《诗·魏风·陟岵》："陟彼屺兮，瞻望母兮。"郑玄笺："此又思母之戒，而登屺山而望也。"后因以"陟屺"为思念母亲之典。

④绠縻（gěng mí）：喻雨水泻注貌。

⑤彤史：宫廷历史。

其十

负米困风尘[①]，腼颜白头亲。
叹息执戈苦，走也犹幸民[②]。
依依孔墙梦[③]，拍拍芹水春[④]。
安得万里风，驾予往问津。

①负米：参见148页注②。

②走：离去。北宋靖康元年（1126），金兵攻破宋都。金人尽取宋朝内府的金银、玉玺、珍玩、图籍等，俘徽、钦二帝北去，北宋至此灭亡。这一事件，史称“靖康之难”。此后，南宋朝廷选择临安作为临时首都。

③孔墙：孔府围墙，后用以称颂孔子学识渊博高深，如万仞高墙，一般人无法领悟其中的奥妙。仞：古代计量单位，八尺为一仞，一说七尺。

④芹水：成语“采芹于泮”，据说读书人到孔庙祭拜时，到大成殿门边的泮池采些芹菜插在帽上，以后定会高中。

和大著何兵部二首①

其一

何侯起胶庠，岿立诸老后。
霜空茂桧柏，惊秋笑蒲柳。
平生经世心，短舞困长袖。
白头谒承明②，彩閦炳郎宿③。
去国一渔舟，顺风轻放溜。
寒花耀荒寒，灵芝茁腐朽。
身闲澹无虑，岁熟宜酿酒。
更将自性观，妙契得无漏。

①程公许题记：“兵部还南林寓居，食鉴湖祠禄，录寄近作中有和坡仙所赋《鲜于子骏新堂》二首。末句寄语：蓬莱仙千里永相望。此意何可虚辱，尘绪胶扰，会移容台奉祠太室，始得和答。”大著：官名，秘书省著作郎。何大著为程公许朋友，曾在兵部任职。南林：浙江绍兴城附近。祠禄：宋制，大臣罢职，令管理道教宫观，以示优礼，无职事，但借名食俸，谓之“祠禄”。鉴湖祠：在浙江绍兴城西南。坡仙：苏轼号东坡居士，仰慕者称之为“坡仙”。鲜于子骏：宋代曾任京中转运使。容台：行礼之台，礼部的别称。

奉祠：主祭祀。

②承明：古代天子左右路寝称承明，因承接明堂之后，故称；此指天子。

③闼（tà）：门。炳：光亮。郎：指何大著。宿：宿卫，在宫禁中值宿、警卫。

其二

忆昔岁云暮，言趋君子堂。
昕班偶同归①，三度金节凉②。
木天并英游③，东壁分余光④。
日者对宸扆⑤，直声动岩廊⑥。
岂不志归田，胡遽喧巧簧。
别久花竹秀，山积书传香。
时无尘外交，若许令支郎⑦。
愿言从之游，圭璧保闻望⑧。

①昕：太阳将要出来的时候。昕班是早朝。

②金节：诸侯使臣的符节。

③木天：指宫廷里宏敞高大的木结构建筑物。

④东壁：星宿名，即壁宿，在天门之东。

⑤宸扆（chén yǐ）：借指帝廷、君位。扆，帝王座后的屏风。

⑥直声：正直的名声。岩廊：高峻的廊庑，借指朝廷。

⑦若许：那么多。令支郎：普通的官员。令支：春秋时山戎属国，为齐灭后，王侯将相皆做了齐的下层官员。

⑧圭（guī）璧：古代祭祀朝聘等所用的玉器，喻高尚的人品。闻望：声望，名望。

和庐陵士尹八俊投赠韵①

白苎裁春衫②，京尘可得缁③。
一麾江海去④，何成复何亏。
驰驱两轮朱，萧骚双鬓丝。
所欣岁功就，千里春台熙。
素念耻伐檀⑤，烦政戒楚茨⑥。
同心何自来，邂逅得我师。
金华仙去远⑦，文其不在兹。
诸公竞唐体，颓流谁楫维。
命将骚雅坛，幸子无牢辞。
为我缓节歌⑧，纾我商讴悲⑨。
边尘塞乡国，介鳞语侏魑⑩。
登楼仲宣赋⑪，遣兴子美诗。
怀归自无计，惨戚将奚为。
排云天九重，抒我危苦词。

①庐陵：庐陵郡，今江西吉安。尹八俊：不详。投赠：赠送。此诗为淳祐二年（1242），程公许知江西袁州时所作。

②白苎（zhù）：白色的苎麻布指粗布。

③京尘：京洛尘，晋陆机《为顾彦先赠妇》之一：“京洛多风尘，素衣化为缁。”后以“京洛尘”比喻功名利禄等尘俗之事。缁：黑色。

④一麾：一面旌麾，旧时作为出为外任的代称。

⑤伐檀（tán）：《诗·魏风》篇名，讥刺贪鄙者尸位素餐而贤者不得仕进。

⑥楚茨：《诗·小雅·楚茨》是周王祭祖祀神的乐歌，描写了垦荒、稼穑、丰收、祭祀的全过程，详细展现了周代祭祀仪制。

⑦金华仙：金华仙伯，北宋大文豪黄庭坚的别称，出自宋陈师道《题画李白真》诗："兰地愚，金华仙伯哦七字，好事不复千金模。"宋胡仔《苕溪渔隐丛话后集·山谷上》："《复斋漫录》云：无已呼山谷为金华仙伯。"

⑧缓节歌：疏节奏缓节拍，神态安详地歌唱。

⑨纾：缓和。商讴：曲调歌声。商为中国古代五音之一，相当于简谱"2"。

⑩介鳞：甲虫与鳞虫，此喻远夷。侏：身材异常矮小。魑（chī）：传说中指山林里能害人的怪物。

⑪仲宣：汉末文学家王粲的字，为"建安七子"之一，以《登楼赋》著称。

寿张敬立母二首①

其一

高堂八十亲，备福九五畴②。
虎节安山国③，雁序班霜秋④。
积善有源委，触目皆琳璆⑤。
一笑寿觞举，背萱可忘忧⑥。

①张敬立：不详。

②九五：九五之尊，帝王的尊位。此指寿宴丰盛极致。

③虎节：符节，此指皇上圣旨。

④雁序：有序飞行的雁群；比喻众多兄弟。班：排定队列。

⑤琳璆（qiú）：美玉，此喻优秀人物。

⑥背萱（xuān）：背靠高堂老母。萱为多年生草本植物，花黄色。借指母亲或母亲居住的地方，如"萱堂"。

其二

育德譬源泉，务学如农畴。
盈科会归海[1]，力穑当有秋。
期君懋远业[2]，东序陈大璆[3]。
对扬竭忠耿[4]，一洗宵旰忧[5]。

①盈科：参见 198 页注④。

②懋（mào）：美好。

③东序：东去临安上朝。陈：述说。璆（qiú）：美玉，此指玉石相碰动听的声音。

④对扬：臣受君赐时表达答谢、颂扬之意。

⑤宵旰（gàn）：参见 13 页注⑥。

上宪使张郎中寿[1]

荣途惊一世，志士独苦心。
君看曲江公[2]，中宵梁父吟[3]。
岂无平反笑，可使贯索沉[4]。
独醒睨众醉，枉尺那直寻[5]。
世事本前期，朱明多盛阴[6]。
气运有伸屈，扶持要贤能。
金瓯一掷误，天步深渊临。
琼圃撷众芳，愿以遗美人。
绣斧岷雪外[7]，阊阖云海深[8]。

请弹熏风弦[9]，再拜寿斝斟[10]。

功名傥来耳，一念君与亲。

①程公许自注："上宪使张郎中寿，借《西山集》甲申秋所赋雨荷诗韵。"宪使：主管一路狱讼的执法，对所属州县官亦有监察弹劾之权。郎中分掌各司事务，为尚书、侍郎之下的高级官员。张郎中：张忠恕（1168—1225），字行之，四川绵竹人，右相张浚之孙。历官澧州籍田令、户部右曹郎、将作监等职。

②曲江公：萧遥欣，南朝齐宗室，30岁而卒，封曲江公。曲江为今广东省韶关市下辖区。

③梁父吟：乐府楚调曲名，抒发抱负不能实现的悲愤。梁父，山名，在泰山下。

④贯索：长绳，此喻牢狱。

⑤枉尺直寻：枉，弯曲；直，伸直；寻，八尺。弯曲时只一尺，伸直却有一寻。喻在小处委屈，以求得大的好处。《孟子·滕文公下》："枉尺而直寻，宜若可为也。"

⑥朱明：夏季。《尸子》："春为青阳，夏为朱明，秋为白藏，冬为玄英。"盛阴：旺盛的阴气。

⑦绣斧：汉武帝天汉二年遣直指使者衣绣衣，杖斧持节，至各地巡捕群盗。后遂以"绣斧"指皇帝特派的执法大员。

⑧阊阖（chāng hé）：泛指宫门或京都城门。

⑨熏风弦：相传舜唱《南风歌》，有"南风之熏兮"，后因以"熏风弦"指《南风歌》。

⑩寿斝（jiǎ）：寿觞。

寿宪使江寺簿八首[1]

其一

并生宇宙间，分殊理则同。

订顽有明训，造化与同功。
心腹与手足，疴痒均我躬[②]。
皇皇一仁字，天下皆为公[③]。

①程公许自注："寿宪使江寺簿八首，以座右公、廉、勤、谨、忠、信、和、缓八字为韵。"寺簿：办理文书等事务，大概相当于现在的秘书长。宋代有太常寺、大理寺、司农寺等九寺，每寺设卿、少卿、丞各一人，寺簿一至二人。寺簿被派出到地方为官的机会多，从诗中看，程公许这位江姓朋友是先任寺簿，再出任宪使的。座右：座右铭。

②疴痒：疾病痛痒，此喻事之紧要者。躬：躬行；亲身去做。

③天下为公：天下是大家的。原指不把君位当私有，后指国家的一切都属于人民。《礼记·礼运》："大道之行也，天下为公，选贤与能，讲信修睦。"

其二

人心无底谷，贪求何自餍[①]。
徇名膏火熬[②]，徇财刀蜜甜。
受命独也正，取造物者廉。
孤竹有世守，范防无乃严[③]。

①何自：何以。餍（yàn）：满足。

②徇名：舍身求名。徇，通"殉"。

③范防：犹防范。无乃：莫非，恐怕是，表示委婉测度的语气。

其三

咸池浴晓光[①]，西汜俄夕曛[②]。
流景宁我贯[③]，用志可不勤。

王事念靡盬[④]，圣恩期策励。
岁晚须糗粮，及时力耕耘。

①咸池：神话中谓日浴之处。

②西汜（sì）：日入处，喻暮年。夕曛：落日的余辉；此指黄昏。

③流景：闪耀的光彩。贳（shì）：留恋。

④靡盬（gǔ）：无止息，此指勤于王事。

其四

吾师孔子孙，云莫见乎隐[①]。
所以尽性学[②]，必于独也谨。
两间陟降异[③]，一念堂奥近[④]。
何但丹笔持[⑤]，能使明克允[⑥]。

①莫见乎隐：出自《礼记·中庸》“莫见乎隐，莫显乎微，故君子慎其独也”。没有比隐蔽和细微之处更能显现人品，因此君子在独处时要慎重。

②尽性学：儒家谓人物之性均包含天理，唯至诚之人，才能发挥人和物的本性，使各得其所。

③两间：存活于人间和下地狱。陟（zhì）降：升降，上下。

④堂奥：明亮的厅堂和幽暗的牢狱。

⑤丹笔：朱笔。据《后汉书》载，盛吉为廷尉，每至冬节，罪囚当断，吉持丹笔，垂泣决罪。此指江寺簿出任宪使事。

⑥明克允：出自《尚书·舜典》“五流有宅，五宅三居，惟明克允。”意为只有明察事物，才能公正地对待事物，令人信服。

其五

乾坤奠崇卑，君臣分则同。

心中一有慊[①]，何以字曰忠。
孔曾为榘矱[②]，伊周其事功[③]。
千载谁嗣音[④]，我愿顺下风。

①慊（qiàn）：不满，怨恨。

②孔曾：孔子与其弟子曾参的合称。矩矱（jǔ yuē）：规矩法度。

③伊周：商伊尹和西周周公旦，两人都曾摄政。事功：功勋卓著。

④嗣音：谓继承前人的事业，如响应声。

其六

鲟鱼自物耳[①]，犹可孚以信。
疑心一芥我，相靡而相刃[②]。
君看易中孚[③]，义取说而巽[④]。
虚心探实理，可不精体认。

①鲟鱼：大型洄游性鱼类。每年夏秋，聚集于长江口，溯江而上至程公许老家四川宜宾一带的金沙江产卵，幼鲟顺江而下，到海中成长。

②相靡：递相消失。相刃：相违逆。

③易中孚：《周易》中孚卦。此卦专讲礼仪，以内心虔诚为中心，依次讲了丧礼、宴礼、军礼和祭礼。

④说而巽（xùn）：中孚卦下卦为兑，兑义为悦；上卦为巽，巽义为逊。和悦而谦逊是中孚卦的本质。

其七

和与同近似，同乃异于和[①]。
九官逊虞廷[②]，儆戒而赓歌[③]。

不然水济水，后患将如何。
期公调鼎食[4]，一柱障颓波[5]。

①和与同：中国古代哲学的两个范畴。最早见于《国语·郑语》史伯与郑桓公的谈话：“和实生物，同则不继。”和，指不同事物或不同因素的结合，是差异性的统一。同，指完全等同的事物或等同因素的重合，是排斥差异性的直接同一。前者是朴素辩证法，后者属形而上学。

②九官：泛指九卿六部的中央官员。逊：不及。虞廷：指虞舜的“圣朝”。

③儆戒：警戒，戒惧。赓歌：酬唱和诗。

④调鼎食：此指社会管理如烹调食物。语本《韩诗外传》卷七：“伊尹，故有莘氏僮也，负鼎操俎调五味，而立为相，其遇汤也。”

⑤一柱：喻能担当重任，独力支撑局面。颓波：喻衰颓的世风。

其八

缓有用有体[1]，事须明眼看。
用欲行而宜，体则偏于缓。
射审固而发[2]，斯理一以贯。
仁静寿可占，巧历那得算。

①缓：冷静地思考。体用：是中国哲学的一对范畴，指本体和作用。“体”是最根本的、内在的、第一性的；“用”是“体”的外在表象，是从生的、第二性的。

②射审：《资治通鉴·魏高贵乡公甘露二年》：“谚曰：‘射幸数跌，不如审发。’”喻侥幸求利而多次失败，不如审慎从事而一举成功。

上游参预寿二首[1]

其一

并生覆载间[2]，肖翘无小大[3]。

阴阳所发舒，荣瘁各变态[④]。
若为寿命独，厥有松柏桧。
郁郁被涧阿[⑤]，童童状车盖[⑥]。
神明扶正直，霜雪表坚耐。
岂不愿拥肿，而使匠石爱[⑦]。
大厦须柱撑，宁挽万牛载。
一柱屹擎天，群生此依赖。
尚念楹桷材[⑧]，无可柞棫拔[⑨]。
风雨任震凌，安宅遍宇内。

①程公许题注："以桧石为韵。余所寓馆乃参旧第，屏画桧石，题诗在焉。"参预：官名。宋承唐制设中书、门下、尚书三省长官，又以他官参与其间。游参预：游似（？—1252），字景仁，号克斋，四川南充人。官至大理寺司直、吏部尚书、参知政事、右丞相。程公许写作本诗时的住所是游参预在临安的旧宅。

②覆载：指天地。宋陆游《贺曾秘监启》："虽身居湖海之远，而名满覆载之间。"

③肖翘：细小能飞的生物。

④荣瘁（róng cuì）：犹盛衰。变态：指事物的情状发生变化。

⑤郁郁：繁茂貌。被（pī）：古同"披"，覆盖。涧阿（ē）：山涧弯曲处。

⑥童童：茂盛貌。车盖：古代车上遮雨蔽日的篷。

⑦匠石：参见 7 页注③。

⑧楹桷：柱子与椽子。椽子在程公许老家四川叙州称桷子板。

⑨柞棫（zuò yù）：栎树与白桵树，为低矮灌木。

其二

河流贯陕虢[①]，底柱自中立[②]。
江水迸瞿唐[③]，滟滪制其溢[④]。

岂此一拳多，云根闷奇质[5]。
桧柏相因依，烟霞老山泽。
闷世纵坚久，于人果奚益[6]。
涨洪弥八埏[7]，睨视如己溺。
岩岩国嵩岱[8]，万仞峙铁壁。
只手障狂澜，九鼎奠盘石。
我自不动心，深根而宁极。
还归金泉山[9]，采药炼金液。

①河流：指黄河水流。陕虢（guó）：治所在今河南三门峡市，领今河南、陕西间地区。

②底柱：山名。在三门峡黄河急流中，其形如柱，故名。现已炸毁。底，也写作“砥”。

③江水：指长江。迸（bèng）：爆开，溅射。瞿唐：瞿唐峡。

④滟滪：即滟滪堆。溢：充满而流出来。

⑤云根：深山云起之处；此指山石。闷（bì）：古同“闭”，掩蔽。

⑥奚益：相当于“何益”，什么好处，表示强调或反问。

⑦八埏（shān）：八方边远之地。

⑧岩岩：高大，高耸。嵩（sōng）岱：嵩山和泰山的合称。此喻治国人才。

⑨金泉山：南充八景之一，山上有金泉井。

寿曹太博三首[1]

其一　咏归亭

圣道如太极[2]，品汇自生成。
二人各言志，点也心和平[3]。
春风发高咏，怀哉沂水滨。

千载寄遐思，光景无边春。
一潭鉴寒碧，方寸洞虚明[4]。
执卷恍瞻前，舍瑟铿有声。
勿遣柱后文[5]，醨我春风醇[6]。
穹舞丽景舒[7]，琴歌南熏清[8]。
谁知此中乐，天理皆流行。

①程公许自注："寿曹太博，以东宪台治新筑亭馆扁榜寄意。"太博：太常寺博士，掌管祭祀之事。曹太博即曹世雄，曾任泸州、广安等地都统，累官至兵部侍郎，是程公许的老朋友。宪台是御史所居官署，扁榜即匾额。

②圣道：圣人之道。太极：古代哲学家称最原始的混沌之气。太极运动而分化出阴阳，由阴阳而产生四时变化，继而出现各种自然现象，是宇宙万物之原。

③点：孔子的学生曾皙，字点。孔子令弟子各言其志，在其他人说出志向后，曾皙说起了自己的志向："莫春者，春服既成。冠者五、六人，童子六、七人，浴乎沂，风乎舞雩，咏而归。"孔子十分赞同他的主张，喟然叹曰："吾与点也!"

④方寸：指心、脑海。洞：洞察。虚明：清澈明亮，此指内心纯洁。

⑤柱后文：公文。柱后：御史等所戴的一种帽子，借指御史。

⑥醨（lí）：薄味的酒。

⑦穹舞：露天舞蹈。穹：天空。丽景：美景。舒：展开。

⑧琴歌：弹琴与唱歌。南熏：指《南风》歌，相传为虞舜所作。

其二　垂光亭

蔚蓝水中天，岧峣千万重[1]。
楼观耸烟霞，光景浮星虹。
天上老仙伯，万劫冰雪容[2]。
笑下金华山[3]，长歌唳霜鸿[4]。

一去五百年，山头忽重逢。
身衣直指绣[⑤]，神超蓬海东[⑥]。
摇荡琼台光，拍浮玻璃盅。
琼台纵可乐，虞庭渴夔龙[⑦]。
丹凤衔诏来，入侍甘泉宫[⑧]。

①岧峣：参见 80 页注⑱。

②万劫（jié）：佛经称世界从生成到毁灭的过程为一劫，万劫犹万世，形容时间极长。冰雪容：头发胡须如白雪。

③金华山：此指四川遂宁射洪的金华山，前山为金华道观，后山有初唐诗人陈了昂读书台。

④长歌：放声高歌。唳：鹤、雁等鸟高亢的鸣叫。霜鸿：霜雁。

⑤直指绣：汉武帝时朝廷设置的专管巡视、处理各地政事的官员，也称“直指使者”，因出巡时穿着绣衣，故又称“绣衣直指”“直指绣衣使者”。

⑥蓬海东：蓬莱仙境的仙人。

⑦虞廷：指虞舜的圣朝。夔龙：相传舜的二臣名。夔为乐官，龙为谏官。

⑧甘泉宫：故址在今陕西淳化西北甘泉山，本秦宫，后泛指皇宫。

其三　莺花世界

涪江驶清洌，四山玉连环。
中有一掌平，万井浮晴烟[①]。
莺花随世界，妙语发天铿[②]。
公来抉其秘，坐堂娱燕闲。
袭芳皆俗好，伐木友士贤[③]。
念昔白波汹[④]，止沸谈笑间[⑤]。
熙熙春台乐，谁知有今年。
初度沸欢谣[⑥]，愿公眉寿延[⑦]。
移此世界春，浩荡弥八埏[⑧]。

①万井：古代以地方一里为一井，万井即一万平方里；指千家万户。晴烟：晴空上飘浮着淡淡的烟云。

②天铿（kēng）：自然界有节奏而响亮的声音。

③伐木：参见149页注⑮。

④白波：指罚爵中的酒波。宋宋祁《三月四日玩园花小集》诗："镂管喜传吟处笔，白波催卷醉时杯。"

⑤止沸：成语"扬汤止沸"。此喻推辞罚酒。

⑥初度：参见82页注⑦。

⑦眉寿：参见17页注⑨。

⑧八埏（shān）：《汉书·司马相如传下》："上畅九垓，下泝八埏。"颜师古注引孟康曰："埏，地之八际也。言德上达于九重之天，下流于地之八际。"埏，地的边际。

寿乔平章三首①

其一

岧峣昆仑颠②，缥缈虚皇宅③。
下睨四大洲，何啻一尘积④。
万类托其间，扰扰无暂息。
强弱互吞噬，杀气干斗极⑤。
虚皇宴五云，凭轩惨不怿⑥。
绛节授金童⑦，琼函探宝册⑧。
运会有度期，欲藉老仙伯⑨。

①乔平章：参见12页注①。

②岧峣：参见80页注⑱。

③虚皇：道教神名，即虚皇上帝。

④何啻（chì）：用反问语气表示不过。

⑤干（gān）：触犯，冒犯。斗极：北斗星与北极星。斗为人君之象，后因以“斗极”喻指天皇或帝王。

⑥凭轩：靠窗眺望。不怿（yì）：不悦，不欢愉。

⑦绛（jiàng）节：传说中仙君的一种仪仗。金童：仙人的侍童。

⑧琼函：指道书。宝册：帝王用于上尊号或册立、册封的诏册。

⑨藉：慰藉。

其二

老仙何自来，文焰贯东壁①。
八十五春秋，骨健神气溢。
权衡有定度，蓍蔡无遗策②。
若非安期生③，定是李八百④。
坚苦海津梁，寿斯文命脉。
后皇大所畀⑤，陶冶妙无迹。
故山岂不思⑥，老屋须柱石⑦。

①东壁：《晋书·天文志上》：“东壁二星，主文章，天下图书之秘府也。”因以称皇宫藏书之所。

②蓍（shī）蔡：犹蓍龟，筮卜。无遗：没有脱漏或余留。

③安期生：海上之神仙，传说他曾习黄帝、老子之说。秦始皇东游，与语三日夜，留书及赤玉舄（xì，鞋）一双而去。后始皇遣使入海求之，未遇。

④李八百：参见122页注①。

⑤后皇：天地的代称，后土皇天也。畀（bì）：给予。

⑥故山：旧山，此指家乡。

⑦老屋：喻朝廷。柱石：比喻担当重任的人。

其三

屋老当奈何，风雨撼四壁。
主公志经营，所赖有匠石[①]。
度材林薮幽[②]，计土帑庈积[③]。
心思妙规制，指授契绳尺。
逮其万间具，夫岂一人力。
柱天纪元功[④]，眉寿永无极[⑤]。
周宣当中兴，拜手歌考室[⑥]。

①匠石：古代名石的巧匠，此喻有治国安邦才能的人。
②林薮（sǒu）：指山野隐居的地方。
③帑庈（tǎng kuài）：官家储藏金币和粮食的府库。
④柱天：撑天。纪：记载。元功：大功，首功。
⑤眉寿：参见 17 页注⑨。
⑥考室：宫寝落成之礼，喻南宋北归。

屏居北郊八章[①]

其一

气运有盈虚，品物迭滋耗[②]。
人生于两间[③]，谁能长不老。
胡为玩鲜荣，而独恨枯槁。
婉娈儿女态[④]，爱惜容色好。
志士竞修名，览镜慨华皓。
所念固有殊，达观同一笑。

本来真妙明[5]，何有少壮老。
兹理非言传，惟心自深造。

①程公许自注："屏居北郊，自秋涉冬，绝省人事，触绪有感，托之讽吟。书云前一日缉成八章，寓兴抒情，非以言诗也。"程公许屏客独居，减少了人事往来，触动心绪。作诗以记。此诗中"书云"指冬至。古代观察天象以占吉凶，并加以记录，称"书云"。其俗，国君于二分二至及四立之日，必登台以望天象，占其吉凶而书之。

②品物：犹万物。迭：交换，轮流。滋耗：生长消失。

③两间：谓天地之间。

④婉娈（luán）：缠绵。儿女态：儿女间表现的依恋、忸怩的情态。

⑤妙明：真心，本性。

其二

断梗得栖泊，高堂拥图书。
中宵风露气，营我方寸躯[1]。
静虑何易感，有衔莫能袪[2]。
今古一瞬息，智愚等丘墟[3]。
战夺日相寻，死生互吞屠。
念此耿无寐，推枕长嗟吁。
天理谅好还[4]，人谋何可疏。

①营：谋算，侵袭。方寸躯：心和身。

②衔：职务。袪（qū）：除去。

③丘墟：坟墓，荒地。

④天理：天道，自然法则。好还：谓极易得到报应。《老子》："以道佐人主者，不以兵强天下，其事好还。"

其三

宿嗜本幽闲，世途倦驰骋。
迫兹门户托，强把冠佩整。
招手误一来，麾退谅予警。
宽恩假郡寄，静俟亦天幸。
橐空归无家[①]，旅泊仰微廪[②]。
如闻烂柯谷[③]，宛似飞仙境。
苦饥问豹胎，留渴须远井。
天将厚所畀[④]，吾宁不少忍。
睡起一欠伸，篆烟凝昼永[⑤]。

①橐（tuó）：口袋。

②微廪（lǐn）：很少的储粮。

③烂柯：晋时王质伐木至山中，见童子数人，棋而歌，质因听之。童子以一物与质，如枣核，质含之，不觉饥。俄顷，童子谓曰："何不去？"质起，视斧柄烂尽。后以"烂柯"谓岁月流逝，人事变迁。

④畀（bì）：给予。

⑤篆烟：盘香的烟缕。昼永：白昼漫长。

其四

口为祸之阱[①]，异者同之仇[②]。
谁能噤不语，兀兀如羁囚[③]。
我岂好违俗，心未忘好修。
本不慕华显，宁有忮与求[④]。
逍遥鹏鷃同[⑤]，贫贱非所羞。

风涛涨平陆，驾予一虚舟。
未如泯机智，鸥鸟与之游⑥。
吾今已得师，稽首漆园周⑦。

①阱（jǐng）：陷坑。

②异者：政见不同者。

③兀兀（wū wū）：孤独貌。

④忮（zhì）：嫉妒。出自《诗·邶风·雄雉》："不忮不求，何用不臧？"

⑤鹏鷃（yàn）：《庄子·逍遥游》："鹏高举九天，远适南海，蓬间斥鷃嘲笑之。"后因以"鹏鷃"比喻志趣悬殊。

⑥鸥鸟游：《列子·黄帝》："海上之有人好鸥鸟者，每旦之海上，从鸥鸟游，鸥鸟之至者百数而不止。其父曰：'吾闻鸥鸟皆从汝游，汝取来，吾玩之。'明日之海上，鸥鸟舞而不下也。"

⑦漆园周：指庄周，战国时庄周曾在今河南商丘市北漆园为吏。

其五

鸟飞暮知还，蚁微亦有藏。
游子怅无托，故乡那得忘。
轒辒岁横骛①，生涯日凄凉。
骨肉各窜匿，冢祠缺烝尝②。
万里一缄书，临风泪千行。
垂白念汝兄③，忧乐苦相望。
安得附羽翮④，奋飞同一觞。

①轒辒（fén wēn）：古代的战车。用于攻城。横骛（wù）：纵横驰骋。

②冢（zhǒng）祠：祖坟宗祠。烝尝（zhēng cháng）：祭祀。

③垂白：白发下垂，谓年老。汝兄：程公说（1171—1207），字伯刚，号克斋，叙州宣化人。年二十五登进士第，官邛州教授。吴曦之乱，弃官携所

著《春秋分记》诸书匿安固山中修之。甫成而被杀害，年仅三十七岁。从这句看，此诗是写给二哥程公硕的。公硕字仲逊，与其兄程公说同登庆元二年（1196）进士，官至益昌教授。

④羽翮（hé）：翅膀。

其六

西陲失支吾①，如老屋积腐。
墙园纵蹂躏，堂屋何依怙②。
伊谁阶此厉③，乃为元老误④。
疾痛切吾身，利钝难逆睹。
瘴暑困新恩⑤，陨星泣忠武。
梁坏将安仰，天高杳难诉。
向来十二楼⑥，卷帘误一顾⑦。
洒泪嫁时衣，谁与论心素⑧。

①西陲（chuí）：西面边疆。支吾：犹支撑，抵挡。

②依怙（hù）：依靠。

③伊谁：何人。《诗・小雅・何人斯》："伊谁云从？维暴之云。"阶：导致。厉：凶猛的灾难。

④元老：此指被程公许弹劾的史嵩之、郑清之等。

⑤瘴暑：指史嵩之、郑清之等专权和任用亲信。新恩：皇上曾数次重用程公许，但屡遭史嵩之、郑清之等排挤。

⑥十二楼：神话传说中的仙人居处，此指朝廷。

⑦卷帘：皇帝身边的贴心人。误：耽误。一顾：《战国策・燕策二》有经伯乐一顾而马价十倍之说。后以"一顾"喻受人引举提携。

⑧心素：指高洁的情怀。

其七

坤维以文瑞[①]，民俗本柔淑。
何代无战争，冤哉今尔酷。
戎马塞里墟，劫钞遍林谷[②]。
平生金石交[③]，屈指半鬼录。
从子尤可哀[④]，别归奉水菽[⑤]。
伯侄并戕殒[⑥]，荼毒复荼毒[⑦]。
探囊数幅书[⑧]，吞声不忍读。
昆岗焮烈焰[⑨]，宁辨石与玉。
叩首一炉香，请为遗黎赎。

①坤维：指西南方的四川。因《易·坤》有“西南得朋”之语，故以坤指西南。文瑞：文象与符瑞。

②劫钞：犹劫掠。

③金石交：像金石一样牢不可破的朋友。

④从子：侄儿。

⑤水菽（shū）：《礼记·檀弓下》：“孔子曰：‘啜菽饮水尽其欢，斯之谓孝。’”菽，泛指豆类。后以“水菽”借指粗淡的饮食，常用作孝养父母之典。

⑥伯侄：公元1207年，四川发生吴曦之乱，程公说匿山中被害。程公许自注：“侄子能伯请假归奉亲，同其伯父先后皆为敌所害。”戕（qiāng）殒：杀害。侄子能伯：程公硕的儿子。

⑦荼毒：悲痛。

⑧书：指兄公说所未完成之《春秋分纪》。

⑨昆岗：此指位于新疆吐鲁番盆地北缘的火焰山。焮（xīn）：烧。

其八

南山翠鬅鬙[①]，四荔拱故宅[②]。
采衣侍三寿[③]，教爱如夙昔[④]。
晓然一梦阑，无复万里隔。
了知恩爱缚，障我修行力。
亦尝勤遍参[⑤]，渐欲空结习[⑥]。
妄念绝攀援，自性非假借[⑦]。
百千三昧门[⑧]，惟此一事实。
持问诸老禅，少露真消息。

①南山：程公许老家在今四川宜宾市叙州区越溪河北岸，此指越溪河南岸之山。鬅鬙（péng sēng）：喻山石竹木等参差散乱。

②四荔：四面是荔枝树，今程公许老家有千年古荔枝树尚存。

③采衣：未成年人的服装。三寿：古称上寿百二十岁，中寿一百，下寿八十；后泛指高寿。此句谓程公许年幼时在家侍奉老人。

④夙（sù）昔：前夜。

⑤遍参：参拜空王。空王：佛的别称。遍参即拜佛。程公许家乡越溪河流域佛教兴盛，留有不少宋元地下塔林（石室火化墓）。

⑥结习：佛教称烦恼。

⑦自性：本性。假借：谓借助他力。

⑧三昧（mèi）门：佛教诵经三重境界："定"，即止息杂念，神思安定；"正"，即领悟经义态度端正，恭敬虔诚；"持"，即学习过程专心致志，持之以恒。

卷五

理舟入奉大对临发有赋[①]

弱龄诵书史[②]，所慕在经世。
腼颜科目中[③]，颇恨愆素志[④]。
天府两贡书[⑤]，耻逐时妆媚。
诸公误赏音，偶玷春官第[⑥]。
王明溺畴咨[⑦]，临轩有故事。
明当鼓槛下[⑧]，陛对去天咫[⑨]。
采兰有常供，胡为轻万里。
趋庭愿有闻，叮咛汝其识。
谨无曲学阿[⑩]，恐作儒冠耻。
士当志远大，富贵余事耳。
百拜请书绅[⑪]，誓言其敢替。
万古洙泗传[⑫]，岂为青紫计[⑬]。

①理舟：备船。入奉大对：到朝廷对答天子之询问或策问，此指殿试。此赋当写于嘉定四年（1211）举进士后。

②弱龄：弱冠之年，泛指幼年、青少年。

③腼颜：面容羞愧。科目：唐始分科选官，此指科举。

④愆（qiān）素：谓耽误原来的计划。语本《左传·宣公十一年》："事三旬而成，不愆于素。"愆，耽误。素，平时预定的计划。

⑤贡书：州府呈报给礼部的参加会试的举人名册。从此句看，程公许经两次考试方由举人中进士。

⑥玷（diàn）：使有污点。春官：唐代曾改礼部为春官，后遂为礼部的别称。此句为程公许进士及第的自谦之说。

⑦王明：天子圣明。畴咨：《书·尧典》："帝曰：'畴咨若时登庸。'"庸，用也。后以"畴咨"为访求人才之意。

⑧鼓枻（yì）：划桨，此谓泛舟。

⑨陛（bì）对：在殿堂上回答皇帝的咨询。天咫（zhǐ）：言离皇帝很近。《左传·僖公九年》："天威不违颜咫尺。"

⑩曲学阿：成语"曲学阿世"，歪曲自己的学术见解，以投世俗之好。出自《史记·儒林列传》："务正学以言，无曲学以阿世。"曲，弯曲不直；阿，迎合。

⑪书绅：参见 17 页注㊾。

⑫洙泗（zhū sì）：洙水和泗水，春秋时属鲁国。孔子曾在洙泗之间聚徒讲学，后因以"洙泗"代称孔子及儒家。

⑬青紫：本为古时公卿绶带之色，因借指高官显爵。

登梅岩①

祝册颁九重②，郊丘以晴祷。
小臣职骏奔，单车倦涂潦。
崇阜逾巇崿③，层坛敷秸稿。
中兴念经始，面势若天造。
涛云日两潮，幄雾山四抱。
袍毳亦可人④，杖藜共幽讨。
枯梅傲岩晚，阴壑得寒早。
勋华昔同来⑤，奎文绚丽藻⑥。
山灵沐膏泽，虹彩轶晴昊⑦。
苔蹊几窘步⑧，棕干撑健倒。
嵌窦咽泉流⑨，金石韵击考。

斋庐耿灯青，檐花垂带缟[⑩]。
苦怜风力迟，未快霾阴扫。
排云出乌轮[⑪]，测景进黄道[⑫]。
六合还清明[⑬]，烟霞愿投老。

①程公许自注："良月十六日，以祈晴宿斋郊坛。寺僧拉登梅岩，读高、孝两朝宸翰记事。"良月是古代对十月的代称，梅岩在今杭州附近灵峰山。宋高宗赵构，南宋开国皇帝，精于书法，传世墨迹有《草书洛神赋》等。宋孝宗赵昚（shèn），南宋第二位皇帝，善书法。宸翰（chén hàn）是指帝王的墨迹。

②祝册：帝王祭祀用的文书。

③崇阜：高丘。巘崿（yǎn è）：山崖，峰峦。

④毳（cuì）：鸟兽的细毛。可人：令人满意。

⑤勋华：尧舜的并称。勋，放勋，尧名；华，重华，舜名。

⑥奎文：犹御书。宋王阮《同张安国游万杉寺》诗："昭陵龙去奎文在，万岁灵山守百神。"诗题注："寺有昭陵御书。"绚丽藻：华丽的文彩、文辞。

⑦轶：古同"溢"，充满而流出。晴昊（hào）：晴空。

⑧苔蹊（xī）：长有青苔的小路。窘（jiǒng）步：步履艰难。

⑨嵌窦：山洞。咽（yè）：声音因阻塞而低沉。

⑩檐（yán）花：靠近屋檐下边开的花。垂带：台阶两侧随阶梯坡度倾斜而下的部分。

⑪排云：排开云层。乌轮：日轮，太阳。

⑫测景：测量日影，以推算岁时节候。景，通"影"。黄道：地球一年绕太阳转一周，古人从地球上将其看成太阳一年在天空中移动一圈，太阳这样移动的路线叫作黄道，它是假设的一个大圆圈。此句指选择一个黄道吉日，诸事皆宜。

⑬六合：天地四方。

和宪使张郎中①

四海一奇男，象贤真柬之②。
绣斧外执法③，滞淹犹在斯④。
冰壑栋梁具⑤，风梭云锦机⑥。
粉省趋含香⑦，玺书啬封泥。
生平方寸丹，云端双阙齐。
小试川楫手，晒网芦中矶。
以道拯世溺，先事防繻袽⑧。
三江昔怒号⑨，一席今沦漪。
平波净縠浪⑩，祥风浃瑶池⑪。
八极汇涛澜，四顾蛟涎危。
孰能戒维楫⑫，重与歌平夷⑬。

①宪使张郎中：参见205页注①。

②象贤：谓能效法先贤。宋理宗下诏求言，张郎中曾上五千言。

③绣斧：参见205页注⑦。

④滞淹：停留。斯：此指程公许老家叙州。

⑤冰壑：成语“冰壑玉壶”，像冰那样清澈的深山沟里的水，盛在晶莹的玉壶里，喻人品性高洁。

⑥风梭：风如梭。云锦机：朝霞和彩云如织机编织的图案。

⑦粉省：中央机构的别称。因皇帝喜欢书法绘画，宋代三省办公场所皆糊粉涂画古贤人烈女，大臣郎中握兰含香，趣走红地毯奏事。后世因称三省为“粉省”。含香：郎中奏事答对时，口含丁香以去秽，此指侍奉君王。

⑧繻袽（xū rú）：成语“繻有衣袽”，意为船舱漏水，备有旧棉絮和破衣

服则可堵塞。繻通“絮”。袽：烂衣服。

⑨三江：此指在程公许老家叙州府城交汇的金沙江、岷江及长江。

⑩縠（hú）：有皱纹的纱。

⑪瑶池：此指冬季三江水势平缓，合江门水面如一面明镜。

⑫戒：准备。维楫：系船之绳和船桨。

⑬夷：南宋后期叙州面临马湖蛮、石门蛮、南广蛮的威胁。

上茶使邹郎中孟卿五首①

其一

四海一道乡②，千古有生意③。
元宗得君侯④，风流是以似。
窅然天机深⑤，宁以物欲累。
丈夫要如此，步步皆实地。

①邹孟卿（1159－1223）：江西余干邹源村人。任过福建南安、湖南靖州提刑、湖北襄阳知府。1219年升任四川制置茶马使，后转兵部尚书。此诗是程公许为邹孟卿任四川制置茶马使时所作。

②道乡：修道之地，仙境；此指四川青城山。

③生意：四川是中国最早种茶、饮茶、售茶的地区之一。最晚在汉代，四川已将茶树进行人工栽培，并将茶叶生产发展为专业化生产。程公许老家叙州宣化黄山上千年古茶树，至今尚存。

④元宗：南唐皇帝元宗李璟，灭楚、闽二国，使南唐疆土至最大。但他奢侈无度，被后周夺地，从金陵迁都南昌府。

⑤窅（yǎo）然：犹怅然，慨叹。

其二

政术自学术①，本来同一机。

后生溺华采，用世理或违[2]。
恭惟自孔氏，六籍探指归[3]。
心清事自简，吏瘠民则肥。

①政术：政治方略。学术：系统的学习治国之术。

②用世：见用于世，为世所用。

③六籍：即六经。指归：主旨，意向。

其三

忍话去年事[1]，令我胆欲碎。
公独于此时，砥柱众流汇。
事难见君子，尔曹费车载[2]。
海山危风涛，当有巨鳌戴[3]。

①去年事：上年红巾队在汉中起义，接连攻克阆州、果州、遂宁，直逼成都。邹孟卿领兵前往，断敌上山砍柴和取水要道，一鼓作气发起总攻，大获全胜。

②费车载：当用礼节接迎。

③鳌戴：传说渤海之东有大壑，其下无底，中有五座仙山，常随潮波上下漂流。天帝恐五山流于西极，失群仙之居，乃使十五巨鳌轮番举首戴之，五山才峙立不动。后以“鳌戴”比喻负荷重任。

其四

节传拥玉帐[1]，天遣西南来。
怦怦朱丝绳[2]，皎皎明镜台。
稂莠亟芟夷[3]，本根费栽培。

度外广物色，世岂真乏才。

①节传：朝廷玺节传旨。玉帐：主帅所居的帐幕，借指主将。

②怦怦（pēng）：心急切跳动貌。朱丝绳：指琴瑟上的丝弦。

③稂莠（láng yǒu）：对禾苗有害的杂草，此喻害群之人。亟：亟待。芟（shān）夷：铲除。

其五

广文官独冷①，博士冗不治。
况此侯国泮②，赘哉童子师。
萧散非郑老③，文章惭退之。
可能冰雪地，一借春风吹④。

①广文：参见 179 页注①。写此诗时，程公许在绵州教授任上。

②侯国：侯爵的封地，此指绵州。泮：泮宫，此指程公许任教谕的绵州官学。

③萧散：犹潇洒。郑老：指东汉郑玄，隐居不仕，聚徒讲学，潜心著述，注释群经，为汉代经学的集大成者。

④一借：后汉寇恂为颍川太守，征入朝为金吾。时光武至颍川，百姓遮道曰："愿从陛下复借寇君一年。"后因以"一借"为百姓留恋好官之典。末两句委婉地表达了程公许希望得到邹孟卿推荐重用之意。

喜雨上西清崔先生①

东皇司发生②，何以忽俾怒③。

旱干遍两川[④]，阴阳错常度。
侍晨秉清德[⑤]，方岳烦卧护[⑥]。
隐忧切四体，晓夕煎百虑。
尪暴奚以为[⑦]，丘祷原有素。
皇明一颔首，膏泽倏如霔[⑧]。
丰隆鼓增气[⑨]，耕父愁失据。
苎桑郁华滋，饼饵当厌饫[⑩]。
乃知天九重，不隔香一炷。
宇宙满戈甲，椎剥剧刀锯[⑪]。
杀气惨未除，众戚那得吁。
毋以休咎征[⑫]，诿曰水旱数[⑬]。
忧端转抢攘[⑭]，邦本须爱护。
愿公迟东归，为帝宽西顾[⑮]。
以万金良药，起众兆沉痼[⑯]。
使民安农畴，櫜弓藏武库[⑰]。
为霖泽四海[㉛]，媲迹商岩傅[⑱]。

①西清崔先生：参见 8 页注⑯。

②东皇：指司春之神。司：掌管。发生：使万物滋生萌发。

③僤（dàn）怒：大怒。

④两川：参见 70 页注④。

⑤侍晨：侍帝晨。道家称侍奉天帝的仙官。晨，通“宸”，帝居。

⑥方岳：指州郡。卧护：犹卧治，谓在卧病中监军。

⑦尪（wāng）暴：为旱之女巫。

⑧膏泽：此指滋润作物的雨水。倏（shū）：极快。霔（shù）：时雨灌注。

⑨丰隆：神话中的雷神，后多用作雷的代称。增气：唐杜甫《雨》：“不可无雷霆，间作鼓增气。”

⑩饼饵：饼类食品的总称。厌饫（yàn yù）：吃饱，吃腻。

⑪椎剥（zhuī bāo）：谓残酷搜刮。剧：惨烈。

⑫休咎：吉凶，善恶。征：证明，证验。

⑬诿：推托。水旱：水涝与干旱。数（shuò）：屡次。

⑭忧端：愁绪。抢攘（chēng rǎng）：纷乱貌。

⑮宽：使松缓。西顾：西边的忧虑。

⑯起：治愈。众兆：众人。沉痼（gù）：历时较久，顽固难治的病。

⑰櫜（gāo）弓：藏弓，意谓战事平息。櫜：收藏盔甲弓矢的器具。

⑱媲（pì）迹：犹比肩。商岩：殷商时期著名贤臣傅说最初是傅岩筑墙之奴隶，被商王武丁举以为相。“商岩”喻在野贤士。

祷雪上天竺寺①

庚子岁维夏②，亢阳一何骄。
侵寻徂暑迫③，恻怛圣虑焦。
祈祷喧三农④，雩祀奔百僚⑤。
商飙忽以厉⑥，老魃意愈嚣⑦。
万井沸汤釜⑧，四野烜赤熛⑨。
俄闻罪己诏，还下中兴朝。
宝香款太一⑩，嘉荐羞庙祧⑪。
移跸给孤园⑫，熏心梵音潮。
芝盖屏不御，鸾扇亦罢摇。
还宫惨玉色，转瞬翻天瓢。
小臣忝侍祠，囊封叩层霄⑬。
帝念亦劳止，旱灾殊未消。
良月始沾洽⑭，封畿转萧条。
白瑞弥渴望，沍阴那易料⑮。

测景展绣纹，飞霜困青要[16]。
麦芒郁不吐，蔬甲半已凋。
足蹷丛祠趋[17]，洁蠲沉水烧[18]。
忧念交肸蠁蚃[19]，同云散琼瑶。
夜窗讶明皎，晓槛俄纷飘。
天意竟作慳，瞬息倏已消。
冬瘟幸稍压，蝗蛰故自饶。
东皇趣命驾，北斗将旋杓[20]。
更须絮乱拨，间作珠碎跳。
倘幸尺许积，庶几食可邀。
民脉余几何，邦储况复枵[21]。
但知骨髓沥，遑恤膏火焦[22]。
老我杂班缀，素丝飒飘萧。
强令典纶綍[23]，拙不工琢雕。
炯兹方寸丹，敢以后福徼[24]。
世味本枯淡，癯思剧蒸敲[25]。
洒血书绿章[26]，飞神狃清飂[27]。
玉食自不甘，黄竹宁复谣[28]。
扶持倚梁栋，咨询及刍荛[29]。
正途会四辟，贤旌欲旁招。
上帝如悔祸，盗贼非难枭。
敛尽战锋惨，重使农亩劭[30]。
玉烛调气机[31]，黼扆宽旰宵[32]。
量才愧臃肿，赋分甘渔樵。
经纶有管乐[33]，议论付董晁[34]。
故山归去来，岁晚乐逍遥。
曝背茅檐日[35]，击壤歌帝尧[36]。

①程公许自注："工侍国史，奉御香祷雪上竺，前一夕雪瑞已应。道间志喜，成诗以示。敬借韵同赋。"国史是国之史官，此诗为程公许在中书省担任编修国史的著作郎时所作。上竺即上天竺寺。从杭州灵隐寺沿天竺溪而上，依次为下天竺寺、中天竺寺、上天竺寺。道间，途中（有人）。

②庚子岁：此指宋理宗嘉熙四年（1240）。维夏：立夏，指四月夏天开始。

③徂（cú）暑：盛暑。《诗·小雅·四月》："四月维夏，六月徂暑。"

④三农：指春、夏、秋三个农时。

⑤雩祀（yú sì）：古代祈雨的祭祀。奔百僚：使百官奔忙。

⑥商飙（biāo）：秋风。

⑦魃（bá）：传说中造成旱灾的神怪。

⑧万井：参见214页注①。

⑨烜（xuǎn）：被晒干。赤熛（biāo）：南方之神，司夏，借指夏日。

⑩宝香：供奉神佛所烧的香。款：招待。太一：天神名。《史记·封禅书》："天神贵者太一。"

⑪嘉荐：祭品。羞：进献。庙祧（tiāo）：泛指祖庙。

⑫移跸（bì）：犹移驾。给孤园：给孤独园的省称，亦用作佛寺的代称。

⑬囊（náng）封：密封的奏章。层霄：高空。

⑭良月：十月的代称。沾洽：雨水充分地使土地浸润。

⑮冱（hù）阴：阴冷之气，凝聚不散。唐崔湜《塞垣行》："十月边塞寒，四山冱阴积。"

⑯青要：亦作"青腰"，传说中主降霜雪的女神，此借指秋季。

⑰蹷（jué）：急促。丛祠：建在丛林中的神庙。趋：快走。

⑱洁蠲（juān）：除去繁杂，使之简洁。沉水：沉水香，沉香。沉香是名贵香料和中药材。

⑲忱念：真忱思念。交：交织。肸蚃（bì xiǎng）：散布，弥漫。

⑳旋杓：指地球自转使观察到的北斗星斗柄位置在宇宙空间有变化，喻北半球季节将转换。

㉑邦储：国库。枵（xiāo）：空虚。

㉒遑恤：无暇担忧。膏火：特指夜间写作的灯火。

㉓典：主管。纶绋（fú）：皇帝的诏令。

㉔儌（jiǎo）：求。

㉕癙（shǔ）思：郁闷忧愁。蒸敲：火蒸棒捶。

㉖绿章：旧时道士祭天时所写的奏章表文，用朱笔写在青藤纸上，故名。

㉗玒（hóng）清飀（liù）：高空疾吹的风。

㉘黄竹：周穆王在风雪中打猎，遇冻死者，作诗以哀，首句为“我徂黄竹”。黄竹本为地名，后即用指周穆王。

㉙刍荛（chú ráo）：割草采薪之人。

㉚劭（shào）：美好。

㉛玉烛：四时之气和畅。《尔雅·释天》：“四气和谓之玉烛。”

㉜黼扆：（fǔ yǐ）：帝王座后的屏风，借指帝王。旰宵（gàn xiāo）：成语“旰食宵衣”，意为天已晚才吃饭，天不亮就穿衣起床。

㉝经纶：参见42页注⑩。管乐：春秋齐名相管仲与战国燕名将乐毅。

㉞董晁：指西汉董仲舒、晁错，二人皆博通经书。

㉟曝（pù）背：以背向日取暖。茅檐（yán）：指茅屋。

㊱击壤：相传唐尧时有老人击壤而歌。观者曰：“大哉，尧德乎！”老者曰：“吾日出而作，日入而息，凿井而饮，耕田而食；尧何等力！”

代上夔帅丁文伯[1]

璧月行素空，流魄寒潭水[2]。
水非与月期，月岂待濯洗。
天光发于定，妙契元一理[3]。
士生无南北，乐在相知心。
同行不同调，有如辰与参[4]。

一言针芥投[⑤]，山水皆知音。
畏斋天下士，执鞭愧我后。
当时俭府莲[⑥]，最说庾公秀[⑦]。
十年一欠伸，西楼黯回首。
油幢古夔子[⑧]，锁棘外南宫[⑨]。
宝鉴贮英才，毡笔题至公[⑩]。
讯旧一以凄，浩荡华表风。
宇县莽烟尘，人物叹今眇。
兰芷闭其芳，所御或荼蓼[⑪]。
隐思不遑寐[⑫]，令我忧心悄。
古今几枰棋[⑬]，胜败无常形。
世岂欠国手，一着何可轻。
但恐当局迷，渠知死可生[⑭]。
向来一寸心，行世几泊落。
矫性动有妨[⑮]，幽思谁与豁[⑯]。
为君歌慨慷，长风起天末。

①夔帅：北宋置夔州路，治夔州（今重庆奉节），夔州城雄踞瞿塘峡口，形势险要，历来是川东军事重镇、兵家必争之地。丁文伯时为夔州路军事统帅。

②流魄：游离的魂魄，喻战死将士之魂。

③妙契：神妙的契合。元一：指万物的本源。

④辰与参（shēn）：辰星卯时出于东方，参星酉时现于西方，此出则彼没，两不相见；喻互不相关或势不两立。

⑤针芥：被磁石吸引的针和被琥珀吸引的芥，喻极细微之处。投：相合。

⑥俭府莲：南朝齐王俭领朝政，用才名之士为幕僚，后世谓其主客皆才俊。

⑦庾（yǔ）公：东晋庾亮乘的马有凶相，或语令卖去。庾云：“卖之必有

买者，即复害其主，宁可不安己而移于他人哉?”

⑧油幢（chuáng）：油布帐幕，此指将帅幕府。夔子：春秋时夔国的国君。

⑨锁棘：古代科举考试，考生入考棚后锁门。因贡院的外围四周是用荆棘围圈的，所以又叫“锁棘贡试”。南宫：皇室及王侯子弟的学宫。

⑩毡笔：羊毫笔。至公：对主考官的敬称，谓其大公无私。

⑪所御：所用。荼蓼（tú liǎo）：荼和蓼，泛指田野沼泽间的杂草。

⑫隐思：恻隐之心。隐：悲痛，怜悯。不遑寐：没有闲暇休息。

⑬枰（píng）棋：棋局，喻局势。

⑭渠知：难道不知道。渠：疑问代词，岂，难道。

⑮矫性：改正习性。动：常常。妨：阻碍。

⑯幽思：郁结于心的思想感情。与：给予。豁：排遣，消散。

飘摇无定栖①

渎江万里来②，武林一年客③。
飘摇无定栖，一一得安宅。
委巷远尘嚣，八窗耿虚白。
冰曹省造请④，公退味禅寂。
乃者赤熛怒⑤，横为闾井厄。
羁贫幸我贳⑥，安坐有惭色。
侯门意睥睨⑦，府檄加峻迫。
仓皇幞衣被⑧，包裹到书册。
曲台许借居⑨，虚堂暂休息。
砌蛩伴宵吟⑩，树鸦趣晨汲。
随寓亦足娱，一枝更须择。

是身如浮云，何所为定迹。
顾怜性耿野，雅嗜只泉石。
陈力怯荷殳[11]，康屯况无策。
强颜杂班缀，颇觉非本色。
时清早得归，永愿守蓬荜[12]。

①程公许自注："入都一年余，舍馆五迁，最后得杨园空屋，僻远市嚣，宽洁爽垲。火后，庄文府以中旨，攘夺仓皇，徙寓奉常之寅清堂，成五言长篇。"端平初（1234），程公许被授大理司直，迁太常博士，居于临安。爽垲（kǎi）：高爽干燥。庄文府是朝廷收藏图书的地方。中旨：不经中书门下而由内廷直接发出的敕谕。攘夺：抢夺。奉常：官名，专掌祭祀礼乐。寅清堂是寅时（夜三点至五点）奉常们等候早上点卯（五点到七点）的地方。

②渎（dú）江：即程公许老家四川岷江。《水经·江水注》："岷山即渎山也，水曰渎水矣。"

③武林：杭州的别称，以武林山得名。

④冰曹：冷衙门。曹：古代分科办事的官署。造请：登门晋见。

⑤赤熛（biāo）：南方之神，司夏。此借指程公许租住的民居遭遇火灾。

⑥羁（jī）贫：客居贫困。贳（shì）：租借。

⑦睥睨（bì nì）：斜视、厌恶。

⑧幞（fú）：同"袱"。此名词动用，意为把衣服被子打成包袱。

⑨曲台：汉时天子射宫，后为著记校书之处。

⑩砌蛩（qióng）：台阶下的蟋蟀。宵：夜晚。

⑪荷殳（shū）：战争。荷：担，扛。殳是古代的一种武器，用竹木做成，有棱无刃。

⑫蓬荜（péng bì）："蓬门荜户"的省语，意为编蓬草、荆竹为门的房子。

天涯信音来①

令节恩赐沐，把菊开清尊。
天涯信音来，拆缄为一欣。
展视未竟幅，泪雨溢帨帉②。
辞家甫八年，边尘覆全坤。
平生几亲故，半为兵死魂。
纵脱虎口涎，亦复马鬣坟③。
所幸二犹子，从弟偕诸孙。
崎岖矛戟中，偶得性命存。
意欲守丘垄，死不去榆枌④。
是时陈理卿⑤，受命开帅垣⑥。
奋身艰危际，勉图戡济勋⑦。
铲壕峙城壁，锄荒列营屯。
敌至誓固守，为力良艰勤。
变故起肘腋，辕帐塞辖辒⑧。
一死事则已，万恨谁与论。
遗氓能奈何，天未许贷原⑨。
貔虎暂敛退⑩，寇盗还纷纷。
哀我数子者，挈孥竞惊奔⑪。
亦不免维絷⑫，恐迫甚溺焚。
掠夺幸得脱，归来匿空村。
生涯荡无余⑬，暴敛何寡恩。
万里远诉我，重我忧心熏。

尔苦我得知，尔创我得扪。
岂不忆松槚[14]，岁时荐炮燔[15]。
永惟宗祀计，忍自遏其源[16]。
威也托我久，尚以穷愁言。
宁不思尔曹，命危豺虎群。
安得田二顷，有屋休寒暄[17]。
顺风招之来，相与共饔餐[18]。
皇后职生化[19]，蛰蛰庶且蕃[20]。
胡忍趣其毙，猕割如羔豚[21]。
夙传老上殒[22]，国乱犹丝棼[23]。
若为秋风高，已复群吠狺[24]。
呼童具墨汁，襞纸当前轩[25]。
万一邮传通，庶几信息闻。
严装理航棹，及春下荆门。
余公新受钺[26]，尚义气薄云[27]。
感我骨肉念，不难只手援。
兹计不早决，噬脐何复云[28]。
愤极思一吐，声出辄复吞。
长谣欲上诉[29]，九穹隔重阍[30]。
劫运极必复，玉石可不分。

①程公许题记："去岁重阳日，得彦威信。附六月间二小侄及从弟侄所寄书，自蜀阃递。中附侄历言去冬今春所遭兵祸及有司督迫科调之苦。喜其存全，哀其窘蹙，洒涕如霰。寄讯邀其下峡，而边事又告急，未知其达与否也。会杪冬，见邸报：宣谕使者余公侍郎改命授钺尽护蜀师，意欲以此事归控，骨肉会聚，兹事其谐矣。喜极涕零，遂成长篇。"彦威是程公许侄子，从弟侄是其堂侄。阃（kǔn）递：一起送到，阃通"捆"。窘蹙（cù）：困迫，局促。杪（miǎo）冬：暮冬，农历十二月的别称。邸报：唐已有，宋始称"邸报"，

后世泛指官报。余公：余玠（jiè）。淳祐二年（1242）十二月，朝廷任命余玠为四川安抚制置使兼知重庆府，措置四川防务。归控：程公许想让侄子们归依、投靠余玠。

②帨帉（shuì fēn）：随身佩巾。

③马鬣（liè）坟：马鬣即马鬃，自前往后倾斜，坟墓封土长草似之。

④榆枌（yú fén）：榆树，此指故乡。

⑤陈理卿：驻守程公许老家叙州的统帅。

⑥帅垣（yuán）：镇抚一方的帅府。

⑦勉图：努力实行。戡（kān）济：戡定平乱。

⑧辕帐：军营中统帅的帐幕。轒辒（fén wēn）：战车，此指遭叛将进攻。

⑨贷原：饶恕原谅：贷：饶恕。

⑩貔（pí）虎：皆为猛兽，此喻叛将。

⑪挈孥（qiè nú）：带领妻子和儿女。

⑫维絷（zhí）：羁绊。

⑬生涯：生计，财产。

⑭松檟（jiǎ）：松树与檟树，常被栽植墓前，此借指祖坟。

⑮炮燔（fán）：放炮仗祭祀。

⑯其源：思念家乡和祭祖的念头。

⑰休：歇息。寒暄：问候起居寒暖。

⑱饔（yōng）餐：本指做饭，此指同耕共食。

⑲皇后：皇天后土。职生化：天地主持公道，主宰万物生存。

⑳蛰蛰（zhé）：众多。蕃（fán）：蕃衍，逐渐增多。

㉑狝（xiǎn）：古代指秋天打猎。豚（tún）：小猪。

㉒老上：本为汉初匈奴单于名号，后用以泛指北方少数民族首领。殒：死。

㉓棼（fén）：纷繁紊乱。

㉔吠狺（fèi yín）：狗叫声。

㉕襞（bì）：折叠。前轩：窗前。

㉖余公：余玠，淳祐二年（1242）十二月，被任命为四川安抚制置使兼

知重庆府，措置四川防务。受钺：古代大将出征，接受天子所授的符节与斧钺，称为“受钺”。

㉗气薄云：义薄云天。薄，迫近。意为情义之至有如天高。

㉘噬脐（shì qí）：自啮腹脐，喻后悔不及。

㉙长谣：长叹。上诉：谓向神祇、君王或官府诉说冤情。

㉚九穹：九天。重阍（hūn）：重重宫门。

感事建除体二首①

其一

建国维艺祖②，受命同有虞③。
除苛五闰后④，返朴邃古初⑤。
满盈持以恒，德泽久不渝。
平治二百年⑥，中原忽榛芜。
定乱得高皇⑦，如日升昏衢。
执中嗣堂播⑧，奕叶垂范模⑨。
破碎今已残，敌人踵窥逾。
危哉武休破⑩，汉沔几丘墟⑪。
成功赖诸将，三蜀仍覆盂⑫。
收藏问何时，官已迫征输。
开仓储百谷，为我供军须。
闭关且坚守，民力庶少苏。

①建除体：为南朝宋鲍照首创。全诗共二十四句，单句首字用“建、除、满、平、定、执、破、危、成、收、开、闭”十二字，后世因称为“建除体”。

②维：同“唯”，独。艺祖：参见35页注⑯。

③有虞：有虞氏，中国上古时代的部落名。有虞氏部落的始祖虞幕是颛顼之子，黄帝的曾孙，舜为其后裔。

④五闰（rùn）：中国农历 3 年一闰，5 年二闰，五闰当在 15 年左右。

⑤邃（suì）古初：远古原来的样子。

⑥二百年：公元 960 年，陈桥兵变，赵匡胤建宋朝；公元 1127 年，金军先后掳走宋徽宗、宋钦宗，北宋灭亡。二百年，此为虚指。

⑦高皇：宋高宗赵构，南宋开国皇帝。

⑧执中：不偏不倚。嗣（sì）堂播：继承祖先的传统。

⑨奕叶：累世，代代。垂范模：垂示范例榜样。

⑩武休：武休关为蜀咽喉，在陕西汉中。宋绍兴三年，金军破武休关。

⑪汉沔（miǎn）：汉水、沔水都在湖北荆州北。

⑫三蜀：汉初分蜀郡置广汉郡，武帝时又分置犍为郡，合称三蜀。覆盂：倒置的盂，喻稳固、安定。

其二

建大将旗鼓，遴选兹维艰。
除授得其人，国势维泰山。
满朝绶若若[①]，熟谋须万全。
平生想卫霍[②]，摧枯无留难。
定论真黩武[③]，亦足激懦孱。
执爵酹太宫[④]，感慨清泪潸。
破敌岂无策，百年只长叹。
危机屡反复，地险失故关。
成败虽运数，人谋忌弛谩[⑤]。
收民心第一，根本无创残。
开纳智与勇，及时护风寒。
闭口勿多言，天道谅好还。

①绶若若：佩丝绸绶带的大臣众多。
②卫霍：西汉名将卫青和霍去病，以抗击匈奴著称，后世并称“卫霍”。
③黩（dú）武：用武力作战。
④酹（lèi）：把酒洒在地上表示祭奠或起誓。太宫：太庙。
⑤訑谩（tuó màn）：欺诈。

木皮口纪事[①]

驱车木皮口，地接嘉陵市[②]。
山川郁盘纡，草木惨憔悴。
昔在岁辛卯[③]，大将何憨子[④]。
行营与贼遇，力战遂死此。
道逢田舍翁，款曲问所以[⑤]。
耳目亲见闻，朴忠今无比。
沉鸷老不衰[⑥]，甘苦同战士。
以此得士心，急难不相弃。
阃制力主和[⑦]，岂虞敌情诡。
币篚方交驰[⑧]，羽书俄狎至[⑨]。
初冬二十五，坌入我内地[⑩]。
或渡河而驰，或截路以伺。
俄然斡腹来[⑪]，陡若自天坠。
诸军抽摘余，精锐能有几。
千兵仅乌合，转斗殊未已。
可忍负将军[⑫]，同生亦同死。
落日尘土昏，鼓寒声不起。

至今堆阜间[13]，白骨犹纷委。
语罢声凄哽，相顾潸洒泪。
念昔佐戎轩，世屯未云弭。
主公极仁明[14]，惨恻念此事[15]。
露章求恤典[16]，爵子严庙祀[17]。
意将劝忠臣，为国当尽瘁。
儒守陈西和[18]，武将田与李[19]。
后先被褒录，名姓编国史。
敌知吾有人，心宁不畏忌。
自古重徂征[20]，司命在主帅。
委托或非人，险阻那可恃。
呜呼数君子，一死甘若荠。
推原其本心，死奚益于世。
事大缪不然，舍生而取义。
乃知丈人吉，易自有深旨[21]。
往辙忍复云[22]，方来那得讳。
长谣激凄风[23]，呜咽嘉陵水。

①程公许自注："《木皮口纪事》，为故沔戎帅何进赋也。"木皮口在今四川旺苍县木门镇。故帅：已牺牲的沔州（今陕西略阳）将领何进。

②嘉陵市：此指四川广元嘉陵江边的昭化。

③岁辛卯：公元 1231 年，蒙军先锋按竺迩向四川制置使桂如渊最后通牒，以武力威胁同意借道灭金。

④憨（hān）子：傻子，程公许老家越溪河一带方言"憨包儿"。

⑤款曲：周详。唐柳宗元《首春逢耕者》诗："聊从田父言，款曲陈此情。"所以：原因，情由。

⑥沉鸷（zhì）：沉着勇猛。

⑦阃（kǔn）制：上司规定。阃：统兵在外的将军，此指四川制置使桂

如渊。

⑧币：银钱绢帛。篚（fěi）：竹箱。

⑨羽书：征召文书。狎至：戏弄般接连而来。

⑩坌（bèn）：尘埃，此指敌人入侵。

⑪斡腹：斡腹之谋，蒙古人的一种迂回包抄战术。

⑫可忍：不忍心。负：背弃。

⑬堆阜：小丘。

⑭主公：李埴。蒙军破蜀口诸郡后，制置使桂如渊逃回。朝廷以李埴为四川制置使知成都府，程公许尽力辅佐老师李埴。

⑮惨恻（cè）：忧戚，悲痛。

⑯露章：上奏章。恤（xù）典：朝廷对去世官吏给予褒扬。

⑰爵子：以爵位封其后人。庙祀（sì）：在庙中奉祀。

⑱陈西和：即陈寅，绍定初，知西和州（今甘肃西和），蒙兵入侵。在妻子、儿子及儿媳自尽后，他登城楼，遥望临安所在方向，焚香跪拜，伏剑而死。

⑲田与李：程公许自注："田燧、李冲。"1231 年 3 月，蒙军入大散关，田燧以千四百人当敌数万，血战三昼夜，矢尽援绝，战死。11 月，蒙军破同庆府（今甘肃成县），知府李冲战死。

⑳徂（cú）征：前往征讨，出征。

㉑易：即《易经》，也称《周易》。

㉒往辙：前车之辙。忍复云：不再说。

㉓长谣：长诗。凄风：寒风。

祖饯三山赵茂实二首①

茂实，毓秀麟定②，振采鹓班③。由掌故、籍田令、试馆职④，历正字、校书、秘书郎、载笔、史筵⑤，转丞容台兼南宫舍人⑥，权直学士院[⑦]，贰晋戎监[⑧]，擢宗正少卿。骎骎禁涂[⑨]，遽请外补。宰相以上意留行茂实，请益力诏直焕章阁佩[⑩]。以永嘉郡二千石印组[⑪]。二三执政及在庭百执事咸愕，眙惜其去[⑫]。

于是，馆阁诸彦以茂实为册府旧游，请置酒道山堂，祖饯饮酣。有诵大苏公“东海独来看出日，石桥先去踏长虹”之句[⑬]，相约赋诗为赠，分韵凡十一人，余三韵三人各补一篇。淳祐改元龙集辛丑中元节也[⑭]。分韵得“东”字“踏”字二首。

①祖饯：饯行。三山：福州别名，城内于山、乌石山、屏山三山鼎立。赵茂实：赵汝腾（？—1261），字茂实，宋太宗八世孙，曾居福州。宝庆二年（1226）进士，1241年初任永嘉太守，后累官礼部尚书，官终翰林学士。

②毓秀麟定：朝廷选拔的优秀人才。

③鹓（yuān）班：成语“虎体鹓班”，比喻朝廷文武大臣上朝的行列。

④掌故：官名，掌管礼乐制度等。籍田令：掌耕宗庙社稷之田。试馆职：宋置史馆、昭文馆、集贤院，合称三馆，都在崇文院内。按照惯例，任职期满朝廷允许献上文章请求试任馆职。

⑤正字：官名，掌校雠典籍，订正讹误。校书：官名，与正字同掌校勘典籍，称校书郎。秘书郎：掌管图书经籍收藏及抄写事务，又称兰台郎。载笔：携带文具以记录王事，借指史官。史筵（yán）：为讲论历史而特设的御前讲席。

⑥容台：礼部的别称。南宫舍人：尚书省官员。中书、门下、尚书三省均在大内之南，而尚书省更在中书、门下二省之南，故称南宫。

⑦权直学士院：官名。他官暂行学士院文书，称为权直。

⑧贰晋戎监：两次出任监军。晋：晋升。戎监：监督军队的官员。

⑨骎骎（qīn）：马疾速奔驰貌。禁涂：宫中道路。此句喻赵茂实因才华出众在朝中升迁极快。

⑩直焕章阁：即焕章阁学士，官名。焕章阁为南宋孝宗初建，藏高宗作品。

⑪永嘉郡：今温州市。二千石：汉郡守俸禄为两千石，后世以此为郡守

的代称。印组：印绶。

⑫眙（chì）惜：惋惜地看着。眙，直视，瞪。

⑬大苏公：苏轼。

⑭淳祐改元：即公元 1241 年，这一年是农历辛丑年。龙集：犹言岁次。龙，指岁星。集，次于。

其一

煌煌洛阳城，衢术万国通。
车尘日交骛①，襟期那易同②。
目成者谁欤？言笑春怡融。
我自商声歌，君亦手丝桐。
西风忽以厉，高情逐云鸿。
辍笔金銮坡③，一麾沧海东④。
补过要汲直⑤，草诏须陆公⑥。
盈庭愕相顾，蹇蹇胡不容⑦。
君去我独留，我阙谁与攻！
况复狗尾续，羞颜莲炬红。

①交骛（wù）：交相驰骋奔走。

②襟期：襟怀，志趣。易同：和悦相同。

③銮坡：唐德宗时，尝移学士院于金銮殿旁的金銮坡上，后遂以“銮坡”为翰林院的别称。

④一麾（huī）：发令调遣。沧海东：指赵茂实将上任永嘉（今浙江温州）太守。

⑤汲（jí）直：汉武帝时汲黯，性刚直，敢于面折廷诤，后借指诤臣。

⑥陆公：陆贽，中唐贤相。“泾原兵变”后，随唐德宗出逃乾县，起草诏书，情词恳切，“虽武人悍卒，无不挥涕激发”。

⑦蹇蹇：忠直貌。

其二

三生岩壑姿，失脚红尘踏。
羡君得郡去，胜事踵康乐。
云海渺无津，烟霞互开阖。
似闻石门藓，犹带屐齿蜡。
惜哉荒游误，竟为时论薄。
秉谊以事君[①]，奚间睽与合[②]。
矧是侯社贵[③]，艰哉保障托。
宣室恐渴思[④]，趣归职献纳。
我拙念请闲，雁荡恣飞屩[⑤]。
及君留郡斋，为我拂尘榻。

①秉谊：凭着友谊和忠诚。事君：此指与赵茂实共事。

②睽（kuí）：隔阂。合：闭拢。此句喻亲密无间。

③侯社：诸侯为己所立的祀社神之所。

④宣室：宫殿名，此指宋皇室。再次点出赵茂实为宋太宗八世孙，皇室后裔。

⑤屩（juē）：草鞋。

送本仲聘君分韵得良字[①]

国家全盛时，幅员万里长。
委币到空谷[②]，靡才不周行[③]。

岂其贵自珍，而病匿弗彰。
南渡今百年，蜀远天一方。
彝典仅岁贡[4]，几人与庭扬[5]。
况复多阻挠，谁不甘摧藏。
戎轩起耆哲，礼罗极精详。
颖脱者本仲，玉质而金相。
邂逅志念同，恻怛根本伤[6]。
拔尤首推毂[7]，有诏催严装。
吾党一吐气，汇征类破荒。
慨昔升璧水[8]，沥血吁紫皇[9]。
百壬眩缩颈[10]，斯文弥耿光[11]。
伦魁合骞飞[12]，吏选何回翔。
孰知五色丝，未尽一皂囊[13]。
杀气昏宇宙，洚流渺津梁[14]。
何以却外侮，盍先正皇纲。
翕合贤德聚，更须股肱良[15]。
寿脉庶可续，客邪不难防。
瘝思耿宵寤[16]，倾耳鸣朝阳。
名节勉自立，官职那得忙。
大难我同榜，诸老竞刿章[17]。
汝岂州县才，籍甚英俊场[18]。
相期上连璧[19]，少待同飞航。
我自分敛退，为君喜激昂。
流目大江满，执手熏风凉。
岂无佩缤纷，奋起相颉颃[20]。
世味竟落寞，暇日聊相羊[21]。
友谊古所重，心知远难忘。

岁晚有良约，岷山瑶草芳。

①本仲：不详。聘君：聘士的尊称，指不应朝廷以礼征聘的隐士。

②委币：礼聘贤士。空谷：空旷幽深的山谷，多指贤者隐居的地方。

③靡：无，没有。周行：巡行，寻找。

④彝典：旧典，常规。岁贡：此指古代诸侯郡国定期向朝廷推荐人才。

⑤庭扬：进入朝廷被重用。

⑥恻怛（dá）：犹恻隐。

⑦拔尤：选取优秀者。推毂（gǔ）：推车前进；此指荐举，援引。

⑧璧水：读书讲学之处。水：泮（pàn）水，古代学宫前的半月形水池。

⑨紫皇：道教传说中最高的神仙。

⑩壬：巧言谄媚的人。

⑪斯文：此指儒士，文人。弥：更加。耿光：忠诚耿直。

⑫伦魁（kuí）：科举考试的榜首。骞（qiān）飞：腾飞，喻仕进。

⑬皂囊：黑绸口袋。汉制，群臣上奏如事涉秘密，则用皂囊重封以进，又名封章。

⑭洚（jiàng）流：大洪水泛滥。

⑮股肱（gōng）：参见 18 页注⑰。

⑯癙（shǔ）思：忧愁。耿宵寤（wù）：通宵达旦不能入睡。

⑰剡（yǎn）章：削牍写成奏章，泛指写奏章。

⑱籍甚：盛大，盛多。《文选·王俭〈褚渊碑文〉》："光昭诸侯，风流籍甚。"

⑲连璧：并连的两块璧玉，比喻并美的两物。

⑳颉颃（xié háng）：鸟上下飞貌，此谓共同进步。

㉑相羊：参见 41 页注㊳。

雨晴催客行①

雨响清客梦，雨晴催客行。

迥野晓寥落，界天玉峥嵘②。
银海眩双照，琼钩对孤明③。
英云强吐吞，杲日还晶荧④。
邂逅得奇观，瞻相惬幽情。
意疑邃古初⑤，立极扶西倾⑥。
谁知绝险外，复有蓬婆城⑦。
青天危挽输⑧，剽攘加怖惊。
奏函吁众戚⑨，仁言韪宗英⑩。
早愿虎口夺，少纾鲂尾赪⑪。
不劳严仆射⑫，分弓窥敌营。

①此诗为程公许任成都府崇宁县令，外出巡视都江堰灌溉水渠时所作。程公许自注："以堰事走永康，宿金马，早行见雪山排霄，极明丽。因感行役之苦，欲牛溪转船。邛守程叔达郎中便民五事，朝廷下其议于帅臣监司，不知众议佥谐否也。"永康：成都府永康军，治导江县，治所在今四川都江堰东南二十里导江铺。金马：今成都市温江区金马镇。排霄：排列空中。此句言宋时成都即可见西岭雪山。牛溪是温江境内岷江边渡口。帅臣：宋代诸路安抚司的长官称帅臣。监司：负有监察之责的官吏。佥（qiān）谐：指共同认定，一致认可。

②界天：接天，极言其高。玉峥嵘：西岭雪山高峻貌。

③琼钩：月亮。孤明：旭日初升状。此句言日月同辉。

④杲（gǎo）：日出明亮。晶荧：西岭雪山反光闪烁。

⑤邃（suì）古初：远古原来的样子。

⑥极：古代神话传说中四方的擎天柱之一。

⑦蓬婆：山名，在今四川茂县西南。唐杜甫《奉和严郑公军城早秋》："已收滴博云间戍，欲夺蓬婆雪外城。"

⑧危挽输：使运输出现危险。

⑨众戚（qī）：谓诸贵戚近臣。

⑩韪：对。宗英：皇室和朝廷中才能杰出的人。

⑪鲂尾赪（chēng）：鲂鱼赪尾，参见109页注⑦。

⑫严仆射（pú yè）：唐代严武。他镇守四川时，曾带兵击败吐蕃军七万多人，收复不少失地。

相会离堆①

穿江慨秦守，瞻岷怀子长②。
成书著不刊，明德益难忘。
千载志尚友，百里职劝相。
每负伐檀耻③，欲期尽心偿。
笼石饱冬霁④，云车喧春阳⑤。
经始愧前哲，悯劳得仇香⑥。
选胜山水窟，浣我冰雪肠。
飞幰集诸彦⑦，引睇周八荒。
暖翠凝黛面，晴云抹川梁⑧。
清歌劝引满，佳趣殊未央。
举头万仞雪，中有千斯仓⑨。
采薇亦劳止⑩，薄敛恐未遑⑪。
何当洗甲兵，无以累庙堂。
文移宽郡邑⑫，靴鞭却藩方⑬。
源清流乃浚，叶瘁根必伤。
念此意惝恍，凭高歌慨慷。
不如邀飞仙，更与酾一觞。

①程公许自注："又以堰事滞留，姜主簿学父载酒相劳于离堆。新繁宰鲜于子清、永康理曹季德夫、导江士鲜于才卿同会。"离堆即当年开宝瓶口，引

岷江水灌溉川西平原所凿成的和玉垒分离的孤堆。姜主簿是导江县主管文书的官员。理曹分管司法，导江士是导江县尉的助手。

②子长：司马迁，字子长。汉武帝时奉命出使西南，实地考察都江堰，记载了李冰时期开凿都江堰的功绩。司马迁因为李陵辩护获罪，被处宫刑，发愤著书，55岁那年终于完成了《史记》，三年后去世。

③伐檀：为讥刺贪鄙者尸位素餐而贤者不得仕进的典故。

④笼石：古代都江堰用以筑堤的材料和办法，破竹为笼，圆径三尺，用笼装石，称“笼石”“石蛇”，筑堰堵水。霁：雨止天晴。

⑤云车：指以云彩为装饰花纹的车子。《史记·孝武本纪》：“文成言曰：‘上即欲与神通，宫室被服不象神，神物不至。’乃作画云气车。”

⑥仇香：原为东汉仇览的别名，因其曾任主簿，故后人常用以代称主簿。

⑦幰（xiǎn）：车上的帷幔，此指车。诸彦：众贤才。

⑧川梁：此指安澜索桥，位于都江堰鱼嘴之上，横跨内外两江。

⑨千斯仓：《诗·小雅·甫田》：“乃求千斯仓，乃求万斯箱。”千仓万箱形容年成好，储存的粮食非常多。此言岷江来自雪山，灌溉蜀地，农业丰收。

⑩采薇：《诗·小雅》篇名。《诗序》：“文王之时，西有昆夷之患，北有猃狁之难，以天子之命命将率，遣戍卒，以守卫中国，故歌《采薇》以遣之。”后遂以“采薇”做调遣士卒的典故。

⑪未遑（huáng）：没有时间顾及。

⑫文移：文书，公文。宽郡邑：使府县松缓。

⑬靴鞭：典出唐德宗时廉相陆贽，他清正廉洁，励精图治。皇上传密旨：“清慎太过，都绝诸道馈遗，却恐事情不通。如不能纳诸财物，至如靴鞭之类，受益无妨。”他仍清廉如故。却：退还。

和李西清先生①

丈人气湖海②，合卧百尺楼。

引袖麾八极，无处豁前眸[3]。
肯以治城志，而忘天下忧。
窘步争径捷，危炊迷剑头[4]。
攀天限九阍[5]，起家先一州。
顾瞻众仙会，惨淡春色浮[6]。
凭高展遐眺，几幅烟雨秋。
象纬逼紫宸[7]，飙轮通十洲[8]。
吏衙散凫鹭，野盟参鹭鸥。
所思隔秋水，倚天看吴钩[9]。
寄怀广莫外，任运逍遥游。
遐哉郝使君[10]，一往岁月遒[11]。
名字著不朽，实繄杜参谋[12]。
后先五百年，意气有此不[13]。
不须苏门啸[14]，我自商声讴。
烟霞杂挥洒，风月共献酬。
迹忝梁苑旧[15]，目送涪江流[16]。
可能呼小艇，醉歌赓四愁[17]。
宇县暗矛戟，田原辍锄耰[18]。
念公志经纶[19]，季孟忠武侯[20]。
肯袖斫泥手[21]，江海寂寞休。
槛前水东注，鼓枻不可留[22]。
抚翼附青云[23]，忍滞莺谷幽[24]。

①程公许自注：“李西清先生创凌霄观，于潼川府治红楼之上赋诗，敬和韵。”凌霄观位于三台县南，宋代为蜀中仅次于青城山的第二大道观，今名云台观。南宋潼川府路治所在三台，时川南的叙州、泸州、长宁军等一度属潼川府路。李西清即井研人李心传，仕至工部侍郎，曾被封为西清侯。

②丈人：老人，此指李西清先生。气：人的精神追求。湖海：指浪迹江

湖，不与朝政。

③无处：无处不。豁前眸：使人眼前开阔。

④危炊：成语“剑米危炊”“矛头淅米”，指在矛头淘米，在剑头做饭，形容处境极端危险。

⑤九阍（hūn）：九天之门。

⑥惨澹：淡淡。春色：指酒后脸上的红晕。

⑦象纬：象数谶纬（chèn wěi），此指星象经纬。紫宸：宫殿名，天子所居；借指帝王。

⑧飙轮：指御风而行的神车。十洲：道教称大海中神仙居住的十处名山胜境，泛指仙境。

⑨吴钩：钩，兵器，形似剑而曲，春秋吴人善铸钩，故称，后也泛指利剑；此指南宋的军事形势。

⑩郝使君：唐代梓州刺史。唐分蜀为东、西川，梓州为东川节度使治所。使君：汉时称刺史为使君，此为尊称州郡长官。

⑪遒（qiú）：美好。

⑫繄（yī）：是。杜参谋：杜甫曾一度在剑南节度使严武幕中任参谋，在梓州留有诗作《春日戏题恼郝使君兄》。

⑬意气：志向与气概。

⑭苏门啸：《晋书·阮籍传》：“籍尝于苏门山遇孙登，与商略终古及栖神导气之术。登皆不应，籍因长啸而退。至半岭，闻有声若鸾凤之音，响乎岩谷，乃登之啸也。”后以“苏门啸”指啸咏，亦比喻高士的情趣。

⑮梁苑：西汉梁孝王所建的东苑，故址在今河南开封市东南。园林规模宏大，方三百余里，供游赏驰猎。

⑯涪江：参见159页注⑩。

⑰赓（gēng）：抵消。四愁：《四愁诗》为汉代张衡所作，表达诗人四处寻找美人而不可得的惆怅忧伤的心情。

⑱锄耰（yōu）：农具锄和耰，此指耕种。

⑲公：此指凌霄观创建人李西清先生。经纶：参见42页注⑩。

⑳季孟：犹伯仲之间，谓不相上下。忠武侯：指诸葛亮。

㉑斫（zhuó）泥手：指技艺高超的人。

㉒鼓枻（yì）：划桨，谓泛舟。

㉓抚翼：拍击翅膀，比喻奋起。

㉔莺谷幽：莺处幽谷，比喻人未显达时的处境。

送考功刘大著出守嘉禾[①]

夙昔抱奇志，取友周四方。
远游阻风尘，隐思郁衷肠。
羞以麋鹿性[②]，缀兹鸳鹭行[③]。
三年去复还，同省皆望郎。
刘侯交最久，德履金玉相[④]。
佩琼矫众嫮[⑤]，制荷耿孤芳[⑥]。
暂寄锦衾直[⑦]，倚登白玉堂[⑧]。
忽以刺郡请，翻然整归装。
安舆拥鹤发，怀绶荣锦乡[⑨]。
那知槜李城[⑩]，骑竹喧道傍[⑪]。
矫首候鸣驺[⑫]，如渴须饮浆。
紫禁屡入对，从前几封章。
肯袖活国手，春畴课耕桑。
纳约易为入[⑬]，公宁久回翔。
熟看气弘毅[⑭]，致远可易量。
蹇我归未能[⑮]，迟留重惭惶。
亦思丐一麾[⑯]，庶以毫发偿[⑰]。
乐莫乐心知，执手歌慨慷。

安得飞霞佩，云霄相颉颃⑱。

①考功：官名。属吏部，掌官吏考课之事。刘曾任吏部考功、浙江嘉禾郡守、成都路司理，与程公许等交往甚密。

②麋（mí）鹿性：比喻草野优游之性。

③鸳鹭行：比喻朝官的行列。鸳和鹭止有班，立有序。

④德履：犹德行。

⑤佩琼：佩戴美玉，此指声誉。矫（jiǎo）：出色。嫮（hù）：夸耀。

⑥制荷：裁剪荷叶为衣裳。《离骚》："制荷以为衣兮，集芙蓉以为裳。"

⑦锦衾（qīn）直：直学士。锦衾：锦缎被子，直学士已衣食无忧。

⑧白玉堂：指翰林院。

⑨怀绶：典出"怀绶朱公"。《汉书・朱买臣传》：朱买臣拜为故乡会稽太守，他"衣故衣，怀其绶印，步归郡邸"。郡吏故旧起初不理睬，及验其绶印，方知是新太守赴任，众大惊自责。

⑩槜（zuì）李：嘉禾产有名李子，槜李城指刘大著即将上任浙江嘉禾。

⑪骑竹：《后汉书・郭伋传》："伋前在并州，素结恩德，及后入界，所到县邑，老幼相携，逢迎道路……有童儿数百，各骑竹马，道次迎拜。"后以"骑竹"称美曾在州郡施行仁政的地方官吏。

⑫矫首：抬头。鸣驺（zōu）：随从。

⑬纳约：成语"纳约自牖（yǒu）"，意为献祭简约到在窗下进行。

⑭弘毅：谓抱负远大，意志坚强。

⑮蹇（jiǎn）：迟钝，不顺利。

⑯丐（gài）：乞求。一麾：犹一挥，有发令调遣意。

⑰庶以：也许可以。毫发：很小。偿：报答（朝廷）。

⑱飞霞佩：佩带空中飘动的云霞，暗喻希望刘大著步步高升。颉颃（xié háng）：鸟上下翻飞貌；此喻带领大家比翼齐飞。后两句借用韩愈《调张籍》："乞君飞霞佩，与我高颉颃。"

送李季才户部出守衡阳①

君来我去国，我还君得州。
世事巧违人，参辰不同谋②。
庚午蜀贡琛③，君名亚龙头④。
回翔三十年，班序晚见收⑤。
边声震宇县，枢筦须良筹⑥。
心期白粉闱⑦，晋扈翠云裘⑧。
忽以外庸请⑨，高轩拥前驺⑩。
展也清庙器⑪，若为南国侯⑫。
事会转轇轕⑬，才难费搜求。
似闻石廪峰⑭，琼佩郁飞浮⑮。
其下维清湘⑯，杜兰满汀洲⑰。
官闲足娱玩，聊以宽隐忧。
良会当有期，玉泉来蹇修⑱。
芳声保不沬，岁晏终绸缪⑲。
我迂谅无补，行世况鲜俦⑳。
言归承明直㉑，尘容只含羞。
思土重纡轸㉒，风埃苦淹留。
伫君建名业，同理溯峡舟。
白首三间茅，相依岷峨陬㉓。

①户部：为尚书省六部之一，掌管全国土地、户籍、赋税、财政收支等事务，长官为户部尚书。蜀中同乡李季才由尚书省户部编修出任衡阳太守，

程公许作诗相送。衡阳治所在今湖南衡阳市。

②参辰（shēn chén）：参星和辰星，分别在西方和东方，出没各不相见，辰星也叫商星。因用以比喻彼此隔绝。

③庚午年：南宋嘉定三年（1210）。贡琛（chēn）：进贡的人才。琛，宝玉。

④龙头：状元的别称。亚龙头即第二名。

⑤班序：按官爵或年齿排列的次序。见收：录用。

⑥枢筦（guǎn）：亦作“枢管”，关键，此指中央政务。

⑦白粉闱：皇宫侧门；此喻朝廷。

⑧晋扈（hù）：晋升披带。翠云裘：以翠羽制作，上有云彩纹饰之裘。此句喻晋职。

⑨外庸：谓任地方官。

⑩高轩：高车，贵显者所乘。前驺（zōu）：古代官吏出行时在前边开路的侍役。

⑪展：舒展开。清庙器：太庙祭器，喻可以担当国家重任的人。

⑫若为：怎堪，岂止。南国：古指江汉一带的诸侯国。

⑬事会：机遇。轇轕（jiāo gé）：空旷深远貌，此喻前景广阔。

⑭石廪：山峰名。衡山五峰之一，因形似仓廪而得名。

⑮琼佩：玉制的佩饰。郁：郁积。飞浮：上升貌。

⑯清湘：衡阳郡下属县，借指衡阳郡。

⑰杜兰：杜若。香草名，多年生草本，高一二尺，夏日开白花。

⑱玉泉：此指酒。蹇（jiǎn）修：传说中伏羲氏之臣，古贤者。

⑲岁晏：时晚。绸缪（chóu móu）：比喻事前做好准备工作。

⑳鲜俦（chóu）：少有同伴。

㉑承明：参见 201 页注②。

㉒纡轸（yū zhěn）：委屈而隐痛。

㉓陬（zōu）：聚居。

赠喻生画鹿[①]

生不逮治古[②]，郊薮观凤麟[③]。
颇爱麋鹿性，似是我辈人。
食苹咏周雅[④]，祝网依汤仁[⑤]。
幸不主八卦[⑥]，非关十二辰。
无魂休我欺，掇皮详皆真。
佳哉喻生笔，能与元吉伦[⑦]。
雅可簿书堆，坐有涧壑春。
适意自起卧，匿树如微巡[⑧]。
便思投手板[⑨]，长啸岸白纶[⑩]。
藉尔为我驾，仙会陪末陈。
人生几舜华[⑪]，洞天自灵椿[⑫]。
谨护此画本，勿遣侵俗尘。

①程公许题记："遂宁喻生画鹿甚精，介同官梁知丞谒余，因令作八幅图帐。适赤城观主惠一鹿甚驯，未数日忽又一鹿奔至县圃，非邑士所豢养者，竟不详其所自来。物理感召，画龙而致真龙，似未足为诞也。借邑士张权父诗韵以赠之。"喻生为程公许四川老乡，遂宁人。同官即同僚，知丞掌奉诸庙诸陵荐享之事。图帐是用布或绢等装裱的图画。惠：喂养。县圃：传说中仙境，此指皇家园林赤城观。

②逮：及至，赶上。治古：指古代升平社会，古之治世。

③郊薮（sǒu）：郊野草泽之地。凤麟：凤凰与麒麟。

④食苹：指天子宴群臣嘉宾，亦指参加天子宴贤臣的宴会。语出《诗·小雅·鹿鸣》："呦呦鹿鸣，食野之苹。我有嘉宾，鼓瑟吹笙。"周雅：指《诗

经》，因其均为周诗，故称。

⑤祝网：《史记·殷本纪》："汤出，见野张网四面，祝曰：'自天下四方，皆入吾网。'汤曰：'嘻，尽之矣！'乃去其三面。"后因以"祝网"为帝王施行仁德之典。

⑥八卦：《周易》中的八种具有象征意义的基本图形。本是反映古代人们对现实世界的认识，具有朴素的辩证法因素，自被用为卜筮的符号，逐渐带上神秘的色彩。

⑦元吉：北宋易元吉，我国历史上第一个以画猴闻名于世的画家。伦：伦比。

⑧徼（jiào）巡：巡查。

⑨手板：手中笏板，大臣上殿面君时的工具。此句喻辞官。

⑩岸白纶：高昂头颅，去掉白色丝绢的官帽。

⑪舜华：指时光。

⑫洞天：道教称神仙居处。灵椿：传说中的长寿之树，喻长寿。

县斋秋怀十首①

其一

玑衡斡霄极②，裘葛参岁功③。
荣瘁均一气④，何独悲秋风。
往哲不我待，今俗谁与同。
渥丹易槁木⑤，鬓鬓忽飞蓬⑥。
丈夫秉壮节，自信无终穷。
愿勒羲和鞭⑦，长系扶桑东。

①县斋（zhāi）：县衙的书房。嘉定十四年，崔与之任四川制置使，程公许入其幕府，崔颇为器赏程公许文字、政事，遂荐公许知崇宁县，治所在今

成都市郫都区唐昌镇。

②玑（jī）衡：北斗七星的泛称。斡：旋转。霄极：高空。

③裘葛：冬衣和夏衣；借指寒暑变迁。参：验证。岁功：一年农事收获。

④荣瘁：犹盛衰。气：气候。

⑤渥丹：润泽光艳的朱砂，多形容红润的面色。

⑥鬒鬒（zhěn）：鬒发。飞蓬：喻蓬乱的头发。

⑦羲和：古代神话传说中的人物，太阳的母亲。

其二

弱龄去激昂①，渐老增感慨。
所亲日以疏，既往不可贷②。
世途转艰棘，意行惧颠沛。
乾坤一战场，今古几变态。
超超浮丘伯③，何修独坚耐。
驾言从之游，永啸尘劫外。

①弱龄：参见225页注②。

②贷：宽恕，饶恕。

③超超：谓超然出世。浮丘伯：齐人，战国至汉初儒家学者，精于治《诗》。

其三

幼学自鲁邹①，素心卑管商②。
谁令简书缚，课我星火忙。
我自友古人，渠肯兄孔方。
飞檄浩盈几③，泛窥隐中肠④。

阁束且登楼，云鸿秋着行[⑤]。

①鲁邹：借指儒家学说。儒家创始人孔子，春秋时鲁国邹邑人。

②素心：纯洁的心地。管商：管仲和商鞅的并称。

③飞檄（xí）：紧急檄文。浩盈几：堆满案头。

④隐中肠：犹内心伤痛。

⑤云鸿：飞行于高空的大雁。着行：排列成行。

其四

春渠针绿秧，秋畦压黄云。
积忧稍缓带，转手俄空囷[①]。
况彼东人子，石田加灼焚[②]。
算缗方趣办[③]，蒙袂须劝分[④]。
谁为本根虑，天高闻不闻。

①转手：转交上级官府。俄：时间短。囷（qūn）：古代一种圆形谷仓。

②石田：秋收后至春初干旱无水的田地。灼焚：焚烧。此句反映成都附近农民仍在使用畲田法，即秋收后待稻草禾秆晒干，用火焚烧。经火烧的土地变得松软，不翻地，利用地表稻草禾秆灰做肥料。

③算缗（mín）：古时税收的一种。趣（cù）办：催促办理。

④蒙袂（mèi）：用袖子蒙住脸，谓不愿见人。《礼记·檀弓下》："齐大饥，黔敖为食于路，以待饿者而食之。有饿者蒙袂辑屦，贸贸然来。"郑玄注："蒙袂，不欲见人也。"劝分：劝导人们有无相济。

其五

瞿瞿彼奚窥[①]，樊圃漫折柳。

金瓯费将护[②]，鼎悚戒颠覆[③]。
屯云暧将夕[④]，西风一搔首。
沉思扶持计，谁是颖脱手[⑤]。
需臑毋久玩[⑥]，利处那得久。
癙思恐伤人[⑦]，聊复一杯酒。

①瞿瞿（qú qú）：眼目转动求索貌。彼：那个。奚窥：看什么。

②金瓯（ōu）：喻疆土。费：需要。将（jiàng）护：将领卫护。

③鼎悚（sù）：鼎中烹食，借指理政。唐权德舆《仲秋朝拜昭陵》诗："良将授兵符，直臣调鼎悚。"

④屯（tún）云：积聚的云气。暧：日光昏暗。

⑤颖脱手：高手。脱颖而出：有才能的人得到机会，显现出来。

⑥需臑（nào）：被人使唤跑腿。需，使用。臑，牲畜前肢的下半截。

⑦癙（shǔ）思：忧虑。

其六

云涛扶胥口[①]，烟雨汇泽涯。
知心隔湖海，悠悠我之思。
玉堂真学士，衡门且栖迟[②]。
那知古渠阳[③]，无地逃骇机[④]。
昔在肩洪崖[⑤]，风骚屹相推[⑥]。
道远苦莫致，孰与一解颐[⑦]。
皎皎彼白驹[⑧]，空谷谁絷维。
吉士国元气，须造物扶持。

①扶胥（xū）：山上小树。《诗·郑风·山有扶苏》："山有扶苏，隰有荷华。"毛传："扶苏，扶胥，小木也。"扶胥口即山垭口。

②衡门：横木为门，指简陋的房屋。《诗·陈风·衡门》："衡门之下，可以栖迟。"栖（qī）迟：滞留休息。

③古渠阳：古时有京东三阳，渔阳（蓟县）、渠阳（宝坻）、雍阳（武清），其中渠阳号称"京东第一集"。此谓程公许主政的崇宁县城为成都府附近第一大集镇。

④骇机：突然触发的弩机；比喻猝发的祸难。

⑤洪崖：参见 145 页注⑱。

⑥风骚：借指文采、才情。屹（yì）：山势高耸，喻学识高深的人。相推：彼此推背而行，喻互相促进。

⑦解颐：谓开颜欢笑。

⑧白驹：《诗·小雅·白驹》："皎皎白驹，在彼空谷。"白驹喻贤人在野而不出仕。絷（zhí）维：原指拴住客人的马以挽留客人，后指延揽、挽留人才。絷，栓，捆。

其七

蜀西金天晶①，气禀勇于义。
时台䌷书乐②，一麾岂其志③。
堂堂蜀公孙④，加璧不可致⑤。
语默未易窥，经纶那得避⑥。
君看西山岑，郁积好云气。
肤寸泽四海⑦，敛退无一事。
持以问亨泉，寒洌忍自闷⑧。

①金天晶：秋天的天空晴朗明亮。

②时台：观察四时气象之台。䌷：抽引，理出丝缕的头绪。䌷书，引申为从读书中寻绎义理。

③一麾：犹一挥，有发令调遣意。

④蜀公孙：公许叔祖程廷迈曾知渠、蓬、蜀、绵数州，均在蜀地，所至

有政绩，是程氏自唐入蜀后发展到第十五世最显赫的一支。程氏自唐入蜀，至南宋渐衰，但都以学行道义名著乡里，显示了程氏家族的耕读家风。

⑤加璧：成语“束帛加璧”，即五匹帛再加美玉，为古时聘请或探问贤士时奉送的贵重礼物。

⑥经纶：参见42页注⑩。

⑦肤寸：参见59页注⑫。泽四海：使四海为泽。

⑧寒冽：寒冷。此喻为政有难处。自閟（bì）：自行退避。閟，古同“闭”。

其八

晓案环吏牍，朱墨勘舛差①。
自公借隙光，书函眩眼花。
千里有命驾②，同心乐无涯。
秋空霜月明，秋山云气佳。
留连忽重阳，列坐粲九华③。
良会不可失，醉酣整乌纱。

①朱墨（mò）：红黑两色的毛笔。勘：复核。舛差（chuǎn chà）：差错。

②命驾：天命所归之人，古代称天子。

③粲（càn）：赞美。九华：重九之花，指菊花。

其九

古人日以远，古心谁与共。
陈编如有觌①，整袂神自竦②。
昼短疲众喧，夜永息众动③。
赖此一炷膏，假我数行诵。

古今费探讨，心力老宾送[④]。
世味久已空，余业此偏重。
岁晚倘得闲，只愿书册拥。

①陈编：指古籍、古书。觌（dí）：发现。

②袂：衣袖，袖口。神：焕发精神。竦（sǒng）：伸长脖子恭敬状。

③夜永：夜长。息群动：停止诸种活动。

④心力：思维。老：总是，经常。宾送：分神，不集中。

其十

学仙宗无为[①]，学禅空万缘[②]。
自昔抱奇志，师心为真传[③]。
失脚堕世网，兹事几弃捐。
惟有一念息，不受物欲牵。
空花起灭处[④]，我心长泊然。
冷暖渠自知，妙处非言筌[⑤]。

①学仙：学习道家的所谓长生不老之术。宗：尊奉。无为：道家主张清静虚无，顺应自然。

②学禅：犹学佛。空：看空。万缘：指一切因缘。

③师心：以心为师，不拘泥于成法。

④空花：佛教语。隐现于病眼者视觉中的繁花状虚影，比喻纷繁的妄想和假相。

⑤筌：通“诠”，解释说明。

劳农二首[①]

其一

青炜留中分[②]，风日和且酽。
冰绡熨远空[③]，云锦织方甸。
农政自古然，长官欲身劝。
皤皤彼黄发，恳恳余素念。
胼胝无乃劳[④]，推沥不敢怨。
文移窘星火，日夕腼颜面。
所欣岁洊熟[⑤]，况复江可堰。
蒙袂奚自来[⑥]，储粟何以赡。
瓣香企璇穹[⑦]，遍界雨美膳[⑧]。
使民乐耕桑，为国罢征战。
尧俗可尽封[⑨]，呜呼何日见。

①程公许自注："劳农安德镇古刹，过句德华园二首。"劳农：劝勉农耕，多于仲春行之。安德镇：位于今成都市郫都区西部，宋代属崇宁县，曾是李冰修都江堰时的驿站。其得名源于老子安其居、乐其业和孔子为政以德的经典观念。句德：地名。华园即花园，华古同"花"。

②青炜（wěi）：古代五行说指东方青色的光华，引申为春天。中分：仲春，指阴历二月。

③冰绡（xiāo）：薄而洁白的丝绸，此喻远观西岭雪山如洁白的丝绸。熨：平贴。

④胼胝（pián zhī）：手掌脚底因长期劳动摩擦而生的茧子。

⑤岁洊熟：指头年的收成还有存储，又接连丰收。洊，同"荐"，再，接连。

⑥蒙袂（mèi）：参见265页注④。

⑦瓣香：佛教语，犹言一瓣香。企：祈求。璇（xuán）穹：苍天。

⑧遍界雨美膳：程公许自注："天宫雨美膳，《华严经》偈。"此句言普天之下风调雨顺，百姓丰衣足食。

⑨尧俗：尧划天下为十二州，并在十二座大山上封土为坛以做祭祀。

其二

招提款松竹①，古碣阅楷籀②。
惠然二友佳③，共此一卮釂。
扶携涉幽园，邂逅展遐眺④。
海棠饮未酣⑤，芳槛破微笑⑥。
何如老桂丛，傲睨几年少⑦。
清言惬襟期⑧，转首俄夕照。
篢舆度杳霭⑨，石梁穿窈窕。
留连得奇赏，傲朗可无诮⑩。
聊凭一饷欢，缓我忧心悄。
明知古难挽，嫌与俗同调。
民劳倘得医，气脉犹可寿。

①招提：梵语，其义为"四方"。北魏太武帝造伽蓝，创招提之名，后遂为寺院的别称。款：留植，种植。

②碣（jié）：圆顶的石碑。楷籀（zhòu）：古代的一种字体，春秋战国时流行于秦国，今存石鼓文是其代表，亦称"大篆"。

③惠然：顺心的样子。二友：松竹。

④邂逅：欢悦貌。《诗·唐风·绸缪》："今夕何夕，见此邂逅。"余冠英注："邂逅，爱悦也，这里用为名词。"

⑤海棠：春季开花，白色或淡红色。未酣：此指花开还没到最浓烈的

时候。

⑥槛（jiàn）破：穿越栏杆。

⑦傲睨（nì）：傲慢斜视，骄傲。

⑧惬：满足。襟期：襟怀。

⑨箯舆（biān yú）：竹舆，竹轿。杳霭（yǎo ǎi）：幽深渺茫貌。

⑩傲朗：清高。诮：责备。

送乔平章荣还里第①

孔山高嵯峩，其下一区宅。
敷床万牙签②，宁取籯金积③。
委身事君子，星驾莫遑息④。
岂不念林岩，政尔柄枢极⑤。
巨川尔杭之，陛下心以怿。
累章拜俞旨⑥，告廷扬显册⑦。
一笑堂印抛，我友浮丘伯⑧。
士以名德重，如护万金璧。
受宠惕临深，持满常惧溢。
恭惟学古胸，富有经世策。
探怀取二三⑨，兴运际五百⑩。
贤人如参术，足以壮国脉。
兹理要密庸⑪，宁复胶于迹⑫。
肘后可无传，能使寿金石。
先生还孔山，宸奎揭素壁⑬。
似胜平泉墅⑭，林立万株石。
向来翘材馆，楹桷富山积。

终焉愧轮囷[15]，可能补寸尺。
浙潮浪拍天，归帆风借力。
百拜寿斯文，华皓配南极[16]。
何当脱拘挛[17]，日侍维摩室[18]。

①程公许自注："送平章解机政，以保宁之节荣还里第。"程公许另为乔行简作有《孔山赋》。乔平章：即乔行简，参见 12 页注①。机政：国家枢机政务。保宁之节：授乔行简保宁军节度使。

②敷：铺开，摆开。牙签：系在书卷上作为标识，以便翻检的牙骨等制成的签牌，此指书籍。

③籝（yíng）金：古人常用籝存放金银财宝。《汉书・韦贤传》："遗子黄金满籝，不如一经。"后以"籝金"指儒家经典书籍。

④星驾：星夜驾车而行，谓早朝。遑（huáng）息：空闲休息。

⑤柄：执掌。枢极：斗枢与北极星，此喻中枢权力。

⑥累章：多次上奏。拜：请辞。俞旨：表示同意的圣旨。宋司马光《辞枢密副使第三札子》："臣前者两次曾辞免枢密副使，未奉俞旨。"

⑦告廷：（皇上）下令朝廷。扬：彰扬。显册：古代帝王封爵的诏书。

⑧浮丘伯：参见 264 页注③。

⑨探怀：喻出谋划策。二三：约数，不定数，表示较少的数目。

⑩兴运：时运昌隆。际：相逢。五百：五百年，虚指时间很长。

⑪密庸：暗中显功效。

⑫胶于迹：留下文字记载。胶：粘牢，粘住。

⑬宸奎：犹御笔。帝王的文章、墨迹。

⑭平泉墅：唐李德裕游息的别墅。唐康骈《剧谈录・李相国宅》："（平泉庄）去洛阳三十里，卉木台榭，若造仙府。"

⑮轮囷（qūn）：硕大貌。

⑯华皓：须发花白，指年老。南极：星名。即长寿的南极老人星。

⑰拘挛（luán）：拘束；拘泥。

⑱维摩室：佛门。宋苏轼《殢人娇》词："白发苍颜，正是维摩境界。"

卷六

七言古诗

泸水清[①]

吏部秘阁二江范公[②]，以东帅治泸，更七年令行化孚[③]。今年春，北鄙用师，计台下令[④]，征夫役于两蜀。州县奉行，急如星火。公斥帑中之储[⑤]，为泸民代输其半，余以岁籴军粮米本先为敷纳[⑥]，泸民晏然不知有夫调之扰。余于公无夙昔之好，曩辛未春[⑦]，会公来摄帅事，尾宾客一拜后尘，盖心敬其为古遗直[⑧]。宦游西州[⑨]，有自富义来者[⑩]，为余言之慨然有感，援笔以赋，将以表公论，于吾党非有私于范公也，作泸水清。

①泸水清：长江自西向东横贯泸州境内，有沱江、永宁河、赤水河、濑溪河、龙溪河在境内交汇。此喻泸州政治清明，社会安定，百姓安居乐业。

②秘阁：官名，隶属于吏部尚书。二江范公：即范子长。成都府华阳县双流镇人，字少才，号双流。尝从张栻学，以进士官太学。宁宗嘉泰末，上疏极陈韩侂胄之恶，被罢官。后被召，嘉定四年，为权相史弥远所忌，不得入对。次年以吏部郎知泸州，邑境大治。程公许敬重范公品格，为其作《泸水清》。

③更（gēng）：经历。孚：为人所信。

④计台：指计省，即户部、盐铁、度支三司，管理全国财政。

⑤帑（tǎng）：收藏钱财的府库。

⑥籴（dí）：买进粮食。敷纳：此指以购买军粮的本钱代纳。

⑦辛未：即南宋宁宗嘉定五年（1212）。

⑧遗直：指直道而行、有古人遗风的人。

⑨西州：此时程公许在华阳尉任上，西州指成都府华阳县城。

⑩富义：今四川富顺。原为古代江阳县治域。北周设富世县。隋隶于泸州。唐避李世民讳，更名富义县。宋避赵光义讳，易名富顺县，此后元明清皆属叙州。

泸水之清如镜平，蜀江西来流沄沄。
内江胥命如逡巡[①]，两江合处耸百雉[②]。
表里益梓巴夔分，如户有限齿有唇。
南诏[③]云南与夜郎，甫如隔兮东西邻。
山川之险守在人，武侯气焰犹长存。
有来范侯人中英，蜀国忠文之子孙[④]。
清姿劲气排秋旻[⑤]，立朝物望高缙绅[⑥]。
睥睨众醉甘独醒[⑦]，乌台纵好羞呈身[⑧]。
十年江海心朝廷，我歌慷慨君试听。
蜀东诸镇泸最重，范侯更觉如金城。
东军之骄昔所患，南诏之黠那易驯。
我侯方寸澄止水，镇以寡欲抚以诚。
重门严柝夕烽冷[⑨]，紫逻杂耕膏雨匀[⑩]。
七年逗遛不得去，民爱侯如父母亲。
今年北边羽书急，两川夫调纷苛征[⑪]。
吏敲门兮农辍耕，星火顷刻那得停。
黄金弃卖如土贱，楮币翔踊余贯缗[⑫]。
立谈之顷富作贫，县官忍复规其赢。
五十六州如浪沸，独有泸水清复清。
有客兮自东州来，为我细将委曲陈。
范侯畴昔澹无累[⑬]，贯朽之积本为民[⑭]。
二分官与输一分，一分犹恐民颦呻[⑮]。

军储籴本仍借给，少待秋熟宽作程。
老醉稚拥争扶迎，吏呼何曾怒目瞠，
提壶布谷喧晓晴[16]，三泸华胥与大庭[17]。
九重天远呼不闻，侯忍弃我归乡枌[18]。
强敌游魂尚三秦，边头何时能撤屯。
帑无羡帛粟空囷[19]，将骄卒惰难使令。
义徒星散自啸聚[20]，往往千百相为群。
秋霖淫溢稼不登，我心隐思鼻酸辛。
人情玩愒浑不悟[21]，有才空使栖岩扃[22]。
泸民爱侯心不释，祝侯寿福如忠文。
侯虽洁身玩泉石，独忍一息忘吾君。
何时玺书自天下[23]，诏侯起家朝紫清[24]。
扶持国论开太平，整顿宇宙驱妖氛。
忠文挂冠神武门，笋舆野服游峨岷。
杜陵昔览舂陵行，知元使君实国祯[25]。
悠悠千载缺嗣音[26]，击节为侯歌斯文。
采诗之官今何人，歌成肝胆空轮囷[27]。

①内江：秦蜀守李冰主持修建的都江堰“鱼嘴”，将岷江一分为二：西称外江，东称内江。胥命：本为诸侯相见，此指江水相会。逡（qūn）巡：内江在都江堰经过两次分流，分为江安、走马、柏条、蒲阳四条河，灌溉成都平原。柏条和和蒲阳河汇入沱江后，在泸州注入长江。江安河和走马河流经成都市区后在新津汇入岷江。

②百雉（zhì）：城墙的长度达三百丈，此处借指泸州城。

③南诏（zhào）：建于唐，是以乌蛮为主体，包括白蛮等族建立的政权，盛时辖有今云南全部、四川南部、贵州西部等地。

④忠文：范子长是范镇之后。范镇为成都华阳人，北宋著名史学家、文学家、政治家，卒后谥忠文。

⑤秋旻（mín）：秋季的晴空。

⑥缙绅：参见 17 页注㊾。

⑦睥睨（bì nì）：斜视；有厌恶、傲慢等意。

⑧乌台：指御史台。呈身：谓自荐求仕。

⑨重（chóng）门：犹重关，喻指边防要塞。柝（tuò）：打更用的梆子。夕烽：傍晚点燃边塞烽烟，以报平安。唐杜甫《夕烽》诗："夕烽来不近，每日报平安。"

⑩紫逻：驻防官军。紫，此指官军服装。

⑪两川：参见 70 页注④。夫调（diào）：一种按丁口征收的赋税。

⑫楮（chǔ）币：指宋时发行的"会子""宝券"等纸币，因其多用楮皮纸制成，故名。翔踊：发行过多，物价暴涨。贯缗（mín）：贯和缗都是穿铜钱和铁钱的绳。

⑬畴昔：往日，从前。澹（dàn）：澹泊，恬淡寡欲，不追求名利。

⑭贯朽：穿钱的绳子朽断，形容积钱多而经久不用。

⑮一分：此指剩下的另一半。颦（pín）呻：忧愁叹息。

⑯提壶：鸟名，即鹈鹕。布谷：鸟名。皆为劝耕之鸟。

⑰三泸：参见 28 页注④。华胥：传说是伏羲氏的母亲。华胥之国借指安乐和平之境。

⑱归乡枌：解甲归田。枌，一种榆树。

⑲羡：剩余。囷：圆形谷仓。

⑳义徒：犹义兵，宋代的一种乡兵。

㉑玩愒（kài）："玩岁愒日"的略语，谓贪图安逸，旷废时日。不悟：没有觉察。

㉒栖岩扃（jiōng）：栖息于山中岩洞，指隐居山林。

㉓玺（xǐ）书：古代以泥封加印的文书；秦以后专指皇帝的诏书。

㉔起家：谓从家中征召出来。紫清：指翰林院。

㉕国祯：国家的祯祥、宝物。

㉖嗣（sì）音：谓继承前人的事业，如响应声。

㉗空轮囷：喻披肝沥胆，用尽文思。囷，圆仓。

青城山为宋郎中德之作①

青城山兮高入云②，如城环列六六峰。
瑶镌嵽嵲千万仞③，斗起西南天半空④。
蒸岚喷薄不得泄，翠屏掩霭深几重。
丹梯委曲到何许，飞楼缥缈疑神功。
丈人天上足宫府，爱此迭嶂高巃嵷⑤。
奏疏上达白玉京⑥，此山上帝之离宫。
臣请为帝守宫钥，检课列仙行异同。
帝凭玉几颔其奏，导以绛节双青童⑦。
岳灵嵽峨远奔命⑧，其下渎鬼趋蒙鸿⑨。
丹书校录晓继夕，朱衣执侍严且恭。
赤明龙汉今几劫⑩，珠幢羽帔不可踪⑪。
云璈铿锵洞天晓⑫，步虚寥亮闾阖风⑬。
山空夜永斗出没，眩眼千炬灯吐红⑭。
青山高兮六六峰，丈人宫阙远层穹，
飞仙来往兮安得逢，山中人兮媚幽独。
烜山绪兮雪溪翁⑮，形癯霄汉舞皓鹤。
神茂晴峦森老松⑯，三生丈人之左右，
把茅山间二十年，幽栖活计那讳穷。
白云四壁风月栊，玉泉如饴柏实饔。
丈人悯世日混浊，敕遣下山开瞽蒙。
被发兮鞭之麒麟，驾霆兮呵之灵蠹⑰。
高冈一鸣众鸟瘖，修门九虎狞以攻⑱。

飘然整我飞霞佩，佳山水处挟册从[19]。
仙槎尚有楼突兀[20]，荡漾万顷风涛中。
浩歌三迭之险韵，出没蛟蜃悲鱼龙。
道逢仇池老仙伯[21]，握手一笑烟溟蒙。
庵中据梧默数息[22]，明霞阁上看飞鸿。
丈人兮嗔之不归，鸾歌凤舞瞻听慵。
至人离世不忘世[23]，山臞独守虎豹丛[24]。
欧子来自神清洞[25]，乐天故栖蓬海东。
手携天孙之机杼[26]，下与组纂之拙工。
后先相望几百年，帝命何独私与公。
青山之阻烟霞浓，六时滴水声玲珑[27]。
猿鹤何知强凄怨，祝公不用思忡忡。
飞章夜扣丈人室，世路荆棘人心蓬。
洗氛涤祲待雨露[28]，惊聩醒醉须笙镛[29]。
乞公且住千百岁，民有司命儒有宗。
色丝不尽今古胸[30]，帝衮何阙须弥缝[31]。
青城青山长好在，洞天气物何曾改。
归来瑶简朝丈人[32]，坐看桑田变沧海。

①宋郎中：宋德之，四川彭山人，生卒年不详。庆元二年（1196）进士。历国子正、知阆州、潼川路转运判官、继任湖南、湖北路提刑、兵部郎中。

②青城山：古名天仓山，相传黄帝遍历五岳，封其为“五岳丈人”。中国道教发源地之一，全国道教十大洞天的第五洞天。有 36 峰环峙，状若城廓，唐代更名青城山。

③瑶镌（juān）：如美玉雕刻。嵽嶪（dì yè）：深邃幽远。

④斗起：与星斗相对应的地域。古以十二星斗的位置划分地面上州、郡的位置与之相对应。就天文说，称作分星，也叫斗起；就地面说，称作分野。

⑤巃嵸（lóng sǒng）：峻拔高耸。

⑥白玉京：指天帝所居之处。

⑦绛节：古代使者持作凭证的红色符节。青童：神话传说中的仙童。

⑧嶪（yè）峨：高大巍峨。

⑨渎鬼：山沟阴森恐怖。蒙鸿：混沌貌。

⑩赤明龙汉：道教指天地开辟以后用来计时的年号之一。《隋书·经籍志四》："（道经）以为天尊之体，常存不灭。每至天地初开，或在玉京之上，或在穷桑之野，授以秘道，谓之开劫度人。然其开劫，非一度矣，故有延康、赤明、龙汉、开皇，是其年号。其间相去经四十一亿万载。"

⑪珠幢：是指带珠帘、垂筒形饰、有羽毛、锦绣的旗帜（非平面旗帜）。羽帔（pèi）：以羽毛制作的披肩，为神仙或道士所用。

⑫云璈（áo）：即云锣，打击乐器。铿锠（kēng hōng）：形容声音洪亮。

⑬步虚：道士绕祭坛唱经礼赞。寥亮：清越响亮，后多作"嘹亮"。阊阖（chāng hé）风：西风，秋风。

⑭灯吐红：每逢雨后天晴的夏日，夜幕降临，在上清宫附近的圣灯亭内可见山中光亮点点，闪烁飘荡，忽生忽灭，少时三，五盏，多时成百上千。传说是神仙们朝贺张天师点亮的灯笼。实际上，这只是山中磷氧化燃烧的自然景象。

⑮雪溪翁：指晋王徽之雪夜至剡溪访戴逵事。王居山阴，夜大雪，忽忆戴，时戴在剡，即便夜乘小船就之，经宿方至。造门不前而返。人问其故，王曰："吾本乘兴而行，兴尽而返，何必见戴？"

⑯神茂：受天之佑，昌盛繁茂。

⑰灵霳：雷神。

⑱修门：参见33页注㊿③。九虎：参见56页注④。

⑲挟册：携带书籍。谓勤奋读书。

⑳槎（chá）：参见145页注⑭。本句程公许自注："公自东南归，舟檝象浮槎，有楼压其上。"

㉑仇（chóu）池：在甘肃成县西，《后汉书·西南夷传·白马氐》："居于河池，一名仇池，方百顷，四面斗绝。"

㉒据梧：靠着梧几，弹琴。

㉓至人：道家指超凡脱俗的人。离世：超脱世俗。忘世：忘却世情。

㉔臞（qú）：臞仙，旧时指身体清瘦而精神矍铄的老人。

㉕欧：发语词。子：先生。

㉖天孙：星名，即织女星。机杼（zhù）：指织机。杼，织梭。

㉗六时：古分一昼夜为十二时，昼夜分言，则谓“六时”，常以指白日。

㉘氛：氛厉，祸害之气。祲（jìn）：不祥之气。

㉙惊聩（kuì）：使昏聋者惊觉。醒醉：使醉者醒。镛（yōng）：大钟。

㉚色丝：魏武尝过曹娥碑下，杨修从。碑背上见题“黄绢幼妇外孙齑臼”八字。魏武谓修曰：“解不?”修曰：‘黄绢，色丝也，于字为绝；幼妇，少女也，于字为妙；外孙，女子也，于字为好；齑臼，受辛也，于字为辞：所谓绝妙好辞也。”后因以“色丝”指绝妙好辞，犹言妙文。

㉛衮（gǔn）：君王等的礼服。阙（quē）：古代用作“缺”字。弥缝：缝合，补救。此言国家山河破碎，需要收复统一。

㉜瑶简：道教所用的玉简。宋张孝祥《鹧鸪天》词：“瑶简重，羽衣轻，金童双引到通明。”

岷峨叹①

出门兮厌之氛嚣，归卧兮集之万感。
凭高兮一以之眺，忽觉兮岷峨之惨。
岷峨山色千古同，非烟非雾愁溟蒙。
杜陵昔叹珠玉走②，彼犹有幸天府供。
人才何但珠玉贵，不得包贡明光宫③。
山灵对我有惭色，兹事如何专汝责。
非关地气有衰旺，峡流荡潏伤土脉④。
君相造命天地公，车书万里文轨通。

南金东箭输不竭[5]，岷峨之产何独穷。
沉思兮夜之继日，叹息兮复之叹息。
忽梦神官自天下，手持山灵一尺檄。
鸿蒙兮昔之剖分[6]，帝命作镇主坤文[7]。
石纽之禹平水土[8]，周家创业彭濮人[9]。
纪信兮忠之汉室，甘受兮黄屋之焚[10]。
何武兮仗剑而起[11]，义不屈兮莽之新。
费贻任永耻为辱[12]，张纲李固排秋旻[13]。
炎精焰冷国鼎峙[14]，惟蜀倔强为汉臣。
人人名节九鼎重，余事文章兼隐沦。
子云相如王子渊[15]，康山之李金华陈[16]。
涪江钓叟卜君平[17]，千载犹能想清尘。
皇皇艺祖得天统[18]，北辰中天众星拱。
蜀远只在殿西头，一言撤尽藩墙壅。
陈苏范氏奋孤寒[19]，事业词华两推重。
渡江勋绩张与虞[20]，太史之李如晋董[21]。
江汉炳灵世载英[22]，摭之前牒如丹青[23]。
昔何烜兮今昧昧，山灵未必真忘情。
富贵由来多捷径，强聒最为蜀人病[24]。
山泽之臞宋郎中[25]，奏篇语泄经远屏。
经明行修李兵部[26]，陛对万言伤骨鲠[27]。
气豪最说魏秘书[28]，去国七年惟日饮[29]。
陛下何曾仇谠言，睢盱万目宁汝捐[30]。
伤哉三君皆九原[31]，掷玉于地那得全。
幸今耆旧满岩穴，一一无非爽邦哲。
柱史德望国蓍龟[32]，开府忠丹老弥烈。
参政未起东山卧，李也立螭著名节[33]。

少卿仙谷勤著书[34]，渡泸归钓二江雪[35]。
侍郎斥还病少瘳[36]，校书执丧愤尤切。
庙堂何忍蜀才弃，渠自方头触人忌[37]。
岷峨为何方含羞，渠不知悔尚我尤。
丁宁说与诸贤道，二府荣途岂难到[38]。
九重天上列仙班，厚禄高官清且要。
凿方何能入枘圆[39]，使少变之宁不然。
我闻斯言意惝恍[40]，梦觉披衣独惆怅。
穷达其如天命何，为士当先识趣向。
诸贤等是儒中英，秉心那知有得丧。
凭谁为我谢山灵，彼达观兮宁可诳。
参井之躔五十六[41]，文风自古齐鲁侔[42]。
三光气全心与腹[43]，视之乃若赘与疣[44]。
恋刍伏下姑汝留[45]，朝奏暮斥理扁舟。
两三使节晨星犹，五十六州皆依流。
纵有志士能姱修[46]，长安日远不可游。
立贤无方自古训，谁能叩阍诉冕旒[47]。
才生养艰折之易，豫章杞梓猝可求[48]。
风尘澒洞暗宇县[49]，不有烝徒谁与谋[50]。
白驹空谷长逍遥，可能絷之永今朝[51]。
岂独私为岷峨愁，劳心实与天地忧。

①岷峨：岷山和峨眉山，本诗借代指蜀中。诗人叹古往今来蜀中地灵人杰；叹江河日下的南宋朝廷人才匮乏；叹国家中兴，盼蜀中涌现更多的济世安邦之才。

②杜陵：在今陕西西安市东南，此借指长安。走：被掠夺去。此句言唐安史之乱逼近长安，唐玄宗一行逃离路过府库，杨国忠想毁掉珠玉不让贼兵得到，唐玄宗说："贼兵得不到财宝就会搜刮百姓，不如把它们留给贼兵。"

皇帝带着贵妃等行至马嵬坡，将士杀死杨国忠，缢杀杨贵妃，玄宗入蜀避难。

③包贡：指进贡。明光宫：汉宫名，此泛指宫殿。

④荡潏（jué）：水动漾涌出貌。

⑤南金东箭：古时以南方的金石和东方的竹箭为华美贵重之物，后因以比喻优秀杰出的人才。

⑥鸿蒙：宇宙形成前的混沌状态。

⑦坤文：自然界。此句言峨眉山坐落蜀中是天意。

⑧石纽：在今四川汶川县境，相传为夏禹出生地。

⑨彭：彭州是古蜀国建都立业之地。濮（pú）：古代将散居于西南长江中上游、云贵高原方向的各族称为“濮”。史书上有彭人、濮人参加周武王伐纣的记载。

⑩纪信：汉将军，随刘邦起兵抗秦。因貌似刘邦，在荥阳城危时假装刘邦向西楚诈降，被俘。项羽有意招降，但纪信拒绝，被火刑处决，下句“黄屋焚”即指此事。黄屋：古代帝王专用的黄缯车盖，后为帝王的代称。

⑪何武：蜀郡郫县人，西汉大臣，王莽篡权，何武自杀，后谥剌侯。

⑫费贻和任永：都是程公许家乡名士。费贻，汉犍为郡人。王莽篡权，公孙述据蜀。费贻不愿为割据势力卖力，逃到岷江边隐居。公孙述派人多次相邀，费贻将漆树汁涂身，披发佯狂。光武帝统一天下，费贻出任合浦（广西廉州）太守。任永，汉犍为郡人。长于天文历数，能计算日月运行。公孙述称帝，多次征召。他坚辞不受，佯装盲人。后来，公孙述之乱被平定，任永才开口说话：“世道平，目即清。”

⑬张纲李固：二人皆为蜀人，东汉名臣。张纲，东汉犍为郡武阳人。顺帝诏选他和另外八人巡行州郡，七人受命即赴任。唯纲埋其车轮于洛阳都亭曰：“豺狼当道，安问狐狸?”遂劾顺帝梁太后之兄大将军梁冀及其弟，列其罪行十五条，京师震动。李固，东汉汉中郡人。顺帝卒，不满 3 岁的刘炳即位，称冲帝，李固与梁冀共理政务。冲帝在位 5 月夭亡，在拥立质帝、桓帝的问题上他与梁冀争辩，二人矛盾越来越深，遭梁冀诬告杀害。排秋旻（mín）：在秋季的天空排列飞翔。

⑭炎精：此指应火运而兴的汉朝。鼎峙：三国鼎立。

⑮子云、相如、王子渊：三人皆为西汉蜀中文人。子云：西汉扬雄，字子云。辞赋家、蜀郡成都人。博览多识，酷好辞赋，官职低微，曾校书天禄阁。相如：司马相如，字长卿，蜀郡蓬安人。西汉大辞赋家，代表作《子虚赋》，后人称之为赋圣。他与卓文君私奔的故事传为佳话。王子渊：王褒，字子渊，蜀郡资中人。西汉时期著名的辞赋家，与扬雄并称“渊云”。

⑯康山之李：即四川井研“李氏四杰”，李舜臣及其子李心传、李道传、李性传，在著述和为政方面皆有成就。金华陈：四川遂宁射洪县金华山人陈子昂。24 岁举进士，以上书论政得到女皇武则天重视，升右拾遗。

⑰涪江钓叟：指李白。李白少时隐居在四川江油青莲大匡山涪江边，好诗文，喜垂钓。18 岁后，去梓州（今三台）拜道士赵征君为师，习一年多《长短经》。

⑱艺祖：参见 35 页注⑯。

⑲陈：北宋阆州南部三陈，即陈尧叟和其弟陈尧佐、陈尧咨。三人相继中进士，尧叟和尧咨两人为中国科举史上的兄弟状元。苏：眉山三苏，指北宋散文家苏洵和他的儿子苏轼、苏辙。范氏：范祖禹、范仲黼、范子长、范子修等都是宋代成都范氏家族“世显以儒”的杰出人物。

⑳张：张浚，西汉留侯张良之后，四川汉州绵竹县人，南宋名相、抗金名将。虞：虞允文，四川隆州仁寿县人，南宋名臣，累官中书舍人、四川宣抚使、授左丞相兼枢密使。

㉑太史之李：李焘，参见 51 页注②。晋董：春秋时晋国史官董狐。晋灵公被赵穿杀死，晋大夫赵盾没有处置赵穿，太史董狐在史册上写道：“赵盾弑其君。”赵盾辩解，说是赵穿所杀，不是他的罪。董狐说：“子为正卿，亡不越境，反不讨贼，非子而谁?”史家称赞其“良史直笔”。

㉒江汉：此指古巴蜀之地。唐杜甫《枯棕》诗：“嗟我江汉人，生成复何有?”仇兆鳌注：“江汉，指巴蜀。”炳灵：焕发灵气。

㉓摭（zhí）：拾取。丹青：本指丹砂青雘矿石颜料。又因为丹册多记勋，青册多记事，故“丹青”意同史册。

㉔强聒（guō）：此指吹捧。病：以为羞辱。名词意动用法。

㉕宋郎中：参见 282 页注①。

㉖经明行修：经学博洽，德行美善。李兵部：李道传字贯之，“井研李氏四杰”（李舜臣及其子李心传、李道传、李性传）之一，历蓬州教授、太学博士、秘书郎、知真州、摄宣州守、除兵部郎官。

㉗陛对：在殿堂上回答皇帝的咨询。骨鲠（gěng）：本指鱼刺，此喻刚直的人。

㉘魏秘书：魏了翁，字华父，号鹤山，四川邛州蒲江县人，南宋著名理学家、名臣。历官嘉定、汉州、眉州、遂宁、泸州、潼川、剑南西川节度判官、秘书省正字，至权礼部尚书。

㉙去国七年：宝庆元年（1225），魏了翁遭诬陷罢黜后至靖州居住，七年后起为潼川路安抚使、知泸州。1234 年，召至礼部尚书兼直学士院，三年后去世，年六十。

㉚睢盱（huī xū）：睁眼仰视貌。汝：代指陛下。捐：献计。

㉛三君：此指宋郎中、李兵部和魏秘书。九原：九泉，黄泉。

㉜柱史：参见 40 页注⑩。蓍（shī）龟：古人以蓍草与龟甲占卜，此喻德高望重者。

㉝李：李埴，参见 7 页注⑫。立螭（chī）：指起居郎、舍人，以两官分左、右侍立于殿陛螭首前记录皇帝言行而得名。

㉞少卿：此指刘光祖，参见 7 页注⑪。

㉟二江雪：指程公许所作《泸水清》中的二江范公，即范子长，参见 277 页注②。

㊱侍郎：参见 67 页注⑨。瘳（chōu）：病愈。

㊲渠：岂。方头：谓性梗直而不通事宜。

㊳二府：宋代称中书省和枢密院。宋初，循唐五代之制，置枢密院，与中书对持文武二柄，号为“二府”。

㊴凿枘（ruì）圆方：凿，榫眼；枘，榫头。圆榫眼，方榫头，两下里合不来，比喻格格不入。

㊵惝恍（chǎng huǎng）：心神不安貌。

㊶参（shēn）井：参星和井星，位在西南方。躔（chán）：天体的运行。五十六：指南宋四川五十六个羁縻州。

㊷文风：文德教化之风。侔（móu）：相等。

㊸三光：日、月、星。《庄子·说剑》："上法圆天以顺三光，下法方地以顺四时，中和民意以安四乡。"

㊹赘（zhuì）：多余的。疣（yóu）：皮肤上出现的黄褐色小疙瘩。

㊺刍：喂牲畜的草。

㊻姱（kuā）修：谓品德高尚美好。

㊼叩阍（hūn）：吏民直接向朝廷申诉。冕旒（miǎn liú）：皇冠，借指皇帝。

㊽豫章杞梓（qǐ zǐ）：皆木，比喻优秀人材。

㊾风尘：喻战乱。澒（hòng）洞：绵延，弥漫。

㊿烝徒：众人，百姓。

51空谷：参见267页注⑧。

忆昔行送李成之征君①

忆昔与君同射策②，同舟同馆心胶漆。
万言入奏甘弃置，赖有湖山好看客。
归装濡滞及黄池③，半菽寒菹作除夕④。
慨慷相与期古人，聊复名场借梯级。
君家三秀立分鼎⑤，太阿觉君锋更颖⑥。
吏行凫鹜哄尘坌⑦，寒露玉壶复光炯⑧。
五羊仙伯明月秋⑨，荐书万里彻冕旒⑩。
四贤同时一网收⑪，朔风扶桅长江流⑫。
迟顽我自费推激，隐忧百罹霜鬓出。
未能勇决便幽栖，宁免随阳睨残粒。
送君矫翮玉霄去⑬，为我一破胸怏悒⑭。

向来四海李兵部[15]，正色立朝古遗直。
九原凛凛有生气，余愤须与君湔涤[16]。
世故翻覆况多端，沉思使我心胆寒。
谁生厉阶今为梗[17]，涓涓不窒惊涛澜。
不知几州铸此错，百尺竿头底处着。
天位特用轩轾人[18]，明眼勘破定何物。
波流何可金石转，鲍肆讵能兰麝夺。
考功谏疏沥忠赤[19]，垂绅满朝皆太息[20]。
信有宗工妙绳尺[21]，梁园我亦尘下客[22]。
法当冗散逃百谪[23]，满意诸贤拱霄极。
谠言正论囊封溢[24]，国势不难一枰活[25]。
正途未易荆榛辟，有谋勿惮时造膝。
救溺拯焚奚可失，海南波宽老龙蛰。
朝朝满涧玩泉石，当为诸贤失衰疾[26]。
我亦三叫喜动色，早愿采薇休戍役[27]。

①李成之：李性传（？—1255），字成之，号凤山，四川隆州井研人。历诸军审计司、武学博士、起居郎兼国史编修、刑部侍郎等，知饶州、宁国府，召为兵部侍郎、兼同修国史、权兵部尚书。程公许与李成之同为嘉定四年（1211）进士，公许未仕前自叙州沿越溪河上成都必过井研“李氏四贤”家，两人相交甚厚。后来，李家兄弟李心传、李性传（成之）均在浙江湖州定居，程公许晚年也曾居湖州。

②射策：汉代考试取士方法之一，主试者提出问题，书之于策，受试人拈取其一，按题目作答。后泛指应试。

③濡（rú）滞：停留。黄池：地名，在今安徽当涂东南黄池镇。

④半菽：谓半菜半粮，指粗劣的饭食。寒菹（zū）：泛指腌渍的菜蔬。

⑤三秀：李舜臣的三个儿子李心传、李道传、李性传，皆先后中进士。

⑥太阿：古宝剑名。

⑦凫鹜（fú wù）：鸭子。尘坌（bèn）：尘俗，世俗之人。

⑧敻（xuàn）：营求。光炯：发光闪亮。

⑨五羊仙伯：此指崔与之，广东增城（今广东广州市增城区）人。嘉定十四年（1219）出为知成都府兼成都路安抚使。

⑩彻：通达。冕旒（miǎn liú）：皇冠；借指皇帝。

⑪四贤：井研李舜臣，历成都邛州安仁县主簿，后知德兴县；其子李心传官至工部侍郎；李道传知真州、果州；李性传，字成之，官至兵部尚书。

⑫扶柂（duò）：扶持。此指李舜臣卒于杭州后，由其三个儿子扶柩归里，安葬蜀中井研。

⑬矫翮（hé）：展翅；比喻施展才能。

⑭怏悒（yàng yì）：郁郁不乐貌。

⑮李兵部：李成之权兵部尚书。

⑯湔（jiān）涤：洗涤，清除。

⑰厉阶：祸端。

⑱轩轾（xuān zhì）：指高低不同。

⑲考功：父之功业，此指李成之的父亲李舜臣。

⑳垂绅（shēn）：借指在朝大臣。

㉑宗工：犹宗匠、宗师。程公许自注："洪舜俞应诏上封事，甚剀切。蜀士得东南书云朝绅见之，皆服崔尚书先生知人之明。"

㉒梁园：西汉梁孝王的东苑，借指皇室宫廷。

㉓百谪（zhé）：百次谴责。古时官吏受百次谴责即被免职。

㉔谠（dǎng）言：正直之言，直言。囊封：参见 235 页注⑬。

㉕一枰（píng）：一盘棋。枰：棋盘。

㉖失衰疾：使衰老减缓，使疾病消除。

㉗采薇：指《诗·小雅·采薇》。诗中以一个返乡戍卒的口吻，唱出从军将士艰辛的生活和思归的情怀。

涪州荔子园行和友人韵①

愁云暖日愁无边，荔枝园下客舣船。

鸣呼宴安毒于鸩[2]，燎原戒之炬火燃。
杨家妖女去复入[3]，开元天宝治乱间。
绿云一缕天上去[4]，食自不旨寝不安。
长生昵语月皎皎，沉香醉梦春酣酣。
羯鼓数声花破萼，霓裳一曲天开颜。
熏风殿开苦嫌热，骊山联辔来游盘。
汗绡红透心渴烦[5]，荔枝不来惨不欢。
飞尘一骑关山晓[6]，奔腾那知血溅道。
一朝羽檄渔阳来，决策西狩殊匆草。
百年宗社弃若遗，何计奈渠春风貌[7]。
雨铎琅珰惊昨梦，云栈崎岖回马首。
凄凉故驿疾扬鞭，岁月转眼弩落弦。
张后李甫自一时[8]，西内荒阶满苔钱。
金鉴难忘曲江相[9]，语颂长怜聱叟元[10]。
荔枝不须辨故物，颅骨何幸还陵园[11]。

①涪州：唐武德元年（618）以渝州涪陵镇和巴县地置涪州。据传，唐玄宗为满足宠妃杨玉环吃新鲜荔枝的喜好，颁旨在涪州建优质荔枝园，南宋王象之《舆地纪胜》载，妃子园在涪州西，去城十五里，荔枝百余株，肉肥味美，唐杨妃所喜。

②宴安：谓逸乐。鸩：传说中的毒鸟。身披紫绿色羽毛，喜以蛇为食。其羽毛有剧毒。

③杨家妖女：杨玉环，姿质丰艳，善歌舞，通音律，为唐代宫廷音乐家、舞蹈家。她先为唐玄宗儿子寿王李瑁王妃，后又被公爹唐玄宗册封为贵妃。安禄山叛乱，随李隆基流亡蜀中，途经马嵬驿香消玉殒。

④绿云：喻女子乌黑光亮的秀发，此指杨贵妃梳的环形发髻云鬟高挽。

⑤汗绡（xiāo）红透：汗水湿透丝质红肚兜。

⑥程公许自注：“旧诗话以杜牧之‘一骑红尘’之诗，谓明皇以十月幸华

清，荔枝熟时未尝在骊山。然咸通中袁郊作《甘泽谣》载许云封所得《荔枝香》苗曲云：天宝十四载六月一日，贵妃诞辰，驾幸骊山，命小部奏乐长生殿，求曲未有名，会戎州献荔枝，因名《荔枝香》。则知荔枝熟时尝在骊山，小杜诗乃传信也。”

⑦何计奈渠：成语，意思是无法可施。春风貌：喻男女间欢爱。

⑧张后：张九龄（678—740），唐朝开元年间名相，西汉留侯张良之后。李甫：李林甫担任宰相十九年，是玄宗时期在位时间最长的宰相。他大权独握，蔽塞言路，排斥贤才，导致纲纪紊乱，使得安禄山做大，唐朝由盛转衰。

⑨金鉴：《新唐书・张九龄传》：“（玄宗）千秋节，公、王并献宝鉴，九龄上事鉴十章，号《千秋金鉴录》，以伸讽谕。”后以“金鉴”指对人进行讽谕的文章和书籍。曲江相：唐朝开元年间名相张九龄为唐朝韶州（今广东韶关市）曲江人，世称“张曲江”。

⑩聱叟（áo sǒu）：元结的别号。元结在唐天宝六载应举落第，归隐山中。安禄山反，率族人招募义兵，抗击史思明叛军，保全十五城。

⑪颅骨：杨贵妃的头颅。安史之乱平定，唐玄宗由成都返长安，密令宦官将贵妃遗体移葬。宦官事毕献上贵妃香囊，玄宗藏于袖。又让画工画贵妃肖像，朝夕视之。

蕊珠歌①

五云郁勃天九重②，俯视人境尘蒙蒙。
元和迁校品秩穹③，以帝命镇北坎宫④。
玄袍金铠丁甲从⑤，洞阴战胜魔绝踪⑥。
临江之涯钟氏童⑦，宿运冥契晞玄风⑧。
蹑屩千里心忡忡⑨，惝恍忽与师匠逢。
桑梓归憩敢不共，精庐筑就岭冈东。

州西一舍狮子峰[10]，烟霞万壑锁郁葱。
势与紫霄争长雄，楼观营筑拟翠蓬。
真游下驻鸣笙镛，可无法言牖群蒙[11]。
帝何言哉层穹窿，溟涬未辨奚所宗[12]。
五文开明日曈昽[13]，三洞流出金口中[14]。
瑶函锦囊密缄封，飙轮八面轰霆霳[15]。
骏奔百灵翔六龙[16]，一念与诵万个同。
登揖金母朝木公[17]，六天狞戾数有终[18]。
申命校录帝所恫[19]，保制劫运禳灾凶[20]。
剪馘鬼怪囚北酆[21]，边垂罢战年屡丰。
妖氛退扫正道隆，臣许职牧羞平庸。
愿见皇图还时雍[22]，蕊珠七言歌春容[23]。
为师劝相鸠僝工[24]，咄嗟千柱凌碧空[25]。
开度益广积累功，丹台列名仙籍通。
伐石著词传无穷[26]，长与此山同峻崇。

①程公许自注："三华真士钟若谷，冥心北极，创筑靖馆于宜春郡西三十里之狮子峰，势极雄秀，足以驻天真，飙驭延，国家景福，藏室经始，工力宏大。郡守岷下程某为歌蕊珠七言一章，俾持以谒檀度者。"蕊珠指蕊珠宫，道教经典所说仙宫。此诗为程公许任袁州太守时所作，袁州为宜春郡治所。道家的三华就是性、心、身，钟若谷时为道长，藏书从藏经开始，潜心苦思道教护法神北极真君的崇奉。天真特指道教神仙天真皇人。飙驭延：驾驶马车在延伸的道路上快速奔跑。景福：洪福，大福。俾：使。檀度：超度生死而至来世。

②五云：青、白、赤、黑、黄五种云色，古人视云色占吉凶丰歉。郁勃：郁结壅塞。

③元和迁校（jiào）：指湖北武当山闻名的元和观，全称"元和迁校府"。迁，放逐；校，指枷锁等刑具。元和迁校府是道教处罚违反清规戒律道人的

司法机构。

④北坎宫：真武是道教的北方之神玄武，宋时避讳改玄为真，称真武帝。北坎宫即此诗说的道教仙宫蕊珠宫。

⑤玄袍：青黑色道袍。金铠：铜铠甲。丁甲：即六丁六甲，本为道教神名，后亦泛指天兵天将。

⑥洞阴：即位于今江西宜春市三阳镇境内的酌江溶洞，可容纳上千人。

⑦钟氏童：即三华真士钟若谷

⑧冥契：默契；暗合。玄风：指仙道。

⑨蹑屩（niè juē）：穿草鞋行走。屩，古代一种草编的鞋履，较轻便。忡忡（chōng）：忧愁貌。

⑩一舍：古以三十里为一舍。

⑪法言：道家经论。牖（yǒu）：本义窗户，此喻开启。

⑫溟涬（míng xìng）：天地未形成前，自然之气混混沌沌的样子。奚所宗：所尊奉的是什么。

⑬五文：道教主要分为五个派别：积善派，主张行善施仁、累积功德；经典派，研究道教典籍，阐释玄学哲理；金丹派，主张性命双修、羽化登仙；符箓派，演验符咒、治病除煞；占验派，探究算命占卜、趋吉避凶。日曈昽（tóng lóng）：日出很明亮的样子。

⑭三洞：道教经典分洞真、洞玄、洞神三部，合称“三洞”。

⑮飙轮：指御风而行的神车。霻靇（fēng lóng）：震雷，轰雷。

⑯六龙：指太阳。神话传说日神乘车，驾以六龙，羲和为御者。

⑰金母：神话传说中的女神，俗称西王母。木公：仙人名，又名东王公。

⑱六天：道家谓天帝有六，即天皇大帝与五方之帝（青帝、赤帝、白帝、黑帝、黄帝），是谓“六天”。狞戾（lì）：发怒。

⑲申命：命令。校录：订正著录。所恫（tōng）：所心痛的（道家典籍）。

⑳劫运：灾难，厄运。禳（ráng）灾凶：谓禳除灾祸。

㉑剪馘（guó）：诛戮。北酆（fēng）：道教传说的冥府，蜀人附会为今重庆丰都。

㉒皇图：封建王朝的版图，此指封建王朝。时雍：犹和熙，指时世太平。

㉓舂（chōng）容：声音悠扬洪亮。

㉔鸠僝（chán）：鸠，聚；僝，显现。《书·尧典》："驩兜曰：'都！共工方鸠僝功。'"后以"鸠僝"谓筹集工料，完成建筑工程。

㉕咄嗟（duō jiē）：犹呼吸之间，谓时间迅速。

㉖伐石著词：将诗词镌刻在石碑上。

彭州改创南楼长歌①

小洛阳城春日酽②，翠园家家夸国艳。
围花命酒十日狂，何如山水长相见。
西州藩牧最佳处③，古木阴森湖潋滟。
湖湑杰观倚南墙④，剥雨催风久不缮。
后先知有几贤牧，因循何啻阅亭传⑤。
算缗惧不贷主计⑥，星火那能恤诸县。
丹崖唐侯来布宣⑦，世故平生金百炼。
能将奸阱先杜敛，不劳民膜加针砭⑧。
焦心常念足公储，退食遑暇娱宾燕。
迨兹再稔治最成⑨，聊尔计工财力羡。
岧峣飞槛抗云表⑩，显敞华堂屹湖面。
一州胜处寻丈间，恍觉蓬莱鳌首抃⑪。
楼成侯已迫瓜戍⑫，淡云寒烟有余恋。
君不见昔高詹事⑬，吟诗花屿巴笺绚。
又不见今宋朝散⑭，照坐鞋红玉壶劝。
至今美瞻诗集中⑮，吾州千古风流擅。
唐侯美政前哲同，能自勒文比黄绢⑯。
浅陋愧我拙吟咏，漫绾秋蛇污碑篆⑰。

江山风月今犹昔，墨客词人原不欠。
谁能落笔飞晴虹，九鼎雪山堋江练⑱。

①彭州：唐武后垂拱二年（686）置彭州，今为成都市代管县级市。《元和郡县志》说：“彭州以岷山导江，江出山处，两山相对，古谓之天彭门，因取以名。”改创：改造。

②小洛阳城：程公许自注：“洛阳以牡丹闻名，彭州牡丹花品也极多，西南号为小洛阳城。”酽：浓厚。

③西州：此指川西。藩牧：地方或某区域行政长官。

④漘（chún）：水边。杰观：此指南楼。

⑤何啻（chì）：犹何止，岂只。阅亭传：批阅传递公文。

⑥算缗（mín）：古时税收的一种。惧：怕。不贷：不够支出。主计：国家赋税。

⑦丹崖唐侯：程公许老家叙州宣化县岷江丹山碧水边一位唐姓官员，时知彭州，侯为士大夫之尊称。布宣：此指主政。

⑧民瘼（mò）：人民疾苦。针砭（biān）：用砭石制成的石针，此喻针尖大小的负担。

⑨迨（dài）兹：等到那。再稔（rěn）：指谷物两熟，借指两年。

⑩岧峣（tiáo yáo）：此指彭州南楼如山高耸。飞槛：突出屋檐的栏杆。抗：抵达。云表：云外。

⑪鳌（áo）首抃（biàn）：海里大鳌抬头欢呼。抃（biàn）：拍手，鼓掌。

⑫侯：指前句提及的丹崖唐侯。迫：接近。瓜戍（shù）：参见190页注②。

⑬高詹事：高适，唐代著名边塞诗人，曾任刑部侍郎、太子詹事。高适五十六岁时曾出任彭州刺史。

⑭朝（cháo）散：朝散大夫的省称，从五品下。此指丹崖唐侯。

⑮美：杜甫，字子美。瞻：苏轼，字子瞻。

⑯勒文：撰文。黄绢：参见284页注㉚。

⑰漫绾（wǎn）：提笔随意书写。秋蛇：成语“春蚓秋蛇”，喻字写得不

好，弯弯曲曲，像蚯蚓和蛇爬行的痕迹。污碑篆：使碑刻被污损。

⑱九鼎雪山：西岭雪山，位于四川成都市大邑县境内，终年积雪。堋(péng)：堋，分水堤。谓岷江经都江堰分水堤后，江水流经彭州地面澄澈、平静似绸绢。

送仲嘉弟赴湖州长兴尉①

乔松天与岁寒节，直从拱把禁霜雪②。
如君生小乐真筌③，众说咻之莫能夺。
青春闭合蛾眉怨④，永日啖茹庖烟绝⑤。
交朋劝止徒尔为，我亦无言可开说。
老亲坐堂眉不开⑥，姑请聊向人间来⑦。
人间可欲如涕唾，此心久已同寒灰。
太虚浮云漫尘玷，明镜过影常往回⑧。
宰官居士等人耳，舍喧取静非兼该⑨。
知君心量已超越，去尽障塞真奇哉⑩。
王城蜗屋欣再睹，烛尽鸦啼夜深语。
云从投足窥吏曹⑪，始知敝屣人争耻⑫。
长兴风物吾所羡，朝拏扁舟晚叩县。
霜刃割鱼慎莫尝⑬，唯有青铜可照面。
我行作吏三十秋，日暮不归鸟飞倦。
临分欲效昔人言，畏子机锋如闪电⑭。
出门挥手即江湖，猛利应无儿女恋⑮。

①仲嘉弟：程公许此诗中言“我行作吏三十秋”，写作时间当在公元1241年。诗中又有“老亲坐堂眉不开”，而程公许父母在其刚踏上仕途时即早逝，

据此分析，老亲当为程公许岳父母，仲嘉弟为程公许妻弟。湖州长兴：今浙江市长兴县。尉：县尉位在县令或县长之下，主管治安。

②拱把：指径围大如两手合围，言树之尚小。禁（jīn）：忍受。

③乐真筌（quán）：以快乐为真谛。

④蛾眉：美女的代称，此指仲嘉之妻。

⑤永日：整天。啖茹：忍受。

⑥老亲：此指程公许的岳父母。

⑦姑：只得。此句把老亲喻作神仙，程公许妻子则成了“人间”。

⑧明镜：喻月亮。

⑨兼该：兼备，兼而有之。

⑩障塞：个人私欲。

⑪云从：随从。投足：举步。吏曹：官署名，吏部。

⑫敝屣（xǐ）：破烂的鞋子；此指妻弟考取的任职地点。

⑬霜刃：明亮锐利的锋刃，此指利益诱惑。

⑭机锋：机牙和箭锋，泛指兵器。

⑮猛利：果断勇猛。儿女恋：妇人感情，此喻手软。

题会庆建福宫长歌①

赤城峨峨五岳尊②，帝命作镇西南坤。
崇冈远自太白分，旁牵三峨下荆门。
黛面负扆如帝宸③，群峰翼趋候临轩④。
眈眈千柱楼云根，黍禾之福此骏奔。
丛霄其上为昆仑，上帝宫阙森五云。
统御三界庀列真⑤，精庐福地周八垠⑥。
稽首丈人希夷君⑦，鼎峙潜庐犹弟昆⑧。

仙班峻极何司存，事严迹秘谁得闻。
我亦三生师玄元[⑨]，失脚世网如笼樊。
雨泪忏洗一炷熏，琅函蕊笈披灵文[⑩]。
龙跷无路寻轩辕[⑪]，洪崖何处避俗喧[⑫]。
上皇罗家插青旻[⑬]，麻姑公远相为邻[⑭]。
欲往从之蹑飙轮，凡骨未蜕空逡巡。
白云英爽恐未泯[⑮]，似闻樵叟犹花坪。
高尚无为默不言，遗世独立非不仁。
世自迫隘污我清[⑯]，一杯聊共云端论。
松风忽作天籁鸣，浮云富贵何足云。
度世可不保此身，寸田荆棘当锄耘[⑰]。
郁仪结璘时吐吞[⑱]，不愿泛海寻蓬瀛。
不愿驾鹤朝玉京[⑲]，只愿餐霞饵黄精[⑳]。
闭息默坐持洞经[㉑]，长与玉皇为外臣。

①会庆建福宫：在青城山山门左侧。始建于晋，原址在山中，唐奉敕迁于今址。原名丈人祠，宋时朝廷赐名“会庆建福宫”，主祀青城主神宁封真人。《列仙传》云：“宁封子者，黄帝时人也，世传为黄帝陶正。”道教的十大洞天都有一位主治神仙，青城山的主治神仙便是宁封。

②赤城：程公许自注：“青城山又名赤城。”宋陆游《将之荣州取道青城》诗：“倚天山作海涛倾，看遍人间两赤城。”陆游自注：“青城山，一名赤城。”

③负扆（yǐ）：背靠屏风。扆是古代宫殿内设在门和窗之间的大屏风。帝宸（chén）：帝王的宫殿。

④翼趋：飞赴。临轩：皇帝不坐正殿而御前殿。殿前堂陛之间近檐处两边有槛楯，如车之轩，故称。

⑤三界：道教所说的“三界”是天、地、人三界，指整个宇宙范围。庀（pǐ）：具备，依靠。列真：犹言众仙人。道教称得道之人为真人。

⑥八垠（yín）：犹八垓，八方的界限。

⑦希夷：《老子》："视之不见名曰夷，听之不闻名曰希。"后因以"希夷"指虚寂玄妙。

⑧鼎峙潜庐：谓青城山、潜山、庐山如鼎足并峙。程公许自注："道书：赤城山九天丈人与潜山司命、庐山采访使者同为三山真君。"

⑨师玄元：以老子为师。唐初追号老子为"太上玄元皇帝"，简称"玄元"。

⑩琅函：书匣的美称，蕊笈：书籍。灵文：教经文。

⑪龙跷（qiāo）：道教所谓飞行之术。

⑫洪崖：参见145页注⑱。

⑬青旻（mín）：青天。

⑭麻姑：道教神话中仙女。传说其曾降于蔡经家，为一美丽女子，年十八九岁，手纤长似鸟爪。蔡经见之，心中念曰："背大痒时，得此爪以爬背，当佳。"麻姑察其意，使神人鞭之。公远：罗公远，唐代道士。彭州人，筑室修炼，常往来青城间。唐玄宗时屡被召见策问，奏答莫不称旨。安史之乱，玄宗逃入蜀，公远于剑门奉迎至成都，拂衣而去。

⑮白云：黄帝时掌刑狱之官，后用作刑官的别称。泯：消失。

⑯迫隘：胁迫；逼迫。污我清：使我的清白受到污染。

⑰寸田：心田，心。荆棘：本指多刺灌木，此指芥蒂、嫌隙。唐孟郊《择友》诗："虽笑未必和，虽哭未必戚，面结口头交，肚里生荆棘。"

⑱郁仪：奔日之仙。结璘：奔月之仙。吐吞：本指山水争雄，此指日月争辉。

⑲玉京：道家称天帝所居之处。

⑳黄精：药草名。多年生草本，中医以根茎入药，可令人长寿。

㉑洞经：洞经音乐，道家诵经的乐章。

储福观谒唐玉真公主祠①

华萼楼前花冥冥②，三郎雅知睦天伦③。

脂田恩厚脱屣轻[④]，独将泡影观此身。
碧瑶六六秀蜀岷，朝来郁勃连夕曛，
玉真修炼来青城，石坛虚呵存谷神[⑤]。
笳鼓惊散羯鼓捶[⑥]，兄来问信杳莫闻[⑦]。
瑶池宴酣归未醒，千岩万壑空烟云。
一念之差隔几尘，蓬莱谁信有太真[⑧]。
平生我亦厌俗氛，秘箓曾受金阙君[⑨]。
玄机倘有三生因，不妨牧羊学初平[⑩]。

①玉真公主祠：位于青城山山腰祖师殿附近，背倚轩辕峰，面对白云溪。玉真公主是武则天孙女，唐睿宗的女儿，唐玄宗的亲妹妹李持盈。十一二岁即慕仙学道，向往静修生活。二十岁左右，出宫到青城山做女道士并最终在此羽化升仙。

②华萼楼：唐玄宗在长安为妹妹所建，因其出家而废。唐元稹《连昌宫词》："往来年少说长安，玄武楼成华萼废。"冥冥：迷漫。

③三郎：唐玄宗小字，因其排行第三，故称。

④脂田：化妆品，此指皇室公主的待遇。脱屣（xǐ）轻：比喻看得很轻，无所顾恋，犹如脱掉鞋子。

⑤谷神：道家用语，谷和神本分用，后多并称，指空虚无形而变化莫测、永恒不灭的"道"。谷，山谷；神，一种渺茫恍惚无形之物。

⑥笳鼓和羯（jié）鼓：均为打击乐器，借指战事。

⑦兄：唐玄宗。安史之乱，玄宗幸蜀，曾至青城山寻出家妹妹而不得。程公许自注："玉真入道修行于青城，莫知所终。玄宗女弟也。"

⑧蓬莱：蓬蒿草莱，借指草野。太真：王母之小女。

⑨秘箓：道教的神秘文书。金阙（què）：道家谓天上有黄金阙，为天帝所居

⑩初平：传说中的仙人。晋葛洪《神仙传》载：丹溪人初平，十五岁时牧羊山中，被道士引进金华山石室，后得道登仙，能起石为羊。

谢新胥口监征赵立之[①]

鲁壁峄碑远莫睹[②]，艰哉河汉讯鼗鼓[③]。
披荒摸搭不厌多，翻阅端能助稽古。
向来四壁风雨秋，谁遣彯缨群玉府[④]。
终年肮脏甘谪堕[⑤]，采采蒿菁不盈筥。
岂无蠹简供咀味，竟恨白石费烹煮[⑥]。
有来剥啄契襟期[⑦]，明诚无乃同而祖。
千金凑买不知惜，倾囊要我细摩抚。
评书已愧老萧翁[⑧]，作歌况拟昌黎愈[⑨]。
临池强自学点墨，效颦宁容避讥侮[⑩]。
隶画聊从祖逖窥[⑪]，篆体那与阳冰侣[⑫]。
拜嘉深恐伤廉甚[⑬]，赠诗想更用心苦。
担夫争道大娘舞[⑭]，精思神悟失寒暑。
铦锋未易画锥沙[⑮]，拱璧暗投等黄土[⑯]。
羊枣共嗜能几何，圆规难免龃方矩。
越溪之阳一茅宇[⑰]，门无杂宾况市贾。
图书悔不偕载行，终朝瞻瞩不能俯。
遥怜兵燹暗跌荡，守护童仆何不武。
辱君珍赠补阙亡，金薤龙梭粲可数[⑱]。
不舍灵龟观朵颐[⑲]，睡味恰与破衲宜。
殷盘周鼎以相期，瓠壶问字无一奇[⑳]。
试烹苦茗共商略[㉑]，功名千字淮西碑[㉒]。

①程公许题记："立之名闻礼，以声气相求。袖诗访我，欲赓而未暇也。后数日，裒箧中所藏汉、魏、隋、唐碑刻七十种相遗，且逐一题识所自得。特以长歌，辞义与字画皆遒劲有英气。自念好而莫能精鉴，习篆隶而未得活法，愧无以胜，此兼金叠璧之赠，借韵以舒感臆。"赵立之（？ —1247）：名闻礼，字立之，号钓月，山东人。曾官胥口监征，游临安，以志趣相投，诗谒程公许。胥口位于苏州西郊太湖之滨，因春秋时期吴国宰相伍子胥而得名。赓是酬答，应和。裒箧（póu qiè）：整理搜集所藏。遗（wèi）：赠送。兼金指价值倍于常金的好金子。叠璧是价值倍于普通玉的美玉。

②鲁壁：鲁共王坏孔子旧宅，于壁中得先人所藏古文，后以"鲁壁"指孔子故宅所藏古文经传。峄（yì）碑：即《秦峄山碑》。始皇东巡，群臣颂德之辞，至二世时丞相李斯始以小篆刻石于峄山。

③讯鼗（táo）鼓：打着鼓去询问寻找。鼗鼓，俗称拨浪鼓。

④彯（piāo）缨：冠缨飘动，指为官。玉府：帝王珍藏图籍书画之所。

⑤终年：尽其天年。肮脏（kǎng zǎng）：高亢刚直貌。谪堕（zhé duò）：犹谪降。

⑥白石：传说中的神仙的粮食。传说彭祖时已二千余岁，尝煮白石为粮。

⑦剥啄（zhuó）：象声词，敲门声。契：相合。襟期：襟怀，志趣。

⑧评书：评论书法。萧翁：头发花白稀疏的老人。

⑨昌黎：唐韩愈世居颍川，常据先世郡望自称昌黎（今河北昌黎）人；宋熙宁七年诏封昌黎伯，后世因尊称他为昌黎先生。愈：愈下，更在其下。

⑩效颦（pín）：成语"东施效颦"，比喻模仿别人，不但模仿不好，反而出丑；此为程公许自谦之词。

⑪隶画：名词动用，学习书法和绘画。祖逖：东晋军事家。他与同僚刘琨感情深厚，同床而卧，同被而眠。一次，祖逖半夜听到鸡叫，认为这是上天在激励他上进，便叫醒刘琨到屋外舞剑练武。后人用"闻鸡起舞"比喻有志学习的人要即时奋起。

⑫阳冰：唐代书法家李阳冰，擅篆书，作品有《三故记》《城隍庙碑》等。

⑬拜嘉：拜谢嘉惠。伤廉：损害廉洁。《孟子·离娄下》："可以取，可以

无取，取伤廉。”

⑭担夫争道大娘舞：书法典故。谓大娘与担夫在羊肠小道上争道，各不相让，但又闪避行进得法，从而领悟到书法上的结构布白，偏旁组合，应进退参差有致，张弛迎让有情，妙在主次揖让之间。

⑮铦（xiān）锋：刚锐的锋芒。锥（zhuī）沙：锥画沙，形容书家的藏锋笔法。唐褚遂良《论书》：“用笔当如锥画沙，如印印泥。”

⑯拱璧：大璧。《左传·襄公二十八年》：“与我其拱璧，吾献其柩。”孔颖达疏：“拱，谓合两手也，此璧两手拱抱之，故为大璧。”后因用以喻极其珍贵之物。

⑰越溪：岷江一级支流。发源于四川仁寿汪洋镇和威远越溪镇交界地，流经威远、仁寿、井研、荣县，入宜宾市叙州区合什镇，经观音镇、隆兴乡、樟海镇至屯头溪入岷江。阳：河的北岸。一茅宇：此指程公许老家叙州宣化县越溪河畔老宅。程姓祖籍河南伊水、洛水流域，唐安史之乱时，随李氏王朝流民大潮入蜀，初落业于四川眉山。继开枝散叶，程公许祖上一支寄居于越溪河畔观音寺附近三溪口（今宜宾市叙州区第一中学校附近）。后因躲避瘟疫迁至宣化县登龙里蟠龙亭（今宜宾市叙州区观音镇合众村蟠龙组）越溪河畔，远离市尘，创设蟠龙书院，耕读持家。事见程公许《沧洲尘缶编》卷六《和南风歌》序。

⑱金薤（xiè）：薤叶书的美称。唐韩愈《调张籍》诗：“平生千万篇，金薤垂琳琅。”龙梭：《晋书·陶侃传》：“侃少时渔于雷泽，网得一织梭，以挂于壁。有顷雷雨，自化为龙而去。”

⑲灵龟：神龟，宝物；此处借指赵立之赠送的字画。

⑳瓠（hù）壶：一种盛酒的大腹容器。问字：寻赠书法作品。宋黄庭坚《谢送碾壑源拣芽》诗：“已戒应门老马走，客来问字莫载酒。”

㉑苦茗：程公许老家叙州宣化所产苦丁茶。

㉒淮西碑：平淮西碑，由唐代文学家韩愈撰文，记述了唐宪宗元和十二年（817）裴度平定淮西（今河南省东南部）藩镇吴元济战事。

牛头山寺①

菩萨住处牛头山，应真亦复栖其间②。
宝坊楼观叠高下，新城粉雉相回环③。
崎岖石磴云生屐，眼波不尽涪江碧。
江外青山春自浮，曾与诗翁搁椽笔④。

①牛头山：位于四川三台县城西，山上有牛头山寺，多亭台楼阁。

②应真：罗汉之别名，意为上应乎真道者。

③粉雉：白墙。

④椽（chuán）笔：椽子是承托屋面用的木件。“椽笔”指大手笔，称誉他人文笔出众。此处指涪江远处的青山形如笔架，喻三台文化底蕴深厚。

为詹使君赋山泉①

秋风栗憀宋玉宅②，湍波磕涌三闾祠③。
行人莫蚩我邦陋，离骚千古芳菲菲。
使君玉立笋班上④，得州如斗不薄之。
冠峨切云佩陆离⑤，欲与二子论襟期⑥。
官居仿佛蓬岛似，翠雾白云山四围。
向来专情在岩壑，爱此线溜来逶迤⑦。
搜岩剔薮作幽事⑧，便有一派银河垂。
酿泉为酒旨且冽，环滁之乐同一时⑨。

有时痛饮挟骚读，声和泉石含余凄。
天涯有客倦行李⑩，云间小队来追随⑪。
窥公心源莹澄彻，亦如此水涅不缁⑫。
里无追胥关薄征⑬，峡山今是春台熙。
邦人恐公日边在⑭，谁恤我老字我蚩⑮。
何人勒铭泉上石，后千万年甘棠诗⑯。

①詹使君：詹建平，时任归州知州。归州在唐代由夔州分出秭归和巴东两县设，治所在秭归。

②栗懰（liáo）：凄怆，凛冽。宋玉宅：湖北秭归战国楚宋玉故宅。

③三闾（lǘ）祠：屈原祠，位于秭归县东长江北岸向家坪，始建于唐元和十五年（820）。1978年建葛洲坝电站，按原貌迁建于向家坪。屈原曾任楚三闾大夫，掌昭、屈、景三姓贵族。

④玉立：操守坚贞。笋班：初出仕的官员行列。

⑤冠峨切云：戴着高高的官帽。陆离：美玉。

⑥二子：二位先生，此指屈原和宋玉。襟期：襟怀，志趣。

⑦线溜：溜索。逶迤（wēi yí）：曲折前行。

⑧剔薮：剔除杂草。作幽事：打造游览胜景。

⑨环滁（chú）之乐：滁，安徽滁州，地处长江下游北岸。庆历五年（1045），著名文学家欧阳修任滁州知州，宽简施政，寄情山水，与民同乐，寺僧智仙为其建醉翁亭，欧阳修为此写下了留芳百世的散文名篇《醉翁亭记》，使滁州山水天下扬名。

⑩行李：参见194页注①。

⑪云间小队：巡察的仙人。

⑫涅不缁：成语“涅而不缁”，比喻意志坚定的人不会受环境的影响。涅，以黑色染之，以墨涂之。缁，变黑。

⑬里：古代县以下为乡、里、亭。追胥（xū）：谓追租的公差。

⑭日边在：调任到极远的地方。

⑮恤：同情，怜悯。蚩：痴愚。

⑯甘棠诗：参见132页注④。

和南风歌①

华清舞彻霓裳散，五音繁会宵达旦②。
人间何限失意人，西商凄切离骚乱③。
我所思兮在东周④，小雅尽废心之忧⑤。
更堪羌调日嘈杂，静欲洗耳寒江流。
那君十指含清风，家无卓锥心愿丰⑥。
仙翁赏音那易得，水流益浚山益崇。
疲氓望翁起憔悴，蒲轮加璧幸可致⑦。
请君抱琴往从之，解愠阜财皇有意⑧。

①程公许题记："悦斋先生于宝庆丙戌为那君叔明赋《南风之歌》，寄意深婉。后五年，自遂宁藩牧开府，尽护蜀师。又三年，端平改元，以礼部尚书召叔明，袖诗渡泸，访余于沧洲书堂，辄赓元韵。"悦斋先生：参见7页注⑫。那叔明为程公许同门，曾共师于李埴。东汉时期，西南地区的夷族有一部分汉化过程中，改姓那氏（读作nuó），后来有的改写作"罗"，世代相传至今。宝庆丙戌即宋理宗宝庆二年（1226）。深婉（wǎn）：含蓄委婉。遂宁藩牧开府：1226—1231年，李埴知遂宁府。此前其父李焘、其兄李壁均曾在此为治，对遂宁有遗爱，百姓闻先生至，曰："吾旧郎君也。"李埴其政不肃而成。尽护蜀师：1231年，李埴任四川制置使兼知成都府。端平改元即1234年，李埴于这年任礼部尚书，召懂教育的程公许，通音乐、舞蹈的那叔明为幕僚。那叔明渡泸水（雅砻江下游）后，至叙州宣化县登龙里越溪河畔沧州书堂拜见程公许，两人应李埴之召，结伴一路去朝廷应差。沧洲书堂即蟠龙书院的前身。辄（zhé）：就。赓：继续用。元韵：原韵。

②五音：五个音级，即宫、商、角、徵、羽；此指音乐。繁会：犹交响。

③西商：指秋风。曹植《离缴雁赋》："白露凄以飞扬兮，秋风发乎西商。"

④东周：此指代南宋朝廷。

⑤小雅：《诗经》组成部分之一，七十四篇，大抵产生于西周后期和东周初期。这时王政衰微，政治黑暗，诸多矛盾日益尖锐。

⑥卓锥（zhuō zhuī）：立锥之地。那氏属游牧民族。

⑦蒲（pú）轮：指用蒲草裹轮的车子，转动时震动较小，古时常用于封禅或迎接贤士，以示礼敬。

⑧解愠阜财（jiě yù fù cái）：使怨恨解除，使财富增加。语出《孔子家语·辩乐解》："昔者舜弹五弦之琴，造《南风》之诗，其诗曰：南风之熏兮，可以解吾民之愠兮！南风之时兮，可以阜吾民之财兮！"后因以"阜财解愠"为民安物阜、天下大治之典。

喜雨歌①

去年堰决秋雨霪，南亩粒米如黄金。
县官只道岁中熟，输租归家雷隐腹②。
老翁戒儿力耕耘，忍饥少待明年秋。
那知六月又不雨，二江之流几龃龉③。
楗石震撼渠欲枯④，天远不闻人号呼。
皇华使者民司命，肠日九回恐民病。
斋居蔬食勤笺天⑤，灌口牲币加明蠲⑥。
燎烟升空忽黰雺⑦，须臾六合泽雱霈⑧。
通宵檐响未休停，沟塍泫泫膏乳流。
疲氓弹指拜公赐，枵肠便觉有生机⑨。

边城十年戢干戈，邻焰逼我将奈何。
可怜十室九垂罄[10]，仓猝军需何以应。
人情但知乐苟偷，更须熟为根本谋。
察公忧民意恳恳，定知忧国虑深远。
为公志喜商声讴[11]，愿公为霖泽九州。

①程公许题记："部使者镜斋梁先生，以二江灌溉之利为西州民所寄，督有司以时缮修。会久不雨，夏畦告病。斋居蔬食，遍走群望，诚意孚格，雨泽昭霖。苏门人华阳尉程某，以职事出入田亩间，闻民谣之康乐也，采为声诗以咏歌之。"部使者梁镜斋是朝廷工部派出的使者，负责维修郫、捡二江水利工程。都江堰北支叫郫江，南支叫捡江，分别经过成都城北面和南面，然后合而南流。对交通和灌溉农田，为利甚大。西州此指成都。孙蕡（fén）《下瞿塘》诗："我从前月来西州，锦官城外十日留。"孚格：以诚信感通苍天。昭霖：久下不停的雨。苏门人：程公许学问诗词深受三苏影响，故称，他时任华阳尉，掌管治安等。声诗：合乐之诗，乐歌。

②雷隐腹：腹中空空如雷作响。

③龃龉（jǔ yǔ）：上下齿不相对应；此指不协调，二江因天旱少雨没能保持内六外四的最佳灌溉用水比例。

④楗石：都江堰又称"楗石堰"。当时用以筑堤的材料和办法是"破竹为笼，圆径三尺，以石实中，累而壅水"，即用竹笼装鹅卵石的办法堆筑，称为"楗石"。

⑤笺（jiān）天：行文以祭告上天。

⑥灌口：灌口二郎，也称二郎神。相传秦时李冰及其次子曾在灌口凿离堆，锁孽龙，有德于蜀人，蜀人因此建庙祭祀，奉之为神灵。牲币：牺牲和币帛，泛指一般祭祀供品。明蠲（juān）：格外新鲜、洁净。

⑦黮霟（dǎn duì）：黑云阴暗聚集。

⑧雱霈（pāng pèi）：大雨。

⑨枵（xiāo）肠：腹中空虚，谓饥饿。

⑩垂罄（qìng）：接近空了。

⑪商声：五音中的商音，此指音乐。讴：歌唱。

喜雨上使君①

塞垣昏昏缠杀气②，春阳干旱惨如毁。
老蛟熟睡呼不起，暴尪鞭巫徒为耳③。
云将族兮俄披靡④，飞廉之怒谁或使⑤。
绵州刺史亦劳止，寝不遑安食不旨。
沥胆濡毫肝作纸，封章夜诉天咫尺⑥。
星旗电戟雷虺虺⑦，一筛时有万丝委。
旬日频占垤封蚁⑧，半夜流膏活千里。
瓦沟佳声密飘洒，箫韶九奏未堪拟⑨。
焦卷一朝有生意，梦鱼之占立可俟。
中原格斗何时已，军储急须问庚癸⑩。
剥肤骎骎几及髓⑪，国脉所寄将奚恃。
腐儒流浪半杯水，月蠹太仓三斛米⑫。
干时无策额冒汗，况忍懒书酣昼寐。
绵州良吏程刺史⑬，可无长歌为志喜。
北风涨尘目易眯，安得天河一齐洗。
丰年高廪万亿秭⑭，重见周道平如砥⑮。

①使君：此指崔与之，参见8页注⑯。此诗为程公许在成都崇宁县令任上所作，时崔与之为四川制置使。

②塞垣（yuán）：边关城墙。杀气：此指南宋面临金和蒙古军队的进攻。

③暴尪（wāng）：古代风俗，大旱不雨，则曝晒瘠病者，冀天哀怜之而降雨，谓之“暴尪”。鞭巫：责怪巫婆神汉。

④云将（jiàng）族：寓言中称云的主将和士兵。披靡（pī mǐ）：喻军队溃败。

⑤飞廉：风神。《楚辞·离骚》："前望舒使先驱兮，后飞廉使奔属。"王逸注："飞廉，风伯也。"

⑥封章：参见 252 页注⑬。天咫尺：因为夜黑天低，人与天距离显得极近。

⑦星旗电戟（jǐ）：夜空繁星如旗，被剑戟似的闪电刺破。虺（huī）虺：雷声轰鸣。此句言光打雷不下雨。

⑧垤（dié）封蚁：蚂蚁做窝将土堆在洞口。程公许老家叙州民间说法，蚂蚁搬家要下雨。蚂蚁喜欢干燥的环境，要下雨时气压低，蚁窝里无充足氧气，外界空气湿度较大，使蚂蚁洞内水汽增多。蚂蚁会用干燥的土粒堵住洞口，减少潮湿空气的进入，或者搬家到地势较高的地方以防被淹。

⑨箫韶：古乐曲名。

⑩庚癸（gēng guǐ）：古代军中隐语，谓告贷粮食。

⑪剥肤骎骎（qīn）：谓灾祸已迫其身。骎骎，渐进貌。

⑫斛（hú）：中国古代容量单位，一斛为五斗，一斗为十升，一升大米 15 斤（7. 5 公斤）。据此，每月三斛大米，相当于 3750 斤（1875 公斤）。

⑬程刺史：程德降任绵州刺史，治绵有方，风调雨顺，政通人和。嘉定十二年（1219），他又对城墙采用三合土加固。此时程公许任绵州教授。

⑭高廪：高大的粮仓。秭（zǐ）：言数目极大。《风俗通义》："千生万，万生亿，亿生兆，兆生京，京生秭。"

⑮见（xiàn）：古同"现"，出现。砥：细的磨刀石，此指西周的太平盛世。

西瞻堂①

子长爱奇隘八荒，岷雪千仞琼佩锵。

太守德厚民不忘，倚公笔椽辉耿光[②]。
西瞻大书揭高堂[③]，倚栏起我意激昂。
镂冰刻楮非文章[④]，男子可不志四方。

①西瞻堂：在泸州城内。成都华阳人范子长以进士官太学，以吏部郎知泸州，修缮西瞻堂。奇隘：设置平泉寨。

②倚公：范子长为范仲黼（曾知彭州）从子，仲黼为范祖禹（曾从司马光编《资治通鉴》，独撰《唐鉴》等）之后。笔椽（chuán）：大笔如椽，用来夸赞别人文笔雄健有力或文章气势宏大。耿光：闪亮。

③西瞻大书：西瞻堂大字匾额。揭：高挂。

④镂冰：雕刻冰块。常以喻徒劳无功。刻楮（chǔ）：在楮叶上刻字。

送李微之以史学召[①]

飞鸿冥冥天宇空，谁令矫翮修门玒[②]。
承平在昔朝多贤，犹念丘园天爵共。
泰山豹林来复去[③]，河南白云坚不动[④]。
斯文程伊嗣兴起[⑤]，露门日日峨冠诵。
虽然去就迹参差[⑥]，高风等是光吾宋。
秀岩素心非仕途，万卷本期供世用。
当家幸有二仲贤[⑦]，不妨老子琴三弄。
纷披竹素勤日课[⑧]，萧瑟松风酣午梦。
有来虞旌贲空谷[⑨]，例与蜀珍入包贡[⑩]。
中兴巨典未杀青，千古传疑须折衷。
文孙嗣服渴延伫[⑪]，太史泚笔待错综[⑫]。
奸谀已死不难诛[⑬]，古今一辙犹聚讼[⑭]。

缁衣信能心爱士[15]，白驹谁复语含讽[16]。
丈夫出处亦何常，毫芒难拨丘山重。
勿学退之忧史祸[17]，勿似子长夸雍从[18]。
孤骞终不吓腐鼠[19]，览辉未易来翔凤。
平生我亦煎百忧，四月长江远追送。
叮咛寄语多珍重，东华冠盖切莫哄[20]。
时撑小舫漾湖光，莫遣红尘扑飞鞚[21]。
保持姱节早归来[22]，世事纷纷付时栋。

①李微之：李心传（1166—1243），字微之，又字伯微，号秀岩，四川隆州井研（今四川乐山市井研县宝五乡）人，南宋史学家，进士不举，绝意仕途，闭门著书。晚年被宋理宗起用为史馆校勘，专修《中兴四朝帝纪》，后官至工部侍郎，因言去职。心传有史才，所著有《建炎以来系年要录》二百卷、《建炎以来朝野杂记》《春秋考》《西陲泰定录》等。程公许与越溪河流域井研四李（李舜臣及李心传、李道传、李性传，父子四人）交往甚密。

②矫翮（hé）：展翅，此喻施展才能。修门：参见 33 页注㊸。玒（hóng）：飞的声音。

③豹林：此指皇家狩猎的园林。

④河南白云：特指陈抟（tuán），河南商丘人，一说普州崇龛（今重庆潼南西境）人。北宋著名道家学者。曾去京城洛阳应考进士，名落孙山后隐居华山云台观。后朝廷召见，拒仕，赐“白云先生”，享年 118 岁。

⑤程伊：指伊川二程。程颐，北宋洛阳伊川人，人称伊川先生，北宋理学家和教育家。与其胞兄程颢共创“洛学”，为理学奠定了基础。嗣兴：继承并振兴。

⑥去就：担任官职。迹参差：道路蹉跎。

⑦二仲：指汉羊仲、裘仲。《初学记》卷十八引汉赵岐《三辅决录》：“蒋诩字符卿，舍中三径，唯羊仲、裘仲从之游。二仲皆推廉逃名。”后用以泛指廉洁隐退之士。

⑧竹素：竹帛，此指史册、书籍。

⑨虞旌：虞人汇集猎物时的旗帜。周礼狩猎在山野树旗，所获猎物集中其下，以便清点。贲（bēn）：奔走，快跑。

⑩包贡：参见156页注⑨。

⑪文孙：指周文王之孙，后泛用为对他人之孙的美称。嗣（sì）服：谓继承先人的事业。延伫（zhù）：引颈企立，形容盼望之切。

⑫泚（cǐ）笔：以笔蘸墨。错综：归纳，综合。

⑬奸谀（yú）：奸诈谄媚的人。诛：责求。

⑭聚讼：众说纷纭，久无定论。

⑮缁（zī）衣：黑帛做的朝服。《诗·郑风·缁衣》赞美郑武公好贤，后为尊贤之典。士：指井研“李氏四杰”。

⑯白驹：参见267页注⑧。

⑰退之：韩愈，字退之，进士及弟后两任节度推官。有人称荆南节度使裴均留他住宿礼遇厚重，裴均之子裴锷平庸浅陋，却得到韩愈关照。这一说法在朝中引起很大反响，韩愈被贬。

⑱子长：司马迁，字子长，因替李陵败降之事辩解而受宫刑，后发奋完成《史记》。夸雍从：过多地指责了秦始皇。雍，雍州，指代秦。

⑲孤骞（qiān）：独自高飞。腐鼠：参见192页注⑧。

⑳东华：传说仙人东王公，又称东华帝君，省称“东华”；此指朝廷。

㉑红尘：此指繁华的社会。扑：追随。飞鞚（kòng）：快跑的马。

㉒姱（kuā）节：美好的节操。

送别周宪使①

春风浩荡龙泓口②，逢逢船鼓惊雷吼。

皇华使者捧征书，万里飞帆上南斗③。

岷峨上下十六城④，先后持节知几人。

公来非争赫赫名，止水何曾风浪生。
腕里权衡一丹笔，与天通处惟钦恤[⑤]。
孰知疾恶有刚肠，乃似霜空鹰隼击[⑥]。
挠之不浊澄不清，岂自好丑吾何心。
蔽以一言仁者勇，嗜欲浅者天机深。
畴昔声华塞穹壤[⑦]，旰食遥知渴忠诚[⑧]。
纷纷鳅鳝困拾掇，纵壑之鱼多漏网。
公归便合横南床[⑨]，或袖谏纸朝明光[⑩]。
好将外台督奸手[⑪]，锄却连年荆棘荒。
功名时来宁我贷[⑫]，不朽之传轩冕外[⑬]。
揽辔埋轮自一时[⑭]，至今日月炳前载[⑮]。
才疏意广一腐儒，青冥倚公借吹嘘[⑯]。
病卧锦江八十日，出门搔首空踟蹰。
西南望远长安日，寒俊陆沉几千百[⑰]。
乞与开陈政事堂，更把夹囊细收拾。
军兴料须色目繁，师劳力屈民烦冤。
养疽一朝思溃裂，庙谋得不忧本根。
三年福星耀参井[⑱]，爱士如渴民如命。
只今归觐太微庭[⑲]，勿忘棠郊日延颈[⑳]。
腐儒州县甘浮沉，肮脏羞作附骥蝇[㉑]。
伫公入和南风琴[㉒]，磨崖大书颂中兴。

①宪使：参见205页注①。周宪使：不详。

②龙泓口：位于乐山市岷江东岸九龙山下，从山中流出汇入岷江的一泓清泉，称为龙泓。

③南斗：南斗六星位于人马座，与西北方向的北斗七星遥相呼应。在道教中，南斗六星负责延寿解厄和富贵官禄。

④十六城：南宋成都路辖3府（成都府、崇庆府、嘉定府）11州（邛州、

汉州、简州、绵州、彭州、眉州、威州、茂州、雅州、黎州、隆州）2军（永康军、石泉军）。

⑤钦恤（xù）：谓理狱量刑慎重不滥，心存矜恤。

⑥鹰隼（sǔn）：鹰和雕，泛指猛禽。

⑦畴（chóu）昔：往日。声华：声誉荣耀。塞穹壤：充满天地之间。

⑧旰（gàn）食：晚食，指勤于政事不能按时吃饭。

⑨南床：《通典·职官六》："（侍御史）食坐之南设横榻，谓之南床。殿中监察不得坐也，唯侍御坐焉。凡侍御史之例，不出累月而迁南省者，故号为南床。"后因以代指侍御史。

⑩或：有机会。谏纸：借指谏书。明光：汉代宫殿名；后泛指朝廷宫殿。

⑪外台：官名。后汉刺史置别驾、治中，诸曹掾属，号为外台。督奸手：督察阴险、虚伪、狡诈之人。荆棘：山野丛生多刺的灌木，此喻奸佞小人。

⑫贷：推让给旁人。

⑬轩冕（miǎn）：古时大夫以上官员的车乘和冕服，借指官位爵禄。

⑭揽辔（pèi）埋轮：参见287页注⑬。

⑮炳：点燃照亮。前载：前代的记载。

⑯青冥：青天，喻朝廷或帝王。

⑰寒俊：寒门俊才。陆沉：此喻埋没人才，不为人知。

⑱参（shēn）井：参星和井星，位在西南方。

⑲归觐（jìn）：谓归谒君王。太微：古代星名。诸星以其为中心，作屏藩状。

⑳棠郊：参见132页注④。延颈：成语"延颈鹤望"，像鹤一样伸长颈子盼望，比喻盼望心切。

㉑肮脏（kǎng zǎng）：高亢刚直貌。附骥（jì）蝇：苍蝇附马尾而致很远，喻依附他人而成名。

㉒伫：等待。南风琴：参见310页注⑧。

送崔吉甫外刺安康①

崔郎神骏来西极，双蹄蹴踏汗流赤②。

不令嘶风扈属车[3]，蛟河涉冰摧敌魄。
世无善御如王良[4]，可能帖耳受鞭策。
栈云嵯峨汉江碧，一眼长淮天不隔。
风寒起处索调护，我有奇谋同药石。
囊书兮行之万里，三载兮京华之客[5]。
浮云黯淡一扫空，归来双剑翔凫舄[6]。
行台岌嶪立分鼎[7]，叱咤风云人辟易。
文书晓夜来急急，吏衙案牍看山积。
那如退食清心堂[8]，万卷敷床客满席[9]。
磊落一世谁怜才，令我推枕三太息[10]。
翱翔半刺头欲雪[11]，袖长奈何地褊迫。
安康坦途走洛师，荆襄梁益通血脉。
军兴生聚计萧条，嗷嗷悲鸿尚中泽。
鼓鼙何日当罢警，济时孰是良筹划。
熏风催熟崆峒麦，本根须得人爱惜。
志士惨淡意则同，摻袪况复念行役[12]。
君看老骥久伏枥，一蹴千里如咫尺。
醉归慨慷击唾壶[13]，天鸡三叫东方白。

①崔吉甫：不详。安康位于今陕西省东南部，北依秦岭，南靠巴山，汉水横贯东西，河谷盆地居中。

②蹴（cù）踏：奔跑。汗流赤：汗血宝马，原产于土库曼斯坦，头细颈高，四肢修长，皮薄毛细，步伐轻盈，速度快、耐力强。汗血宝马的皮肤较薄，奔跑时，血液在血管中流动容易被看到，给人以“出血”的错觉，因此称之为汗血马。

③不令：没有命令。嘶风：迎风嘶叫，形容马势雄猛。扈：随从。属车：帝王出行时的侍从车。

④王良：春秋时之善驭马者。汉王充《论衡·率性》：“王良登车，马不

罢驽；尧舜为政，民无狂愚。”后以“王良”喻识才者。

⑤三载：程公许此句言自己已经从蜀中来临安朝中任职三年，则此诗当作于1237年前后。

⑥凫舄（fú xì）：《后汉书方术传上王乔》：“王乔者，河东人也。显宗世，为叶令。乔有神术，每月朔望，常自县诣台朝。帝怪其来数，而不见车骑，密令太史伺望之。言其临至，辄有双凫从东南飞来。于是候凫至，举罗张之，但得一只舄焉。乃诏尚方诊视，则四年中所赐尚书官属履也。”后因以“凫舄”指仙履。

⑦行台：地方大吏的官署与居住之所。岌嶪（jí yè）：高峻貌。分鼎：谓三分天下而雄据一方。

⑧退食：归隐，退休。

⑨万卷敷床：将许多图书展开来放在床上。

⑩推枕：失眠。

⑪翱翔：徘徊不进，停滞不前。半刺：任居刺史之半，指州郡长官下属的官吏，如长史、别驾、通判等。

⑫摻袪：执着袖口。行役：此指指因公务而出外跋涉劳累。

⑬击唾壶：击碎唾壶。《晋书·王敦传》：“（王敦）每酒后辄咏魏武帝乐府歌曰：‘老骥伏枥，志在千里。烈士暮年，壮心不已。’以如意打唾壶为节，壶边尽缺。”形容抒发壮怀或不平之情。

卷七

七言古诗

一日不见如三秋①

一日不见如三秋，人如湘浦春风楼②。
危途崔嵬坂九折，万事变火水一沤。
我公方寸湛古井，砥柱四海之颓流。
艺兰九畹媚幽处③，公暇独立谁为俦④。
畏虎一悟真知说，亡羊不向诸子搜。
默参邹轲论直养⑤，长与潜圣同四忧⑥。
绣衣方看霄汉立⑦，青云忽赋泛滥浮⑧。
平生得趣稽古乐，如水赴海无时休。
考盘栖我书万卷⑨，有意晚岁专一丘。
时无子西赋招隐⑩，贪伴渔翁归钓涪。
涧瀍脉络源不断⑪，洙泗气象瑞可侔⑫。
身縻简书去无由⑬，夜梦策蹇霜满裘⑭。
悠悠底是归宿处，愿闻一语归而求。
勇撤皋比谁复见⑮，订顽之训万古留⑯。
篆书为公揭素壁，千里持寄宽离愁。
玄关道秘杳莫授⑰，玉钥为我一启不？

①程公许题记："观浩斋杨先生偕后溪刘先生、白鹤魏校书潼川南楼唱酬。三复叹仰，驰介询问，以古篆体书西铭为寿，并和元韵。"浩斋杨先生：

杨子谟，字伯昌，号浩斋，四川三台人。程公许曾受学于浩斋。刘光祖：参见 7 页注⑪。魏校书：魏了翁，参见 289 页注㉘。潼川：今四川三台。驰介询问：驰往请教咨询。介：助词。西铭：北宋张载作《砭愚》《订顽》分别悬挂于书房东、西两牖，作为座右铭。程颐见后，将《砭愚》改称《东铭》，《订顽》改称《西铭》。铭中把宇宙看作一个大家族，宣扬“存，吾顺事；没，吾宁也”的乐天顺命思想。

②湘浦：今湖南岳阳市东北城陵矶洞庭湖水入长江处。

③艺兰：种兰花。九畹：古代十二亩为一畹，九畹言面积大。媚：喜爱。

④公暇（xiá）：公务闲暇。俦（chóu）：伴侣。

⑤默参：无声地参照。邹轲：孟子，名轲，邹国人，战国时期儒家代表人物。直养：气以直养，修身养性。

⑥潜圣：儒家四圣分别指的是孔子（至圣）、颜回（复圣）、曾子（宗圣）和孟子（亚圣）。潜圣是后世隐藏的圣人。四忧：子曰：“德之不修，学之不讲，闻义不能徙，不善不能改，是吾忧也。”此为孔子“四忧”。

⑦绣衣：“绣衣直指”，参见 205 页注⑦。

⑧青云：喻高官显贵。忽赋：粗制滥造吟诗作赋。

⑨考盘：参见 85 页注④。

⑩子西：楚平王之庶子，楚昭王兄长，曾先后两次坚辞不作楚王，推荐他人。招隐：征召隐居者出仕。

⑪涧瀍（jiàn chán）：涧水和瀍水，均流经今洛阳市境注入洛水。

⑫洙泗（zhū sì）：洙水和泗水。古时二水自今山东泗水县北合流而下，至曲阜北，又分为二水，洙水在北，泗水在南。孔子曾在洙泗之间聚徒讲学。瑞：吉祥。侔：相等，恰到好处。

⑬縻：捆，拴，背负。

⑭策：鞭打，鞭策。蹇（jiǎn）：跛足，行走困难。

⑮皋比（gāo pí）：虎皮。古人坐虎皮讲学，后因以指讲席。

⑯订顽：订正愚顽。宋张载尝题字于学堂双牖，左书“砭愚”，右书“订顽”。

⑰玄关：佛教称入道的法门。

系船池口①

系船池口泛滥游，老禅邀我半日留②。
岸莎堤柳度窈窕③，初暑忽送风雨秋。
萧郎钓台三间屋，万顷烟波媚幽独。
长令千载好事人，贪为淮山流远目④。
芊芊蔓草迷长竿，台城直作平野宽⑤。
那知万古文选里，不尽词源八节滩⑥。
英魂远逝招不得，谪仙小杜何处觅⑦。
插天峭崒九芙蓉⑧，试与凭高闲物色⑨。

①程公许自注："池口昭明太子钓矶，蜀僧住山相邀访古，和壁间韵。"池口：今安徽池州市秋浦河下游。昭明太子是南朝梁武帝长子萧统的谥号，他曾主持编撰《昭明文选》三十卷。萧统在一次游湖时贪摘荷花，掉入水中划伤大腿，医治无效很快去世。按照现在的医学理念，萧统的死亡是因为破伤风，古代根本无法治疗。

②老禅（chán）：指蜀僧住山。

③莎（suō）：多年生草本植物，地下的块根称"香附子"，可入药。度：过，由此到彼，连续不断。窈窕（yǎo tiǎo）：深远貌。

④淮山：在今湖北南漳县东北。流远目：尽眼力之所及眺望远方。

⑤台城：六朝时的禁城。宋洪迈《容斋续笔台城少城》："晋宋间谓朝廷禁省为台，故称禁城为台城。"晋之"台城"，在今南京鸡鸣山南干河北面。平野宽：道路如平坦的原野宽阔，此喻萧统如做皇帝，父亲已经替他安排了顺畅的道路。

⑥词源：此喻滔滔不绝的文词。八节滩：在河南洛阳市附近，此指萧统

编选先秦至梁的《文选》，历经艰辛。

⑦谪（zhé）仙：此处专指李白。小杜：唐杜牧。

⑧崷崒（qiú zú）：高峻。芙蓉：宝剑名，即古纯钧剑。春秋时期，越王聘人所铸五宝剑之一。

⑨凭高：登临高处。物色：景色，景象。

多胜亭①

昌黎文章纬河汉，只合飘缨侍香案②。
帝遣骑麟下大荒，肯为吾州一笑粲。
至今千里被膏沐，犹自霱云余绚灿③。
后二百年来祖侯④，不以左官兴瘖叹⑤。
西园坐堂娱岁丰，东城选胜湖波漫。
不知此湖孰经始，秀水之涯矗堤岸。
花屿逶迤双径通⑥，荷荡淼茫三塘贯。
凭堤筑台求清旷，羁官来此泄愤惋⑦。
嘉二三子南渡来，营葺颇能还旧观。
风流转烛冷如铁，仆雨摧风存者半。
蹇余意倦直承明⑧，次补适来忝藩翰⑨。
腐不能通柱后文⑩，拙尤不辨牙筹算⑪。
自公正须豁滞滯⑫，时屈何能事轮奂⑬。
支倾补坏聊复尔⑭，护邃培高足娱玩。
江山入手要弹压⑮，风月无边供判断⑯。
高贤一语真实录，胜游虽多此为冠。
水花岸草错云锦，雨瘴清岚无界畔⑰。
忘机自与鸥鹭亲⑱，无事从渠凫鹜散⑲。

老仙音尘可得追，移得卢家石坚悍[20]。
题评倚重南轩翁，瞻相如瑟黄流瓒[21]。
迂顽我岂经世具[22]，乞身去咏南山矸[23]。
作诗聊与来者期，何去后思可称赞。
尚友三贤自不差[24]，时复凭熊一来看[25]。

①程公许题注："宜春以韩公重，东湖尤一郡胜处。祖侯营造亭、台，碣记古雅。且南轩题评、卢石、扁榜如新，而委之荒落可乎？稍加缮修，颇复旧观。仍摘昌黎诗句，扁新亭为多胜，纪以长韵。"多胜亭：位于江西宜春市东湖边，今宜春即宋代袁州治所。韩愈因上《论佛骨表》触怒宪宗皇帝，贬移袁州刺史，任内理政抚民，重教兴文，赢得"江西进士半袁州"的美誉。祖侯是祖无择，北宋皇祐五年（1053），因触怒权贵贬知袁州。任内新建州学，建韩文公祠，又撰记以缅怀韩愈。碣（jié）：圆顶石碑。卢石：黑色大理石。扁榜：即扁额。委之：抛弃。缮修：程公许到袁州后，着手修缮祖侯营造的亭、台，恢复其旧貌。昌黎诗句：韩愈有名句："莫道宜春远，江山多胜游。"扁新亭：题扁新亭为"多胜亭"。长韵：长诗。

②飘缨：谓冠缨飘动，指在朝为官。侍香案：侍候于皇帝身边。

③霱（yù）云：有瑞云、庆云的意思。绚灿：光彩炫目。

④后二百年：韩愈是公元820年贬任袁州刺史，祖无择是公元1053年贬任袁州知州，前后相隔233年。

⑤左官：降官，贬职。寤（wù）叹：睡不着觉而叹息。

⑥花屿：鲜花盛开的小岛。逶迤：曲折绵延。

⑦羁宦：久宦异乡的人。泄愤惋：发泄愤恨和叹息。

⑧蹇（jiǎn）余：迟钝的我。直承明：在明堂（朝廷正殿）值班。

⑨适来：犹近来。忝（tiǎn）：辱，有愧于，谦辞。

⑩腐：迂腐。柱后：御史等所戴帽子，借指执法官。

⑪牙筹：牙或骨制的计数算筹，指谋划。

⑫自公：尽心奉公。《诗·召南·羔羊》："羔羊之皮，素丝五紽。退食自公，委蛇委蛇。"豁：排遣，消散。滞懑（mèn）：郁闷。

⑬时屈：时世不顺。轮奂（huàn）：形容屋宇高大众多，此指朝廷。

⑭聊复尔：聊复尔耳，姑且如此而已。

⑮弹压：此处谓把事物穷形极相地描绘出来。宋陆游《小饮赵园》诗："满眼风光索弹压，酒杯须以蜀江宽。"

⑯风月无边：极言风景之佳胜。判断：欣赏。

⑰雨瘴：下雨形成的湿热蒸气。清岚：水面清新的雾气。界畔（pàn）：边界。

⑱忘机：消除机巧之心，指甘于淡泊、与世无争。

⑲从渠：沿着水渠。凫鹜（fú wù）：鸭子，野曰凫，家曰鹜。

⑳卢家石：序中所记黑色大理石碑。坚悍：坚硬高大。

㉑瞻相：观察。瑟（sè）：弦乐器，似琴。黄流：指酒。瓒（zàn）：古代祭祀用的一种像勺子的玉器。

㉒经世具：具备治理国事的才能。

㉓乞身：古代以做官为委身事君，故称请辞职为乞身。南山矸（gān）：宁戚《饭牛歌》的首句，寓生不逢时，怀才不遇。史载，齐桓公夜出迎客，宁戚拍打牛角唱道："南山矸，白石烂，生不逢尧舜，短衫单衣至今天……"公召与语，发现其才，封其为大夫。

㉔尚友：上与古人为友。三贤：指春秋时孔门圣贤卜子、闵子和冉子。卜子：晋国人，孔子死后到魏国讲学，授徒三百。闵子：鲁国人，以德行著称。冉子：鲁国人，擅长理财。

㉕凭熊：坐车。古时地方长官乘坐横轼作熊形的车，故称。

和贾伯用架桥筑堤韵①

策蹇仆仆忘寒温②，劳心恻恻桑枣村③。
长虹卧稳烟雨面，千金屹障波涛痕。
涉川利作初九益④，括囊肯为六四坤⑤。

道旁筑室勿与议[6]，可使正论成排根[7]。

①贾伯用：从诗中知负责在绵州桑枣村茶苏河畔架桥筑堤的官员，余不详。程公许时任绵州教授。

②策蹇（jiǎn）：乘跛足驴；喻工具不利，行动迟慢。

③恻恻（cè cè）：恳切。桑枣村：今属四川安县管辖的一个旅游小镇，景区以罗浮山为主，山下有温泉。

④初九：易经中的初九是爻。此处“初九益”谓桥初通，带来通行之便。

⑤括囊：结扎袋口；亦喻缄口不言。六四坤：出自《易经》中的坤卦六四爻辞：“六四，括囊，无咎，无誉。”既不被人毁谤，也没有人恭维。

⑥道旁筑室：即“筑室道谋”，盖房子，同过路的人商量。喻无主见，人多言杂，必难成事。

⑦成排根：遭到排斥。

和秀江亭诗牌韵[1]

鲸吞鳌掷三神山[2]，幻境起灭指顾间[3]。
东西帆樯来复去，怎似上方僧独闲。
看山看水知多少，诗债责偿殊未了。
胶胶扰扰竟何如[4]，早结芭茅怡吾老。

①秀江亭：位于浙江杭州城南钱塘江边月轮山上六和塔院内，亭内有“六和听涛”碑，程公许此行在六和塔寺院内宿三夜。

②鲸吞鳌掷：鲸鱼张口，海鳌投抛。此喻海涛汹涌，气势磅礴，跌宕起伏。三神山：传说东海中仙人所居之山：蓬莱、方丈、瀛洲。

③指顾：手指目视，指点顾盼之间，形容时间短暂、迅速。

④胶胶扰扰：纷乱不宁。

雪峰道院①

琅函真诠何所云②，丈人嵯峨五岳尊。
矞云昼护耀魄宝③，玉绳夜低天市垣④。
琼瑶其上矗千仞⑤，冰雪为人醒醉魂。
飞鸿没处杳难辨，饲虎遗迹应犹存⑥。
甘泉使君趣丘壑，熏炉默坐存昆仑⑦。
高斋图史罗左右⑧，大厦风月相吐吞。
岩泉酒熟芳桂蕊，茶鼎火活苍松根⑨。
坐邀麻姑来擘脯⑩，只恐摩诘难妄言⑪。
界天之雪满窗户⑫，唤起老仙重与论。
叮咛来者时汛扫，燕寝可避蜂衙喧⑬。

①程公许题注：“寺评刘侯，分竹石纽创此院，赋诗落成。左绵劝学从事某借韵寄题。”寺评：官名，大理寺（相当于最高法院）评事。侯：古代士大夫之间的尊称。刘侯在绵州雪宝顶南麓涪江上游山中寻一地，创设了雪峰道院。石纽：古地名，相传为夏禹出生地，在今四川汶川境内。此处指产于汶川的普通大理石。左绵：以成都为地标，面向南时，绵州在左手方。劝学从事：汉设州之学官。某：自称，时程公许任绵州教授，主管绵州教育。

②琅（láng）函：书匣的美称，此指道书。真诠（quán）：犹真谛。

③矞（yù）云：三色彩云，古代以为瑞征。魄（pò）宝：星名，即天帝星，北极五星的最尊者。

④玉绳（shéng）：泛指群星。《文选·张衡〈西京赋〉》：“上飞闼而仰眺，正睹瑶光与玉绳。”天市垣（yuán）：星的区域，古代把众星分为上、中、

下三垣。

⑤琼瑶：美玉，此喻雪山。

⑥饲虎：佛经故事“舍身饲虎”。从前，佛国王子游雪原，见母虎新产七子，抱子卧雪。王子思虑“我这身体千百劫来生死不休，今日救虎，何不舍弃呢?”于是躺卧于虎前，虎饿极虚弱，无力吃他。王子见状，以铜剑刺颈出血，舍身饲虎，一时感动得阳光穿云而出，风停雪止。饿虎舐其血啖其肉，唯留余骨。

⑦熏（xūn）炉：用于熏香等的炉子。存：心怀。昆仑：程公许自注：“《真诰》有想昆仑得仙者。”

⑧高斋（zhāi）：高雅的书斋，又常用作对他人屋舍的敬称。

⑨火活：火苗跳跃、窜动。

⑩麻姑：参见302页注⑭。擘（bò）脯：用手指按摩胸脯。

⑪摩诘（jié）：为佛典中现身说法的代表人物。妄言：谬说。

⑫界天：接天，极言其高。唐杜甫《怀锦水居止》诗之二：“雪岭界天白，锦城曛日黄。”

⑬燕寝：睡眠。宋陆游《问候叶通判启》：“春容方丽，燕寝多闲。”蜂衙：群蜂早晚聚集，簇拥蜂王，如旧时官吏到上司衙门排班参见。

风月无边①

不筑受降城朔方②，不作金狨西池看③。
只愿宽闲寂寞滨，倚醉高吟青玉案④。
秋霜捉蟹草泥滑，春浪叉鱼杨柳贯。
江湖长恐寸心违，世界饶君左手断。
水寒轩槛碧万顷，山扫巫娥云一段⑤。
鹤唳那愁蕙帐空，羊裘未让严陵岸⑥。

是家太白孕精英，待诏銮坡摛藻翰⑦。
藕船驾得玉井来⑧，荔枝腰重金章焕⑨。
至今人物说淳熙⑩，可并成周歌伴奂⑪。
谁令一叶侍中貂⑫，风月无边奉娱玩。
牺尊屡唤斞玉液⑬，科斗何能体先汉⑭。
相期云路早骞翔⑮，分明世泽流波漫⑯。

①程公许题注：“凌云李圣可西郊别墅创小亭，属余作‘风月无边’古篆四字为扁，颜平冈、冯炳仲赋诗，和者盈轴，因赋此。”风月：清风明月，泛指美好的景色。李圣可：程公许又注：“圣可乃淳熙从官李公昌图之孙，先世自华州入蜀者。”华州即今陕西渭南，从官是君王的随从、近臣。李圣可时居蜀中嘉州凌云寺（今乐山大佛寺）附近，后边提到的颜平冈、冯炳仲均为其好友。属：古同“嘱”，嘱咐，托付。

②受降城：城名。汉唐筑以接受敌人投降，故名。汉故城在今内蒙古乌拉特旗北。唐筑有三城，中城在朔州，西城在灵州，东城在胜州。

③金狨（róng）：狨皮制成的马鞍垫，此代指马。西池：相传为西王母所居瑶池。上句和此句言李圣可不想再去边地担任高级军政长官。

④青玉案：泛指古诗。唐杜甫《又示宗武》诗：“试吟青玉案，莫羡紫罗囊。”仇兆鳌注：“青玉案，谓古诗。”

⑤巫娥云：指从三峡巫山神女峰吹来飘过乐山凌云山的云朵。

⑥羊裘：指隐者或隐居生活。典出汉严光，光与刘秀同学，后刘秀即帝位，光变名隐遁。秀遣人觅访，授谏议大夫，光不受，于故乡严陵披羊裘钓于泽中。

⑦待诏：李圣可的爷爷李昌图，为淳熙从官，国子监博士。銮坡：唐德宗时，尝移学士院于金銮殿旁的金銮坡上，后遂以銮坡为翰林院的别称。摛（chī）藻翰：铺陈辞藻，意谓施展才华。

⑧玉井：冰井，为古代帝王藏冰之所，伏日以冰赐大臣。此处玉井指冰块。

⑨腰重：即腰金重，古代朝官的腰带，按品级镶以不同的金饰，品级高

者以纯金制成。金章：金质的官印。焕：光明。金章焕因以指代官宦仕途光明。

⑩淳熙：参见 140 页注⑤。

⑪成周：借指周公辅成王的兴盛时代。

⑫一叶：一代。侍中貂：侍中是官名，正二品，其官帽以貂尾为饰。此指李圣可祖上在朝廷为官。

⑬牺尊：酒器，作牛形，背上开孔以盛酒。斞（yǔ）：容器，也是容量单位。

⑭科斗：科斗文字，此指程公许书篆字“风月无边”。

⑮云路：仕途。骞（qiān）翔：飞翔，比喻宦途得意。

⑯流波漫：如流水浸润。此言李圣可家族源远流长，皇恩浩荡。

载酒饮沧江①

杜陵老翁身转蓬②，浣花溪头诗更工。
向来隐语最沉着，锦宫花里看晓红。
当年绕树经营时，吟思拍拍春醅醲③。
重跗迭萼今胜昔④，五百年远谁为容。
使君结庐沧江上，去处相隔牛马风。
竹蹊花坞穿窈窕，佳趣似是桃源同。
一年好春海棠擅⑤，隔墙恨不载酒从。
颇闻花荫喧语笑，何似橘仙隐巴邛⑥。
主人眼底有青白⑦，风流骇俗阮嗣宗⑧。
天工不耐凌铄苦⑨，故使分薄阿堵中⑩。
那知阳春恣陶写⑪，何物芥此云梦胸⑫。
玉湖亭上一尊酒，柳花漠漠江溶溶。

锦机转眼雪糁径[13]，还有明年春再逢。
要知造物无尽藏，那肯一日居成功。
商讴为公不成调，谁叩阊阖笺天公[14]。
晚红一醉亦聊尔，休逐沧浪垂钓翁[15]。

①程公许自注："诸友载酒饮沧江海棠下，公许以上寿亲庭，不克与胜赏。翌日招饮，出示新作敬和元韵。"沧江：都江堰灌溉渠支流，从都江堰主渠分流后，自西北向东南经郫都区入成都市区后汇入锦江，今名清江。此诗作于程公许任双流县尉后。上寿：祝寿。亲庭：本指父母，此特指父亲。胜赏：尽情地赏景饮酒。

②转蓬（péng）：此指杜甫开始草堂隐居生活。

③拍拍：充满。春醅：唐人之酒多以"春"命名，"春醅"泛指美酒。

④重跗迭萼：海棠花盛开，层层重叠。

⑤海棠：春季开花，白色或淡红色，每朵花有二十余瓣，香气浓郁。

⑥橘仙：东晋罗仙翁的独生女儿。其父为道教学者、著名炼丹家、医药学家，曾领着她巡于德阳罗江上下为民治病。女儿在山坡种植红橘，故被称为橘仙。

⑦青白：三国时魏国诗人阮籍不喜欢说话，却常常用眼睛当道具，用"白眼""青眼"看人。对讨厌的人用白眼，对喜欢的人用青眼。

⑧嗣（sì）宗：三国魏阮籍的字，"竹林七贤"之一。据说司马昭想和阮籍结为亲家，阮籍避而狂饮，每日酩酊大醉。奉命提亲者没机会开口，司马昭只好作罢。

⑨凌铄（shuò）：欺压，敲打。

⑩分（fèn）薄：缘分浅薄。阿堵：六朝人口语，犹这，这个。亦指钱。语出南朝宋刘义庆《世说新语·规箴》："王夷甫雅尚玄远，常嫉其妇贪浊，口未尝言钱字。妇欲试之，令婢以钱绕床不得行。夷甫晨起，见钱隔行，呼婢曰：'举却阿堵物。'"后遂以"阿堵物"指钱。

⑪恣：放纵，无拘束。陶写：谓怡悦性情，消愁解闷。

⑫芥：梗塞。云梦胸：宽广的胸怀。

⑬锦机：美好时光。雪糁（shēn）：雪珠。

⑭阊阖（chāng hé）：传说中的天门。笺天宫：行文以祭告上天。

⑮垂钓翁：指辅佐周武王灭殷的姜尚，年八十钓于渭水之滨，始遇文王。

酌饮清节亭①

雨余热喘思澡雪，有客叩门筇九节。
相携款竹墨池家，竹间张饮碧筒折②。
枞枞玉立肩相齐③，何羡掖垣歌紫微④。
会须把臂入林去，山王掉首麾去之⑤。
骨相恐难飞食肉⑥，功名浪费杀青竹。
渭川自有千户封，持此较彼差不俗⑦。
平生我亦厌荣观，为君醉眠蕲簟寒⑧。
人间有此碧玉镜⑨，那怕火伞张炎官⑩。

①程公许自注："杨子春酌饮清节亭，示诸公旧赋索和。"清节亭：在南宋都城临安西湖边。杨子春为程公许朝中好友，即诗中拄杖叩门者。澡雪：洗澡冲凉。

②张饮：设帷帐以饮。张，通"帐"。碧筒折：亦作"碧筒杯"，一种用荷叶制成的饮酒器。三伏之际，取大莲叶置砚格上，盛酒其中，以簪刺叶，令与柄通，屈茎盘曲如象鼻，传吸之，名为碧筒杯。

③枞（cōng）枞：荷叶碧筒杯隆起高耸貌。肩相齐：与饮者的肩一样高。

④掖垣：参见4页注⑧。紫微：紫微星为大帝之座，此指帝王宫殿。

⑤山王：晋山涛和王戎的并称。南朝宋颜延之作《五君咏》，述竹林七贤，以山涛、王戎显贵而不予列入。掉首：转头不理睬。麾去：下令撤掉，让其离开。

⑥骨相：指人的骨骼、形体、相貌。飞：高升。食肉：谓做高官，封侯。

⑦持此较彼：拿封侯的与那校书的相比较。不俗：不庸俗，高雅。

⑧蕲簟（qí diàn）：用竹编制的篾席。

⑨碧玉镜：美酒盛于用荷叶制成的饮酒器“碧筒杯”中，澄净如镜。

⑩火伞：比喻烈日。张：展开。炎官：神话中的火神。

丈夫事业期不刊①

左绵山川平且宽，周遭四境皆奇观。
广文官曹冰雪寒②，摧风剥雨无时安。
巧妇无米良独难，惭汗如汁时一叹。
郎朗春雨润杏坛③，堆盘苜蓿空阑干④。
三年转烛槐梦残⑤，明当西郊挂征鞍。
平生但知取友端，忍御艾蒿捐杜兰。
叮咛何须劝加餐，活计不但故纸钻。
孔辙回环颜一箪⑥，君民尧舜无两般。
聚奎堂中俨衣冠⑦，尚友谨勿轻杇墁⑧。
丈夫事业期不刊，脚根牢取百尺竿⑨。

①程公许自注：“满戍有日，置酒学宫，为诸友赠别。”丈夫：成年男子，此处指有所作为的人。刊：古代文字书于竹简，有误，即削除，谓之刊。不刊谓不容更动和改变，引申为功业不可磨灭。满戍（shù）有日：戍守即将到期。此诗为程公许任绵州教授时所作。

②广文：参见179页注①。官曹：官吏办事处所。

③郎朗：读书声清朗响亮。春雨：春风化雨，比喻学宫良好的熏陶。杏坛：为纪念孔子讲学而建。孔子第四十五代孙孔道辅监修孔庙时，将正殿后

移，除地为坛，环植以杏。

④苜蓿（mù xu）：植物，原产西域，汉武帝时张骞使西域始传入，可做饲料。阑（lán）干：交错杂乱貌。

⑤转烛：风摇烛火，用以比喻世事变幻莫测。槐梦：槐安梦。唐李公佐《南柯太守传》载，淳于棼饮酒古槐树下，醉后入梦，见一城楼题大槐安国。槐安国王招其为驸马，任南柯太守三十年，享尽富贵荣华。醒后见槐下有一大蚁穴，南枝又有一小穴，即梦中的槐安国和南柯郡。后因用“槐安梦”比喻人生如梦，富贵得失无常。

⑥孔辙：孔门儒家的路途。回环：循环往复。颜一箪（dān）：《论语·雍也》子曰：“贤哉回也！一箪食，一瓢饮，在陋巷，人不堪其忧，回也不改其乐。”箪，盛饭的竹器。

⑦聚奎堂：聚集英雄的地方。奎：星名，二十八宿之一。俨衣冠：使衣冠严整。

⑧尚友：重视结交朋友。杇墁（wū màn）：涂饰，粉刷；此喻高洁的品行。

⑨脚根：比喻立足点或基础。百尺竿：古代表演杂技用的长竿。唐郑处诲《明皇杂录》卷上：“时教坊有王大娘者，善戴百尺竿，竿上施木山，状瀛洲、方丈，令小儿持绛节，出入于其间，歌舞不辍。”

赠胡贤良①

苏壁辛楣芰荷屋②，静揖秋风酣圣读。
占断湖天拓户封③，不待诏书赐一曲④。
红尘车马交衢术⑤，渠肯冠霞立于独⑥。
满城风雨又重阳，念子萧疏对寒菊⑦。
双壶遣赠滟蛆浮⑧，想见羁愁尽蛾伏⑨。
高人一巢有余地，何须驷马驾车轴。

但得长年交酒圣，不妨一笑吟骚赋。
若云归隐须买田，巢由嗤人未免俗[10]。

①程公许自注："九日，以酒赠雪江胡贤良，蒙惠诗和韵。"胡贤良：程公许朝中好友，曾与程公许同在吏部供职，作本诗时胡已退休，时程公许任吏部考功郎。九日：指农历九月九日重阳节。雪江：杭州西湖边雪江书堂，胡贤良居处。

②荪（sūn）壁：以荪草装饰墙壁。辛楣：以辛树做门框上的横木。芰（jì）荷：指菱叶与荷叶。

③拓（tuò）户封：拓展的封户。封户是立功者被皇帝赐予的殊荣，享有食邑，包括粮食和财产等，类似分了一块小属地。

④一曲：西湖边一湾水域。

⑤衢（qú）术：古代城市中的道路。

⑥渠（jù）岂，哪里，怎么。冠霞：头顶霞光。

⑦子：对友人胡贤良的尊称。萧疏：寂寞。

⑧遣赠：派人送去。滟：盈溢貌。蛆浮：醪糟酒。

⑨羁愁：愁于旅途太远。蛾伏：（因不能亲临）俯身伏地相拜。

⑩巢由：参见183页注⑳。

政须趺坐共商量①

掣铃者谁金门客[2]，神秀迫人似曾识。
八返未问龙虎交[3]，一杯且荐琳腴碧[4]。
我昔卜隐大面山[5]，招旌驱人难得闲。
梗野自适麋鹿性，逡巡远引鹓鹭班[6]。
始青一气色非色[7]，此中自有金丹诀[8]。

政须趺坐共商量，忍向尘劳磨岁月⑨。

①程公许自注：“碧云程道士自清江相过，示以玉渊刘清叔诗，借韵同赋。”政：治理国家事务。趺（fū）坐：盘腿端坐。碧云：青城山碧云观。程道士为程公许任成都崇宁县令时好友。清江：都江堰灌溉渠支流，自成都平原西北方向注入锦江。相过：相拜访。玉渊刘清叔：刘子澄，字清叔，江西人，程公许好友，曾为澧阳县尉，知枣阳，除军器监簿，因唐州兵败谪居封州，后隐居庐山。程道士自青城至庐山，刘特意托其带去诗作赠送在杭州朝廷的程公许。

②掣（chè）：拉，拽。金门客：出自东方朔：“隐居世俗中，避世金马门。”此指程道士。

③八返未问：多次往返没来得及拜访。龙虎交：喻英雄俊杰之间的交往。

④荐：进献。琳腴：犹言玉液琼浆，借指美酒。

⑤卜隐：此指程公许曾任成都崇宁县令。大面山：参见 113 页注①。

⑥逡（qūn）巡：小心谨慎。鹓（yuān）鹭班：鹓和鹭飞行有序，比喻上朝时班行有序的朝官。

⑦始青一气：指混沌之气，道家认为是构成天地万物之本原。色非色：佛家《心经》：“色不异空，空不异色，色即是空，空即是色。”“色非色”，这个“非”当“不仅是”解。当你看到有形有色的东西，心中所想并非这个东西本身，而是能上升到精神层面的更加美好的东西。比如看到花，闻到香，这可能让你心中联想到美好的事物。空与色相互依存，相互转化。能领悟到空和色的真谛，即见如来。

⑧金丹诀：道家奥妙。道士炼金石为丹药，认为服之可以长生不老。

⑨尘劳：世俗事务的烦恼。

富贵不淫贫贱乐①

莼湖何物堪怡悦，与鉴湖境无差别②。

诗人胸贮冰雪清，湖边吟作寒螀鸣[③]。
紫莼可羹菰可饭[④]，把茅自足了一生[⑤]。
食前方丈位钧轴[⑥]，何如深林一枝足[⑦]。
宽闲之野寂寞滨，钓有缗竿耕有犊。
男儿何须嗟命薄，富贵不淫贫贱乐。

①程公许自注："为玉汝赋莼湖，借田家乐府韵。"这是程公许写给晚辈的一首励志诗。富贵不能淫，贫贱不能移，威武不能屈，此之谓大丈夫。玉汝：玉汝于成，像爱惜玉一样爱护、帮助你，使你成功。莼湖：程公许又注："莼湖与鉴湖相近。"鉴湖位于今浙江绍兴城西南两公里。

②鉴湖境：民间说"鉴湖八百里"，而程公许自注："莼湖与鉴湖相近。"可想当年莼湖之宽阔。

③寒螀（jiāng）：即寒蝉。晋郭璞注："寒螀，似蝉而小，青赤。"

④紫莼：莼菜。多年生水生宿根草本，性喜温暖，适宜于清水中生长。嫩叶可供食用，口感圆融、鲜美滑嫩，为珍贵蔬菜之一。菰（gū）：多年生草本植物，生在浅水里，嫩茎称"茭白"，可做蔬菜。果实称"菰米"，可煮食。羹（gēng）、饭二字均为名词动用。

⑤把茅：守住茅屋。

⑥位：位列。钧轴：钧以制陶，轴以转车；喻桌上摆满盛食物的陶器，门前停满车马，生活奢侈。

⑦深林一枝：语出庄子《逍遥游》："鹪鹩（jiāo liáo）巢于深林，不过一枝；偃鼠饮河，不过满腹。"比喻欲望有限，极易满足。

千古江山长媚好[①]

子西诗律伤于严，掉头沉吟春饮酣。

何曾一字低处著，有似国工高手谈。
千古江山长媚好，水曹依旧清风扫[②]。
只惭次补较非才[③]，更愿乞灵依此老[④]。
天涯憔悴一诗穷[⑤]，溪流泯泯山丛丛。
事须登临作酬赏，剩破酒榼官泥红[⑥]。

①程公许自注："李宰和唐子西芙蓉溪诗，索同赋。"李宰：李宗勉（？—1241），杭州人，时任左丞相兼枢密使。唐子西：唐庚，字子西，四川眉州人，北宋诗人、文学家。芙蓉溪：位于四川绵阳市游仙区。索同赋：李宗勉邀程公许以唐子西芙蓉溪诗韵赋诗。媚好：娇美。

②水曹：管河流的官衙。

③次补：在宰相李宗勉之后步芙蓉溪诗韵作诗。非才：才不堪任，公许自谦。

④乞灵：求助于神灵或某种权威。此老：指唐子西。

⑤天涯：天涯人，程公许自指。

⑥酒榼（kē）：贮酒器，可提挈。官泥红：酒名。宋代官酿，因用黄罗帕或黄纸封口，盖上官府作坊红印，故名。宋苏轼《岐亭》诗之三："为我取黄封，亲拆官泥赤。"

龙沱山草草粑[①]

山林绵菜久封殖，误随小草辄轻出。
得似乾淳太史公[②]，万古不磨董狐笔[③]。
方士龙沱山中人，玩心竹素如醉醒[④]。
炼师喜为作妙供，灵苗相间丛卉生。
七年飘摇湖海客[⑤]，生怕鱼鲤腐关膈[⑥]。

规矩得自真人传，清苦本来同气质。
十洲地产富琼芝[7]，龙沱何曾欠粑草。
与君约归如有期，跃鲤何用姜芥煮。

①程公许自注：“李季实以龙沱山草草粑见惠，长句将之。吕兄亦有和章，借韵答谢。”龙沱山：在今四川宜宾市叙州区北面观音镇越溪河左岸。草草粑：用酒米（糯米）和饭米（大米）约各半磨粉，以诗中所言“绵菜”，又叫“清明草”“粑粑草”。淖熟后拌和，煎食为饼，蒸食称“粑”，色绿晶莹，清香扑鼻，入口糯软，食有余味。程公许故乡四川宜宾市叙州区越溪河一带至今尚有春节蒸食“草草粑”习俗。李季实：程公许又注：“李炼师，山中仙者。”见惠：谢人馈赠的谦词。封殖：清明草喜植根厚土繁衍生长。

②乾淳：乾淳之治。宋孝宗在位，政治清明、社会稳定、经济繁荣、文化昌盛，南宋相对进入到一个兴盛时期。

③董狐笔：参见 288 页注㉑。

④玩心：犹言专心致志。竹素：犹竹帛，多指史册、书籍。

⑤七年飘摇：程公许 1211 年中进士，因丁母忧回叙州宣化蟠龙书院老家三年，后出任双流县尉。7 年后又重返老家，推算写此诗时当是 1220 年。

⑥关膈：胸腹之间的膈膜，此借指肠胃。

⑦十洲：道教称大海中神仙居住的十处名山胜境，亦泛指仙境。琼芝：即灵芝，古人以为服之可以长生。

和钟道士若谷投赠韵[1]

流年滚滚滩头浪，稀疏白发三千丈[2]。
人生荣禄不须多，嗟何及矣负米养[3]。
沧溟不禁尾闾泄[4]，养素略窥道家说。

庶几真一复保全[5]，可以众心止分裂。
瀛洲醉挥碧霞杯，集云峰前偶此来[6]。
吏衙皂散铃索静[7]，怪有飞佩锵琼瑰[8]。
紫霄洞经曾熟读[9]，归来烟霞绕冠服。
嵯峨千仞狮子峰[10]，寒栖旋营数间屋。
飙游为我片刻停，汲泉饮满如海鲸。
要学旌阳累功行[11]，不妨天诏迟飞升。
岷峨念归可轻发[12]，枉办青鞋并布袜。
禁闼侯藩信所遭[13]，几曾仰空虚咄咄。
炉熏浪拟叩玄微[14]，何如赵州东院西[15]。
了知此理这么是，亡羊何必惑多蹊[16]。
自心有疑须自断，勿用周遮添重案[17]。
炼师为我印证之，六合同风九州贯[18]。

①钟道士：姓钟名若谷，程公许老家叙州宣化越溪河下游著名道士。此诗写作时间当与《龙沱山草草粑》大体相同。投赠：赠送。

②白发三千丈：滩头乱石将越溪河滚滚浪花分割梳理成如同长而稀疏的白发。

③负米：外出求取俸禄钱财等以孝养父母之典。

④沧溟：大海。尾闾：古代传说中泄海水之处。《庄子·秋水》："天下之水，莫大于海，万川归之，不知何时止而不盈；尾闾泄之，不知何时已而不虚。"

⑤真一：道教名词，保持本性，自然无为，后多指养生的方法。

⑥集云峰：在今四川宜宾市叙州区樟海镇和丰村爨（cuàn）王山。爨姓据传为古代僰人的一支。

⑦铃索：官衙禁署严密，内外不得随意出入，须掣铃索打铃以传呼或通报。

⑧飞佩：佩是衣带上的玉饰，此指钟道士投赠的诗作。琼瑰：珠玉，此

喻美好的诗文。

⑨紫霄洞经：道家经典。紫霄，天帝所居。

⑩狮子峰：位于叙州宣化县越溪河右岸古峰寺旁。

⑪旌阳：指晋仙人许逊。逊曾任蜀旌阳县令，曾学道，后传全家升仙而去。

⑫岷峨：程公许以此代指成都。念归：探亲假已满，当归。轻发：轻装出发。

⑬禁闼（tà）：官衙，此指成都府。侯藩：封侯做官。此指 1220 年，程公许被任命为绵州教授。

⑭浪拟：烟雾缭绕盘旋上升。叩：叩问。玄微：深远微妙的高空。

⑮赵州：指唐代高僧从谂，曾住持于河北赵州观音院，传扬佛教，不遗余力，时谓“赵州和尚”。

⑯亡羊：古有邻人亡羊，率领亲朋好友去寻找，但因多歧路，歧路之中又有歧路，结果无功而还。后因以“亡羊”喻步入歧途而一无成就。

⑰周遮：唠叨。重案：重复提出计划、方法和建议。

⑱六合同风：此指国家统一。

和陆放翁笑诗呈云端子①

身佩含景苍精龙②，洒落不与流俗同。
酒酣兴逸一捧腹，义府有刀藏其中③。
人间万事谁丑好，儿童何知不惊倒。
虎溪三士乐如此④，霜寒夜永勿虚觥。

①陆放翁笑诗：宋淳熙元年（1174），陆游（1125－1210）代理荣州（今四川荣县）知州，曾沿越溪河而下游历。淳熙四年（1177）八月，陆游有知叙州之任命而未上任理政。其《观村童戏溪上》“雨余溪水掠堤平，闲看村童

谢晚晴。竹马踉跄冲淖去，纸鸢跋扈挟风鸣。三冬暂就儒生学，千耦还从父老耕。识字粗堪供赋役，不须辛苦慕公卿。”诗中越溪河畔有的儿童拽着风筝一路飞跑；有的儿童骑着竹马跌入泥淖，人仰马翻，令人捧腹。云端子：四川叙州城金沙江下游南岸川滇交界处福林山中道人，程公许朋友。

②含景：指服食日光，古代养生术，为道家内丹功夫之一。苍精龙：古代为观测天象，选取二十八个星官作为观测时的标志，称为“二十八宿”。它又平均分为四组，每组七宿，与东、西、南、北四个方位和苍龙、白虎、朱雀、玄武等动物形象相配，称为“四象”。东方七宿其形如龙，曰“左青龙”。即苍精龙。

③义府：义理之府，指《诗》《书》。《左传·僖公二十七年》：“《诗》《书》，义之府也。”有刀：死读诗书，剥夺了人生快乐。

④虎溪：在四川叙州城金沙江下游南岸。相传云端子居福林山中，送客不过溪，过此，虎辄号鸣，故名虎溪，名今尚存。三士：指古之许由、巢父、池主三位隐士。《艺文类聚》卷三六引三国魏曹植《许由巢父池主赞》：“尧禅许由，巢父是耻，秽其圂听，临河洗耳。池主是让，以水为浊。嗟此三士，清足厉俗。”

别云端子和元字韵①

玉楼双耸吟肩寒②，自孔氏出参玄元③。
荒寻得君相指似，清吐对我如澜翻。
归欤福林葺茅屋，间有洞户通麻源④。
世尘轇轕匆浪出⑤，执手且须空此尊。

①云端子：参见344页注①。

②玉楼：道教语，指肩。吟肩：诗人的肩膀，因吟诗而耸动，故云。

③孔氏：儒学。参（cān）玄：佛教语，犹参禅；泛指探究哲理。

④麻源：民间传闻，从高原而下的金沙江，有溶洞通往宜宾真武山哪吒洞，水出洞后经麻姑台注入盐水溪。程公许诗中借“麻源”喻云端子回到福林山中别有洞天福地。

⑤轇轕（jiāo gé）：纵横交错，引申为纠缠不清。浪出：游玩闯荡。

寄谢碧云张高士①

临邛自昔多仙才②，鹤鸣神丹夜昭回③。
唐鸿都客尤奇俊④，飞神碧落超蓬莱。
宋采石战强敌摧⑤，少微褒封自公台。
玄风寥寥闭寒灰⑥，那知轩髯张心印。
今复传云来儒释，老氏鼎立如三才。
凡囿形数由断裁⑦，授非其人委烟埃⑧。
如碧云张亦异哉，几年愿见心渴梅。
吾徒笑我老尚孩，三生同侍劫难台。
羊肠百折行阢陨⑨，赤城醮盟三月斋⑩。
青云有梯攀崔嵬，星冠禹步旋斗魁⑪。
天门荡荡金碧堆，章函历上九虎开⑫。
津梁爽灵帝所哀⑬，瞬息命令传风雷。
帝宸留侍非不佳⑭，眷此浊海多劫灾。
力扶道法受沉埋，三千功行仙可阶。
世人汩没井底蛙，各主其教相抵排。
吾师思以一理该，与我心契无复猜。
何当岁晚弃尘累，栖岩烟云相与侪。
芝术可庖露可杯⑮，商略道蕴生死裁⑯。

左携安期右洪崖⑰，超尘驭气凌九垓⑱。

①高士：志趣、品行高尚脱俗者。张高士为临邛天台山碧云观道士。

②临邛：今四川邛崃，唐、宋时为邛州治所。仙才：道教谓成仙者。

③鹤鸣：鹤鸣山，位于成都大邑县城西鹤鸣乡，海拔1000余米，山势雄伟、林木繁茂，双涧环抱。民间传闻鹤鸣山岩穴中有古鹤，鸣则仙人去。神丹：道家仙丹。昭回：谓星辰光耀回转。

④鸿都客：神仙中人。唐白居易《长恨歌》："临邛道士鸿都客，能以精诚致魂魄。"

⑤采石战：公元1161年，南宋文臣虞允文率军民于采石（今安徽马鞍山市西南）阻遏金军，宋军大胜，使金军未能如愿从采石矶渡江南侵。

⑥玄风：道教谓北风。玄，北方之天。寥寥（liáo）：雄劲清越。寒灰：指尸体或棺椁年久朽烂化成泥土。

⑦囿：被限制。形数：气数，命运。

⑧授非其人：不是这方面的人才，不教给他这方面的知识；没有虔诚的学习品质，不教授其本领。委：抛弃。烟埃：灰烬。

⑨虺隤（huī tuí）：疲极致病貌。

⑩赤城：青城山。醮（jiào）盟：道士设坛念经做法事。斋：斋戒。

⑪星冠：道士的帽子。禹步：谓跛行。相传夏禹治水积劳成疾，身病偏枯，行走艰难，故称。旋：转动。斗魁：指北斗。

⑫章函历上：盖有印信日期戳记的文书。九虎：本指王莽的九个将军，此指各道关口。

⑬爽灵：道教称人三魂之一，泛指灵魂。

⑭帝宸（chén）：帝王的宫殿。

⑮芝术：草药名。杯：入杯饮用。

⑯商略：估计。道蕴：路途蓄藏。

⑰安期：参见215页注③。洪崖：参见145页注⑱。

⑱凌：迫近，逼近。九垓（gāi）：九层天。

和小阮咏感时韵①

豆笾列炙凌丘垤②，有酒如渑旨且冽③。
得似年丰世小康，渔樵结社谈蜚屑。
畏途羊肠遍宇县，二十年间行未彻④。
忧时无力为支撑，问计商崖未能决⑤。
频年水旱酿灾眚⑥，况复刀兵值空劫。
剜肉补疮不遑恤，敲骨沥髓供一切。
诗歌硕鼠想乐郊，泽自无鱼可堪竭。
何时天狼陨芒焰⑦，尽驱狐兔絷故穴。
危机欲济重坎陷⑧，暴征须戢猛火烈⑨。
所期世路静风尘，甘隐瓜畴耘露瓞⑩。
阿咸年少知激昂⑪，勉法前修立功业⑫。

①小阮：晋阮咸与叔父阮籍都是“竹林七贤”之一，世因称咸为小阮，后借以称侄儿。

②豆笾（biān）：祭器。木制的叫豆，竹制的叫笾。炙：此指烧钱纸。凌：迫近。丘垤（dié）：小土丘，此指祖坟。

③渑（miǎn）：渑水，又称丽水、马湖江，宋代起因开采沙金而称金沙江。

④二十年间：程公许 1211 年中进士，踏上仕途，此诗当作于 1231 年左右。彻：通。

⑤商崖：商山，即陕西省南部商洛山。《史记·留侯世家》载：秦末，东园公、绮里季、夏黄公、角（lù）里四位先生，避秦乱，隐商山。高祖召，不应。

⑥频年：连年。灾眚（shěng）：灾殃，祸患。

⑦天狼：星名，古以为主侵掠。芒焰：指星的光芒。

⑧重坎：《易·坎》卦象为二坎相重，后遂以“重坎”喻指艰难险阻之境地。

⑨戢（jí）：收敛，停止。

⑩耘露瓞（dié）：为带着露水的小瓜除草。耘：除草。瓞：小瓜。

⑪阿咸：三国魏阮籍侄阮咸，有才名。后世因称侄子为“阿咸”，程公许此诗中指自己的侄儿子。激昂：奋发昂扬。

⑫法：效法。前修：犹前贤。

寸卉虽微均我身①

怀昔三昆皆青春②，挥毫泼墨惊鬼神。
我方丱角瞠后尘③，有如莽林麇鹿奔。
高堂寿朋鬓辮银④，时节歌舞彩服新，
二十年间存几人，叔氏终老一葛巾⑤。
盆池折花秋中旬，共房感我并蒂辛⑥。
寸卉虽微均我身，壅培涵浸宜及辰⑦。
一气之运屈必伸，子如不信有苍旻⑧。

①程公许自注：“先兄叔逢种花盆池，秋初开一朵。二侄感悼成韵，作柏梁体答之。”先兄：已过世的兄长。叔逢：程公说（字伯刚）和程公硕（字仲逊）之弟，程公许（字季与）之兄。“伯仲叔季”指兄弟的长幼顺序，伯、仲为大哥、二哥，“季”为最幼。“叔逢”是程公许的三哥，在越溪河边老家耕读守业终老一生。柏梁体：七言古诗的一种。相传汉武帝在柏梁台上和群臣共赋七言诗，人各一句，每句皆用韵，后人谓此体为柏梁体。

②三昆：三个哥哥。青春：指青年时期，年纪轻。仕与隐，是中国古代封建社会中文人的两种最基本的生活状态。当仕进无门、求官无路，乡村田野就成了三哥叔逢最佳的栖身地，闲适的隐居生活为心灵提供一个相对自由的空间。睹物思人，盆花成了程公许思念的三哥的化身。

③丱（guàn）角：头发束成两角形，为儿童或少年发式。

④鬓亸（duǒ）银：鬓发下垂如银。

⑤叔氏：三哥叔逢。葛巾：用葛布制成的头巾；借指三哥叔逢未考中功名，一介布衣。

⑥共房：同居一室。并蒂辛：指公说、公硕、公许兄弟艰辛奋斗，考中进士。

⑦壅（yōng）培：施肥培土。涵浸（jìn）：浇水滋润。及辰：犹及时。

⑧苍旻（mín）：苍天。

和陆放翁梅诗①

清羸怯问黄昏月②，呵手寒窗寄幽绝。
一枝幽艳枨触人③，花与诗人皆本色。
孤山飞鹤舞空去④，诗家何曾绝正脉。
经营惨淡空无奇，不如倚笔珊瑚格。
滕六冬来偏放惰⑤，暖日暄风浑坼破⑥。
便拟飞章上诉天，怕触林神合连坐⑦。
我昔与梅同谪堕⑧，随分世尘聊赎过。
熏天肉食休问渠⑨，万古清芬首阳饿⑩。

①程公许自注："一冬无雪，和陆放翁梅诗。陆句豪夸，余句清苦，要自不失梅兄本分家风也。"陆放翁：参见344页注①。

②清羸（léi）：清瘦羸弱。

③枨（chéng）触：伸出触及。

④孤山飞鹤：孤山在杭州西湖中，林逋（bū）曾隐居于此，喜种梅养鹤。林逋常畜两鹤，纵之则飞入云霄，盘旋久之，复入笼中。

⑤滕六：传说中雪神名，用以指雪。

⑥暄（xuān）风：暖风。浑坼（chè）破：使大地干裂。坼破，裂开。

⑦林神：天帝之女凤凰公主驾下的四大守山神将之一。

⑧谪堕：犹谪降，古代官吏被降职并调至边远之地。

⑨熏天：形容官运炽热。肉食：指高位厚禄。渠：他。

⑩清芬：喻高洁的德行。首阳：山名，相传为伯夷、叔齐采薇隐居处。

借竹为媒来石友①

好山意度如高人②，偃蹇那肯来朱门③。
青油幕中盛快士④，爱山惟恐不能致。
昭亭东望天一涯⑤，武担亦复归迟迟⑥。
开窗延得竹君瘦，借竹为媒来石友。
烟云吐吞一席间，瓦盆取月湖海宽。
羽书撤警文书省，一炷水沉销日永⑦。
不嗔邻客唤门频，支颐对玩玉嶙峋⑧。
平生我亦烟霞痼，强拟为君援笔赋。
破除几许白云腴⑨，肠枯搜搅一句无。
昨宵梦怕大刀折，诗债未偿宁许别。
从君差乐休念归，剩借前箸裨筹帷⑩。
主公威声削敌垒，旆旌行拂终南翠⑪。
若携诸吏上峥嵘⑫，容我后乘陪载赓⑬。

①程公许自注："制幕孙君即益昌舍馆，迭石栽竹于盆池，索赋。"石友：情谊坚如金石的朋友。制幕：南宋为抗击西夏入侵临时差遣的守边将领。益昌：治所在今四川广元。孙君：不详。

②意度：意境与风格。高人：志行高尚的人。

③偃蹇（yǎn jiǎn）：傲慢。

④青油幕：青油涂饰的帐幕。快士：豪爽之士。

⑤昭亭：今四川广元昭化镇。

⑥武担：山名，在四川成都市城内西北隅，借指成都。

⑦水沉：用沉香制成的香。销：渡过。日永：指夏至，夏至这一天白昼最长，故云。

⑧支颐：以手托下巴。对玩：独自对着叠石栽竹的瓦盆赏玩。嶙峋：此形容瓦盆中迭石突兀高耸。

⑨白云：黄帝时掌刑狱之官，后用作刑官的别称，此为程公许自指。腴（yú）：膏腴，此喻绞尽脑汁。

⑩前箸（zhù）：进餐时座前的筷子。裨（bì）筹帷：在军帐中帮助谋划军机。

⑪旆旌（pèi jīng）：旗帜，此指出征。行拂：出自《孟子·告子下》"行拂乱其所为"，意思是采取措施，使敌人行动错乱。南翠：益昌以南赢得安宁。

⑫峥嵘（zhēng róng）：高峻，此谓仕宦得意。

⑬后乘：从臣的车马。载赓：继续坐在车上。

邂逅论心成二友①

东郭沧江市桥柳②，邂逅论心成二友。
仙曹如水往复来③，永昼论文间卮酒。

十五年间如掣电[④]，屋梁落月几回首。
爱君宁静天机深，玉雪照我惊老丑。
宝屏两月同舍馆[⑤]，青眼相看只如旧[⑥]。
秋风一鹗空百鸷[⑦]，四海知心悦斋老。
鹊声查查客当还，鹤发倚门春一笑。
荣途埃磕倦驰骛[⑧]，圣域工夫窥窔奥[⑨]。
拏云岂无九霄志[⑩]，缓辔徐驱千里道[⑪]。
平生我亦重择交，与君同盟期耐久。
纷纭归梦促严装，黯淡羁情更分手[⑫]。
蜀川夙擅溪壑胜，雌堂况得文章守[⑬]。
嬴粮宁惮两日程[⑭]，龙洞烟霞共幽讨[⑮]。

①程公许自注："别冯伯昭新班归三荣，末句乞呈转使君王万里年兄。"邂逅：欢悦貌。冯伯昭：四川荣州双古场龙洞人。端平初年（1234），程公许被朝廷召授大理司直，来到杭州，与冯伯昭结为知己。新班：新任职。三荣：位于程公许家乡四川叙州北部越溪河上游，唐置荣州，因县东北有荣德山、县北有荣隐山，县东有荣黎山，合称三荣。王万里：王万，字万里，邛州蒲江人，1210年进士，与程公许互称年兄，王万里时知荣州。程公许另有诗《同王万里山行》。

②东郭：东城外，东郊。沧江：江水呈苍色。前四句言与冯伯昭在杭州的交往。

③仙曹：泛指官署。

④十五年：程公许与王万里1211年中进士，写此诗应在1236年。此句以下六句写对王万里的回忆和思念。

⑤宝屏：考棚中的屏风，此指科举考试的舍馆。

⑥青眼：喻青春年少。唐张祜《喜王子载话旧》诗："相逢青眼日，相叹白头时。"

⑦鹗（è）：鱼鹰，越溪河一带称"鱼老鹗"，用以喻忠臣。《汉书·邹阳

传》："臣闻鸷鸟累百，不如一鹗。"鸷：凶猛的鸟。以下八句告诉王万里悦斋老师参见 7 页注⑫的关心，程公许和王万里均曾在蟠龙书院受教于李埴。

⑧荣途：仕途。埃磕：尘土飞扬，道路不平。驰骛（wù）：疾驰，奔腾。

⑨圣域：朝堂之上。窔（yào）奥：指奥妙精微之处。

⑩拏云：犹凌云。

⑪缓辔（pèi）：谓放松缰绳，骑马缓行。

⑫羁情：旅居的情怀。

⑬雕堂：州一级地方官听事之堂。文章：此指礼乐制度。后四句再次表达对年兄王万里的祝愿和思念。

⑭赢粮：携带粮食。宁惮（dàn）：难道畏惧。两日程：从叙州越溪河边蟠龙书院程公许家至荣州双古场龙洞冯伯昭家行程约两日。

⑮龙洞：在今四川荣县双古镇。洞口高 30 余米，宽 8 米有余，洞口右方有一根力举万吨的石柱独撑。有人在夏天涨水时从洞口放入米糠壳，后从 4 公里外的威远县小河镇泥石桥流出。

投赠洪倅司令舜俞①

博陵先生天下士②，圭瓒鼎彝宗庙器③。
驾风阊阖驻参旗④，要与疲民共憔悴。
同来谁是俭府僚，一朵玉莲吐秋水。
以义取人道自任，河阳主宾信奇伟⑤。
谁云风月立分鼎，待借前筹答知己。
峨岷其下十六城，鲂鱼鳑鳑更赪尾⑥。
情伤涸辙转清波⑦，陡觉濠梁复生意⑧。
井梧幕府省文书⑨，雪界松围绝烟燧。
余事何妨笔墨工，浣溪新沐烟云腻。

少陵补处待公余，燕外鸥边尽吟思。
主公伫还丹地峻[⑩]，携上峥嵘去天咫[⑪]。
樗才愧我本亡奇[⑫]，冷落官曹穷五技[⑬]。
何日方便来相招，醪醴一朝飨厚味。
燕台高耸万金黄[⑭]，岂意谦勤从隗始[⑮]。
眇然人物索扶持，勿惜拔茅多引类。
璇杓一夜摇天东[⑯]，人间万物皆春风。

①程公许自注："崔侍郎入蜀，首蒙檄召剡荐。舜俞，侍郎客也。"倅（cuì）：副职。洪舜俞：洪咨夔，参见144页注①。崔侍郎：崔与之，参见8页注⑯。剡（yǎn）荐：上书举荐。崔与之主管淮东安抚司事，曾召洪咨夔入幕，筹划边防。崔与之知成都府兼本路安抚使时，洪咨夔为成都路通判。

②博陵先生：崔与之，其祖上博陵（今河北安平）。崔氏自汉至宋，先后出了二十多位宰相，将军、侍郎以上官员上百位。

③圭瓒（guī zàn）：古代的一种玉制酒器，形状如勺，以圭为柄，用于祭祀。鼎彝：古代祭器，上面多刻着表彰有功人物的文字。宗庙：此处为朝廷和国家政权的代称。

④阊阖（chāng hé）：传说中的天门。参（shēn）旗：星名，共九星，在参星西，此言住地方位为西南。

⑤河阳主宾：指来自河北的崔与之和来自浙江的洪咨夔。河阳：河的北岸。

⑥鲂鱼赪尾：参见109页注⑦。鱍鱍（bō）：鱼摆尾跳动的样子。

⑦涸辙（hé zhé）：涸辙之鲋，车辙中的鲋鱼。比喻处于困境、急待援助。

⑧濠梁：濠水之上。《庄子·秋水》记庄子与惠子游于濠梁之上，见鲦鱼出游从容，因辩论鱼知乐否。后多用"濠上"比喻自得其乐之地。生意：生机。

⑨井梧：井旁梧桐古树。幕府：此指崔与之举荐程公许为幕僚。

⑩主公：指崔与之。伫还：凯旋后伫立于朝堂。丹地：古代帝王宫殿中

涂饰着红色的地面，因用以指朝廷。

⑪峥嵘（zhēng róng）：谓仕宦得意。宋黄庭坚《次韵子瞻武昌西山》："山川悠远莫浪许，富贵峥嵘今鼎来。"天咫：《左传·僖公九年》："天威不违颜咫尺。"后因以"天咫"为帝王所居之地。

⑫樗（chū）材：喻无用之材，程公许自谦之辞。

⑬官曹：官吏办事处所。五技：诗文中常用以比喻技能多而不精者。

⑭燕台：指战国时燕昭王所筑招纳天下贤士的黄金台。

⑮隗（wěi）始：燕昭王厚币招贤，谓郭隗曰："齐因孤之国乱而袭破燕，孤极知燕小力少。然诚得贤士以共国雪耻，孤之愿也。"郭隗曰："王必欲致士，先从隗始。"于是昭王为隗改筑宫而师事之。乐毅自魏往，邹衍自齐往，剧辛自赵往，士争趋燕。后以"隗始"作以礼招贤的典故。

⑯璇杓：古代指北斗第五、六、七颗星，亦称"斗柄"。

和谢孟彝秘丞馆中书怀①

虎头一生信痴绝②，虚名误人可多窃。
萧疏白发宁可贷，流浪红尘几时歇。
三神山复隔嚣纷③，众君子聚莹冰雪。
犀麈时接宝唾香④，玄关要待玉栓掣⑤。
缅怀元祐载赓唱⑥，谁为崇丘补亡缺⑦。
直庐竹帛不停披⑧，酺池斋盂宁浪出⑨。
故都何在渺烟埃，湖山也自佳风月。
拟结同盟修故事，莫向深杯辞百罚。
丞哉与我心事同，诗来可作成规揭。
甚惭老丑强涂抹，得与婵娟夸二八⑩。
静思世故殊未艾，澒洞忧端不可辍⑪。

由来馆殿育英髦⑫，期为朝家效丝发。
不然坐费玉帛招，何异信手沙土撮。
天阍何曾九关隔⑬，愚虑或补万分一。
诸君信是廊庙具，老我已愧瓶罂溢⑭。
惊看淋漓洒巨轴，岂比呻吟点枯笔⑮。
吾侪立名要不朽，荣禄过眼才一瞥。
从今朝谒得休暇，勿使文会多间阔⑯。
摩挲尊罍品书画⑰，上下古今商得失。
乞归早得隐林岩，夸与渔樵旧人说。

①秘丞：秘书丞，掌文书典籍等。谢孟彝：不详。

②虎头：晋代画家顾恺之，字长康，小字虎头。精通诗文、书法、音乐，而对绘画最为擅长，以“画绝、才绝、痴绝”而驰名于世。为人“痴黠各半”“好谐谑”“好矜夸”，但又“率直通脱”。

③三神山：传说东海仙人所居之蓬莱、方丈、瀛洲。敻（xiòng）隔：远隔。嚣纷：喧嚷纷扰。

④犀麈（zhǔ）：以犀角为柄的麈尾，魏晋清谈家用以拂秽清暑。宝唾：美人唾液，此为对人的谈吐和文词的赞辞。

⑤玄关：佛教称入道的法门，泛指门户。玉栓：玉质门栓。掣（chè）：拉，拽，控制。

⑥元祐：参见13页注⑧。赓（gēng）唱：谓以诗歌相赠答。

⑦崇丘：《诗·小雅》篇名，有目无诗。

⑧直庐：侍臣值班夜宿之处。竹帛：竹简和白绢，此指公文。披：打开阅览。

⑨酺（pú）池：欢聚饮酒之地。

⑩得与：怎么能与。婵娟：美人，此指字体轻盈飘舞貌。二八：十五六岁的美女，此指谢孟彝诗文动人。

⑪澒（hòng）洞：绵延，弥漫。忧端：愁绪。辍：中止，停止。

⑫由来：历来。英髦（máo）：俊秀杰出的人。

⑬天阍（hūn）：宫殿的门。九关隔：九重关隔。

⑭老我：程公许的自称。瓶罂（yīng）溢：从瓶罂中全部倒出。

⑮岂：表示反诘，岂敢。枯笔：犹秃笔。此句程公许谦指自己的诗作。

⑯文会：文人饮酒赋诗的聚会。间（jiàn）阔：久不相见。

⑰尊罍（léi）：泛指酒器。罍多用青铜或陶制成，口小，腹深，有圈足和盖儿。

诗是有声画①

春风满城开笑颜，使君明当出游山。
忠州山川北佳丽，凌云耀日季孟间。
紫丝步障原不要，飞槛层栏一凭眺。
岁丰民乐征调宽，挟四老仙共舒啸。
使君吟肩李杜齐②，落笔便觉三山低。
招来倦客同赓载③，韵险令我窘见挤④。
烟霞风月无疆界，不忧寒具油侵坏⑤。
寄谢摩诘休苦心⑥，使君诗是有声画。

①程公许自注：“和使君王子坚游邓氏天开图画韵。”有声画：因诗中多画意，且可供人吟诵，故称。诗是有声画，是山水自然的拟人化，体现了“心赏”的特点，构成宋代文人山水诗的突出特色。使君：尊称州郡长官。王子坚：夔州路忠州知州，程公许朋友。邓氏：为忠州当地绅士。

②吟肩：诗人因吟诗而耸动肩膀。李杜：唐李白与杜甫。齐：一样。

③倦客：客游他乡者。赓载：谓相续而成，多用指诗词唱和。

④韵险：有些韵诗人们作诗常用，而有些因为其中包含的字比较少或者比较生僻而不常用，叫险韵，用险韵作诗往往能显示作者的才思。见挤：有

压力。

⑤寒具：一种油炸的面食。

⑥摩诘：唐代王维，字摩诘，诗、书、画、乐无不精通。此借指使君王子坚。

寿悦斋李先生[1]

温公崇福十五年[2]，上下千载书法严[3]。
蜀公静退不待耄[4]，钟律制成天一笑[5]。
乐则行之忧则违，出处无非圣之时[6]。
一朝都人拥马首，留相天子不得辞[7]。
涑水胡为屹不动[8]，各以就去揭矩仪[9]。
悦斋先生天下士，琬琰琮璜国镇瑞[10]。
盛名姱节耀古今，岁晚松阶犹候对[11]。
时台畅谈锯蜚屑[12]，志堂析疑似启钥。
夜归风雨一龛灯，目电窥书光烁烁。
《禹贡》山川如指掌[13]，漆园之解无郭象[14]。
更将次五订箕畴[15]，不妨后觉勤钻仰。
年来岷峨殊怆凄，公与洁斋名德齐。
长庚磊落配晓月[16]，士有司命国蔡蓍[17]。
卧架诗书差足乐，凭高忍见楚氛恶。
岂不望公勇拂衣，正恐百姓须公活。
愿公相业追元祐[18]，以一至诚服雄狡。
愿公眉寿如东轩[19]，黄发皤皤国元老。
云蒸雨族霈作霖，贤以类聚治乃兴。

卷舒在公亦何心，四海矫首西山岑。
熏风自南一披襟，起舞称寿超黄金。
洗耳五弦虞氏琴[20]，为公缓轸歌嗣音[21]。

①悦斋李先生：李埴，参见7页注⑫。

②温公：司马光，北宋政治家、史学家、文学家。曾离开朝堂15年，主编编年体通史《资治通鉴》，去世后追赠温国公。崇福：积善求福。

③书法：此指古代史官修史，对材料处理、史事评论、人物褒贬，各有原则、体例，谓之“书法”。

④蜀公：范镇，成都双流人，仁宗时以直言敢谏闻名。后与欧阳修等共修《新唐书》。哲宗时起为端明殿学士，固辞不拜。年八十一岁，累封蜀郡公。耄（mào）：年老。

⑤钟律：音律。天一笑：指天晴。

⑥出处：谓出仕和隐退。圣之时：出自《孟子·万章下》：“孟子曰：‘孔子，圣之时者也。’”此喻李埴为像孔子那样识时务之圣人。

⑦留相天子：宋神宗去世，司马光到京城吊唁，老百姓争先恐后地拥立其身边说：“留相天子，活我百姓。”可见司马光声望之高。相，辅助。

⑧涑（sù）水：司马光为陕州夏县涑水乡人，世称涑水先生。

⑨各：指司马光、范镇。揭：揭示，编录。矩仪：法则礼仪、典章制度等。

⑩琬琰（wǎn yǎn）：泛指美玉。琮璜（cóng huáng）：琮与璜，皆庙堂玉器。国镇瑞：镇国的祥瑞之器。

⑪候对：等候帝王召对。

⑫时台：观气象之台。锯蜚屑：消除流言蜚语和隔阂。

⑬禹贡：先秦地理名著，记载了各地山川、地形、土壤、物产等情况。

⑭漆园：在今河南商丘，庄周为吏之处，借指《庄子》。郭象：西晋人，尝注《庄子》。

⑮更将次五：接近五更，天未亮。订：考订。箕畴（jī chóu）：相传《九畴》为箕子所述，此处代指古籍。

⑯长庚：傍晚出现在西方天空的金星，亦名太白星。

⑰蔡蓍（shī）：指卜筮吉凶。

⑱元祐：参见13页注⑧。

⑲《东轩》：宋代诗人陆游所作诗词之一，此处借作品代人，陆游高寿85岁。

⑳虞氏琴：古代乐曲《南风》相传为虞舜所作。

㉑缓轸（zhěn）：延迟备车。轸：车箱底部四周的横木，借指车。歌嗣（sì）音：让歌声延续不断，谓继承悦斋先生的事业。

寿李子先①

正阳用事月初吉②，骑鲸之孙生此日③。
滴露能将三画吞④，积风少忍六月息。
平生最耐反复看，其文炳彪心地直⑤。
骨肉十年长眼青⑥，今年差觉从谈密⑦。
一尊称处熏风晓，红药丫头香露湿⑧。
谁令绝艳殿光景，群葩敛避表独立⑨。
洗尽人间丹粉妍，倾国倾城须正色。
文章瑞世宁论晚，时来造物能借力。
为君折花起长歌，请君满饮无余沥。
丹霄一武不难梯⑩，更看飞阶弄吟笔。

①李子先：时任礼部侍郎，程公许好友，余不详。

②正阳：农历四月。用事：做生。初吉：初一日。

③骑鲸：骑鲸鱼，俗传李白醉骑鲸鱼，溺死浔阳，后用为咏李白之典。孙：指李子先。

④滴露：水。三画：董仲舒说："古之造文者，三画而连其中，谓之王。三画者，天、地与人也；而连其中者，通其道也……非王者，孰能当是?"三画借指君权。此句含水可以载舟，也可以覆舟之意。

⑤炳彪：文采斑斓。心地：胸襟，心境。

⑥骨肉：比喻文章充实的内容。眼青：谓以正眼相看表示重视。

⑦差觉：不同的感觉。丛谈：性质相同或相近的文章合成的书。

⑧红药：芍药花。

⑨敛（liǎn）避：犹退避，避开。独立：超凡脱俗，与众不同。

⑩丹霄：帝王居处，朝廷。武：半步，泛指脚步。

寿廷迈叔祖①

吾宗谱牒祖通义，蝉联到公十五世②。
五派之分同一源③，如木有本瓜有蒂。
公家门户最赫奕④，簪绂相承真鲜俪⑤。
堂堂铁面渠州牧，能以方寸永来裔⑥。
用之不尽地自宽，信有诗书为可继。
龙驹堕地汗流赭⑦，修途万里自迢递⑧。
箭锋巧中由基的⑨，桂香悭与春官第⑩。
谁知风雨短檠灯⑪，惯作儒生穷活计。
彤檐问俗历三州⑫，和平敛退锋芒锐。
虀藜任笑庖烟冷⑬，嚼蜡倦青歌舌脆。
似闻皇华催遣送⑭，斗城未必能留滞。
广平传续五百年，凛凛千钧若旒缀⑮。
借公一力为挽回，澡刷家声旧芳桂⑯。
平生况耐反复看，穮蓘悬知多敛穧⑰。

鼎来富贵正黑头[18]，粲粲芝兰满庭砌。
周邻有幸联肺腑，鲁泮欣然觉至宝[19]。
所愿宗风振寂寥，敢将末路窃声势[20]。
雾雨蒙蒙梅子黄，廉泉堂上熏风细。
千金称寿意何如，自倚情亲为新制[21]。

①廷迈：程廷迈，程公许叔祖，为程氏唐安史之乱自河南入蜀眉山落业后第十五代，曾任渠州、蓬州、绵州三州知州。

②蝉联：连续相承。十五世：据程公许在《撰伯父桂隐先生哀词》中说：其始祖因安史之乱，由河南洛水来到蜀地，至叔祖程廷迈已十五代，至程公许当是十七代。

③五派：言程氏入川居眉山时有五弟兄，以后开枝散叶，后世子孙各居一方。故程公许多自称“叙州程公”，但在有的诗文里又称“眉山程氏”“眉山望族”。

④赫奕：光辉耀眼貌。

⑤簪绂（zān fú）：古代官员服饰冠簪和缨带，喻仕宦。程廷迈之父程准，即程公许曾叔祖，曾知夔州府。鲜俪（lì）：没有能和其媲美的。

⑥方寸：心，此指思想精神。裔（yì）：让后世子孙传承。

⑦龙驹：指骏马。汗流赭：汗流为红色，此良种指汗血马。

⑧迢（tiáo）递：指思虑悠远。

⑨由基：楚国大将养由基精于射箭，能百步之外射中柳树的叶子。后以此喻本领高强或考试高中。的：箭靶的中心。

⑩桂香：喻科举高中。悭（qiān）：小气，吝啬。春官：古官名，颛顼氏时五官之一，为木正。

⑪檠（qíng）灯：矮架的灯。

⑫彤檐：红色屋檐，借指官衙。三州：程廷迈曾知渠、蓬、绵三州，均在蜀地。

⑬羹藜：煮野菜羹，泛指饮食粗劣。庖烟冷：厨房烟火冷清。

⑭皇华：《诗·小雅》中的篇名。“《皇皇者华》，君遣使臣也。”后因以

“皇华”为赞颂奉命出使的典故。

⑮凛凛千钧：千钧一发，比喻情况万分危急。旒缀（liú zhuì）：旌旗的垂饰，飘摇不定。

⑯芳桂：比喻科第功名。

⑰穮蓘（biāo gǔn）：穮，翻地；蓘，培土，皆为耕作之事，泛指辛勤劳作。悬知：料想，预知。敛穧（jì）：收获。穧，割下来没有捆的农作物。此言程公许家族以耕读为本。

⑱鼎来：方来；正来。黑头：发黑之头，形容年青。

⑲鲁泮（pàn）：学宫的宫殿，也称泮宫，此指蟠龙书院。至宝：最珍贵的宝物。

⑳末路：失意的处境。窃声势：暗中振兴声威气势。

㉑为新制：专门写出新作。

寿漕使者帅黄大监①

金华仙人紫绮裘，朝戏三山暮十洲。
偶经剑浦弭节留②，浪花喷雪跃两虬。
海若褫气冯夷愁③，戾气为公一日收④。
义理之窟探鲁邹，词章之工迫韩欧。
荣途砥平不停舟，盛名何自彻冕旒⑤。
粉省赐香馥衣裯⑥，万里持节宽顾忧。
更烦幕府开碧油⑦，文书堆案如陵丘。
焦心靡惮勤咨诹⑧，宾朋踏进奚所求。
否臧吾岂无阳秋⑨，吏奸胆破民病瘳⑩。
肯綮可见才刃优⑪，孰知学富用力周，
才高八斗为世用，取之不穷茧丝抽。

宝书移监交置邮[12]，斗水那能遂吞舟。
事机鼎来伫易投[13]，紫清侧席渴告犹[14]。
东风破冷初和柔，皇览揆度当孟陬[15]。
斋云我亦分余庥[16]，无阶称寿斞玉瓯[17]。
眼明西南百尺楼，绣天锦地十六州[18]。
雅拜何以祈宠休[19]，早征环召飞鹄头[20]。
颍川归趣鼎铉调[21]，伟业定自追前修。
承家有子文炳彪，灯灯之传天与谋。
殿前峨冠进鸿畴[22]，杏园亦复联俊游。
斯文寿脉江汉流，何羡韦平世通侯[23]。

①漕使者帅：掌管由水路往京城押运粮食的官员，正四品。大监，官名，位次于大将。黄大监为浙江金华人，余不详。

②剑浦：今福建南平市。弭节：驻节，停车。弭，止也。

③海若：传说中的海神。禠（sī）气：祈禠禳灾。禠：祈福。冯夷：传说中的黄河之神，即河伯；此泛指水神。

④戾（lì）气：邪恶之气。

⑤彻：通；获得。冕旒（miǎn liú）：古代大夫以上的礼冠。顶有延，前有旒，故曰“冕旒”。天子之冕十二旒，诸侯九，上大夫七，下大夫五。

⑥粉省：参见 228 页注⑦。馥（fù）衣绸：使衣绸香气浓烈。

⑦碧油：碧油幢（zhuàng），青绿色的油布船帷。

⑧焦心：忧虑，着急。靡惮：没有畏惧。咨诹（zōu）：征询，访问。

⑨否臧（pǐ zāng）：成败。否，恶；臧，善。阳秋：指孔子所著《春秋》。晋时因避晋简文帝郑后阿春讳，改春为“阳”；又作为史书的通称。此指历史使命感。

⑩瘳（chōu）：疾病消失。

⑪肯綮（qìng）：筋骨结合的地方；比喻要害或关键。刃优：刃优：刀刃才显露。

⑫宝书：珍贵的书信、书籍。监：掌管者。置邮：用车马传递文书。

⑬事机：犹机要公文。鼎来：方来；正来。伫：伫立等待。易投：方便投递。

⑭紫清：指翰林院。以翰林乃清贵之职，故称。侧席：指等待书信、书籍送达。

⑮皇览：皇帝阅读。揆（kuí）度：研究。孟陬（zōu）：孟春正月。正月为陬，又为孟春月，故称。

⑯矞（yù）云：三色彩云，古代以为瑞征。庥（xiū）：庇荫，保护。

⑰无阶：谓没有门径。称寿：祝寿。斞（jū）玉瓯：用玉杯舀取美酒。斞，舀取。

⑱十六州：宋代成都府辖十六州，此指成都府。

⑲雅拜：古代九种跪拜仪式之一，跪拜时先屈一膝，再屈一膝。宠休：宠辱休惊。

⑳环召：参见47页注62。鹄（hú）头：指辟召贤士的诏书，因用鹄头体书写，故称。宋王安石《后殿朝次偶题》诗："忽随诸彦登龙尾，尚忆当年应鹄头。"

㉑颍川：汉黄霸的代称。黄霸任颍川太守有政声，后常用作称颂有政绩官吏之典，此指漕使者帅黄大监。归趣：指归隐的意向。鼎铉（dǐng xuàn）：指宰相。调：调动。

㉒峨冠：高冠。鸿畴（chóu）：最大的谋略。

㉓韦平：西汉韦贤、韦玄成与平当、平晏父子的合称。韦氏、平氏父子相继为相，世所推重。

寿程使君和获白雁诗韵①

流膏千里喧笑声，祥心万丈南极星②。
祈年未了香火债，馔客肯污刀镬腥③。
此心与民同痾痒④，出令可忍奔风霆。

仙人飞来丹枫阙[⑤]，俗眼诧见白鹤翎。
蚁封萦策屈良御[⑥]，牛瓠辍刃烦庖丁[⑦]。
立谈千仗环铁瓮[⑧]，倾耳千言颁紫冥[⑨]。
雅知方寸厚培殖，未觉双鬓轻飘零。
马蹄去踏东华尘[⑩]，猿吟恐辜北山灵。
剩将石田沃雨露，更为嘉谷除蟊螟[⑪]。
寥寥宗风特扶起[⑫]，恳恳善颂何叮咛。
长生秘箓启云笈[⑬]，紫府丹台元不扃[⑭]。

①程使君：不详。白雁：候鸟，体色纯白，似雁而小，古时多用作初次拜见长辈所送的礼物。

②祥心：美好的祝愿。南极星：旧时以为此星主寿，常用其称颂寿星。

③馔（zhuàn）客：陈设饮食待客。污刀：使刀受污。镬（huò）腥：让锅沾腥。镬，古时指无足的鼎。

④疴痒（kē yǎng）：疾病痛痒。

⑤丹枫阙：红色牌坊。

⑥蚁封：蚁穴外隆起的小土堆，下雨前的征兆。萦（yíng）策：谓挥动马鞭绕。屈良御：使良马受委屈。

⑦牛瓠（gū）：牛的大骨。辍刃：停止用刀。庖丁：厨师。

⑧铁瓮：坚固的瓮城。瓮城是城门外的小月城。

⑨颁：赏，分享。紫冥：天空。

⑩东华尘：喻都城的繁华热闹、富贵气象。

⑪蟊螟（máo míng）：危害庄稼的两种害虫。

⑫寥寥（liáo）：雄劲，清越。宗风：道教各宗系特有的风格、传统。

⑬长生秘箓：指道家求长生的法术。云笈：道教藏书的书箱。

⑭紫府：道教称仙人所居。丹台：传说吕洞宾炼丹台，在今杭州北高峰南。元：开始。不扃（jiōng）：不上闩，不关门。

寿制使董侍郎①

秋云阴阴压边城，秋风飒飒飞边尘。
淮阴夕烽连岘首②，往来羽檄无时停。
筹边楼上一长啸③，环十六州皆阳春④。
老翁哺儿夸说尹，连年我仓丰且盈。
皇明如在殿西角，恩许借留为福星。
六弧标庆当拔度⑤，载途鼎沸歌谣声。
请公细酌成都酒，拄笏看度西山云⑥。
只将祭酒瞪目意，坐镇坤轴如砥平⑦。
可怜儿辈见坎井⑧，身远万里心朝廷。
天生人物关运数，岂为尔较山重轻。
浙江时巡今四叶⑨，上流地险如建瓴⑩。
强敌逆天天久厌，力困尚逞牙距狞⑪。
胆折栈云不敢向，介胄酣眠宵彻明⑫。
雅知折冲妙方略，不啻风雪身经行。
我闻四海如一体，手足虽异脉络亲。
痒疴何适不关我⑬，仁者顷刻安得宁。
吾皇盛德尧舜主，包瑕匿垢韬厥灵⑭。
一朝震怒诏薄伐⑮，天戈所指壶浆迎。
西南倚公九鼎重，草木亦自知威名。
宝书斑斓真学士⑯，阵图指授诸将军。
频来宠光对赫奕⑰，富有学问规经纶⑱。
蜀才自昔比齐鲁，公既崇学扬其文。

更须度外广物色，声病未可拘豪英[19]。
蜀民生理日艰急，公既减贱矜其贫[20]。
张弓何时可复弛，一分可宽宽一分。
蜀边储峙仅虚籍[21]，公既檄吏探其困[22]。
馈粮千里忧不继，陌上可无人杂耕[23]。
蜀兵十万今有几，公既选练搜其精。
将骄易置端在我，尾大安得平如衡。
公心浑如古井水，沄沄外物何关情[24]。
公才信是涧壑松[25]，大厦安乐扶其倾。
勿谓蜀汉弹丸土，鄜侯用之开西京[26]。
间关武侯亦良苦[27]，千古大分垂丹青。
愿公为国一引手，饥食渴饮心经营。
从前规模会展拓，盖世事业看峥嵘。
旆旌扬风出子午[28]，笳鼓动地超三秦。
毋使鄜武得专美[29]，蜀山岂无石可铭。
少徐带砺河山盟[30]，命圭相印酬元勋[31]。
却归故里命仙侣，酌醴一曲歌长生。

①制使：制置使，多以安抚大使兼任，辖治数路军务，类似明清的总督。董侍郎：董居谊（1157－1235），江西临川人，曾任浙江处州通判、太常博士、国史编修、秘书丞、工部侍郎等，累官至成都府路安抚使兼四川制置使。

②淮阴：江苏淮阴。岘（xiàn）首：湖北襄阳市南的岘山。

③筹边楼：位于四川理县杂谷脑河岸的薛城镇，始建于唐代。

④十六州：指成都府辖十六州。阳春：春天，喻德政。

⑤六弧标庆：六面彩旗相迎庆贺。弧：张旗用的竹弓。拔度：提拔重用。

⑥拄笏（zhǔ hù）：拄笏看山。拄，支撑；笏，古代大臣上朝时拿着的手版。王羲之的第五子王子猷任桓冲车骑参军，桓冲想进一步重用他。王不答，直高视，以手版拄颊云："西山朝来，致有爽气。"喻指有隐士情怀。

⑦坤轴：古人想象中的地轴。砥（dǐ）平：平坦，喻安定。

⑧坎井：陷井。军士作乱，朝廷问罪逃遁的董居谊，老家的董氏纷纷逃离，或入赘别村他姓，至使家族破落。

⑨浙江时巡：董居谊曾任浙江处州通判。四叶：四年。

⑩上流：此指成都附近的岷江。建瓴（líng）：谓倾倒瓶中之水，居高临下、难以阻挡。

⑪牙距：犹爪牙。

⑫介胄（zhòu）：铠甲和头盔，此指披甲戴盔的武士。酣眠：酣睡。宵彻明：通宵达旦。

⑬痒疴（yǎng kē）：泛指病痛。何适：到哪儿去。不关：不牵涉，不涉及。

⑭包瑕匿垢：形容宽宏大度。韬厥灵：谋略显耀。

⑮薄伐：征伐，讨伐。

⑯宝书：泛指珍贵的书籍。斑斓（lán）：色彩灿烂貌。

⑰宠光：谓恩宠照耀。赫奕：光辉耀眼貌。

⑱规经纶：整理丝缕；引申为筹划治国大事。

⑲声病：诗文声律上的毛病。拘豪英：限制了人才。

⑳减贱：谷贱伤农，不让其继续降价。矜：怜悯。

㉑储峙：长期对峙。虚籍：虚有版图，疆域。

㉒檄吏：发公文派官吏。囷：古代一种圆形谷仓。

㉓陌上：田间。杂耕：谓屯田之兵与居民杂居。

㉔沄沄（yún yún）：纷繁众多。外物：身外之物；多指利欲功名之类。关情：动心。

㉕信是：真是。涧壑松：山涧沟谷的青松；喻正直。

㉖鄼（zàn）侯：萧何被汉高祖封鄼侯。西京：西汉都长安，东汉都洛阳，因称洛阳为东京，长安为西京。

㉗间关：宛转的鸟鸣声。武侯：三国蜀诸葛亮死后谥为忠武侯，后世称之为武侯。

㉘子午：子午谷，在陕西秦岭山中，为川陕交通要道。

㉙鄷：鄷侯萧何。武：武侯诸葛亮。专美：独享美名。

㉚带砺（lì）：衣带和砥石。《史记·高祖功臣侯者年表》："封爵之誓曰：'使黄河如带，泰山若砺。国以永宁，爰及苗裔。'"后因以"带砺"为受皇家恩宠，与国同休之典。河山盟：宣誓缔约确定疆域、国土边界。

㉛命圭：天子赐给王公大臣的玉圭。相印：丞相之印。

寿东帅杨尚书①

去年拜公北定堂，中秋玩月喧丝簧。
长风趣驾溯江艇②，恨不初度舁一觞③。
转头玉鉴秋又满④，北定风景遥相望。
寸心炯炯千里共，欲往从之川路长。
五年为帝屏南服⑤，扫清塞尘为乐乡。
尽捐岁籴为丁壮⑥，米斛二万饶积仓。
民无箕敛士宿饱⑦，一面屹立如金汤。
平安遥夜飞炬火，燕寝永昼凝清香⑧。
雅知烹鲜不可扰⑨，岂无发硎善而藏⑩。
官闲选胜极旷奥，天巧为公时雨旸⑪。
五峰讲席怀子佩⑫，北岩布金开道场⑬。
要将名教植根本⑭，参以佛法芟莠稂⑮。
海观烟涛碧万顷⑯，卫公心眼周八荒⑰。
开福浮屠玉千尺⑱，给事愿力同觉皇⑲。
得如我公志淑艾⑳，未许二老相颉颃㉑。
眇然人物殊乏使，鼎来事会那可常㉒。
唯北有斗天喉舌，乃作福星私一方。
何不唤归坐岩廊㉓，五色线补舜衣裳㉔。

拓开贤路旧荆棘，勿遣旄头森角芒[25]。
腐儒忧世心慷慨，百未一成鬓苍浪。
公怜不麾客倚墙，肯借齿颊加雌黄[26]。
颂言我岂知己私，民亦劳止须小康。
岐山岂无巢凤凰[27]，口衔瑞图飞高冈。
我亦相从千仞翔，引吭一声鸣朝阳[28]。

①杨尚书：杨汝明，参见27页注①。

②趣（cù）驾：催促加速驾驭。

③初度：生日又称“初度”。斞（yǔ）：酒容器。觞：酒器，此指欢饮。

④转头：过一年。玉鉴：镜的美称，此喻皎洁的月亮。

⑤五年：杨汝明1223年守泸州，程公许本诗作于1228年。屏南服：守卫南疆。

⑥岁籴（dí）：上年买进的粮食。丁壮：此指百姓。

⑦箕（jī）敛：以箕收取，谓苛敛民财。

⑧燕寝：公余休息，睡眠。永昼：漫长的白天。清香：凝聚着焚燃檀香的香味。

⑨烹鲜：语本《老子》：“治大国若烹小鲜。”后喻政治才能。扰：加重负担，骚扰百姓。

⑩发硎（xíng）：谓刀新从磨刀石上磨出来；此指杨汝明治泸州不用武力，与周边少数民族交好。

⑪雨旸（yáng）：喻风调雨顺。旸，晴天。

⑫五峰讲席：五峰书院在泸州城北五峰山，为杨汝明创立。子佩：彭宣，字子佩，汉代阳夏人，学识渊博，几度官场沉浮；此处以子佩喻指杨汝明。

⑬布金：古印度有位长者欲建寺，城中只有太子的园地高爽宽敞。长者拜见愿买。太子戏言：“以金布满地便卖。”长者倾家中藏金布满其地，太子感动，让出空地建寺。后以“布金”借指建佛寺、经堂。

⑭名教：儒家的孔孟之道。

⑮佛法：佛教教义。芟（shān）：割草，引申为除去。莠稂（yǒu láng）：

杂草，此指不良社会风气。

⑯海观：海观楼，在泸州茜草坝长江边曾有楼阁高耸，长江、沱江环合于此，江面雾气弥漫浩渺有似大海，故名“海观楼”。

⑰卫公：指守卫泸州的杨汝明。心眼：用意，心思。八荒：八方，此指边境。

⑱开福浮屠：泸州白塔又名报恩塔、开福塔，始建于南宋绍兴十八年(1148)，坐西向东，砖石结构，双檐七级楼阁式，塔内有90龛浮雕石刻造像。浮屠：梵语Buddha的音译，指佛塔。

⑲给事：供职，引申为侍奉。愿力：佛教语，誓愿的力量，多指善愿功德之力。觉皇：佛的别称。

⑳淑艾：此指教诲他人，使在学问上得益。

㉑二老：指程公许与杨汝明。颉颃（xié háng）：鸟飞上下雀跃貌，此指不相上下，比翼齐飞。

㉒鼎来：方来，正来。事会：机遇；时机。

㉓岩廊：高峻的廊庑，借指朝廷。

㉔五色线：古代补衮用五色线，因用以喻臣下规谏皇帝的文辞。补舜衣裳：这里用五色线比喻杨汝明的出众才能，用舜指代当今皇帝，缝补衣服比喻辅助治理国家。

㉕旄（máo）头：古代皇帝仪仗中担任先驱的骑兵。

㉖雌黄：此指议论、评论。

㉗岐山：在今陕西岐山县境。巢：名词动用。凤凰：传说中的百鸟之王，雄的叫凤，雌的叫凰，通称为凤或凤凰。

㉘引吭（háng）：拉开嗓子，高声吟唱。

寿史丞相①

不见唐朝郭元振②，退朝愉色奉温清。

不见国初王文康[③]，黑头拜相归捧觞。
台衮崇严亲寿考[④]，历数古今良亦少。
而况二老偕耆颐[⑤]，如二公者那易有[⑥]。
四窗爽气舒云霞，相业之盛专一家。
父子弟昆踵科第，到公名业尤荣华。
蔡州擒吴抑何壮[⑦]，开幕江淮护诸将[⑧]。
手提黄钺却欃枪[⑨]，即军中册右丞相。
我乘驰驱亦劳止，衮衣趣觐天颜喜。
垂绅列弁竞趋迎[⑩]，恩遇之隆昔无比。

①史丞相：史嵩之（1189—1257），字子由，浙江宁波人。南宋嘉定十三年（1220）进士，历任襄阳通判、京湖制置使、参知政事、右丞相兼枢密使。

②郭元振：河北邯郸人，唐睿宗时任吏部尚书，加封兵部尚书，玄宗开元元年再次拜相。

③王文康：王曙，河南人。北宋初年历官益州知州、工部侍郎、参知政事、枢密使，卒谥文康。

④台衮（gǔn）：犹台辅，三公宰辅之位，此指史嵩之的叔叔南宋宰相史弥远。崇严：庄重严肃。寿考：年高，长寿。

⑤二老：史嵩之为南宋宰相史弥远侄子，史弥远为宋孝宗时参知政事史浩之子。耆颐（qí yí）：高年上寿。

⑥二公：史弥远和史嵩之，皆为南宋丞相。

⑦蔡州擒吴：端平元年（1234），史嵩之攻破蔡州，剿灭金国。

⑧开幕江淮：史嵩之于嘉熙四年（1240）入朝拜右丞相兼枢密使，都督两淮军马。开幕：开建幕府。

⑨黄钺（yuè）：饰以黄金的长柄斧子，天子仪仗，亦用以征伐。却：去掉。欃（chán）枪（chēng）：彗星的别名，古人认为是凶星，主不吉；又喻邪恶势力。

⑩垂绅列弁：朝中文武官员。垂绅：大带下垂。弁：旧时称低级武官。趋（qū）迎：向前迎接。

书怀

字民能使民和悦①，儒术信与吏道别。
十年妖祲滓太清②，有耳厌听鼙鼓鸣。
创残之余忍椎剥③，逃生要不如无生。
愿洁乾纲奠坤轴④，罢兵宽赋家给足。
圣躬示朴吏廉平，岁岁蚕登牛产犊。
宦情我自春云薄⑤，何日西归田舍乐⑥。

①字民：抚治、管理百姓。《逸周书·本典》：“字民之道，礼乐所生。”
②妖祲（jìn）：不祥之气犹妖氛，比喻寇乱。滓太清：污染天空。
③椎剥（zhuī bāo）：谓残酷搜刮。
④乾纲：天的纲维，天道。奠：稳固地安置。坤轴：古人想象中的地轴。
⑤宦情：做官的志趣、意愿。
⑥西归：回老家四川叙州宣化登龙里越溪河边蟠龙书院。

宜宾历史文化研究丛书

中共宜宾市委党史研究室　宜宾市地方志办公室

宜宾历史文化研究丛书

沧洲尘缶编校注

下

（宋）程公许　著
陈明本　校注

巴蜀书社

卷八

五言律诗

送游提刑秘阁赴召三首[①]

其一

旧闻游监簿[②]，娉节绍熙朝[③]。
有子登台省[④]，危言动冕旒。
不容求外补，亲政复旌招[⑤]。
四海澄清志，无宁久使轺[⑥]。

①游提刑：游似（？—1252），字景仁，号克斋，四川南充人。秘阁：属尚书省。赴召：应朝廷征召。游似为程公许政界朋友，据《宋史·程公许传》嘉熙四年（1240），公许“累上奏牍，径欲引去，（李）宗勉及参知政事游似面奏留之”。程公许另有《上游参预寿二首》。

②游监簿：游似的父亲游仲鸿初调犍为簿，叙州董蛮犯犍为境，仲鸿请行诘其衅端，以州负马直也，乃使人谕蛮曰：“归俘则还马直，不然大兵至矣。”蛮听命，仲鸿受其降而归。

③绍熙：南宋皇帝宋光宗赵惇的唯一一个年号，共计四年半（1190—1194）。

④有子：游似嘉定十四年（1221）进士，任大理寺司丞、夔州转运判官、吏部尚书、参知政事、右丞相。

⑤旌招：以旌招之，谓征召贤士。

⑥无宁：宁可。轺（yáo）：车。

其二

日驭中天运[①]，冰山失势多。
凭能群枉杜[②]，正藉众贤和[③]。
汝去应前席[④]，人言合上坡[⑤]。
调停前辙误[⑥]，国事竟如何。

①日驭（yù）：太阳。日形如轮，周行不息，故称。中天：当空。

②群枉：众奸邪。杜：杜绝。

③正藉：凭借公正。正：公正。藉：同“借”。

④前席：《史记·商君列传》：“卫鞅复见孝公。公与语，不自知膝之前于席也。”后以“前席”谓欲更接近君王而移坐向前。

⑤人言：别人的评议。上坡：唐代升迁谏议大夫称“上坡”。

⑥前辙（zhé）：以前车轮压出的痕迹，此喻以前的错误或教训。

其三

外敌日侵伐，滋为元气伤。
忧心忠不寐，洗耳待封章[①]。
弱植如羁羽[②]，知音念五羊[③]。
因书终浅显，崛起尚榆枋[④]。

①洗耳：恭敬地倾听。封章：言机密事用皂囊重封以进。

②弱植：身世寒微、势孤力单。羁羽：笼中之鸟。

③五羊：五羊城，广州古称。此借指广州增城人崔与之。

④榆枋：榆树与枋树，比喻从小处着手。

送黎德升赴召三首①

其一

忆侍西征幕②，丛谈夜达晨。
别来青鬓换，喜见紫泥新③。
宸极拱朝帻④，晓星看蜀珍。
一朝楼五凤⑤，积愤洗峨岷。

①黎德升：程公许朋友，曾任四川制置使崔与之幕僚，应召将赴任眉州太守。程公许自注：“崔侍郎荐士召者五人。”

②西征幕：程公许与黎德升同为崔与之的幕僚。

③紫泥：古人以泥封书信，皇帝诏书则用紫泥，此指黎德升的任命书。

④宸极：北极星，借指帝王。拱朝帻（zé）：依靠朝廷任命的官员拱卫。朝帻，官帽，借指官员。

⑤楼五凤：五凤楼是宫城正门，此喻担任州府官员。

其二

尘暗朔风急，雨淫晨景昏。
忧心长似捣，欲语吐还吞。
持底舒天步①，云何塞乱源。
热官饧里鸩②，名节贵玙璠③。

①天步：天之行步，指时运、国运等。《诗·小雅·白华》：“天步艰难，之子不犹。”

②热官：权势显赫的官吏。饧（xíng）：糖稀。鸩：参见152页注④。

③名节：名誉与节操。玙璠（yú fán）：美玉。

其三

已往嗟奚及，方来当若何。
幸无疏药石[①]，庶可起沈疴。
雠伪半卢扁[②]，涤肠须华佗[③]。
匡时付公等[④]，随分且弦歌。

①幸无：偏义复词，无。药石：药剂和砭石，泛指药物；此喻规戒。

②雠（chóu）伪：作假。卢扁：名医扁鹊，生于卢国，故名“卢扁”。

③华佗：汉代名医，精内、外、妇、儿、针灸各科，尤擅外科。

④匡时：使时世安定。

送别魏校书三首[①]

其一

斯文天未椓，世复有斯人。
缥帙磨铅旧[②]，泥封染墨新。
词华班马富[③]，道术鲁邹醇[④]。
满腹经纶愿，逢时气益振。

①魏校书：魏了翁，参见 289 页注㉘。程公许自注：“借参预李先生韵。”参预李先生即李壁，参见 7 页注⑫。魏了翁与程公许同为蜀人，且同为崔与之所知重，后被朝廷授校书郎，诗当作于此时。

②缥帙（piǎo zhì）：淡青色的书衣，亦指书卷。磨铅：磨研铅粉涂抹误字，谓勤于校订或撰述。

③词华：文采，辞藻华丽。班马：指汉班固与司马迁。

④道术：道德学问。鲁邹：鲁，孔子故乡；邹，孟子故乡。借指孔孟。

其二

双阙一回首①，滞留今十连②。
河图元国镇③，泗石待宫县④。
南纪浪翻雪⑤，北风尘暗天。
经营倚天定，九轨达山川。

①双阙：古代宫殿、祠庙、陵墓前两边高台上的楼观，此借指京都。

②滞留：有才德的魏了翁长久未升迁。十连：犹言做了多个州郡的长官。

③河图：河图洛书。传说伏羲时有龙马出于黄河，马背有旋毛如星点，称作龙图。伏羲取法以画八卦。夏禹治水时有神龟出于洛水，背上有裂纹，纹如文字，禹取法而作《尚书·洪范》。元：首，第一。国镇：镇国之宝。

④泗石：鲁国泗水之滨的石头，可以做磬。宫县：古代钟磬等乐器悬挂在架上。县，“悬”的古字。

⑤南纪：《诗·小雅·四月》：“滔滔江汉，南国之纪。”后因以指南方。此指南宋偏安杭州。

其三

搔首暮云碧，怀人酒浅斟。
万钟心不动①，九鼎力能任。
夜雨青绫直②，春风紫禁深③。
爱君须引类，一念帝来临。

①万钟：指优厚的俸禄。

②青绫：青色的有花纹的丝织物，古时贵族常用以制被服帷帐。

③春风：喻恩泽。紫禁：古以紫微垣比喻皇帝的居处，因称宫禁为“紫禁”。

送别长翁制干赴审察三首①

其一

戎幕接谈笑，荐函联姓名。
自怜风退鹢②，快见浪翻鲸。
知己方图任，联镳敻有荣③。
明堂足材具④，社栎复何营⑤。

①长翁：不详，程公许和长翁均为崔与之幕僚。制干：官职名，制置使司总管府所属武官。

②鹢（yì）：水鸟，高飞遇风则退。

③联镳（biāo）：犹联鞭。敻（xuàn）：营求。

④明堂：古代帝王宣明政教的地方。

⑤社栎（lì）：树名，容易被虫蛀朽腐，不材之木，无所用。

其二

屯云开宇宙，八表敛风尘。
猎德恢天网①，充庭诧蜀珍。
一编元祐学②，双阙武林春③。
赤汗青丝鞚④，修途款问津。

①猎德：寻找德才兼备者。

②元祐学：参见 13 页注⑧。元祐学不仅体现了北宋蜀学、洛学、朔学三大学派的某些相同的经学思想，而且辐射到了文学、史学、制度等多个文化层面。

③武林：杭州的别称。

④赤汗：汉武帝时伐大宛得千里马汗出如血，后因以“赤汗马”泛指名马。青丝鞚（kòng）：青色丝绳的马络头。

其三

机欲审而发，瑟调音自谐。
况思万全计，可畏一毫差。
回斡须群彦①，轮囷叠寸怀②。
樵渔暂相狎，鸳鹭岂其侪③。

①回斡（wò）：斡旋，调停。群彦：众英才。

②轮囷：盘曲貌。寸怀：心思。

③鸳鹭：鸳鸯和鹭鸶，此喻其他朝臣。侪（chái）：同类。

到阙政府以辟郡未下隔对①

练纸密衔袖②，宫门报隔班。
衷肠郁未吐，殿槛可容攀。
巨用须桴栋③，旁搜及蒯菅④。
对扬当有日⑤，倾尽不须删。

①阙：代指宫廷。政府：唐宋时称宰相治理政务的处所为政府。以：因。

辟郡：帝王召见并授予郡守官职。程公许曾被差知婺（wù）州，因郑清之从中作梗，未能上任。隔对：诗体格式之一，谓隔句对偶。

②练纸：柔软洁白的绢纸。密衔袖：暗中收藏于袖中。

③桴栋：栋梁，喻支柱。

④旁搜：广泛搜求。蒯菅（kuǎi jiān）：草本植物，可用于编草鞋和席子。《诗》曰："虽有丝麻，无弃菅蒯。"

⑤对扬：臣受君赐时答谢、颂扬。

和龚彦质韵送别赵税院①

讥征傍南海②，何遽别同盟。
漫仕不妨学③，能诗新有声。
烟涛千里隔，书剑一航轻。
矩范求诸近④，菊坡冰雪清⑤。

①龚彦质：号寄庵居士，浙江台州括苍镇人。税院：官署名，掌商贾廊店税收。赵税院：名不详。

②讥：稽查，查看。征：征税。

③漫仕：漫漫仕途。不妨：不妨碍。学：研习诗文。

④矩范：指立为典范。

⑤菊坡：崔与之，参见8页注⑯。

别家仲行得成都尉西归①

远役得佳伴，天涯还掺袪②。

忧端今转甚，漫仕意何如。
落笔敏无敌，轩髯豪不除[③]。
市桥春好在，勿共酒杯疏[④]。

①家仲行：程公许朝中朋友、老乡。家姓早期主要生活在中原，宋代以后在四川眉山等地形成主要聚居区。

②掺袪（qū）：手轻轻架住对方胳膊，互相勉励。掺，同“搀”。袪，袖口。

③轩髯：疏朗的胡须。不除：不加修饰。

④共：与，和。

华阳尉授代喜成二首[①]

其一

唱第八年久[②]，折腰三考书。
上官容我拙，朴学与时疏[③]。
冷落随阳雁[④]，蹒跚上竹鱼[⑤]。
平生经世志，穷达岂关渠[⑥]。

①华阳：建县于唐，治所曾一直在今成都城内。1965 年华阳县被正式撤销，并入双流县。授代：程公许进士及第，初授温江尉，丁母忧三年，后授华阳尉。

②唱第：科举考试后宣唱及第进士名次，指进士及第。

③朴学：本指上古朴质之学，后泛指儒家经学。

④冷落：冷淡地对待。随阳雁：指大雁。因其随着太阳的偏向北半球和南半球而北迁南徙，故称。此喻趋炎附势者。

⑤蹒跚（pán shān）：行步缓慢貌。竹鱼：鱼名。产江溪间，青黑色，大

而少骨，肥而美。

⑥穷达：困顿与显达。渠：语尾助词，表反诘。

其二

冉冉岁云暮，齐丘促戍忙[①]。
倦凭南郭儿，静寄赞公房[②]。
梦想蚕丝软，涎流蚁杓香[③]。
循陔归洁养[④]，一笑乐哄堂。

①齐丘：江西洪州人。善于写文章，兼学机变权诈之术，为南唐李昪所重用。

②静寄：优闲地寄寓、依托。赞公：古代县丞的别称。

③蚁杓（sháo）：米酒，醪糟酒。杓，意同“勺”。

④循陔（gāi）：《诗·小雅》有《南陔》篇，孝子相戒以养也。后因称奉养父母为“循陔”。

用光弟携儿送至南定[①]

亲友远追送，后先还故乡。
殷勤仲光父，嫪恋及江阳[②]。
执手哽无语，修名那易量。
归来训子侄，椿桂会联芳[③]。

①用光弟：程公许妻弟，诗中提及的侄子仲光的父亲。南定：泸州江阳南定楼。

②嫪（lào）恋：留恋不舍。江阳：今四川泸州市江阳区。

③椿桂：皆长寿之木，诗文中多用作颂人长寿之词。联芳：双桂联芳，喻前后二家都会获得功名。

挟文薛君自赋五首①

其一 克己

为人非外铄②，己与物同之。
私欲阴霾蔽，良心日月亏③。
若能无窒碍，不用苦思惟。
天理浑然处④，吾生自有涯。

①挟：受约请。文薛君：程公许家乡友人。程公许自注“克己、读书、安贫、择交、训子为题，戒其子婿王叔俨万里索和。”本诗为文薛君子婿王叔俨从万里箐至蟠龙书院向回乡省亲的程公许索和而作。克己：谓克制私欲，严以律己。

②为人：做人处世接物。外铄（shuò）：外显张扬。

③日月亏：不亏负日月。

④天理：天道，自然法则。浑然：质朴纯真貌。

其二 读书

静得山林趣，闲知日月长。
清风披竹素①，小雨润芸香②。
外饰谢文绣③，饥餐须稻粱。
人生有同嗜，只此绝难忘。

①披：翻阅。竹素：犹竹帛，多指史册、书籍。

②芸香：香草名。多年生草本植物，夏季开黄花，花叶香气浓郁。

③外饰：谓粉饰外表。文绣：刺绣华美的丝织品或衣服，此指文章诗词。

其三　安贫

赋予有常分[①]，非关智力求[②]。
违行能自信[③]，显晦复何忧[④]。
瓢饮贤颜子[⑤]，瓜畴隐邵侯[⑥]。
胸中吉祥宅，何处不天游。

①安贫：甘于贫穷。赋予：给与。

②智力：才智与勇力。

③违行：不正确的行为。自信：自表诚信。

④显晦：明与暗，比喻仕宦与隐逸。

⑤瓢饮：参见 162 页注③。

⑥瓜畴（chóu）：瓜圃。邵侯：即邵平，秦时封东陵侯，秦亡为布衣，种瓜于长安城东，瓜味甜美，时人谓之“东陵瓜”。后世因以“邵平瓜”美称退隐之人。

其四　择交

士能知尚友[①]，岂必尽同时。
杂鲍兰胥化[②]，亡羊路或歧[③]。
醴甘知易绝，丝素亦奚悲[④]。
何以交难择，而忘《伐木》诗[⑤]。

①尚友：与古人为友；与高于己者交游。

②鲍：盐腌的鱼，久而不闻其臭。兰：兰草。胥化：融为一体。胥，皆。

③亡羊路：参见 344 页注⑯。

④丝素：偏义复词，贫贱。奚：文言疑问代词，相当于什么、哪里。

⑤《伐木》：《诗·小雅》篇名。其诗云："伐木丁丁，鸟鸣嘤嘤……嘤其鸣矣，求其友声。"后因以"伐木"为表达朋友间深情厚谊的典故。

其五　训子

万事烟云过，须留尾段看。
芝兰庭砌茂[1]，风雨夜灯寒。
楚泽荷纫绿，燕山桂染丹。
诗书门户壮，何待侈重栾[2]。

①芝兰：芝，通"芷"。芷和兰，皆香草；喻优秀子弟。庭砌：庭阶。

②何待：用反问的语气表示不须、用不着。侈（chǐ）：浪费。重栾（luán）：重重的曲枅。栾，即柱上承斗拱的曲木。

寿李悦斋五首[1]

其一

南熏谐玉轸[2]，舜殿载赓歌[3]。
天悯苍生苦，人如安石何[4]。
无心书咄咄[5]，有术办多多。
肯学癯山泽[6]，楸枰诧烂柯[7]。

①李悦斋：李埴参见 7 页注⑫。程公许自注："和送三荣使君韵。"三荣使君：程公许另有《别冯伯昭新放归三荣末句乞呈使君王万里年兄》。

②南熏：指《南风》歌。玉轸：玉制的琴柱，借指琴瑟。

③赓歌：酬唱和诗。

④安石：安如磐石，如同磐石一般安然不动。

⑤咄（duō）咄：感叹声，表示责备或惊诧。

⑥癯（qú）山泽：隐于山林川泽的矍铄老人。

⑦楸枰（qiū píng）：棋盘，古时多用楸木制作，故名。烂柯：参见 218 页注③。

其二

宇县风尘暗，军需色目繁。
时机宁我待，心事向谁论。
膻聚蚁争慕[①]，泉深骥渴奔。
非公能借箸[②]，猛虱恐徒扪。

①膻（shān）：腥秽之气。

②借箸（zhù）：借箸代筹的略语。《汉书·张良传》：“良谒汉王。汉王方食，曰：‘客有为我计挠楚权者。’良曰：‘请借前箸以筹之。’”箸，筷子。后因以“借箸”指为人谋划。

其三

国镇重双璧[①]，宠光均一时。
姱修甘俗忤[②]，忠愤倚天知。
闻道征还急[③]，难忘侧席思[④]。
分明调鼎味[⑤]，梅熟雨垂垂。

①双璧：两块璧玉，喻指李璧和李埴兄弟。

②忤（wǔ）：逆，不顺从。

③征（zhǐ）还：诏征回朝。

④侧席：不正坐，谓侧坐以待贤良；古时形容帝王礼贤下士。

⑤调鼎：参见 209 页注④。

其四

衡泌春无尽[①]，湖天风快哉。
书堂三寿语[②]，仙籍几生来[③]。
一发扶周鼎[④]，千金筑隗台[⑤]。
人心索调护，根本更须培。

①衡泌（mì）：谓隐居之地。语本《诗·陈风·衡门》："衡门之下，可以栖迟，泌之洋洋，可以乐饥。"

②三寿：古称上寿百二十岁，中寿百岁，下寿八十岁；后泛指高寿。

③仙籍：古以科举及第为登仙，因称及第者的资格与名姓籍贯为仙籍。

④一发：千钧一发，极端危险的瞬间。周鼎：周代九鼎，象征国家政权。

⑤隗（wěi）台：参见 356 页注⑮。

其五

磊磊松椿干[①]，渊渊金石声[②]。
功名宁贳我[③]，富贵本无情。
陛对三千牍[④]，胸奇百万兵。
扶持天意在，容我请长缨[⑤]。

①磊磊：形容襟怀坦白，志节分明。松椿：松树与椿树，喻高寿。

②渊渊：锣鼓声。金石声：指铿锵有力之声，后亦用以比喻文辞优美

动人。

③贳（shì）：赊欠。

④陛对：在殿堂上回答皇帝的咨询。三千牍（dú）：《史记·滑稽列传》："朔（东方朔）初入长安，至公车上书，凡用三千奏牍。"后用以指向皇帝进呈的长篇奏疏。三千，极言其多。

⑤长缨：指捕缚敌人的长绳。

送道传侄旅中赴省①

上国友多士②，三年期一鸣。
艺须专必胜，禄逮养为荣③。
门户久灰冷，云霄如砥平。
五豪同着便④，一为起家声。

①此为程公许送侄子道传赴京应省试旅途中所作。省试即科举中的礼部会试。

②上国：指京师。

③禄：居官食禄。逮：到，及。

④五豪：与侄子道传同行赴考计五人。着便：当机立断，一举成功。

参选成都亲友追送月夕饮江上①

久聚未知乐，暂离能许愁。
清江一轮月，后夜两般秋。

语倦且呼酒，寒侵频索裘。
鼎湖龙去远[②]，忧愤涕滂流。

①月夕：特指农历八月十五日中秋节。此诗为程公许在叙州宣化越溪河畔蟠龙书院老家丁母忧三年后，往成都接受新一轮官员选拔前夕所作。

②鼎湖龙去：黄帝铸鼎于荆山下。鼎成，有龙垂胡髯下迎黄帝。黄帝上骑，群臣从上者七十余人。另有一些小臣不得上，便拽着龙髯，龙髯断，掉下来，黄帝的弓也被拉掉了。臣民抱着龙髯和弓号哭。后世名其处曰鼎湖，其弓曰乌号。此句程公许用“鼎湖龙”指南宋皇帝。

留别李贯之大著二首[①]

其一

车马红尘里，阅人谁似君。
洚流倾世论[②]，砥柱倚斯文[③]。
籍甚诗书誉[④]，超然利欲醺。
相从期岁晚，兰佩袭芳熏。

①李贯之：李道传，字贯之，隆州井研人，参见6—24—26。大著：参见200页注①。

②洚（jiàng）流：口若悬河。洚，大水滔滔。倾世：使世人倾倒。

③斯文：指礼乐教化、典章制度。

④籍甚：盛大，盛多。

其二

二老俱黄发[①]，遥怜望倚门。

凄凉游子意，惭愧主人恩②。
酒舫湖光滟，书灯夜雨昏。
三山渺云海，何日听重论。

①二老：指李贯之父母。黄发：指年老。

②惭愧：此处为程公许对李贯之父母表示感激之意，家住越溪河下游的程公许当年常出入于越溪河上游的李家。

枫桥寺侍悦斋先生诲语三日而别①

唐人旧题处②，那复有江枫③。
寺近阖闾国④，门当岝峉峰⑤。
清风三宿恋，紫气一尊同。
恨与心知别，烟波千万重。

①枫桥寺：即今苏州市姑苏区寒山寺，南宋称枫桥寺。悦斋先生：参见7页注⑫。诲语：教导。

②唐人：张继《枫桥夜泊》："月落乌啼霜满天，江枫渔火对愁眠。姑苏城外寒山寺，夜半钟声到客船。"

③江枫：江桥和枫桥。

④阖闾（hé lǘ）：春秋末吴国的国君。

⑤岝峉（zuò è）：山势高峻貌。

雨中送客观鱼阁[1]

送客观鱼阁，山光水色中。
最怜秋惨淡，况复雨溟蒙。
坐久觉衣薄，杯行到手空[2]。
恨无佳句子，唤醒少陵翁。

①观鱼阁：程公许自注："即少陵东津观鱼赋诗处也。"唐宝应元年(762)，杜甫流寓绵州，住绵州左绵公馆，在东津观打鱼后，写下《东津观打鱼歌》。

②杯行：举杯沿座巡行敬酒。

风雨过南溪[1]

小艇溯洄稳[2]，短篷兴寝劳[3]。
断崖榕倒影，乱石水翻涛。
过雨山如沐，终风晚更饕[4]。
愁须诗自遣，吟罢转萧骚[5]。

①南溪：今四川宜宾市南溪区。南北朝梁设南广县，隋因避太子杨广讳，改为南溪县。

②溯洄：逆流而上。

③短篷：小船。兴寝劳：犹枕眠于江中随波浪起伏。

④终风：整日刮过不停的西北风。饕（tāo）：传说中凶恶的野兽，此指风急浪大。

⑤萧骚：形容景色冷落。

三江晓渡①

唤渡三江岸，停车两眼明。
烟涵秋日淡，露洗晓寒轻。
山色晴逾爽，波流怒未平。
诗翁旧游处②，有句不堪呈。

①三江：金沙江、岷江交汇后传统上始称长江，三江交汇地在三江口。

②诗翁：此指大诗人、大书法家黄庭坚。旧游处：指流杯池。古叙州城在江北今旧州坝，城东有崔科山横亘，山下巨石中开，形成峡谷。黄庭坚仿王羲之《兰亭集序》中“流觞曲水”意境，于此凿“流杯池”，读书会友、挥毫泼墨，留下了《苦笋赋》《荔枝绿颂》等华章。

陪宪节渡江游双泉墅和韵①

篼舆航野渡②，竹径绕平畴。
红蓼前宵涨③，黄花几日秋。
谈锋蜚屑玉④，岩窦答鸣球⑤。
山水饶心赏，能忘恤纬忧⑥。

①程公许自注："陪宪节饭石堂书院，渡江游双泉墅即席和韵。"宪节：廉访使类官员，姓名不详。石堂书院：位于今绵阳市游仙区魏城镇石堂观，又名石堂院。此诗为程公许任绵阳教授时所作。

②箯舆（biān yú）：竹舆，竹轿。野渡：荒落之处或村野的渡口。

③红蓼（liǎo）：一年生草本，成片生长于山谷、路旁及河滩湿地。

④蜚屑玉：碾碎玉石。

⑤岩窦（yán dòu）：即岩穴。鸣球：谓击响玉磬。

⑥恤纬（xù wěi）：《左传·昭公二十四年》："抑人有言曰：嫠不恤其纬，而忧宗周之陨。"谓寡妇不忧其织事，而忧国家之危亡。后因以"恤纬"指忧虑国事。

仲春八日自成都起程度剑阁①

萧寺深居稳②，春深殊未知。
偶然成远役，犹幸及芳时。
麦浪含风软，花光眩日迟。
客行无复恨，随处可寻诗。

①仲春：春季第二个月，即农历二月。

②萧寺：梁武帝造寺成，令萧子云飞白大书"萧"字，至今一"萧"字存焉，后因称佛寺为萧寺。

秉炬游麻仙郁姑洞①

山峰晓雾开②，洞户闷琼台③。

胜处难名状，飞仙此往来[4]。
云应通玉局[5]，水或接蓬莱。
可得一伸臂，乘风遍九垓[6]。

①麻仙：麻衣郁姑，传为汉犍为郡僰道人。生于一栽桑养蚕、纺麻织布人家，所织丝麻制品质量为犍为郡最好。传其不愿婚嫁，披麻衣入僰道城北真武山仙侣洞中，得道成仙。郁姑洞：真武山的道教活动始于东汉。沛国丰邑人张道陵沿长江西来至真武山，见其山有仙山灵气，为道家养性存神，餐霞炼道之洞府，于是在此传道数载。唐时有吕祖白天在翠屏山练剑，夜宿真武山，现存有“纯阳洞”，一名仙侣洞。宋代杨道人在此洞修炼成仙，山后有郁姑台，台下生长仙茅。杨道人遇麻仙郁姑于此，因得食仙茅之法，得白日升天之道，有洞名“郁姑洞”，为其修炼之所。

②晓雾：程公许家乡四川叙州城翠屏山和真武山云蒸霞蔚的景象，金沙江、岷江在山脚相汇，其中真武山为川南道教圣地。

③洞户：洞口。闷（bì）：遮掩。琼台：泛指华丽的楼台。

④飞仙：会飞的仙人，此指麻仙郁姑。

⑤玉局：在成都青羊宫，传说李耳曾于此坐局玉床讲经。

⑥九垓（gāi）：中央至八极之地，泛指天下。

送刘时可县丞奉母游岷山[1]

西爽抗层霄，南墙日见招。
乘春扶鹤驭[2]，披雾过龙桥[3]。
香火祈亲寿，烟霞远俗嚣。
归来索吟稿，起我意逍遥。

①刘时可：程公许任成都府崇宁县令时的佐官，余不详。岷山：此指成都附近西岭雪山。

②鹤驭：指仙人，传说成仙得道者多骑鹤；此指刘县丞之母。

③龙桥：都江堰鱼嘴的铁索桥。

过中岩渡月出峨眉山上

返照中岩渡①，峨眉分外清。
一弯新吐月，共我两忘形。
露下沙逾白，宵寒酒易醒。
荻花风瑟瑟②，拥被不堪听③。

①返照：月光照射。中岩：位于四川青神县岷江之滨，为佛教圣地。

②荻花：水边生草本植物，叶长似芦苇，秋天开紫花。瑟瑟：形容风声。

③拥被：躺卧以被蒙头。

山中戏云端子①

追路归山后②，开关唤客眠③。
那知言在耳，已作醉逃禅④。
急雪浓筛瓦，中宵冷透毡。
清愁分不尽，惜别意凄然。

①云端子：金沙江南岸川滇边境福林寺中隐士，程公许朋友。程公许另

有《别云端子和元字韵》《和陆放翁笑诗呈云端子》等。

②追路：追随。归山：谓退隐。

③开关：偏义复词，关闭门户。

④逃禅（chán）：逃出禅戒。

题丹景山[①]

原庙标丹景，神游想岱宗[②]。
宝龛严石像，绀殿锁云峰[③]。
浪说侵疆复，何当检玉封[④]。
天门东北望，漠漠晓烟浓。

①丹景山：位于今四川彭州市丹景山镇。

②岱宗：泰山。泰山旧谓居五岳之首，为诸山所宗，故称。

③绀（gàn）殿：指佛寺。隋江总《幡赞》："光分绀殿，采布香城。"

④检玉封：指封禅，古封禅有金策、石函、金泥、玉检之封。

题信州半月岩[①]

岩际半轮月，神工幻怪奇。
本来无显晦，何自有盈亏。
岚雾凝蟾彩[②]，藤萝影桂枝[③]。
能令万里客，为尔忆峨眉。

①半月岩：位于今江西上饶市信州区灵溪镇松山村，有古岩寺尚存，相传唐朝国师大义禅师在此驻锡建寺并驯化一猛虎，当地民间亦称之为虎岩。

②岚雾：山中雾气。蟾彩：月色，月光。前蜀韦庄《天仙子》词："蟾彩霜华夜不分，天外鸿声枕上闻。"

③影：遮蔽。桂枝：传说月中有桂树，因以桂枝指月。

炷香至德山[①]

昔时闻至德，滴水洗沉冤[②]。
空寂等三世，悟迷同一源。
松杉膏宿雨[③]，楼阁丽朝暾[④]。
犹恨高峰顶，藤萝未得扪。

①至德山：位于成都市彭州西三十里，上有至德寺。
②沉冤：程公许自注："唐悟达国禅师，遇十三尊者洗人面疮，解宿负。"
③松杉膏：以松杉油脂照明。宿雨：雨水彻夜不断。
④朝暾（tūn）：早晨阳光明亮温暖。

炷香宣石桥卯塔[①]

路欲转前岭，僧邀宿化城。
饭抄青飿软[②]，茶瀹乳花轻[③]。
岚雨侵衣润，松风入夜清。
瓣香宣老塔[④]，坐待日华生。

①程公许自注：“自船庄过化城留宿。翌旦，炷香宣石桥卯塔。”化城：化城寺，在今安徽当涂县城西北。

②青飷（xùn）：乌饭，又名青精饭。乌饭法，取南天烛茎叶捣汁，浸糯米，九蒸九曝，米粒紧小如珠，囊之可适远方，此饭乃仙家服食之法。唐代诗人杜甫《赠李白》：“岂无青精饭，使我颜色好。”

③瀹（yuè）：煮茶。乳花：烹茶时所起的乳白色泡沫。

④瓣香：佛教语，犹言一炷香；喻崇敬的心意。

侍饮宝子山游忠武侯祠①

一郡最高处，元戎领客游②。
云根栖万井③，城角带双流④。
日薄楼台暝，风悲鼓角秋。
卧龙千古恨⑤，烟霭隔神州。

①侍饮：陪从尊长宴饮。宝子山：今成都市塔子山公园。2003 年园内修建时先后发现三苏书法残碑。园内主要建筑九天楼为今人仿建，取自李白《登锦城散花楼》中“今来一登望，如上九天游”。楼高 70 米，共 13 层，融楼、塔亭、台为一体，远看似塔，近看是楼，为成都市标志性景观。武侯祠：西晋末年李雄为纪念蜀汉丞相忠武侯诸葛亮而建，在今成都市南，祠内古柏苍郁参天，殿宇高大华美。

②元戎：主将，统帅。

③云根：远山云起之处。万井：参见 214 页注①。

④双流：古称广都，古蜀王蚕丛、杜宇等曾先后以广都为治所。西汉武帝时置广都县，隋避炀帝杨广讳，借左思《蜀都赋》中“带二江之双流”，改称双流。

⑤卧龙：喻隐居或尚未崭露头角的杰出人材。

题马鸣溪寺二首①

其一

久客愁多雨，清游喜骤晴。
云蓝犹独踞，玉岭忽双撑②。
洞口龙方卧③，山腰虎尚狞④。
天池今何在⑤，一水至今清。

①马鸣溪：在今四川宜宾市叙州区境内金沙江南岸。《舆地纪胜》卷一六三叙州：马鸣溪“源出庆符之西，会马湖，达于蜀江。昔土人郑氏，因牧马于溪上，产龙驹，四蹄列爪，朱鬃赪尾，高可七尺。州家闻之，将以贡，在所载，至溪口，振鬣长鸣，跃于溪中，因以名”。

②玉岭：山岭的美称，此指今叙州区柏溪街道少峨山。双撑：云开日出，天池夕照为古宜宾八景之一。

③洞口：马鸣溪附近有龙洞。

④虎尚狞：川南多虎，今宜宾市叙州区南岸马鸣溪支流尚有地名虎溪。

⑤天池：即今四川宜宾市城区西郊天池公园，古名凌波池，亦称西湖。天池成因，或说由金沙江河道变迁形成，或说因地震大地陷落所致。唐德宗时，西川节度使兼戎州都督府都督韦皋曾加以治理，并留有《天池晚照》诗。

其二

先子旧游此①，余时方五龄。
风神见图像②，云体想仪刑③。
衰发年年白，遥山面面青。

不须论旧事，欲说唤谁听。

①先子：程公许此指亡父。《孟子·公孙丑上》：“曾西蹵然曰：‘吾先子之所畏也。’”焦循正义：“称‘先子’者，谓父，非谓祖父也。”

②风神：风采，神态。

③仪刑：仪容，风范。宋叶适《王夫人画像赞》：“尔孙尔曾，象其仪刑。”

留题马鸣溪寺二首即用前韵

其一

玉笋竞秋爽[①]，翠屏张晓晴[②]。
天开金地胜[③]，鼎峙紫霄撑[④]。
听说禅心静，能调异物宁。
十方芗水海[⑤]，何处不澄清

①玉笋：喻马鸣溪（今天往高县方向）两岸耸立的秀丽山峰。

②翠屏：程公许自注：“水观三峰屹立如屏。”水观：从金沙江江面船上眺望。三峰指真武山、翠屏山及天池北面的香炉山。

③金地：佛教谓菩萨所居以黄金铺地，此指马鸣溪寺。

④鼎峙：马鸣溪寺与真武山、翠屏山的寺庙如鼎足并峙。

⑤十方：佛教谓东南西北及四维上下。芗：古书上指用以调味的香草。水海：积水为海。此句程公许由天池的宁静想到国家早日结束战乱。

其二

翠珉瞻手泽[①]，六十有余龄。

囊锦传宗旨[2]，锥沙更典刑[3]。
发缘忧世白[4]，眼独为山青[5]。
蕙帐摇归梦[6]，秋猿正可听。

①翠珉（mín）：石碑的别称。宋黄庭坚《题淡山岩》诗之一："惜哉次山世未显，不得雄文镵翠珉。"手泽：犹手汗，后多用以称先人或前辈的遗墨、遗物等。程公许5岁曾随父亲游过马鸣溪寺，此次旧地重游已60多岁。

②宗旨：此指皇上委任程公许为刑部尚书的圣旨。

③锥（zhuī）沙：锥画沙，形容书家的藏锋笔法；暗喻皇上对程公许藏而重用。典刑：掌管刑法。

④忧世：为时世或世事而忧虑。

⑤为山：喻建立功业。晋陶潜《悲从弟仲德》诗："在数竟不免，为山不及成。"

⑥蕙帐：帐的美称。归梦：归乡之梦。

香积寺午斋[1]

陟峻龙门路[2]，来参鸡骨师[3]。
楼台春雨霁[4]，鱼鼓午斋时[5]。
倦憩僧留话，荒寻仆惮随[6]。
一筇支野步，且以暮为期。

①香积寺：在今四川绵阳市境内。唐杜甫有《涪城县香积寺官阁》诗："寺下春江深不流，山腰官阁迥添愁。"

②陟峻：登上高峻的山。陟（zhì）：登高，陟山。

③鸡骨师：身材单薄瘦弱的禅师。

④霁（jì）：雨后转晴。

⑤鱼鼓：鱼形木鼓，寺院中击之以报时。

⑥荒：荒郊野岭。仆惮：小和尚。

挽桃源使君虞公二首①

其一

畴昔交诸季②，曾闻说长公③。
圣涯探窔奥④，词藻亦精工。
偶幸趋征诏，方当顺下风。
飙游无处问，延伫鬓飞蓬⑤。

①虞公：虞刚简（1163—1227），四川仁寿人，历华阳知县、绵州通判，知万州、简州等，年六十四卒。使君：尊称州郡长官。虞刚简曾在成都创办沧江书院，桃源为其主讲沧江书院时的住地。

②畴昔：往日。诸季：各位后学。古时兄弟排行，以伯、仲、叔、季作次序，季是最小的。

③长公：古人多以“长公”为字，为行次居长之意。此指虞公。

④窔（yào）奥：喻深邃、高深的境界。

⑤延伫（zhù）：指归隐。飞蓬：比喻蓬乱的头发。

其二

解印桃源后①，卜居梅溆幽②。
秉心难偶俗，乐道自忘忧。
故国八千里，妖氛六十州③。
公魂如不泯，时作玉芝游④。

①解印：解下印绶，谓辞免官职。

②卜居：择地居住。溆：此指水边。

③妖氛：不祥的云气，多喻指凶灾、祸乱。六十州：时四川所辖。

④玉芝：芝草的一种，又称白芝。此喻贤才。

挽前眉州使君廖子长二首①

其一

二老金兰好②，诸昆笔砚交③。
坐隅亲问字，投分漆如胶。
决眦云间步④，惊心水上泡。
屋梁耿残月，含涕祖西郊。

①廖子长：程公许叙州老乡，黄庭坚《绿荔枝》诗中廖致平后人，曾知眉州。

②二老：程、廖两家的长辈。金兰：指深交。语出《易·系辞上》："二人同心，其利断金；同心之言，其臭如兰。"

③诸昆：各位兄长。笔砚：文墨诗文。

④决眦（zì）：表示极目远视。

其二

卧虎眉州戍，梦蝶古渝津①。
秀子嗣荣禄，诸郎皆聘珍②。
笄珈陪墓窆③，雾雨暗车尘。
今代谁班范④，牵连汉传循⑤。

①梦蝶：庄子梦见自己变成蝴蝶，感到愉快。突然醒来，惊惶不定，不知是庄子梦中变成蝴蝶呢，还是蝴蝶梦中变成庄子？庄子用一个最简单的寓言来说明一个人类最沉重的疑问，即生死问题。梦蝶在此指作古去世。

②聘珍：朝廷寻找招募的人才。

③笄珈（jī jiā）：原指妇人首饰，代指妇女。墓窆（biǎn）：将棺木葬入墓穴。窆，葬下棺也。

④班范：汉班固和南朝宋范晔的合称。

⑤牵连：连接，连续。传循：流传因循。

挽永康守成寺簿同年二首①

其一

模楷亲前哲，丰姿自轶群②。
回翔垂白发③，凌厉即青云④。
幕府列功簿，诗书清塞氛。
宝仙催命驾，拱木漫新坟。

①永康：永康军，今成都都江堰市，前蜀曰灌州，宋改为永康军。“军”为宋代行政区域单位，宋代地方最高行政区域单位为“路”，相当于现在的省。其下设立府、州、军、监一级。军为与县级同级的行政单位，一般设在边远地区，通常这类地区军事地位非常重要。寺簿：文官，主管文书簿籍及印鉴，相当于办公室主任。成寺簿名不详，为公许任崇宁县令时寺簿，后守永康。同年：科举时代称同一年考中者。

②丰姿：风度仪态。轶群：超群。

③回翔：指任职或施展才干。

④凌厉：犹严肃，严厉。青云：喻远大的抱负和志向。

其二

友爱根天性，今人古与俱。
棣华虽殄瘁[①]，玉树更扶疏[②]。
经济终赍恨[③]，循良唯读书[④]。
慈恩共心赏，霜月泪沾裾。

①棣华：《诗·小雅·常棣》："常棣之华，鄂不韡韡。凡今之人，莫如兄弟。"后因以"棣华"喻兄弟。殄瘁（tiǎn cuì）：凋谢，枯萎。

②扶疏（shū）：枝叶繁茂分披貌。

③经济：经世济民，治国的才干。赍（jī）恨：抱憾。

④循良：谓官吏奉公守法。

挽潼帅许侍郎成子三首[①]

其一

天地英灵气，风云感会期。
龙头推蜀产，骨鲠自天知。
雨露荣三接[②]，江湖滞一麾[③]。
甲兵何日洗，远虑忆蓍龟[④]。

①潼帅：潼川府军事长官。许侍郎：许奕（1170—1219），简州人，字成子。宁宗庆元五年（1199）进士，累迁起居舍人、擢吏部侍郎，在朝不避权贵，多切时弊。后曾出任泸州、遂宁、潼川府军事长官。

②雨露：谓沐浴恩泽。三接：谓三度接见。

③一麾：一面旌麾。旧时作为出为外任的代称。

④蓍（shī）龟：古人以蓍草与龟甲占卜吉凶，此喻德高望重的人。

其二

正色趋文石①，危言竦列绅②。
直前香案晓，批敕琐闱春③。
天要明堂柱，人间匠石斤④。
汲公宁妄发⑤，轩冕付平津。

①文石：用有纹理的石头砌成的宫廷台阶，此指朝廷。

②竦（sǒng）：恭敬。绅：古代士大夫束在腰间的大带子，下垂部分叫绅。

③批敕：代皇帝批示奏章和对草拟的制敕签署意见。琐闱（wéi）：镌刻连琐图案的宫中旁门，指代宫廷。

④匠石斤：参见 7 页注③。

⑤汲公：梁武帝时谏臣。

其三

雪惨龙沙节①，春浓豹尾班②。
难销方寸赤，不待二毛斑③。
力尽三医谒④，忧深九虎攀⑤。
丁宁尸谏语，端不愧家山。

①龙沙：沙漠名，在新疆天山南路。

②豹尾班：指随驾出行的一班近侍官员，因天子乘舆有豹尾车而得名。

③二毛：斑白的头发，常用以指老年人。

④三医：《列子・力命》：“季梁得疾，七日大渐……终谒三医：一曰矫

氏，二曰俞氏，三曰卢氏，诊其所疾。”后泛指良医。

⑤九虎：王莽的九个将军。此指武将。

七言律诗

元正书怀①

甲子循环六十年，手披新历意茫然。
了知自性觉玄妙，宁与世间寒暑迁。
寡过得如蘧瑗化②，诺惺要了瑞岩禅③。
故园未卜西归日，遇好溪山且数椽。

①元正：正月元日。语出《书·舜典》：“月正元日，舜格于文祖。”孔传：“月正，正月；元日，上日。”

②寡过：少犯错误。蘧瑗（qú yuàn）：参见 9 页注㉘。

③诺惺：体悟。瑞岩禅：浙江台州瑞岩禅寺的师彦禅师，喜欢自言自语，又自应诺。

立春

月堕霜空发上亭，土牛今日却鞭春①。
六花度腊悭呈瑞，二麦何时饱食新。
四序斡旋均一气②，万殊元化托洪钧③。

已烦元帅调新律[4]，早愿三边静战尘。

①鞭春：立春时用泥土造土牛鞭打，以劝农耕，以祈丰年。

②四序：指春、夏、秋、冬四季。斡旋：运转。

③万殊：各不相同的现象、事物。元化：造化。洪钧：指天，喻朝廷皇恩。

④新律：新与时节气候相应的律管，参见162页注⑨。

正月二十日雪

东皇弭节未多时[1]，忽作漫空六出飞。
商略田功兴嗣岁[2]，翕张天巧惜阴机[3]。
麦才覆土欣苏醒，梅久烘晴稍发挥。
萧寺掩关终日卧[4]，忍寒不著兽红围[5]。

①东皇：司春之神。弭节：驻节，停车。

②商略：估计。田功：农事。嗣岁：一年接一年。

③翕（xī）张：敛缩舒张；谓理事治国或弛或张。

④萧寺：参见399页注②。

⑤著：显露。红围：北方少数民族集中猎捕野兽。

苏税院惠二诗和韵二首[1]

其一

意不求全那得毁，本来知足岂须多。

世途何处非乘险，古井如今已不波[②]。
缘督更须师漆吏[③]，乞墦可使愧邹轲[④]。
君看野马难羁束，宁羡天衢想玉珂[⑤]。

①苏税院：不详。程公许自注："正月廿三日，以南床劾论去国。憩净慈客馆，苏税院惠二诗和韵。"廿（niàn）：二十。南床：参见318页注⑨，后因以代指侍御史。去国：离开朝廷。净慈：净慈寺，位于浙江杭州市西湖南岸，雷峰塔对面，是西湖历史上四大古刹之一。苏税院不因程公许被贬而冷落刚直的朋友，仍然和诗往来。

②古井：参见116页注④。

③缘督：谓守中合道，顺其自然。语出《庄子·养生主》："缘督以为经。"郭象注："缘，顺也。督，中也。"漆吏：指庄子。《史记·老子韩非列传》："庄子者，蒙人也。名周，周尝为蒙漆园吏。"

④乞墦（fán）：谓向祭墓者乞求所余酒肉，泛指乞求施舍。邹轲：孟子，参见324页注⑤。

⑤玉珂：马络头上的玉制装饰物，借指高官显贵。

其二

寄包古刹客过门，煨芋残炉晚未温[①]。
万里风尘迷远望，三峰文献接诸君[②]。
湖山春动饶佳趣，杖履时来共至言。
一笑老仙堤柳畔，人间谁怨复谁恩。

①煨（wēi）芋：唐衡岳寺有僧，性懒而食残，自号懒残。李泌异之，夜半往见。时懒残拨火煨芋，见泌至，授半芋而曰："勿多言，领取十年宰相。"后因以"煨芋"为典，多指方外之遇。

②三峰文献：笔墨诗文。

仲春再雪与禅衲夜话①

蓬莱不肯著痴仙，放去湖山一任颠。
术不竞时甘敛退，僧知同趣喜留连。
春深半地雪盈尺，云破遥林月一弦②。
拨尽灰寒吟未稳③，不如倚枕惬昏眠。

①禅衲（chán nà）：僧衣，指僧人。

②月一弦：农历月初形状像钩的月亮。

③吟未稳：诗兴未止。

寒食①

卖饧箫咽纸鸢飞，愁思惊随节物来。
誓墓可能同逸少②，操音谁复悯钟仪③。
松楸此日空瞻望④，桃李当年奉宴嬉。
投老与公同一恨，凄风撩乱我心哀。

①寒食：节日名，在清明前一日或二日。相传春秋时晋文公负其功臣介之推，介愤而隐于绵山。文公悔悟，烧山逼令出仕，之推抱树焚死。人民同情介之推的遭遇，相约于其忌日禁火冷食，以为悼念。以后相习成俗，谓之寒食。

②誓墓：《晋书·王羲之传》："时骠骑将军王述少有名誉，与羲之齐名，

而羲之甚轻之……述后检察会稽郡……羲之深耻之，遂称病去郡，于父母墓前自誓。”后因以“誓墓”称去官归隐。逸少：王羲之，字逸少，东晋著名书法家。

③钟仪：春秋楚人，被郑国抓获后献于晋。晋景公问之而知其父乃优人，使弹琴，作南音。问及楚君臣，恭敬以对。大臣以为仪言称先人之职不背本，乐作南音不忘旧，尊君而无私，是为君子，景公放其归。

④楸（qiū）：花楸树，落叶乔木，干高叶大，木材质地细密，耐湿，可造船。程公许家乡叙州宣化黄山金盆屋基今尚存三人合抱花楸树数株。

喜因小疾得端闲①

老怯尊前倒玉山②，清晨有约夕醺还。
似知是日笙箫沸，趁赏群芳绮缬班③。
细阅馀妍能几许，喜因小疾得端闲。
持觞不釂春应笑，若欠题诗亦厚颜④。

①程公许自注：“清明日，郡圃游观者如织。余以赵园之约，至夕乃还。若水赋诗后四日，偶因小疾，谒告清坐，始得奉答。”郡圃：袁州郡花园，时程公许知袁州。赵园：郡圃管理者赵若水。谒（yè）告：请假。

②老怯：年老怯懦，此为程公许自指。倒玉山：南朝宋刘义庆《世说新语·容止》：“嵇叔夜之为人也，岩岩若孤松之独立；其醉也，傀俄若玉山之将崩。”后因以“倒玉山”形容人酒醉欲倒之态。

③绮缬（qǐ xié）班：美丽鲜艳，色泽斑斓。班，通“斑”。

④厚颜：惭愧，难为情。

高人久已悟空花①

高人久已悟空花，养就丹田日月华。
方丈有谁来晤语，横枝相对虑无邪。
云开衡岳重回首②，雪满柯山迟到家③。
乞得归闲来叩户，摘将青子荐流霞④。

①程公许自注："三衢道士郑自得，即天庆寮舍种梅、疏池、为小亭，扁曰：'横清有诏'。住南岳道观，复以此扁其亭。解官事言归，袖诗相访，为次韵。"三衢（qú）：指今浙江衢县，县境有三衢山。寮舍：僧舍。南岳：此指安庆潜山西部的天柱山。高人：志行高尚的人，多指隐士、修道者。悟空：佛教语，谓明白一切事物由各种条件和合而生，虚幻不实，变灭无常。

②衡岳：南岳衡山。

③柯山：烂柯山，参见 218 页注③。

④青子：尚未黄熟的果实，程公许此谦指其诗作。

和虞使君赋山茶花二首①

其一

眼明绝艳照凋年，傲雪凌霜分外妍。
鹤顶染砂那得似，犀棱削角自苍然②。
若为白瑞三冬里，独抱丹心一节坚。
岁晚须与公商略③，尽遽春昼万红嫣。

①虞使君：参见 408 页注①。

②犀棱：犀牛棱角。苍然：苍白。

③商略：品评。

其二

梅花蘸影碧江浔[①]，似怪高人金玉音。
咏絮可怜清寡伴[②]，冠霞来与共论心。
定知句迫琼瑶响，莫惜杯浮琥珀深。
姑射清寒西子醉[③]，一时妩媚索高吟。

①蘸影：贴近水面的花影。浔：水边深处。

②咏絮：东晋女诗人谢道韫曾以“柳絮因风起”的诗句比拟雪花飞舞。后以“咏絮”为称扬女子能诗善文之典。

③姑射：《庄子·逍遥游》：“藐姑射之山，有神人居焉，肌肤若冰雪，淖约若处子。”后诗文中以“姑射”为神仙或美人代称。西子：春秋时越国美女西施，泛称美女。

山丹花[①]

种类山茶花较大，一根恰有两枝开。
铅砂炼熟大还鼎，琥珀琢成双劝杯。
威凤想从丹穴下[②]，飞仙近自赤城来[③]。
便船惟会加培养[④]，寄伴阶庭芍药栽。

①程公许题记：“道传山丹一本两花，举以见遗。夜窗翻书，偶见刘潜夫

尝赋云：'偶然避雨过民舍，一本山丹恰盛开。种久树身樛似盖，浇频花面大如杯。怪疑朱草非时出，惊问红云甚处来。可惜书生无事力，千金移入画栏栽。'因借韵同赋一首。"道传：李道传，井研人，程公许好友。山丹：百合的一种。多年生草本植物，花红色或紫红色。一本：草木等植物的一株。见遗：相赠。刘潜夫：宋刘克庄（1187—1269），名灼，字潜夫，号后村居士。

②威凤：瑞鸟，旧说凤有威仪，故称。丹穴：产朱砂的矿穴。

③赤城：此指青城山。

④便船：船形浅口盆景。

仲秋荷花①

公暇羽衣凭水槛②，渐多翠盖倚红妆。
想应三伏怯袢热③，待到仲秋吐艳香。
藻涧鱼跳晴景眩，树阴蝉鸣晚风凉。
意行偶与欣佳会，门外催科正自忙④。

①程公许自注："仲秋池塘荷盖方密，有四五朵花。"仲秋：即农历八月。

②羽衣：指轻盈的衣衫。水槛（jiàn）：临水的栏杆。

③怯袢（pàn）：畏惧。

④催科：催收租税。租税有科条法规，故称。

醴泉墅海棠二首①

其一

东皇张饮锦周遭②，华艳偏宜望处高。

结绮楼深迷玉树[③]，销金帐暖醉羊羔[④]。
先驱瑞节昡秾李，近侍舞衫怀茜桃[⑤]。
乞得巫云来庇护，蜚廉作横未应饕[⑥]。

①程公许自注："拟玉溪体赋醴泉墅海棠二首。"玉溪体押高、羔、桃、饕韵。醴泉：甜美的泉水。海棠：春季开花，白色或淡红色。

②东皇：指司春之神，此指春天。张饮：设帷帐以饮。张，通"帐"。周遭：周围。

③结绮：结绮阁。南朝陈后主起临春、结绮、望仙三阁，自居临春阁，张贵妃居结绮阁，龚孔二贵嫔居望仙阁，交相往来。玉树：南朝陈后主所作歌曲《玉树后庭花》的省称。

④销金帐：嵌金色线的精美的帷幔、床帐。羊羔：酒名，出自山西。

⑤茜桃：宋代寇准妾。准赠歌姬以束绫，茜桃作诗云："一曲清歌一束绫，美人犹自意嫌轻。不知织女寒窗下，几度抛梭织得成。"

⑥蜚（fēi）廉：商纣的臣子。作横：横行不法。饕（tāo）：贪财。

其二

濯锦波光绕百遭[①]，夜寒秉烛更须高。
恨无丽藻供摛翰[②]，聊复重裘索俊羔。
长笑董仙痴守杏[③]，可怜曼倩坐偷桃[④]。
若教入侍红云殿，应悔从前俗虑饕。

①濯（zhuó）锦：程公许自注："花覆池面，下映绿水，如濯文锦。"遭：周，圆圈。

②丽藻：华丽的诗文。摛翰（chī hàn）：铺陈辞藻，意谓施展文才。

③董仙守杏：神仙董奉居庐山下，为人治病不取钱，病愈者使植杏。后杏子大熟。于林中作一草仓示人曰："欲买杏者，但将谷置仓中，即自往取杏

去。”尝有人置谷少而取杏多，林中群虎出吼逐之，大怖。

④可怜：可羡。曼倩（qiàn）：东方朔，西汉人，字曼倩。武帝时自荐待诏金马门，滑稽有急智，善直言切谏。传说西王母种桃，三千年一结，东方朔三次偷食，乃被谪降人间。

郡圃看海棠①

画本争如觌面奇②，含苞香露已霏霏。
阿娇早合贮金屋③，南子似羞褰锦帷④。
花信定因寒较晚，赏心何事巧相违。
壁题恨欠江城句，彩笔谁能为发挥。

①程公许自注：“昌元郡圃，看海棠红苞烂然，未有开者，问讯以诗。”昌元：今重庆市荣昌区，南宋属潼川府路昌州，州治所今重庆大足，时人誉为“海棠香国”。

②画本：绘画的范本。争如：怎么比得上。觌（dí）面：当面，见面。

③阿娇：指汉武帝陈皇后。帝四岁立为胶东王，长公主抱膝上，问：“儿欲得妇不?”曰：‘欲。’长公主指左右百余人，皆摇头。末指其女曰：“阿娇?”曰：“好！若得阿娇作妇，当作金屋贮之也。”金屋贮娇原指汉武帝要用金屋接纳阿娇作妇，后常用以指纳妾。

④南子：春秋时宋国人，卫灵公夫人，与宋公子朝私通。太子蒯聩欲借机刺杀南子，不成，出奔宋。灵公死，南子立蒯聩之子辄。褰（qiān）锦帷：撩起锦帐。

崇女撷菜煮羹①

稚女春间绕舍嬉，手挑野菜满篮归。
细倾碧涧和根煮，旋掬香粳芼糁稀②。
久识道腴知隽永③，更从禅悦悟精微④。
投床忽作还乡梦，雪暖西山笋蕨肥。

①撷（xié）：采取，摘取。作此诗时，程公许任成都府崇宁县令，治所在今成都市郫都区唐昌镇。

②芼（máo）：可供食用的水草或野菜。糁：谷类磨成的碎粒。

③道腴：某种学说、主张的精髓。隽（juàn）永：指深长之意味。

④禅悦：佛教语，谓入于禅定，使心神怡悦。精微：精深微妙。

督堰至岷下①

飞幰轻舆御暖风②，款门何事日憧憧。
芳荣满槛丹青丽③，秾秀当轩紫翠重④。
石几拜嘉才径尺，云天无际挺孤峰。
更烦指似麻坛路，万壑千岩借一筇。

①程公许自注："督堰至岷下，借馆南浦张叔全家，临别惠以润石香几一峰，挺拔于白云杳霭间，殊有远意。小诗谢之。"督堰：督促利用冬季农闲修缮都江堰灌溉渠。借馆：住宿。南浦：今成都市温江区南浦，宋属崇宁县，

程公许时任崇宁县令。香几：陈放香炉的几案。

②幰：车的帷幕，指代车。轻舆：轻车。

③芳荣：花草繁茂。丹青丽：景美如画。

④秾秀：艳丽秀美。轩：有窗的长廊。

倚槛欲歌招隐赋[①]

鹤书杳杳上岩云[②]，锦里安车忽暮曛[③]。
二陆久当为世瑞[④]，一夔留与护香芸[⑤]。
中春涧壑晴如暝，亭午松萝气自熏[⑥]。
倚槛欲歌招隐赋，客尘痼我不成文[⑦]。

①程公许自注："同家德清侍尚书杨饱学山行，先过江上岩，访家谐季。谐季其先人累承制垣以学行荐。"尚书杨饱学：杨汝明，参见 27 页注①。承制：称开府承制之官。家德清、家谐季：不详。家姓为眉山大姓。

②鹤书：也叫鹤头书，古时用于招贤纳士的诏书。杳杳（yǎo）：犹渺茫。

③安车：可以坐乘的小车。高官出行或征召有重望的人，往往赐乘安车。

④二陆：指晋陆机、陆云兄弟。

⑤一夔：夔相传为舜时乐正，仅有一足。后因以"一夔"指虽有缺点，但有专长的人才。

⑥亭午：正午。松萝：丝状，多附着在松树皮上；借指山林。气自熏：水汽升腾。

⑦客尘：佛教语，指尘世的种种烦恼。痼我：使我生病。

孙氏宅内井①

幸有安居暂寄包，拙如鸠不费营巢。
日长有井供茶课，客至移床荫树梢②。
无事莫将吟思搅，尽闲且把旧书抄。
心知守道惟玄默③，不用援毫赋解嘲。

①程公许自注："北新桥借孙氏宅，内有井甘寒，又有柳阴度夏为宜。"北新桥在杭州城内，时公许租住于此。

②床：坐具。汉代床不仅指卧具，连坐具也称床。西汉后期出现榻，专指坐具。隋朝胡床，是一种高足坐具，宋代又变称"交椅"或"太师椅"。

③玄默：沉静不语，清静无为。

安得长年共一瓢二首①

其一

衔恤三年意绪凋②，嘉招为我破无憀③。
露秋爽借谈锋利，霜月寒侵酒力消。
心事寂无机事扰④，诗情何似道情饶。
平生我亦轻簪绂⑤，安得长年共一瓢。

①程公许自注："樊丈子思，以予兄弟三年端居，招饮山房，为破愁寂赋诗以谢。"丈：古时对老年男子的尊称。樊子思为越溪河下游大姓樊氏家族长者。程公许1211年中进士后授温江尉，因丁母忧居老家越溪河蟠龙书院守孝

三年，其间不诗不酒。三年期满，樊子思招饮，公许为排解愁闷孤寂，赋诗以谢。

②衔恤：含哀，心怀忧伤。意绪：心意，情绪。

③嘉招：邀请的美称。无憀（liáo）：因空闲而烦闷。

④机事：指公家枢机大事。

⑤簪绂（zān fú）：冠簪和缨带，古代官员服饰；此喻仕宦。

其二

物华过眼半黄凋，万窍号风夜栗憀①。
一寸古心难石转，三生妄念易冰消。
铅黄汗笔千年梦②，白黑纹枰几路饶③。
勘破古今无一事，省烦更好去风瓢④。

①万窍：指越溪河石滩上大大小小的孔穴。栗憀（liáo）：寒气袭人貌。

②铅黄：铅粉和雌黄，古人常用其点校书籍，故称校勘之事为“铅黄”。

③白黑：指围棋中的白子与黑子。纹枰（píng）：古代对围棋棋盘的别称，此有下棋的意思。饶：饶有情趣。

④风瓢：典出汉蔡邕《琴操·箕山操》：“许由者，古之贞固之士也。尧时为布衣，夏则巢居，冬则穴处，饥则仍山而食，渴则仍河而饮。无杯器，常以手捧水而饮之。人见其无器，以一瓢遗之。由饮毕，以瓢挂树。风吹树动，历历有声，由以为烦扰，遂取损之。”后因以“风瓢”为隐者傲世的典故。

借东溪巷钱庄寓居①

荡荡青天隔九门，携孥飘泊此江村②。

渔蓑且当青绫被，赐酒何如老瓦盆。
万轴书签须细阅，九还火候要重温[3]。
少陵有句须参透[4]，正借幽居拙养尊。

①东溪巷：在今杭州萧山市内。钱庄：钱氏庄园。

②携孥（nú）：携带妻子和儿女。

③九还：指九还丹，道教炼丹以九次提炼为贵。

④参透：透彻领会。

千年间气落岷峨[1]

千年间气落岷峨，惊世声名镇不磨。
吟咏西湖虽有案[2]，经年儋耳却无波[3]。
细看据石横藜坐[4]，想见骑龙跨海过[5]。
山谷老人犹剩语[6]，是非原不在东坡。

①程公许自注："同振之、德久分韵赋坐'石、东、坡'，得'坡'字。"振之、德久为程公许文友，姓不详。分韵赋坐：数人相约赋诗，选择若干字为韵，各人分拈，依拈得之韵落座并作诗。间气：汉代无名氏创作的谶纬典籍《春秋演孔图》说正气为帝，间气为臣。岷峨：岷山和峨眉山的合称，借指四川。

②有案：眉山人苏轼，字子瞻，号东坡居士，曾在西湖筑堤坝治水。

③儋（dān）耳：汉代儋耳郡，在今海南儋州，苏轼晚年被贬此地。

④据石：指拈着"石"韵的文友振之。横藜坐：横躺藤椅上。

⑤骑龙跨海：指拈着"东"韵的文友德久。

⑥山谷老人：黄庭坚，参见154页注②。

移住西门之溪上

罢官来就湖州住[①]，为爱双流贯一城[②]。
僦屋本非嫌僻静[③]，开窗正要纳空明。
鱼虾幸可随宜买，馆粥何妨逐渐营[④]。
况有双梅供索笑[⑤]，昭琴底处有亏成[⑥]。

①罢官：郑清之为相，将正直敢言的程公许排挤出朝廷，公许屏居浙江湖州四年。

②双流：湖州城内有西苕溪、东苕溪流过。

③僦（jiù）屋：租赁房屋。

④馆（zhān）粥：稀饭。营：煨炖。

⑤双梅：程公许的两个孙女程素梅、程红梅。索笑：犹逗乐；取笑。

⑥昭琴：显扬的琴声，公许自喻。底处：何处。亏成：失败与成功。

同兄侄游开元寺二首[①]

其一

胜赏几为雨罢休，霁光俄涌屋山头[②]。
松根烟暖留飞屐，蓼岸波寒缓溯舟[③]。
雾敛长江青眼对[④]，雪消远岫翠屏浮[⑤]。
郊原浩荡春无价，漫索枯肠唱且酬。

①程公许自注：“雨晴后，同兄侄游开元寺一览亭，饮道傅书院。”兄侄：

此为程公许陪同在老家越溪河畔蟠龙书院守业的三哥叔逢兄及侄子游叙州城开元寺。唐玄宗开元二十六年（738）诏天下诸州各建一寺，戎州开元寺毁于公元842年大水，宋代重建，元初毁于兵燹，今无存。

②霁（jì）光：雨停天晴，云开日出。

③蓼（liǎo）岸：水草丰茂的岸边。

④青眼对：浓雾笼罩长江江面，如仙境令人喜爱。

⑤远岫：远处的峰峦。

其二

山色撩人共一杯，夜堂浅酌不须催。
醉吟兀兀惊颓玉[①]，睡思齁齁易转雷[②]。
蜡炬烘残三寸焰，水流润浥一炉灰[③]。
西游归趁桃红暖[④]，相约清尊陆续开。

①兀兀：昏沉貌。颓玉：形容醉后的体态，如玉山倾颓。

②齁（hōu）齁：熟睡时的鼻息声。

③润浥：湿润。

④西游：程公许自京城临安回四川叙州宣化越溪河畔探亲。

三高亭二首[①]

其一

一棹松江朔雪饕[②]，椒浆曾此酹三高[③]。
远游借与熏风便，伟观还如昔日遭。
唤起玉龙嘘雾雨，饶教彩霓战云涛[④]。
平生最爱登高赋，盍为丰碑续拟骚。

①三高亭：越范蠡、晋张翰、唐陆龟蒙皆吴人，宋时吴江以三人为三高，设三高祠祀之，内有三高亭。

②一棹：一桨，借指一舟。松江：唐宋诗文称松江者，在今苏州吴江县。朔（shuò）雪饕（tāo）：指狂暴肆虐的风雪。

③椒浆：以椒浸制的酒浆，古代多用以祭神。酹：把酒浇在地上祭奠。

④彩霓（ní）：虹的一种。

其二

水仙要我小迟留，探借五湖风雨秋①。
三万顷波融一鉴，八千里客只孤舟。
望迷渔荻荒寒境②，思挟琴高汗漫游③。
模写自知才未称，天随有句更精搜④。

①五湖：洞庭湖、鄱阳湖、巢湖、洪泽湖和太湖。

②渔荻：捕鱼的草丛岸边。

③琴高：战国时赵国人。善鼓琴，传说曾浮游冀州、涿郡之间两百余年，能入水取龙子，乘鲤而出水。后世以其为仙人。汗漫游：世外之游，形容漫游之远。

④天随：纯任自然。

避暑锵璆亭①

老怯新秋暑郁蒸②，晚风水槛一披襟。
试教通闸喧雷鼓，何似穿崖响玉琴。

默坐自能醒渴梦，微吟时与和清音。
专城大似专丘壑③，不待山行记蔚深④。

①锵璆（qiāng qiú）：形容金玉相击声。璆，玉磬。

②老怯：年老怯懦，此程公许自指。新秋：初秋。

③专城：指主宰一城的州牧、太守。丘壑：山陵和溪谷幽美之地。

④不待：用不着。记蔚深：写下有文采而又寓意深刻的诗文。

诗老多情不放杯

一封谏疏彻银台①，感愤题诗醉墨堆。
唤醒菊边秋寂寞，漫游松下径萦回。
参军逸韵频攲帽②，诗老多情不放杯。
胜日追随容湛辈③，从容归骑不须催。

①程公许自注："重阳后一日，陪宪节登清音亭，饮见易亭即席和韵。"宪节：廉访使、巡按等风宪官。清音亭：即峨眉山牛心岭下黑、白二水汇流处的清音阁，宋时附近有牛心寺和见易亭。谏疏：条陈得失的奏章。彻：通。银台：银台门。唐时翰林院在其附近，后因以银台门指代翰林院。

②参军：官名。东汉末置以参谋军事，沿至唐宋，兼为郡官。逸韵：高逸的风韵。攲帽：侧帽，喻行止神态潇洒。

③胜日：风光美好的日子。湛辈：唐代开元年间高僧湛然等，此处指同游者还有峨眉山的僧人。

瘦藤拄入画图中①

四望奇观广莫同，瘦藤拄入画图中。
晴烟杳霭景无尽，醉眼模糊鸢堕空②。
邑蕞也曾基相业③，井眢谁复现神通④。
漫劳二妙相追逐⑤，胜处宜搜未易工。

①程公许自注："辉父、道父携酒相伴，饮飞赴寺四望亭（吕汲公所创）。"辉父、道父：程公许的两位文友。父是对有才德男子的美称。飞赴寺：在江西袁州近郊，传为南朝僧人所创。时俗每年三月三日，众必携酒肉至山酣饮，僧屡劝不止。突一年，僧亦欲饮，众争奉酒肴，僧随得随尽。俄大吐，鸡肉自口出，即飞鸣；羊肉自口出，即驰走。众惊骇，誓断杀生。及僧卒将葬，众怪棺太轻，开视，止见几杖。吕汲公：宋哲宗时为左丞相，其所编撰的杜甫年谱是现存最早的年谱。

②鸢（yuān）：老鹰，捕食蛇、鼠、蜥蜴、鱼等。

③邑蕞（zuì）：小地方。蕞：蕞尔，形容小（多指地区）。基相业：为出宰相奠基的地方。

④井眢（yuān）：井水干涸。

⑤二妙：称同时以才艺著名的二人，此指文友辉父、道父。追逐：交往过从。

移居北新桥彦质惠诗和答①

其一

束书欲去意迟迟，从此宁无一会期。

客路相逢如宿契[②]，人生难得是闲时。
虚廊过午陪行食[③]，净院中宵共说诗。
此乐何时仍共赏，底须簪佩侍彤墀[④]。

①北新桥：在杭州城内。彦质：程公许文友龚彦质，浙江台州人。

②客路：指旅途。宿契：犹宿缘。

③行食：谓借散步以消化食物。

④底须：何须。簪佩：古代冠簪和系于衣带上饰物，借指仕宦。彤墀（tóng chí）：即丹墀，借指朝廷。

其二

绣段轻投报苦迟[①]，隔关那复共襟期[②]。
艰虞敢自求安宅，懒慢欣知不入时。
王粲登楼初有赋[③]，杜陵屏迹可无诗[④]。
边声又逐秋风劲，谁有良筹动玉墀[⑤]。

①绣段：写在丝织品或绢上的奏折。报苦：指遭到郑清之等的打击报复。

②隔关：人心隔肚皮。襟期：指人与人之间的相互期许、信任。

③王粲登楼：东汉王粲在荆州依刘表，意不自得，且痛家国丧乱，乃以“登楼”为题作赋，借写眼前景物，以抒郁愤之情。后词曲中常以“王粲登楼”喻士不得志。

④杜陵：指唐杜甫。屏迹：犹隐居。

⑤玉墀（chí）：宫殿前的石阶，借指朝廷。

得如一室静翻书[①]

忆曾款竹憩神舆[②]，赓赋传抄倦小胥。

偶复缘云寻胜践，忽惊响屧慰逃虚。
卜邻也拟营环堵[3]，饱饭何当共趁墟[4]。
浮世升沉何足计，得如一室静翻书。

①程公许自注：“计辉父访予上皇山中，游归龙溪，款话一夕。和前韵相赠，仍为赓赋。”计辉父：程公许《瘦藤拄入画图中》一诗曾提及，余不详。上皇山：在今江西赣州东南。款话：恳谈。

②款竹：叩竹，拄着竹拐杖。神舆：谓载神主的车驾。

③卜（bǔ）邻：选择邻居。营：营造。环堵：围墙。

④何当：合当，应当。趁墟：赶集。

子春再约避暑和樊子思韵[1]

忧端引起鬓丝长，喜报梁州复故疆[2]。
相约杨园舒野步，频呼竹叶沃刚肠[3]。
飕飕翠筱风生槛[4]，滟滟红蕖水满塘[5]。
剩殖芳荣好看客，春风勿吝费除堂。

①子春：程公许老家文友樊子春，子思之弟。

②梁州：东据华山之南，西至黑水。复故疆：程公许自注：“兴元事变后闻已收复。”

③竹叶：以洗净的竹叶过滤米酒。沃刚肠：使肠胃得到滋润。

④翠筱（xiǎo）：绿色细竹，越溪河边称春风竹。

⑤滟滟：风拂动貌。红蕖：荷花。程公许老家蟠龙书院附近今有地名莲塘坝。

张伯修令君赋诗同韵称庆[1]

玉节何如素节高[2]，归来喜气溢东皋[3]。
存耕元自有余地，嘉植何曾生不毛。
采石勋名须世济[4]，陵阳今昔几人豪[5]。
含饴一笑春无价，授简梁园可惮劳[6]。

①张伯修：不详。令君：自汉末以后对尚书令的敬称，后亦以称位居枢要的大臣。

②玉节：玉制的符节，古代天子、王侯的使者持以为凭。何如：用反问的语气表示比较。素节：清白的操守。

③东皋：水边向阳高地。

④采石勋名：采石矶是中国古代长江下游江防要地，位于今安徽马鞍山市西南隅。1161 年，金帝完颜亮率师南侵，欲渡采石，南宋名臣虞允文，扼天堑，以少胜多，大败金兵。

⑤陵阳：山名，在今安徽石台北，相传为古代传说中的仙人陵阳子明成仙之地。

⑥梁园：西汉梁孝王的东苑，故址在今河南开封市东南。园林规模宏大，方三百余里，供游赏驰猎。惮（dàn）劳：避开政事劳累。

七曲山和魏校书韵[1]

神理之公参造化[2]，简书千古岂虚传。

权衡无意物轻重，水镜何心人丑妍。
天爵一身原不欠[3]，人生万事且随缘。
椒浆跪奠无余祷，拟续离骚愧斐然[4]。

①七曲山：位于四川梓潼县，天宝十五载，唐玄宗幸蜀途经此山时，侍臣中有人留下了“细雨霏微七曲旋，郎当有声哀玉环”的诗句。南宋高宗皇帝敕令对山上庙群进行了一定维修。魏校书：魏了翁，参见 289 页注㉘。

②神理：犹神道。谓冥冥之中具有无上威力，能显示灵异，赐福降灾的神灵之道。造化：此指自然。

③天爵：天然的爵位；指高尚的道德修养，德高则人敬，胜于有爵位。

④斐（fěi）然：文彩显著貌。

何当共觅长生诀[1]

防意由来似守城，涧潢洁祀及良辰[2]。
命名犹念记闾史[3]，学道粗知存谷神[4]。
欲诵蓼莪心楚怆[5]，愧投木李句清新[6]。
何当共觅长生诀，去逐商颜四老人[7]。

①程公许题记：“揆初之日，承父用晦，以余前岁登玉华楼玩月。借宋青山诗韵赋诗称寿，仍和答之并示甥侄。”用晦：指文意含蓄，耐人寻味。玉华楼：在叙州区宣化观音场上。宋青山：程公许老家越溪河畔文友，余不详。甥（shēng）侄：外甥和侄辈。

②涧潢：山涧水池洁手。洁祀：洁敬之祀，谓诚心祭祀。

③闾史：古代闾巷的小吏。

④学道：学习道家学说。存，义为保养。谷神：老子《道德经》第六章：

“谷神不死，是谓玄牝。玄牝之门，是谓天地根。绵绵若存，用之不勤。”“谷神不死”河上公注：“人能养神则不死，神谓五藏之神也。”引申为养生之术。道教认为谷神即生养之神，是万物的本根，绵绵不绝，似亡实存，永远不会穷尽。

⑤蓼莪（liǎo é）：《诗·小雅》篇名，此诗表达了子女追慕双亲抚养之德的情思。楚怆：怆楚，悲苦。

⑥木李：《续资治通鉴长编》编者李焘曾知荣州（今四川荣县），后来其子李壁、李埴曾讲学蟠龙书院，为程公说、程公硕、程公许老师。

⑦商颜四老：商山四皓，指秦末隐居商山的东园公、角（lù）里先生、绮里季、夏黄公。四人须眉皆白，故称商山四皓。后泛指隐居不仕、年高望重的人。

和答括苍龚彦质①

不惯参禅不学仙，不婚不宦忽华颠②。
前身疑是林和靖③，好句多于谢惠连④。
投赠颇堪华锦绣，择交当胜佩韦弦⑤。
鸡虫得失何时了⑥，洗耳松风共醉眠。

①括苍：今浙江丽水市莲都区括苍镇，镇内括苍山是浙江名山之一，登之见苍海，以其色苍苍然接海，故名括苍。龚彦质为括苍人，程公许文友，余不详。

②华颠：白头，指年老。

③林和靖：林逋，参见351页注④。

④谢惠连：南朝人。十岁能文，深受族兄谢灵运知赏，与谢灵运并称“大小谢”，所作《祭古冢文》《雪赋》为传世名篇。

⑤韦弦：韦，皮绳，喻缓也；弦，弓弦，喻急也。《韩非子·观行》：“西

门豹之性急，故佩韦以自缓；董安于之性缓，故佩弦以自急。”后因以“韦弦”比喻将外界的启迪和教益，用以警戒、规劝自身。

⑥鸡虫得失：唐杜甫《缚鸡行》：“小奴缚鸡向市卖，鸡被缚急相喧争。家中厌鸡食虫蚁，不知鸡卖还遭烹。虫鸡于人何厚薄，吾叱奴人解其缚。鸡虫得失无了时，注目寒江倚山阁。”后改变原意，喻无关紧要的细微得失。

赞史伯谦少弼二同年挂冠①

其一

俚耳惊闻古曲弹，地行原不慕仙官。
方看凤穴将雏上②，已悟羊肠涉世难。
蚁梦未酣谁唤醒③，鱼游自乐与谁观。
不妨散策山岩路④，听彻松风度百滩。

①少弼：史公亮，字少弼，四川眉州人，嘉定四年（1211）进士，官成都府司户参军。史伯谦为少弼父亲，史氏父子与程公许同榜进士，互称“同年”。挂冠：辞官。

②将雏：携带幼禽。程公许自注：“伯谦父子同登。”

③蚁梦：参见337页注⑤。

④散策：拄杖散步。

其二

琴自无弦不用弹①，岁寒娉节傲苍官②。
青衫吏隐非吾愿③，彩服儿啼畏色难④。
三径归寻元约在⑤，万缘回向自心观。
何时款竹云庄去，洗耳香山八节滩⑥。

①无弦：陶潜不解音声，而畜素琴一张，无弦，每有酒适，辄抚弄以寄其意。喻自寻乐趣，或喻意趣高雅。

②姱（kuā）节：美好的节操。苍官：松柏的别称。

③青衫：程公许此时在家丁母忧。

④彩服：彩衣娱亲。传说春秋时有个人叫老莱子，很孝顺，七十岁了有时还穿着彩色衣服，扮成幼儿，引父母发笑，后作为孝顺父母的典故。程公许自注："少弼孝侍孀母。"

⑤三径：晋赵岐《三辅决录·逃名》："蒋诩归乡里，荆棘塞门，舍中有三径，不出，唯求仲、羊仲从之游。"后因以"三径"指归隐者的家园。元约：原来的约定。

⑥洗耳：参见 380 页注①。香山：在今河南洛阳市龙门山之东，八节滩在其附近。唐白居易曾在此筑石楼隐居，自号香山居士。此处指少弼祖籍。

谢霅川使君帮祠庭薄俸①

地行不必羡飞仙，骧首青云恐疾颠②。
但得一廛耕谷口③，底须万骑战祁连④。
斋房尽日清如水，吾道从来直似弦⑤。
赖有故人供禄米，饱餐赢得枕书眠。

①霅（zhà）川：霅溪，在浙江湖州，此指代湖州。祠庭：名宦祠，供奉有功德的人的地方。程公许居湖州期间负责管理祠庭。

②骧首：抬头。青云：喻谋取高位的途径。疾颠：急速失败。

③一廛（chán）：泛指一块土地，一处居宅。

④底须：何须，何必。

⑤吾道：我的学说和主张。直似弦：直抒胸臆，如离铉之箭。

卷九

七言律诗

只愿中兴似国初①

去岁枫桥度岁除，寒灯一盏自抄书。
谁知东观归翻史②，仍许西垣缀佩琚③。
四辟不忧狩虎豹④，九成犹恐眩鹓鶋⑤。
彤墀百拜陈金鉴⑥，只愿中兴似国初。

①程公许自注："正旦上寿紫宸，微臣以祀太一。初献不预，赐茶酒，退就殿门少歇俟。追班拜正旦贺表。"正旦：正月初一。太一：星名，即帝星，此处指皇帝。不预：不在首次预先安排之例。追班：百官按位次排列谒见皇帝。

②东观：宫中藏书之所。

③西垣：中书省的别称，因设于宫中西掖，故称。

④四辟：四方言路开通，广致众贤。

⑤九成：九重，言极高。鹓鶋（yuán jū）：海鸟名。

⑥彤墀（chí）：红色台阶，借指朝廷。金鉴：指对帝王进行讽谕的文章和书籍。

元日即事四首①

其一

凤衔丹诏纪初元，余恨难忘杞国天。

贤路会当三接昼[②]，宅家可卜中兴年。
出车未可忘多难[③]，覃耜尤须祝大田[④]。
千古逃吴称至德[⑤]，有周笃庆更绵延。

①元日：正月初一。即事：以当前事物为题材的诗。

②贤路：指贤者仕进的机会。三接昼：一天之内，三次接见。后以为恩宠优奖之典。

③出车：出动兵车，泛指出征。

④覃耜（yǎn sì）：锐利的农具。

⑤逃吴：伍子胥本楚国人，因父被楚平王冤杀，从楚逃到吴，成为吴王阖闾重臣，后协同孙武带兵攻入楚都，掘楚平王墓，鞭尸三百，以报父仇。吴国倚重伍子胥之谋，西破强楚、北败徐、鲁、齐，成为诸侯一霸。

其二

端居俄换岁华三，荼苦于吾若荠甘[①]。
照影菱花惊雪白[②]，强颜柏叶借春酣[③]。
人间扰扰多歧路，圣世悠悠欠指南。
一穟黄云晴昼永[④]，叩门谁辨与同参。

①荠（qí）：生长在池田，也叫荸荠，皮赤褐色，肉白甘美。

②菱花：菱花镜。雪白：发如白雪。

③柏叶：指柏叶酒。

④穟：禾穗上的芒须。黄云：比喻成熟的稻麦。

其三

憧憧行李不曾休[①]，消遣年华古渡头。

得似青衿专挟册[②]，浪随黄帽熟操舟[③]。
归装趁得椒花颂，洗盏连呼柏叶浮[④]。
容易一年春又换，赏心可欠七年酬。

①憧（chōng）憧：往来不绝貌。行李：使者。

②青衿（jīn）：青色交领长衫，古代学子常服；借指学子。

③黄帽：借指船夫。《史记·佞幸列传》："以濯船为黄头郎。"

④柏叶浮：指柏叶酒。

其四

屠苏最后釂银杯[①]，岁月侵寻老景催。
离坎新工几铢火[②]，乾坤生意一声雷。
君亲未报鬓惊雪，名业倘来心欲灰。
一笑山头冰万仞[③]，晓晴还见翠屏开。

①屠苏：酒名。古俗正月初一全家饮屠苏酒。釂：饮酒干杯。

②离坎：离卦和坎卦是八卦之中两个相对的卦象，离为火，坎为水。此句指天空闪电。

③冰万仞：指岷峨雪山。末两句是诗人对家乡的思念。

元正和洪司令纪事三首[①]

其一

寸心炯炯水朝东，云绕通明一朵红。
螭籀荐祥天眷顾[②]，鸡竿衔赦日冲融[③]。
遥知万国趋尧彩[④]，可使前旒隔舜瞳[⑤]。

京阙陵园须汛扫，圣心原不慕边功。

①元正：正月初一。洪司令：洪咨夔，参见 144 页注①。

②螭籀（chī zhòu）：朝臣的奏折。螭籀：春秋战国时流行于秦国的字体“大篆”。

③鸡竿：一端附有金鸡的长竿，古代多于大赦日树立。日：皇恩。冲融：充溢弥漫貌。洪咨夔因触犯权臣史弥远，被劾落职，居家 7 年，潜心读书。宋理宗亲政后复职，拜监察御史，累官至刑部尚书。

④尧：尧舜都是传说中上古帝王，此泛指圣人。

⑤旒（liú）：帝王冕冠前沿垂悬的玉串，指代帝王。

其二

兔魄乌轮西复东[①]，流光那肯驻颜红。
礼罗君不见温造[②]，志广吾宁如孔融[③]。
难策材驽攀逸武[④]，相期亲寿转方瞳[⑤]。
飞腾景暮何须问，圣处惭无一发功。

①兔魄：月亮的别称。乌轮：日轮，太阳。日如车轮运行不息，故名。

②礼罗：以礼罗致。温造：唐太原人，先隐居，后出仕至礼部尚书。

③孔融：东汉文学家，孔子十九世孙，少有异才，勤奋好学，能诗善文。

④驽：劣马。逸：隐士。武：猛将。

⑤相期：期待。方瞳：方形的瞳孔，古人以为长寿之相。

其三

条风吹转斗杓东[①]，护日祥云一段红。
圣主庆成神玺重[②]，老亲喜动寿杯融。

尘沙自染双蓬鬓[3]，岁月难磨两碧瞳[4]。
斗印垂腰吾分耳，早看儿辈策新功。

①条风：东风。宋周邦彦《应天长·寒食》词："条风布暖，霏雾弄晴，池塘遍满春色。"斗杓：北斗柄。

②圣主：泛称英明的天子。庆成：指古代皇帝祭祀、封禅之礼告毕。神玺：天子的玉玺之一。

③尘沙：尘埃与沙土，喻战乱。

④两碧瞳：双目有神。

和彦威纪事二首[1]

其一

久戍兵残将亦骄，幸时轇轕与民仇[2]。
边关撤警久阶厉[3]，甲胄弃残尤误谋。
淮浦方期三就绪[4]，王官忍赋四宜休[5]。
江城永夜倚寒枕，数尽残更有几筹。

①和彦威：南宋金州（今陕西安康）守臣。蒙军借道攻金，四川制置使桂如渊指挥失误，伤亡惨重。和彦威溃兵乘机洗劫沿途州郡，因怕追责，向程公许行贿，被痛骂。后来和彦威戴罪立功，战死金州。

②幸时：不幸的时代。轇轕（jiāo gé）：战乱交错。

③阶厉：祸害的开端。《诗·大雅·桑柔》："谁生厉阶，至今为梗。"

④淮浦：淮河边，借指边境。程公许自注："三关不守，反以绵袄代甲胄，卒徒之易溃，由此得之，老将云。"三关：南宋与金对峙的阳平关、剑门关、白水关。

⑤王官：王朝的官员。四宜休：四季宜休养生息。

其二

民劳无诉卒长征[①]，安得天河洗甲兵。
虎出柙时谁当责[②]，鸟伤弓后可无惊。
峡山风雪清尊共，楚泽云涛去棹轻。
忧国宁忘丝发补，忍随时态慕鲜荣[③]。

①卒：终止。

②柙（xiá）：关野兽的木笼。

③鲜荣：犹艳丽。

闻山东捷报[①]

几年豢虎费堤虞[②]，一旦芟夷快决疽[③]。
黼扆可曾轻赫怒[④]，金瓯幸未失枝梧[⑤]。
戎车喜奏肤公捷[⑥]，独柳宁烦伛偻诛。
更愿清朝惩往辙，剩须汲直折奸諛[⑦]。

①绍兴十一年（1141）十一月，南宋与金达成绍兴和议，双方以淮水一大散关为界。绍兴和议后，金内乱，山东起事，豪杰纷起，捷闻不断。

②堤虞：防范忧虑。

③芟（shān）夷：铲除，削平。

④黼扆，参见 33 页注㊺。赫怒：盛怒。

⑤金瓯（ōu）：喻疆土完固。枝梧：支柱。

⑥肤公：大功。《诗·小雅·六月》：“薄伐玁狁，以奏肤公。”毛传：

“肤，大；公，功也。”

⑦汲直：指汉汲黯，武帝时都尉，性刚直，敢于面折廷诤，后代借指诤臣。奸覦（yú）：奸臣的妄想。

闻敌骑无复留境上[①]

十里旌幢转晓风，行营日报捷书同。
悠悠何补青油画[②]，栩栩惊回画角雄[③]。
壮士有怀时拔剑，仁人无策弛张弓。
天机翕辟一翻手[④]，看取桃林骑火红。

①程公许自注：“连日得关表捷报，闻敌骑无复留境上者，志喜成诗。”
②悠悠：思念貌。青油画：青油涂饰的帐幕。
③栩（xǔ）栩：生动。画角：古管乐器，表面有彩绘，发声高亢。
④翕辟（xī pì）：开合，启闭。

题卷子会[①]

龙飞景运诏宾兴[②]，将相之阶自此升。
毛颖铦锋须快战[③]，楮生衷甲作先登[④]。
精思可使文加点[⑤]，抄写能令价倍增。
努力杀青男子事，功名未尽剡溪藤[⑥]。

①卷子会：阅卷的会议。隋唐兴科举，宋代省试阅卷出现“糊名”法。

监考收卷后，把考卷上考生的姓名、籍贯等个人信息，全部折叠密封后加盖骑缝章。又设誊录院，由书吏誊抄试卷，阅卷人凭借誊抄副本评卷。为防止誊录手做弊，在誊写完毕后，还要对读。校对无误后，对读官要在试卷上盖章，然后才进入真正的阅卷程序。

②龙飞：帝王即位。景运：好时运。宾兴：周代举贤之法，乡大夫自乡小学荐举贤能而以宾客礼遇之，以做升入国学的准备。

③毛颖：毛笔的别称。铦（xiān）锋：刚锐的锋芒。

④楮（chǔ）生：唐韩愈《毛颖传》："颖与绛人陈玄、弘农陶泓及会稽楮先生友善，相推致，其出处必偕。"此文将笔、墨、砚、纸拟人化，称纸为楮先生，后遂以楮先生为纸的别称。衷（zhōng）甲：穿上盔甲登台演戏。

⑤加点：指写作时有所增删，加以点抹。

⑥剡（shàn）溪藤：浙江剡溪以藤造纸闻名。

送彦威侄赴类省试①

吾兄仙去几何年②，情未能忘一线传。
相见幽明参勇决③，正须行艺两浑全④。
世科从此传灯广，亲党同时奏凯旋。
兄友弟恭天所佑，修途万里稳加鞭。

①类省试：宋代科举制度的名称，相当于省试的考试。《宋史·选举志二》："帝尝封蜀国公，是年，蜀州举人以帝登极恩，径赴类省试，自是为例。"《续资治通鉴·宋高宗绍兴五年》："戊午，诏：'川陕类省试合格第一名，依殿试第三名例推恩，余并赐同进士出身。'"此指去成都参加类省试。

②吾兄：程公说，为邛州教授。吴曦叛变时逃归，奉父入山，旋病死。

③幽明：指生与死，阴间与人间。勇决：勇敢而果断。

④行艺：德行技艺。浑全：完整；完全。

送苟甥持敬赴省试①

外祖怜孙肇锡名，琼林宴匝两周星②。
果能冠岁露头角③，须信故家犹典型。
笑问两昆眉底白④，喜觇二老鬓犹青⑤。
遄飞借与秋风便⑥，侧耳英声骇震霆。

①甥：外甥，程公许姐姐或妹妹的儿子。苟持敬此去杭州参加省试。

②琼林宴：进士宴，从宋太平兴国九年（984）至政和二年（1112），天子均于琼林苑赐宴新科进士。两周星：120 多年。

③冠岁：古代男子二十岁行冠礼，因称二十岁为冠岁。

④两昆：两兄弟，此指程公硕和居家的另一个哥哥叔逢。

⑤觇（chān）：看。二老：指苟持敬的父母。

⑥遄（chuán）飞：勃发。

送家朝南征君二首①

其一

万里岷峨入贡琛②，怒风抟上九霄鹏③。
人才于国犹元气，天步如今甚薄冰。
家父忧心宜有诵，嗣王求助可无惩④。
男儿不朽须名节，黄木之湾又一灯⑤。

①家朝南：家大酉，四川眉山人，字朝南。举进士，理宗淳祐中侍讲经

筵，累官工部侍郎，与宰相史嵩之论不合，罢去戍边。

②入贡：谓贡士（乡贡考试合格者）入京参加会试。琛（chēn）：珍宝。

③抟（tuán）：凭借。九霄：天之极高处，借指帝王身边。

④嗣王：继位之帝王。惩：戒止。

⑤黄木之湾：在广东南海中，借指家朝南将去之地。

其二

猎猎霜风不满旗，留连尊酒话襟期[①]。
纷纭世上无穷事，惨淡江头欲别时。
未必交枰无活着[②]，只忧起死欠神医。
疏顽我亦宣州客[③]，倾耳囊封慰所思[④]。

①襟期：犹心期，相互期许。

②枰（píng）：棋盘。着（zhāo）：下棋时下一子或走一步；此喻计策，办法。

③宣州：今安徽宣城市宣州区。

④囊封：古时臣下上书奏事，防有泄漏，用皂囊封缄，故称。

鹿鸣宴贡士[①]

蜀庄故里好扬邻[②]，不尽斯文万古存。
汉诏十行衔彩凤[③]，禹门三级跃潜鳞[④]。
倾心射策恩方渥[⑤]，努力摧坚语忌陈。
一第摘髭容易耳[⑥]，直须名业任千钧。

①鹿鸣宴：科举时代乡举考试发榜次日，州县长官宴请得中举子、主考、执事人员，歌《诗·小雅·鹿鸣》，作魁星舞，故名。贡士：会试中式者为贡士。

②蜀庄：蜀郡庄遵，即严遵，字君平。西汉蜀郡人，道家学者，以善卜筮闻名。东汉班固著《汉书》，因避讳汉明帝刘庄，将庄姓改为严姓，写为严遵或严君平。程公许自注："唐昌庄，君平所生处，名君平乡。衡山有故宅、读书台、墨池、丹井，皆无恙，与郫之子云乡为邻。"唐昌即今成都市郫都区唐昌镇。扬邻：扬雄，字子云，子云乡（今成都市郫都区友爱镇）人，文学家，是继司马相如之后西汉最著名的辞赋家。此诗为程公许任成都府崇宁县令时所作。

③汉诏十行：《后汉书·循吏传序》："其（光武帝）以手迹赐方国者，皆一札十行，细书成文。"后因以"十行"代指皇帝的手札或诏书。

④禹门：即龙门，此指科举试场。三级：乡试、会试、殿试。

⑤射策：参见 291 页注②。渥（wò）：厚。

⑥一第：一举进士及第。摘髭（zī）：摘取髭须，喻轻而易举。语出唐韩愈《寄崔二十六立之》："连年收科第，若摘颔底髭。"

闻喜宴恭和御制赐进士诗①

九五天临德有元②，自应皇化轶羲轩③。
囊封何日无忠谏，延策今年许尽言。
端藉多材戡世难④，尽销杀气作春温。
万间华屋非难就，宋桷应须妙选抡⑤。

①闻喜宴：唐制，进士发榜，宴乐于曲江亭子，称曲江宴，亦称闻喜宴。御制：帝王所作。

②九五：指帝王。天临：喻天子之治。元：始。

③轶：超过。羲轩：伏羲氏和轩辕氏（黄帝）的并称。

④端藉：正好借助。戡：用武力平定。

⑤笀（máng）桷：房屋的大梁和椽子。选抡（lūn）：精心挑选。

甲午岁除即事二首①

其一

行年半百又加三，隔一宵还一岁添。
丘壑甚惭心赏误，轩裳可与道情兼②。
酦醅酒熟频斞玉③，耐冷灯青密下帘。
绝爱缃梅开较晚④，雪晴要我日巡檐。

①程公许自注："甲午岁除即事二首，初被聘召之命，末章感遇述怀。"甲午岁除：公元1234年除夕。聘召：此年程公许以礼征召至朝廷。

②轩裳：犹车服，代指官位爵禄。道情：道义；情理。

③酦醅（pō pēi）：重酿未滤的酒。斞（yǔ）：古代容器。

④缃（xiāng）梅：浅黄色梅花。缃，浅黄色。

其二

乞州如斗苦难谐①，遣戍蓬婆也自佳②。
严诏自天疑过误，虚心造物与安排。
辚辒犹未空三辅③，鼙鼓何当静两淮④。
经世无才羞汲引，寸丹咫尺是尧阶⑤。

①乞州：请求朝廷财政补助的州。

②遣戍：放逐罪人至边地戍守。蓬婆：山名，在今四川茂县西南。

③轒輼（fén wēn）：古代的战车，用于攻城。三辅：汉武帝时渭城以西属右扶风，长安以东属京兆尹，长陵以北属左冯翊，以辅京师，谓之三辅。

④鼙（pí）鼓：战鼓。两淮：宋熙宁后分淮南路为淮东、淮西二路。

⑤咫尺：程公许自注："制阃初辟富顺，庙堂欲以威、茂相处，俄有入秦之命。"制阃：指统兵在外的将帅。富顺：今四川富顺。入秦：此指奉旨入朝。尧阶：宫廷台阶。

过眉山呈悦斋①

人间二十八年事，天运盈虚一刹那。
金坞漫忧无处着②，冰山想附误人多。
问唐偃月消磨几③，奈鲁灵光岌嶪何④。
黄道方看升日毂⑤，洗兵歇马挽天河。

①程公许自注："阅邸报，上临朝召用二三耆德，志喜有赋，过眉山呈悦斋。"邸（dǐ）报：中国古代报纸的通称。地方长官在京师设邸，邸中传抄诏令、奏章等，以报于诸藩，故称。唐已有，宋始称"邸报"。耆（qí）德：年高德劭者。悦斋：李埴，参见 7 页注⑫。写此诗 28 年前，李埴父李焘知荣州，李埴后来曾到越溪河边蟠龙书院讲学，为程公说、程公硕、程公许老师。

②金坞：东汉董卓筑坞于陕西眉县，广聚金银珍宝。自云："事成，雄据天下；不成，守此足以终老。"卓败，坞毁。后借指奸佞藏财终老之所。

③偃月：偃月堂，唐李林甫堂名。《新唐书·奸臣传上·李林甫》："林甫有堂如偃月，号月堂。每欲排构大臣，即居之，思所以中伤者。若喜而出，即其家碎矣。"后因以喻称权臣嫉害忠良的地方。

④鲁灵光：汉代著名鲁灵光殿，在曲阜。岌嶪（jí yè）：危急。

⑤黄道：参见 227 页注⑫。日毂（gū）：太阳，古人认为日形如车轮而运行不息，故名。

参选铨曹①

竽瑟明知缪所操，才疏分不与时遭。
扶犁轻失田家计，敛版来趋吏部曹②。
邂逅功名嫌预借，驰驱州县敢辞劳。
忧时空有峥嵘愤③，九钥天关守护牢④。

①铨曹：选拔官员的部门，借指主管选拔官员之长官。

②敛版：官员朝会时执手版，端持近身以示恭敬。吏部：汉有吏曹，魏、晋以后称吏部，主管官吏任免、考课、升降、调动等事，班列六部之上。

③忧时：忧念时事。峥嵘愤：因为愤怒而情绪高昂激动。

④九钥：指宫门。天关：指朝廷。

分直玉堂有怀①

儤直稍宽庚伏暑②，传宣来自玉皇家。
冰盘满掬三危露③，金榼频斟九酝霞④。
衙鼓骤惊行抱牍，索铃犹误吏催麻⑤。
叵堪厨酿甜如蜜，漫倚桥栏看水花。

①分直：轮流值班。玉堂：此指朝廷宫殿。

②儤（bào）直：连日值宿。庚伏：即三伏。

③冰盘：盘内置碎冰，上面摆瓜果等食品。三危露：三危山在岷山之西

南，三危露即冰雪融化之水。

④金榼（kē）：铜制盛酒器具。九酝：一种经过重酿的美酒。

⑤索铃：衙内以索系铃，造访需拉铃。催麻：公许老家方言，催得急。

和史子修投赠二首①

其一

儒习平生只自酸，可能学古到商盘。
风尘世路知难拗，潢潦词源恐易干②。
已愧登瀛联俊彦③，那堪上水费嘲弹。
饕荣愧乏经时策④，安得军中有范韩⑤。

①史子修：不详。

②潢潦：地上流淌的雨水。词源：喻滔滔不绝的文词。

③登瀛：登上瀛台，唐新进士及第授官仪式之一。俊彦：杰出之士。

④饕（tāo）：本义为大口吞食；引申为贪图。

⑤范韩：北宋守卫西北边疆的两大名将范仲淹与韩琦。

其二

历尽羊肠足力酸，湖山正好暂游盘。
羁愁等是如鸿集，乡信难忘问鹊干①。
瓦屋三间非易借②，蒯缑长铗莫多弹③。
玉川那用轻参尹④，沽酒谁为赤令韩⑤。

①鹊干：干鹊，即喜鹊。其性好晴，其声清亮。

②瓦屋三间：西晋文学家、书法家陆机、陆云入京城洛阳，借住三间

瓦屋。

③蒯缑（kuǎi gōu）：用草绳缠结剑柄。长铗：战国时齐人冯谖（xuān）寄居孟尝君门下。因食无鱼、出无车，三弹其剑铗曰："长铗归来乎！"后人因用为处境窘困而有所求之典。

④玉川：清澈的河水。参尹：程公许自注："史欲谒京尹，尝力止之。"

⑤赤令韩：北宋大将韩琦曾任开封府推官。赤令：指京师所治县的县令。

直舍纪事二首[①]

其一

独冷官曹可得禁，近来冷过玉壶冰。
无钱沽酒休烦送，有马知谁许借乘。
罢谒最宜吟惨淡[②]，爱闲赢得睡懵腾。
鸾凰自合翔千仞，谁遣人间挂弋矰[③]。

①直舍：官员当值之处。

②罢谒：无人拜访。吟惨淡：尽心思虑诗词创作。

③弋矰（yì zēng）：系有丝绳的射鸟短矢。

其二

岂不怀归畏简书[①]，人生何处不蘧庐[②]。
静看世态冥心久，贪问生涯画计疏。
休作劳神狙赋芧[③]，可同贪啄鸟驯除。
饭蔬有味亲长健，此乐千金莫换取。

①畏简书：《诗·小雅·出车》："王事多难，不遑启居。岂不怀归，畏此

简书。”后以“畏简书”为公务羁身之典。

②蘧（qú）庐：驿传中供人休息的房子，犹今言旅馆。

③狙（jū）赋芧（xù）：狙公赋芧。《庄子·齐物论》：宋有狙公者，爱狙（猴），养之成群，能解狙之意。狙公赋（给予）芧（松果）。曰：“朝三而暮四。”众狙皆怒。曰：“然则朝四而暮三。”众狙皆悦。此典故告诫人们防止被花言巧语所蒙骗。

汗简须凭直笔删①

湖海飘摇误召还，春风入缀紫宸班②。
恭闻聘币及岩穴③，不以多材遗蒯菅④。
静念升沉皆命分，喜因蹈舞拜天颜。
承明莫作官曹看⑤，汗简须凭直笔删。

①公许自注：“归班之明日，以六参入趁起居。”归班：赋闲待选。六参：月参六次。入趁起居：随宰相见皇帝。

②缀（zhuì）：点缀。紫宸：宫殿名，天子所居。

③聘币：古时聘人所备的礼物。岩穴：山洞，喻隐士居处。

④蒯菅：参见386页注④。

⑤承明：参见201页注②。

题高庙宸翰①

古锦囊开两轴书，宸奎腾采动山墟②。

能令使者分王命，想见中兴似国初。
九鼎可为宗社重，万年谁谓草茅疏[③]。
袭藏何但传家宝，汗简他年或作诸[④]。

①高庙：宋高宗的宗庙。宸翰（chén hàn）：帝王的墨迹。程公许自注："孙氏所藏高宗宸翰，其一轴使敌回趣入奏事，其一轴殿试编排。上亲擢鼎甲三人，王十朋、阎安中、梁介，试卷号皆圣语褒美。阎公论国本尤忠鲠。"擢（zhuó）：提拔。鼎甲：鼎有三足，甲共三名，宋高宗亲擢王十朋为状元，阎安中为榜眼，梁介为探花。

②宸（chén）奎：帝王的文章、墨迹。古人认为奎宿主文章，故称。

③草茅：此指在野未出仕的人。

④汗简：借指史册、典籍。作诸：写到它。

斋宿道山[①]

承明三入笑陈人，药砌翻红又一春。
英毂并驰惭领袖[②]，斐章何自称丝纶[③]。
骏奔数幸天颜近，驽拙难胜宠渥频[④]。
月蠹腐红无以报[⑤]，囊封敢不罄披陈。

①程公许自注："以西省斋事被差，孟夏，景灵宫朝饔，跪进茶酒。斋宿道山。"西省：中书省的别称。斋事：指诵经拜忏、祷祝祈福等佛事。孟夏：夏季的第一个月，农历四月。景灵宫：在杭州城内。朝饔（zhāo yōng）：早餐。斋宿：在祭祀或典礼前，先一日斋戒独宿，表示虔诚。道山：指儒林、文苑，是文人聚集的地方。语出《后汉书・窦章传》："是时学者称东观为老氏臧室，道家蓬莱山。"

②英毂（gǔ）：彩车。英：花。并驰：齐头并进。惭领袖：愧对丞相。

③斐（fěi）章：斐然成章，形容文章富有文采。

④驽（nú）拙：驽钝笨拙。宠渥（wò）：皇帝的宠爱与恩泽。

⑤月蠹（dù）腐红：按月领取俸禄。蠹，此指消耗。腐红，陈米色红腐烂，此指陈米。

上茶使邹监丞秘阁①

年时触热曳长裾，重拜邹公一纸书。
驽驷何堪蒙锦绣②，木瓜无复报琼琚。
还因持檄亲犀栉③，恐趁追风侍玉除④。
九万扶摇鹏运阔，可能倦翮借吹嘘⑤。

①茶使邹监丞：参见229页注①。茶使为茶税征收官员。监丞、秘阁为邹茶使曾任职。程公许老家叙州的茶叶原料质量好，制茶技术高，深受肉食乳饮的西部少数民族欢迎。南宋蜀地著名的八大茶马互市，宜宾城和长宁占其二。

②驽驷：驽钝的马。蒙锦绣：楚庄王爱马，披锦绣于马背，以为殊宠。

③犀栉（zhì）：用犀角制成的梳篦去梳理。

④追风：追风车，轻便疾速的驿车。玉除：玉阶，借指朝廷。

⑤翮（hé）：鸟的翅膀。吹嘘：喻对人才奖掖，引荐。

陪侍左史曹舍人二首①

其一

一行奎画宠新除②，左陛濡毫要直书。

何幸鹓班连省闼[③]，误令鼠璞杂琼琚[④]。
云窗雾阁非官府，璧月珠星近帝居。
二十年前旧骚律，琢磨今乃过黄初[⑤]。

①程公许自注："西省斋宿陪侍左史曹舍人话旧，以除当字赋诗下教和答。"左史：周代史官有左、右之分。左史记事，右史记言。唐宋曾以门下省之起居郎、中书省之起居舍人为左、右史，分别主记事与记言。曹舍人：不详。

②奎画：指帝王的墨迹。新除：谓新拜官职。

③鹓（yuān）班：鹓和鹭飞行有序，喻朝官的行列。省闼（tà）：宫中，又称禁闼。古代中央政府诸省设于禁中，后作中央政府的代称。

④鼠璞（pú）：未腊制的鼠。语本《尹文子·大道下》："郑人谓玉未理者为璞，周人谓鼠未腊者为璞。周人怀璞谓郑贾曰：'欲买璞乎？'郑贾曰：'欲之。'出其璞视之，乃鼠也，因谢不取。"后用以指低劣的有名无实的人或物。琼琚：精美的玉佩。

⑤黄初：黄初体，诗体之一，具有建安风格。

其二

泼面缁尘不易当[①]，佩兰谁与共祗芳。
迂顽羞问翻阶药[②]，邂逅容分夹案香。
且可埋头翻竹素，底须系肘诧银黄[③]。
看公自致青云上，老我何妨诮斗量[④]。

①泼（pō）面：厚脸皮。缁（zī）尘：黑色灰尘，常喻世俗污垢。

②翻阶：谢朓《直中书省诗》："红药当阶翻苍苔。"药：芍药，花红色。

③底须：何必。银黄：银印和金印，借指高官显爵。

④诮（qiào）斗量：夸大其词，尽情逗乐。诮，夸说和调侃。

寄呈座主李左史三首[①]

其一

丝絇趁晓紫宸朝[②]，悯俗超然赋远游。
富贵倘来心止水，隐思不耐鬓先秋。
谁知皓首太玄草[③]，独对青山大白浮[④]。
只愿千牛勤挽致[⑤]，无须万户去封侯。

①座主：唐宋时进士称主试官为座主。李左史：即李埴，参见 7 页注⑫，嘉定六年（1213），为中书省起居舍人（左史），掌记录皇帝日常行动与国家大事。

②丝絇（qú）：古代鞋上的丝制饰物，有孔，可以穿系鞋带，此指穿上鞋。紫宸：宫殿名，天子所居。

③太玄草：西汉扬雄著《太玄经》以垂后世，后遂用为称誉著书之典。

④青山：指归隐之处。大白浮：大酒杯。

⑤千牛勤挽：喻朝廷征召贤才。杜甫《古柏行》："大厦如倾要梁栋，万牛回首丘山重。"

其二

九万云程不作遥，暂教六月息鹏游。
骚情吟彻湖天晓，义胆寒生石剑秋[①]。
想见床头谈屑堕[②]，时浇碗面乳花浮。
云山不隔师墙恋，凭仗缄书乞点头[③]。

①石剑：程公许自注："石剑一峰高丈许，立三益堂前。"

②谈屑堕：口若悬河，滔滔不绝。

③点头：主考于科举中选者姓名上用红笔点一下，谓之“点头”。

其三

世纷怅触不胜忧，尚忆熏风故国游。
惝恍梦回身八翼[①]，凄凉别久日三秋。
愿驰玉轪天津阻[②]，拟问星槎海浪浮[③]。
千载指南先觉在，行迷未远却回头。

①惝（chǎng）恍：模糊不清。八翼：《晋书·陶侃传》：“（侃）又梦生八翼，飞而上天，见天门九重，已登其八，唯一门不得入。阍者以杖击之，因坠地，折其左翼。”后作为志愿不遂的典实。

②玉轪（dài）：玉饰的车辖，借指华丽的车。天津：银河。

③星槎（chá）：往来于天河的木筏。传说古时天河与海相通，汉代曾有人从海渚乘槎到天河，遇见牛郎织女。

寿杨浩斋二首[①]

其一

驾鹤飞来白玉京[②]，疏髯秀色自仙真。
要看转物天机密，更念居闲学力新。
孔孟以来扶坠绪，羲黄向上属谁人[③]。
雅知仁静宜黄耇[④]，仙谷烟霞不尽春。

①杨浩斋：杨子谟（1153—1226），宋潼川府中江人，字伯昌，号浩斋。宋孝宗淳熙八年（1181）进士，历绵州教授、成都府教授、吏部郎中、大理

少卿。宁宗朝因入对论事遭忌，自请补外，提点成都路刑狱，复知嘉定府，皆有善政。宁宗嘉定八年（1215），差知隆州，不赴任。家居十年，于县南云山书院授徒讲学，日与诸生敷陈“四书”大义，学者称浩斋先生。

②白玉京：指天帝所居之处。

③羲黄：伏羲与黄帝的并称。

④黄耇（gǒu）：年老，长寿。

其二

澒洞风尘涨九垓[①]，万牛何事首空回[②]。
隐思未易甲兵洗，商略须先根本培。
望望玺封颁紫阁[③]，骎骎鼎味熟黄梅[④]。
颂言岂为抠衣旧[⑤]，黄道方期日月开[⑥]。

①澒（hòng）洞：绵延，弥漫。九垓（gāi）：中央至八极之地，天下。

②万牛：喻朝廷下大力征召贤才。杜甫《古柏行》：“大厦如倾要梁栋，万牛回首丘山重。”

③望望：急切盼望貌。玺封：盖上玺印的文书封口。紫阁：皇宫。

④骎骎（qīn qīn）：急促，匆忙。鼎味：参见 209 页注④。

⑤抠衣：提起衣服前襟，古人迎趋时的动作，表示恭敬。

⑥黄道：参见 227 页注⑫。

浪凭三尺替山林[①]

伏热翻成十日阴，郁蒸还复似梅霖。
常疑兵结蚩尤祲[②]，犹喜刑清贯索沈[③]。

借得一窗堆简册，浪凭三尺替山林[4]。
方池不断檐花滴，倚枕中宵响玉琴[5]。

①程公许自注："立秋后阴雨逾旬，新拜礼寺司直，之除寓大卿厅，一窗清邃。"礼寺：大理寺，专门负责刑狱案件的审理。司直：官名，属大理寺，掌推按、断刑、治狱等。大卿：宋代俗称中央各寺的正职长官为大卿。

②蚩（chī）尤：借雾为乱的部族首领。祲（jìn）：妖气。

③贯索：绳索。沈（chén）：意同"沉"，放下闲置。

④浪凭：凭借。三尺：指法律、准绳。山林：堆积如山的案卷。

⑤响玉琴：雨滴池中声如扣玉。

奉诏余杭疏决归[1]

桑林忱祷极焦劳[2]，奉诏宽刑辍省曹[3]。
玉食不怡先损已[4]，璇穹何忍尚屯膏[5]。
运河今乃通车辙，智井谁能举桔槔[6]。
饱食太仓心自愧，封章不隔九天高。

①程公许自注："夏旱，奉诏余杭疏决归，上封事。"奉诏（zhào）：接受皇帝的命令。余杭：今余杭区，地处杭州市北部。疏决：疏浚，开通。上封事：古代臣下上书言事时，将奏章用皂囊缄封呈进，以防泄漏，谓之"上封事"。

②桑林：古地名，相传为殷汤祈雨的地方。忱祷：真诚祈祷。

③辍（chuò）省曹：减停政府部门开支。

④玉食：古谓占卜灼龟甲时得吉兆。食，通"蚀"。不怡：不乐观。损已：责备自已。

⑤璇穹：晴空。屯膏：谓恩泽不施于下。膏，恩泽。

⑥眢（yuān）井：无水的井。桔槔（gāo）：井上汲水的工具。在井旁架一杠杆，一端系汲器，一端悬、绑石块等重物，用不大的力量即可将灌满水的汲器提起。

久旱祷雨[①]

未饶风伯怒吹云，且为仙翁荐宝熏[②]。
光夺钟山耕父室[③]，令传古道阿香坟[④]。
流膏泫泫沟塍溢，喜气酣酣曲蘖醺。
太守同忧亦同乐，兵厨余沥不难分[⑤]。

①程公许自注："久旱祷雨，罗仙有应，使君再赋索和。"

②荐：献。宝熏：高香。

③钟山：神话传说中的山名。耕父：古代传说中的旱鬼。

④阿香：神话传说中推雷车的女神。

⑤兵厨：阮籍闻步兵校尉厨贮美酒数百斛，乃求为校尉。后以"兵厨"代称储存好酒的地方。余沥：剩酒。

祷雨有应和郡广文希白韵[①]

金气胚浑火尚流[②]，亢阳渐已裂龟畴。
沛然一雨酬精祷，暂与群黎缓隐忧。
千里耕桑犹乐土，三边鼙鼓又防秋[③]。

白头时是宽闲日，款段令人羡少游[④]。

①广文：参见180页注①。希白：不详。

②金气：秋气。胚浑（pēi hún）：混沌。

③防秋：古代游牧部落往往趁秋高马肥时南侵，需调兵防守。

④款段：马行迟缓貌。少游：年轻时的游玩。

忧时更愿人才富[①]

鹊尾炉香半未灰，古潭瞥地撼风雷。
单车陟降固劳止，万壑喧豗亦壮哉[②]。
高廪正须端策验[③]，应门已报送诗来。
忧时更愿人才富，重与南山咏有台[④]。

①此诗为程公许知袁州时所作。程公许自注："郡以闵雨劳民曹，颜若春有祷于仰山塔，诚念感格甘泽随应，辱教佳制，借韵以谢。"颜若春：不详。仰山塔在今江西宜春南。感格：感于此而达于彼。

②喧豗（huī）：此形容瀑布轰响。

③高廪：高大的粮仓，此指粮食丰收。端策：把蓍（shī）草摆正占卜。

④南山：《诗·小雅·南山有台》之简称。冯应榴注："《诗序》：'《南山有台》，乐得贤也。得贤则能为邦家立太平之基矣。'"

题射洪显惠庙[①]

灵皇夙嗜祇江山[②]，卜宅烟霞缥缈间。

带水净涵青黤黮[3]，画屏中嵌玉孱颜[4]。
耽耽洞府自宫阙，袅袅天风来佩环。
一炷炉烟通肸蚃[5]，愿开晴景遍人间[6]。

①射洪：汉高祖在此设郡，西魏置射江县，北周更名射洪并沿用至今。显惠庙为宋时名庙，今不存。

②灵皇：对神灵的敬称。祇（zhī）：恭敬。

③黤黮（yǎn dǎn）：碧蓝色。

④孱（chán）颜：参差不齐貌，此指高峻的山岭。

⑤肸蚃（xī xiǎng）：扩散，弥漫。指声音或气体的传播。

⑥程公许自注："余以边事有祷，得签。今朝好晴景，久雨不妨农。"

再游凤凰山寺二首[1]

其一

人生出处岂前谋，岁一星周再此游[2]。
世故鼎来忧似海[3]，壮心空在鬓先秋。
戎车拥路抽身去，僧钵分香劝我留。
扰扰战争何日定，从前变灭几浮沤[4]。

①凤凰山寺在汶川、理县交界处。程公许题记："嘉定辛巳（1221）冬十一月，南海崔尚书自成都帅摄行宣威府事，余同于潜洪舜俞以掌记从，一宿凤凰山寺。后十二年，乡先生内翰侍郎陇西公以制置使自左绵进治小益，复以幕介陪。后乘瓣香，再为定慧大士祈印证，许刻像，为全坤销酿兵劫留馆。方丈借诗，将刘景文（1033—1092）诗韵记事二首。"嘉定辛巳：1221 年。崔尚书：崔与之，参见 8 页注⑯。摄行：代行职务。宣威府：辖境相当今四川阿坝汶川、理县一带。洪舜俞：参见 144 页注①。掌记：官名，制置使的属

官掌书记的省称。陇西公：赵彦呐（？—1238），成都府彭州人，因在陇西西和州取得抗金胜利，升任四川制置使。

②一星周：岁星（木星）绕地球一周约需十二年。

③世故：世事变故，变乱。鼎来：方来，正来。

④浮沤：水面上的泡沫，易生易灭。

其二

西康州隔暮云边[①]，风去不来今几年。
神眷此山良有以，客行何恨独潸然。
瑞图那复来阿阁[②]，王泽何当复下泉。
定慧光中祈印证[③]，等慈心与佛齐肩[④]。

①西康州：唐置，治所在川甘边境的今甘肃成县。

②瑞图：指上天所赐图籍。阿阁：四面都有檐的楼阁。

③定慧：佛教有戒律、禅定与智慧三学。防止行为、语言、思想三方面的过失为戒；收摄散乱的心意为定；观察照了一切的事理为慧。

④等慈：佛教语，平等普遍的慈悲。

晚禾得雨亦骤长二首[①]

其一

欢谣千里庆西成[②]，小队传呼略按行。
雨足陈根重颖栗[③]，眼明多稼尽坻京[④]。
灵君禅悦屏燔炙[⑤]，乐岁人和喧送迎。
老守何功享成事，只凭一念辑和平。

①程公许题记："已尝早稻，晚禾得雨亦骤长。出城按行阡陌，历诸寺而还，成七言二章。"

②西成：谓秋天庄稼已熟，农事告成。

③陈根：早稻收割后的稻草根。重颖栗：重新长出穗头。

④眼明：方言，羡慕。坻京：稻谷堆积如山。坻：山。京：大粮仓。

⑤禅悦：心神怡悦。燔炙：泛指烹煮。

其二

稻垄枫林锦缬文①，秋郊乐事压芳春。
为山谷访竹尊者②，介卫公寻石丈人③。
午暑缓觞休北寺，夕曛趣驾度东津④。
胜游偶际文书暇，一笑溪山面目亲。

①锦缬（xié）：印染有花纹的丝织品。

②山谷：北宋诗人黄庭坚，喜苦笋，著有《苦笋赋》。

③卫公：唐代著名军事家李靖。石丈人：指峭壁等险要之地。

④夕曛：指黄昏。东津：在今绵阳市游仙区东津大桥附近。

中秋节侍杨尚书待月南楼①

羽扇风清夙霭收，元戎邀月上南楼②。
卷回天外连宵雨，借与人间一夕秋。
六合扫清知有待③，微云点缀故宜休。
阑干直北频搔首④，何限关山笛里愁。

①杨尚书：杨汝明，参见 27 页注①。南楼：绍定中，杨汝明以工部尚书自请守泸州，南楼在泸州长江南岸。

②元戎：主将，统帅。邀月：邀请赏月。

③六合：天地四方，天下。

④阑干：借指北斗。直北：正北。搔首：焦急或有所思貌。

久雨快晴侍杨尚书镇远楼①

瘴雨弥旬快作晴，小山香馥晚风清。
高秋幕府闲书檄，落日江山拥旆旌②。
形势自应专一面，关河犹未息交枰③。
雅知牧御须才望④，盍早还朝洗甲兵。

①杨尚书：参见 27 页注①。镇远楼：在泸州长江北岸。

②旆（pèi）旌：泛指旗帜。

③未息交枰（píng）：言争斗没有平息。枰，棋盘。

④牧御：挽救南宋局面。才望：指有才能声望的人。

相看岁晚乐冲融二首①

其一

对床有约二苏公②，湖海何曾出处同。
得似公家情缱绻③，相看岁晚乐冲融。
宛陵信是佳山水④，公馆翛然若翠蓬⑤。
吏散不妨谈陆续，是非马耳射东风⑥。

①冲融：充溢弥漫貌。程公许题记：“和前送吴季永工侍韵二首，寄宣城使君吴尚书叔永，时季永尚留宣城郡斋。”吴叔永为吴季永兄长。工侍：工部侍郎。吴尚书叔永：即吴泳，四川潼川人，嘉定二年（1209）进士，曾任军器少监、枢密院编修官、刑部尚书等职。

②对床：两人对床而卧。二苏：指宋苏轼与苏辙兄弟。

③缱绻（qiǎn quǎn）：缠绵，形容感情深厚。

④宛陵：今安徽宣城市宣州区。信是：确实是。

⑤翛（xiāo）然：无拘无束，超脱貌。翠蓬：翠茵掩映。

⑥马耳射东风：东风吹过马耳；喻充耳不闻、无动于衷。

其二

词林巨擘久心降①，万斛龙文只手扛②。
革履似因求见数③，朱衣暂隔引荐霜。
明当归辟翘材馆④，想未能忘濯锦江。
剩向云间笼白鹤，他年携伴读书窗。

①巨擘（bò）：大拇指，比喻杰出的人物。心降：犹心服。

②万斛：极言容量之多。龙文：喻指书法，书体。

③革履：穿着皮靴或皮鞋。典出《汉书·郑崇传》：郑崇被哀帝擢为尚书仆射，数求见谏争。上笑曰：“我识郑尚书履声。”后以“革履”或“尚书履声”喻入朝直谏。

④翘材馆：汉公孙弘为宰相，设翘材馆，以罗致天下人才；后因以“翘馆”谓招致才学颖异之士的馆舍。

散花天已御风来①

集霰才随紫马回②，散花天已御风来。

尘寰瞥地开仙境，和气融春入酒杯。
寒冱潜消人物疠[③]，清吟肯傍簿书堆。
南枝陡觉精神别[④]，探借东皇信息催。

①程公许题记："嘉平八日，祷雪崇福观，集霰随车。至晚大雪，凡三日。广文邵丈志喜赋诗，勉和元韵。"嘉平：腊月别称。崇福观：在杭州萧山义桥镇南。广文：参见179页注①。邵丈：不详。

②霰（xiàn）：空中水气遇冷凝结成小冰粒，多在下雪前出现。

③寒冱（hù）：严寒冻结，极寒。疠：瘟疫。

④南枝：朝南的树枝，借指梅花枝头有生气。

华发相看手足亲[①]

岁除还有岁更新，华发相看手足亲。
千古风流企王谢[②]，两家情味匹朱陈[③]。
缠红饮彻椒觞晓[④]，剪彩欢生绮席春。
瓜葛绸缪宁易有[⑤]，况兼乐事与良辰。

①程公许题记："除夕立春，送侄女归，苟氏弟、家兄弟甥侄皆会席上。"苟氏弟为其妹夫。

②王谢：六朝望族王氏、谢氏的并称。《南史·侯景传》："景请娶于王谢，帝曰：'王谢门高非偶，可于朱张以下访之。'"后以"王谢"为高门世族的代称。

③朱陈：古村名。唐白居易《朱陈村》诗："徐州古丰县，有村曰朱陈，一村唯两姓，世世为婚姻。"后用为两姓联姻的代称。

④缠红饮彻：应对酒局，开怀畅饮。椒觞：盛有椒酒的杯子。

⑤瓜葛：瓜与葛，皆蔓生植物；比喻辗转相连的亲戚关系。绸缪（chóu móu）：紧密缠缚，情意深厚。

连日六花呈瑞赋诗二首①

其一

驽怯深惭政理愆②，骄阳积擅北风权。
青鸾趣驾宾苍皞③，白凤先驱从列仙④。
坯蛰梦惊离贝阙⑤，裂龟渴饮变琼田。
空餐那有涓埃报，只办炉熏荐洞天。

①程公许题记："祷雪麻仙洞，前立春一日，湫压县境，而雪霰已集，连日六花呈瑞，以元宵设供。权父及士友皆赋诗二首，和韵以谢。"湫：寒冷之气。权父和士友：不详。

②驽（nú）怯：驽马怯弱，此公许自谦。愆（qiān）：过失。

③青鸾（luán）：凤凰一类神鸟，为神仙坐骑。宾苍皞：从天而降。

④白凤：传说中的神鸟，相传汉扬雄著《太玄经》时梦吐白凤，后因以比喻才华出众之士。

⑤坯蛰：土里冬眠的蛰虫。贝阙（quē）：以贝为饰的宫阙。

其二

阳乌且缓浴虞渊①，瑞白春花胜腊前。
台笠看人争播种②，扶犁撩我梦归田。
千金何术能医国，十雨从今更问天③。
暂驻飙游须净供④，元宵未暇宝灯燃。

①阳乌（wū）：太阳。虞渊：传说为日没处。

②台笠：指穿蓑衣和戴斗笠。

③十雨：十天下一场雨，五天刮一次风，谓风调雨顺。

④飙（biāo）游：此处谓飘游的神灵。

时机翻覆须天定二首①

其一

乍听归燕语窗栊②，催放莲灯万炬红。
扫尽妖氛春色外，唤回和气雨声中③。
时机翻覆须天定，人事扶持愿岁丰。
幕府贤劳愧群彦，吟诗留俟采民风。

①程公许题记："观壁间郑宣威早春赏杏花之作，司令洪丈命余即事用韵。"郑宣威：不详。洪丈：洪咨夔，参见144页注①。翻覆：反转。

②栊（lóng）：窗棂木。

③和气：天地间阴气与阳气交合而成之气，万物由此而生。

其二

过雨曲尘缫浅绿①，倚风绶带娜殷红。
稍知春在酒深处，尤觉日长书课中。
典记误令参郸下②，封囊也拟学新丰③。
黄云催熟崆峒麦④，破敌何须鹤唳风⑤。

①曲尘：酒曲上所生菌，色淡黄；借指嫩柳叶色鹅黄。缫（sāo）：同"缲"，抽丝，抽出。

②邺下：古时邺城的别称。献帝建安年间，曹操据守邺城，建安七子环绕在其周围，在创作上形成一种清新的诗风。故建安七子又被称“邺下七子”。

③新丰：县名，汉高祖七年置，治所在今陕西临潼县西北。汉高祖定都，其父居长安宫中不乐。高祖乃依故乡丰邑街里房舍格局在陕西临潼西北改筑，并迁来丰民，改称新丰。士女老幼各知其室，从迁犬羊鸡鸭亦竟识其家。太上皇日与故人饮酒，心情愉快。后乃用作富贵后与故人聚饮叙旧之典。

④黄云：黄色麦地远望如云。崆峒（kōng tóng）：宽敞广阔。

⑤鹤唳：即“鹤唳风声”，听到风声和鹤叫声，都疑心是追兵。

与簿尉同赋二首①

其一

星弁荧煌鼎足三②，河阳春意十分添。
和衷总是清时瑞，令节应须乐事兼。
山径晚陪琼玉佩③，讼堂夜醉水晶帘。
羽书撤警年方熟④，剩折梅花插帽檐。

①程公许题记：“邑令招讲上元故事，与簿尉同赋二首。”上元：农历正月十五日为上元节。簿尉：主簿和县尉，分别佐理财政和治安。

②星弁（biàn）：嵌饰有美玉珍珠的帽子。弁，古时的一种官帽，赤黑色布做的叫爵弁，是文冠；白鹿皮做的叫皮弁，为武冠。荧煌：闪闪发亮。鼎足三：鼎有三足，此喻县令程公许与佐理财政的主簿和治安的县尉呈三方并峙之势。

③琼（qióng）玉：美玉，此喻贤才。

④年方熟：年成丰收。

其二

人情悦豫乐音谐[①]，新觉华谯气象佳[②]。
璧月辉辉三夕永，榆星历历九霄排[③]。
笙歌围坐花如海，殽核堆山酒若淮[④]。
富贵方来付公等，五云深处岂无阶。

①悦豫：喜爱。

②华谯（qiáo）：城门上彩绘的楼，可以瞭望。

③榆星：铜钱般的星星，因榆树的“榆荚”像小铜钱，故称。

④殽（yáo）核：肉类和果类食品。

心无事累即山林[①]

红尘难得安栖处，借屋三间委巷深。
地僻喜无车马过，官闲不废简编寻。
傍墙幸有数竿竹，护笋看成满院阴[②]。
须信市朝为大隐，心无事累即山林。

①程公许题记：“借寓杨和王府空屋，宽、静、爽、洁，意甚乐之。”杨和：杨羲，东晋时吴人，工书画，为相王（即后来的晋简文帝）舍人。简文帝继位后，不复出。山林：借指隐居。

②看成：公许老家越溪河流域方言，意为护持、管理。

西洋风流压众芳二首①

其一

老迂俗嗜异酸咸，枯木无心倚碧岩。
花事因循浑漫与②，吟边荒落几曾芟③。
似闻公馆小轩辟，遥揖灵峰万石渐④。
竹素堆床官事省，燕梁日永语呢喃。

①程公许题记：“李德夫司理即永康官居辟小轩，赋诗二首求京花，和韵遣送。”李德夫：不详。司理：主管狱讼刑罚。小轩：有窗的长廊或小屋。京花：指重瓣牡丹。宋陆游《天彭牡丹谱·花释名》：“彭人谓花之多叶者京花，单叶者川花。”西洛：此指盛产牡丹的成都府彭州。

②浑漫：混漫，杂乱，多样。

③吟边：供欣赏的多瓣牡丹外缘。芟（shān）：修割、打理。

④遥揖：遥祝。渐：逐渐到来。

其二

西洛风流压众芳，十分国艳与天香。
护持翠幕千棵锦①，羞涩青铜两鬓霜。
不怕眼花疑保福②，且将色相问空王③。
书窗不要笙歌杂，茗碗相娱味更长④。

①护持：保护。翠幕：以绿叶为背景衬托。

②程公许自注：“罗汉和尚一日同保福、长庆三人见牡丹，保福道好一朵花，长庆云莫眼花，罗汉云可惜一朵花。”

③空王：佛教语，佛的尊称。佛说世界一切皆空，故称“空王”。

④茗碗相娱：喝茶摆龙门阵取乐。

贺府尹董侍郎落成贡院[①]

纵壑潜蛟变化秋，岷精表瑞协人谋[②]。
万间指顾璇杓运[③]，千柱穹窿玉斧修。
小试凤楼心匠巧[④]，快看蚁阵战功收。
向来三策天人学[⑤]，盍为诸生一点头[⑥]。

①府尹：官名，南宋于临安设置府尹，以文臣充，专掌府事，位在尚书下、侍郎上。董侍郎：不详。贡院：科举时代考试士子的场所。

②岷精表瑞：岷山的蛟龙显灵。

③璇杓（biāo）运：如同天上如玉的繁星。

④小试：应贡举及府县之考试。凤楼：宫内楼阁，借指廷试。

⑤三策：董仲舒就天道、人世、治乱进行策问，提出“罢黜百家，独尊儒术”，为汉武帝赏识。后借指经世良谋。

⑥点头：参见464页注③。

广漠亭二首[①]

其一

百乘去为天下宰，暮年岭瘴隔京都。
君看封禁严边锁[②]，力悴调停此范模。
赤舄傥来金铉贵[③]，青衫依旧纸屏糊[④]。

秦关北望烟云渺，何日重还旧地图。

①广漠亭：吕大防（1027—1097）知湖北随州时所建。吕为北宋政治家、书法家，任过太常博士、翰林学士、门下省侍郎，宋哲宗元祐年间担任宰相达八年之久，以元祐党争，知随州，再贬舒州团练副使。

②严边锁：使边关严防死守。

③赤舄（xì）：古代天子、诸侯所穿的鞋，赤色，重底。金铉：举鼎具，贯穿鼎上两耳的横杆；喻三公之类重臣。

④青衫：唐制，文官八品、九品服以青；泛指官职卑微。

其二

万峰银雪排天险①，千里封沟辟蜀都。
尽揖神灵趋几席，始知国相妙规模②。
心向朝廷深衣乐③，褊狭屋窄纸阁糊④。
元祐风流如可问⑤，群贤登用是良图。

①排天：接天。

②规模：此指人物的才质气势。

③深衣：古代上衣、下裳连缀的一种服装，庶人的常礼服。

④褊狭：衣服狭小。纸阁：用纸糊贴窗、壁的房屋。

⑤元祐：参见13页注⑧。风流：犹遗风；流风余韵。

陪宪使饮和韵二首①

其一　见易亭

郭洞春深物象妍②，得陪绣斧漾舲船③。

连山崷崒檐楹外[④]，六画分明几席前[⑤]。
记就尽教腾纸价[⑥]，碑成还恐费松烟[⑦]。
孰知丘壑饶心赏，正未能忘赋下泉。

①宪使：参见205页注①。

②郭洞：在今浙江金华，洞口附近有见易亭。

③绣斧：参见205页注⑦。漾：此指饮酒。觥船：船型饮酒器。

④崷崒（qiú zú）：高峻。檐楹：屋檐下厅堂前的梁柱。

⑤六画：《易》之每卦为六画；此指同饮者共六人。

⑥记：程公许自注："见易亭，宪使新创并作碑记。"

⑦松烟：松木燃烧后所凝之黑灰，是制松烟墨的原料；此指墨。

其二　万里楼

天宇修眉分外妍[①]，雷垣波静稳行船[②]。
向来蛟鳄骄无奈，今日凫鹥戏满前。
爽气逼人湍瑞露[③]，醉题眩眼烂非烟[④]。
薄才羞与云龙啜，脱骨端须第一泉[⑤]。

①万里楼：与见易亭邻近。天宇修眉：天际远山如长眉。

②雷垣：长而低的防洪堤。

③湍：倾倒。瑞露：酒名。宋苏轼《小圃五咏·地黄》："融为寒食饧，咽作瑞露珍。"

④非烟：参见69页注⑮。此喻词藻绚烂。

⑤脱骨：此指诗文取法前人而化为己出。

公事无多日赋诗二首①

其一

锦江傲吏真痴绝，公事无多日赋诗。
风月讳人贪捃拾②，烟霞痼我费医治③。
非关疟鬼工为厉，岂有诗人不耐饥。
三月不曾吟一句，汗颜何以有毛锥④。

①程公许题记："余为华阳尉三年，事制置使，榷牧、都漕两使者皆以文字辱知，不仅责以吏也。既满戍，拟蒙阳丞，归亲旁。范使者为改注左绵学官，疟病再作，未即就戍。成二诗，呈兄长及诸友。"据此推算，程公许此诗大约 1217 年作于叙州宣化越溪河畔蟠龙书院。制置使：官名。经划边防军务，控制地方秩序，类似总督。榷牧：负责地方税收的官员。都漕：都转运使简称。辱知：谦辞，谓受人赏识或提拔。责以吏：以吏的职责重用。蒙阳：成都府彭州蒙阳县。县丞在县里地位一般仅次于县令。归亲旁：回到叙州宣化越溪河边蟠龙书院。

②风月：此指诗文。讳人捃（jùn）拾：忌讳别人收集。

③烟霞痼我：谓酷爱山水成癖。

④毛锥：成语"脱颖而出"。司马迁《史记·平原君虞卿列传》："平原君曰：'夫贤士之处世也，譬若锥之处囊中，其末立见……'毛遂曰：'臣乃今日请处囊中耳。使遂早得处囊中，乃颖脱而出。'"

其二

拄笏西山兴已浓①，蚌溪邀我采芙蓉②。
客游旧有诗盟在，官冷新添野性慵。

世路今方悲梗塞，家山暂许乐从容[③]。
等闲袖手棋枰外[④]，紫电中宵掣剑锋[⑤]。

①西山：南朝宋刘义庆《世说新语·简傲》："王子猷作桓车骑参军。桓谓王曰：'卿在府久，比当相料理。'初不答，直高视，以手版拄颊云：'西山朝来，致有爽气。'"后以"拄笏看山"形容在官而有闲情雅兴，悠然自得于山水。

②蚌溪：程公许老家蟠龙书院附近越溪河支流，今名毛桥河。芙蓉：荷花的别名。

③家山：谓故乡越溪河山水。

④棋枰（píng）：棋盘，棋局。

⑤紫电：紫色闪电，祥瑞之光。中宵：半夜。掣剑锋：喻程公许由原拟任彭州蒙阳县丞，改为任绵州学官。

和冯洁已节夜见过二首[①]

其一

我生恨不际休嘉[②]，浩荡忧思未有涯。
书剑伴人常作客，氍毹暖梦暂还家[③]。
葭灰渐喜回阳律[④]，麦陇时须润雪花。
休沐许宽书檄绕，静中西山布晚霞。

①冯洁已：不详。节夜：旧俗冬至夜称节夜。见过：来访。

②际：相逢。休嘉：美好嘉祥的时世。

③氍毹（qú shū）：毛毯。

④葭（jiā）灰：参见 162 页注⑨。

其二

破闷孤斟莫厌深，风筝时为送清音。
平生遇境无余恋，令节因君忽怆心[①]。
梅角吹残愁不寐[②]，柳枝放去杳难寻[③]。
蛾眉列屋功成后，未用凄凉学越吟[④]。

①令节：犹佳节。怆（chuàng）心：伤心。

②梅角：梅花的苞蕾。

③柳枝：古乐府曲调名，又称《杨柳枝》。放去：散去。

④越吟：战国时越人庄舄仕楚，虽富贵，不忘故国，病中吟越歌以寄乡思。后因以喻思乡忆国之情。

投赠惭无玉可舟[①]

霸气凄凉忆叙州[②]，薜萝掩映小山幽[③]。
不知今古几枰误[④]，空使英雄两泪流。
借问长枪威塞外，何如短棹老沧洲[⑤]。
临别更隔芙蓉语，投赠惭无玉可舟[⑥]。

①程公许题记："载酒泛芙蓉溪游，富乐、伯用再和前韵，牵课同作。"芙蓉溪：在程公许老家越溪河支流毛桥河燕子丘附近，盛产莲藕，芙蓉即荷花的别名。富乐、伯用：不详。牵课：犹勉强，强作。

②叙州：秦僰道、汉犍为郡、唐戎州治所均在今宜宾市三江口，唐代戎州都督府极盛时曾羁縻 64 州。公元 842 年，戎州城因大洪水迁至岷江北岸。

1097年，北宋戎州官员苏时，向朝廷呈送了一道奏折，说现在戎州民族团结和睦，而州名还是叫“戎”，这是与战争和野蛮相联系的名字，请求皇上改名。但北宋皇帝正忙于与西夏的战争，无暇顾及戎州的更名，这一奏折一搁就是7年。直到宋徽宗继位，才于政和四年（1114），以《尚书·禹贡》上载有“西戎即叙”一句为据，把西南方向的“戎州”改称“叙州”。在戎州改名为叙州的同时，僰道县改名为宜宾县。

③薜（bì）萝：薜荔和女萝，两者皆野生植物，常攀缘于山野林木或屋壁之上。小山：川南多浅丘。

④枰（píng）：棋盘，借指棋局。

⑤短棹（zhào）：划船用的小桨，此指小船。沧洲：此指程公许老家蟠龙书院越溪河边。

⑥玉：此指莲藕。

江涨有感①

惆怅天涯私自怜，锦囊有句愧重编。
忍心宽作青梅约②，眩眼俄惊丹荔燃③。
浩荡修途今几驿，纷纭归思日如年。
不因梅颖相料理，何以遣怀风月前。

①程公许题记：“余归期尚缓，于黄池度岁，赋绝句云：‘趁取青梅煮酒时’，意谓必可及此时归家矣。沙津留滞半月，入峡后江涨为阻，日不行二三十里。自离古渝以后，虽抵家不远，而约日尚赊，沿江荔子烂熟，见之有感。”黄池：今安徽省当涂县黄池镇。度岁：过年。青梅在每年五月下旬至六月初采摘。沙津：今湖北沙市。入峡：进入长江三峡。古渝：今重庆。赊：长，远。写此诗时，程公许已经到了泸州合江一带，此时江岸边荔枝烂熟。

②忍心：耐心。青梅约：即前述“青梅煮酒时”。

③眩眼：光芒耀眼。丹荔：荔枝，因其色红，故称。

买舟至岩祀陆使君①

水曹羁我窘于囚②，贷与岷江一钓舟。
舵转清滩微觱沸③，棹移曲巷且夷犹④。
偶因移岸穿沙径，绝爱寒烟簇晚洲⑤。
明日翠屏重睹面，九歌待续水安流。

①买舟：雇船。岩：叙州城北蚩岩。时叙州城在岷江北岸今宜宾市翠屏区旧州坝，唐会昌二年七月金沙江水暴涨，三江口土城被毁，选址岷江北岸地势较高的今安阜坝重建，唐代戎州城迁治所于岷江北岸 65 年。唐朝灭亡后，两宋王朝有 302 年时间仍设州、县治所于此。北宋政和四年（1114）下令改戎州为叙州，僰道县改称宜宾县。今天，宜宾人习惯称此地为旧州坝。陆使君：名不详，西汉长安人，汉昭帝（汉武帝刘彻少子）时被派任犍为郡郡守，因治理岷江水患，鞠躬尽瘁，死于任上。家人用船运灵柩北归，至僰道蚩岩下，木船无法前行，只得将陆公葬于蚩岩之上，供后代祭祀。

②水曹：负责水运的官员。羁我：让我坐船。羁，留。

③觱（bì）沸：水流湍急貌。

④曲巷：叙州城岷江北岸蚩岩下河岔，又称小河，今五粮液酒厂取水处。夷犹：前行艰难。

⑤寒烟：江面雾罩。簇晚洲：聚集在夕阳西下时的今翠屏区菜坝一带。

卷十

七言律诗

溪亭春日二首

其一

借屋三间俯近郊，溪流如练绕兰皋[1]。
聊同彭泽归栽菊[2]，肯向玄都问种桃[3]。
别久心情浑漫浪，相看须发转萧骚。
只因旧学荒尤甚，政绩谈余为栉薅[4]。

①兰皋（gāo）：长兰草的涯岸。

②彭泽：晋陶潜曾为彭泽令，有诗“采菊东篱下，悠然见南山”。

③玄都：传说中神仙居处。种桃：借指道士。出自刘禹锡《再游元都观诗》：“种桃道士归何处，前度刘郎今又来。”

④栉薅（zhì hāo）：梳理。栉，用梳子梳头发。

其二

极目青天蜀道难，无因长坂得联骖[1]。
思乡浪费肠回九，行世何妨臂折三[2]。
杨柳风微生百媚，棠梨昼永带余酣[3]。
天涯犹赖春娱客，那得邻山寄一庵。

①长阪：犹高坡。联骖（cān）：犹并联骑行。

②臂折三：人有相羊祜父墓，言应出受命君。祜恶其言，遂掘墓以坏其势。相者曰："犹应出折臂三公。"俄而祜坠马折臂，位果至公。后以"折臂三公"喻退后一步自然宽。

③棠梨：汉宫名，泛指帝宫。昼永：白昼漫长。

忆旧作因用韵①

业识萦牵岂自由②，幸逢此劫在儒流。
昏昏心似未磨镜，役役身如不缆舟③。
闻道无缘时已晚，养生欠术鬓先秋。
向平可谓真男子④，家事无关五岳游。

①程公许题记："丙子寅月九日五鼓，梦忆余旧作，因用韵。"丙子：公元1216年。寅月：农历正月。五鼓：凌晨3—5点。

②业识：佛教语。指人投胎时心动的一念。萦牵：旋绕牵挂。

③役役：劳苦不息貌。缆舟：以索系船。

④向平：东汉高士向长，字子平，隐居不仕，子女婚嫁既毕，遂漫游五岳名山，后不知所终。

家书①

万里书来印籀红②，慰情何但万金同。
悬丝性命幸存活，扫地生涯甘厄穷③。
老去忧心长似醉，秋来衰鬓乱飞蓬。

故园未有西归日，且愿平安信数通。

①程公许自注："立秋后三日，得二侄并侄姪家书。"
②印籀（zhòu）红：指书信末尾盖上红色篆字印章。
③厄（è）穷：困厄穷迫。

题施明可①

倦游何似雁随阳，愁绪知添几线长。
归路驿梅多未破，吟边汀芷蔼余香②。
寄声鸥鹭旧同社③，可奈鹥凫纷着行④。
乞与东风一吹送，偃松犹及共流觞。

①程公许题记："施明可自湘潭还霅川，以诗编相示。摘其中重阳一篇次韵题施明可。"施明可：不详。霅（zhà）川：流经浙江湖州城区。
②汀芷：水边芳草，夏天开白色小花。蔼：繁茂。
③寄声：托传话。同社：志趣相同者结社，互称同社。
④鹥（yī）：鸥的别名。凫：野鸭。纷着行：夹杂着一起走。

重阳即事

烂漫三年药市游①，饥驱忽到霅江头②。
凄凉风色栏干暮，叆叇晴云䆉稏秋③。
红叶不知人恨远，黄花惯与客供愁。

诸君正尔痴官事，谁共高吟百尺楼。

①药市：芍药等花草市场。

②饥驱：为衣食而忙。晋陶潜《饮酒》："此行谁使然？似为饥所驱。"霅（zhà）江：在浙江湖州，现在叫东苕溪。

③叆叇（ài dài）：云盛貌。罢稏（bà yà）：稻子摇动貌。

题秋芳菊蝶图

故山岁岁霜秋杪[①]，手折黄花岸接䍦[②]。
粉蝶笑窥人老大，玉蛆撩动句新奇[③]。
雨荒靖节醉吟处[④]，风乱韩凭飞舞时[⑤]。
卧展新图续归梦，晚香有味我同谁。

①故山：家乡。霜秋杪（miǎo）：秋来使树梢光秃。

②接䍦（lí）：头巾。岸接䍦：岸边的人戴着头巾。

③玉蛆：浮在醪糟酒面上的饭粒，指代酒。

④靖节：即陶潜。东晋大诗人，字符亮，私谥靖节征士。

⑤韩凭：战国时，宋康王舍人韩凭娶妻甚美，康王夺之。凭自杀，其妻自尽。遗书于带，愿以尸骨赐凭合葬。王怒，弗听，使其冢相望。宿昔之间，便有大梓木生于两冢之端，旬日而盈抱，根交于下，枝错于上。宋人哀之，遂号其木曰"相思树"。

中秋玩月

山路相呼游一盘，何妨月下更追欢。

情知一夕秋无价，看彻三更酒未阑[①]。
衰鬓侵愁羞自照，回肠索句大应难。
可能散发扁舟去[②]，一到垂虹亭上看[③]。

①三更：子时，即夜间十一点至凌晨一点。阑（lán）：残；将尽。

②散发：披散头发。喻弃官隐居，逍遥自在。

③垂虹亭：在江苏吴江县长桥上。苏轼自杭州移高密时，曾在此饮酒。宋王安石《送裴如晦宰吴江》："他时散发处，最爱垂虹亭。"

和韵奉答景韩[①]

离肠不耐食张梨，并裹橙金遣使赍[②]。
薄馈羞同园吏菜，好词空费外孙齑[③]。
含消汉苑梦频渴[④]，霜落洞庭书续题。
莫遣楚娇多劝饮，怨歌难解太常妻[⑤]。

①程公许自注："以梨、橙寄景韩，景韩有诗来谢。因和韵奉答。"景韩：不详。

②赍（jī）：把东西送给别人。

③齑（jī）：捣碎，此处指磨墨。

④含消：《洛阳伽蓝记·报德寺》载：宫廷梨园有大含消梨，重十斤，落地则破，尽化为水。取梨须先以布囊承之，入口即化，号曰含消。

⑤太常妻：后汉周泽为太常，虔敬宗庙，卧疾斋宫，其妻哀其老病，窥问疾苦。泽大怒，以妻干犯斋禁送监，时人言泽不近人情。后用为夫妻分居之典。

和洪司令春日客怀二首①

其一

寂寂春愁何许来，诗翁得句凌欧梅②。
一百五日火将换③，二十四风花递开。
玉垒新诗未题遍④，祖茔归梦宁须催。
人生田舍尚足乐，我亦欲寻桤木栽⑤。

①洪司令：洪咨夔，参见144页注①。

②欧梅：宋诗人欧阳修和梅尧臣的并称。

③一百五日：冬至后一百零五天，绝火寒食三日。

④玉垒：都江堰玉垒山；此代指程公许任县令的成都府崇宁县。

⑤桤（qī）木：乔木，高可达30—40米。程公许老家名水冬瓜树。

其二

好风排闼锦囊来①，咀味真如渴望梅。
樱笋算无多日事②，棠梨约有几分开③。
社醅熟倩提壶劝④，春种忙应布谷催。
早愿时清归亦好，小山幽桂剩须栽。

①排闼（tà）：推门。锦囊：锦囊佳句，指优美的文句。

②樱笋：樱桃与春笋，成熟期短暂。

③棠梨：俗称野梨，落叶乔木，花白色，果实小。

④社醅（pēi）；聚会饮酒。熟倩（qiàn）：熟悉的美人背影。

和可道约同馆于都统衙①

至理玄同孔老瞿②，客尘觉似渐消除。
一生嚼蜡有余味，两载离家能几书。
君已灰心参祖意，我犹滞相问童初③。
宝岩不作桑间恋④，逾馆能来慰索居。

①可道：不详。同馆：同在翰林院任职者。都统：宋时军队出征的时候朝廷会在将领中选一人管理军队，曰都统。是临时性的职务，战争结束便归本职。

②至理：真理。玄同：相一致。孔老瞿：孔子、老子、瞿昙，借指儒、道、释三家。瞿（qú）：佛教创始人释迦牟尼，姓瞿昙（tán）。

③滞相：反应迟钝。童初：初心。

④宝岩：心如圣洁宝石。桑间：桑间为古代男女幽会之地。

谢检阅牟存叟袖启相访①

井络西瞻劫火残②，天涯执手语含酸。
乡人为把子虚诵③，国典能推良吏难。
老我栖迟同燕雀，送君翔翥上鸳鸾④。
长风借与还乡便，犹喜白鸥盟未寒⑤。

①检阅：宋代设置，属史官类，掌点校书籍。牟存叟：牟子才，字存叟，

隆州井研人，嘉定十六年（1223）进士。曾助李心传修纂《四朝会要》和《中兴四朝国史》，擢史馆检阅，累迁礼部尚书。

②井络：井宿的分野，本指岷山，晋左思《蜀都赋》："岷山之精，上为井络。"此处泛指蜀地。劫火：兵火。

③子虚：汉司马相如作《子虚赋》，假托子虚、乌有、亡是三人互相问答。后因称虚构或不真实的事为"子虚"。

④翔翥（zhù）：飞翔。鸳鸾：汉宫殿名，此指朝廷。

⑤白鸥盟：谓与鸥鸟为友，比喻隐退。

宗绪河南①

斯文宗绪自河南②，妙处无非故纸钻。
万里梦归伊阙远③，一窗静对玉峰攒④。
林深雾豹南山隐⑤，海阔风鹏北溟抟。
刻楮自怜无一补⑥，写心寄与故人看。

①程公许题记："为王山尹子渚赋潜斋，末句寄声叶新之。"王山：位于程公许老家蟠龙书院附近。尹子渚、叶新之均为程公许家乡故交。寄声：传话。程公许在《沧洲尘缶编》中对其祖籍河南的情况有所交代。《寿廷迈叔祖》中说："吾宗谱牒祖通义，蝉联到公十五世。五派之分同一源，如木有本瓜有蒂。"程氏安史之乱自河南伊水入蜀，始祖最初落脚点在今四川眉山市东坡区崇礼镇境内蟆颐山下岷江边蟆颐津，"颍昌旧第归无日，且向蟆津稳僦居"，僦（jiù）居即租房而居。现有资料对程公许的父祖记载很少，具体情况不详。从其先祖自公元8世纪中期唐安史之乱（755—763）入蜀至公元13世纪中期南宋时程公许这一代，四百多年间，开枝散叶，耕读传家，其祖上定居叙州宣化越溪河畔，创办蟠龙书院，没有十几代人的赓续接力是办不到的。

②斯文：此指文脉。宗绪：寻宗问祖。绪为丝头，喻源头。程氏祖籍河

南伊水一带，唐安史之乱时入蜀。

③伊阙：河南洛阳南，两山相对如阙，伊水流经其间。

④玉峰：此指程公许老家今四川宜宾市翠屏区永兴镇玉峰村一带的山峰。攒（cuán）：聚拢。

⑤雾豹：豹子因雾浓而不下山觅食，担心被猎人设陷阱食肉寝皮。后因以“雾豹”指隐居伏处，退藏避害。

⑥刻楮（chǔ）：此指校对书刊。

彦尹侄追送至岷江边①

犹子匆匆遽索违②，三甥小住未为非③。
追随宽作一程计，掺执那知几岁归④。
唳鹤警寒排字密，浴鸥嬉暖看群飞。
物情撩我离情黯，射策催来觐京畿⑤。

①岷江边：程公许老家越溪河自北而南注入岷江，其入江处今名屯头溪。此诗为程公许离家赴京城临安参加殿试前所作。

②犹子：谓如同儿子。遽：就。索违：离别的寂寞。

③为非：调皮捣蛋。

④掺（chān）执：轻轻架住对方的手或胳膊。

⑤射策：汉代考试方法之一，泛指应试。

叶镇之授信州推官①

天涯一见便绸缪②，二十年间诧两优③。

不以声名夸众俊，欲将文行辈前修[④]。
怀章趁酌椒觞寿，分幕还寻璧水游[⑤]。
蜀客念归归路梗，卜邻倘许傍丹丘[⑥]。

①程公许题记："送叶镇之释褐授信州推官归台州。"叶镇之：不详。释褐（hè）：脱去平民衣服，喻始任官职。信州：今江西上饶市。推官：位次于判官，掌书记、狱讼之事。

②绸缪（móu）：情意殷切。

③两优：宋太学分外舍、内舍、上舍三级，初入为外舍生，考核合格者升为内舍生，再考核合格者升为上舍生。内舍生分优、平二等，优等再赴上舍试又入优则谓两优。

④文行：文章与德行。辈前修：以前贤为榜样。

⑤分幕：以幕帷间隔，学习互不相扰。璧水：泮水，太学。

⑥卜（bǔ）邻：择邻。丹丘：神仙住地，此指信州。

别凌云士友[①]

三生缘分熟嘉州，乘兴俄成十月留。
山水纵观方得趣，交朋莫逆忽抽头[②]。
淋漓张饮梅花岸[③]，惨淡分携杜若洲[④]。
恨欠白崖陪杖履，春风和暖及同游。

①凌云：乐山凌云寺，因大佛所在，又称大佛寺，建于唐初。士友：不详。

②莫逆：莫逆之交。喻彼此志同道合，交谊深厚。抽头：分别。

③淋漓：形容酣畅。张饮：设帷帐以饮。张，通"帐"。

④分携：离别。杜若：香草。夏日开白花，果实蓝黑色。

别谢德芳[1]

舣棹江干得款留，曾将避世与君谋。
谁知事变即勘定，端借儒先宽顾忧[2]。
分陕续书劳会计[3]，借筹偶暇语绸缪[4]。
分携竟作春风约，梅驿瞻云黯暮愁。

①谢德芳：不详。

②儒先：指谢德芳。宽顾忧：使担忧，操心得到安慰。

③分陕：周初分周公治陕以东，召公治陕以西。后谓官僚出任地方官为“分陕”。此指程公许将外派。续书：指谢德芳继续在朝中整理统计文书档案。

④借筹：为人谋划。绸缪（móu）：事前做好准备。

别帅垣登舟溯江[1]

暂来偶作两旬留，下榻惭非孺子俦[2]。
西阁夜阑犹跋烛，北岩晚霁趣归舟。
高城回首烟波暝，短棹支颐水国秋[3]。
岁晚束书岷下去[4]，梁园空复羡枚邹[5]。

①帅垣（yuán）：镇抚一方的军营。溯江：逆流而上。

②孺子：世袭贵族。俦（chóu）：伴侣。

③支颐：托着下巴。

④岷下：程公许老家岷江下游一级支流越溪河畔蟠龙书院。

⑤梁园：西汉梁孝王的东苑，此借指临安皇室园林。枚邹：西汉枚乘、邹阳。两人曾谏止吴王叛乱，吴王不听，两人离吴去梁。

和乔择善别若水韵①

泥岭飙游不可期，寥空无路寄幽思。
阶兰竞秀有谁省，贝锦伤谗徒尔为②。
默坐勿书殷浩怪③，拟骚休作楚臣悲。
君看雪涧凌霄干，长有毵毵绿满枝④。

①乔择善：不详。若水：程公许知袁州时郡圃管理者赵若水，参见417页注①。

②贝锦伤谗：漂亮的织锦遭污损，喻诬陷他人、罗织罪名。

③殷浩：东晋人，善玄言。时桓温慕其名，拜为建武将军。但殷浩统军北伐，屡战屡败。被废为庶人。唯终日书空，作“咄咄怪事”四字。

④毵（sān）毵：垂拂纷披貌。

寄李成之①

江陵五日恶风雨②，知我欲行舒小晴。
渺渺云沙连恨远，冥冥烟树唤愁生。
上牢下牢险入梦③，东瀼西瀼诗有声④。

同是天涯更分手，销魂风月与谁平。

①程公许题记："沙津连日风雨，阻行舟发，即晴寄李成之。"沙津：在湖北沙市荆门一带。李成之：参见 291 页注①。

②江陵：湖北荆州。

③上牢下牢：上牢关在巫峡滟滪堆下，下牢关在今湖北宜昌市西北。

④东瀼（ràng）：今湖北巴东东瀼口镇。西瀼：巴东县西瀼区。

虚舟相逐至岳阳[①]

系船三日风当止，雨欲逗晴云乱飞。
沽酒店家都是薄，买蔬山市晚方归。
客装淹速信难料[②]，友社欢谐知可依。
唤起玄真共心赏[③]，桃花流水鳜鱼肥。

①程公许题记："虚舟相逐至岳阳，录示旧日避风诗和韵纪事。"虚舟：轻快之舟。岳阳：今湖南岳阳。

②客装：载客。淹速：延长时间。

③玄真：道家传说中的神仙。

一览西岷面势雄[①]

肃敞芝坛大面峰[②]，拟凭方寸溯璇穹。
夜窗滴尽三更雨，晓雾吹开万壑风。

孤鹤肯来随伴去[③]，十龟相逐赏心同[④]。
未应佳气高台擅，一览西岷面势雄。

①此诗为程公许任成都府崇宁县令时所作。程公许题记：“得台檄视堰，至上皇设黄箓会。亲友自远而至者：孙承父表兄、用晦弟，彦威、有年、彦尹、彦济四侄，胜父王，甥虚中、苟甥司马行父、宗人季然共十七人。次日首途，久雨开霁。”上皇：东皇太一，此指庙宇东皇大殿。黄箓会：指道士所做道场。道士设坛祈祷，所用符箓，皆为黄色，故称。首途：上路，启程。开霁（jì）：放晴。

②芝坛：祭坛。大面峰：参见 113 页注①。

③孤鹤：比喻孤特高洁之人。随伴：犹陪伴。

④十龟：指侄子辈。

感时对酒只长叹[①]

屯阴不动紫金盘[②]，三月凄风横作寒。
待旦重衾才得暖[③]，感时对酒只长叹。
黑云何日三舍避，黄道中天万目看[④]。
不有对床清夜语，客怀何以解忧端。

①程公许题记：“成都逾旬阴冷，深冬时节借馆超悟，得子敬、德夫二兄相晤语，差慰寂寥。”借馆：借宿。超悟：颖悟，彻悟。子敬、德夫：不详。

②屯阴：天气阴沉。紫金盘：菊花型，花紫红色，稍喜温。

③待旦：等待天明。重衾（qīn）：两层被子。

④黄道：地球一年绕太阳转一周，我们从地球上看成太阳一年在天空中移动一圈，太阳这样移动的路线叫作黄道。此借指太阳。

送道传侄补中国学二首①

其一

竹林挺挺固多贤，子更姱修鼎盛年。
一缕千钧扶世绪，三条八韵压儒先②。
辟雍振鹭翔而集③，幽谷鸣莺自此迁。
岂止积分觅好爵，事须学识细磨研。

①此为程公许归叙州宣化蟠龙书院省亲为侄子道传补习功课所作。中国学：此指研究中国古代的文献、语言和文学。

②三条：三种思路。八韵：五言八韵诗，诗体名。古代科举考试采用的一种诗体。压：超越。

③辟雍：西周天子所设大学，校址圆形，围以水池，前门外有便桥。振鹭：喻在朝操行纯洁的贤人。

其二

冰霜一节感亲恩①，褒诏东来耀里门②。
孝敬自能通造物，否臧勿用较烦言③。
灵椿未老须三釜④，折桂归来共一尊。
须信倚门朝夕望，未容六馆驻何蕃⑤。

①冰霜一节：比喻德行操守坚贞清白。

②褒诏：朝廷的喜报。

③否臧（pǐ zāng）：品评，褒贬。烦言：气愤或不满的话。

④灵椿：传说长寿之树，喻年高德劭者。三釜：古代一般年成每人每月

的食米数量，喻菲薄的俸禄。

⑤六馆：国子监之别称。唐制，国子监领国子学、太学、四门、律学、书学、算学，统称六馆。何蕃：唐人，为太学生。朱泚乱起，诸生将往附，蕃正色叱之，故六馆士无受污者。

冠藤衣葛自萧闲①

冠藤衣葛自萧闲，岩壑精神绘画难。
着脚兔庭聊试险②，同盟鸥社未应寒。
快晴山色凝朝采③，急雨江流吼夜滩。
近日诗情差觉胜，剩加弄错怕人看。

①此诗为程公许与亲友游越溪河山水所作。程公许题记："余拉威、济取山路归家，用光独溯江再和见，贻仍同赋。"威、济：彦威、彦济二侄。用光：即《一览西岷面势雄》诗中的用晦之弟。贻（yí）：此指赠赋。冠藤衣葛：以藤为冠，以葛为衣。

②着脚：落脚。兔庭：兔子窝。

③快晴：爽朗的晴天。朝采：朝阳的光彩。

白云深处涧泉流①

晴岚暖翠中岩寺②，十二年间得再游。
三笋龛深香不散③，万松山拥雾难收。
鹫峰付嘱虽常住，雁荡经行岂易求④。

欲识老师真面目，白云深处涧泉流。

①程公许题记：“游中岩，晴烟如春，尤觉林壑之胜也。”

②晴岚（lán）：晴日山中雾气。暖翠：阳光照射青山。中岩寺：在四川眉山。宋范成大《中岩》诗序：“去眉州一程，诺讵罗尊者道场。相传昔有天台僧，遇病僧与之木钥匙云：‘异时至眉州中岩，扣石笋，当再相见。’后果然。”

③三笋：三石屹立如楼，前两楼纯紫石，中一楼萝蔓被之，傍有宝瓶峰（下句的鹫峰）甚端正。龛（kān）：供奉佛像、神位等的小阁子。

④经行：佛教语，谓旋绕往返或径直来回于一定之地。佛教徒作此行动，或为防坐禅而欲睡眠，或为养身疗病。

雾锁岩扉须玉钥①

中天台殿倚竛竮②，忆昨深登六岁零。
雾锁岩扉须玉钥，云扶革履上青冥。
三峰静对厖眉秀③，双璧惊回醉眼醒。
风雨三更龙象集④，祖师意旨付谁听。

①程公许题记：“陪尚书游中岩，夜大风雨，尚书及任卿史石泉皆耆年，德清、谐季并余以晚辈侍。”尚书：杨汝明，眉州青神人。任卿史石泉：杨尚书高级随从。德清、谐季：不详。岩扉：岩洞的门，借指隐士的住处。

②竛竮（líng píng）：孤单貌。

③厖（máng）眉：花白眉毛，形容老态。

④龙象：水行中龙力大，陆行中象力大。此指暴风雨突至。

万古清风僭嗣音[①]

苹浪蹴帆移别浦[②]，笋舆邀我度遥岑。
云开震泽水银溢，风掠洞庭螺翠深。
神井千寻龙起蛰[③]，幽岩四面石成林。
苏仙诗句倪公赋[④]，万古清风僭嗣音。

①程公许题记“泛舟登弁山祥应宫，之绝顶，望太湖，窥黄龙洞，过倪尚书云岩”。弁（biàn）山：浙江湖州太湖南岸。黄龙洞：天然溶洞，直下似井，以洞中有一罕见的“音乐石”而闻名。倪尚书：倪正父，写有《云岩赋》，余不详。万古：万世。清风：高洁的品格。僭（jiàn）：超越。嗣（sì）音：谓继承前人成就。

②苹浪：绿浪。蹴（cù）帆：推动帆船。浦：河流入江湖处。

③神井：即黄龙洞。起蛰（zhé）：冬眠醒来。

④苏仙：指苏轼。倪公赋：即《云岩赋》。

肯念交盟数寄音[①]

去国飘然一障乘，都门祖帐集华簪[②]。
黄梅未雨热如沸，白葛当风凉满襟。
江国颇堪千里寄，蓬山遥想五云深[③]。
论思禁闼须公等[④]，肯念交盟数寄音。

①程公许题记："道山诸丈置酒，饮饯秀野园，以诗谢别。"道山：此指位于浙江湖州市城南的道场山。

②祖帐：古代送人远行，在郊外路旁为饯别而设的帷帐。华簪（zān）：华贵的冠簪，借指朝廷官员。

③蓬山：指草野。

④论思禁闼（tà）：指朝廷召对应答。

游道何二山晚饮倪氏玉湖[①]

草草盘蔬一酒壶，虎岩小憩转金舆。
静观生物春风里，笑拂诗牌劫火余[②]。
散策松阴寒悄悄[③]，撷香梅径雪疏疏[④]。
归航未迫西山暮，碧浪湖边看网鱼。

①道场山、何山：位于浙江湖州市城南五公里。玉湖：又名碧浪湖，自宋以来就是文人骚客乘舟寻访之地。

②诗牌：指题上诗的木板。程公许自注："余有旧题一诗牌，火后尚存，寺僧揭之云峰谷。"

③散策：拄杖散步。

④撷（xié）：摘下。疏疏（shū shū）：朦胧貌。

马当山[①]

往事空闻传记夸，石矶依旧锁晴霾[②]。

定知贝阙通溟极[③]，谁着丛祠倚断崖。
乞与一帆风借便，应怜万里客伤怀。
文章有体神知否，霞鹜虽工语类俳[④]。

①马当山：在今江西彭泽县东北，横枕大江，形势雄险。
②石矶：水边突出的巨大岩石。锁晴霾：被晴天雾霾所笼罩。
③贝阙：以紫贝为饰的龙宫水府。溟极：海的尽头。
④霞鹜（wù）：落霞和孤鹜。俳（pái）：对偶，骈俪。

夜过马当山

独载诗书趁野航，自怜漂泊度时光。
残年准拟登牛首[①]，连夜匆忙过马当[②]。
古庙荒寒江浸影，断岩凄惨石凝霜。
壮怀未分甘衰老，回首长怀恨更长。

①牛首：牛首山。位于今江苏南京市江宁区，文化底蕴深厚，是佛教牛头禅宗的开教处和发祥地，中国佛教名山之一。

庐山雪[①]

倚天无数玉巉岩，心觉庐山是雪山。
未暇双林寻净侣[②]，试招五老对苍颜[③]。
远游借问有何好，胜赏何曾容暂闲。

却恨此生云水脚[④]，误随人去踏尘寰。

①庐山：在江西九江南，耸立于鄱阳湖、长江之滨，三面临水，江湖水气郁结。山多巉岩、峭壁、清泉、飞瀑。

②双林：释迦牟尼涅槃处。《洛阳伽蓝记·法云寺》："神光壮丽，若金刚之在双林。"此借指寺庙。

③五老：庐山的东南山峰受岩层垂直节理影响，形成五个雄奇的峰岭，俨若五老并坐。

④云水脚：谓漫游，漫游如行云流水漂泊无定，故称。

姑苏台[①]

馆娃陈迹久蓬蒿[②]，留得苏台数仞高。
隔水云山青断绝，绕城沟荡碧周遭。
遥怜让国清风远[③]，忍见连艘战血鏖。
满目凄凉千古事，长洲仍旧柳如缫[④]。

①姑苏台：苏州市姑苏山上，春秋时吴王夫差所筑。

②馆娃：馆娃宫。吴王夫差为西施所造，灵岩寺即其旧址。

③让国：将国家或封地的统治权让给贤者。

④长洲：古苑名，春秋时为吴王阖闾游猎处。缫：抽丝。

绝胜亭[①]

入眼江郊渚集中，胜游何必恨匆匆。

模糊树木丹青古，诘曲汀沙篆籀工[②]。
昏晓之分含一气，乾坤底处是全功[③]。
西南佳境冥搜遍[④]，总合亭前立下风。

①绝胜：最佳，引申为最佳之处。

②诘曲：屈曲。篆籀（zhòu）：小篆文和大篆文。

③底处：何处。宋杨万里《山云》诗：“春从底处领云来，日日山头絮作堆。”全功：功业完美，泽被万物。

④冥搜：尽力寻找。

题江东陈氏江亭[①]

渔艇闲撑过水东，乱云含雨晚溟蒙。
绝怜郊墅依林壑[②]，更拓轩窗贮竹风。
剩与烟波开霭杳[③]，却须菑翳略疏通[④]。
闲居可忍虚吟啸，载酒来时社友同。

①江东：参见42页注⑪。

②绝怜：极其喜爱。

③霭杳：即杳霭，云雾缥缈貌。

④菑翳（zī yì）：枯死，引申为芟（shān）除。

题巴东县秋风亭[①]

万山寂寂巴东县，千古堂堂寇长官[②]。

野水可无诗问讯，秋风长对泪汍澜[3]。
著楼无地尽巨诧[4]，折棰立功非我难[5]。
君看公安一梢竹[6]，向来许国寸心丹。

①巴东县：在湖北恩施州。

②寇长官：程公许此时任施州通判。

③汍（wán）澜：泪疾流貌。

④著楼：建楼。诧：惊讶，觉得奇怪。

⑤折棰：折断马鞭即可制敌，喻轻易制敌取胜。

⑥公安：县名，属今湖北荆州。刘备被封左将军，人称左公。公元209年，他领荆州牧，驻孱陵县。人们来信问候结尾总说："左公安否?"刘备忙于军务，没功夫细回，每次回信就写两个大字"公安"（即左公安泰之意）。后来，为纪念左公安营于此图谋霸业，就把孱陵县改为了公安县。

尚想江南图画里[1]

晴滩属玉玩烟霏[2]，照眼琅玕碧四围[3]。
堂荫白茅娱子美，江吟净练忆玄晖[4]。
谁家鼓吹观游去，何处笭箵罢钓归[5]。
尚想江南图画里，风帆夜落道人矶[6]。

①程公许题记："同杨景韩饮虞献子江亭，用壁间文与可韵。"杨景韩：不详。文与可：文同（1018—1079），字与可，今四川盐亭人，宋代著名画家、诗人。

②属玉：水鸟名。

③照眼：耀眼。琅玕（gān）：形容竹之青翠，此指竹。

④净练：洁净的白绢，形容江水清澈。玄晖：月光。

⑤笭箵（líng xīng）：渔具的总称，亦指贮鱼的竹笼。

⑥道人矶：即今湖南岳阳市云溪区道仁矶镇。

七曲祠至上亭二首①

其一

征鞍不怕朔风颠，揽尽鱼凫气脉全②。
秦岭剑攒青不断，潼江带水碧相连③。
五云楼殿元皇宅④，一柱西南半壁天。
分职幽明两无愧，玉关快马洗风烟⑤。

①七曲祠：七曲文昌祠，位于四川梓潼县城北，是中国唯一的本土宗教道教之中的文神文昌帝君的祖庙，始建于晋。上亭：上亭驿，在梓潼境内，唐明皇幸蜀闻铃声之地，又名琅珰驿。

②鱼凫：传说中古蜀国帝王名。

③潼江：源于江油，南经梓潼、盐亭，至射洪县注入涪江。

④元皇：天帝。

⑤玉关：门闩的美称，借指宫门。

其二

仗卫森严九虎关①，从前错为敌人宽。
那知黄竹瑶池梦②，历尽青天蜀道难。
回首烟尘三辅隔③，惊心风雨五更寒。
淋铃一曲上亭驿④，好并千秋金镜看⑤。

①九虎：参见56页注④。

②黄竹：程公许老家称“硬头簧”，用作造纸原料、建筑辅材。

③三辅：参见455页注③。

④淋铃：雨声；此指《雨霖铃》，唐教坊曲名。上亭驿：参见514页注①。

⑤金镜：喻对人进行讽谕的文章和书籍。

宿驿亭和前韵末句属可道[①]

千里因人作远游，一番风景酿清秋。
眼明惊羽新碕岸[②]，心折狼烟旧戍楼[③]。
山驿解鞍才晚霁，夜床惊雨滚溪流。
壁间唐律须扬榷[④]，却恨宗风隔果州[⑤]。

①前韵：先后诗二首以上，用韵皆同，第一首对以后各首来说，所用韵称“前韵”。可道：不详。

②惊羽：惊动鸟飞。埼（qí）岸：曲折的河岸。

③心折：伤感到极点。

④唐律：是唐代法津的总称。扬榷：略举大要，扼要论述。

⑤宗风：佛教各宗系特有传统，借指寺院。

九曲流觞对偃松[①]

玉林散策才亭午[②]，九曲流觞对偃松。

脱尽皮肤见真实，卧看桃李竞丰容。
上方细看锥沙刻[③]，丈室连浇玉乳浓[④]。
蜀客相逢天万里，不妨暖酌小玲珑。

①程公许题记："游玉林，午饭九曲池，观偃松过法华院，至上方观东坡题柱。晚至沈氏小玲珑，施兄携酒来会，施本成都人，侨居湖三世矣。"玉林：对树林的美誉。偃（yǎn）松：常绿小乔木，枝多，大枝伏于地面，末端向上斜。湖：湖州。

②亭午：正午。

③锥沙刻：形容书家的藏锋笔法。

④丈室：寺主房间，借指主持。玉乳：茶面上的白沫。

剑门[①]

壮心抵剑类龟藏，北度关山稍激昂。
谁遣五丁通蜀险[②]，擘开双剑倚天长。
山川岂为奸雄误，形势终归道德强[③]。
输与云游痴宝志[④]，岩前冷看几兴亡。

①剑门：四川广元剑阁县北部，由剑门关、翠云廊组成。

②五丁：传说中的五个力士。秦王献美女与蜀王，蜀王遣五丁迎。见一大蛇入山穴中，五丁并引蛇，山崩，五女皆化为石。

③形势：局势。道德：道理正义。

④宝志：南朝僧人。7 岁出家，苦守古佛青灯 50 多年，为释门名僧，齐武帝时为匡正时弊，巧施智谋。

深恩未有一分酬①

涨绿平堤万里桥，安舆欲去此迟留。
了知薪尽无余火②，犹复情痴认刻舟。
终古不磨方寸恨，深恩未有一分酬。
回头菽水中年乐③，拥袂汍澜涕莫收④。

①程公许题记："过万里桥，辛巳仲春二十五日，送别先君于此。俯仰四年，不胜感怆。"万里桥：在成都市南。辛巳：1221年。仲春：夏历二月。先君：已故的父亲。俯仰：俯视和仰望。

②薪尽：喻人去世。

③菽水：豆花。后常以"菽水"指晚辈对长辈的供养。

④拥袂：抱袖。汍澜：参见513页注③。

晓过罗江县①

霁云破晓涌金盘，夙驾驰驱万古安。
云盖展开山色润②，罗纹蹙动水光寒③。
周遭曲港柳雕碧，点缀遥林枫渥丹④。
游子莫夸工觅句，竟输老衲一蒲团⑤。

①罗江县：今四川德阳市罗江区。罗江作为县名始于唐朝。

②程公许自注："罗江之上有云盖山，寺甚秀。"

③罗纹：回旋的水纹。蹙（cù）动：犹皱缩。

④渥（wò）丹：润泽光艳的朱砂，此形容红色。

⑤蒲团：僧人坐禅和跪拜时所用蒲垫，此指基本功。

东川怀古①

平生不踏东川路，乘兴春风烂漫游。
文冢姓名悬日月②，书堂冤愤惨林丘。
欲呼千载醉魂起，那复少陵诗句遒。
啼鸟不知人意绪③，弄晴刚自说春愁④。

①东川：在四川绵阳市梓潼县内。唐朝在今四川省东部和重庆市设东川节度使，治所在梓州（今绵阳市三台县）。

②文冢（zhǒng）：埋葬文稿之处。

③意绪：心意，情绪。

④弄晴：初晴。

步自南定楼至海观①

南定楼西径女墙，等闲杰观借相羊②。
山连六诏复深阻③，城挟三江交淼茫。
薄晚渡船人意急，清秋倚槛客情荒。
乾坤杀气凄凉甚，浮海吾宁逐磬襄④。

①南定楼：四川泸州南定楼。海观：在泸州城东当江合流处，宋安抚使赵雄建："夏潦高涨，两江环合，弥漫浩渺，真海观也。"

②相羊：参见41页注㊳。

③六诏：唐代位于今云南的乌蛮六个部落，"诏"意为王或首领。夐（xiòng）：远。

④襄：古人名。掌教击磬等乐器，因避世出居海边。

浙江观潮[1]

浙岸携觞差一日，秋风吹爽轶层霄。
怒涛奋击三千里，壮观元同十八潮。
蓬阆何曾云海隔[2]，偓佺未散玉京潮[3]。
琴高背稳容追逐[4]，借与天风递玉箫。

①浙江潮：即钱江潮，自古以来被称为天下奇观。每当大潮来临，巨浪汹涌澎湃，气势雄伟，潮声震天动地，如千军万马，蔚为壮观。

②蓬阆：蓬莱、阆苑，传说中的神仙住处，又泛指仙境。

③偓佺（wò quán）：传说中仙人名。玉京：天帝居处。

④琴高：传说周末赵人，能鼓琴，后乘鲤归仙。

十日祭先农拂晓过刘寺[1]

喔喔晨鸡唤出城，篮舆兀睡忽天明[2]。
偶因半路松招客，始觉空山雨未晴。

蘸水一梢偏韵胜，搀空万壑自天成[③]。
奉祠犹得搜奇观[④]，始信容台职最清[⑤]。

①先农：古代传说中最先教民耕种的农神。或谓神农，或谓后稷。刘寺：在杭州西湖附近。

②篮舆：人力轿子。兀睡：茫然睡去。

③搀空万壑：趁空闲欣赏万山风光。

④奉祠：祭祀。

⑤容台：礼部的别称。

要以无心为去来[①]

六百年前事异哉，二龙委骨致瑰材[②]。
虽然悬谶识兴废[③]，要以无心为去来。
寺里塔模天竺样，门前柏是圣师栽。
若将雁岭较喧寂，寂定光中定一咍[④]。

①无心：佛教指解脱邪念的真心。去来：佛教指过去、未来。

②二龙：约公元前 6 世纪，中国诞生孔子（前 551—前 479），印度出现释迦牟尼（前 565—前 479）。

③谶（chèn）：迷信的人指将要应验的预言、预兆。

④寂定：佛家谓心不驰散，保持安静。咍（hāi）：欢笑。

赋柳池寺护国灵泉[①]

忍泪淋泠过上亭[②]，柳池洞酌重消魂。

脱身蜀道千山险，屈指开元几叶孙[3]。
鸩毒由来藏衽席[4]，疮痍未易补乾坤。
行人但赏三泉冷[5]，兴替相寻可复论。

①柳池：在四川广元市西。灵泉：程公许自注："僖宗幸蜀，病卧寺中，饮此泉得愈，赐此佳名。"

②泠（líng）：凉。上亭：参见514页注①。

③开元：唐玄宗李隆基的年号（713—741）。叶：世。

④鸩（zhèn）毒：毒酒。由来：历来。衽（rèn）席：宴席。

⑤三泉：三重泉，即地下深处的泉水。

晓寒山静数声钟[1]

华鲸吼粥月朦胧[2]，满意枝筇落手中。
金碧三分灵鹫岭[3]，烟云高峙补陀峰。
一贫未办庄严供[4]，九品坚持忆念功[5]。
欲问耳根参透处，晓寒山静数声钟。

①程公许题记："借宿灵隐，翌旦晓粥，后步游上竺。"灵隐寺：参见111页注①。翌旦：次日天明。上竺：上天竺寺，在灵隐寺南。

②华鲸：刻绘成鲸鱼形状的撞钟之木，亦泛指钟。

③灵鹫（jiù）岭：杭州西湖飞来峰。传说由印度飞来。

④程公许自注："御前所供宝冠、缨络、玉瓶、玉炉、金钵、分茶盏。"

⑤九品：此指九卿。

题总持寺①

息台山上最高峰，异事相传管氏童②。
檀币昔嫌三窟擅③，斋盂今喜十方同④。
中宵急洒竹间雨，万壑俄喧松下风。
欲记挥弦泻心事，赏音唤起石林翁。

①总持寺：位于四川眉州三苏镇息台山上。

②程公许题记："三官松下弈棋，为管氏童延寿籍，此山之本事也。"三官：指天官、地官和水官。管氏童：传说息台山管氏人家体弱多病儿童。寿籍：即命籍。迷信者谓上天记载人的富贵贫贱、生死寿夭的簿籍。本事：原事；旧事。

③檀：檀香，借指庙宇。三窟：狡兔三窟，此指兔窝。

④斋盂：借指庙宇。程公许自注"曩为律居，分三房施金，皆为僧所擅。自参政李公请为先福道场，择僧茂终为开山，拓开兔窟，并为十方丈，有丛林气象。"曩：从前。律居：观天象，测气候的地方。参政李公：参见 7 页注⑫。

题罗江云盖寺二首①

其一

云盖山前往返频，过门不入愧山灵。
晚烟莽苍乱流去，夜雨淋浪倚枕听。
遍索寺碑寻往话，但余辙迹护禅扃②。

老权有句堪呈佛，谁为援毫刻翠屏[3]。

①云盖寺：位于德阳市罗江区云盖山。程公许自注："山中有罗仙车辙迹，绍兴中有权老诗甚佳。"绍兴中：南宋绍兴年间（1131—1162）。

②禅扃（chán jiōng）：佛寺之门。

③援毫：执笔。翠屏：绿色山岩。

其二

处处名山屐齿留，尽忙也合此闲游。
重楼高压青螺顶，二水横分白鹭洲。
岁月尽饶僧结足[1]，风烟耐与客消愁。
红尘岐路重回首，车毂憧憧古益州[2]。

①结足：停留居住。

②车毂（gū）：车轮中心插轴的部分，亦泛指车轮。憧憧，往来不绝貌。

游永康灵岩寺[1]

诘曲山蹊远世氛，荒寒古寺荐炉熏。
清泉迸石韵寒玉，翠逻倚天施白云。
半藏石经真健妇[2]，一龛古貌现声闻。
迟留恐遇鱼凫叟[3]，岚霭浮空日易曛。

①永康：永康军，今都江堰市。灵岩寺位于都江堰市幸福镇灵岩山下，有"灵岩圣灯"，为"灌县十景"之一。程公许自注："寺有十六大士古像，

冀国夫人石经半藏，鱼凫洞多有遇之者。”

②健妇：唐代西川节度使崔宁的夫人任氏，在泸州叛将杨子琳占成都后，拿出家产，召募勇士，披挂上阵，击退叛军，被朝廷封为“冀国夫人”。

③鱼凫：传说中古蜀国帝王。

览镜惊呼鬓雪新

志士伤心髀肉生①，寒儒努力在青春。
课书恨失囊萤聚②，览镜惊呼鬓雪新。
岁晚何妨勤秉烛，行迷犹可复通津。
余功剩暖丹炉火，莫待幽人唤孔宾③。

①髀（bì）肉：大腿上的肉，意指“髀肉复生”。唐白居易《题裴晋公女儿山刻石诗》：“战袍破犹在，髀肉生欲圆。”

②课书：研习书文。囊萤：晋代车胤勤学不倦，家贫不常得灯油，夏月则练囊盛数十萤火以照书，夜以继日。后以“囊萤”为勤苦攻读之典。

③孔宾：东晋人，隐于敦煌，博通经传，教授不倦。

吟情强半被愁分①

使君文采郁卿云②，声利场中三沐熏。
茧纸昼闲临晋帖，鱼膏夜永课皇坟③。
劭农恳恻车频驻④，吊古凄凉酒易醺。
笑我坐窗甘独冷，吟情强半被愁分。

①程公许题记："和程使君劳农仙云山，拜扬子云像、蒋丞相坟。"劳农：劝勉农耕。扬子云：扬雄。西汉蜀郡成都（今郫都区）人，西汉后期著名文学家。蒋丞相：蒋琬，三国时期蜀汉宰相，与诸葛亮、董允、费祎合称"蜀汉四相"。

②使君：此指程使君。郁：文采美盛。卿云：汉代辞赋家司马相如（字长卿）、扬雄（字子云）的并称。

③鱼膏：鱼油，常用作灯火燃料。皇坟：传说三皇典籍。

④劭（shào）农：劝农。恳恻：诚恳真切。

挽虞提干仲房①

沧江亭上极绸缪②，况复兰阶托胜游。

邂逅磬川分别袂③，传闻边邑费良筹。

诸公推上青云毂④，一梦惊移夜壑舟⑤。

生死交情那忍负，霜风吹泪锦江头。

①提干：官职名，即提举。虞似良：字仲房，历兵部侍郎、成都府路运判官。

②绸缪：情意殷切。

③磬川：水击石发出乐音的溪流。袂：袖子。

④毂（gǔ）：车轴，代指车。

⑤壑舟：语出《庄子·大宗师》："夫藏舟于壑，藏山于泽，谓之固矣。然而夜半有力者负之而走，昧者不知也。"后以"壑舟"比喻在不知不觉中事物不停地变化。

挽廖山父①

忘年幸接使君游②，仲氏论交意最稠③。
桂花方看霏月露，兰芽何遽陨霜秋。
遗编荟粹兼三传④，英气峥嵘闭一丘。
忍见翣车随二老⑤，彭殇试与问庄周⑥。

①山父：尧时隐士巢父的别称。此指廖氏隐者，余不详。

②使君：此为对廖氏隐者的尊称。

③仲氏：仲长统，东汉末人。才华过人，州郡召其为官皆称疾不就。

④三传：解释《春秋》的三部书，即《左传》《公羊传》《穀梁传》。

⑤翣（shà）：垂于棺两旁的羽饰。

⑥彭殇：长寿或夭折。庄周：庄周梦蝶，庄子通过对梦中化蝶和梦醒蝶复化己的描述，提出人不可能确切区分真实与虚幻和生死的观点。

挽顺庆使君宝章李十三丈二首①

其一

东斋嫡子巽岩孙②，酝酿诗书气味醇。
桃李七州春不尽，松筠一节晚弥新。
恤章峻直宁王宝③，治行高推汉吏循④。
四尺坟前千字诔⑤，清名不与迹俱陈。

①顺庆：今四川南充市顺庆区。使君：尊称州郡长官。宝章：指曾替皇

帝掌印玺。十三：排行。丈：对老人的尊称。李十三是宋代史学家李焘的孙子。

②巽（xùn）岩：李焘，字仁甫，号巽岩，参见 51 页注②。

③恤章：即绥章，古代旗竿顶端所饰的染色的鸟羽或旄牛尾，用以别贵贱。李焘先世为李唐皇室之后裔。峻直：严峻正直。宁王：指唐李宪，睿宗长子，封宁王。

④治行：施政的措施。

⑤诔（lěi）：古代文体的一种，用于叙述死者生平，表示哀悼。

其二

金相玉质素心降[①]，每见令人折幔幢。
亦有荐扬当使传[②]，若为淹泊只侯邦。
款门心讶三医谒[③]，藏壑舟惊半夜扛[④]。
搔首熏风丹旐举[⑤]，些歌凄断不成腔[⑥]。

①金相玉质：形容人外表和内质俱美。素心：纯洁的心地。

②使传：经使者传达的皇帝诏书，此喻应当被朝廷委以重任。

③三医：古名医矫氏、俞氏、卢氏，后泛指良医。

④藏壑舟惊：参见 525 页注⑤。

⑤丹旐（zhào）：参见 93 页注⑫。

⑥些歌：一首挽辞。些（suō）：辞赋的代称。

觉空寺

篴舆选胜暑风轻，渺渺西岑得化城[①]。

应供佛元无住相②，教忠皇为锡嘉名③。
竹窗栉发晨光薄，松径褰裳午荫清④。
安得一单长寄此，跏趺静看篆香萦⑤。

①渺渺：水势浩大。岑：崖岸。化城：幻化的城郭。

②应供（gòng）：接受奉养。无住：佛教语，随缘而起。

③程公许自注："诺讵罗尊者化茗供于蒙顶，杨文安公请为荐先福道场，易名教忠。"

④褰裳（qiān cháng）：撩起下裳。

⑤跏趺（jiā fū）：佛教修禅者的坐法。泛指静坐，端坐。

谒普德、崇德、勤济三祠①

冠建芙蓉佩缀琼，水沉馥袂谒灵君②。
支分一道岷山雪，鼎峙三宫玉垒云③。
露积大田双象鼻④，骏奔全蜀万羊群。
百年征调何当息，乞与乾坤净战氛。

①程公许自注："祠在炷香虎头山。"炷香：烧香。虎头山：在成都崇宁县内。崇德：崇尚道德。勤济：勤政为民。

②水沉：参见352页注⑦。馥袂：使衣袖带香味。

③三宫：青城山建福宫、圆明宫、玉清宫三宫。玉垒：指玉垒山，在四川理县东南，多作成都的代称。

④象鼻：宝瓶口离堆经过千年洪水冲刷分离的一处子母岩柱，与水中倒影形成双鼻，是"灌县十景"之一，后被洪水冲毁。

谒周孝公祠[①]

斩蛟潭近款丛祠，逸少行书小陆碑[②]。
穹壤英名长不泯，烝尝故里有余思[③]。
排门箫鼓竞禳赛[④]，挟弹罗纨群笑嬉[⑤]。
煮酒流霞鱼馔玉，荆溪可欠我题诗。

①周孝公：周处（？—297），江苏宜兴荆溪人，自幼骄横霸道，被乡人视为蛟、虎。人劝其杀虎斩蛟，实希望三祸去一。处既杀虎，又入水击蛟，浮没与俱。历三昼夜，乡里皆谓已死而庆。不料处竟杀蛟而出，闻里人相庆，始知为人所患，有自改意，乃入吴郡求教陆云。经陆云指点迷津，周处后来征讨氐人立功，转广汉太守，以母老罢归，成为浪子回头的典型。

②逸少：美少年。行书：行为记载。小陆：陆云。

③烝尝：本指秋冬二祭，后亦泛称祭祀。

④排门：挨家逐户。禳：祈祷消除灾殃。

⑤挟弹：玩弹弓的美少男。罗纨（wán）：精美的丝织品，此指美少女。

鬓霜争与六花飞[①]

冲寒趁幞青绫被，奇事妆成白粉闱。
老怯凭高银海眩[②]，渴因引满玉池肥[③]。
七旬蜀道才通信，两月淮壖未解围[④]。
澒洞忧端深似海[⑤]，鬓霜争与六花飞。

①程公许题记："腊月二十六日，郊宿雪甚，登天官厅后亭子。"

②老怯：自称。凭高：登高。银海：道家称人的眼睛。

③引满：谓斟酒满杯而饮。玉池：道教语，指口。

④淮堧（ruán）：淮河岸边。

⑤澒（hòng）洞：绵延，弥漫。忧端：愁绪。

示彦威侄二首①

其一

潇洒僧庐暂此留，静看急景意悠悠。
戏呼道韫咏飞絮②，况有阿戎同颂椒③。
三考痴顽成底事④，一同亲爱外何求。
囊无储俸贫如旧，慢整图书讯便舟。

①程公许自注："成都萧寺度腊即事，示彦威侄二首。"萧寺：参见399页注②。

②道韫：谢道韫是宰相谢安侄女，小时和兄弟姐妹们玩雪。谢安兴起曰："白雪纷纷何所似?"侄儿谢郎答："撒盐空中差可拟。"道韫道："未若柳絮因风起。"

③阿戎：指王戎。王戎幼与诸小儿游，见道边李树多子，诸儿竞折枝取之，唯戎不动。人问之，答曰："树在道边而多子，此必苦李。"食之果然。后因以"阿戎"称美他人之子早慧。颂椒：正月初一用椒柏酒祭祖。

④三考：科举中的"乡试""会试""殿试"。

其二

掣电光阴不可追①，回头四十九年非②。

万缘勘破姑随顺，至道精探识指归[3]。
感慨未能忘世虑，因循深恐误时机。
寒窗细话经纶策[4]，来岁昕廷为发挥[5]。

①掣（chè）电：闪电；亦以形容迅疾。
②四十九年之非：参见 9 页注㉘。
③至道：佛、道谓极精深微妙的道理。指归：主旨，意向。
④经纶：指治理国家的抱负和才能。
⑤昕廷：早朝。昕（xīn）：太阳将要升起的时候。

同二侄一甥游灵隐净慈寺[1]

韶华倏已三旬过[2]，南北山分两日游。
翠逻晚寒催暖酒，绿杨风软缓移舟。
无多官事妨行乐[3]，有许吟情夺隐忧[4]。
三揖孤山林处士[5]，泰和容许隐巢由[6]。

①净慈寺：杭州西湖南岸，雷峰塔对面，南屏山慧日峰下。
②倏（shū）：极快。旬：此处指十岁为一旬，例如八旬老母。
③行乐：消遣娱乐。
④吟情：诗情，诗兴。隐忧：深深的忧虑。
⑤孤山：在杭州西湖中，孤峰清幽。林处士：参见 351 页注④。
⑥泰和：和睦。巢由：参见 184 页注⑳。

金山寺[1]

画图审识金山面，短褐风吹入画图。
玉镜台空螺髻直[2]，海潮音散蜃楼孤[3]。
归田拟共江神约，鼓枻容追越相逋[4]。
百一十城才发轫[5]，指南端不负文书[6]。

①金山寺：在江苏镇江西北金山上，东晋建。

②螺髻：喻耸起如髻的峰峦。

③蜃楼：古人谓蜃气变幻成的楼阁。

④鼓枻（yì）：泛舟。越相：参见150页注⑤。逋：林逋，参见351页注④。

⑤百一十城：虚指被委任的一批新任地方官。发轫：拿掉支住车轮的木头，使车前进，借指出发。

⑥程公许自注："善财初参德云比丘于妙高峰，即此山也。"德云：佛经中人名，善财童子从北至南所参的五十三位善士之一。

谁信此中天地宽[1]

扶携罗汉洞前去，谁信此中天地宽。
涧水翻成千偈快[2]，岭云肯放一尘干。
倚岩庵好无僧住，积石潭深照影寒。
归对双峰看月吐，薇花浴露色如丹[3]。

①程公许题记："熙老拉泰叔同伴山行，由马溪寺攀跻险绝，历龙洞，上罗汉洞，洞前小庵极幽。遂下，有龙潭，潭水窈深，一绿蟾蜍踞坐石间，意若神龙守护者。抵暮，还憩双峰阁。看十三夜月，和泰叔韵。"熙老、泰叔：均不详。

②偈（jì）：佛经中的唱词。

③薇花：蔷薇花。

访云端庵居[1]

梦想云端路屈盘，幽寻今果到云端。
三间矮屋烟霏拥，一片闲情宇宙宽。
土锉间搜灵药煮[2]，天坛不遣篆香残[3]。
谁能好事时供给，结足空山也不难。

①庵：佛寺（多指尼姑所住）。

②土锉（cuò）：炊具，犹今之砂锅。

③天坛：山之绝顶。不遣：不能消除。篆香：犹盘香。

叔存侄伯仲拉登平盖观[1]

彭模来往无虚岁[2]，平盖山才一度游。
卜宅旧传杨蜀郡[3]，题诗宛在薛嘉州[4]。
江云杳霭吞天远，松槛萧寒唤客留。
欲与殊庭追古意[5]，略须桃杏植岩幽。

①叔存：不详。伯仲：兄弟。平盖：在新津县北，今名九莲山，山形如九朵莲花，宋时有古观，今为观音寺。

②彭模：彭祖，传说中先秦道家长寿人物。

③杨蜀郡：程公许自注："蜀郡太守杨洪之故宅。"杨洪（？～228），三国时蜀犍为武阳（治今彭山）人，曾被诸葛亮任命为蜀郡太守。

④薛嘉州：程公许自注："薛能诗刻。"

⑤殊庭：此指仙人的居处。

活人阴德最为先①

功行三千未易圆，活人阴德最为先。
一瓢酒酿春江醁，百尺楠藏洞府天。
道骨想从玄祖受②，高风应许裔孙传③。
珥貂碧落犹官府④，何似鞭鸾陪散仙⑤。

①活人：使人活。阴德：暗中做有德于人的事。程公许自注："长生观拜谒碧落侍中，观巨楠。"碧落：道教语，青天。

②道骨：修道者的气质。玄祖：玄圣，老子。

③裔（yì）孙：远代子孙。程公许自注："侍中世祖曰逍遥公，汉昭烈召之不起。"

④珥貂（ěr diāo）：汉代侍中、中常侍于冠上插貂尾为饰。前注碧落侍中和本句"珥貂碧落"借指皇帝近臣。

⑤鸾：凤凰类的鸟。散仙：放旷不羁、自由闲散的人。

烟霞旧侣今谁在[①]

峭崒孤岑碧四围[②]，分明佳气是祠西[③]。
星坛醮罢天如水，羽褐追游月满溪[④]。
真境可容兵劫坏，天涯长恐梦魂迷。
烟霞旧侣今谁在，还肯丹梯手共携。

①程公许题记："八月十日夜，梦登青城最高峰，醮仙官。醮罢同羽士二三人散策，月下濯足涧水，意甚适也。推枕惘然，纪以唐律。"醮（jiào）：设坛祭神。羽士：道士的别称。散策：拄杖散步。濯（zhuó）足：洗脚。惘然：迷糊不清貌。

②峭崒（qiú zú）：高峻。岑：小而高的山。

③分明：辨明。

④羽褐：道士衣服，借指道士。

和韵二首[①]

其一

扰扰东华车马尘[②]，烟霞何日拂衣襟[③]。
空花想已销浮念，枯木犹能发至音。
白鹤不来红日暮，金鳞自跃碧潭深[④]。
五千言外无余旨[⑤]，苦更研朱学洗心[⑥]。

①程公许题记："九月晦，斋宿太一宫。都监姚高士示刘长翁及汤仲能诸

公唱酬诗轴，因和韵二首。”晦：农历月末。都监：宋代道教职称名。刘长翁、汤仲能：均不详。

②东华：传说仙人东王公，又称东华帝君。

③拂衣襟：振衣而去，谓归隐。

④金鳞：喻闪烁于水面的细碎日光。

⑤五千言：老子《道德经》的代称。

⑥朱：朱熹，南宋著名理学家、思想家。

其二

孤云踪迹混风尘，蔼蔼阳和满一襟。
招得鸳班同胜赏①，肯教牛铎嗣清音②。
庵当黛面雪霜峭，洞锁玉台烟雨深③。
何日与师携手去，胎仙同看舞琴心④。

①鸳班：参见259页注③。

②牛铎（duó）：牛铃，借指人材。嗣：接续，继承。

③玉台：指玉台山。在今四川阆中市境。唐杜甫《阆山歌》：“阆州城东灵山白，阆州城北玉台碧。”

④胎仙：鹤的别称。

红日初升宿雾消

峻极先峰接绛霄①，佩环催肃大昕朝②。
步虚杳渺吟崆峒③，飙驭依稀驻郁萧④。
拟效嵩呼腾汉阙⑤，细听天籁响虞韶⑥。

班回徙倚危栏望[7]，红日初升宿雾消。

①绛霄：天空极高处。程公许题记："祝圣，清旦登星坛唱。步虚下坛，晓雾四开，晴景熙然。"

②佩环：玉质佩饰，此指诗文韵调铿锵。昕（xīn）：黎明。

③崆峒（kōng tóng）：声音洪大。

④飙驭：犹神驾。郁萧：郁萧台，清冷的高台。

⑤嵩呼：汉武帝登嵩山，从吏卒皆闻三次高呼万岁之声。

⑥天籁：自然界的声响。虞韶：谓虞舜时的《韶》乐。

⑦徙倚（xǐ yǐ）：犹徘徊。危栏：高栏。

题诗不作人间语

香雾回翔八景舆[1]，帝觞邀我适华胥[2]。
戏将余沥作零雨，旋有六花飞太虚。
意恐混沦凝祖气[3]，心疑圆峤没归墟[4]。
题诗不作人间语，呵手残炉小楷书。

①程公许题记："山中醮后一日雨雪，仍留山中，雾雨溟蒙，混然如一气未分也。"八景舆：传说仙人所乘的车名。

②帝觞：朝廷宴请。华胥：传说是伏羲氏母亲，此指快乐之境。

③混沦：混沌。祖气：举行祖祭所须顺应的时日运气。

④圆峤：指隐士、神仙所居之地。归墟：传说为海中无底之谷。

登伏龙观看雪和张权父韵①

暖日嘘云酿六英，一元成熟岁功成。
霓裳舞散广寒殿，鹤氅朝回七宝城②。
决雨会看三月涨，屯边全要万仓盈。
离堆邂逅成奇观③，一笑能令万虑轻。

①伏龙观：在都江堰离堆北端。传李冰父子治水，制服岷江孽龙锁于离堆下伏龙潭。后人立祠祭祀，北宋初改为伏龙观。张权：不详。父：老年男子。

②鹤氅（chǎng）：鸟羽制成的裘，用作外套。七宝：佛教语，七种王者之宝，即金、银、琉璃、珊瑚、琥珀、珍珠、玛瑙。

③邂逅：偶然，侥幸。

卷十一

五言排律

行黑水谷赋①

自过三泉境②，纡回谷道中。
居民虽渐复，生理顿成空③。
败屋翳蒿径④，颓墙荒棘丛。
稻田多宿莽⑤，麦陇间铺茸。
耕织岂当废，伤残甘忍穷。
遑怜已死骨，使得掩幽宫。
梨粉偏饶白，桃腮也自红。
羁游愁满眼，感愤气填胸。
家计艰营葺，人谋有异同。
熟为根本虑，无使浪施功⑥。

①程公许题记："行黑水谷三十里，以耳目闻见有赋。"黑水谷：今陕西汉中市宁强县黑水村。

②三泉：今陕西宁强县三泉村。

③生理：生计。

④翳（yì）蒿径：指小路长满杂草。翳：遮掩。

⑤宿莽：经冬不死的草。

⑥程公许自注："末句谓招纳秦巩。"时安丙出任四川宣抚使，谋划与西夏联合攻金，收复秦、巩地区，因宋夏各怀目的而失败。

登寺楼[①]

雪中佳士集，同倚寺楼看。
晃荡迷沧海，空明迫广寒。
重城和气浃[②]，万井语声欢[③]。
瑞接三冬白，忧宽一寸丹。
渔船寻剡曲[④]，战马渡桑干[⑤]。
天意俱悭与，无毡分冷官[⑥]。

①程公许题记："大雪同杨景韩、程子敬登寺楼。"杨、程二人情况不详。程公许另有《同杨景韩饮虞献子江亭用壁间文与可韵》《和景韩赠子敬末章韵》。

②重（chóng）城：古代在城市外城中又建内城。浃：融洽。

③万井：参见 214 页注①。

④剡（shàn）曲：剡溪，浙江绍兴市嵊州境内主要河流。

⑤桑干：今永定河上游，位于河北省西北部。相传每年桑椹成熟时河水干涸，故名。

⑥无毡：没有毡子。唐代郑虔为国学广文馆博士，在官节俭，杜甫赠诗："坐客寒无毡。"冷官：地位不重要、事务不繁忙的官职。

游东坡和柯山潘邠老旧赋[①]

恭惟廊庙具[②]，岁晚落江湖。

岂不三缄舌[3]，深惭七尺躯。
若为周士贵[4]，翻作楚囚拘[5]。
诗款催供上[6]，皇聪莫可呼[7]。
孔融未幸免[8]，柳子岂真愚[9]。
瓢酒那能醉，叉钱可得腴。
贫虽无四壁，梦不到清都。
赤壁一枝笛[10]，寒溪十幅蒲。
故交同缟纻[11]，废垒借耰锄[12]。
未分径争捷，可怜锥也无[13]。
是非端自定，流落坐成迂。
四海老泉水[14]，一时丹穴雏[15]。
士皆怜大器[16]，手不转洪枢。
拟问灵蓍卜[17]，难凭造化炉。
喑喑枥下马[18]，泛泛水中凫。
富贵危探虎，烟波梦钓鲈[19]。
定知铿舍瑟[20]，终不乱吹竽[21]。
榛莽开金地[32]，江山称画图。
何当麾斗柄[23]，相与第天吴[24]。
生世须如此，不然非丈夫。

①东坡：湖北黄冈市东坡。苏轼：参见 56 页注⑱。柯山：湖北黄冈市柯山。潘邠（bīn）老：潘大临，字邠老，湖北黄州人。家贫未仕，苏轼谪黄州时，多有唱和。

②恭惟：称颂。廊庙具：指能担负国家重任的栋梁之材。

③三缄（jiān）："三缄其口"的略语。出自汉刘向《说苑·敬慎》："孔子之周，观于太庙，右阶之前，有金人焉。三缄其口，而铭其背曰：'古之慎言人也，戒之哉，戒之哉！无多言，多言多败。'"

④若为：怎堪。周士：王以宁，宋潭州湘潭人，字周士。由太学生致仕，

靖康初，征天下兵，师解太原围，累官京西制置使。寻落职，贬潮州安置。

⑤楚囚：本指被俘的楚国人，后借指处境窘迫无计可施者。

⑥款：落款，书画上的题名。

⑦皇聪：皇上的圣明。

⑧孔融：参见 446 页注③。

⑨柳子：柳宗元，山西人，唐宋八大家之一。21 岁进士及第，任礼部员外郎。永贞革新失败后被贬为邵州刺史，赴任途中被加贬为永州司马，在柳州因病去世，享年 47 岁。

⑩赤壁：公元 208 年，孙权与刘备联军大破曹操军队处。

⑪缟纻（gǎo zhù）：白色生绢及细麻所制的衣服。《左传・襄公二十九年》："（吴季札）聘于郑，见子产，如旧相识。与之缟带，子产献纻衣焉。"后因以"缟纻"喻深厚的友谊，亦指朋友间的互相馈赠。

⑫耰（yōu）锄：农具，此指耕种。

⑬锥也无：典出《庄子・盗跖》："尧舜有天下，子孙无置锥之地。"即连插锥子的土地也没有，形容人贫穷到极点。

⑭老泉：宋苏洵自号。

⑮丹穴：炼丹修道的岩穴。

⑯大器：比喻有大才、能担当大事的人。

⑰灵蓍（shī）：占卜用的蓍草。

⑱枥（lì）：马房。

⑲鲈：体侧扁，嘴大，鳞细，生活在近海，秋末到河口产卵。

⑳铿舍瑟：表演恰到好处而止。

㉑吹竽：参见 151 页注①。

㉒榛（zhēn）莽：杂乱丛生的草木。

㉓斗柄：北斗柄，喻权柄、大权。

㉔天吴：此指江南水乡。

送宪使江寺簿赴召①

沃野三千里，春风十六城②。

顾忧宁易释，遣送定非轻。
忆昔光华赋[3]，随轩老稚迎。
根株探吏蠹[4]，疴痒察人情[5]。
汉网宁疏漏[6]，周原数按行[7]。
堰渠丰穲稏[8]，犴户绝笞榜[9]。
六诏寂无警[10]，三农容杂耕[11]。
与民为父母，敛惠到孤茕[12]。
江汉今犹昔[13]，人才世载英。
颓流无砥柱，公道莽榛荆。
能使熏莸别[14]，端由藻鉴明[15]。
纲条虽整肃，襟度乃恢宏。
行路无思犯，濡丝已载赓[16]。
前旒应渴见[17]，方底趣终更[18]。
岂有坳堂水，能容碧海鲸。
伫翔幽谷羽，入啭上林莺[19]。
闻道宗风美，推高月旦评[20]。
荣非同象笏[21]，爱亦异金籯[22]。
博士尤姱节，端公更直声。
流芳镌琬琰[23]，仍世盛簪缨[24]。
早并胶庠彦，同为馆下生。
诗书勤澡濯[25]，声誉响铿锵[26]。
棘路仙班近，麻坛守绂荣[27]。
徒劳将使指，未足展修名。
王事犹多难，朝阳待一鸣。
吾君元盛德，庙算岂唯兵。
鹬蚌牢相守，貔貅滞远征[28]。
秋砧霜满户[29]，晓角月连营[30]。

纵幸齐疆复，难轻海上盟[31]。
所忧新鬼大，何日泰阶平[32]。
世论难撑拄，天时会扩清。
狼心宁易厌，鲂尾恐加赪[33]。
椎剥无余算[34]，丝何忍取赢。
急须元气护，可使内忧并。
否极当逢泰[35]，屯余合遇亨[36]。
丝纶九天下[37]，羽翼一朝成。
已卜皇图永，宁忧敌势勍[38]。
公归瞻负扆[39]，朝罢谒阿衡[40]。
勿吝谋猷告[41]，频将底里倾[42]。
致身须豹尾[43]，平武即鹏程[44]。
有客青衫陋[45]，逢人白眼瞠。
愧无长袖舞，愁对短灯檠[46]。
天悯龙钟极，身遭鉴赏精。
盐车华锦绣[47]，土鼓发韺韶[48]。
披豁叨深眷，暌违耿素诚[49]。
谁云鸳序远[50]，忍欠鲤鱼烹[51]。
愿效鹰鹯击[52]，生憎虎豹狞。
送公腾召驾，撩我动心旌。
湔祓惭褒衮[53]，凄凉乏报琼。
松筠青不落，看取岁峥嵘。

①宪使：参见205页注①。江寺薄：不详。

②十六城：宋代成都府辖十六州。

③光华：光芒，喻才华。

④吏蠹（dù）：指吏胥的弊害。

⑤痾痒（kē yǎng）：疾病痛痒。

⑥汉网：宋朝的法网。宁：难道。

⑦周原：广阔的原野。按行（háng）：按次第成行列。

⑧穲稏（bà yà）：稻子摇动貌。

⑨犴户（àn hù）：监狱。笞（chī）榜：拷打。

⑩六诏：参见31页注⑤。

⑪三农：参见235页注④。杂耕：谓屯田之兵与居民杂居。

⑫孤茕（qióng）：孤独，无依无靠。

⑬江汉：参见288页注㉒。

⑭熏莸（yóu）：香草和臭草，喻善恶、贤愚、好坏等。

⑮藻鉴：品评和鉴别人才。

⑯濡（rú）：沾染。载赓：记录在案。

⑰前旒（liú）：古代帝王冕冠前沿垂悬的玉串，指代帝王。

⑱方底：盛书简的袋子，因底呈方形；借指书籍。

⑲上林：古宫苑名，故址在今西安市西；泛指帝王的园囿。

⑳月旦评：东汉末年由汝南郡人许劭兄弟主持对当代人物或诗文字画等品评、褒贬的一项活动，常在每月初一发表，故称“月旦评”。月旦，农历每月初一。

㉑象笏：象牙制的手板。官员朝见君主时所执，供记事备忘。

㉒金籝（yíng）：储存黄金的竹器。

㉓琬琰（wǎn yǎn）：为碑石之美称。

㉔簪缨（zān yīng）：古代官吏的冠饰，比喻显贵。

㉕澡濯（zhuó）：指除尘。

㉖铿訇（kēng hōng）：形容声音洪亮。

㉗麻坛：道教神坛，此指朝廷。绂：系印纽的丝绳，此指官印。

㉘貔貅（pí xiū）：古籍中的两种猛兽；喻勇猛的战士。

㉙秋砧（zhēn）：秋日捣衣的声音。

㉚晓角：报晓的号角声。连营：扎营相连。

㉛海上盟：北宋末年宋廷派使节自山东泛海赴金，签订了共同灭辽的军事盟约。商定辽亡后，宋将原给辽之岁币转纳于金，金同意将燕云十六州之

地归宋朝。

㉜泰阶：古星座名，此借指天下。

㉝鲂鱼赪尾：参见109页注⑰。

㉞椎剥：谓残酷搜刮。

㉟否（pǐ）、泰：《周易》中的两个卦名。否，卦不顺利；泰，卦顺利。极：尽头。逆境达到极点，就会向顺境转化。

㊱屯、亨：困顿和通达。

㊲丝纶：《礼记·缁衣》："王言如丝，其出如纶。"孔颖达疏："王言初出，微细如丝，及其出行于外，言更渐大，如似纶也。"后因称帝王诏书为"丝纶"。九天：谓天空最高处，指帝王。

㊳勍（qíng）：强大。

㊴负扆（yǐ）：背靠屏风，指皇帝临朝听政。

㊵阿衡：商代官名，担国家辅弼之任，宰相之职。

㊶谋猷（yóu）：计谋，谋略。

㊷底里：内心真情。

㊸致身：出仕。豹尾：将帅旌旗饰物，或悬以豹尾，或画豹文。

㊹平武：使战争平息。

㊺青衫：文官八品、九品服以青，泛指官职卑微。

㊻灯檠（qíng）：灯架。

㊼盐车："骥服盐车"，让骏马拉盐车，喻贤才屈沉于天下。

㊽韺韶（yīng jīng）：古代宫廷乐曲。

㊾暌（kuí）违：别离。素诚：一向蓄于内心的情意。

㊿鸳序：喻朝廷上百官有序朝贺，此指朝廷。

(51)鲤鱼：汉蔡邕《饮马长城窟行》："客从远方来，遗我双鲤鱼。呼儿烹鲤鱼，中有尺素书。"后因以"鲤鱼"代称书信。

(52)鹰鹯（zhān）：猛禽，比喻忠勇的人。

(53)湔祓（jiān fú）：洗涤。褒衮（gǔn）：天子赐礼服给诸侯。

又上座主李左史八十韵[1]

江路三年别，心旌万里摇。
登龙空有梦，蛰蚁困无聊。
侧听除书峻[2]，深期庙论调。
方看仪玉笋[3]，胡遽理苏桡[4]。
在昔推华族，于今壮本朝。
谈迁承绪远[5]，坡颍更难超[6]。
江汉英风迥[7]，堪舆间气饶[8]。
文传千户印，和备九成箫。
撼地喧雷鼓，当空插斗杓。
灵龟韬远见，瘦鹤峙孤标。
久矣驽陵骥，凄其鹄避雕。
与时为准的[9]，立己有科条[10]。
早岁趋严诏，修名耸百僚[11]。
青藜窥夜读[12]，纨箑障尘飘[13]。
洊绾藩侯绂[14]，连驱使者轺。
通才期用世，所至蔼腾谣[15]。
将略雄诸葛，皇灵格有苗。
帝思前席问[16]，命下赐环招[17]。
敷奏趋丹陛[18]，疏荣逼紫霄[19]。
一朝惊玉立，三馆看缨彯[20]。
晓露坳螭润[21]，春风砌药娇。
倚才兼夕拜，专对褫天骄[22]。

草诏銮坡夜[23]，横经鹤禁朝[24]。
紫荷班已峻[25]，黄阁路非遥[26]。
感激君恩重，伤嗟世论浇。
维时忧旱暵[27]，大地遍炎熇。
公道荒荆棘，舆情渴蓼萧[28]。
直前陈语直，餍听帝心怊[29]。
剪爪晨颁绋[30]，濡膏夕洒瓢[31]。
孤鸣知凤瑞，众疾奈鸠佻[32]。
贾勇封囊上[33]，嘘回士气消。
防门狞九虎[34]，利吻噪群鸮[35]。
自古讥簧巧，伤人甚骨销。
吾身任江海，公论付刍荛[36]。
姱节寒冰雪，归情遡汐潮。
鹭鸥波浩荡，龙鹤梦岧峣[37]。
雅量坡难挠，身心柏后凋。
不妨闲袖手，冷看疾扬镳。
咏草春波绿，移床夜雨潇。
湖边鸿并影，梦里鹿藏蕉。
庸俗偏酣豢，清风久寂寥。
菉葹纷蔽户[38]，萧艾服盈腰[39]。
甘作墦间乞[40]，真成陌上挑[41]。
迷途争窘步，俚耳怪闻韶[42]。
主自明如舜，人宁免吠尧[43]。
与时虽落落，任运独嚣嚣。
正论何曾泯，群公莫误料。
邦基期奠鼎，邻火逼回飙。
漫倚泥封谷[44]，徒嫌斗击刁。

护疸虽暂逸，废食可禁枵[45]。
尝胆当忘食，求衣合在宵。
若为人杞梓[46]，空使侣渔樵。
蜡润东山屐[47]，尘漫北阙貂[48]。
牙签搜蠹槁，画舫看鱼跳。
回首尧天阔，惊心郢路迢[49]。
仆夫悲马局，詹尹拂龟燋[50]。
忍使遐心写，悬知睿想翘[51]。
天街催并辔，里社耻题桥[52]。
慨念材成就[53]，艰如器琢雕。
扶持非有素，运用恐无由。
康世先营度，犹农待劝劭[54]。
可容苗乱莠，莫使榇侵椒[55]。
议必和平勃，忠无弃董晁[56]。
皇皇贤路辟，汲汲将才骁。
不废菁莪育[57]，精分玉石烧[58]。
人心如眷眷[59]，天理自昭昭。
蓄锐勤耕渭，乘机速渡辽。
定应人激厉，可使气嫖姚[60]。
催促元勋纪[61]，欢呼敌首枭。
明知霖雨渴，不用鼎烹要[62]。
预卜中兴汉，毋徒小惠侨。
寒儒钻蠹简，雅志自垂髫。
有梦牵鹏浪，无心玩翠苕[63]。
忆曾持铁寸[64]，误辱采桐焦[65]。
步想长楸展[66]，痴成大瓠呺[67]。
长怀梧凤表，屡赋草虫喓[68]。

官冗盆缫茧，身羁甲附蜩[69]。
不辞行役倦，愿奉燕居夭。
抱璞求砻琢[70]，荒畴待蓑穮[71]。
木瓜如许赠[72]，誓志报琼瑶。

①座主李左史：李埴，参见 463 页注①。

②侧（cè）听：侧耳恭听。除书：拜官授职的文书。

③玉笋：笋的美称，喻李左史一表人才。

④荪桡：以荪草为饰的船桨。

⑤谈、迁：指司马谈和司马迁父子，均为西汉史学家、文学家。

⑥坡颍：苏轼，号东坡居士；苏辙，号颍滨遗老。

⑦江汉：参见 288 页注㉒。英风：高尚的风格和气节。

⑧间气：古代堪舆家认为正气为帝，间气为臣。

⑨准的：箭靶，此指标准。

⑩立己：自己德才立起来了，才能影响别人，教化别人。

⑪百僚：百官。

⑫青藜：参见 121 页注㉓。

⑬纨箑（wán shà）：绢制素扇。

⑭洊：一次一次。绂（fú）：古代系官印纽的丝绳。

⑮蔼：和蔼。腾谣：流传的佳话。

⑯前席：谓欲更接近对方而移坐向前。

⑰赐环：参见 47 页注㊷。

⑱敷奏：陈奏，向君王报告。丹陛：宫殿台阶，借称朝廷。

⑲疏荣：分条总结陈述功劳。

⑳三馆：汉武帝时公孙弘为相，开三馆以招天下士。钦贤馆以待大贤；翘材馆以待大才；接士馆以待国士。缨影：冠缨飘动，指在朝为官。

㉑螭（chī）：古代传说中一种没有角的龙。

㉒褫（sī）：福。

㉓草诏：拟写诏书。銮坡：参见 249 页注③。

㉔横经：横陈经籍，指读书。鹤禁：太子所居之处。

㉕紫荷：尚书等高官朝服外负于左肩上的紫色囊袋。

㉖黄阁：丞相和三公官署避用朱门，涂黄色，以别于天子。

㉗旱暵（hàn）：不雨干热。

㉘蓼萧：君王的恩泽。《诗·小雅·蓼萧》诗序：“《蓼萧》，泽及四海也。”

㉙蹙（cù）：愁苦的样子。怊（chāo）：悲伤。

㉚剪爪：《尚书大传》卷二：“汤伐桀之后，大旱七年，史卜曰：‘当以人为祷。’汤乃翦发断爪，自以为牲，而祷于桑林之社，而雨大至，方数千里。”后遂以“翦爪”为祈雨之典实。绋（fú）：绳索；此指约束准则。

㉛濡（rú）膏：祭祀的肥肉。

㉜鸠：斑鸠，常成群吃谷物。此喻尸位素餐的朝臣。佻：轻浮。

㉝贾（gǔ）勇：本义为出售勇气，后为鼓足勇气之意。封囊：行囊。

㉞九虎：参见 56 页注④。

㉟利吻：谓能言善辩。鸮（xiāo）：猫头鹰一类恶鸟。

㊱刍荛（chú ráo）：割草采薪，此指草野之人。

㊲龙鹤：龙与鹤皆仙人坐骑。岧峣（tiáo yáo）：山高峻貌。

㊳菉（lù）：荩草，可供染黄色，古作贡草，而进忠者谓之荩臣。葹（shī）：草本植物，即“苍耳”，果实苍耳子入药。

㊴萧艾：艾蒿，臭草。常用来比喻品质不好的人。

㊵墦（fán）间乞：墦间乞余。墦，坟墓。余，多余的。这里指乞讨祭奠剩余的供饭。

㊶陌上挑：典出《陌上桑》，罗敷在野外采桑，为使君所挑逗，罗敷盛夸其夫以拒之。

㊷俚（lǐ）耳：俗人之耳。怪闻韶：以闻韶乐为怪。

㊸吠（fèi）尧：跖之狗吠尧，喻坏人攻击好人。

㊹泥封：参见 381 页注③。

㊺废食：因噎废食，怕事不干事。枵（xiāo）：腹空，饥饿。

㊻杞梓（qǐ zǐ）：杞和梓，皆良材；喻优秀人材。

㊼东山屐（jī）：晋谢安在金陵城东别墅与人对弈，谢玄等破苻坚，书至，安阅而无喜色。棋罢入室过门槛，心喜甚，屐齿折。

㊽北阙（què）：宫殿北面门楼，是臣子等候朝见之处。

㊾郢（yǐng）路：通往郢都的路途，谓重返国门之路。

㊿詹尹：古卜筮者之名。燋（zhuó）：古同“灼”，火烧。

51悬知：预知。睿想：皇帝的思虑。翘：启发。

52题桥：题桥柱：汉司马相如当初离蜀赴长安，曾于成都城北升仙桥题曰：“不乘赤车驷马，不过汝下也！”后以“题桥柱”比喻对功名有所抱负。

53慨念：感慨怀念。

54劭（shào）：劝勉。

55楺（xiè）：木片楔子。椒：此指芸香。

56董晁：董：董仲舒，汉武帝时提出天人感应、三纲五常等重要儒家理论。晁：晁错，辅佐文景之治。

57菁莪（jīng é）：《诗·小雅·菁菁者莪》诗序：“《菁菁者莪》，乐育材也。”后以“菁莪”指育材。

58玉石：玉与石头。比喻好与坏，贤与愚。

59眷眷（juàn）：意志专一。

60嫖姚：劲疾貌。

61元勋：首功，大功。

62鼎烹（pēng）：鼎镬之刑，又被称为“烹刑”，将犯人放在一个大鼎或者大镬之中，活活煮死的酷刑。

63苕：凌霄花，也叫紫葳。落叶藤本植物，开红花。

64铁寸：武器。

65采桐焦：采集油桐熬炼后作武器木柄部分防腐用。

66楸（qiū）：高大的花楸树，古代常植道旁。

67瓠（hù）：瓠瓜，葫芦的变种。呺（xiāo）：大而中空。

68喓（yāo）：草虫鸣叫声。

69羁（jī）：马笼头，此指束缚。蜩（tiáo）：蝉。

70抱璞（pú）：春秋时，楚人卞和献璞玉于厉王，王以和为诳，断其左足。武王时复献之，又以为石，断其右足。文王即位，和抱璞哭泣于楚山之下，泪尽继之以血。文王乃使玉工剖其璞，得美玉。后因以“抱璞”喻怀才不遇。

⑪衮穮（gǔn biāo）：耕耘和培育。

⑫木瓜：《诗・卫风・木瓜》：“投我以木瓜，报之以琼琚。”后因用以借指互相馈赠之物。如许：这么多。

上曹宪使五十韵[1]

骥不称其力，文当与德兼。
褊能多悻悻[2]，小器或谂谂[3]。
行世吾谁与，窥公意自厌。
秉心温以恪，植操静而廉[4]。
信矣天资孅，加之学力渐。
岩岩疑壁立，滟滟乃渊潜[5]。
李杜波澜阔，黄陈律令严[6]。
铿鈜谐律吕，璀璨溢缃缣[7]。
振采贤关辟，疏荣物议佥[8]。
董帷终日下[9]，戴席几重添[10]。
江汉荆之望，龟蒙鲁所瞻[11]。
鹢飞俄引却[12]，蝶梦一何恬[13]。
万里纡朱绂[14]，孤峰对白岩。
清吟凭月槛，长啸倚风檐。
偶过伊川洞，高褰刺史襜[15]。
简宽疏讼蛎[16]，恻怛到穷阎[17]。
治行流江海，除书降陛廉。

六条颁属部[18]，五听察苍黔[19]。
紫塞尘方暗，红巾党未歼。
人情弥震汹，邻境倍危阽[20]。
所恃福星照，能令妖焰熸[21]。
民皆欣抃手[22]，公亦笑掀髯[23]。
凤纻搜才切[24]，骊珠信手拈。
春雷掀旧蛰，秋月吐新蟾。
平似衡加石，明如镜出奁。
荐贤应受赏，端策不须占。
世路吁犹梗，宸衷只自惔[25]。
飞书星较速，多垒日相觇。
曀雾中原惨[26]，何时圣化沾。
庙谋须谨密，人意恶猜嫌。
裘葛如无定，膏肓岂易砭[27]。
内须和鼎铉[28]，外亦倚珠钤[29]。
顷者益谋帅，胡然心执谦。
有才空置散，蓄愤可能忺[30]。
人物何其眇，公朝忌者憸[31]。
几曾明察察，竞作息奄奄。
我自刍荛侣[32]，情酣笋蕨甜。
辍耕怜觳觫[33]，贪饵强喁唅[34]。
昔恋龟头缩，今愁马口钳。
何阶群玉府[35]，入手万牙签[36]。
憔悴投林翼，蹒跚上竹鲇。
自窥谈屑璨，屡诧笔锋铦[37]。
愧甚享金帚[38]，惭如倚玉蒹[39]。
素怀长北阙[40]，流景恐西崦[41]。

天久思平治，公当赞景炎。
入应扶紫极[42]，出则拥朱绂[43]。
谋必先康济，才宜拔滞淹。
岂闻春发育，而间物洪纤[44]。
执御心无斁敎[45]，题诗笔欠尖。
清波一引手[46]，浊水脱胶粘。

①程公许自注："曹公名器，字叔远。"曹叔远，南宋浙江瑞安曹村人，历涪州通判、袁州知府、礼部尚书等，是宋代方志学重要人物。

②褊：衣服狭小。悻悻（xìng）：失意的样子。

③沾（zhān）沾：烦乱。

④植操：树立志向操守。

⑤浼浼：飘动貌。渊潜：潜伏深渊之中，喻隐居不仕。

⑥黄陈：北宋著名文学家、书法家黄庭坚和北宋大臣、文学家陈师道。

⑦缃缣（xiāng jiān）：用于书写的浅黄色细绢，此指书册。

⑧疏荣：分条总结陈述功劳。佥（qiān）：辅助。

⑨董帷：董仲舒下帷讲诵，弟子次相授业，或莫见其面。

⑩戴席："夺戴凭席"，原指讲经辩难时，胜者夺取他人的坐席。后指成就超过他人，也比喻在辩论中压倒众人。

⑪龟蒙：龟山和蒙山的并称，均在山东省境内。

⑫鹢（yì）飞：鹢是大水鸟。春秋时，有六只大水鸟倒退着飞过宋都。时宋襄公刚愎自用，不容臣下之谏，与强楚争盟，后六年为楚所执，应六鹢退飞之验。

⑬蝶梦：庄周梦蝶，参见 410 页注①。

⑭纡（yū）：萦绕回旋。朱绂（fú）：红色官服；此指做官。

⑮高褰（qiān）：高高地撩起。襜（chān）：马车四周的布帘。

⑯讼缿（xiàng）：受纳诉状之器。

⑰恻怛（cè dá）：恻隐，对受苦难的人表示同情。穷阎：陋巷。

⑱六条：汉制考察官吏的六条标准：一条，田宅越制，以强凌弱；二条，

不遵承典制，背公向私；三条，怒则任刑，喜则淫乐；四条，选属不公，蔽贤宠顽；五条，子弟恃势，互相照看；六条，阿附豪强，通行货赂。

⑲五听：审察案情的五种方法：观其言，不直则烦；观其色，不直则赧然；观其气，不直则喘；观其聆，不直则惑；观其眸，不直则视斜。”苍黔：百姓。

⑳危阽（yán）：犹危险。

㉑熸（jiān）：熄灭。

㉒抃手（biàn）：欢欣鼓舞，拍手称快。

㉓掀髯（rán）：笑时启口张须貌。

㉔风绋（fú）：犹风诏，皇帝命令。

㉕宸（chén）衷：帝王心意。惔（dàn）：恨。

㉖曀（yì）雾：阴暗的雾气。

㉗膏肓（huāng）：古代医学以心尖脂肪为膏，心脏与膈膜之间为肓。砭（biān）：用石针扎穴位治病。

㉘鼎铉（xuàn）：台鼎。铉，鼎耳。鼎三足，以喻宰辅重臣。

㉙珠钤（qián）：犹玉钤。指兵书，武略。

㉚忺（xiān）：变为快乐。

㉛憸（xiān）：奸邪。

㉜刍（chú）荛（ráo）侣：与割草采薪之人为伴。

㉝觳觫（hú sù）：借指牛。唐皎然《送顾处士歌》：“门前便取觳觫乘，腰上还将鹿卢佩。”

㉞喁唫（yóng yǎn）：鱼在水面张口翕动呼吸。

㉟玉府：帝王珍藏图书之所。

㊱牙签：系在书卷内以便翻检的牙骨签牌。借指书籍。

㊲铦（xiān）：锋利。

㊳金帚：敝帚千金，此喻前人留下的东西珍贵。

㊴倚玉蒹（jiān）：魏明帝使后弟毛曾与夏侯玄共坐，时人谓‘蒹葭倚玉树’。”言二人品貌极不相称。后以“倚玉”谓高攀或亲附贤者。蒹，没有长穗的芦苇。

㊵北阙：参见554页注㊽。

㊶西崦（yān）：崦嵫山。传说中日落处。

㊷紫极：星名，借指帝王的宫殿。

㊸朱绶（qīn）：红丝带。宋王安石《送郓州知府宋谏议》诗：“赐衣缠紫艾，卫甲缀朱绶。”

㊹间：嫌隙，嫌弃。洪纤（xiān）：大小，巨细。

㊺无斁（yì）：犹无终，无尽。

㊻清波：清澈的水流，此喻曹公。引手：伸手，多指援助。

上泸州杨尚书四十韵①

清莹玻瓈水，巉岩石笋峰。
孕才供世用，有道致时雍②。
阀阅宋清节③，源流唐靖恭④。
异时先太史，司匭事光宗⑤。
忠愤排黄闼⑥，忧危溢皂封。
扶颠重立极，涉笔但司农。
余地勤菑获⑦，连城荐璧琮⑧。
羽毛参薛凤⑨，头角半荀龙⑩。
赫奕夸分鼎⑪，铿锠响大镛⑫。
云霄才直上，时运快遭逢。
袖馥麋丸赐，芸翻蠹简重。
亨衢无龃龉⑬，按辔独从容。
监寺虽平进⑭，班行叹乏供⑮。
赐茶经幄暝，濡笔殿坳彤。
晓陛荷囊拥⑯，春墀革履跫⑰。

时来如邂逅，虑远妙弥缝。
霖雨睿思渴，云山归兴浓。
入辞亲黼座[18]，宣劝滟金锺。
可使安耕稼，无劳访枸筇。
锦衣华故里，茸纛拂遐冲[19]。
龙驾攀无及[20]，乌号涕莫从。
嗣皇初访落，达孝极思庸。
故老尤纡眷[21]，廷臣孰比踪。
威名震滇僰[22]，治体嗣黄龚[23]。
白羽闲春宴[24]，黄埃敛夕烽[25]。
官刑惩纵暴，民气化纯浓。
北定风檐敞[26]，西来雪浪舂。
凭栏聊放目，忧国若为悰[27]。
褒诏烦因任，真祠未许慵。
定知频侧席[28]，胡不趣追锋[29]。
念昔联瓜葛，游谈及菲葑[30]。
驽骀劳剪拂[31]，矿质费陶熔。
冰谷窘寒冻，石田加蕴爔[32]。
摄斋时缓缓，衔感志忪忪[33]。
世论方胶柱[34]，人情谨护痈。
迟公归燮理[35]，为国扫蒙茸[36]。
溯日孤忠炯，飞霜两鬓松。
欲酬青玉案[37]，何有色丝胸[38]。
自笑疏顽甚[39]，犹须砭剂攻[40]。
兔丝虽小草[41]，千丈托长松。

①杨尚书：杨汝明，参见 27 页注①。

②时雍：指时世太平。

③阀阅：泛指门第、家世。清节：高洁的节操。

④靖（jìng）恭：静肃恭谨。

⑤匦（guǐ）：伸冤的铜质意见箱。杨汝明曾被授成都观察推官。

⑥黄闼（tà）：门下省。排黄闼借指被排挤出朝廷。

⑦菑获：开荒耕种。

⑧连城：毗邻的诸城。荐璧琮（cóng）：进献璧玉，借指投降。

⑨薛凤：唐薛元敬有文采，时人谓其兄薛收及族兄德音为“三薛”，又称“三凤”。

⑩荀龙：东汉荀淑有子八人，皆享才名，人称“八龙”。

⑪赫奕：光辉炫耀貌。分鼎：谓三分天下而雄据一方。

⑫铿锵（kēng hōng）：形容声音洪亮。大镛：大钟。

⑬亨衢：大道。龃龉（jǔ yǔ）：上下齿不对应，喻仕途不顺。

⑭监寺：监、寺等机构的长官。平进：谓以次递进而不越等。

⑮班行（háng）：朝班的行列，朝官的位次。

⑯荷囊：官员的佩囊；借指上朝的官员。

⑰墀（chí）：台阶上空地。革履：皮靴。跫（qióng）：踏地声。

⑱黼（fǔ）座：天子座后设黼扆，借指天子。

⑲茸纛（dào）：古代军队里的大旗。遐冲：与远方邦国冲突。

⑳龙驾：皇帝驾崩。

㉑纡眷：委屈己意而奉承依靠。

㉒滇僰：僰人秦以前主要居川南。汉以后，有“滇僰”“邛僰”。

㉓黄龚：汉代奉公守法的官吏龚遂与黄霸。此泛指好官。

㉔白羽：军中主帅所执指挥旗，此指无战事。

㉕敛（liǎn）：收拢。夕烽：傍晚点燃烽火，以报平安。

㉖北定：杨汝明在泸州北岩下建北定堂。

㉗悰（cóng）：谋划。

㉘侧席：不正坐；指谦恭以待贤者。

㉙追锋：追锋车，古代一种轻便的驿车，车行疾速。

㉚菲葑（fēng）：两种食用植物，根部味苦，常被人丢弃。

㉛驽骀（nú tái）：指劣马。剪拂：梳理擦拭。

㉜蕴爞（chóng）：旱热之气熏烤。

㉝衔（xián）感：心怀感激。忪（sōng）忪：惊恐不安貌。

㉞胶柱：胶住瑟上的弦柱，不能调音。喻固执拘泥，不知变通。

㉟燮（xiè）理：协和治理。指宰相的政务。

㊱为国：治国。蒙茸（róng）：杂乱貌。

㊲青玉案：参见 332 页注④。

㊳色丝：参见 284 页注㉚。

㊴疏顽：懒散顽钝。

㊵砭剂：砭药，引申为救世的良方。

㊶兔丝：菟丝子，寄生植物。《淮南子·说山训》："千年之松，下有茯苓，上有兔丝。"

寿茶使三十韵①

湖海裒英气②，星凰瑞圣朝。
黄钟回暖律，紫毳下层霄③。
平武登巍山④，高才局下僚。
一朝翻渤海，万里狃扶摇⑤。
迁次更州牧，澄清奉汉条⑥。
帑藏参会计，阃寄竦嫖姚⑦。
帝想重关阻，云连八水辽⑧。
近知敌运尽，不复旧时骄。
遣送纡天宠⑨，将输伏使轺。
艰难须力济，氛祲觉潜销⑩。

还把天隅绣，来题驷马桥[11]。
留良无复恨，撷秀自应饶。
倚重藩条布[12]，尤先政理调。
根株探吏蠹，襦袴蔼民谣[13]。
流地金钱溢，褰风锦幄飘[14]。
异时司榷牧[15]，永日但逍遥。
谁似躬行美，能知燕处超。
兵厨疏蚁味[16]，讼牍列牛腰[17]。
苦节同儒素，清风起俗嚣。
世途犹梗塞，士气况阴消。
竭泽无余算，何时罢击刁。
定知虚宁久，可卜赐环召[18]。
经世须才略，犹农力蓑穮[19]。
牧时宜解瑟，濡治急闻韶。
豹尾催持橐[20]，蝉冠合珥貂[21]。
致身期丙魏[22]，耐老并松乔[23]。
笑我同沟断，惟公赏爨焦[24]。
穷栖官署冷，阻侍燕居夭[25]。
春信梅先觉，霜天柏后凋。
殷勤眉寿祝，持用报琼瑶。

①茶使：邹孟卿，参见229页注①。

②裒（póu）：聚集。

③紫毳（cuì）：紫色兽毛皮帽。

④平武：今绵阳市北平武县。

⑤玒（hóng）：飞的声音。扶摇：盘旋而上。

⑥汉条：南宋朝廷的茶马互市政策。

⑦阃（kǔn）寄：委以军事重任。嫖姚：劲疾貌。

⑧八水：泾、渭、灞、浐等八水，此用来借指关中地区。

⑨纡：系。

⑩氛祲（jìn）：指预示灾祸的云气。

⑪驷马桥：参见 554 页注㊿。

⑫藩条：汉代州刺史以六条考察州郡官吏，后因以指刺史之职。

⑬襦（rú）裤：短衣与裤，亦泛指衣服。

⑭褰（qiān）：撩起。锦幄（wò）：锦制的帷幄。

⑮榷牧：茶马互市收税官员。

⑯兵厨：参见 467 页注⑤。

⑰讼牍（sòng dú）：诉状。牛腰：形容文案数量之大。

⑱赐环：参见 47 页注62。

⑲蓘（gǔn）：用土培苗。穮（biāo）：锄地除草。

⑳豹尾：天子属车。持橐（tuó）：携带装有纸笔墨砚的口袋。

㉑蝉冠：侍从官冠上有蝉饰。珥貂：插戴貂尾，泛指高官。

㉒丙魏：汉宣帝时丞相丙吉、魏相。两人皆为政宽平名重当时。

㉓松乔：仙人赤松子与王子乔，泛指隐士或仙人。

㉔爨（cuàn）：烧火煮饭。

㉕阻侍：不再为官。燕居夭（yāo）：闲居于草木茂盛之地。

七言排律

饯刘侯出守①

皖伯疏封有故城②，新堂犹宝李翱铭③。
三峰秀出尘区外④，二水空流战血腥⑤。
在昔建邦专地势，只今误计寄沙汀。

集鸿何处容栖宿，冠鹖何人称使令[⑥]。
轮对适当三馆彦[⑦]，忠纯能耸四聪听。
俄闻命绾邦侯组[⑧]，应是名题御坐屏。
地有险夷何可择，事方艰棘不遑宁。
扶持羸惫为耕叟[⑨]，收敛奸雄作战丁。
遗爱重寻朱邑庙[⑩]，壮图仍访吕蒙亭[⑪]。
可能旧观珠还浦[⑫]，试拓新规刃发硎[⑬]。
少待烽烟清紫塞，却持笔橐侍彤庭[⑭]。
男儿莫作分携恨[⑮]，勋业相期汗简青。

①程公许自注："饯秘书郎刘侯出守龙舒，分韵得亭字。"秘书郎：掌管图书经籍，唐称兰台郎。刘侯：不详。龙舒：安徽舒城。

②皖伯：西周在安徽潜山天柱山册封过皖伯为领主的皖国。

③李翱：唐人，历山南东道节度使，从韩愈为文章，见推当时。

④三峰：龙舒境内最高点万佛山海拔1500多米，最低点7米，巨大的高差形成山高岭大、林木葱茏的秀丽景观。

⑤二水：龙舒境内有杭埠河、丰乐河注入巢湖。

⑥冠鹖（hé）：用鹖羽做装饰的冠，战国时期为武官的冠帽。

⑦轮对：官员轮值上殿策对时政利弊，谓之"轮当面对"。三馆：宋将唐弘文、集贤、史馆三馆合一于崇文院。彦：有才学、德行者。

⑧绾（wǎn）：列入。邦侯：指地方长官。

⑨羸（léi）惫：贫病疲困。

⑩朱邑：西汉大司农丞，廉平爱民，居处节俭，卒葬桐乡。

⑪吕蒙：宋人，事亲至孝，父卒，居墓下久不返，蔬食多年。

⑫珠还浦："珠还合浦"，合浦郡海出珠宝。原宰守多贪，采求无度，珠遂徙于邻境交址。及孟尝赴任，革易前弊，未逾岁，去珠复还。

⑬发硎：参见372页注⑩。

⑭笔橐（tuó）；携带纸笔墨砚等文具的袋子。

⑮分携（xié）：离别。

代寿李参预雁湖先生五十韵[1]

仙李蝉嫣系绪长，丹崖谱牒自曹王[2]。
滔滔江汉流波漫，濯濯芝兰奕叶芳。
陵井已偕儒术显[3]，巽岩尤擅史才良[4]。
榆枌倍借千钧重，阀阅高腾万丈光。
在昔五之皆瑞晋[5]，只今三薛共推唐[6]。
何人说似公初诞[7]，趺坐从来见未尝。
不是老聃钟瑞异[8]，也应太白减精芒。
直从上界飘霞佩，来向尘寰艳织襄。
疑梦无因嗤卫玠[9]，问炊不馅比元方[10]。
鲤庭早熟兰膏读[11]，蟾窟浓分桂子香[12]。
秘馆翻书推博洽，著庭细史极精详[13]。
归来两郡驱红旆[14]，还入修门荷紫囊[15]。
议礼挽回周典制，代言直似汉文章。
一朝谁作兵端启，万里应劳使指将。
射雁子卿归亦幸[16]，弃豚窦宪势方张[17]。
披肝九陛狞群吠，回首三边已战场。
妙选何心荣宠利，扶颠有意为周防。
事难忍作抽身计，机密方明疾恶肠[18]。
鸾凤得朋应渐集，鸱鸮铩羽可能翔[19]。
鱼头熟念衣宽带[20]，虎士欢趋气涌汤[21]。
诏下九天衔袖满，人知二府画谋臧[22]。
古来所贵真儒用，天定何忧敌国强。

刑典已先明两观[23]，和盟便许复侵疆。
论功自合专台席，谗口胡为弄巧簧[24]。
三载峨峰听鹤唳，九年里社祗龟藏[25]。
疏疏竹色横青琐[26]，滟滟湖光映画廊。
晓案圣经研蕴奥，夜窗古史阅兴亡。
烟霞雅趣疑成痼，风雨清吟乐对床。
谁遣白驹歌逸豫[27]，未应绿野久徜徉。
情知萧艾糅芳泽[28]，手艺衡兰储糗粮[29]。
拟辅皇舆休偾轴[30]，莫令中道叹无航。
新衔宠自乾坤施[31]，继廪恩疏雨露瀼[32]。
公论在人原不泯，精忠报国谅难忘。
慨思周道忧如捣，常恐豳风怨缺斨[33]。
九世陵园无复理，百年玉帛不能偿[34]。
鸾旗龙驭犹西渐[35]，貂帽狐裘满大梁[36]。
休怪穷猿能倔强，且防新羯重披猖。
梦疑谢驾游春墅，望渴商霖泽旱秧[37]。
借问孤舟横野渡，谁为一柱屹明堂。
会看马首遮于叟[38]，并遣筹帷出子房[39]。
勤恤民心延命脉，精搜人物整朝纲。
国威久愤宁终屈，事会时来岂有常。
决眦三阶明象纬[40]，为渠一矢殒天狼[41]。
日高宫线初添绣[42]，雾滃门弧记设桑。
盛事满堂皆象服[43]，荣观三寿簇霞觞[44]。
拟将善颂祈周斗，空有遐思恋孔墙[45]。
期与八荒开寿域，也荣枯柄舞春阳。
诗书泽厚床堆笏，竹帛勋高绣织裳。
与国同休山若砺，赐公难老寿如冈[46]。

丹成却结乔松侣㊼，驾鹤三清乐未央㊽。

①代寿：受他人或团队之托，代撰贺寿诗词。李参预：李壁，参见7页注⑫。

②丹崖：四川丹棱县内。谱牒：记述氏族或宗族世系的书籍。曹王：李氏为唐太宗第十四子曹王李明之后。

③陵井：位于四川仁寿县境内，传为东汉道人张道陵所开凿。

④巽岩：李壁父亲李焘号巽岩。史才：李焘博览典籍，以四十年时间撰成《续资治通鉴长编》九百八十卷，对南宋儒学和史学的发展有很大贡献。

⑤五之：博学之，审问之，慎思之，明辨之，笃行之。瑞晋：好的学习进取方法。李焘任荣州（今四川自贡市荣县）知州时，其子李壁在叙州宣化越溪河边蟠龙书院为三程讲学，注重学习方法的培养。

⑥三薛：参见561页注⑨。

⑦公：指李壁。初诞：开讲。

⑧老聃：李耳，春秋时楚国人，道家创始者。

⑨卫玠（jiè）：西晋美男子，京师人闻其姿容，观者如堵，遂劳而疾卒。时人谓玠被人看杀。

⑩元方：陆元方，唐大臣，生活陷入困境时低价已经出售其宅院。但又有人高价欲买，他不为利惑，仍守信而不改初衷。

⑪鲤庭：《论语·季氏》载，孔鲤“趋而过庭”，遇见其父孔子，孔子教训他要学诗、礼。后因以“鲤庭”谓子受父训之典。

⑫蟾窟：蟾宫，月宫。

⑬䌷：抽引，理出丝缕的头绪。引申为寻绎义理，缉成条理。

⑭归来：李壁奉旨使金，大义凛然，慷慨陈辞，不辱民族气节。

⑮荷紫囊：大臣上朝的佩饰。

⑯子卿：苏武，西汉人。他出使匈奴被扣，匈奴贵族让他到北海边牧羊，扬言要公羊生子方可放他回国。他在极为恶劣的环境下，不畏强权，仍然保持了崇高的民族气节。

⑰窦宪：东汉时外戚，大破北匈奴单于，登燕然山刻石而还。

⑱疾恶（wù）：憎恨坏人坏事。

⑲鸱鸮（chī xiāo）：猫头鹰，喻贪恶之人。铩羽：摧落羽毛。

⑳鱼头：喻为人刚直、办事不肯通融的人。宋欧阳修《归田录》卷一：“鲁萧简公立朝刚正，嫉恶少容，小人恶之，私目为鱼头。”

㉑汤（shāng）：大水急流的样子。

㉒二府：宋代称中书省和枢密院。臧（zāng）：好。

㉓两观：宫门前两边的望楼，借指行刑正法之所。

㉔谗（chán）口：说坏话的嘴，谗人。巧簧：花言巧语。

㉕祇龟藏：将占卜所用龟甲珍藏起来。

㉖青琐：装饰皇宫门窗的青色连环花纹。

㉗白驹：喻流逝的时间。逸豫：舒缓貌。

㉘萧艾：艾蒿，臭草；喻品质不好的人。

㉙艺：种植。衡兰：皆香草名。糗（qiǔ）粮：干粮。

㉚皇舆：国君所乘车子；借指国君。偾（fèn）轴：损坏车轴，喻自己要调养好身体。

㉛新衔：新授予的官衔。乾坤：国家、朝廷。

㉜廪：俸禄。雨露瀼（ráng）：谓沐浴恩泽。

㉝豳（bīn）风：《诗经·国风》之一，多描写豳地农家田园生活。斨（qiāng）：兵器，借指战事准备。

㉞玉帛：澶渊之盟后，宋每年送辽岁币银10万两、绢20万匹。

㉟鸾旗：天子仪仗旗，上绣鸾鸟，故称。

㊱貂帽狐裘：以服饰借指少数民族。

㊲商霖：《书·说命上》载，商王武丁任用傅说为相时，命之曰：“若岁大旱，用汝作霖雨。”后以“商霖”为称誉大臣之词。

㊳于叟：西汉人于定国，其父于公为县狱吏，治狱公平，自谓有阴德，子孙必兴。因高大其门，令能容高车驷马。

㊴筹帷：在军帐中谋划军机。子房：张良的字。张良与韩信、萧何并称为“汉初三杰”。后子房成为谋臣的代称。

㊵决眦（zì）：表示极目远视。象纬：星象谶纬。

㊶渠：渠魁：敌人首领。天狼：天狼星，古以为主侵掠。

㊷宫线：古代皇宫中用线量日影以计时，称宫线。

㊸象服：古代后妃、贵夫人所穿礼服，上面绘各种物象为饰。

㊹三寿：参见222页注③。霞觞：指喝酒至杯映晚霞。

㊺孔墙：孔府万仞高墙。称颂孔子学识渊博高深，常人无法领悟。

㊻同休：谓同享福禄。

㊼乔松：参见192页注⑥。

㊽三清：道教所指玉清、上清、太清三清境界。乐未央："长乐未央"的略语，犹言永远欢乐。

送别制置董侍郎东归[1]

荷囊晓趁紫宸朝[2]，玉立堂堂侍冕旒[3]。
帝为蚕丛精择帅[4]，诏颁虎节往分忧。
旌幢云合三千乘，锦绣春浓六十州[5]。
仪凤雅应为国瑞，烹鲜何忍与民仇[6]。
阳和嘘暖松州雪[7]，膏泽长随锦水流。
酒贱途歌喧夜市，彘肥社鼓响春畴[8]。
教条宽简难轻犯[9]，鉴戒高明不暗投。
建学文翁先美俗[10]，雄边德裕有良筹。
若为殿角频忧顾，何恨天涯久逗遛。
几度玺书颁北阙，四时珠履簇西楼[11]。
神全削恶无机露，德厚如山镇俗浮。
边骑谁令轻犯塞，羽书忽讶急飞邮。
祃牙往度重关险[12]，建旐那容一刻留[13]。
明月三更悲鼓角，晴烟万灶宿貔貅[14]。

乘墉妄意窥吾境[15]，奠枕何由奈敌雠[16]。
忠孝全军齐缟素，嫖姚列校奋戈矛[17]。
金牌不与拴腰膂[18]，铁胄安能芘髑髅[19]。
战胜游魂惊铤鹿[20]，凯旋享士趣椎牛。
三秦席卷非难事，偏将星奔怅寡谋。
坐屈戎昭亲跛履，申严师律戢奸偷。
人知福德如中令[21]，谁省恩威似武侯[22]。
过眼七年劳节制[23]，焦心九陛渴才猷[24]。
赐环笑拆封泥诏[25]，击鼓催装下峡舟。
织锦何伤谗口捷，憩棠翻作去思愁[26]。
雅怀可纳湖千顷，外物区区海一沤。
书怪无心疑咄咄，委怀何事不悠悠。
纷纭归梦寻猿鹤，浩荡诗盟狎鹭鸥。
世事未知何日定，才难莫若旧人求。
病深根本宜加护，脉在参苓或未瘳[27]。
德望定须歌赤舄[28]，姓名伫见启金瓯。
蹇余政自臞山泽[29]，漫仕都缘迫釜区[30]。
采棒乏材供给断，镂冰无技苦雕锼[31]。
岂期吏责宽三尺，误辱儒宗放一头[32]。
袖有神鞭驱款段[33]，意令蹇步逐骅骝[34]。
生逢名德为知己，誓企清尘力好修。
桂楫稳飞三峡浪[35]，蒲帆归赴五湖秋[36]。
百年几见轻成别，万斛清愁黯莫收。
倚俟泰阶明紫极[37]，未愁弱水限瀛洲。
槐庭何日堤沙筑[38]，玉食尚需鼎铉调[39]。
议有异同宜审择，人无近远要旁搜。
非才忍负知音遇[40]，引臂追随万里游。

①制置：制置使，掌经划边防军务，控制地方秩序。宋南渡后，因与金作战，多以安抚使兼任，往往辖治数路军务，类似明清的总督。董侍郎：董居谊（1157—1235），江西人。曾任工部侍郎。1214 年任四川制置使，1219 年离任。

②荷囊：大臣上朝的行囊，借指大臣。紫宸：宫殿，天子所居。

③冕旒：参见 365 页注⑤。

④蚕丛：相传为上古蜀王，教人蚕桑；此借指蜀地。

⑤六十州：四川制置使所辖范围。

⑥烹鲜：参见 372 页注⑨。

⑦松州：今四川松潘。

⑧彘（zhì）肥：猪膀、猪蹄肥美。社鼓：社日祭神所奏鼓乐。

⑨教条：此指官署颁布的劝谕性法令、规章。

⑩文翁：汉景帝末蜀郡守，在成都兴学，入学免徭役，绩优可为郡县吏。蜀郡自是文风大振，教化大兴。

⑪珠履：参见 34 页注㊹。

⑫祃（mà）牙：古时出兵行祭旗礼。

⑬旐（zhào）：古代的一种军旗，上面画着龟蛇。

⑭貔貅：参见 547 页注⑧。

⑮乘墉：登上城墙，谓守卫疆域。

⑯奠枕：犹安枕。敌雠（chóu）：仇敌。

⑰嫖姚：劲疾、快速貌。列校：整队。

⑱金牌：军机及急事用之。腰膂（lǚ）：犹腰背。

⑲髑髅（dú lóu）：头骨。芘：并列，挨着。

⑳铤（tǐng）鹿：快速奔逃的鹿。

㉑福德：福分和德行。中令：指制置使董居谊。

㉒恩威：多指仁政与刑治。武侯：参见 28 页注⑨。

㉓节制：指节度使。

㉔九陛：宫廷台阶，借指皇上。才猷（yóu）：才能谋略。

㉕赐环：参见47页注㊷。封泥：参见381页注③。

㉖憩（qì）棠：周人因怀念召伯德政，而不许损坏他曾经在其下歇息过的甘棠树。后因以“憩棠”喻地方官的德政。去思：谓地方士民对离职官吏的怀念。

㉗参苓：人参与茯苓，可滋补健身。瘳（chōu）：病愈。

㉘赤舄（xì）：古代天子、诸侯所穿的鞋，借指天子。

㉙蹇（jiǎn）：迟钝，不顺利。臞（qú）山泽：土地贫瘠。

㉚漫仕：走上仕途。迫釜区（ōu）：迫于生计。釜区：煮食容器。

㉛镂冰：雕刻冰块。雕锼（sōu）：雕刻，引申指雕琢文字。

㉜儒宗：儒者的宗师。此指董居谊。

㉝款段：马行迟缓貌。

㉞蹇步：步履艰难。骅骝：周穆王八骏之一，泛指骏马。

㉟桂楫（jí）：桂木船桨，亦泛指桨。

㊱五湖：即洞庭湖、鄱阳湖、巢湖、洪泽湖和太湖。

㊲倚俟（sì）：等待。泰阶紫极：星名。借指帝王的宫殿。

㊳槐庭：种植有槐树的庭院。此指三公之位。

㊴鼎铉（dǐng xuàn）：举鼎之具，亦借指鼎。此指宰相。

㊵非才：无能，不才。此指才不堪任，用为自谦之辞。

代寿安宣相①

帝佑炎图合中兴②，风云嘉会契千龄。
石田旱暵须膏泽③，蛰户阴凝耸震霆④。
审象岩间同说命，绝韦圣处见羲经⑤。
立谈解使枭羹烂⑥，余事能空兔窟腥。
岌岌危机还奠枕，恢恢游刃发新硎⑦。
坐令含哺娱黄耇⑧，忍使供徭困白丁。

河带已知申汉誓[9]，云和聊复访湘灵[10]。
归来旌节华仁里[11]，寄傲壶觞等大庭。
天厌游氛侵上国[12]，风传飞羽警边亭。
汗颜何限指空血，胶柱谁云瑟可听[13]。
斧钺重开都督府，緌绅盛集小朝廷[14]。
白波坐压风涛汹，黄纸恩浓雨露泠[15]。
重与蜀民司命脉，定知天陛濶仪形。
着高何病棋难活，事定端如醉得醒。
万里车书宁久隔，三边鼙鼓几时停。
西南屹立擎天柱，子午长驱建屋瓴[16]。
会见舆图恢故境，便纡公衮坐头厅[17]。
无穷寿福由忠赤，不朽功名付汗青。
自笑此生同塞马[18]，若为有幸列侯鲭[19]。
诵诗起为苍生贺，南极星环帝座星[20]。

①安宣相：安丙（1148—1221），广安军甘溪场（今四川华蓥市永兴镇）人。因平定吴曦之乱，获授四川宣抚使等职。

②炎图：指因火德而兴的帝业。

③旱暵（hàn）：不雨干热。膏泽：滋润作物的雨水。

④蛰户：蛰虫的洞穴。阴凝：阴凝冰坚；喻小人得势，地位趋稳固。

⑤绝韦：孔子读《易》，韦编三绝。后因以“绝韦”为勤学钻研之典。羲经：《周易》的别称。相传伏羲始作八卦，故名。

⑥枭（xiāo）羹：以枭肉制的羹汤，古代夏至日皇帝制之以赐臣下，寓有除绝邪恶之意。

⑦新硎（xíng）：新发于硎，刀刚从磨刀石上磨好；喻初露锋芒。

⑧含哺：口衔食物，形容人民生活安乐。黄耇（gǒu）：年老。《诗·小雅·南山有台》：“乐只君子，遐不黄耇。”毛传：“黄，黄发也；耇，老。”

⑨汉誓：《汉书·高惠高后孝文功臣表》：“封爵之誓曰：‘使黄河如带，

泰山若厉，国以永存，爰及苗裔。’”后以“汉誓”指汉初封爵之誓或山河之誓。

⑩云和：琴瑟琵琶等弦乐器的统称。湘灵：传说中的湘水之神。

⑪旌节：古代出征将领所持的凭信，旌以专赏，节以专杀。

⑫游氛：游牧民族掀起的掠夺侵略。

⑬胶柱：参见 562 页注㉞。

⑭绥绅：借指官员。绥，冠带之末梢下垂部分。绅，大带。小朝廷：指 1206 年 12 月，吴曦在兴州召集幕僚开会，宣布降金称王。

⑮黄纸：写在黄麻纸上的诏书。泠（líng）：通“零”，落。

⑯子午：指南北。古人以“子”为正北，以“午”为正南。建屋瓴：高屋建瓴，将瓶子里的水从高层顶上倾倒。比喻居高临下，不可阻遏。

⑰纡：穿戴。公衮（gǔn）：朝服。借指三公一类的显职。

⑱塞马：“塞翁失马”，喻一时受损，反而因此能得到好处。

⑲若为：怎堪。侯鲭（qīng）：鱼和肉合烹而成的食物。

⑳南极：南极老人：星名，即南极星。旧时以为此星主寿，故常用于祝寿时称颂主人。

五言绝句

同诸友山行分袂言别五首[①]

其一

共蜡登山屐[②]，俄寻下水船。

到家人怪问，满袖挟风烟[③]。

①山行：在山中行走。分袂（mèi）：离别。

②蜡：用蜡涂抹，以防水湿。登山屐（jī）：南朝宋诗人谢灵运游山时常穿的一种有齿的木屐。

③风烟：风尘。

其二

大面窈深处[①]，神仙碧玉壶[②]。
孙郎妙心眼[③]，催作后山图。

①大面山：参见3－25－1。窈深：幽深，深邃。

②碧玉壶：参见3－124－15。

③孙郎：指三国时吴主孙权，吴蜀曾联盟。

其三

神都旬浃住[①]，大面欠穷探。
未尽山中趣，重来赋蔚蓝[②]。

①神都：青城山。旬浃（jiā）：满十天，亦指较短的时日。

②蔚蓝：晴朗的蓝天。

其四

罗斋隔香积[①]，天国近花坪。
何日同搜览，题诗索载赓[②]。

①罗斋：此指环立等候的道人。香积：香积厨，僧道的饭堂。

②载赓：谓相续而成。

其五

名山遍宇宙，历历纪舆图。
安得身云水[①]，孤筇自给扶[②]。

①身云水：身如行云流水，喻归隐。

②孤筇：一柄手杖。

枫桥寺小憩四首[①]

其一

云已安排雪，天仍惨淡风。
缆船投古刹，拨火共谈空[②]。

①程公许题记："丙申维夏，追忆与悦斋先生游，留连三日而别。拂拭旧刻，凄然久之。主僧留话，借悦斋先生韵赋四首。"丙申：1236年。维夏：初夏。此前十多年，程公许曾陪老师悦斋先生李埴游枫桥寺，李埴留有题刻。

②空：此指佛教。

其二

寂历少林壁[①]，酸寒饭颗山[②]。
相逢如有旧，示我亦无还。

①寂历：犹寂静、冷清。少林：泛指佛教名寺。

②饭颗山：相传是唐代长安附近的一座山，用作表示诗作刻板平庸之典。李白《戏赠杜甫》："饭颗山头逢杜甫，顶戴笠子日卓午。"

其三

往事惊心折[①]，三年弹指间。
西州门外泪[②]，华屋遽青山。

①心折：心摧折，形容伤感到极点。

②西州门：东晋西州城在今南京秦淮区朝天宫西望仙桥一带，为羊昙哭舅谢安处。后作为感旧兴悲、悼亡故人之典。此为程公许怀念1238年去世的悦斋先生李埴。

其四

唐人旧吟处，古殿昼多阴。
欲去有余恋，片云飞碧岑[①]。

①碧岑（cén）：青山。唐杜甫《上后园山脚》诗："自我登陇首，十年经碧岑。"

锁宿余半月得闲读书喜而有赋五首[①]

其一

日月疾跳丸[②]，简篇浩烟海。
弓旌误诱去[③]，叹息可中悔[④]。

①锁宿：本指锁闭于试场内应试；此指程公许参与命制试卷后不能离开隔离区，直到考试结束。

②日月跳丸：形容时间过得极快。日月：时光。跳丸：跳动的弹丸。唐韩愈《秋怀》诗："忧愁费晷景，日月如跳丸。"

③弓旌：古代征聘之礼，用弓招士，用旌招大夫。

④可中：正好。悔：反思命题得失。

其二

马瘏仆亦倦[①]，得休苦无多。
剥啄复剥啄[②]，奈此分阴何[③]。

①马瘏（tú）：因劳致病，马疲病不能前行。

②剥啄：象声词，敲门声。

③分阴：分散了时间。

其三

熏风锁重棘[①]，幞被去何勇[②]。
私我几日闲[③]，此意千金重。

①锁重棘：被重棘锁宿。

②幞（pú）：幞头，古代男子束发用的头巾。

③私我：偏爱、关照我。

其四

晴檐荫虚白[①]，夜灯耿阒寥[②]。

自怜声吾伊[3]，亦复如闻韶[4]。

①虚白：指墙壁洁白。

②耿：通“炯”，明亮。阒寥（qù liáo）：寂静。

③自怜：自我喜欢。怜：爱。吾伊：伊吾，读书声。

④闻韶：参见313页注⑧。

其五

王事有期程[1]，称意不可再[2]。
寄言山中友[3]，勿误青衫爱[4]。

①王事：王命差遣的公事。有期程：有一定限期。

②称意：称心如意（的日子）。

③山中友：此指尚未通过科举考试进入官场的朋友。

④青衫：古代青年学子的常服。

六言绝句

和雁湖先生病起自警八章[1]

其一

观空得舍筏喻[2]，示病无散花天[3]。
从渠幻起幻灭[4]，我自燕处超然[5]。

①雁湖先生：李璧，参见 7 页注⑫。李璧曾在越溪河畔蟠龙书院讲学，程公许得其耳提面命，为李璧门人。他为李璧寿辰撰有《拟九颂》《述九颂》《代寿李参预雁湖先生五十韵》《雁湖先生揆初在旦某以家藏唐书炽盛光如来像一轴祝先生寿稽首说偈云》等诗贺之。

②观空：佛教名词，观察诸法皆空之义，认为事物皆依主观观察而变化。得舍：得即是舍，舍既为得。筏喻：佛之教法如筏，渡河既了，则筏当舍。

③散花：谓为供佛而散撒花朵。

④从渠：顺从他。幻起幻灭：佛教语，谓生本无生，灭亦无灭。

⑤燕处：相处。超然：离尘脱俗。

其二

葆光悟老子说[①]，游仙续景纯诗[②]。
木钻可使石透，盘水犹严手持[③]。

①葆光：喻才智不外露。老子：春秋时道教创始人，主张无为。

②景纯：两晋时著名方士，著《葬经》，养活许多以此道为生者。

③盘水：盘中之水，指静止的水。

其三

专气如婴儿相[①]，观心得宿命通[②]。
认取无声无色[③]，了知非瞽非聋[④]。

①专气：道教语，固守精气。

②观心：观察心性。佛教以心为万法的主体，无一事在心外，故观心即能究明一切事（现象）理（本体）。宿命：前世的生命。佛教认为世人过去之世皆有生命，辗转轮回，故称宿命。

③认取：认得。

④了知：领悟。瞽（gǔ）：瞎眼。聋：耳聋。

其四

三关中隐玉阁[①]，七言味在蘂珠[②]。
妙得养生真诀[③]，善刀四顾踌躇[④]。

①三关：古蜀三大关隘，指阳平关（今陕西沔县西）、江关（今重庆奉节东瞿塘关）、白水关（今四川广元市昭化西北）。

②七言：七言诗。蕊珠：蕊珠宫，道教经典中所说的仙宫。

③真诀：妙法，秘诀。

④善刀：《庄子·养生主》："善刀而藏之。"踌躇（chóu chú）：从容自得。《庄子·外物》："圣人踌躇以兴事。"成玄英疏："踌躇，从容也。"

其五

学仙宁复华念[①]，为士苦畏四邻[②]。
铁弹茅茨何在[③]，两翁心岂违人。

①学仙：学习道家的所谓长生不老之术。宁复：难道能挽回。华念：时光流逝的忧虑。华：年华，时光。

②四邻：犹四辅，天子左右的大臣。

③程公许自注："铁弹，张四郎故事。茅茨，赋朱祭酒也。先生作小室，以奉二仙。"张四郎：传说中能够赐给世人儿女后嗣的道教男性神人，又称送子张仙，曾以弹弓射天狗。朱祭酒：道教中飨宴时酹酒祭神的长者。

其六

残编幸出坏宅[①]，滴露何能阐微[②]。

万古圣贤心法，未饶西竺传衣[③]。

①残编：汉武帝时鲁恭王从孔子故宅壁间所发现的古文经籍，为秦始皇统一中国以前的儒家经书。

②滴露：指数量极少的古文经残编。阐微：阐明精深微妙之理。

③未饶：没有丰富。西竺传衣：此指佛教。此句程公许自谦没能传承和丰富老师李李壁的思想、学问。

其七

永夜朝元骞树[①]，萧晨晞发扶桑[②]。
妙处本来一贯，何异心斋坐忘[③]。

①朝元：道家养生法，气沉天元（肚脐）。骞（qiān）树：月夜树林。

②晞（xī）发：晒发使干。扶桑：传说为日出处。亦代指太阳。

③心斋：谓摒除杂念，使心境虚静纯一。坐忘：道家谓物我两忘、与道合一的精神境界。

其八

贪夫孜孜为利[①]，烈士汲汲徇名[②]。
谁似先生元尚[③]，名标七宝宫城[④]。

①贪夫：贪婪的人。孜孜：一心。

②烈士：有节气有壮志的人。汲汲：急切追求。徇名：舍身求名。

③元尚：西汉识字课本《元尚篇》，此指启蒙。

④七宝：佛教语，泛指多种宝物。程公许自注："道书玄都玉京有七宝城，太乙真人颂：旧璨七宝林，晃朗日月精。碟香稽首礼，族行绕宫城。"

游赵园归五首[①]

其一

战氛塞蚕丛国[②]，决策下胜峰山。
避地客江湖久[③]，著书无顷刻闲。

①程公许题记："郡事多冗，命绳翁拉彦翔、则明、德素游赵园。彦翔归，以五章示教用韵。"绳翁：程公许孙子。彦翔、则明、德素不详。

②蚕丛：相传为上古蜀王，教人蚕桑。借指蜀地。

③避地：犹言避世隐居，此指彦翔。

其二

世溷溷争捷径[①]，发种种不胜簪[②]。
款门恰来石友[③]，倚槛同观玉岑[④]。

①溷（hùn）溷：乱，混浊。捷径：此喻不循正轨，取巧进身。

②种种：头发短少貌，形容老迈。簪：用来绾定发髻的长针。

③款门：敲门。石友：情谊坚如金石的朋友。

④玉岑（cén）：指西岭雪山。

其三

简编得趣自熟，轩冕于我何加[①]。
喜为胜游着句[②]，未须归赋落霞。

①轩冕：古时大夫以上官员的车乘和冕服，借指官位爵禄。

②胜游：快意的游览。着句：写出诗句。

其四

俗氛妨人选胜[①]，危坐待归啜茶[②]。
听渠说山说水[③]，撩我清梦还家。

①俗氛：指尘俗之气。选胜：寻游名胜之地。

②危坐：古人以两膝着地，耸起上身为“危坐”，即正身而跪，表示严肃恭敬。后泛指正身而坐。啜（chuò）：喝。

③听渠：听都江堰灌溉渠渠水流淌。

其五

浮生何适非寄[①]，百虑非言可宣[②]。
谁能寻访乐土，吁天侨立西川[③]。

①浮生：道家以人生在世，虚浮不定，因称人生为“浮生”。

②百虑：各种思虑，许多想法。

③吁天：向天呼唤。侨立：侨迁搬至。

投宿明月山客邸三首[①]

其一

相思命千里驾，惨别缓三叠歌[②]。
幸祖帐得少住[③]，奈征夫催发何[④]。

①程公许题记：“与子先兄及伯畅甥别，投宿明月山客邸，怅然有赋。”子先：程公许姐夫，姓不详，程公许为伯畅之舅。明月山：在今江西宜春市温汤镇。客邸（dǐ）：旅舍。

②三叠：三首。

③祖帐：古代送人远行，在郊外路旁为饯别而设的帷帐。

④征夫：远行的人。《诗·小雅·皇皇者华》：“駪駪征夫，每怀靡及。”毛传：“征夫，行人也。”

其二

岐路暂须执手，高城忍更回头。
大家制儿女泪，努力为名业谋。

其三

钟情慨左右手[①]，舍我作汗漫游[②]。
渭阳政须数面[③]，南浦约送行舟[④]。

①钟情：感情专注。左右手：喻程公许和姐夫子先的关系。

②汗漫游：形容漫游路程远。

③渭阳：《诗·秦风·渭阳》：“我送舅氏，曰至渭阳。”后因以“渭阳”作为甥舅情谊之典。政：此指家庭事务。

④南浦：南面的水边。后常用称送别之地。

七言绝句

上元即事四首[①]

其一

放灯时节快晴天[②]，红杏梢头璧月圆。
物色似嫌人意懒[③]，故撩吟思着风烟[④]。

①上元：俗以农历正月十五日为上元节，也叫元宵节。

②放灯：农历正月元宵节燃点花灯供百姓游赏。

③物色：景色，景象。

④风烟：此指点燃焰火。

其二

昭觉芙蕖万炬红[①]，马蹄无处避香风。
胜游似梦难重省，最忆琼酥点缀工[②]。

①昭觉：昭觉寺，位于成都市北郊，素有“川西第一禅林”之称。芙蕖：点灯放于水面如同荷花盛开。

②琼酥：美味桃酥。

其三

懒慢无才可热官[①]，良辰何以博亲欢。

翻思田舍朋簪盍[2]，浊酒青灯语夜阑。

①热官：接近权势显赫的官吏。

②翻思：回想。朋簪（zān）合：指朋辈聚会。

其四

不用长檠换短檠[1]，一窗图史任纵横[2]。
定知太乙青藜杖[3]，合向书边分外明。

①长檠（qíng）：高灯架，借指大灯。短檠：矮灯架，借指小灯。

②图史：图书和史籍。纵横：任意浏览。

③太乙：天神名。青藜杖：参见 121 页注㉓。

元夕题灯龛四首[1]

其一

绿绮新调正始音[2]，红蕖小放上元灯[3]。
游人莫诮遨头懒[4]，只愿年丰岁事登。

①元夕：旧称农历正月十五日为上元节，是夜称元夕，与“元夜”“元宵”同。灯龛（kān）：神龛、佛龛。龛中有长明灯，故称。

②绿绮：古琴名，泛指琴。正始音：指纯正的乐声。

③红蕖（qú）：点灯放于水面如同红色荷花。

④诮：讥讽。遨（áo）头：宋代成都自正月至四月浣花，太守出游，士女纵观，称太守为“遨头”。

其二

围棘侵天催挑战[①]，土膏得雨要深耕。
儒风鼎盛田多稼，早愿三边洗甲兵[②]。

①围棘：棘围，指科举时代的考场。唐、五代试士，以棘围试院以防作弊。侵天：言围棘之高。

②三边：指东、西、北边陲。洗甲兵：谓停止战事。

其三

期会从教迫星火[①]，弦歌我自乐春风。
欲知政理和平处[②]，都在邦人笑语中[④]。

①期会：约定聚会。从教：遵从民俗。迫星火：盼天黑。

②政理：谓为政之道。和平：政局安定，没有战乱。

其四

水晶帘映宝灯明，海上移来不夜城[①]。
何似图书群玉府[②]，青藜静对月三更[③]。

①海上：此指湖滨水面。

②玉府：珍藏图书之所。

③青藜：参见 121 页注㉓。此指夜读照明的灯烛，借指读书人。

和程及甫迎春三首[①]

其一

语脉留连烛跋频[②]，也知同姓异他人。
笔花枉着蓝田纸，谁直金銮夜演纶[③]。

①程及甫：不详。

②语脉：话题。留连：绵延，连续不断。烛跋：谓烛将燃尽。

③直：轮值。金銮：金銮殿。演纶：起草诰命。

其二

剑栈云深烂漫游[①]，知非吾土且登楼。
熏风十里陌堤上，打伴明当还益州[②]。

①剑栈：剑门栈道，在广元剑阁城南峭壁上凿孔架桥连接而成。

②打伴：程公许老家叙州宣化越溪河流域方言，意为结伴。

其三

万生宁不念扶颠[①]，涧壑今犹挽莫前。
过眼舜华开落几[②]，功名好在鬓皤然[③]。

①万生：犹众生。扶颠：扶持危局。

②舜华：木槿花。

③好在：犹依旧。宋陆游《湖上》诗：“犹怜不负湖山处，好在平生旧钓

矶。”皤（pó）然：白貌。

和虞沧江梅花四绝句[①]

其一

横枝借与月传神，相对无言自目成。
好在玉壶清夜里[②]，冷香孤艳浸空明[③]。

①虞沧江：虞刚简，参见408页注①。

②玉壶：喻明月。

③空明：指空旷澄净的天空。

其二

园林春到杳无踪，恰似灵犀一点通[①]。
剩著新题问花信，从头二十四番风[②]。

①灵犀：旧说犀角中有白纹如线，感应灵敏。喻两心相通。

②二十四番风：农历节气从小寒到谷雨，共八气，一百二十日。每气十五天，一气又分三候，每五天一候，八气共二十四候，每候应一种花。顺序为：小寒，一候梅花、二候山茶、三候水仙；大寒，一候瑞香、二候兰花、三候芸香；立春，一候迎春、二候樱桃、三候望春；雨水，一候菜花、二候杏花、三候李花；惊蛰，一候桃花、二候棣棠、三候蔷薇；春分，一候海棠、二候梨花、三候木兰；清明，一候桐花、二候麦花、三候柳花；谷雨，一候牡丹、二候荼蘼、三候楝花。即二十四番花信风。

其三

铜彝深养玉肤肌[①]，更着图书绕四围[②]。

千古离骚谁与续，袭人清韵自芳菲[3]。

①铜彝：铜质花盆。玉肤肌：白色梅花。

②更着：又加上。

③袭人：熏人。清韵：清雅的韵味。芳菲：芳香。

其四

暖日笼寒意小忺[1]，为君索笑一巡檐[2]。
细挼玉糁浮杯面[3]，犹自诗肠未属厌[4]。

①笼寒：云雾笼罩着寒气。忺（xiān）：高兴。

②一巡檐：满座遍饮一次。

③挼（ruó）：揉搓。玉糁（shēn）：醪糟酒中的白色饭粒。浮杯：黄庭坚被贬戎州时，在程公许老家叙州崔科山下流杯池常召文友集会，在上流放置酒杯，任其飘浮，停在谁的面前，谁即赋诗取饮，叫作“浮杯”，也叫“流觞”。

④诗肠：指诗思，诗情。属厌：饱足。

和司令洪文咏梅花四首[1]

其一

人间何处觅琼华，原住瑶池阿母家[2]。
应念维摩室无侍[3]，来随天女供天花[4]。

①洪文：洪咨夔，参见 144 页注①。

②瑶池：古代传说中昆仑山上池名，西王母所居。

③维摩：维摩诘的省称。唐李商隐《酬崔八早梅有赠兼示之作》诗：“维摩一室虽多病，亦要天花作道场。”

④天花：佛教语，天界仙花。

其二

旧游无处问芳华[①]，身似禅僧处处家。
聊共梅花娱岁晚[②]，又催元日颂椒花[③]。

①程公许自注：“合江亭旧有楼，名芳华，为赏梅胜处。”

②岁晚：年末。

③元日：正月初一。颂椒：古代农历正月初一用椒柏酒祭祖或献之于长辈以示祝寿拜贺，谓之“颂椒”。

其三

闻道溪桥涩欲干，黄昏缟袂不禁寒[①]。
爱之不见空搔首，玉立亭亭可得干[②]。

①缟袂：白衣，此借喻白色梅花。

②干：干预，求取。

其四

一冬已放酒杯干，三复名章滴露寒[①]。
著我瑶林琼树里[②]，何须初雪画江干[③]。

①三复：犹言三遍。《新唐书·忠义传中·张巡》：“读书不过三复，终身

不忘。”谓反复诵读。

②著：显扬。瑶林琼树：雪中仙境，喻人的品格高洁。

③程公许自注：“王摩诘有《江干初雪图》，事见《石林避暑录》。”唐王勃《羁游饯别》诗：“客心悬陇路，游子倦江干。”画江岸：即初雪覆盖江边。

和若水赋郡圃梅花三绝句①

其一

踏雪微吟分外清②，蓝桥底处觅云英③。
客来何物供娱玩，竹叶新刍玉糁羹④。

①若水：赵若水，参417页注①。

②微吟：小声吟咏。

③蓝桥：在陕西蓝田县东南蓝溪上，常借指男女约会之处。底处：何处。云英：唐代神话故事中的仙女名。传说裴航过蓝桥驿，以玉杵臼为聘礼，娶云英为妻，后夫妇俱成仙。诗文中常用此典，借指佳偶。

④竹叶：以洗净的竹叶过滤米酒。新刍（chōu）：新漉取的酒。

其二

琼玉林中笑语亲，色香原不著根尘①。
淡烟疏雨静相对，聊借诗篇管领春②。

①著：显现。根尘：佛教语。佛家谓眼、耳、鼻、舌、身、意为六根，色、声、香、味、触、法为六尘。色之所依而能取境者谓之根；根之所取者，谓之尘。合称根尘。

②聊借：姑且借助。管领：领受。

其三

冰池媚影早春时[①]，转眼累累子着枝[②]。
调饪可能无好手[③]，太羹真味付谁知[④]。

①媚影：梅花树在冰池里显出的倒影。

②累累：重迭，连接成串。

③调饪：烹饪。此指程公许理政。

④太羹：即大羹，不加任何调料的肉羹。真味：食物本味。

春明日侍亲舆游海云寺四首[①]

其一

和风酽日又清明[②]，茶事惊呼探火新[③]。
整顿安舆扶鹤骨[④]，晴郊满意赏青春[⑤]。

①四库全书本原题“春”。据《四库辑本别集拾遗》（栾贵明辑，中华书局 1983 年版）引大英博物馆藏《永乐大典》卷一三三四改。侍亲：此指程公许侍奉父亲。海云寺：在成都东郊海云山，即今狮子山。

②和风酽（yàn）日：暖风融融之时。

③茶事：中国古代的茶事活动主要包括以下两大方面：一、茶道，以修道为宗旨的饮茶艺术，是饮茶之道和饮茶修道的统一；二、茶礼，茶事活动中的礼仪（包括备器、选水、取火、候汤、习茶等）。探火：煤炭灶勾燃火。

④鹤骨：伶仃瘦骨，借指程公许的父亲。

⑤青春：此指草木茂盛春天。

其二

琴鹤清风久寂寥[①]，谷居忠愤绚银钩[②]。
龛中片石费锥凿[③]，还为两翁须点头[④]。

①琴鹤：琴与鹤。程公许以琴鹤连用，表示清高、廉洁。

②谷居：隐居。银钩：比喻遒劲的书法。

③片石：指石碑。

④两翁：程公许自注："寺有清献像、忠定诗刻。"清献：赵抃（biàn），北宋名臣，景祐元年（1034）进士，历益州路转运使、成都知府，至右谏议大夫、参知政事，谥号"清献"。忠定：李纲，两宋之际抗金名将，谥号"忠定"。

其三

休问霜林鹤顶丹，空庭三尺绿新攒。
从渠五老掀髯笑[①]，我自与亲盟岁寒[②]。

①从渠五老：同游的其他五位老人。掀髯：笑时启口张须貌。

②盟岁寒：喻共度晚年。

其四

翛翛竹色蘸清尊[①]，更借阴风荡午暄[②]。
博得亲颜开一笑，佳名须记寿星轩。

①翛翛（xiāo）：又高又长貌。蘸（zhàn）：此指竹色映于酒杯中。

②荡午暄：吹散正午的炎热。暄：热。

咏梅三首

黄香梅

缃枝涤露最鲜明[①]，琼佩归来带宿酲[②]。
莫向人间强分别，一般品职列三清[③]。

①缃（xiāng）枝：浅黄色的树枝。涤露：被露水沾湿。
②琼佩：玉制佩饰。宿酲（chéng）：犹宿醉。
③三清：道教所指玉清、上清、太清三清境。

绿萼梅

缥缈南山萼绿华[①]，春宵侍宴玉皇家。
定知饮釂玻璃碗[②]，去拥云軿并六花[③]。

①萼（è）绿华：指绿萼梅花。
②饮釂（jiào）：喝尽杯中酒。玻璃：此指水晶。
③云軿（pēng）：神仙所乘之车。以云为之。

红梅

群仙遥夜倚栏时，东阁诗成一段奇[①]。
休遣北人轻辨认，杏繁较似乏清姿。

①东阁：此指宰相招致、款待宾客的地方。

题花十绝句

其一

忆昨刘园共一杯[①]，花虽多品未全开。
芳郊是处堪行乐，正用此时特事来。

①刘园：在今浙江湖州市南浔小莲庄。

其二

谷雨犹赊半月期[①]，禁烟花事已纷披[②]。
吏尘瞇目春余几[③]，却被名花唤觅诗。

①犹赊：尚差。
②禁烟：犹禁火，亦指寒食节。纷披：盛多貌。
③吏尘：公务。

其三

杨花漠漠乱晴空[①]，翠幰篢舆御晚风[②]。
试与徐园评绝品[③]，紫球曲柄状元红[④]。

①杨花：指柳絮。漠漠：迷蒙貌。
②翠幰（xiǎn）：饰以翠羽的车帷。篢舆：竹轿。
③徐园：在今江苏扬州市瘦西湖公园内。
④紫球、曲柄、状元红：牡丹花的不同品种。

其四

何相家庭仅百窠[1]，拥培力厚得春多。
群妃舞散瑶台晚[2]，尽醉东皇金叵罗[3]。

①相：相态。窠（kē）：洞，坑。
②瑶台：美玉砌的楼台，亦泛指雕饰华丽的楼台。
③东皇：司春之神。金叵（pǒ）罗：金制酒器。

其五

花城最好穆家亭[1]，一树双跗迭彩云[2]。
似是将雏有先兆[3]，主林神为瑞斯文[4]。

①穆家亭：在今湖南长沙市望城区。
②程公许自注："穆之和园有瑞云，一朵双苞，极奇丽。"
③将雏（chú）：携带幼小的子女。
④斯文：此诗。

其六

簿书投我梦沉迷[1]，有客相携两日嬉。
饧粥催人归供节[2]，蔡庄犹恨欠题诗[3]。

①簿书：官署中的文书簿册。
②饧（táng）粥：甜粥。
③程公许自注："蔡庄有三千窠，以雨甚，忽归供节，不得迂访。"

其七

一栏养就数窠花，却辨牙牌定等差[①]。
我自色尘无染着[②]，试将道眼看芳华[③]。

①牙牌：即骨牌，一种赌具。

②色尘：佛教语，“六尘”之一，即眼根（视觉）所触及的尘境。

③道眼：佛教语，指能洞察一切、辨别真妄的眼力。芳华：香花。

其八

胭脂楼与瑞云红[①]，迭萼重跗剪刻工[②]。
元利滋为人伪夺[③]，不如倾倒付东风。

①胭脂：一种用于化妆和国画的红色颜料，此指鲜艳的红色。

②萼（è）：花萼。跗：花萼的底部。

③元利：始于逐利。伪夺：伪造。

其九

络绎筠篮为我分[①]，古铜云罍井花温[②]。
无情风雨连宵恶，数朵窗纱故自存。

①络绎（luò yì）：连续不断。筠（yún）篮：竹篮。

②云罍（léi）：饰有云纹的铜汲水器。井花：井花水，指清晨初汲的水。

其十

饥肠可忍麦登场，寒索衣裘茧饫桑[①]。
莫为花残恨风雨，深恩何以答东皇。

①衣裘：夏衣冬裘，泛指衣服。饫（yù）：吃饱。

小诗柬道传觅花栽[①]

分我幽园花数栽，沧洲三径劚蒿莱[②]。
殷勤雨露亲培植，小待春风共一杯。

①小诗：短诗。柬：信件，此处为寄信。道传：李道传，参见 289 页注㉖。程公许家与李家是宋代越溪河流域望族，世交。

②沧洲：滨水的地方，此指程公许老家越溪河边蟠龙书院。三径：指归隐者的家园。晋陶潜《归去来辞》："三径就荒，松竹犹存。"劚（zhú）：用砍刀、斧等工具砍削。

施兄折赠苔梅二首[①]

其一

老干枝丫裹绿苔，雪中能有几花开。
杜陵不耐香愁乱[②]，更看幽人轻折来[③]。

①程公许自注："施兄折赠苔梅，将以二绝和韵谢之。"施兄：不详。苔梅：含苞待放的梅花。

②杜陵：在陕西西安东南。此指南宋皇家园林。不耐：不能忍受。

③幽人：隐士。

其二

枯木岩前不受寒，几曾披腹诧琅玕①。
春风何限闲花草②，岁晚贞心要耐看③。

①披腹：披露内心。琅玕（gān）：似珠玉的美好之物。

②何限：多少，几何。五代韦庄《和人春暮书事寄崔秀才》诗："不知芳草情何限？只怪游人思易伤。"

③岁晚：晚年。贞心：坚贞不移的心地。耐看：经得考验。

和虞使君撷素馨花四首①

其一

平章江浙素馨种②，小白花山瓜葛亲。
借取水沉熏玉骨③，便如屏障唤真真④。

①程公许题记："和虞使君撷素馨花，遗张立蒸沉香四绝句。"虞使君：虞刚简，参见408页注①。撷（xié）：摘取。素馨（xīn）花：别名大花茉莉，初秋开白花，香气清冽。张立：不详。

②平章江浙：虞刚简祖父虞允文是南宋初年名臣，拜参知政事兼知枢密院事，祖籍为浙江慈溪。

③水沉：即沉香。玉骨：此指素馨花。

④真真：唐杜荀鹤《松窗杂记》："唐进士赵颜于画工处得一软障，图一妇人甚丽，颜谓画工曰：'世无其人也，如可令生，余愿纳为妻。'画工曰：'余神画也，此亦有名，曰真真，呼其名百日，昼夜不歇，即必应之，应则以百家彩灰酒灌之，必活。'颜如其言，遂呼之百日……果活，步下言笑如常。"后因以"真真"泛指美人。此言素馨花之香。

其二

长讶诗人巧夺胎[①]，天心月胁句中来[②]。
更将花谱通香谱，输与博山烘炭煤[③]。

①讶：惊奇。夺胎：道教语，谓脱去凡胎俗骨而换为圣胎仙骨。后用以喻师法前人而不露痕迹，并能创新。

②天心：犹天意。月胁：比喻险奥的意境。宋杨万里《张尉惠诗和韵谢之》之二："借问锦心能底巧，更从月胁摘将来。"

③博山：博山炉的简称。

其三

绿云影覆白云英[①]，馥郁秋风不易陈[②]。
休遣江南夸艳曲，朝朝琼树眼中新[③]。

①绿云：多形容缭绕仙人之瑞云。白云：喻虞刚简归隐讲学。

②馥郁：形容香气浓厚。

③朝朝：天天。

其四

风露高寒醉梦清，小窗香雾远嚣尘[①]。

不须殷勤戏三昧[2]，始信司花女有神[3]。

①嚣尘：指纷扰的尘世。

②戏：扇火。三昧：参见222页注⑧。此指三昧真火。

③司花：管理百花。

卷十二

七言绝句

正旦朝贺口号八章①

其一

雪瑞连宵未肯晴，妆排光景待朝正②。
八盘岭转宫城近，惝怳身登白玉京③。

①程公许题记："积雪未晴，正旦朝贺大庆殿，口号八章。"正旦：正月初一。大庆殿：都城临安大庆殿。口号：古诗标题用语，表示随口吟成，和"口占"相似。

②光景：阳光，喻恩泽。朝正：诸侯和臣属在正月朝见天子。

③惝（chǎng）怳：迷迷糊糊。白玉京：此指帝王所居。

其二

清跸轰雷辇出房①，赭红一点殿中央。
天知圣主忧边久，剩放飞霙兆岁穰②。

①清跸（bì）：旧时帝王出行，清除道路，禁止行人。

②飞霙（yīng）：飘舞的雪花。岁穰（ráng）：年岁丰收。

其三

万点华星续续来，宫门未放玉闩开①。

忍寒少待晨光透，不住催班引上台[②]。

①玉闩（shuān）：玉质门栓。
②不住：不停。催班：皇帝将入朝，礼仪官要大家做好准备，严肃站立。

其四

东西廊转面朝天，绯绿斓斑紫绶褰[①]。
万岁声中陪率舞[②]，野麋终羡草芊绵[③]。

①绯绿：红和绿服饰。斓斑：色彩错杂。绶褰（qiān）：绶带和衣裳。
②率舞：相率而舞；表示庆贺升平。
③野麋（mí）：獐子。芊（qiān）绵：草木茂盛貌。

其五

凝旒忧顾念三边[①]，诏撤鳌山罢秩筵[②]。
天眷仁明宜悔祸[③]，眼看千里息烽烟。

①凝旒：形容帝王态度肃穆专注。三边：泛指边境，边疆。
②鳌山：此指堆成巨鳌形状的灯山。秩（zhì）筵：列行宴会。
③天眷：帝王对臣下的恩宠。悔祸：后悔造成祸害。

其六

六龙不动玉鞭迷[①]，雾霭荒寒五凤痴[②]。
静阅天机消复长，未应冰谷晛消迟[③]。

①六龙：天子车驾六马，马八尺称龙，因以为天子车驾的代称。
②五凤：谓凤凰五至，古以凤凰至为祥瑞之征。
③未应：犹不须。晛（xiàn）：日光。

其七

玉阶再拜卷班回[①]，一炷心香悯劫灰[②]。
六合风尘须一洗，八荒寿域会重开[③]。

①卷班：朝拜礼仪，朝见皇帝后官员们随本班班首顺次后转退出。
②心香：心中虔诚，如供佛焚香。劫灰：战乱毁坏后的残迹。
③八荒：八方荒远的地方。寿域：谓人人得尽天年的太平盛世。

其八

扰扰劳生只自叹[①]，依依乡梦五更寒[②]。
临流钓石应无恙，归逐邻翁整钓竿。

①扰扰：纷乱貌。劳生：辛苦劳累地生活。
②依依：形容思慕怀念的心情。

李丈祷雪成诗借韵同赋七首[①]

其一

夜窗细跋烛花红，窗外那知雪堕空。
危坐不如眠较暖，纸衾休要水沉烘[②]。

①程公许题记："工侍国史李丈，奉御香祷雪上竺。前一夕，雪瑞已应道间，志喜成诗以示敬。借韵同赋。"李丈：李心传，参见315页注①。上竺：上天竺寺，在浙江杭州西湖灵隐寺附近。

②纸衾（qīn）：因天寒感觉被薄如纸。水沉烘：沉香点燃时所生烟气。

其二

列仙朝罢玉皇家[①]，一色中单衬白纱[②]。
才得东皇呈上瑞，万年枝上早开花[③]。

①玉皇：道教称天帝曰玉皇大帝，简称玉皇。

②中单：古时朝服的里衣。

③万年枝：即冬青树。开花：此指布满雪花。

其三

未问含章昡晓妆[①]，巧将珪璧迭宫墙[②]。
爱民天子心尧舜，犹自黄封降御香[③]。

①含章：汉宫殿名，此指皇宫。昡：耀眼。晓妆：晨妆。

②圭（guī）璧：古代祭祀朝聘等所用的玉器。

③黄封：酒名。宋代官酿，因用黄罗帕或黄纸封口，故名。

其四

阿佛常时奋老拳，为衔诏旨意精专[①]。
且烦大士开颜笑[②]，吹散曼陀黼扆前[③]。

①诏旨：诏书、圣旨。精专：精纯专一。
②大士：佛教对菩萨的通称。
③曼陀：指曼陀罗花。黼扆（fǔ yǐ）：帝王座后屏风，借指帝座。

其五

忧旱忧蝗恰一年，未春喜见六花妍。
极知气脉艰调护[1]，须得医和为保全[2]。

①极知：深知。气脉：血气与脉息，此指国家气运。
②医和：春秋时秦国良医。医为职业称谓，和是其名。

其六

灞桥风景渺荒寒[1]，最好骑驴物色看[2]。
得似西湖湖上境[3]，被公驱使入毫端[4]。

①灞桥：在长安东，汉代常送客至此桥，折柳赠别。
②物色：访求，寻找。
③得似：怎似，何如。
④毫端：犹言笔底，笔下。

其七

闻道孤山未有梅[1]，春郊早已艳玫瑰。
何当结伴林家去，共撷香英酎一杯[2]。

①孤山：在杭州西湖中。宋林逋曾隐居于此，喜种梅养鹤。

②撷（xié）：摘下。香英：即香花。酎（zhòu）：重酿的醇酒。

试士三首[①]

其一　夜月独酌

霜月铺银滟瓦沟，忆曾尽醉作中秋。
侵天围棘孤吟夜[②]，且著红炉为暖愁[③]。

①程公许自注："又省闱锁宿，十月十三日夜月独酌。"省闱（wéi）：唐宋时试进士由尚书省礼部主持，故称。又称礼闱。锁宿：在封闭地点食宿。

②侵天：言围棘之高。围棘（jí）：以棘围试院以防作弊。

③著：此指拨明。

其二　惊梦

两月重来月又圆，寺钟惊梦五更残[①]。
此情谁遣啼鸦觉，飞过东墙代诉寒[②]。

①五更残：睡眠不完整，彻夜不眠。

②东墙：东边的墙垣，此指乌鸦见东方天明而啼叫。

其三　临邛试士[①]

沉沉锁棘春风晚，漠漠重帘昼景移[②]。
白纻晓寒疑梦事[③]，袖间犹记墨淋漓。

①临邛：治所在今四川邛崃。试士：为授与官职而考试士子。

②漠漠：密密布列貌。重帘：一层层帘幕。昼景：白昼的日光。

③白纻（zhù）：白色内衣。

和贺及甫领西清先生荐牍三首[①]

其一

荐函引重一何频[②]，画饼充饥恐误人。
公道晚遭诸葛相[③]，且烦舆致倚经纶[④]。

①贺及甫：不详。西清先生：崔与之，参见 8 页注⑯。荐牍（dú）：推荐人才的文书。

②引重（zhòng）：推崇。一何：多么。

③诸葛：指贺及甫遇到了贤相诸葛亮一样的西清先生。

④经纶：参见 42 页注⑩。

其二

万里因人作远游，眼明西北有高楼[①]。
蛾眉嫁晚贞心在，闲倚春风唱石州[②]。

①眼明：方言，意为羡慕。

②石州：今四川宣汉。西魏攻取巴蜀后，曾在此设石州，北周废。

其三

功名壮节易华颠[①]，扬簸翻羞糠秕前[②]。
老子炉锤无别巧，精粗良窳任天然[③]。

①华颠：白头，此指年老。

②扬簸（bò）：反复簸动以扬去谷物中的糠秕杂质。

③精粗：精良和粗劣。良窳（yǔ）：好坏。

谒侍郎李先生五首[①]

其一

赋就凌霄意欲仙[②]，却飞霞佩武陵源[③]。
桃花总是甘棠旧[④]，重与郎君憩鹿轓[⑤]。

①程公许自注："自潼移镇武陵。"即此诗写于李埴自潼川府改知湖南常德府（古称"武陵"）之时。侍郎李先生：李埴，参见 7 页注⑫。

②赋就：天生禀赋。

③霞佩：仙女的饰物，借指新任官职。武陵源：晋陶潜《桃花源记》中描写的避世隐居的地方。

④甘棠：参见 132 页注④。

⑤郎君：汉制，二千石以上官员得任其子为郎，后来门生故吏因称长官或师门子弟为郎君。此指李埴与程公许当年在叙州宣化蟠龙书院时亦师亦友。鹿轓（fān）：鹿车。

其二

异时乘月唤胡床[①]，便玑青鸾到玉堂[②]。
见说紫清虚伫久[③]，渔船休恋落花香。

①胡床：一种可以折叠的轻便坐具。

②玒（hóng）：飞的声音。青鸾（luán）：古代传说中凤凰一类的神鸟。玉堂：宫殿的美称。

③紫清：天上神仙居所；借指朝廷。虚伫（zhù）：虚位期待。

其三

公归帝所斡钧衡①，早为乾坤洗甲兵②。
第一人才须汲引，泰阶平待拔茅征③。

①斡（wò）：古同“管”，掌管。钧衡：比喻国家政务重任。

②乾坤：国家。洗甲兵：洗净甲兵，以便收藏；此谓停止战事。

③泰阶：古星座名，借指朝廷。拔茅：拔茅连茹，比喻递相推荐引进。茹：茅草拔其根而相牵引。

其四

春风曾得曳长裾①，再见应知胜百书。
从此修门天万里，可能诵赋忆相如②。

①曳（yè）：拉扯，喻跟随其后。

②相如：参见 288 页注⑮。

其五

平生知己两苏公①，乞与宫商发爨桐②。
归日雁湖谈夜雨③，南枝有信待东风。

①两苏公：宋代文学家苏轼和苏辙兄弟的合称。此借指曾在蟠龙书院讲

学的李璧、李埴兄弟。

②宫商：五音中的宫音与商音。此借指诗律中的平仄和声韵。爨（cuàn）：叙州僰人中的一支。发爨桐借指使叙州蛮夷开化。

③雁湖：雁湖居士李璧，参见7页注⑫。

汪丈示诗和吟三首①

其一

万里吴天询伴侣，停桡峡口约偕行。
苍颜互对曾相识，进士榜期记姓名。

①程公许题记："夔门邂逅同年汪丈奉议，示诗和吟三首。"夔门：瞿塘峡之西门，三峡西端入口处。同年：科举同榜进士互称"同年"。奉议：文散官名，正六品。

其二

鹏风九万是修程，驷马何妨缓辔行①。
圣治今方法元祐②，白头尽耐立功名。

①驷马：显贵者所乘驾四匹马的高车。缓辔：谓放松缰绳缓行。
②元祐：指司马光等领导的元祐之治。

其三

造朝敢不戒期程①，鼍鼓明朝又趣行②。
好趁雪晴同访古，东屯诗老旧知名③。

①造朝：进谒；朝觐。戒期：定期。

②鼍（tuó）鼓：鼍皮蒙的鼓。趣（cù）：古同“促”，催促。

③东屯诗老：杜甫写有《暂往白帝复还东屯》诗。

罗汉洞①

中岩洞透牛头洞，后洞门从此处开。
刹刹尘尘皆住处②，胜游何必限天台③。

①程公许题记：“青衣中岩洞与潼川牛头洞相通，此洞乃其后门也。”青衣：青衣江，大渡河支流，发源于邛崃山脉，经雅安、洪雅、夹江于乐山汇入大渡河。中岩：在四川眉山市。潼川：今四川三台县。

②刹刹尘尘：犹言在在处处，普天之下。刹尘：佛教语，谓国土无量，犹如微尘，而每一尘中复有无量国土，重重无尽。

③天台：古代天子有灵台、时台、囿台，合称三台。灵台以观天文，时台以观四时施化，囿台以观鸟兽。

用韵以答嘉觊五首①

其一

新诗俊敌鲍参军②，结字欧虞瞠后尘③。
我亦平生违俗嗜，与君交似醉阳春④。

①程公许题记：“内机、知府、郎官再和示教，清拔、遒美，手不能释。

用韵以答嘉贶，愧不足以当琼瑶之报也。”内机、知府、郎官三位官员，姓名不详。嘉贶（kuàng）：厚赐。琼瑶：喻美好的诗文。

②鲍参军：南朝宋鲍照，曾为临海王参军，诗风俊逸遒丽。

③欧虞：唐代大书法家欧阳询与虞世南。

④阳春：古歌曲名，高雅难学。南朝宋鲍照《玩月城西门廨中》诗：“蜀琴抽《白雪》，郢曲发《阳春》。”

其二

莫倚鸣髐力有余①，天扶兴运要驱除②。
可须测象疑蓬埽③，便拟排云上谏书④。

①髐（xiāo）：枯骨暴露，此指杀人很多。

②驱除：赶走异族入侵。

③程公许自注：“时邸报太史呈有彗孛之灾。”彗孛：彗星和孛星。旧谓彗孛出现是灾祸或战争的预兆。

④排云：拨开云雾，喻排开阻力。

其三

长怜杞菊老天随，未必无才可济时。
盖代功成一炊黍①，清名过取恐非宜②。

①盖代：犹盖世。一炊黍：烧一顿饭的时间。

②清名：清静无为的名声。

其四

爱闲天未许君闲，国步扶持奠鼎安①。

千古淮淝一棋局，土山盟在未应寒[2]。

①国步：国家的命运。步，时运。

②土山盟：践土之盟，春秋时期晋文公为确立霸主地位而举行的会盟。

其五

世味轻于玉斗撞[1]，向来骄气为君降[2]。
暂离约会春风早，催逐飞帆下楚江。

①世味：指功名宦情。玉斗：玉制的酒器。

②向来：犹以前。来，助词，无义。为：被。

唱酬三绝句[1]

其一

天憎我辈韵孤清，故遣催科尘污人[2]。
幸有新诗为湔祓[3]，英琼瑶玉足为珍。

①程公许题记："庐陵刘兄焱袖诗编稿相访，借所和施从可唱酬韵，答以三绝句。"庐陵：庐陵郡，今江西吉安。刘焱、施从可：不详。

②催科：按科条法规催收租税。尘污人：被尘垢污染之人。

③湔祓（jiān fú）：洗涤。

其二

拙与时乖勿误谋[1]，可能骑鹤上扬州。

翘英似子宁终困[2]，玉帛何时来蹇修[3]。

①拙：谦辞，称自己。时乖：时运乖违。

②翘英：美丽的尾羽，喻才华。

③玉帛：征聘贤士之礼。蹇修：传说中伏羲氏之臣，古贤者。

其三

清愁如海渺无边，强整衰容傍酒船。

若许白鸥同保社[1]，五湖秋水碧于天[2]。

①保社：村社。

②五湖：吴越湖泊，一般指太湖及附近长荡湖、射湖、贵湖、滆湖。

送杨元光四首[1]

其一

逃虚喜听足音跫[2]，况是乡人万里逢。

江海茫茫天尽处，又携书剑入湘中。

①程公许自注："送杨元光随编修李季才出守衡阳。"杨元光：程公许蜀中叙州宣化登龙里老乡。李季才：不详。

②逃虚：逃避世俗，寻求清静。跫（qióng）：脚步声。

其二

君到潇湘渐迫秋[1]，乡关音问转悠悠[2]。

思归少忍烟尘息，回雁峰前莫浪愁[3]。

①潇湘：湘江与潇水的并称，借指今湖南地区。

②乡关：故乡。音问：音讯。转悠悠：眼珠转悠，望眼欲穿。

③回雁峰：在湖南衡阳市南，为衡山七十二峰之一。相传雁至衡阳而止，遇春而回。浪愁：空愁，无谓地忧愁。

其三

君家屋近我先茔[1]，累世交游意气亲。
梦断金梯山下路[2]，欲谈往事恐伤神。

①先茔（yíng）：先人坟茔。

②金梯：通往祖先坟茔的石梯。

其四

萍梗天涯幸有依，鱼兮川泳鸟云飞。
祝融紫盖题诗了[1]，早趁贤侯召驾归。

①祝融：传说衡山祝融氏是黄帝夏官，此指衡山的最高峰。紫盖：紫色车盖。借指车驾。

恳祈得甘霖五首[1]

其一

井花湔手宝香焚[2]，一念何曾隔紫清[3]。

半夜瓦沟飞急响，化工元不吝生成[4]。

①程公许题记："自永康还，连日又告旱，恳祈勤恪。初四、五日再得甘霔。农畴无高下，沛然沾渥。因赋绝句志喜。"永康：永康军，今都江堰市。勤恪（kè）：勤勉恭谨。沾渥：浸润，滋润。

②井花：井花水。清晨初汲的水。湔（jiān）：洗。

③紫清：指天上，此谓神仙居所。

④化工：指自然的造化。生成：自然形成。

其二

稚苗苏醒晓风凉，老魃匆匆遽俶装[1]。
旬浃望霓心肺渴[2]，暂须一啜露华香。

①魃（bá）：旱魃，传说中造成旱灾的鬼怪。遽（jù）：惊慌。俶（chù）装：整理行装。

②旬浃：满十天。

其三

去年西浙飓风高[1]，瞬息三州汩海涛。
欲倚人谋销咎证[2]，扶持那可欠英豪。

①飓风：古籍中明以前称台风为飓风，明以后始有台风和飓风之分。

②咎（jiù）证：灾祸应验。

其四

茂陵何识瑞干封[1]，遑恤萧条四海空[2]。

鲂尾如今较劳止③，庙谋端不幸边功。

①茂陵：司马相如曾出使蜀郡，因病免官后居茂陵，后因用以指代相如。干封：晒干新筑的祭坛，后泛指天旱。

②遑恤：无暇顾及。遑，闲暇；恤，同情、忧虑。

③鲂尾：参见 109 页注⑦。

其五

雨余遥翠抹飞霞，风送蛟龙恰到家①。
一夜凉侵蕲竹簟②，最宜倚枕听鸣蛙。

①蛟龙：相传蛟龙兴云雨。到家：方言，意为到位。

②蕲（qí）竹簟（diàn）：竹篾编织的席子。

虞使君示春日喜雨和韵七首①

其一

相思一日似三秋，况是三年急景流②。
一笑玉华池上路③，春风为我荡牢愁④。

①虞使君：虞刚简，参见 408 页注①。

②急景（yǐng）：急驰的时光。

③玉华池：道家传说中的仙池。

④牢愁：忧愁，忧郁。

其二

入国洋洋颂借留[①]，二年高廪趁时收[②]。
可能万物尽吐气[③]，邦伯人人元道州[④]。

①入国：回国都。借留：百姓要求留用政绩卓著的官吏。

②高廪：高大的粮仓。

③吐气：显现生机。

④元：第一。此处意为称颂第一。

其三

世故纷纭剧猬毛，利名海里火销膏。
何如道院三更雨，稽古功成秋兔毫[①]。

①稽古：考察古事。秋兔毫：毛笔。因用秋季兔毛所制，故称。

其四

记擘吟笺手欲皴[①]，至今满箧玉湖春[②]。
郢人妙质何曾死[③]，乞与赋斤运用神[④]。

①擘（bò）：分开。吟笺：诗稿。皴（cūn）：因受冻而裂开。

②玉湖春：一种宣纸。

③郢人妙质：比喻成熟、高超的技艺。有成语“郢匠挥斤”，参见 7 页注③。

④赋斤：给予斧头。

其五

悠悠千古意茫然，娅姹谁非倚市妍[①]。
心事相期流俗外[②]，牵联玉海傥同编[③]。

①娅姹（yà chà）：指美女娇娆多姿。
②心事：志趣。流俗：平庸粗俗。
③玉海：比喻人弘深的气度。傥（tǎng）：正直。

其六

引袂天风几席傍[①]，满城无处不甘棠[②]。
定知丹雀衔书近，趣拥弓旌入帝乡[③]。

①引袂（mèi）：风吹衣袖。
②甘棠：参见 132 页注④。
③趣（cù）：催促。弓旌：参见 579 页注③。

其七

诗翁高卧沧江上[①]，几为忧民霜鬓毛[②]。
推枕中宵赋春雨，笔锋如莹鷿鹈膏[③]。

①沧江：虞刚简创建沧江书院于成都。
②忧民：谓关心人民疾苦。霜鬓：白色鬓发。
③莹：发亮。鷿鹈（bì tí）膏：鷿鹈脂肪，用以涂刀剑使不生锈。

宿旌阳风月无尽藏和虞沧江二首[①]

其一

玉塔界山松霭外[②]，荻花翻雪晚风前[③]。
轮蹄漠漠红尘里[④]，不著藤萝锁洞天[⑤]。

①旌阳：今德阳市旌阳区。无尽藏（cáng）：无穷无尽。虞沧江：参见408页注①。

②玉塔：白塔。界山：位于今德阳东湖山公园内。

③荻花翻雪：形容芦花白浪翻滚。

④轮蹄：指车马。

⑤洞天：道教称神仙的居处，常泛指风景胜地。

其二

仙翁飙驭何方去，犹记淘丹洌井中[①]。
莫倚危栏长引啸[②]，恐惊鸾鹤下罡风[③]。

①丹：道家炼制的所谓长生不老药。洌：寒冷，清澄。

②危栏：高栏。引啸：犹呼啸、呼叫。

③鸾鹤：借指神仙。罡（gāng）风：高空之风，此指高空。

牡丹

春工殚巧万花丛[①]，晚见昭仪擅汉宫[②]。

可惜芳时天不借，三更雨歇五更风。

①殚（dān）：用力到极致。

②昭仪：女官名，为妃嫔中的第一级。

改作池亭子安弟赋二绝因和韵[①]

其一

凌波微步玉亭亭[②]，华艳深遮万盖青。

能使官曹饶野趣[③]，小烦月斧敞风棂[④]。

①安弟：不详。

②凌波：凌波仙子，荷花的别称。

③官曹：官吏办事处所。饶：富有。

④月斧：修月之斧。此喻撰写和修改文章。

其二

桤陇低风呈远碧[①]，稻塍分溜溢方池[②]。

簿书课办心如水[③]，独岸乌纱细琢诗[④]。

①桤：桤木，落叶乔木。陇：通“垄”，田埂。

②塍（chéng）：田间的土埂子。

③簿书：官署中的文书簿册。

④岸：高戴。

移住郭婆井官廨二绝句[①]

其一

绝知家具少于车，伴我奔驰几箧书。
赖是官清饶暇日[②]，忍教书册与人疏。

①郭婆井：位于杭州市郭婆井巷。相传有郭公者，为解百姓饮水之难，携妻子和儿子开凿。郭公在高士坊凿一井，叫郭公井；儿子在清平山凿一井，名郭儿井；妻子在此凿一井，人称郭婆井。官廨：官署，官吏办公的房舍。

②赖是：亏得，幸好。官清：公职清闲。

其二

官居何得似僧居，著稳层楼望眼舒[①]。
绕槛湖光与山色，可无佳句与消除[②]。

①著稳：敞亮安稳，望眼舒：远眺宽广。

②消除：犹消遣、消受。元薛昂夫《阳春曲》：“清债苦，樽有酒且消除。”

中秋和姜主簿韵[①]

其一

中秋月白古来悭，孤坐寒窗思黯然。
懒近舞腰花十八[②]，恨无珠履客三千[③]。

①姜主簿：程公许任成都府崇宁县令时负责佐理财政，余不详。

②花十八：舞曲名。

③珠履客：参见34页注㊹。

其二

三更露气满秋堂，秘诀新传食月芒。
安得南楼三百尺，暂容老子据胡床。

被檄北征从宣威幕崔公之招[1]

芹藻浮香水半环[2]，官曹得似广文闲[3]。
羽书趣上将军马[4]，却拥貂裘度剑关[5]。

①檄（xí）：檄文。宣威：今四川阿坝州理县一带。崔公：崔与之，参见8页注⑯。

②芹藻：参见200页注④。

③官曹：官吏办事机关，此指程公许入崔与之幕府。得似：怎似。广文："广文先生"的简称。此指程公许此前做过绵州儒学教官。

④羽书：犹羽檄。趣（cù）：古同"促"，催促。

⑤剑关：剑门关。

和内幕季美三首①

其一

武帐宵寒漏箭传②，元戎威望响秦川③。
机筹整暇一横槊④，寒涩何能强比肩。

①季美：不详。

②漏箭：漏壶的部件，上刻时辰度数，随水浮沉以计时。

③元戎：主将，统帅。秦川：泛指陕西秦岭以北平原地带。

④槊（shuò）：长杆矛。

其二

敌技无多莫浪传①，西京元是宋山川②。
书生但可谋帷幄③，壮士得无须彘肩④。

①浪传：空传，妄传。

②西京：此指北宋西京，在今河南洛阳。

③但可：只可。帷幄（wò）：军中帐幕。

④得无：犹言能否、岂不。彘（zhì）肩：即肘子，猪腿的最上部分，此喻忠勇威壮。典出《鸿门宴》："樊哙覆其盾于地，加彘肩上，拔剑切而啖之。"

其三

五丁凿剑古今传①，屹立崇墉蔽两川②。

满目风寒无处避，只今由径竞摩肩。

①五丁：参见516页注②。

②崇墉（yōng）：高墙，高城。两川：参见70页注④。

谒告得归拜呈内机知府郎官五首①

其一

一屋堆鞋笑领军②，人间沧海几扬尘③。

卷舒不与心为累④，琪树瑶林别有春。

①谒（yè）告：请假。内机：官职名。宋代宣抚司的参谋官，内赞机密，外参庶务。诗中的内机、知府、郎官三人姓名均不详。此诗为程公许在湖北恩施通判任上，请假回四川叙州宣化省亲归来后拜会友人所作。

②领军：宋为避唐节度使弊端，实行将不专兵，且领军由宗室担任。

③扬尘：喻征战。

④卷舒：犹进退；隐显。不与：不同意。

其二

家贫儋石欠赢余①，恩许西归度巀除②。

只恐期程催趣驾③，羞颜插架旧藏书④。

①儋（dàn）石（dàn）：儋、石均为用以计量谷物的单位。10斗等于1石，二石为儋。

②西归：向西回到叙州宣化越溪河畔蟠龙书院。巀（jié）：（山）高峻。

③期程：时间和路程。催趣：催促。

④羞颜：无颜面对。插架：书架。

其三

违覆由来讳诡随[①]，民劳未有甚今时。
一分宽受一分赐，喜见留屯奏便宜[②]。

①违覆：谓反复思考。诡随：谓不顾是非而妄随人意。
②留屯：驻军屯田。便宜：好处。

其四

公余赓载不曾闲[①]，一段风流嗣建安[②]。
霜月西窗谁画取，诗人双耸玉楼寒[③]。

①赓载：谓相续而成，多用指诗词唱和。
②建安：建安七子，参见73页注⑮。
③玉楼：道教语，指肩。道家以肋肩为玉楼，以目为银海。

其五

膏车忍待晓钟撞[①]，浩荡归情不可降。
一笑朔风寒掠面，缓吟疏影蘸清江[②]。

①膏车：在车轴上涂油，使之润滑，以备远行。
②清江：在湖北恩施，位于长江南岸。

成都一月奔走人事喜于赋归

轮蹄雾涨九衢尘①，役役人间只是亲②。
随分世缘聊复尔③，暂归还我自由身。

①轮蹄：代指车马。九衢尘：大道上的尘土，借指烦扰的尘世。

②役役：劳苦不息貌。

③随分（fèn）世缘：按照本分身俗缘。聊复尔：聊复尔耳：姑且如此而已。

贺秀岩李工侍七首①

其一

桐帽棕鞋带染红②，谁能仰箭射虚空。
乞身何幸天从欲④，赢得溪堂一笑烘⑤。

①秀岩李工侍：李心传，参见 315 页注①。程公许自注：“工侍累章告老，上命以西清侯封加三秩毕其归。借往岁天竺雪诗韵，赋七章寄贺。”累章：屡次上表章请求。三秩：三品。

②桐帽：以桐木为骨做成的幞头。相传始于北周，用软帛垂脚，至隋始以桐木为骨，使顶高耸成形，唐以后沿用。

③乞身：古代以做官为委身事君，故称请求辞职为乞身。

⑤溪堂：李心传在湖州的堂舍。

其二

潇洒精庐此托家[①]，暑风一幅岸乌纱。
客来只可烹茶待，旋督山童汲水花。

①精庐：学舍，读书讲学之所。

其三

白板扉无黛垩妆[①]，碧琅玕渐出垣墙[②]。
卷藏汗简编摩手[③]，剩与离骚谱众芳。

①白板：自汉以来，授官皆有印章。授官无印章，称“白板”，即无诰命之官。此指李心传早年科举失利，绝意仕途，闭门著书。60岁才被崔与之、魏了翁等合荐为史馆校勘，赐进士出身。黛：青黑色画眉的颜料。垩：涂脸的白粉。

②碧、琅、玕：三种美玉。

③编摩：犹编集。

其四

封章三上意拳拳[①]，却恨归无一壑专[②]。
商略浮生皆寄耳[③]，直须勘破劫空前。

①拳拳：诚挚、勤勉貌。

②壑：此指田土家产。

③商略：估计。浮生：此生虚浮不定，只能依附别人。

其五

双桧蟠根不记年[①]，尽饶红紫竞春妍。
篴舆来往清苕岸[②]，坡颍那能此乐全[③]。

①桧（guì）：桧柏，常绿乔木，树冠塔形。蟠根：根脚盘曲深固。

②篴（biān）舆：竹舆；竹轿。苕：参见 151 页注③。

③坡颍：参见 249 页注③。

其六

彻桑那复虑风寒[①]，羁客相逢各好看[②]。
谁办草堂栖子美，会扶藜杖过苏端[③]。

①彻桑：成语“彻桑未雨”，意为在还没下雨前，就剥下桑树皮来捆扎门和窗。比喻事先做好准备。

②羁客：旅人。好看：抬举，厚待。

③过：访。苏端：唐肃宗乾元元年进士，历监察御史。以议忤旨，贬广州员外司马。

其七

拟结三间剩种梅，要令绕屋积琼瑰[①]。
与公酥酪元同味，投老时须共一杯[②]。

①令：使。琼瑰：珠玉，喻美好的诗文。

②投老：告老。

惜别五首[①]

其一

里社婆婆五六年，戍瓜催促上舲船[②]。
官情得似交情好[③]，去意其如别意牵[④]。

①此诗为程公许任成都府崇宁县令期满离任惜别时所作。

②戍瓜：参见 190 页注②。舲船：有窗户的小船。

③得似：怎似。

④其如：怎奈。

其二

方舟追送愧情亲[①]，水宿风餐两日程。
依枕清滩醒醉梦，此中强半是离声。

①方舟：两船相并。《庄子·山木》："方舟而济于河，有虚船来触舟，虽有惼心之人，不怒。"成玄英疏："两舟相并曰方舟。"

其三

忧患磨人鬓易白，近来更觉别情难。
霜筠雪柏图坚耐[①]，愿保贞心共岁寒。

①霜筠雪柏：经历霜打的竹子和雪压的松柏。

其四

酒莫多斟且缓觞，停舟沙步更徜徉[①]。
清江后夜长相忆[②]，剩捻梅花诉断肠。

①徜徉（cháng yáng）：犹彷徨，心神不宁貌。

②清江：在崇宁县内。

其五

珠树森森秀阮林[①]，高堂有母各欢心。
兰陔娱养时多暇[②]，勿遣平安阙嗣音[③]。

①珠树：树的美称，喻俊才。阮林：三国魏阮籍与侄阮咸同约竹林七贤之游，后因以“阮林”为叔侄与亲朋好友聚饮之地。

②兰陔（gāi）：《诗·小雅·南陔》序：“《南陔》，孝子相戒以养也。”后以“兰陔”为孝养父母之典。

③勿遣：勿使。阙（quē）：同“缺”。嗣音：连续传寄的音信。

春晚客中杂吟四绝句[①]

其一

忆伴梅花醉短亭[②]，惊心红药饯余春。
不知九十日光景[③]，扮得晴窗几欠伸。

①春晚：暮春。客中：旅途中。

②短亭：旧时城外大道旁五里设短亭，十里设长亭，备行人休憩。

③九十日：一个春季。

其二

昨夜青皇驾趣旋[①]，星榆散漫晚疯颠[②]。
一春无绪供陶写[③]，满砚尘埃费洗湔[④]。

①青皇：一种小船。趣旋：急促返回。

②星榆：榆荚形似钱，色白成串，因以“星榆”形容繁星。散漫：弥漫四散，遍布。

③无绪：没有情绪。陶写：谓怡悦解闷。

④洗湔（jiān）：洗涤，清除。

其三

桑阴翳翳响缫车[①]，麦熟多时稻吐芽。
若使征输宽一半，人生最乐只田家。

①翳翳：茂密成荫。缫（sāo）车：缫丝所用的工具。

其四

怒风转暖作阴寒，春尽如何衣怯单。
最忆就林煨苦笋[①]，六年轻失此清欢。

①煨：放在带火的灰里烧熟。

临途届郫值雨[1]

仙人念我世缘轻[2]，贷与山行几日晴[3]。
袖有碧岑三十六[4]，不妨风雨过鹃城[5]。

①临途：即将上路。届：到。郫：即崇宁县。值：碰到；遇上。

②世缘：俗缘，谓人世间事。

③贷与：借给。

④碧岑（cén）三十六：青城山三十六峰地图。

⑤鹃城：崇宁县城。传说这里曾是古蜀国都城，望帝去世后化作杜鹃鸟，每年二月杜鹃花开时飞回成都平原上空日夜啼叫，催促农夫赶快春耕，直叫到口吐鲜血，染红了杜鹃花，因而这里被称为“鹃城”。

寄怀及甫[1]

雨过青空月一痕[2]，风襟留爽到黄昏。
持杯未咽思玄度[3]，今夜微吟何处村。

①程公许题记：“梁山客邸，雨后月色佳甚，寄怀及甫。”梁山：南宋梁山军，今重庆梁平。及甫：程绍开（1212—1281），南宋信州贵溪人，字及甫。历礼部、兵部架阁库官员。架阁库即储藏文牍案卷的机构，相当于档案馆。

②一痕：一弯月亮。

③思玄度：研求妙理。北魏郦道元《水经注·易水》："沙门释法澄建刹于其上，更为思玄之胜处也。"

石佛道间见梅二绝句[①]

其一

一冬川陆尽奔驰，开尽南枝又北枝。
玉立世间尘土外，子真那不笑人痴[②]。

①石佛：成都府崇宁县郫筒镇石佛寺。

②子真：汉隐士郑朴的字，他修道守默，礼聘不应。

其二

惨淡汀沙集暝烟[①]，林间飞下羽衣仙[②]。
与君夙昔同心事[③]，可与悲丝白作玄[④]。

①汀沙：沙洲。暝烟：傍晚的烟霭。

②羽衣：道士的代称。

③夙（sù）昔：朝夕。

④悲丝：悲染丝。墨子见染丝而叹："染于苍则苍，染于黄则黄。"此指受环境影响。玄：黑色。

山间桃花盛开

槿篱绳屋间桃花[①]，晴日蒸红片片霞[②]。

物色为人揩病眼[③]，乱山深处诧奢华[④]。

①槿（jǐn）篱：木槿篱笆。

②蒸红：阳光下红色桃花耀眼。

③物色：景色，景象。揩：擦亮。病眼：昏花老眼。

④奢华：犹艳丽。

正月二十五日过真溪见桃花二首[①]

其一

窈窕溪山狭径通[②]，轻舆飞幰御东风[③]。
倚天苍壁人烟外[④]，也有桃花簇簇红。

①真溪：岷江支流，在程公许老家叙州宣化，源于今宜宾市屏山县岩门，经屏山镇（原宜宾县真溪乡）向东注入岷江。

②窈窕：此处为深远、奥秘貌。狭径：小路。

③轻舆：轻车。幰：古代车上的帷幔。御：迎着。

④倚天：靠着天。苍壁：青山。

其二

桃花簇簇有人家，寂历炊烟晚照斜[①]。
满眼芳春无处著[②]，一机新锦濯烟霞[③]。

①寂历：犹寂静。晚照：夕阳的余晖。

②无处著：无处不显现。

③新锦濯烟霞：桃花如织机上刚取下的锦缎，接受霞光洗礼。

衢信道间见紫薇花[1]

紫薇花自非凡品[2]，何事栖根枳棘丛[3]。
白发舍人羞见道[4]，相逢那敢恨飘蓬[5]。

①衢（qú）信：浙江衢州治所信安，古为交通枢纽和物资集散地。

②紫薇：别名紫金花，树姿优美，树干光滑洁净，花色艳丽。开花时正当夏秋少花季节，花期长，有“百日红”之称。

③枳棘：枳木与棘木，因其多刺而称恶木。常用喻恶人或小人。

④舍人：官名，为亲近皇帝左右之官。此为程公许自指。

⑤飘蓬：比喻漂泊无定。

暑行闻黄鹂声[1]

人行午倦渴思冰，黄鹂留鸣绿树阴。
安得故山归燕坐[2]，竹风窗户一披襟。

①黄鹂：鸟名，体黄色，叫声动听，吃森林害虫，对林业有益。

②故山：旧山；喻家乡。燕坐：安坐，闲坐。

投宿中岩口酒家[①]

渔艇冲烟岩口泊[②]，村醪注瓦瓮头尝[③]。
雨声夜杂滩声怒，借与行人一枕凉。

①中岩：参见507页注②。

②冲烟：冲破江上迷雾。

③村醪（láo）：村酒。醪，本指酒酿，引申为浊酒。宋陆游《今年立冬后菊方盛开小饮》诗：“野实似丹仍似漆，村醪如蜜复如齑。”

游下岩崇封院五首[①]

其一

鼓枻前春过下岩[②]，空将目力寄云端。
而今真个岩头去，领取烟云泼袂寒[③]。

①下岩：今四川眉山市下岩。崇封院：不详。

②鼓枻（yì）：划桨，谓泛舟。前春：上一年春天。

③领取：获得，迎来。泼：扑面而来。袂：袖子。

其二

石扉深锁一龛云[①]，未必人间只履存[②]。
持钵欲寻刘道者，镆邪不在刻舟痕[③]。

①石扉：石洞口，形似大门敞开，故称；亦借指隐者所居之门。

②只（zhī）履：一只芒鞋。《五灯会元·东土祖师·初祖菩提达摩祖师》："（达摩）端居而逝……葬熊耳山。起塔于定林寺。后三岁，魏宋云奉使西域回，遇祖于葱岭，见乎携只履，翩翩独逝。云问：'师何往？'祖曰：'西天去！'"后以"只履"为僧人送行或追悼亡僧之典。

③镆邪：春秋吴莫邪所铸宝剑，泛指利剑。刻舟：即成语"刻舟求剑"。

其三

残麦从渠官夺之[①]，山僧何用怨长饥。
人间六月红尘里[②]，无此玉龙千丈飞[③]。

①残麦：剩余的粮食。从渠：随他。渠，他。

②红尘：指繁华之地。

③玉龙：喻泉水、瀑布。

其四

二苏屐齿尚班日[①]，憔悴涪翁窜逐还[②]。
卧虎藏龙遗笔墨，至今精悍满江山[③]。

①二苏：苏轼与苏辙。班日：排数出日期。

②憔悴：黄瘦。涪翁：黄庭坚。窜逐：放逐，流放。

③精悍：精练犀利。

其五

清虚堂里话襟期[①]，友似苏黄从可知[②]。

墨宝惜无人爱护，漫令绕寺觅残碑[③]。

①襟期：襟怀、志趣。

②苏黄：苏轼、黄庭坚。从：跟从。可知：可做知己。

③漫：漫山遍野。令：使人。

晓晴度青城绳桥二绝句

其一

大皂江头寒雨歇[①]，蚕崖关外数峰明[②]。
丹青谁会开平远[③]，著我绳桥度晓晴[④]。

①大皂江：都江堰上游岷江的一段。

②蚕崖关：在都江堰西北四十余里。

③丹青：画工的代称。开平远：山水画的一种取景方法，自近山望远山，意境绵邈旷远。

④著：显出，绘出。

其二

怒涛喷雪战鱼龙[①]，架篾成桥袅半空[②]。
世路险夷那不有，此心安处本来同。

①喷雪：形容白浪汹涌、水花飞溅。

②袅：柔弱细长的样子。

汲惠山泉烹日铸二首①

其一

小艇冲风过惠山，石螭引脰伫漪涟②。
白头未了红尘债，再酌人间第二泉③。

①惠山：今江苏无锡市惠山。日铸：山名，在浙江绍兴，以产茶著称，所产之茶即以“日铸”为名。

②螭（chī）：传说中无角的龙。脰（dòu）：脖子，颈。漪涟：微波。

③程公许自注：“辛未冬尝经行酌泉。”

其二

瓦瓶挹注溢微澜①，仙掌两分瑞露溥②。
自候燎炉烹日铸，杜陵肺渴耐甘寒③。

①挹（yì）注：谓将彼器的液体倾注于此器。

②瑞露：酒名。宋苏轼《小圃五咏·地黄》：“融为寒食饧，咽作瑞露珍。”溥（tuán）：形容多。

③杜陵：唐杜甫，此诗人自指。肺渴：谓燥热思饮。

泛雪溪二首①

其一

旱暵连旬塘水浑②，移舟来泛雪溪云。

溪边钓隐如无恙，那不嗤人骨俗氛[3]。

①霅（zhà）溪：在浙江湖州市。

②旱暵（hàn）：不雨干热。

③嗤：嗤笑。俗氛：庸俗的气氛。

其二

白萍波动柳塘风，散漫芙蕖称意红[1]。
午梦惊回船转舵，买鱼前港一樽同。

①散漫：四散、遍布。芙蕖：荷花的别名。称意：合乎心意。

龙洞阁[1]

峥嵘罅石蛟潭闭[2]，偪仄悬崖阁栈危[3]。
横目不虞双足茧[4]，子长心事未忘奇[5]。

①龙洞阁：位于今南京市浦口区龙洞山上。属典型的喀斯特地貌，以山势险峻、洞大深奇及美妙的传说而吸引着众多的游人。

②罅（xià）：漏洞。闭：闭塞、幽静。

③偪（bī）仄：（地方）狭窄。

④横目：四下张望观景。不虞（yú）：意料不到。

⑤子长：司马迁，字子长，此借指探究历史文物古迹。心事：志趣。

文耀阁二首①

其一

中天台畔敞东轩，沧海桑田且勿论②。
欲问飞仙参要诀③，晨兴来就日华吞④。

①程公许题记："李练师即中天台之侧开窗面东，余为摘颜鲁公麻坛碑中语，扁为文耀阁。并题两绝句。"练师：德行高超的道士，李练师：不详。即：靠近。中天台：天台山半山腰，天台山坐落在浙江天台县境内，道教圣地。面东：于文耀阁面向东面大海修炼。颜鲁公：颜真卿，唐开元进士，唐代宗时官至吏部尚书、太子太师，封鲁郡公，人称"颜鲁公"。麻坛碑：颜真卿《麻姑仙坛记》，碑旧在江西临川，明季毁于兵燹。

②沧海桑田：大海变桑田，桑田变大海；比喻世事变化很大。出自《神仙传·麻姑》。麻姑又称寿仙娘娘，中国民间信仰的道教女神。道教的神仙体系中长寿之神男性神就是鼎鼎大名的彭祖，而女性神就是麻姑。据传她目睹了"东海三为桑田"和"海中复扬尘也"，这就是后世著名的"沧海桑田"和"东海扬尘"典故的来源。

③参：探究，领悟。要诀：秘诀，诀窍。

④晨兴：早起。就：趁着。日华：太阳的光华。

其二

宴罢瑶池趣驾归①，海风飘冷六铢衣②。
霞舒雾卷知何处，五色毫端借发挥。

①瑶池：参见 332 页注③。趣（qù）驾：谓驾驭车马速行。

②铢：一两的二十四分之一。后称仙之衣为“六铢衣”，言其轻。

墨妙堂①

断石残碑聚一堂，螭蟠凤舞费平章②。
颜苏喜得初平侣③，名节知无愧范滂④。

①程公许题记：“墨妙堂，使君新命工摹刻山谷所书孟博传于颜、苏帖之右。”山谷：黄庭坚，字鲁直，号山谷道人，北宋著名文学家、书法家。

②螭蟠（chī pán）：如螭龙盘据。平章：品评。

③颜苏：书法家颜真卿、苏轼。初平：传说中的仙人。

④范滂：东汉人，字孟博。少厉清节，为州里所服，举孝廉。曾任清诏使，举劾权豪。见时政腐败，弃官而去。

洪城沈运干新园三首①

其一

花压墙头柳映门，洪城一曲沈家园②。
意行自与春风约③，休问新亭卖酒喧。

①洪城：江西南昌的古称。淳祐元年（1241），程公许迁秘书少监，轮对，言蜀事十条。拜太常少卿，又以直宝谟阁知袁州（今江西宜春）。袁州在南昌附近，历为州、郡、路、府首邑，程公许在袁州三年任上，勤政爱民，兴学校，聘宿儒为诸生讲经，有政声。运干：官名。转运使的辅佐。沈运干：不详。

②一曲：水流弯曲处。

③意行：犹信步。

其二

柏梢结翠斗尖新[①]，未问花枝插宝瓶。
最好狻猊对雏凤[②]，向人翔跃似天成[③]。

①尖新：形容幼叶初萌。

②狻猊（suān ní）：此指石刻幼狮。雏（chú）凤：此指石刻幼凤。

③翔跃：飞翔跳跃。天成：不假人工，自然而成。

其三

方池面矗石丛丛，后掩前遮一径通。
苍藓修筠加爱护[①]，等闲幻出小玲珑[②]。

①苍藓：绿色苔藓。修筠（yún）：修竹，长竹。

②等闲：平常中。玲珑：精巧貌。

伯谦招饮龙潭攀桂亭[①]

碧潭四绕水仙坟[②]，老桂团团荫绿尊。
拼与故人偿一醉，桂花吹梦过前村。

①伯谦：徐道隆（？—1276），南宋婺州人，字伯谦。以父任入官，累迁

潭州判官、提点刑狱。奉旨措置浙西溃卒。焚叛将范文虎等诱降书，一军死战尽没，被蒙军执舰内，乘隙与长子俱赴水死。龙潭：在湖南湘潭，宋代此地有龙潭书院。

②水仙：传说中的水中神仙。唐司马承顺《天隐子·神解八》："在人谓之人仙，在天曰天仙，在地曰地仙，在水曰水仙，能变通之曰神仙。"

宿金山院①

犯暑驱车泼面尘②，招提暝色唤休程③。
竹风满院凉无价，最好移床就月明。

①金山：山名，在今江苏镇江市西北。院：从诗中看，当为寺院。

②犯暑：冒着酷暑。泼面尘：灰尘扑面。

③招提：梵语，义为"四方"。四方僧住处称招提僧坊。暝色：暮色。

继荣上人求无本庵颂①

自性元来一法无②，更于何处著工夫③。
横担拄杖长安去，才出门时尽坦途。

①继荣：不详。上人：对持戒严格并精于佛学的僧侣之尊称。无本：没有本源，没有本始。

②自性：佛教语，指诸法各自具有的不变不灭之性。元来：当初，本来。一法：佛教用语，犹言一事一物。

③著：显现。工夫：理学家称积功累行、涵蓄存养心性为工夫。

为沧江虞使君赋客室三首①

其一

丈室纵横狮子坐[②]，仙裾杂沓蕊珠宫[③]。
世人莫笑渠荒幻[④]，且验灵台一点中[⑤]。

①虞使君：虞刚简，参见408页注①，曾在成都创办沧江书院。

②丈室：犹斗室，言房间狭小。

③仙裾：衣袖之美称。蕊珠宫：道教经典中所说的仙宫。

④渠：他。荒幻：荒诞虚妄。

⑤灵台：此指学宫。

其二

四达皇皇一广居[①]，此中妙用绝方隅[②]。
客来请问名斋意，拈与床头太极图[③]。

①四达：通达四方。皇皇：宽广貌。

②方隅：全面积中的一部分，多指角落之地。

③太极图：道教说明宇宙现象的图，以圆形的图像表示阴阳对立面的统一体，外周附以八卦方位，道教常用以做标志。

其三

屋下何妨架屋重[①]，规模不与俗人同。

君看万象森罗处[②]，岂有纤毫碍太空[③]。

①架屋重：屋上架屋，此指搭建书架。

②万象森罗：各种图书纷然罗列。

③纤（xiān）毫：极其细微。太空：天地之间；宇宙。

次韵感怀五首[①]

其一

称意人生不待多，诛茅只爱傍沧波[②]。
万间方丈均容膝[③]，苦志疲形能几何[④]。

①次韵：依次用所和诗中的韵作诗，也称步韵。

②诛茅：芟（shān）除茅草，引申为结庐安居。沧波：程公许老家四川叙州宣化越溪河岸边临水处。

③方丈：居室。容膝：仅需容纳双膝，此指容身。

④苦志：此指费尽心思。疲形：使身体疲惫。能几何：能享受多少。

其二

四海堂堂范与苏[①]，斯文价重百车渠[②]。
颍昌旧第归无日[③]，且向蟆津稳僦居[④]。

①范与苏：范仲淹、苏轼。此处以范、苏喻程氏祖上诗书传家。

②斯文：文雅。渠：形容大。

③颍昌旧第：河南颍昌老家。程公许祖上避安史之乱，自河南入蜀。

④蟆津：蟆颐津，在今四川眉山市东坡区崇礼镇境内蟆颐山下岷江边，

程公许祖上入蜀最初落业地。蟆颐山海拔 1246 米，山上古木参天，山花夹道，蝉噪林静，鸟鸣山幽，古迹众多。僦（jiù）居：租屋而居。

其三

雨淫萧艾掩嘉蔬①，况敢堆盘荐腹腴②。
借问素餐颜有忸③，河边宁作鲍生枯④。

①萧艾：艾蒿，常用来比喻品质不好的人。嘉蔬：鲜美的蔬菜。

②况敢：岂敢。腹腴（yú）：肚下肥肉。

③颜有忸：脸面不好意思。忸：忸怩，形容不大方或不好意思的样子。

④鲍生：鲍叔牙，春秋时齐国大臣。早年交好管仲，人称“管鲍之交”。两人辅佐齐国迅速由乱转治，由弱变强。管仲去世后，齐桓公坚持让鲍叔牙称相，鲍叔牙因齐桓公用人不当不听劝阻，抑郁而终。

其四

盛时饥渴储嘉谋①，虑远何难弥近忧②。
搔首风尘弥北望③，驰心江汉入东流④。

①盛时：犹盛世。饥渴：喻殷切期望。嘉谋：高明的治国谋略。

②弥：通“弭”，止息。

③风尘：喻战乱。弥：更加。北望：此指收复中原。

④驰心：谓心之向往如车马驱驰。江汉：参见 288 页注㉒。

其五

绿水油油记插秧，转头风露稻花香。

秋来田井熙春昼[①]，画手难为顾长康[②]。

①熙春昼：向往喜欢和暖的春天。

②画手：绘画的能手。难为：不易做到。顾长康：顾恺之，东晋画家，字长康，博学有才气，尤善丹青，性诙谑。世传其有三绝：才绝、画绝、痴绝。

立冬斋宿竹宫悼姚高士五首[①]

其一

竹宫冬孟严斋祀[②]，深炷炉香跋烛花。
凋尽庭梧风摵摵[③]，幽思也到羽人家[④]。

①斋宿：参见 460 页注①。姚高士：不详。程公许自注："高士卒之先一日，为菊涧葬赋小绝，用其韵。"

②冬孟：孟冬，指每年冬季的第一个月，即农历十月。

③摵（shè）摵：叶落声。

④羽人：道士。

其二

燕坐心源如止水[①]，余工吟笔烂生花。
谁知此老真三昧[②]，孔老瞿昙共一家[③]。

①燕坐：指坐禅。心源：犹心性。佛教视心为万法之源，故称。

②三昧：梵文音译，意译为"正定"，谓屏除杂念，心不散乱。

③孔老：借指儒家和道家。瞿昙（tán）：释迦牟尼的姓，此指佛教。

其三

金鲫鱼游涵藻涧，玉蕤香未破梅花[②]。
人生转眼皆泡幻，勘破须饶老作家[③]。

①金鲫：金鱼。

②玉蕤（ruí）：熏香名。

③勘破：犹看破。作家：行家，高手。

其四

把茅未就橐悬罄[①]，奎画飞来天雨花[②]。
欲识高人归宿处，佩霞长侍玉皇家。

①把茅：成语“牵羊把茅”。史载周武王克殷，微子乃持其祭器造于军门，肉袒面缚，左牵羊，右把茅，膝行而前以告。于是武王释微子，复其位如故。后以“牵羊把茅”表示降服。橐（tuó）：口袋。悬罄（qìng）：形容空无所有，极贫。

②奎画：指帝王的墨迹。

其五

认取太虚无一物[①]，本无幻翳况空花[②]。
桃椎思邈还知否[③]，佳传宁无良史家[④]。

①认取：记住。太虚：谓宇宙。

②幻翳（yì）：佛教语，谓假象。

③桃椎：蜀人朱桃椎，隐居不仕，官府召见，遣以衣服，逼为乡正。桃椎弃衣于地，逃入山中。思邈：孙思邈，唐代医药学家、道士，被后人尊称为“药王”，曾隐居陕西终南山中。

④良史家：能秉笔直书、记事信而有征者。

题宋器之烟波图①

万顷烟波一钓翁，玄真心事偶相同②。
平生我亦轻轩冕③，分取苕溪半席风④。

①宋器之：宋伯仁，字器之，号雪岩，浙江湖州人，程公许朋友。善画梅，自称每至花放时，徘徊竹篱茅屋下，满腹清霜，两肩寒月，玩梅之低昂俯仰，分合卷舒，图形百种，各肖其形。

②玄真：道家称妙道、精气等；此指淳朴、天然。心事：志向，志趣。

③轩冕：古时卿大夫的车子和服饰；此指官位爵禄。

④苕（tiáo）溪：参见 151 页注③。

题诗卷

嚼雪哦诗格外清，谁令失脚入红尘①。
锦囊二十篇中景②，长与西山面目亲③。

①红尘：佛教、道教等称人世为“红尘”，此喻官场。

②锦囊：藏诗稿的袋子。中景：午时日影，此喻中年之作品。

③西山：山名，在程公许老家叙州宣化县西部，今四川宜宾市叙州区蕨溪镇黄山，海拔1418米。古称太平山，系大凉山余脉，南北走向，东临平整开阔、美丽富饶的岷江河谷冲积平坝，西面山岭连绵，逶迤苍茫，山体高大雄险奇峻。有直流飞瀑直落涧底，岭岗崖畔藤萝曼生，竹木蓊蔚，山花烂漫。

嘲清德堂前紫薇花二首①

其一

襞积仙裾耀紫霞②，西清两月擅芳华③。
托身尘土宁非误，何不西垣侍判花。

①紫薇：参见642页注②。

②襞（bì）积：衣服上的褶裥。仙裾（jū）：衣袖之美称。紫霞：道家谓神仙乘紫霞而行。

③西清：西厢清净之处。芳华：此指香花。

其二

文章不辨演丝纶①，失脚尘劳勿更论②。
茵壤飞花适然耳③，一觞聊复伴黄昏④。

①丝纶：参见548页注㊲。

②尘劳：佛教徒谓世俗事务的烦恼。

③茵壤：草坪。

④聊复：暂且。

寒食上巳杂吟八章[①]

其一

一百五日风雨过[②]，二十七种鲑菜悭[③]。
三年客里作寒食[④]，得似今年身暂闲[⑤]。

①寒食：参见416页注①。此诗为程公许清明节回老家叙州宣化登龙里蟠龙书院祭祖闲暇所作。

②一百五日：冬至后一百零五天，绝火寒食三日。

③鲑（guī）菜：古时鱼类菜肴的总称。悭（qiān）：缺欠。

④客里：离乡在外。

⑤得似：怎似，何如。

其二

手劚蒿莱三亩园[①]，红云一片小桃源[②]。
无端风雨连宵恶[③]，检校残英有几存[④]。

①劚（zhú）：锄。蒿莱：杂草。

②红云：此喻大片桃花。

③无端：没有终点。

④检校（jiào）：查核察看。

其三

碧桃花底小寒轻，绰约仙姿格外清[①]。

锦绣卷还春去了，泮桥风露放云英[②]。

①绰约：柔婉美好貌。

②泮桥：蟠龙书院泮池上之桥。云英：泛指露珠。

其四

春寒十日意无憀[①]，酒竭从教壁挂瓢。
新火暖开晴色快[②]，疾风吹尽积阴销。

①无憀（liáo）：闲而郁闷。

②新火：唐宋习俗，清明前一日禁火寒食，到清明节再生火，称为“新火”。

其五

渺渺江村一掌平，春风何处不堪行[①]。
谁知方外有司马[②]，更合江东称步兵[③]。

①不堪：不能。

②方外：京畿之外。司马：指西汉文学家司马相如。

③江东：参见 45 页注⑪。步兵：三国魏阮籍的别称。籍尝任官步兵校尉。

其六

新栽杨柳舞风弱，老去海棠烘日残。
且问笋根新茁儿，护持留作钓鱼竿。

其七

雪糁酴醾压树香[①]，松花蔌蔌堕轻黄[②]。
牛冈西路归来晚，时有乌鸢舞夕阳[③]。

①雪糁（shēn）：此指米酒上的白色浮蚁。酴醾（tú mí）：一种经几次复酿而成的甜米酒，也称重酿酒。

②松花：此指松花酒。蔌（sù）蔌：涓流状。

③乌鸢（yuān：乌鸦和老鹰。

其八

万里弓旌喧特招[①]，无能分合侣渔樵。
论心幸有西邻老[②]，拄杖敲门话寂寥。

①弓旌：弓和旌，参见 579 页注③。

②论心：谈心，倾心交谈。

季夏郊墅即事十二章[①]

其一

皛皛飞云挟暑骄[②]，江郊幸可远烦嚣。
道人方寸虚生白[③]，燕几风清扇罢摇[④]。

①季夏：夏季的最后一个月，农历六月。郊墅：郊外农舍。时叙州城在今四川宜宾市江北旧州坝。此诗为程公许任绵州教授暑期回叙州宣化越溪河

畔所作。

②皛皛（jiǎo）：洁白明亮貌。

③虚生白：虚室生白。虚，使空虚；室，指心；白，指道。心无任何杂念，就会悟出“道”来，生出智慧。

④燕几：用以靠着休息的小桌子。

其二

碧琅玕绕碧梧桐[①]，面面轩窗面面风。
剩著图书围几席[②]，何妨门径拥蒿蓬。

①碧琅玕：蟠龙书院藏书楼。碧、琅、玕为三种美玉，此以玉喻书。

②剩著：闲暇写作著述。几席：为古人凭依、坐卧的器具。

其三

小筑新成面势宽[①]，探囊羞涩一钱看[②]。
也知岁晚须栖宿[③]，敢向明时咏考盘[④]。

①小筑：规模小而比较雅致的住宅。面势：面对越溪河畔山水。

②探囊：到袋中摸取。一钱：一文钱，此指极少的钱。

③岁晚：晚年。

④明时：指政治清明的时代，常用以称颂本朝。考盘：参见 85 页注④。

其四

手锄荒梗艺瑶华[①]，敢觊诸公借齿牙[②]。
通塞非人能计度，贞心只自保修姱[③]。

①荒梗：指荒凉闭塞处。艺：种植。瑶华：白色玉兰花。

②敢觊（jì）：冒昧地希望。借齿牙：称誉，说好话。

③修姱（kuā）：洁美。

其五

儒林冠冕国蓍龟①，黄发同时二老归②
出处古今难一概③，青天未可戴盆窥④。

①蓍龟：参见412页注④。

②程公许自注："崔、李二先生同召。"崔与之和李埴均曾任四川制置使兼知成都府，二人皆器重程公许才华。

③出处：谓出仕和隐退。一概：一致。

④戴盆窥：参见16页注⑱。

其六

午窗读倦枕书眠，起拆茶包手自煎。
大地众生愁暍死①，清风一壑可能专②。

①暍（yē）死：中暑而死。

②可能：能否。专：独自享受。

其七

自随官牒却居闲①，樵叟渔童惯往还②。
种竹且教疏见月，开窗莫遣碍看山。

①官牒：记载官吏姓名、爵禄的证件。

②樵（qiáo）叟：打柴的老翁。渔童：越溪河边捉鱼的小孩。

其八

性僻邻墙亦懒过[①]，日长何事可销磨。
云蓝展向风棂写[②]，恨未疏池养白鹅。

①性僻：性喜僻静。过：访问。

②展向：张开，喻云卷云舒。写：同“泻”。此指风穿窗棂而入。

其九

心闲万籁响韺茎[①]，古调何人细与评。
招手洪崖天万里[②]，佩霞惝恍会瑶京[③]。

①韺（yīng）：古代的一种乐曲。茎：根本，源头。

②洪崖：程公许自注：“谓洪中书。”即洪咨夔，参见 144 页注④。

③佩霞：仙人着装，此喻闲居。瑶京：繁华的京都。

其十

力贫藏得五车书[①]，趁就炎歊晒壁鱼[②]。
安得身闲饶目力，年年铅椠课三余[③]。

①五车书：《庄子・天下》：“惠施多方，其书五车。”后用以形容读书多，学问渊博。

②炎歊（xiāo）：暑热。壁鱼：衣服及书籍中的蠹虫，又名白鱼、衣鱼。

③铅椠（qiàn）：参见 37 页注⑯。三余：指读书三余：冬者，岁之余；夜者，日之余；阴雨者，时之余也。

其十一

事业悠悠雪满头，流光那会与人谋[①]。
作劳输与田间叟[②]，紫芋黄鸡满意秋。

①流光：指如流水般逝去的时光。

②作劳：劳作，劳动。

其十二

怒雷送雨五更残，文石花藤探借寒[①]。
腥秽百年须一洗[②]，五云深处是长安。

①文石：一种香料。探借：预借。

②腥秽：此指盗匪、外敌等及其残酷屠杀的罪行。

桂花三首

其一

露香消渴桂花芳，天气偏饶八月凉。
不是窅窊分得种[①]，人间那得许清香。

①窅窊（yǎo wā）：亦作“窅洼”，凸凹，突出和低下。《汉书·礼乐志》：

“都荔遂芳，窅窊桂华。”颜师古注：“桂华之形窅窊然也。”

其二

一秋无雨亦无风，比似常年迥不同。
鼻观了无分别想[①]，道人结习本来空[②]。

①鼻观：谓观鼻端白。佛教修行法之一。注目下视观鼻尖，时久鼻息成白。宋黄庭坚《谢曹方惠物》诗：“注香上袅袅，映我鼻端白。”

②结习：佛教称烦恼。本来：本有的心性。

其三

雨花那得著衣裾[①]，遍界香分佛饭余[②]。
金粟如来元一点[③]，横陈妙供尽从渠[④]。

①衣裾（jū）：衣襟。

②遍界：满世界。香分：谓布施给佛寺庙宇的香火钱。

③金粟如来：佛名，即维摩诘大士。维摩，意为净名。元一：指万物的本源。

④妙供：殊妙之供养。从渠：即依照规矩。诗中反映了越溪河流域佛教兴盛的情况。

书室以黄花围坐二绝句[①]

其一

枯禅不羡阿娇屋[②]，静俟宁须郭隗台[③]。

天悯羁贫大痴绝[4]，唤将金色界中来[5]。

①书室：书房。黄花：此指黄色腊梅。

②枯禅（chán）：老僧，此程公许自指。阿娇：指美女。

③郭隗台：参见356页注⑮。

④羁（jī）贫：客居贫困。痴绝：自谦之辞，指故意不露锋芒，使外表看起来笨拙愚鲁；又用于形容人谦逊、有意不冒尖，或与世俗习气不同，品德高尚的人。

⑤金色界：佛教语，金色世界，指佛所居住的世界。

其二

给园光景无边际[1]，趺坐西窗日落时[2]。
欲识当时黄面老[3]，莫将色相等闲窥[4]。

①给（gěi）园：即“给孤独园”，参见235页注⑫。光景：犹言日子。

②趺（fū）坐：盘腿端坐。

③黄面老：犹言黄面老禅。此程公许自指，并用以喻黄色腊梅。

④色相：佛教语。指万物的形貌。等闲：平常。窥：此指小看。

重九前一日到家[1]

霜日晶荧水尚肥[2]，顺风一舸送将归。
黄花笑我犹牵俗[3]，得似渊明勇拂衣[4]。

①家：程公许老家四川叙州宣化越溪河下游蟠龙书院。

②霜日：犹秋日。晶荧：天气晴朗。

③黄花：此指菊花。牵俗：拘泥于习俗，此指为官职约束。

④渊明：陶潜，参见 162 页注⑩。拂衣：振衣而去，谓归隐。

丙子重阳触事得绝句七首①

其一

盘水平生谨自持②，苦为痎病费医治③。
一秋偏识端居味④，余事何妨读杜诗。

①丙子：1216 年，时程公许在温江尉任上。此诗为程公许重阳节回叙州宣化蟠龙书院故里所作。触事：犹遇事，从诗的内容看为患了一次重病。

②盘水：指静止的水。自持：自我克制。

③痎（jiē）病：隔日发作的疟疾。

④端居：居家静养。

其二

策策窗前落叶干①，晚香空自傲霜寒②。
力贫未办倾家酿③，一酌亲颜也自欢④。

①策策：象声词。

②晚香：指菊花。宋韩琦有“且看黄花晚节香”句，故称。空自：徒然，白白地。傲霜寒：不为寒霜所屈。

③倾家：拿出全部家产。酿：此指酒宴。

④亲颜：亲朋好友。

其三

去年今日枕江楼，对酒谈经夜不休。
闻道黄花满仙谷[①]，莫教儿辈觉风流。

①黄花：此指菊花。

其四

雅志求仁苦力难[①]，知他隔许利名关[②]。
流光俯仰一弹指[③]，与世浮沉只强颜。

①苦力：谓竭尽心力。

②隔许：隔着若干。

③俯仰：形容时间短暂。

其五

薄宦羁縻兔落罝[①]，西阡不到一年赊。
销魂霜露增凄怆[②]，陟屺瞻思晚日斜[③]。

①薄宦：卑微的官职。此为程公许自谦。羁縻（jī mí）：束缚，控制。兔落罝（jū）：兔罝指结网猎兔，后引申指战事。

②销魂：谓灵魂离开肉体。形容极其哀愁。

③陟岵（zhì hù）：《诗·魏风·陟岵》："陟彼岵兮，瞻望父兮。"后因以"陟岵"为思念父亲之典。瞻思：仰慕，缅怀。

其六

风雨连宵苦泪潸[①]，可怜半作冢累然[②]。
钟情叔氏如酥酪[③]，岁晚相随对榻眠。

①连宵：犹通宵。潸：泪下。

②冢（zhǒng）：坟墓。

③叔氏：此指居家守业的三哥叔逢兄。酥酪：奶酪，此喻融为一体。

其七

寂寞随人药市行，可能金石尽知名[①]。
飞仙未必真违世[②]，长使痴氓学卫生[③]。

①金石：此借指中药。

②违世：避开尘世。

③卫生：养生；保护生命。《庄子・庚桑楚》：“老子曰：‘卫生之经，能抱一乎？’”郭象注：“防卫其生，令合道也。”

亲友招呼鼎至简以二绝句[①]

其一

倦客归来住不多[②]，颇思散策日相过[③]。
胶胶扰扰败人意[④]，那得长闲共切磋[⑤]。

①招呼：程公许老家叙州宣化越溪河流域方言，接待。鼎：此指叙州乡

村流行的砂火锅，即今人言之川南土火锅。

②倦客：客游他乡，旅居在外的人。

③散策：拄杖散步。相过：互相访问。

④胶胶扰扰：战乱不断，社会动荡，纷乱不宁。

⑤切磋：此喻道德学问方面相互研讨勉励。

其二

璀璨堆盘水陆珍①，自量薄福可能胜②。
何如小摘春畦绿③，共话西园夜雨灯。

①璀璨：光彩绚丽。

②可能：能否。

③小摘：随意采摘。春畦：初春田园中的绿色菜蔬。

慧明王道士赠蜜黄精①

慧明道士别经年②，肘后飞金秘不传③。
崖蜜黄精分遗我④，冰容或可觊飞仙⑤。

①慧明王道士：不详。黄精：药草名。多年生草本，中医以根茎入药。

②经年：若干年。

③肘后飞金：谓随身携带的医书或药方。

④崖蜜：岩蜂糖。青城后山大面山山崖间野蜂所酿之蜜，又称石蜜、岩蜜。色青，味微酸。遗（wèi）：赠予。

⑤冰容：此指慧明王道士白净慈善的面容。觊（jì）：希望（成为）。

和家恭伯韵别曹扬休还涪陵六首①

其一

春风有客梦刀头②，正好将军侍太丘③。
为惜交情留信宿④，无端樯燕聒离愁⑤。

①家恭伯、曹扬休：不详。从后面诗文看，家恭伯、曹扬休均为程公许任施州通判时的朋友，此为送别饮酒所作。涪陵：今重庆市涪陵区，因乌江古称涪水、巴国王陵多在此而得名，春秋战国时曾为巴国国都。

②刀头：用于祭祀的肉。

③太丘：今河南永城市太丘镇，太丘社神春秋战国为宋国神社。此借指巴国王陵所在地涪陵。

④信宿：连宿两夜。《诗·豳风·九罭》："公归不复，于女信宿。"毛传："再宿曰信；宿，犹处也。"

⑤无端：无缘无故。樯（qiáng）燕：桅杆上的燕子。聒（guō）：声音嘈杂

其二

精蓝靖馆手同携①，细与重论文暇时。
须信有方藏肘后②，可能无药起支离③。

①精蓝：佛寺，僧舍。靖（jìng）馆：清静的房间。靖，通"静"。

②肘后：谓随身携带，此指医书或药方。

③起：改变。支离：分散，分离。

其三

胶漆论心忽离群[①]，柳边躞蹀马蹄尘[②]。
清风朗月相思夜，依旧江山面目亲。

①胶漆：比喻情谊极深，亲密无间。论心：谈心，倾心交谈。

②躞蹀（xiè dié）：徘徊。

其四

朵颐渠可换灵龟[①]，世事艰如整乱丝。
执手应须细商略[②]，古来成败几枰棋[③]。

①朵颐（yí）：鼓腮嚼食。渠（jù）：岂。灵龟：用以占卜的大龟。据传涪陵郡出大龟，甲可以卜，俗呼为灵龟。

②执手：犹拱手。此指分别。

③枰（píng）棋：谓棋局。

其五

读易岩前访德人[①]，分明枯菌茁芽新。
趋庭领会传心法[②]，一笑陈编万古春[③]。

①读易岩：位于今湖北恩施城西。

②趋庭：谓子承父教。传孔子教其子孔鲤趋庭学诗和礼。

③陈编：指古籍、古书。

其六

岭雪融春水涨溪，留连尊酒话精微①。
蓝田膝上还相忆②，半偈何当问指归③。

①留连：留恋不舍。精微：精深微妙细致。

②蓝田：蓝田种玉。晋干宝《搜神记》卷一一：“公至所种玉田中，得璧五双，以聘。徐氏大惊，遂以女妻公。”原指杨伯雍在蓝田的无终山种出玉来，获得了称心如意的美好姻缘。此以曹扬休所赠之玉，喻感情深厚、长相思念。

③半偈（jì）：佛教语，有询求答案之意。何当：犹何日，何时。

晚晴登楼和叔存侄四首①

其一

日澹霜明雨意悭②，枫林稻陇褧衣斑③。
小楼触目秋容好，得似萧晨起看山④。

①从诗的内容看，此诗为程公许任崇宁知县时所作。公许另有《叔存侄伯仲拉登平盖观》一首。

②澹（dàn）：通“淡”，浅淡。霜明：霜色洁白。悭：吝啬，小气。

③褧（jiǒng）衣：古代女子出嫁时在途中所穿单罩衣，以蔽尘土。此指枫林为收割后的黄色稻田罩上了一片红色。

④得似：怎似，何如。萧（xiāo）晨：凄清的秋晨。

其二

放浪烟霞我亦曾，误凭宵梦绕觚棱①。

眼明一片蚕崖雪[②]，便拟支筇最上层[③]。

①觚（gū）棱：宫阙上转角处的瓦脊成方角棱瓣之形，借指官府。

②蚕崖：关名，在四川都江堰市西北，凿崖通道，有如蚕食。

③支筇：拄着拐杖往上攀登。

其三

一秋吟思奈天悭[①]，醉面无因点缬斑[②]。
衮衮簿书成底事[③]，朝来爽气在西山[④]。

①天悭（qiān）：成语“好事天悭”，犹言好事多磨。

②醉面：醉颜。缬（xié）斑：花纹斑；此指红晕。

③衮衮（gǔn）：相继不绝貌。簿书：官署文书簿册。底事：何事。

④爽气：明朗开豁的自然景象。西山：此指西岭雪山，位于今四川大邑县西岭镇境内，因杜甫的千古绝句“窗含西岭千秋雪，门泊东吴万里船”而得名。景区内有终年积雪大雪山，海拔 5353 米，为成都第一峰。

其四

锥刀较计我何曾[①]，商略人生岂摸棱。
九万里风鹏背阔[②]，倚栏不隔碧霄层。

①锥刀：指刀笔。

②鹏背：《庄子·逍遥游》：“有鸟焉，其名为鹏，背若太山。”后因以“鹏背”比喻高入云端的大山。

又雨霁登楼

雨霁凭栏物色佳，鬅鬙叠嶂敛烟霾[1]。
羁愁要著谁陶写[2]，且把昏眵为一揩[3]。

①鬅鬙（péng sēng）：头发散乱貌，此喻山石花木等参差散乱。
②羁（jī）愁：旅人的愁思。陶写：谓怡悦性情，消愁解闷。
③昏眵（chī）：目多眵而昏花。眵，眼内分泌物，俗称“眼屎”。

晚日

西崦落照晕金钲[1]，敛退痴云作嫩晴。
忽忽暝烟行十里[2]，前头灯火是鹃城[5]。

①西崦（yān）：崦嵫山，传说中的日落处。金钲（zhēng）：太阳。
②忽忽：倏忽，急速貌。暝（míng）烟：傍晚的烟霭。
③鹃城：参见 639 页注⑤。

五月十九日夜雨

三日炎熇不可当[1]，一宵风雨夜微凉。

群龙莫吝为霖手[2]，且与乾坤洗战场[3]。

①炎熇（xiāo）：暑热。

②霖（lín）：久下不停的雨，霖雨。

③乾坤：《易》的乾卦和坤卦。此指国家、天下。

三溪阴雨青山一峰穹秀可爱[1]

山色溪流共蔚蓝[2]，此中有句为谁参[3]。
老蛟喷雾舒还敛，依旧搀空碧玉簪[4]。

①三溪：程公许老家越溪河支流，位于今四川宜宾市叙州区一中附近，今名三溪口。青山：此指今叙州区一中南面小山。穹秀：隆起秀丽。

②溪流：山中小水溪有张坝溪、黄金溪、百谷溪，合称三溪。

③参：探究，领悟。

④碧玉簪（zān）：用碧玉制成的簪，此喻苍翠挺拔的山峰。

上朝天坡

旧游幕府无余俸[1]，载得云根几片归[2]。
爱此嵚嵜苍玉质[3]，剩判莎孱滑烟飞[4]。

①幕府：幕僚，幕宾。

②云根：深山云起之处；此指山边天际之云。

③嵚崎（qīn qí）：山势高峻倾斜。苍玉：此指草木青绿色。

④剩：剩有；犹有。莎屦：草鞋。滑烟飞：草鞋着地而滑。

过茶坡栗坡回望平川杳霭[①]

上到茶坡又栗坡，瘦筇倚倦碧嵯峨[②]。
那知一片烟云澹[③]，望眼偏于此处多[④]。

①茶坡：种有茶树的山坡。栗（lì）坡：生长有板栗树的山坡。杳霭（yǎo ǎi）：云雾缥缈貌。

②瘦筇：指手杖。嵯（cuó）峨：山高峻貌。

③澹（dàn）：恬静、安然的样子。

④望眼：看点，远眺的视野景观。

和眉山杨清父龙渊小舫二首[①]

其一

谁能投笔规万户[②]，但可短篷称散人[③]。
逼窄世途何处避[④]，千金难买是闲身。

①杨清父：不详。

②投笔：指弃文从武。规：谋求。万户：万户侯。

③但可：只须。短篷：指小船。散人：闲散自在的人。

④逼窄：狭窄，拥挤。

其二

婵娟倚市为谁好，膏火置身空自煎①。
何似濯缨歌一曲②，秋江森森碧如天。

①膏火：夜间读书用的灯火，借指勤学苦读。

③濯（zhuó）缨：洗濯冠缨。语本《孟子·离娄上》："沧浪之水清兮，可以濯我缨。"后以"濯缨"比喻超脱世俗，操守高洁。

题西林寺①

觌面江干千尺像②，一州胜处说西林。
雪涛欲验青衣涨③，步转云堂向后寻④。

①西林寺：坐落于江西九江市庐山北麓，晋代寺僧慧永所建，为庐山北山第一寺。寺内原有一幅墙壁，苏轼来游，看到壁上前人题诗甚多，顿时兴起，索笔题写了著名的《题西林壁》，传为千古佳诗。其中的"不识庐山真面目"一句，极具哲理。

②觌（dí）面：当面，迎面。江干（gān）：江边；江岸。

③雪涛：波涛。青衣：青衣江，程公许老家岷江二级支流。

④云堂：僧堂，僧众设斋吃饭和议事的地方。

小圃茅亭初成即事十绝句

其一

手斸西墙择地偏①，疏篁惯与养风烟。
锄荒当得经纶否②，聊作仙曹小有天③。

①斸（zhú）：用锄挖。
②锄荒：锄地开荒。当得：能得到。经纶：指治理国家的抱负和才能。
③聊作：姑且作为。仙曹：泛指朝廷官署。

其二

一时花木斩新栽，露萼烟苞逐渐开①。
好事人人能爱惜，莫教容易拥蒿莱。

①萼：花萼，包在花的底部和外部。苞：花没开时包着花骨朵的小叶片。

其三

小筑分明是隐沦①，何妨随分乐青春②。
诸君莫笑茅茨陋③，野意萧疏更觉真。

①小筑：小而比较雅致的住宅，多筑于幽静之处。隐沦：隐居。
②随分：依据本性，按照本分。青春：喻美好的时光、珍贵的年华。
③茅茨：茅草盖的屋顶。

其四

诗情不惯吏尘嚣[①]，心事偏耽野趣幽[②]。
纵使酒尊空北海，客来一笑也风流。

①吏尘嚣：官场的纷扰、喧嚣。
②耽（dān）：沉溺。

其五

海棠数点渐娇春，匝地何时簇锦茵[①]。
不耐汲泉劳日课，夜来一雨陡精神。

①匝地：遍地。锦茵：喻指芳草。

其六

未能手剑血长鲸[①]，只合瓜田老邵平[②]。
斗粟驱人成底事，漫将吟啸寄高情。

①手剑：持剑。长鲸：大鲸，喻巨寇。
②老邵平：像邵平那样老去。邵平，参见390页注⑥。

其七

凿池取月未伤廉，何必莲峰诧藕船。
少待清渠通绿溜，醉歌绿醽鉴明蠲[①]。

①幰：帷幔。鉴：照。明蠲（juān）：明净，洁净。

其八

北风眯目涨烟尘[1]，寒勒花容也自颦。
袖手何能供草檄[2]，等闲题遍锦江春。

①寒勒：严寒逼使。颦（pín）：皱眉。

②草檄（xí）：草拟檄文，亦泛指撰写官方文书。

其九

五百风光巧作寒[1]，晚春未可试衣单[2]。
只应杀气迷关栈[3]，便觉人情有两般。

①五百：五百户封地，泛指大地。封建分封制中，户代表每一个家庭。封户，就是把一片土地连同上面的农户分封给个人。风光：时光景物。

②晚春：春季的最后一个月，指农历三月。

③杀气：犹阴气，寒气。迷：沉溺。

其十

醉里眉攒万国愁[1]，杜陵聊复傲沧洲[2]。
扶持何代无人物，鱼鸟飞沉得自由。

①万国；天下。

②杜陵：杜陵野老，唐杜甫的自称；此为程公许自指。聊复：暂且。傲：

傲立。沧洲：此指程公许老家四川叙州宣化越溪河边。

除夕和唐人张继张祐即事四首[①]

其一

六花集瑞九重天，禁漏催朝夜不眠[②]。
流落那知新历换，枫桥寺外看渔船[③]。

①张继：中唐诗人，多登临纪行之作，清远自然，不事雕琢。其诗作以《枫桥夜泊》最为著名。张祐：唐代诗人，其诗之佳者首推宫词，委婉多讽。次则描绘山水，题咏名寺之作。

②禁漏：宫中计时漏刻，此指漏刻发出的声响。

③枫桥寺：江苏苏州市枫桥寺。

其二

经世无才慕管萧[①]，风尘搔首故乡遥[②]。
瘦藤忽梦寻梅去，袅袅寒溪独木桥。

①管萧：管仲和萧何的合称。两人均为历史上的名相。

②风尘：比喻战乱，戎事。故乡：四川叙州宣化县越溪河畔。

其三

一笑升沉休问天[①]，赞房赢得日高眠[②]。
五湖浪透门前港，何不乘风稳放船。

①升沉：指仕宦之升降进退。升谓升进，沉谓黜退。

②赞房：程公许家乡叙州宣化越溪河流域民间乔迁新居时候举行的祝贺仪式。

其四

一簪华发雪萧萧，流景星驰道转遥[1]。
拨倦寒炉鸡唱晓[2]，春风携手赵州桥[3]。

①流景：谓如流水般的光阴。星驰：如流星飞奔。

②寒炉：寒冬的火炉。

③赵州桥：原名安济桥，俗称赵州大石桥，位于河北省赵县城南洨河上。隋开皇、大业年间名匠李春所建，为我国现存古代著名建筑之一。后两句喻收复中原。

卷十三

记

宝庆府改建设厅记①

皇帝御极之明年②，纪年宝庆，制诏在昔潜跃之地③，命有司搜典故以闻。邵阳郡得以宝庆名其府，后二十二年，升为军节度④。

至是，长沙赵侯由著作郎兼户部郎官、参江淮督视军马行府幕议⑤，未及期，以亲老丐便郡⑥。上俞其请⑦，若曰："邵距京僻且远，尔父母，国之比邻也⑧，其往为朕抚循其旄倪。⑨"

州境介潭、衡⑩，控湖右，地硗产薄⑪，民鲁而勤穑事，士愿而无异习。侯审其易理⑫，始至诹咨利病，简节条目，待之犹父兄之于子弟。令行化洽⑬，人喻其心，赋输以时，庭无留讼。

公暇周览官寺位置卑狭，率不中程度，而黄堂为甚⑭，丹垩漫漶⑮，揞拄攲倾⑯，楹柱蠹败，过者怵惕⑰，若将压焉。侯愕曰："郡由偏垒升节镇，而飨军之堂圮敝若此⑱，将何以饬侯度、肃视瞻于吏民⑲？吾将扩大而更张之。合二邑岁入，供上送使具有彝制⑳，而留州之数，殆无以给用度。前此堂寝之加葺，园池之苟有，不亦艰乎哉！吾闻之，廉可以律众，勤可以集事，俭可以无烦于民。矧吾州阻山为国㉑，非通都大邑车马驰骛之冲㉒，非公燕庖厨经旬朔望无爨烟㉓，约己节用，是究是图㉔，庶克有济㉕。"

谋之掾属㉖，信期会，核登耗㉗，节浮冗，苞苴不以交邻㉘，无名钱不入私府㉙，日积月累，期岁而帑藏之储有羡。乃度面势，拓其尺度，悉撤而更新之。以广壮革隘陋，以轮奂易腐挠㉚，坚密宏巨，可支久远。即此宣布条教，延接寮吏，平理讼诉及大宾客大宴飨，始足以严等威之辨[31]，备礼乐之容。

问梓匠奚所取[32]，则选众以募之浙右[33]，问章个奚自致[34]，则计直以货之士[35]，民胥吏以稽簿书[36]，营卒以供役使。费钱米以缗计一万有奇，以斛计七百有奇。

司理参军眉山杨辰应莅其事[37]。宿宾有馆，司饔有所[38]，以次缮治，皆抵于成。惟丽谯及军资、公使、常平等库[39]，方将以余力撤而新之。

侯以内艰[40]，不克受代[41]，解印而去。参佐相与谋曰："侯之牧州也，焦思以轸民瘼[42]，啬己以裕公储，更造斯堂，匪事游览，将砻石求记于旧同朝程子[43]。而侯也棘心之疾方新[44]，士曹于程子有葭莩情[45]，侯意所属，盍介以请[46]？"伻来以图[47]，义不可却。闻之《春秋》之书新作，讥不时也。是役也，僝工己酉之冬[48]，竣事庚戌之秋[49]，易故为新，而不夺农时，不伤民力，刻辞纪事，可无愧。

侯名桌，字希周，擢嘉熙戊戌进士第三人第[50]。文学行谊[51]，蔚然为时闻人。乘一障万山中[52]，治行焯焯[53]。若此一堂之建，未足展才，而营建颠末[54]，弗可以弗志也。乃大书而寿之石，俾来者有考。

淳祐十有一年龙集辛亥夏四月吉日[55]，中大夫、宝章阁待制、新知婺州军事、兼管内劝农营田使、眉山县开国子、食邑五百户、赐紫金鱼袋程公许纂[56]。朝请郎、荆湖南路提防刑狱公事高斯得书并篆额[57]。

①宝庆府：湖南邵阳市旧称，南宋宝庆元年，宋理宗赵昀用年号命名自己曾领防御使的封地为宝庆府。厅是宝庆府的办公场所。

②御极：登基；即位。

③潜跃：谓帝王未登基之时。

④军节度：南宋在军政要地设置的高于府的行政区。

⑤赵侯：即下文提及的在宝庆府建厅的赵桌（lì）。参江淮督视军马行府：

设于江淮战区，行府是都督行府的简称。督视军马一职由参知政事兼任时，其统帅部称为参知政事行府。幕议：幕僚。

⑥亲老：孝敬老人。丐：乞求。便郡：近便任职。

⑦俞（yú）：文言叹词，表示允许。

⑧国：皇上自指。宋理宗赵昀曾领防此地。

⑨抚循（xún）：安抚存恤。旄倪（máo ní）：老人和幼儿。

⑩潭：潭州，治所在今湖南长沙。衡：衡州，湖南衡阳的古称。

⑪硗（qiāo）：土质硬，不肥沃。

⑫侯：赵侯。易理：风水地势等客观情况。

⑬化洽：指使教化普沾。

⑭黄堂：太守衙门中的正堂。

⑮丹垩（è）：粉刷的墙壁。漫漶（huàn）：因年代久远遭磨损而模糊不清。

⑯搘（zhī）拄：支撑的木柱。攲倾（qī qīng）：歪斜。

⑰怵（chù）惕：恐惧警惕。

⑱圮（pǐ）敝：毁坏；残破。

⑲饬（chì）：整顿。度：准则。视瞻：观看瞻望。

⑳彝制：常制。

㉑矧（shěn）：文言连词。况：况且。国：此指城邑。

㉒驰骛（wù）：迅速地奔跑。冲：要冲，交通要道。

㉓公燕：公筵。经旬朔望：十天半月。朔望：初一、十五。爨（cuàn）：烧火煮饭。

㉔是究是图：深思熟虑。究，深思。图，考虑。

㉕庶克有济：克服各种困难，终会成功。济，成功。

㉖掾（yuàn）属：佐治的官吏，下属。

㉗登耗：犹增减。

㉘苞苴（bāo jū）：原指包裹鱼肉的蒲包，后转指赠送的礼物。

㉙无名钱：未标名目之国库款。

㉚轮奂：形容屋宇高大众多。

㉛等威：与一定的身分、地位相应的威仪。

㉜梓匠：两种木工。梓，梓人，造器具；匠，匠人，主建筑。

㉝浙右：浙江西部，大致为浙江衢州地区，而并非指东部。现代地图为上北下南左西右东，古代恰恰相反，是上南下北左东右西。

㉞章个：大木材。自致：自至其处。

㉟计直：指计算货物的价值。货：货币，钱。

㊱民：（出钱的）百姓。胥吏：基层的办事人员。稽：核查，记载。簿书：记录财物出纳的簿册。

㊲司理参军：官名，掌本州讼狱之事。时任宝庆府司理参军杨辰为四川眉山人。应莅：被安排参与。

㊳司饔（yōng）：做饭；烹煮。

㊴丽谯（qiáo）：华丽的高楼。常平：常平仓库，政府为调节粮价，储粮备荒以供应官需民食而设置的粮仓。

㊵内艰：母亲的丧事，丁母忧而守孝三年。

㊶不克：没等到。受代：官吏任满由新官代替为受代。

㊷焦思：焦苦思虑。轸：体谅。民瘼：人民的疾苦。

㊸砻石：碑石。程子：程公许自指。

㊹棘（jí）心之疾：钻心之痛。

㊺士曹：此指宝庆府司理参军眉山杨辰。葭莩（jiā fú）：苇杆里的薄膜；此指亲密的感情。

㊻盍（hé）：何不，表示反问或疑问。介：介绍。

㊼伻（bēng）：令使。

㊽孱（chán）工：筹集材料。己酉：己酉年，即1249年。

㊾庚戌：庚戌年，即1250年。

㊿擢（zhuó）：拔，此指考取。嘉熙戊戌：嘉熙是南宋理宗赵昀年号（1237—1240），历时四年。戊戌年为1238年。

51行谊：品德行为。

52乘：驾驭，管理。障：阻塞，阻隔。

53治行：为政的成绩。焯（chāo）焯：显著，昭然。

㊹颠末：始末，本末，前后经过情形。

㊺淳祐（1241—1252）：宋理宗年号。淳祐十有一年是 1251 年，即辛亥年。龙集：犹言岁次。吉日：此指朔日，即农历每月初一。

㊻中大夫、宝章阁待制：官名，相当于顾问。婺（wù）州：金华古称。开国子：此为程公许祖上避安史之乱入蜀时封的爵名。紫金鱼袋：紫指紫衣；金鱼袋，用以盛鲤鱼状金符，佩于腰右，地位的象征。

㊼朝请郎：文散官名。荆湖南路：古代行政区划名，辖潭州，长沙郡等。高斯得：四川蒲江人，善书法篆刻。

序

《周鉴》序[1]

昔者孟轲氏尝述夫子之言曰："王者之迹熄而《诗》亡[2]，《诗》亡然后《春秋》作[3]，晋之《乘》、楚之《梼杌》、鲁之《春秋》一也[4]。"

盖列国皆有史官，周天王为天下共主，礼乐征伐所自出焉，得独无纪载欤？《周礼》春官之属有外史[5]，掌书外令，掌四方之志，掌三王五帝之书，此即周史官之职也。

《坟》《典》达之四方[6]，人人得以诵读，故能长存于世。周史不知何自散逸，几与晋《乘》、楚《梼杌》偕泯没而无闻，甚可惜也。犹幸鲁史经圣人笔削，得与《易》《诗》《书》、二《礼》并传[7]，年月日之间，加一王字，所以示赏罚予夺，非周天子不得专名。曰鲁史，实周史也，书法谨严[8]。

赖《左氏传》旁采列国史详记其事[9]，使后世沿事以求经，不为无补。然周自后稷基王业[10]，至文王受命作周[11]，武王克殷以有天下[12]，成康以守成继统[13]，宣王以励精中兴[14]，平王东迁[15]，讫于季末[16]，历三十四世，享祚八百六十七年[17]，其间理乱得失散见于《诗》《书》六典、大小戴《记》、诸子百家之文[18]，可为万世鉴者，莫容胜纪。惜未有博采精择，辑为一书，以补坠典翼圣经者[19]，岂一代谟训阐扬固有其时耶[20]？

吾友宋辉、彦祥幼嗜古，及壮自知命不偶时[21]，弃去科举，锐精典籍，创义例[22]，著成《周鉴》一书。因系序之后先，摭经传之纪述[23]，研核同异，断以己见，积二十年荟萃之功，始克脱稿。

蜀罹敌难[24]，彦祥避地峨眉山中，寝食与俱。间关出峡[25]，届洪都[26]，探箧校所亡失[27]，借屋萧寺[28]，杜门省记[29]，久之而成全书。

余时以少蓬直西掖[30]，移檄江右[31]，俾索本上秘府[32]。有司视为迂缓，弗之省会。出守宜春[33]，招彦祥馆郡斋，为裒札翰[34]，集小史抄录，移书达之部使者江公子远[35]。子远嘉赏，欲转以上闻，留备乙览[36]，亡几罢去。彦祥以余悉其论著之苦，乞为序引记，以永其传。

窃惟三代有道之长[37]，周为盛，此无他，仁之涵养也厚，礼之维持也固而已。《行苇》之序[38]，以仁及草木，或以福禄言。王通氏亦云[39]：“《周礼》其敬天命，兹其证也。”诚使文、武、成、康之后，子孙绳绳[40]，世守勿堕，则《召旻》之诗安得隐然以“池之竭矣，不云自频”为刺[41]，而天下荡荡，无纲纪文章，卫武公宁遽为之戚嗟乎[42]？

以古为鉴，可知兴替。彦祥此书之作，所以为万世有天下者之戒，意甚切也。成周远矣[43]，即是编求之，一得一失，一理一乱，如鉴对形，万古犹目前也。

彦祥眉山人，先考君擢庆元丙辰邹某榜进士第，以文墨议论推重搢绅[44]。彦祥与兄光载熟闻过庭之训[45]，常以所学质疑于乡长老雁湖、悦斋二李先生[46]，源委睿深[47]，其得之父师者，盖有自云。

淳祐四年岁在甲辰良月五日[48]，同郡程某序[49]。

①此文是程公许为朋友宋辉、彦祥编写的《周鉴》所写的序。宋辉不详，彦祥即后文提及的邹某进士之子，眉山人。

②王者：此指西周。《诗》：《诗经》，是中国古代最早的一部诗歌总集。

③《春秋》：中国现存第一部编年体史书，相传为孔子所作。

④《乘》《梼杌》（táo wù）：分别为春秋时晋国、楚国的史书。

⑤《周礼》：相传西周时期周公旦所著，记载先秦时期社会政治、经济、文化、风俗、礼法诸制。春官：《周礼》六官之一，掌礼法、祭祀。属：类别。外史：掌四方邦国志书等。

⑥《坟》《典》：即《三坟》（伏羲、神农、黄帝之书）、《五典》（少昊、颛顼、高辛、尧、舜之书），指中国最古老的三皇五帝之书。

⑦《易》：《周易》。《书》：《尚书》。二《礼》：《周礼》《仪礼》。

⑧书法：记载历史的笔法。

⑨《左氏传》：相传为春秋末年左丘明为解释孔子的《春秋》而作。

⑩后稷（jì）：周始祖，姬姓，被尊为农神。

⑪文王：姬姓，名昌，周朝奠基者。

⑫武王克殷：周武王讨伐商纣王，决战于牧野，商纣王兵败自焚。

⑬成康：西周成王、康王继承文王、武王的业绩，出现成康之治，是周最为强盛的阶段。

⑭宣王：周宣王即位后，消除厉王暴虐政治影响，缓和国内外不安定局面，整顿朝政，使周势复振，诸侯重新来朝，史称“宣王中兴”。

⑮平王：周平王把都城由镐京迁到洛邑，史称东周。周天子王权开始衰落，诸侯势力不断坐大。

⑯季末：末世，衰世。

⑰享祚（zuò）：帝王在位的年数。

⑱六典：古代六方面的治国之法，即治典、教典、礼典、政典、刑典、

事典。大小戴《记》：《礼记》是汉代人写的研究仪礼文献，叔叔戴德写的叫《大戴礼记》，侄子戴圣写的是《小戴礼记》。今天说的《礼记》，实际上是《小戴礼记》。

⑲翼：帮助。

⑳谟训：谋略和训诲。阐扬：阐明宣扬。

㉑偶（ǒu）时：逢时。

㉒义例：著书的主旨和体例。

㉓摭（zhí）：摘取。经传：儒家经典和解释经文的书的合称。

㉔罹（lí）：遭遇，遭受。

㉕间（jiàn）关：崎岖辗转。形容道路艰险，艰难跋涉。

㉖洪都：古代南昌的别称。

㉗箧（qiè）：小箱子。校：查对。

㉘萧寺：参见 399 页注②。

㉙杜门：闭门。省（shěng）记：回忆。

㉚少蓬：秘书少监的别称。西掖：宫阙西侧，中书省的别称。

㉛移檄：此指起草征召、晓谕和声讨的文书。江右：地理泛称，主要指江西大部、湖南东北、湖北东南部等地。

㉜俾（bǐ）：使。索本：寻找蓝本。秘府：宫中藏图书秘籍之所。

㉝宜春：今江西省地级市，南宋袁州治所。程公许曾任袁州太守。

㉞裒（póu）：取出。札翰：此指彦祥的《周鉴》书稿。

㉟江子远：名临，字子远，江西九江人，南宋著名爱国丞相。

㊱乙览：语本唐苏鹗《杜阳杂编》卷中："文宗皇帝……谓左右曰：'若不甲夜视事，乙夜观书，何以为人君耶？'"后称皇帝阅览文书为乙览。

㊲三代：夏、商、周。有道之长：敬重社会和自然变化规律。

㊳《行苇》：《诗经》之一，歌颂周先代睦亲敬老，仁及草木。

㊴王通：隋末大儒，教育家。

㊵绳（mǐn）绳：接连不断、小心谨慎。

㊶《召旻》：《诗经》之一，刺周幽王任用奸佞，败坏朝纲，宠幸褒姒。频（bīn）：同"濒"，水边。

㊷卫武公：卫和。在父亲卫厘侯去世后，逼其兄卫共伯在父亲墓道自杀。卫和继位，是为卫武公。戚（qī）：悲哀。

㊸成周：平王东迁后的都城，位于今河南洛阳。

㊹文墨议论：指文书辞章。搢绅：参见 17 页注㊾。

㊺过庭之训：参见 568 页注⑪。

㊻李璧和李埴：参见 7 页注⑫。

㊼源委：喻彻底搞清楚事情的始末。睿深：有智慧，看得深远。

㊽淳祐四年甲辰：即公元 1244 年。良月：即农历十月。

㊾同郡：历史上汉代犍为郡包括了眉州和叙州。

送军器监丞秦侯入觐序[①]

安岳秦侯以儒学起家，为二千石[②]。其为人硕大颀整[③]，器识称之。文章自作一家体，不为陈言，理体密察而本以宽恕。由铜梁更巴郡[④]，所至籍籍有治行[⑤]。

会西垂连年用师，武备单弱，敌兵坌入天汉、三泉、武休[⑥]，溃卒相挺为变[⑦]。侯以偏垒遏其鸱张[⑧]，列栅近郊，意有惮而不敢肆，逡巡引却[⑨]，骛入他境[⑩]。武不足以折其暴，诚不足以戢其偷，燎原炎炎，寖不可遏。阆、果、遂之民[⑪]，其孰不以巴民为天幸，而恨秦侯之施局于千里也。

会有诏，起节度使仪同安公于家[⑫]，授钺专征[⑬]，督诸将合围进击，不淹月[⑭]，妖腰乱领[⑮]，并膏铁锧[⑯]。幕府上功簿，安公愀然变色曰[⑰]：“爪牙之卫而腹心之梗，赤子于昔而蟊贼于今，是孰使之然哉?”有告于公，方变作之初，秦侯尝有意于招降之策矣。人情不大相远，舍逆为顺，不过翻覆手间。斯策果行，祸不若是惨也。既往何咎，方来可图，世故多端，人物滋眇[⑱]，有才若此，不以白之吾君，公之天下，而私以为宾介之选[19]，于心独无愧欤？

飞章吁天[20]，上颔其奏，诏以军器监丞入觐。士大夫交手相庆，不但为秦侯一吐气，抑亦幸公道之获伸而蜀产之不遂终弃也。重南轻北，昔人有远识谓为分裂之萌。迩年以来，庙堂意忽遐外，士之进用者，落落如晨星，不能独当东南一郡。愤气郁积，天用疾威[21]，假时运之抢攘[22]，彰才具于艰棘。

而侯也，首以瑰望为蜀士召用之倡[23]，秋涛喷薄，鼓枻东去[24]，延颈乎登仙之慕，拜手乎三接之祷，爱人以德者，所不当尔耶[25]？

公许尝拜侯于成都，再侍于武信[26]，望其容毅而温，接其词庄而裕[27]，退而欿然若有失[28]，已而充然如有得[29]。夫遇合之难，自昔为病，或失之于交臂[30]，或迷之于目睫[31]。然世固有一言之契，不由绍介而意气相许者，殆天授，非人合也。未同而言[32]，古训所戒。然后学所以事长者，不当援此以自晦[33]，敢诵所闻请于侯，侯其许之乎？

西南一面，幸夺命于蛟涎，改弦更张，未可中辍。事有可否，见有异同，裁之以公，虽怫何病[34]。然上流之诧，以今揆昔[35]，其难百倍。若非公朝推诚委任，使得以展布四体，即诸葛复生，亦无所措手。

昔威愍宗公留守东京[36]，经理有绪，异议中阻，愤不得伸，遂使王业偏安，中原沦没，遗恨千古，言之痛心。愚以为今日所当鉴。残敌穷蹙[37]，相挻为变，两河、山东雄杰环起[38]，兵交始此，忧端日滋。蜀自古以陆海擅名，以天险立国，今财殚兵弱，险为虚设，变故继扇[39]，人心易摇。所当中外一心，上下并力，往复可否，协济艰难。如韩、范以西事并命宣威、陕西、河东之时[40]，范议增兵，韩与之异。杜、富当国[41]，主韩抑范，而范意亦不以为忤也，愚以为今日所当法。

侯以俭府元僚入为中都官[42]，面对宸扆[43]，退谒宰相于政事堂，安知不以西事咨焉？从容敷陈，所以沃帝心、赞朝算者[44]，取之胸腹，如茧抽丝，纬文经武，何适非用？

蜀，父母邦也，言之可不尽乎？公许少读书，知所趋向，见有抱才蕴识，可期以古人者，私窃企慕，恨不为之执鞭。闻之伯修张君尝辱侯之誉以齿牙也[45]，于其行，义不可以无赠。《诗》不云乎："我仪图之，爱莫助之[46]。"

请书以为送侯之序。

①军器监丞：官名。监掌修治甲胄兵仗之事。秦侯为程公许朋友，四川安岳人。入觐（jìn）：地方官员入朝进见皇帝。

②侯：爵位，不是官职，封地税收是其收入。二千石：《汉书》记载："三十斤为钧，四钧为石。"一石为一百二十斤。二千石就是十二万斤粮食。

③硕大颀（qí）整：壮实高大。

④铜梁：今重庆市铜梁区。巴郡：辖今重庆市和四川省部分区域。

⑤籍籍：声名盛大貌。

⑥坌（bèn）：本意为尘埃；此指涌入。天汉：陕西汉中。三泉：三泉县，今陕西宁强。武休：陕西留坝，武休关为蜀之咽喉。

⑦挻（shān）：引发，挻祸。

⑧偏垒：偏师守卫。鸱（chī）张：像鸱鸟张翼一样；喻嚣张，凶暴。

⑨逡（qūn）巡：徘徊不进，滞留。引却：退却。

⑩骛（wù）：奔驰，乱跑。

⑪阆：阆中。果：果州，今南充。遂：遂州，今遂宁。

⑫安公：安丙，四川广安人，南宋名臣。诛杀叛乱的吴曦，迁四川制置使。后张福叛乱，安丙再擒斩张福。

⑬钺（yuè）：古代兵器，青铜或铁制成，形状像板斧而较大。

⑭淹月：满月。

⑮妖腰乱领：妖怪作乱。出自杜甫《荆南兵马使太常卿赵公大食刀歌》："魑魅魍魉徒为耳，妖腰乱领敢欣喜。"

⑯铁锧（fū zhì）：古代斩人的刑具。借指腰斩之罪。锧，砧板。

⑰愀（qiǎo）然：形容神色严肃。

⑱滋眇（miǎo）：稀少。

⑲宾介：宾，贤宾；介，贤宾之次。此偏指贤宾。

⑳飞章吁天：迅急向朝廷上奏章。

㉑疾威：暴虐、威虐。

㉒抢攘（chēng rǎng）：纷乱貌。

㉓瑰（guī）望：谓声望美好，名声大。

㉔鼓枻（gǔ yì）：划桨，泛舟。

㉕所不当尔耶：所说的不正是这样吗？

㉖武信：武信军，治所在今四川遂宁。

㉗庄而裕：威严而又宽容。

㉘欿（kǎn）然：指不自满。

㉙充然：满足貌。

㉚失之交臂：当面错过了好机会。交臂：胳膊碰胳膊，擦肩而过。

㉛目睫：目不见睫，眼睛看不见自己的睫毛。

㉜未同而言：合不来还要勉强交谈。

㉝自晦（huì）：自隐才能，不使声名彰著。

㉞怫（fú）：愤怒。

㉟揆（kuí）：估量，揣测。

㊱威愍（mǐn）宗公：郑威愍公，名骧，字潜翁，河南信阳人，北宋名臣。强敌冒犯洛阳，公以身殉城。

㊲穷蹙（cù）：窘迫；困厄。

㊳两河：宋称河北、河东地区为两河。

㊴继扇：接着如展开扇面般扩大。

㊵韩、范：韩琦和范仲淹。宋夏战争爆发后，二人率军防御西夏，颇有战功，人称“韩范”。

㊶杜、富：杜衍、富弼，北宋大臣。

㊷俭府：幕府。元僚：贤佐。中都官：京师官署官员。

㊸宸扆（chén yǐ）：借指帝廷、君主。扆，帝王座后的屏风。

㊹沃帝心：使皇上心里有数。朝算：朝廷的谋画。

㊺辱：谦辞，表示承蒙。此句言听说张伯修承蒙秦侯赞誉。张伯修为程公许好友，程公许另有《张伯修令君赋诗同韵称庆》。从结尾看，本序为程公许撰文，请张伯修书写。

㊻我仪图之，爱莫助之：我心里愿意帮助，但能力不够。出自《诗·大雅·烝民》："我仪图之，维仲山甫举之，爱莫助之。"

送果州使君杨文叔赴召序①

公许童丱粗省事②，侍儒林文人，评当代人物，闻有古遗直曰老圃杨先生③，学粹行芳④，日光玉洁。拱手问姓字，不觉神悚形肃⑤，私愿为之执鞭。而生晚，无由窥墙仞⑥，常怏怏为终身恨。

嘉泰癸亥⑦，始识今果州太守杨征君于左绵郡泮⑧，知其为老圃之嫡子，窃自以心语口，此生何幸！得端士为楷模，而后喜可知也。流风不竞⑨，以多自证，以同自慰，求如征君父子一家，后先相望，譬之朱弦疏越⑩，清庙之遗音，天球粹温⑪，有国之镇瑞，俗眼之所眩而俚耳之所愕，独何怪欤？

老圃以直言擢上第⑫，以廉平称吏师，累辞旌招⑬，持节建阃⑭，蔼有声闻。晚节不乐通讯权幸，白首卧家十余年，士论归重，以为范景仁、刘器之一等人也⑮。

征君胚胎先烈，正直强毅，得于生知⑯，辅以趋庭义方之训⑰，丽泽讲习之功⑱，以名节行义为膏粱⑲，视轩冕金玉如尘土⑳。先皇帝在御，宣威大臣露章荐于朝㉑，一再命召，循墙固避㉒。会丹成鼎湖㉓，嗣圣访落㉔，收揽耆旧㉕，协济艰难，以征君为贤，有诏趣召㉖。征君跃然投袂而起㉗，吾党之士一为公朝贺，一为征君疑。

公许曰：不然，凡出处去就何常㉘，惟适于义而已。晨门之吏以知其不可而为之[29]，为夫子讥；荷蒉之夫以有心哉击磬乎[30]，为夫子疑。二子勇于避世，果于忘世者也。圣人以利泽生民为心[31]，视天下无不可为之时，而忍于避，忍于忘之乎？不宁惟是[32]，公山弗扰召，佛肸召，子皆欲往，而子路不悦[33]。彼师友函丈熏而炙之[34]，如由也勇于义[35]，尚不能尽知圣人之心，则亦无怪乎晨门、荷蒉之流也已。故曰："夫召我者，而岂徒哉？如有用我者，吾其为东周乎？"又曰："吾岂匏瓜也哉[36]，焉能系而不食[37]！"

征君行矣！士大夫风俗一坏于嘉泰、开禧之学禁[38]，再坏于嘉定之更化[39]。三十年间，方刓为圆[40]，刚揉而柔，波荡风靡[41]，拱视天下事变之极[42]，如大厦之仆风雨，漏舟之沉江湖，犹且委曲遮护，相与诵歌谈笑，若无事时。其间毅然有特操，能以忠言谠论为国家扶纲常于缀旒[43]，续气脉于沉痼，屈指中外，落落几何人？

征君行矣！直己以信其道，至诚以尽其言，阴极而阳，剥尽而复，安知夫不能牖圣君于一听闻之顷乎[44]？虽然，磨而不磷，涅而不缁[45]，惟至坚至白者能之。坚白未至，而欲尝试于磨涅，此滔滔者所以甘心乎磷缁而莫之悟也。

若征君者，其坚之至而白之至者欤！昔逡巡而避，今翻然而往，征君之于进退语默，权衡之审矣。道之行不行，是则有命焉。若征君者，其能磨而不磷，涅而不缁也决矣。

先兄伯刚父、仲逊父于征君为同年生[46]，某畴昔又从征君游[47]，故其赠行，请以圣门出处去就之，大义为士大夫释所疑。他日持斯文以证[48]，当知老圃为有子而某为知言也[49]。

宝庆元年九月□日序[50]。

①果州：今南充。杨文叔：杨泰之（1169—1230），字叔正，一字文叔，四川青神人。程公许早年识杨泰之于绵州乡校。嘉定末，杨泰之被召赴阙，程公许撰文送行。

②童丱：参见 7 页注①。

③古遗直：有古人遗风，为人耿直。

④学粹行芳：学业精通，品行美好。

⑤悚（sǒng）：恭敬。

⑥墙仞：《论语・子张》："夫子之墙数仞，不得其门而入，不见宗庙之美，百官之富。"意谓孔子之才德不可企及，后因以"墙仞"喻贤者之门。

⑦嘉泰：南宋皇帝宋宁宗的年号。嘉泰癸亥即 1203 年

⑧征君：不就朝廷征辟的士人被称作"征士"，对这些征士的尊称就是"征君"。杨泰之任嘉定通判、召赴都堂审察、知富顺监、知广安军等，皆数次不就或弃官而去。左绵郡泮：绵州乡校。

⑨流风不竞：前代流传下来的风尚不振。竞：谓不强，不振。

⑩朱弦疏越：成语，诗文质朴而有余意。出自《礼记・乐记》："清庙之瑟，朱弦而疏越，壹倡而三叹，有遗音者也。"

⑪粹（cuì）温：纯真温良。

⑫老圃：杨泰之父杨虞仲，号老圃，曾知巴州、夔州。擢上第：考试成绩一等

⑬旌招：以旌招之，谓征召贤士。

⑭持节建阃（kǔn）：持有使节外任。阃：城门槛；借指领兵在外的将帅或外任的大臣。

⑮范景仁：范镇，字景仁，华阳（今四川成都市双流区）人，北宋政治家、文学家、史学家。刘器之：刘安世，字器之，大名府人，北宋后期大臣。

⑯生知：谓不待学而知之。

⑰趋庭义方之训：参见 568 页注⑪。

⑱丽泽讲习：两泽并连互相浸润，喻朋友间研习学业互相促进。

⑲行义：品行，道义。膏粱：肥肉和细粮，此指美好目标。

⑳轩冕：古时卿大夫的车子和服饰，此指官位爵禄。

㉑露章：公开的奏章。

㉒循（xún）墙：谓避开道路中央，靠墙而行。

㉓丹：道家炼制的所谓长生不老药。鼎湖：指帝王崩逝。《周书・静帝

纪》："先皇晏驾，万国深鼎湖之痛，四海穷遏密之悲。"

㉔嗣圣：称新继位的皇帝。访落：此指访求散落民间的人才。

㉕耆（qí）旧：年高望重者。

㉖趣（cù）召：急促征召。

㉗投袂（mèi）而起：挥动袖子，精神振作，立即行动。

㉘出处：出仕及退隐。去就：离任和就职。

㉙晨门之吏：典出《论语》："子路宿于石门，晨门曰：'奚自？'子路曰：'自孔氏。'曰：'是知其不可而为之者与？'"此典喻要想实现理想，就要知其不可而为之。

㉚荷蒉之夫：隐士之典。出自《论语》："子击磬于卫。有荷蒉而过孔氏之门者，曰：'有心哉！击磬乎！'"蒉（kuì）：草筐。

㉛生民：百姓。

㉜不宁唯是：不只是这样。宁：语气助词，无义；唯：只是；是：这样。此指除此之外，还有更重要的因素。

㉝公山弗扰、佛肸（bì xī）：皆为人名。此为孔子欲出仕之典。公山弗扰、佛肸想召用孔子，孔子准备前往。子路不高兴，说："没有地方去就算了，何必到公山氏那里去呢？"孔子说："那召我去的人，岂会让我白去一趟吗？如果有任用我的人，我就会使周朝的德政在东方复兴。"

㉞函丈：古代讲学者与听讲者，坐席之间相距一丈。后用以称讲席。熏、炙：喻受熏陶、影响。

㉟由：仲由，字子路，孔门七十二贤之一，性情刚直，好勇尚武。

㊱匏（páo）瓜：葫芦。

㊲系而不食，指中看不中吃的东西。

㊳嘉泰：南宋皇帝宋宁宗的第二个年号（1201—1204）。开禧：南宋皇帝宋宁宗的第三个年号（1205—1207）。

㊴嘉定更化：是指宋宁宗嘉定年间（1208—1224），宁宗声称要革除弊政、复兴家业的一起政治事件。

㊵刓（wán）：削去棱角。

㊶风靡：像风吹倒草木一样。

㊷拱视：环视。

㊸谠（dǎng）论：正直之言。缀旒：皇冠上垂珠，喻国势垂危。

㊹牖：窗户。此名词动用，开启窗户。

㊺磨而不磷，涅而不缁（zī）：磨了以后不变薄，染了以后不变黑；比喻意志坚定的人不会受环境的影响。

㊻伯刚父：程公说，字伯刚。父：对有才德的男子的美称。仲逊父：程公硕，字仲逊。同年生：科举时代称同榜考中进士者。

㊼某：程公许自指。畴（chóu）昔：往日，从前。

㊽斯文：此文。

㊾知言：有见识的话。

㊿宝庆元年：1225 年。宝庆（1225—1227）是南宋皇帝宋理宗的年号。

送前益部漕宝谟寺丞范公赴召序[1]

始朝廷以江西范公成安丰有异绩[2]，擢守涪会[3]，寻改镇嘉邸[4]，所至不待黔突[5]。至是持节将漕益部[6]，久驻逾六年。中间以备御奏功，玺书加赐显秩[7]，由中秘郎拜太府寺丞[8]，升宝谟阁，恩宠赫奕[9]，同时乘轺车使西南者不逮也[10]。公感渥恩[11]，殚劳厥官[12]，久益不懈。累疏请代，词旨恳切，制诏入奏事。

公使蜀日久，乐其风俗之孅[13]，教化之易以施也，适其喜怒哀乐而调适之，剔其螟蠡稂莠而扶植之[14]。故惠利之洽于民者深[15]，民爱之若父母，诚心之孚于士大夫者一[16]，士大夫尊之若师保[17]。父母之顾复而师保之振德[18]，不虞一朝之舍我而惸惸其无依也[19]。是以驿召之始至也，其君子抃手以相庆[20]，其小民蹙额以相告。其抃手以相庆也，幸其功之见知而公之所施者溥也[21]，其蹙额以相告也，畏二天之夺去而蜀之所芘者遐也[22]。人情不大相远，或欣或戚，无非发于诚而厚于公者。

有质于某曰："子昔以文贽范公[23]，一见赏晤，命掌记室[24]，旋拟为左绵文学掾[25]，削牍论荐[26]，游谈引重。公之门多士云滃[27]，而子则荐台之隗也[28]。于公之行也，将何词以宽其小人之戚，又何说以答其君子之望?"某熏炙公道谊岁月远矣[29]，其明练静密者，不敢臆度论也；其劬躬而恻民隐[30]，泛爱而别品流，则未知与古人何如耳。

蜀自更多故，利在齐民，取无遗算，行赍居送[31]，公畴昔轸如伤之[32]，视而汲汲乎一分之宽[33]，不啻己之饥渴[34]。入对便殿，必能为上开陈，图所以利其后。岷峨凄怆，未尝一息不在公思虑间，而尚奚戚乎?

虽然宽小民之戚也易，而答君子之望也难。今中外事势沸渭纷纭[35]，如航漏舟，涉大川海，飙起涛汹，莫知所届。而执事者未有深思硕画[36]，为国家固基本，排患难之道。奏疏之传四方，类皆钩摭微细[37]，苟以塞责免咎。岂朝廷之大，独无一士谔谔昌言者乎[38]?

习俗弊其前，名位怵其后[39]，自非秉志刚强，其不沦胥以溺者鲜矣[40]。文正公先天下之忧而忧[41]，后天下之乐而乐，以终其身。忠文公十九疏请建储[42]，卧家百日，须发为白，此公之家法也。大丈夫愿忠于君，不以官之崇卑二其志[43]。公由儒学超擢[44]，官不为卑矣，荣昼日之三接[45]，效朝阳之一鸣[46]，兹非其时欤?

某受知于公也厚，感恩于公也深，而所以期于公也远且大。倚庐衔恤[47]，窃慕昔人上书时宰论天下事，而声迹冗贱，瘖不敢吐[48]。夫善类不常有，有则天下之责四面至矣。此某所以妄臆其易者之无不言，而期其难者之能尽言也。愤懑感激[49]，因或者之问，矢词以答[50]，而书以为送行之序。

《诗》不云乎："谁能烹鱼，溉之釜鬵[51]。谁将西归，怀之好音[52]。"

嘉定十七年二月□日[53]，门人程某序。

①益部漕：四川漕运官员。宝谟：宋代宝谟阁是藏皇帝作品的地方。寺丞：中央官署佐吏。范公：范之巽，嘉定七年（1214）进士，授清江簿、益部漕运，终朝请郎。

②江西范公：范之巽之父范仲武，江西丰城人，淳熙六年（1179）进士，初授安丰通判，后知涪州、嘉州，成都通判。本文结尾程公许称“门人”即指范仲武任成都通判事。安丰：今江苏东台。

③涪会：涪州，今重庆市涪陵区。

④嘉邸：嘉州，今四川乐山。

⑤黔突：因炊爨而熏黑了的烟囱；喻受到污染。

⑥持节将漕益部：奉命管理益部水运。

⑦玺书：皇帝的诏书。显秩（zhì）：显赫的官位。

⑧中秘郎：掌管图书。太府寺丞：太府寺主事，掌钱谷金帛货币。

⑨赫奕：显耀盛大。

⑩轺（yáo）车：奉朝廷急命宣召者所乘的车。不逮：比不上。

⑪渥（wò）恩：深厚的恩泽。

⑫殚劳厥官：不怕辛劳，尽全力办好公事。厥：憋气发力。

⑬媺（měi）：好，此指淳朴善良。

⑭螟蟊（míng máo）：两种水稻害虫。稂莠（láng yǒu）：稂和莠，都是形状像禾苗而妨害禾苗生长的杂草，比喻坏人。

⑮洽：广博，普遍。

⑯诚心之孚：心怀诚意，使人信服。一：看法一致。

⑰师保：辅弼帝王和教导王室子弟，有师有保，统称“师保”。此指老师。

⑱顾复：指父母之养育。出自《诗·小雅·蓼莪》：“父兮生我，母兮鞠我。拊我畜我，长我育我，顾我复我，出入腹我。”

⑲不虞：意料不到。惸（qióng）惸：孤单貌。

⑳抃（biàn）手：鼓掌。

㉑溥（pǔ）：普遍。

㉒二天：指正直贤明的官守。宋王十朋《送吴宪知叔》诗："出郊闻好语，尽道宪车贤。郡不留三宿，人皆仰二天。"夺去：被抢走，此指调离。芘：锦葵；此指好官。

㉓贽（zhì）：初次拜见长辈所送的礼物。

㉔记室：记室令史，掌章表书记文檄。

㉕文学掾（yuàn）：官名。管理学校，兼管教化、礼仪。

㉖削牍：参见37页注⑮。论荐：选拔推荐。

㉗云滃（wěng）：云气四起，比喻盛多。

㉘荐台之隗：参见356页注⑮。

㉙熏炙：犹熏陶。道谊：道义。

㉚劬（qú）躬：辛勤恭敬。恻（cè）民隐：悲怜民众的痛苦。

㉛行赍（jī）居送：对行经的人以财物相赠。

㉜畴（chóu）昔：往日，从前。轸（zhěn）：悲痛。

㉝汲汲：形容心情急切，努力追求。

㉞不啻（chì）：无异于；如同。

㉟沸渭：水翻腾奔涌貌。

㊱硕画：远大的谋划。

㊲钩摭（zhì）：钩取，探求。

㊳谔谔昌言：直言争辩。

㊴怵其后：怵于其后。怵：害怕；担心。

㊵沦胥：沦陷、沦丧。

㊶文正公：范仲淹（989—1052），字希文，吴县（今苏州）人。皇祐四年（1052）卒，谥文正，赠魏国公。

㊷忠文公：范镇（1007—1088），字景仁，华阳（今四川成都市双流区）人，北宋政治家、文学家、史学家。建储：立皇太子。

㊸二其志：背叛自己的初心。

㊹超擢（zhuó）：越级提升。

㊺昼日三接：一日之间三次接见，形容深受宠爱礼遇。

㊻朝阳一鸣：早晨太阳升起，如仙鹤啼叫。

㊼倚庐衔恤：此指程公许丁母忧事。倚庐，古人为父母守丧时居住的简陋棚屋。衔恤：怀着同情，怜悯之心。

㊽瘖（yīn）：沉默不语。

㊾愤懑（mèn）：气愤，心中抑郁不平。感激：此指感慨激动。

㊿矢词：正面之言。

51溉：此意为洗涤。釜鬵（xín）：形似锅的炊具。

52怀之好音：请捎个平安信。

53嘉定十七年：即 1224 年。

送制置阁学侍郎崔公赴召序[①]

先是北敌乘胜奋长驱之师，闯我三边。蜀口以不戒[②]，祸尤惨。武休溃卒[③]，倒戈挻变[④]，既芟既夷[⑤]，民志未固。

上当宁太息[⑥]，亟命冬官侍郎五羊崔公以𫓧钺镇益部[⑦]。入辞便殿，玉音隐然[⑧]："蜀远且陋，民警于多难。惟是吏治臧否[⑨]，边防缓急，合六十四郡[⑩]，咸汝咨[⑪]。"公顿首奉诏，即日戒途[⑫]。

始公奋自孤远，游胶庠[⑬]，擢名第，以清忠端亮为庙堂简注，立功立事，蔼有声实[⑭]。龟鹤万里，未至而人已孚[⑮]。入境下车，刑赏信必，官祗厥事[⑯]，民无惰游，军律以修，吏奸以戢[⑰]。未期年，治成制定[⑱]。会旬宣虚位[⑲]，公以便宜密旨往莅其军[⑳]。旋有诏，由候对升杂学士真除四川制置使[㉑]。

边不撤戍，至是五年矣，将骄卒惰，怯战而怙乱重[㉒]。以士大夫溺心功利之说，不夺不厌，民病謷謷，诉天靡所。公畴昔轸念于斯[㉓]，牵掣而莫得伸者，一朝如转圆石于千仞之山，决积水于千丈之堤。民气太和[㉔]，无愤不泄。易诸将，搜练卒乘，号令风采，能使人畏而爱之。

某幸甚，辱公深知于入蜀问士之初，十乘启行[25]，命执铅椠[26]，从宾客后，侍言笑于碧油之幕，凡六阅月[27]。握吐接士则姬公旦[28]，夙夜匪懈则仲山甫[29]；诸葛亮之公道，范孟博之清德[30]，羊叔子之方略[31]，凡异时想象于简册者，幸熏而炙之。请别辕门[32]，归遭酷罚，伏苴绖以奉丧葬[33]，尚公之德宇焉依[34]。

邮音飞传，上有闵劳赐环之诏[35]，搢绅恋嫪[36]，介胄愕顾[37]，贾议于途，农蹙于亩。昔公未来，有衔莫吐[38]。公既来止，如病得愈。天胡忍此？夺我慈母。

客有闻而谂之曰[39]："国家南渡，今兹百年。中原瓜分，敌亡无日；银夏诸部[40]，不可以为援；山东新附，尤难于坚凝。师劳力殚[41]，隐忧轇轕[42]，此固不待智者而后知也。况中外寒心于国本，而储极未正[43]，尚不能无疑于忧国者之怀，论人才则软熟者容，鲠直者斥，天下大势危若缀旒[44]，而士大夫恬不知畏[45]。得如公数十倍坐庙堂，主国论，庶乎其砭针于斯世[46]，奚西南一隅独能私其利哉！"

闻者愀然变乎色[47]，曰："子之言谅矣[48]。虽然，公之未专事任于全蜀也[49]，将佐之能否无所辨，卒伍之功罪无所别，户籍检括[50]，盐酒规赢[51]，营田屯田，骚然榷剥[52]，威假于狐鼠，冠窃于沐猴[53]。公之开府也[54]，发栉而苗薅之事闻于朝[55]，久乃不决。夫去数污吏，难若拔山，于公心宁不拂郁于此[56]？使公而入赞枢轴[57]，吾知其决不能模棱两端，容容以取厚福也审矣[58]。"

客闻斯言，疑以质于某曰："子获私于崔公[59]，盍为订其说？"某窃尝闻之《孟子》："夫天未欲平治天下也，如欲平治天下，当今之世舍我其谁也！"盖时运有兴替，吾道有污隆[60]，谓之命。直道而行，不可枉者[61]，谓之义。君子信其在己，惟义之从，君子不谓命也。公之心若权衡，因物以见轻重，不能为物作轻重。彼黩货雠民而莫知夫祸人[62]，刑之可畏者，公固因民之怒，执而付之有司矣。

网漏吞舟[63]，则有任其责者，公心其何慊欤[64]！天佑国家，赐公以康宁寿考[65]，使之仪刑百揆[66]，宰制六合[67]，则凡志士仁人，为吾君瘝思而不得释者[68]，吾将有望矣。

《诗》不云乎："籊籊竹竿[69]，以钓于淇。岂不汝思，远莫致之。"

某素耕端忧[70]，闻公之去，不得再拜以别。怀恩未报，望远凄断，搔首秋风，渺不知再侍之何日也。

嘉定十七年二月□日[71]，门人程某拜手谨序。

①制置：此指四川制置使。阁学侍郎：官名，尚书的属官，相当于现在的副部长。崔公：崔与之，参见8页注⑯。

②蜀口：即南宋利州路，范围在今陕南汉中安康和甘肃陇南地区。

③武休：武休关，在今陕西留坝县中部。

④挻（shān）变：引发变乱。

⑤芟（shān）夷：本指以钩镰贴地割草，引申为铲除。

⑥当宁：处在门屏之间。宁，宫室门内屏外之地，君主在此接受朝见。

⑦冬官：上古设置官职以四季命名，冬官掌管工程制作。后世亦以冬官为工部的代称。鈇钺（fū yuè）：腰斩、砍头的刑具斫刀和大斧，此指帝王赐予的专杀之权。

⑧玉音：尊称帝王的言语。

⑨臧否（pǐ）：善恶，得失。

⑩六十四郡：此指四川时辖六十四州。

⑪咸汝咨：都靠你去谋划治理。

⑫戒途：出发上路。

⑬胶庠：参见136页注⑮。

⑭声实：崔与之来川前历任广西提点刑狱、淮东安抚司使，政声卓著。

⑮孚：使人信服。

⑯祗（zhī）：恭敬。厥（jué）：文言代词，当"其"。

⑰戢（jí）：收敛，收藏。

⑱治成：统计工作成绩之簿册。《周礼·地官·小司徒》："岁终，则考其属官之治成而诛赏。"

⑲旬宣：普遍宣示。

⑳便宜密旨：简便的秘密公文。往莅（lì）：犹莅临。

㉑杂学士：虚职。宋有龙图、天章等阁以藏累朝御集，诸阁皆有学士，统称杂学士，以别于翰林学士。真除：实授官职。

㉒怙（hù）乱：谓乘乱取利。

㉓畴昔：往日；从前。轸（zhěn）念：悲痛的思念。

㉔太和：此指天地间冲和之气。

㉕十乘启行：出自《诗·小雅·六月》："元戎十乘，以先启行。"意为兵车十乘，先行冲锋。

㉖铅椠（qiàn）：参见37页注⑯。

㉗碧油之幕：青绿色的油布车帷。阅月：经一月。

㉘握吐接士：西周周公礼贤下士之典。他洗一次头，三次握着散开的头发去见客；吃一顿饭，三次吐出含在嘴里的食物去接待来宾。

㉙夙夜匪懈：早晚不懈怠。仲山甫：西周周宣王时太宰。

㉚范孟博：东汉时清廉正直名士。

㉛羊叔子：西晋杰出谋略家。

㉜辕门：军营大门。

㉝苴绖（jū dié）：丧服中麻布制的无顶冠与腰带；指准备了丧服。

㉞德宇：德泽恩惠的庇荫。焉依：依附。

㉟赐环：参见47页注62。

㊱搢绅：参见17页注49。恋嫪（lào）：留恋不舍。

㊲介胄：甲胄之士，指武士。愕顾：惊视。

㊳衔：负屈衔冤。

㊴谂（shěn）：劝告。

㊵银夏：此指西夏政权。

㊶师劳力殚：连年出师征战导致财力耗尽。

㊷轇轕（jiāo gé）：交错；杂乱。

㊸储极：储位。未正：未立。

㊹缀旒（liú）：冠上垂珠，喻国势垂危。

㊺恬不知畏：不在乎天下之乱。

㊻庶乎：几乎，差不多。砭（biān）针：用石针刺穴治病。

㊼愀（qiǎo）然：神色变严肃。

㊽谅：料想。

㊾未专事全蜀：此指崔与之尚未任四川制置使。

㊿检括：查察；清查。

51规赢：谋划获利。

52骚然：骚动的样子。榷剥：谓残酷搜刮。

53沐猴：猕猴。

54开府：古代指高级官员建立府署并自选僚属。

55发栉（zhì）苗薅：梳头发，除杂草。栉，梳理；薅，除草。

56拂郁：愤闷。

57枢轴：机关运转的中轴。比喻中央权力机关或相位。

58容容：飘飘然。

59私：偏爱。此指程公许任崔与之幕僚。

60污隆：升降，喻世道盛衰。

61枉：使歪曲。

62黩（dú）货：贪财。雠（chóu）民：众民。

63网漏吞舟：网里漏掉吞舟大鱼；喻法律太宽，使重大罪犯漏网。

64慊（qiàn）：不满，恨。

65寿考：长寿。

66仪刑：典范。百揆（kuí）：百官。

67宰制：统辖支配。六合：上下和四方，此指国家。

68瘨思：忧郁发愁。

69籊（tì）籊：细又长的（钓竿）。

70素韠（bì）：素服，此指官职卑微。韠，蔽膝，古代一种遮蔽在身前的皮制服饰。端忧：闲愁，深忧。

⑪嘉定十七年：即1224年。

送新怀安使君度侯西归成都序[1]

浩斋先生杨公为益部详刑使者[2]，忠厚钦恤[3]，事存大体。公退，引宾客人士，与之讲学。汉嘉旧隶台治[4]，郡丞合阳度侯与公为师友，每请见，谈经析理，往往卜夜不能罢。官满当代[5]，上命为金堂守[6]，未及瓜[7]，为杨公留七阅月[8]。江风清暑，扁舟至成都，士与民咸惜其去。

客有闻而谂之曰[9]："地方千里，齿民版者不啻数万[10]。丞贰郡政[11]，事任之专，非牧守比。度侯何以得此于民也？"曰："不然。今荐绅之论[12]，鲜不曰为州县之难。而为州县之难，不若为民之难。男耕女丝，应县官之须，日不遑给[13]，憔悴困苦，未有甚于此时。而为之上者，方且掌握三尺[14]，假公以济其私。一有怨嗟，又从而雠之[15]，曰是有分焉，如之何其不使民厉且戚也？侯之丞吾州也，亦岂家至户到，人人悦之耶？宽大乐易，凡前后守将以惨毒为能，侯从容赞决，阴以义理化其悍强，使之感愧而无所肆，如斯而已矣。"

余闻之怃然[16]。昔明道先生所居官[17]，每书"视民如伤"一语于左右[18]，常恐其行之有愧。士大夫苟能一日用其力于斯，则所谓"若保赤子[19]，心诚求之，虽不中不远矣"者，其慈爱之实，固非外铄而强为之也[20]。

侯自蚤岁读伊洛书[21]，有所省入[22]，赍粮万里[23]，请问于晦翁先生[24]，得求放心之一言[25]。由是而后，充其所知，体验力行，覃思不舍[26]。今德益懋[27]，行益粹[28]，而歉然于怀[29]，玩索讲求[30]，无一息之间断。自其与杨公游也，志合道同，神会心契[31]。其于一事一理，格之至而发之审[32]，譬之水盈科而进[33]，灯加膏而光，固亦理之常。

北风驿骚[34]，机不容发[35]，惩羹吹齑之论[36]，滔滔满天下，而嫠纬隐忧[37]，则有大可寒心者。

愚以谓今日扶持国家之本在得民心，得民心有道，在革士大夫之心。士大夫之心之蠹也甚矣，诚使知味乎讲学之乐，致察乎义利之分，移爱子孙之心以爱民，推为己之念以为国，天下之事，奚足虑哉！

以侯之博大纯实，其欲己立而立人，己达而达人，盖自以圣学为重任，声名暴白[38]，当有引类而进之者。行将去是而羽仪天朝[39]，愿有以告于吾君，起民病于沈痼，导人心于公直，寿国脉于无穷。事在今日，如拯溺救焚[40]，不可缓矣。

公许不敏，承学于杨公之门，且幸朝夕辱从侯游[41]。不鄙其陋[42]，以为可教，演充养之义[43]，为之铭座右观省，敢不求所以克私补过，重拜侯赐。

《诗》云："心乎爱矣，遐不谓矣。中心藏之，何日忘之。"于其行，请诵斯语为序以别。

嘉定八年六月庚子[44]，程某谨序。

①怀安：成都府怀安军，辖金堂县、金水县两县十军镇。度侯：陕西渭南合阳县人，名不详。

②浩斋先生：杨子谟，参见 323 页注①。详刑使者：相当于检察官兼法官。

③钦恤：谓理狱量刑慎重不滥，心存矜恤。

④汉嘉：嘉州，今乐山市。隶台治：御史为监察性质，统归御史台领导。但杨子谟此时提点成都路刑狱公事兼知嘉定府。

⑤当代：应当替换交流。

⑥金堂守：即成都府怀安军使君。

⑦未及瓜：参见 190 页注②。

⑧七阅月：7 个月。

⑨谂（shěn）：告诉。

⑩齿：并列。民版：名册，户籍。不啻（chì）：不止。

⑪贰郡：州郡长官的副职。

⑫荐绅：推举官员。

⑬日不遑给：事情繁多，时间不够，来不及做完。

⑭三尺：法则、准绳。

⑮雠（chóu）：仇恨；仇怨。

⑯怃（wǔ）然：惊愕貌。

⑰明道先生：程颢（hào）。

⑱视民如伤：把百姓当作有伤病的人一样照顾。旧时形容在位者关怀人民。

⑲赤子：新生婴儿。

⑳外铄（shuò）：犹外力。

㉑伊洛书：北宋程颢、程颐兄弟所创理学。二程讲学于伊河、洛水之间，因称其所创学说为“伊洛书”。

㉒省（xǐng）入：觉悟，明白。

㉓赍（jī）粮：此指带着干粮。

㉔晦翁先生：朱熹，字元晦，晚称晦翁，南宋著名理学家。

㉕放心：安顿心灵。

㉖覃（tán）思：深思。

㉗懋：美好。

㉘粹：纯正。

㉙欿（kǎn）然：谦虚，不自满。

㉚玩索讲求：品味研究探讨。

㉛神会心契：互相间内心理解并默契。

㉜格至：穷究事物的道理而求得知识。发之审：表述审慎。

㉝盈科而进：水灌满坑洼再向前流；喻要前进，必须打好基础。

㉞驿骚：扰动，骚乱。驿，通“绎”。

㉟机不容发：喻时机紧迫。

㊱惩羹吹齑（jī）：成语，被热羹烫过的人，吃凉菜也要吹一吹；喻因教训，遇事过分小心。羹，浓汤；齑，通“齑”，咸菜。

㊲嫠（lí）纬之忧：嫠，寡妇；纬，织物的横线。典出《左传》昭公二十四年：“抑人亦有言曰：‘嫠不恤其纬，而忧宗周之陨。’”寡妇不担心自己的纬纱，而担心周王室的倾覆；后指为国忧虑。

㊳暴白：显扬。宋洪迈《容斋续笔·龙且张步》：“是时，信（韩信）方为汉将，始攻下魏代，声威犹未暴白。”

㊴羽仪天朝：成为辅翼天朝的楷模。

㊵拯溺救焚：喻救人于危难之中。

㊶辱：谦辞，表示承蒙。

㊷不鄙其陋：不认为我是浅陋之人。

㊸演：阐述，讲解。充养之义：充实的养心道理，即深深地珍藏在心中，无论何时永不忘记。

㊹嘉定八年六月庚子：即1215年农历六月初八日。

送江油使君司令洪公赴召四川制属项公入候班引序①

璧、瓒、瑚、琏②，辉煌乎宗庙之美；杞、梓、楩、楠③，委输乎匠石之门④。国有巨人焉，其宝器之府而异材之薮欤⑤！

五羊崔先生之镇蜀也⑥，其宾介皆一时选⑦，曰於潜洪公、宣城孙公、括苍季公⑧，后一年而永嘉项公始至。先生清峻威重，居今行古，饬躬而务博施⑨，密察而崇大体。其为文章，尤精劲雅健。搢绅大夫造其门⑩，踧踖悸悼⑪，斤辍于手⑫，弦缩于袖。而四君子者从之游，独久而不渝。大率人奋所长，毕知无隐，而言行皆以先生为准的，故能情亲若父子，义重若师友，殆天作之合非苟然也。

公许蜀之鄙人，不自意一言之孚[13]，携手而升之堂上，退得与四君子者相周旋。杂蒹葭于琬琰之林[14]，艺艾萧于兰茝之径[15]，光采之所照耀，芬馨之所熏袭，纵未能化而同，退而察其私，则亦幸而不为善类之弃也。

先生匪躬尽瘁[16]，拯蜀民于险厄[17]，至是三年余矣。治定制成[18]，奉诏入觐。洪公守江油期月[19]，同赐命召，而项公亦以通籍入侍班引[20]，舟自嘉陵衔尾下三峡，独孙、季二君子以官守，宿留未即去。搴芳杜若之浦[21]，排云苍龙之阙，志同而气合，蔚相扶而炳相辉[22]，鸳鹭归仙仗之诗[23]，彰义主宾，未得专嫰于前也[24]。

公许孤苦病羸[25]，壮志销蚀，千金敝帚[26]，拜贶于先生者厚矣[27]。游谈引重[28]，曷敢复以累诸君子？尝窃自念，洪公下笔妙天下，而屈与商论[29]；项公温雅有检柙[30]，而辱为同年[31]。亲丧未除[32]，衔恤丘陇[33]，离群索居之感，安得而默耶。

太史公有言曰[34]："同明相照[35]，同类相求。闾巷之人，欲砥行立名[36]，非附青云之士[37]，恶能施于后世？"诸君子得先生而事之终身，其为名也远矣[38]。君子疾没世而名不称[39]，骥尾苍蝇[40]，千里可致，先生抑有意乎？愿从诸君子证之。

①江油：今四川江油。洪公：于潜洪公，洪咨夔，南宋临安於潜县（今杭州市临安区）人。曾参与崔与之筹划淮东边防。四川制属：崔任四川制置使，洪先任江油使君一月，继为成都路通判。项公：浙江永嘉（今温州）人，名不详。入候：入朝廷等候。班引：颁发任职公文。

②璧：扁平、圆形、中有小孔的玉器。瓒（zàn）：祭祀时盛酒的玉器。瑚琏（liǎn）：宗庙里盛粮食的礼器。

③杞、梓：两木皆良材。楩、楠：黄楩木与楠木，皆大木。

④委输：转运聚集。

⑤薮（sǒu）：人或物聚集的地方。

⑥崔先生：崔与之，广州增城人，时拟任四川制置使。

⑦宾介：参见 698 页注⑲。一时选：指一时之俊才。

⑧孙公：安徽宣城人。季公：浙江括苍人。下句项公为浙江永嘉人，三人名均不详。

⑨劬（qú）躬：自身劳苦。博施：普遍施与。

⑩搢绅：参见 17 页注㊾。

⑪踧踖（cù jí）悸悼：恭敬而不自然。

⑫斤辍：斤辍匠石，参见 7 页注③。此指失去知己，无法展示本事。

⑬孚：使人信服。

⑭蒹葭（jiān jiā）：蒹和葭都是价值低贱的水草，因喻微贱；亦常用作谦词。琬琰（wǎn yǎn）：琬圭、琰圭，泛指美玉。

⑮艺：种植。艾萧：即艾蒿、臭草。兰茝（chǎi）：兰草和茝草，均为香草。

⑯匪躬：忠心耿耿，不顾自身。尽瘁：竭尽心力，不辞劳苦。

⑰险厄（è）：险要阻塞之地。

⑱制成：制度、规则。

⑲期（jī）月：一整月。

⑳通籍：将二尺长的竹片，上写姓名、年龄、身份等，挂在宫门外，以备出入时查对。此后称做官为通籍。

㉑搴（qiān）芳：采摘花草。杜若：香草名，多年生草本。

㉒蔚：茂盛。炳：光明。

㉓鸳鹭：鸳鸯和鹭鸶；比喻朝臣。仙仗：神仙的仪仗；此指朝廷。

㉔专媺（měi）：独享其美。媺：古同“美”。

㉕羸（léi）：瘦。

㉖千金敝帚：喻自己的东西虽微贱，却珍贵。

㉗拜贶（kuàng）：拜受赐予。

㉘游谈引重：游说推荐。

㉙屈：使动词，让他受委屈。

㉚检柙（xiá）：规范。

㉛辱：使受耻辱，谦词。同年：科举时代同一年考中的人，彼此称同年。

㉜亲丧未除：指程公许父亲去世的悲痛还未完全消除。

㉝衔恤：含哀；心怀忧伤。丘陇：乡间。

㉞太史公：此指《史记》作者司马迁。

㉟同明相照：指二光互映；喻杰出人物得贤者揄扬而声名更显。

㊱砥行立名：磨砺德行，建树功名。

㊲青云之士：喻指位高名显的人。

㊳为名：成就美名。

㊴疾：担心。称：显扬。

㊵骥尾苍蝇：附在千里马尾巴上的苍蝇。

北岩序

徽学尚书弘农公授钺镇泸[①]，以无事治，暇日领客北岩，凭高四顾，景与心会，乃即仁祠之旧[②]，创为禅林。

左有五峰，连娟竞秀[③]，作书院其下，以来四方之游学者。追汉忠武侯遗志[④]，为北定堂。因山之崇卑，搜奇抉胜，压以小亭危榭，覆苫鳞瓦[⑤]，简朴幽雅，而旷如奥如之境[⑥]，皆擅其妙。

公许晋谒节下[⑦]，一再侍杖屦相徉观览[⑧]。每欲选义考辞，有所纪述，而文不达意，间得数语，随笔抄记，归舟容与[⑨]，乃能编缀，为《北岩》二十咏[⑩]。

思荒语涩，无以摹绘胜概[⑪]，庶几万一托不朽于名世[⑫]，如太虚赋黄楼云[⑬]。

宝庆岁丁亥重阳节前四日[⑭]，门人程某拜手谨序。

①徽学：指朱子理学。朱熹为北宋大儒，祖籍为江南东路徽州府婺源。弘农公：南宋绍定初年镇守泸州的杨汝明，眉州青神人，曾任工部尚书，祖籍弘农。授钺：古代大将出征，君主授以斧钺，表示授以兵权。

②仁祠：佛寺的别称。

③连娟：弯曲而纤细。

④汉忠武侯：诸葛亮。

⑤覆苫（shān）鳞瓦：有的覆草，有的盖瓦。

⑥旷如：开阔。奥如：深幽。

⑦节下：即麾下，古时对将帅的尊称。

⑧相徉（xiāng yáng）：徘徊。

⑨容与：随水波起伏动荡貌。

⑩《北岩》：程公许另有《北定堂赋》等20首。

⑪胜概：美景。

⑫庶几：或许可以。名世：名显于世。

⑬太虚：此指江水浩渺。黄楼：为北宋苏轼在徐州治理黄河时所建。

⑭南宋宝庆岁丁亥重阳节前四日：即1227年农历九月初五日。

送胡君子仁序①

杜少陵崎岖戈戟间②，转徙巴蜀，简成华诸子诗③，自诉其饥饿弥旬④，敝衣百结⑤，空堂日晚，吞声洒泪，厄穷亦甚矣⑥。赖严中丞为结屋浣花溪上⑦，举家始有栖托。

卢玉川洛师破屋数间⑧，怪辞惊众。韩吏侍时为河南令⑨，愧邻僧之送米，捐余俸以助其祭祀。自昔骚人墨客，类皆拙于谋生，而钜公达官⑩，则不以倾身下士为惮⑪，风流相尚，千载犹可想见其高致也。

金华胡君子仁隽永书传[12]，尝以多闻自列，落落不偶[13]，则退而殚思于诗[14]，诗益工而家益贫。西山、鹤山二君子盛称道之[15]。负笈京都，以《明道》《明经》《明学》三论进阙下[16]，不报。朝绅高其义[17]，为白大尹，延致三贤堂[18]。戊戌七月[19]，飓风大作，苏堤之柳，拔者十之三四。有司规以为薪，给酒人之需。子仁曰："不可，此苏公手植。爱其人而思其树，忍加之斧斤乎？"家余良田二十亩，走仆鬻于乡之大姓[20]，得钱缗，课丁夫[21]，尽举而筑之。绿阴界湖[22]，还复旧观。身之寒饿不遑恤[23]，而恳恳乎惟苏公芨憩之是谋[24]，人之迂子仁者众矣。子仁方且移胡床啸歌于清荫之下，揽湖山秾秀于几席间[25]，休休自得[26]，不知其为迂也。药房荷屋[27]，荪壁辛楣[28]，三贤之与侪而风月之与邻，子仁之取于世也能几何？而尚不容一朝宁其居。

呜呼，严中丞、韩吏侍代岂无其人哉！子仁之游道甚广[29]，凡今之大夫士以勋业声名暴天下者[30]，半为子仁之知己。子仁奚旅琐之病[31]，而不即以谋之乎？子仁行矣，鼹鼠之腹[32]，奚耗乎河流，鹪鹩之巢[33]，奚侵乎乔木？然而湖湄三间之茅[34]，以燕以处[35]，于子仁不啻足矣[36]。

"衡门之下，可以栖迟。泌之洋洋，可以乐饥[37]。"载歌此章，豫为子仁贺厦[38]。

①胡子仁：浙江金华人，程公许好友。

②杜少陵：杜甫，字子美，自号少陵野老，盛唐大诗人，号称"诗圣"。

③简成华诸子诗：杜甫到成都后作《投简成华两县诸子》，述其生活窘况。

④弥旬：满十天。

⑤敝（bì）衣：破旧衣服。百结：形容衣多补缀。

⑥厄（è）穷：困厄穷迫。

⑦严中丞：严武，华州华阴（今陕西华阴）人，唐朝中期大臣、诗人，

时任成都尹，与杜甫友善，常以诗歌唱和。浣花溪：在今四川省成都市青羊区杜甫草堂附近。

⑧卢玉川：卢仝，自号玉川子，范阳（今河北涿州）人，曾隐而不仕。后居洛阳。韩愈为河南令时敬待之。

⑨韩吏侍：韩愈。

⑩钜（jù）公：王公大臣。达官：职位高的官吏。

⑪惮（dàn）：畏惧。

⑫隽（juàn）永：（言语、诗文）意味深长。书传：著作。

⑬落落不偶（ǒu）：落落寡合。不偶，跟别人合不来

⑭殚（dān）思：用尽心思。

⑮西山：西山先生真德秀，南宋后期与魏了翁齐名的著名理学家。鹤山：魏了翁，字华父，号鹤山，四川蒲江人。

⑯《明道》：阐明治道。《明经》：通晓经术。《明学》：探究自然界的变化。宫阙之下：借指宫廷。

⑰朝绅：朝廷大臣。

⑱延致：邀请。三贤堂：唐朝时苏州百姓将白居易、韦应物、刘禹锡三人称为“三杰”，并建立三贤堂。

⑲戊戌：戊戌年，南宋嘉熙二年，即1238年。

⑳鬻（yù）：卖。

㉑课丁夫：差派劳役。

㉒界湖：环绕湖泊周围。

㉓不遑恤：无闲顾及。

㉔恳恳：急切貌。苏公茇（bá）憩：在苏公堤草舍住宿。

㉕秾秀：艳丽秀美。

㉖休休：悠闲的样子。

㉗药房：芍药花之屋。荷屋：用荷叶做屋顶。

㉘荪壁：以荪草做墙壁。辛楣：以辛夷花装饰门楣。

㉙游道：交游。

㉚暴（pù）：显露。

㉛旅琐：旅居困顿。

㉜鼹（yǎn）鼠：田鼠，肢短体小。

㉝鹪鹩（jiāo liáo）：小鸟，羽毛赤褐色。

㉞湖漘（chún）：湖边。漘，水边。

㉟燕处：居处

㊱不啻（chì）：不过。

㊲出自《诗经·衡门》，意为横木为门的城门下，可以停留；洋洋流淌的泌水边，可以解饥渴。

㊳豫：同“预”。贺厦：祝贺新屋建成。

送道传侄补中国学序[①]

吾侄道传父以词赋试中绍定元年类省附试待补生[②]，理舟入胶庠[③]，期以名业自奋。

先是，道传父之母太孺人孙氏归我从兄贡士希文[④]，期年而嫠居[⑤]，矢死靡他[⑥]，父母不能夺。道传父自近属入继，鞠育教诲[⑦]，以克有立[⑧]。

郡太守高其节义，表闻于朝，前后三奏，始有旨命州县长吏旌其门闾[⑨]。适道传父补中，当理舟东征，宗族乡党荣之。维圣朝表节义以劝风俗，虽著在令甲[⑩]，而蒙被渥惠者[⑪]，实为希阔之遭[⑫]。太孺人躬其艰而食其报，可无愧。

道传父谨佩慈训[⑬]，笃志修名，期无忝于所后[⑭]，斯可尚已[⑮]。胶庠英俊之薮[⑯]，上国衣冠之会[⑰]，道传父自遐远游其间，所见者大，所交者广，气当益充，学当益进，文当益工。令闻广誉[⑱]，归悦其亲，科级之华[⑲]，抑又其次也。道传父立志甚弘，不以自己之一得为矜，而惟以亲之节义显著为喜。

方将移孝于忠，精行艺以答圣天子教育[20]，造物当有以相其远者大者[21]。于其行，赠以诗而冠之以序。

①此为程公许归叙州宣化蟠龙书院省亲为侄子道传补习功课所作。《沧州尘缶编》卷十有程公许作《送道传侄补中国学二首》。中国学：研究中国古代文献、语言和文学。

②父：此为对有才德的男子的美称。词赋试：科举名目之一，主要考试词赋。绍定元年是南宋皇帝宋理宗在位第一年，即 1228 年。类省附试：宋代在川陕实行相当于省试的考试，附试是在类省试之后的考试。

③理舟：备船。胶庠：参见 136 页注⑮。

④太孺人：此为对道传之母的尊称。从兄：同祖的伯叔之子，年长于己者，即堂兄。

⑤期年：一年。嫠（lí）居：寡居。

⑥矢死靡他：至死不变；形容忠贞不二。

⑦鞠（jū）育教诲：抚养教育。

⑧以克有立：因此能够长大成人。

⑨旌其门闾：在其家门前竖立旗帜予以表扬。

⑩令甲：指第一道诏令；法令的第一篇。后用为法令的通称。

⑪蒙被：受到。渥（wò）惠：深厚的恩惠。

⑫希阔之遭：稀少的机会。

⑬谨佩：谨守并敬重。慈训：此指其母太孺人孙氏的教诲。

⑭无忝：不玷辱。所后：所承继的。

⑮斯可尚已：可告慰已逝先人。

⑯薮（sǒu）：人才聚集的地方。

⑰上国：国都。

⑱令闻广誉：美好的名声，很大的荣誉。

⑲科级之华：此指道传父以词赋试中类省附试待补生。

⑳行艺：德行技艺。

㉑造物：同“造化”，命运。相：相适应。

卷十四

策问

试阁职策①

问：圣人以天下为一家，以中国为一人。方其文轨之同②，而声教之无不被也，庶土交正③，登载于《禹贡》之书④；爨夷载路⑤，洋溢于周《雅》之咏⑥。奚必地险以为固，而关塞以为阻乎。然王公设险以守其国，素具于习、坎之彖辞⑦；而重门击柝⑧，以待暴客⑨，黄帝、尧、舜已有取乎预备之义。则因险以为守，固天地自然之势。而先事以制变，亦有国者之所不可忽者乎？

自今观之，裂土以封建，王畿不过千里⑩，而君尊臣卑，内中国而外夷狄，分位森著⑪，民物无不适其安。意者公天下而不以为一己之私⑫，故能长治而久安耶？自《小雅》尽废，中国始困于四夷之交侵。阡陌开，井田废，罢侯置守，合天下以奉一人，富无伦，贵无敌矣，而天下之变，常伏乎人之所不虑。由秦、汉而下，以及隋、唐，理乱废兴，先后一辙。然则先王公天下之意，不亦思之熟而计之审欤⑬？

我国家自建炎南渡⑭，事体适与吴、蜀、东晋同。然孙吴不能并蜀，蜀不能兼吴，而荆州则三国交争，彼此未尝全有其胜势也。东晋立国，蜀境已不隶职方⑮。桓温克复⑯，旋得旋失。终晋之世，经理中夏，落落难成⑰。天下大势，离之易而合之艰，抑亦有数存焉。苟人为之不周，而一诿之于数，可乎？

孔明之初见昭烈也⑱，首论荆州北据汉、沔⑲，利尽南海，·东连吴会，西通巴蜀，为用武之国，此特为昭烈画取荆州计耳。而异日蒋琬亦谓东西并力[20]，首尾掎角[21]，虽未能速得如志，且当分裂蚕食，先摧其支党，则二相所见固略同矣。曷为而昭烈下峡为羽报仇[22]，孔明明知其不然，而不以谏，乃追悼于已死之法孝直乎[23]？鲁肃、吕蒙皆孙氏智谋之臣也[24]，肃欲抚羽，与之同仇。及蒙为之代，遂欲急取羽以全据长江。羽毙而南郡并为蒙有，吴之形势张矣。然鼎足屹峙，并力掎角之始谋，不可复就。蜀固失之，吴亦岂为善计乎？抑孔明、琬、肃犹未忘驱驰于中原，而蒙之志不过尽有长江，以为守乎？

庾元规事晋[25]，以兴复自任，表其弟怿为梁州刺史，镇魏兴[26]，翼为南郡太守，镇江陵[27]。陈嚣为梁州刺史[28]，趣汉中，遣参军李松攻巴郡、江阳[29]，若有意连缀荆蜀。而名浮才短，妄意乎神州之图，石城未徙而邾城先陷[30]，则其所谓蜀弱胡强，先有事于赵者[31]，无乃攻坚攻瑕先后之不审耶[32]？亮死而翼继之[33]，戎政严明，经略深远，灭胡取蜀，意向已定。襄阳移镇，不为失策。向使家国情事未至婴怀[34]，天假之年[35]，积谷缮军，克奋后举，讵知其不能取蜀以图赵乎[36]？

厥后桓温以雄材英略，谈笑取蜀如振槁，遂由江陵、襄阳趣武关[37]，别命司马勋出子午道[38]，军威之振，前所未有。然渡灞水而不至长安[39]，则温之失也。秦坚之入寇也[40]，东西万里，水陆齐进，而蜀汉之兵亦顺流而下。使非淮淝奏捷之神速，则江左事力宁不艰于运掉[41]！

由是言之，吴、荆、蜀连衡之势[42]，可全而不可亏，可合而不可散也，审矣[43]。虽然，吴、蜀依山阻水，刘备有雄才，诸葛亮善治国；孙权识虚实，陆逊见兵势[44]，据险守要，泛舟江湖，皆难猝谋，此贾诩为魏主虑也[45]。谢安、桓冲江表伟才[46]，君臣和睦，上下一心，未易可图，此权翼为秦坚谋也[47]。

据此而论，则立国虽以山川为险，而非人才以为之用，则地险其可专恃乎？今日蜀境已空，而犹幸其未为敌据；荆州孤立，而犹幸其能为我守。然汉中门户，久为彼家计之储[48]；襄樊喉衿[49]，又为彼蹈借之久[50]。以今鉴昔，犹可得而支缀否乎？

夫孔明用一隅之蜀，连岁出师，而人不告劳，不过曰赏罚必信，开诚心，布公道。顾雍远不逮孔明[51]，亦能以江东数十郡抗全魏之师，不过曰选用文武将吏，随能任使。若夫王导宽和得众[52]，历事三帝，备历艰难，而遂能立国江左者一百年。

谢安石以德度镇物，处分素定[53]，从容应敌，而终能奏捷淮淝，克永晋祚[54]。大抵守边御敌，虽托之疆埸之臣，而制胜折冲[55]，当属之庙堂之上。事不素备，谋不素讲，人才不素蓄，视敌之来去以为欣戚[56]，苟以之撑拄目前可也，若夫扶颠持危而自任以天下之重者，夫岂无其道耶？

蜀将如关、张、庞统[57]，吴将如周瑜、鲁肃[58]，志长命短，天下重惜之。而马超、黄忠、赵云、费祎、吕蒙、程普、步骘、甘宁辈[59]，皆智勇绝伦，足以当一面。魏延骁勇，欲以奇兵间道与大军会[60]，孔明信用其说，安知三秦之不归于汉？而陆逊、抗父子谓夷陵为国之西门[61]，如其有虞[62]，当倾国争之，其精识远虑[63]，卓然有大过人者。何吴蜀将才之富也！

夫古之所谓名将者，要必挟才略，涉史传，临机料敌，知彼知己，而不但以一斗为能事，一胜为绝人。不然，碌碌庸材，拔起行伍，而属之以三军之司命[64]，不亦殆乎哉[65]！古今同是天下也，而人才之乏若此，可不思所以作新之乎[66]？

曹公破荆州[67]，下江陵，有席卷江东之志。迎拒之说未决，周公瑾遽画四策[68]，与刘葛并力破之赤壁之下。魏使至吴，张昭折其骄蹇[69]，使退而有“江东将相岂能下人[70]”之叹。

而邓芝之为蜀报聘于孙氏也[71]，从容应答，并魏之后王未识天命，则战争方始。专对之才若是，敌情乌得而不摄[72]，国威乌得而不张！而典午过江[73]，中外大臣惟知厉兵秣马为御寇之谋[74]，而未尝启口及一和字。人心未汩于正理，故能转弱以为强。苟边备不辑于平时[75]，狡谋轻信于黠敌，以堂堂之中国，而甘心为雠人役[76]，曾是为得计乎？

二君学自圣门，思以才奋，习孙、吴韬略[77]，以擢上第。惟朱华创置舍人之员[78]，阜陵所以宠异右科[79]，为将帅储材也。掖垣给札[80]，邦有故常。其以今日之事机参之方策之成败[81]，条析派别[82]，明著于篇。昔司马德操有云："儒生俗士，岂识时务，识时务者，当在俊杰。"愿从二君质其所以然，有司当第以献[83]。

①试策：古代考试取士的方法之一。有司就政事、经义等设问，令应试者作答。试策制度催生策问和策文两类文本，策问是试策时提出的问题，策文则是考生应对这些问题而写的文章。阁职：为宋代储才、遴选高级官吏之职，分文武。文阁职为文臣非以官（即庶官）所带职名，与武臣之带职名称阁职有别。武阁职为武臣清要之选。

②文轨之同：秦始皇统一天下后施行"车同轨，书同文"。此指王朝统一。

③庶土：众土，各地。交正：交往规范方便。

④《禹贡》：我国第一部区域地理专著，记载了各地山川、地形、土壤、物产等情况。

⑤爨（cuàn）夷：古代我国西南少数民族僰人中的一支。

⑥《雅》：《诗经》的组成部分。包括《小雅》74 篇，《大雅》31 篇，共 105 篇。

⑦习：习在甲骨文中有飞翔之意；此指风。坎：八卦之一，卦形是"☵"，代表水。彖（tuàn）辞：《易经》中论卦义的文字，也叫卦辞。

⑧重门击柝（tuò）：设置重重门户，并派更夫巡夜。此指严加戒备，以防不测。柝，打更用的梆子。

⑨暴客：强盗，盗贼。

⑩王畿（jī）：古指王城周围千里的地域，泛指帝京。

⑪分位森著：地位森严明确。

⑫公天下：以天下为公。

⑬计之审：谋划审慎。

⑭建炎南渡：两宋交替时期，康王赵构为了躲避北边金军追击而南逃，改元建炎，南宋（1128—1279）建立。

⑮隶：属于。职方：此指国家版图。

⑯桓温克复：东晋将领桓温于公元4世纪中期分别三次北伐，除第二次北伐收复洛阳外，其余两次皆克而复失。

⑰落落难成：事情邈远，很难实现。

⑱孔明初见昭烈：刘备三顾茅庐，诸葛亮首次见刘备，提出隆中对。

⑲荆州：湖北荆州，三国为群雄逐鹿。汉沔（miǎn）：汉水和沔水。

⑳蒋琬：三国时期诸葛亮之后的蜀汉宰相。与诸葛亮、董允、费祎（yī）合称“蜀汉四相”。

㉑掎（jǐ）角：分兵牵制或夹击敌人。

㉒报仇：219年，关羽被吴军擒获杀害。221年，刘备于成都称帝，以为关羽报仇为名，发兵讨伐东吴。

㉓法孝直：法正，字孝直，三国时期刘备手下谋士。

㉔鲁肃：孙权谋士。赤壁之战前，他力主联刘抗曹，战后又劝孙权把荆州暂让刘备。吕蒙：孙权名将。鲁肃去世后，袭荆州，败关羽，使东吴面积大增。

㉕庾元规：庾亮，字元规，东晋时期名臣。晋成帝即位后庾亮执政，意图北伐，遭朝臣反对。庾亮曾任命其弟庾翼为南郡太守，又任命次弟庾怿（yì）为梁州刺史。

㉖梁州：今陕西汉中。镇魏兴：驻守魏兴（今湖北房县）。

㉗镇江陵：驻守江陵（今湖北荆州）。

㉘陈嚣：三国时吴人，以谦让著称，官至太中大夫。

㉙参军：参谋军事，军职。李松本吴将，后投魏。巴郡、江阳：今重庆和四川泸州沿长江一带。

㉚石城：吴都建业，今南京。邾（zhū）城：三国时吴南郡邾县，今武汉市新洲区。

㉛赵：前赵，由匈奴族刘渊于304年建立。

㉜攻坚攻瑕：出自《管子·制分》："攻坚则瑕者坚，乘瑕则坚者瑕。"意为攻打对方强点则对方弱点也会变强，攻打对方弱点则对方强点也会变弱。瑕，玉上的斑点，比喻薄弱环节。

㉝亮：庾亮。庾亮逝世后，弟庾翼接替其镇守武昌，40岁去世。

㉞婴怀：犹萦怀，谓牵挂在心。

㉟天假之年：上天赐给庾翼足够的年寿，指享其天年。

㊱讵（jù）：岂，难道。用于表示反问。

㊲武关：秦地的"南大门"，位于陕西南部商洛山中。

㊳司马勋：东晋中期将领、叛臣，自称成都王，后被桓温斩杀。子午道：是古代自长安通往汉中、巴蜀的一条重要通道。因从长安南行开始一段为正南北向而得名。

㊴灞水：出陕西蓝田，经长安东，过灞桥北注入渭河。

㊵秦坚：前秦国君苻坚。曾发动淝水之战，图灭东晋，终败。

㊶江左：参见45页注⑪。运掉：运转摆动。

㊷连衡：战国时张仪游说六国共对秦国，此为结盟之意。

㊸审矣：明白吧。

㊹陆逊：三国时期吴国政治家、军事家，跟随孙权四十余年。

㊺贾诩（xǔ）：三国初年著名谋士、军事战略家，曹魏开国功臣。

㊻谢安：东晋政治家。在淝水之战中，指挥八万兵力打败了号称百万的前秦军队，使晋室得以存续。桓冲：东晋名将，与谢氏东西协力防御前秦的进攻获胜。

㊼权翼：前秦大臣。

㊽彼：敌人。

㊾喉衿（jīn）：喻要害之地。

㊿蹈借：践踏占据。

(51)顾雍：三国时吴国重臣、政治家，为相十九年。

㊾王导：东晋开国元勋，遵元帝遗诏辅立晋明帝，明帝驾崩后又辅佐晋成帝。

㊿素定：犹宿定，预先心中有数。

㊳克永晋祚：能使东晋君位永远延续。祚（zuò）：君主的位置。

㊴折冲：指使敌方的战车折返，意谓击退敌人。

㊵欣戚：喜乐和忧戚。

㊶关：关羽，东汉末年蜀国名将，留守荆州被曹吴联军夹击，兵败被杀。张：张飞，三国时期蜀国名将，被刺杀。庞统：东汉末年刘备重要谋士，进围雒县中流矢而亡。

㊷周瑜：东汉末年名将，曾率东吴军与刘备军联合，在赤壁之战大败曹军。

㊸马超、黄忠、赵云、费祎：及下句中的魏延皆刘备手下名将。吕蒙、程普、步騭（zhì）、甘宁：及下句中的陆逊、陆抗皆东吴重臣。

⑥间道：抄近的小路。

⑥夷陵：今湖北宜昌市夷陵区。

⑥虞：忧患。

⑥精识：见解精确。

⑥三军：古代指前、中、后三军。前军一般是先锋营负责开路（架桥、修路）、侦察；中军就是统帅所处的大军，有骑兵步兵；后军主要是军用物资、工匠、民工等。

⑥不亦殆乎哉：难道不危险吗。

⑥作新：《书·康诰》："汝惟小子，乃服惟弘王，应保殷民。亦惟助王，宅天命，作新民。"本意谓教导殷民，服从周的统治。此喻教化百姓，移风易俗。

⑥曹公：汉末曹操位至三公，人称曹公。

⑥遽（jù）画：立即谋划。

⑥张昭：东吴谋臣，言辞亢直且有威仪。骄蹇（jiǎn）：骄纵傲慢。

⑦下人：下于人；在人之下。

⑦邓芝：三国时蜀汉尚书，刘备去世后奉命出使吴国，修复了两国的关

系。报聘：派使臣回访他国。

⑫乌得：怎么能。摄：收敛。

⑬典午："司马"的隐语。此指司马炎于265年取代曹魏建西晋，280年灭孙吴，结束三国鼎立的分裂局面，重新统一中国。

⑭厉兵秣（mò）马：磨好兵器，喂好马；形容准备战斗。

⑮辑：整修，补合。

⑯为雠（chóu）人役：被敌人统治。

⑰孙、吴韬略：孙武、吴起用兵的计谋。

⑱舍人：春秋战国称王公贵人门客，宋元以来称显贵子弟。

⑲阜陵：宋孝宗的陵墓永阜陵的省称，此指宋孝宗。右科：指武举。

⑳掖垣：参见4页注⑧。给札：朝廷对文士的礼遇。

㉑机参：探究，领悟

㉒条析：细致剖析。派别：区分，区别。

㉓当第以献：应当按名次录用。

试上舍生策题己亥秋[1]

汤之盘有铭[2]，武王受太公之戒，所御器物咸有铭。古先哲王明睿生知[3]，道德纯备，一动息，一颦笑[4]，无非天理之流行。而戒谨恐惧，其严若此。岂人心之易于弛，虽圣人亦不可一日而忘其规警耶？

唐太宗以《十渐不克终之疏》列屏障以自省[5]，后世称之曰贤君。明皇以《山水图》代《无逸图》[6]，开元、天宝之理乱以判[7]。敬肆劳逸[8]，一念之差，信可畏耶！

我国家自艺祖造邦[9]，钦重儒学。太宗继之[10]，盖用意于稽古礼文之事。尝书《孝经》[11]，勒碑于秘书监。又自以圣意制座右欹器[12]，真宗为之论[13]。所御玉宸殿[14]，储经史八千卷，不杂他书。仁宗在御岁久[15]，孙奭所上《无逸图》[16]，揭之讲阁。圣德光大，谨终如始。哲宗以吕公所纂《尚书》《论语》《孝经》要义百篇[17]，书写观览，又用吕大防之奏[18]，图仁宗三十六事于坐隅。高宗中天[19]，投戈讲义[20]，而九经皆手书石刻[21]。孝宗嗣服[22]，亦于清燕之所，揭《敬天》之图，奕叶继承，心法相授。以至于我皇上，甫登大宝[23]，即营缉熙殿，髹漆金[24]，为座右铭。罢朝则御讲帷[25]，阅章疏，寒暑不辍，一十六年于兹矣。顷又摘六经之有关于天道者，章分句析，亲御翰墨，为《敬天十二图》，制叙跋系其颠末[26]，步趋乎祖宗之典训，规范乎圣贤之格言，仍命道山摹勒琬琰[27]。斯文之重，天下之福也。

季秋吉日辛卯，九筵穆卜[28]，先期申警，蔬食斋居。言款清宫[29]，冻雨飘洒。裸飨世室[30]，阴凝未舒。逮羽卫导行，玉辂趣驾[31]，云翳一扫，晴景四开。都人骈首以观天仗之森严[32]，天颜之肃穆，而后喜可知也。

丙夜禁门启钥[33]，臣工骏奔，上端冕入就次，月星明朗，乐舞和愉。穹示顾歆[34]，克竣熙事[35]，颁贺肆赦[36]，典仪备举。质以前三岁烈风雷雨之变异，思成之庆，宁易致耶！岂《敬天图》之作，忱念孚格[37]，不专于牺牲玉帛之荐乎？天人相与之际，殆未可以私意测。

然以上之逊志典学[38]，岂今之寅畏而昔乃不然[39]？意者鼎雉申戒[40]，云汉惧灾，天固以是启商周之中兴与？不然，阴晴转移于翻覆手间，虽父母之于子，训告保惠，亦不如是之恳恻也。

善言天者，必有以证于人。璇玑玉衡以齐七政[41]，舜之察天文以审已之当天心与否也。二曜薄蚀[42]，五纬错行[43]，日官所书，殆无虚月，则乾象之失其轨，岂无其故欤？地平天成，六府三事允治[44]。禹之治水，以九畴彝伦之叙而成功也[45]。炎官甫戢，海若加横，堤撞冲决[46]，生民昏垫[47]，则五行之失其性，亦岂无所兆欤？致中和，天地位，万物育，盈宇宙之间，有一物不得其所，君人者之责也。旱魃肆虐[48]，飞蝗遗种，近畿一稔[49]，几出天幸。东浙荐饥[50]，宁无后忧？则玉烛之不调[51]，得无有任其咎者欤？《春秋》谓一为元，外吴楚而内中国，小雅尽废，则吴楚交侵而中国微，圣人之所忧也。

今敌既灭，兵备不辑[52]，国威不张，疆土日蹙，则天道之助顺，何乃寂无其应欤？虽然，气运之有盈虚，物理之有信屈[53]，如前所述，犹可诿之造化，以俟天定[54]。至于人事之与天理参者，抑亦有当议焉。无旷庶官[55]，天工人其代之[56]，今班序布满[57]，簪弁森列[58]，若不乏才也。而白驹空谷[59]，犹不免于金玉其音，经营四方，或无预于出入风议，则好恶之拂人性[60]，无乃枉直有未辨耶？

天佑下民，作之君师，今赦宥数颁[61]，宽恤有诏若不忘吾民也。而中洲鸿雁，四境之流离莫救；鲂鱼赪尾[62]，内地之根本日拨。则载舟覆舟之可畏，无乃思虑有未及耶？

《洪范》八政[63]，食货为先。今公私储积，匮于军兴，而县官之费用不为之裁损[64]，风俗之僭奢不为之限量，楮币日滥[65]，增钱不已，铜镪日耗[66]，销毁莫戢。节以制度，岂无术以救其弊耶？

王公设险，法象天地[67]。今襄、汉形势，荒残日久，淮、蜀奥坏，虔刘几尽[68]，阃制角立[69]，遇敌而莫相为援。兵将怯懦，滥赏而未尝加罚。折柳樊圃[70]，将何策以起其弱耶？天意之未孚者既如彼，人为之未至者又如此，反复参验，则禋祀之飨佑[71]，固可以觇悔祸于上苍[72]，而德政之有阙，恐未足以销咎征于既往[73]。

或谓上之笃意务学，小心事帝，非不恭且恪也。而阴阳家所谓百六之数[74]，适相参会，其交度也固有时。九曜运行[75]，迭相盈缩，其进退也自有序。审如是，则惠迪吉，从逆凶，如影响[76]，惟先格王[77]，正厥事[78]，乃为虚语乎？

谛观《敬天》之图[79]，心画谨严，先后如一。退朝燕坐，声色玩好，决莫能为德性之移。而道途窃议，尚有过于责难者。皇自敬德[80]，要不必以人言为忤[81]，而益当以高明光大加之意，非苟知之，亦允蹈之[82]，无徇其名而既其实，则怨汝詈汝[83]，其有补于学问者，不既多乎。天不远人，随念昭格[84]，圣学就将而不已，圣德日新而又新，易危为安，用祈天永命，岂不同此一机耶！

诸君咏皇化于辟雍之涯[85]，历岁滋久，菑畬经籍[86]，佩服礼义，铢积寸累，由是而升尧舜君民，乃无负于所学，岂特区区为利禄温饱计哉！其探索天人性命之源，发扬帝王心法之奥，有可以匡世屯[87]、裨圣治者[88]，正学以言，有司将拔其尤以献于上。

①上舍生：宋代太学分外舍、内舍和上舍，三舍设八十斋，每斋容三十人，外舍生二千人，内舍生三百人，上舍生百人，总计二千四百人。在一定的年限及条什下，外舍生得升入内舍，内舍生得升入上舍；上舍生考试成绩优异者可直接授官。己亥秋：1239年秋。

②汤之盘有铭：汤即成汤，商朝的开国君主。盘，此指商汤的洗澡用具。盘铭是刻在器皿上警醒自己的箴言。汤之《盘铭》曰："苟日新，日日新，又日新。"

③明睿（ruì）：指聪颖明智。生知：谓不待学而知之。

④颦（pín）笑：皱眉和欢笑。借指厌恶和喜欢。

⑤《十渐不克终之疏》：魏徵所写，文章列举了唐太宗执政初到当前为政态度的十个变化，警醒统治者要居安思危。

⑥明皇：唐玄宗谥号。无逸：出自《尚书》："君子所其无逸。知稼穑之艰难。"集中表达了禁止荒淫的思想。

⑦开元：唐玄宗治国初年号，励精图治，任用贤能，出现盛世景象。天宝：唐玄宗后期年号，天宝十四载（755），发生"安史之乱"，唐由盛转衰。

⑧敬肆劳逸：敬劳肆逸：恭敬辛劳与放肆享乐。

⑨艺祖造邦：此指宋太祖赵匡胤建立宋朝。

⑩太宗：宋太宗赵光义，宋朝的第二位皇帝。

⑪《孝经》：儒家伦理学著作。将人分五等，就各人地位与职业，标示出

其实践孝亲的法则与途径。

⑫欹（qī）器：古代一种倾斜易覆的盛水器。水少则倾，中则正，满则覆，人君置于座右以为戒。

⑬真宗：宋真宗赵恒，宋朝第三位皇帝。

⑭玉宸殿：真宗歇息之所，中施御榻，殿东西聚书八千余卷。

⑮仁宗：宋仁宗赵祯，宋朝第四位皇帝。

⑯孙奭（shì）：北宋大臣、经学家、教育家。宋太宗时，入国子监讲学。真宗时，为诸王侍读。仁宗即位，以名儒选为翰林侍讲学士，后迁龙图阁学士、礼部尚书。

⑰哲宗：宋哲宗赵煦，宋朝第七位皇帝。

⑱吕大防：哲宗时翰林学士。

⑲高宗：南宋开国皇帝宋高宗赵构。中天：天运正中，喻盛世。

⑳投戈讲义：指在军中仍不废学，后亦泛谓偃武修文。

㉑九经：宋代以《易》《书》《诗》《左传》《礼记》《周礼》《孝经》《论语》《孟子》九部儒家经典为九经。

㉒孝宗：宋孝宗赵昚（shèn），南宋第二任皇帝。嗣服：指继承帝位。

㉓甫登大宝：刚登基。

㉔髹（xiū）漆：以漆涂物。

㉕讲帷：指天子、太子听讲官进讲之处。

㉖叙：说明书籍著述或出版宗旨、编辑体例和作者情况等，置于书前，又称为“序”。跋：书籍后面的短文，说明写作经过、资料来源等与成书有关的情况。颠末：自始至终的经过情形。

㉗道山：文人聚集的地方。琬琰：美玉，此为碑石之美称。

㉘九筵：《周礼·考工记·匠人》：“周人明堂，度九尺之筵、东西九筵、南北七筵。”筵，竹席，长九尺。九筵，即八十一尺。后因以“九筵”借指明堂。穆卜：恭敬地卜问吉凶。

㉙款：诚恳殷勤。清宫：洒扫房舍。

㉚祼飨（guàn xiǎng）：帝王宗庙祭仪，灌香酒于地以求神。

㉛玉辂：珠玉装饰之车，多指天子所乘车辇。

㉜骈（pián）首：头靠着头。

㉝丙夜：三更时候，晚上十一时至翌日凌晨一时。

㉞穹：天。顾歆：喜爱，羡慕。

㉟克竣熙事：完成吉祥的仪式。

㊱肆赦：犹缓刑，赦免。

㊲忱（chén）念：真诚的心意。孚格：使人信服的标准。

㊳上：帝王。逊志：虚心谦让。典学：商代贤臣傅说勉励商王武丁学习，形成“武丁中兴”。后用作皇子或帝王致力于学之典。

㊴寅畏：敬畏，恭敬戒惧。《书·无逸》：“严恭寅畏，天命自度。”

㊵鼎雉：参见109页注㊽。

㊶璇玑玉衡：古代玉饰的观测天象的仪器，即浑天仪。七政：指春、夏、秋、冬、天文、地理、人道。“璇玑玉衡，以齐七政”是说天地之运转、四时循环往复、人间之否泰祸福，皆为北斗七星所主宰。

㊷二曜：亦作“二耀”，指日月。薄蚀：日月迫近相互掩映。

㊸五纬：古人把金、木、水、火、土五大行星合称为五纬。

㊹六府：民生中的金、木、水、火、土、谷。三事：治民政事之正德、利用、厚生。

㊺九畴：指传说中天帝赐给禹治理天下的九类大法，即《洛书》。彝伦之叙：治国安民的施行顺序。

㊻揵（qián）：古同“楗”，堵塞河堤决口所用的竹木等材料。

㊼昏垫：陷溺，指困于水灾。

㊽旱魃（bá）：中国古代神话传说中引起旱灾的怪物。

㊾近畿（jī）：近国都之地。一稔：农作物成熟一次，此指一年。

㊿荐饥：连年饥荒。荐，仍，一再。

51玉烛：乐律名。此指四时之气和畅。

52兵备不辑：军事措施和武器装备不完善。

53物理：事物。信屈：伸展和弯曲。

54俟（sì）：等待。

55无旷庶官：空居官位，指不称职。

(56)天工人代：天的职责由人代替。

(57)班序：按官爵或年齿排列的次序。

(58)簪弁（zān biàn）：冠簪和礼帽，古代仕宦所服，借指官吏。

(59)白驹空谷：喻贤能之人在野而不能出仕。白驹，白色骏马。

(60)好恶之拂人性：《礼记·大学》："好人之所恶，恶人之所好，是谓拂人之性，灾必逮夫身。"意为喜欢人民所憎恶的，憎恶人民所喜欢的，这就叫作违反人性，灾祸必然降临到他身上。

(61)赦宥（shèyòu）：宽恕，赦免。

(62)鲂鱼赪尾：参见 109 页注(77)。

(63)《洪范》：《尚书》中的一篇。"洪"即大；"范"即法。

(64)县官：西汉时常用以称政府或皇帝。

(65)楮（chǔ）币：宋时发行的纸币"交子"，多用楮皮纸制成。

(66)铜镪（qiǎng）：铜钱。

(67)法象：效法，模仿。

(68)虔刘：劫掠，杀戮。

(69)阃（kǔn）制：统领一方军事。

(70)樊圃：此指帝王林园。

(71)禋祀（yīn sì）：以柴烟祭天。飨佑：敬献酒食求庇佑。

(72)觇（chān）：观测。

(73)咎（jiù）征：天降灾祸的征验。既往：已经过去的事情。

(74)阴阳家：战国时齐人邹衍是其创始人，主张"阴阳五行"学说。百六之数：一百年中，有大旱灾或水灾六年。

(75)九曜：民间指金、木、水、火、土、太阳（羲和）、月亮（望舒）、计都和罗睺九位星君，认为他们主宰人间的吉凶祸福。

(76)惠迪吉，从逆凶，如影响：顺应天道就有吉祥，忤逆天道就有凶灾，两者的关系如影随形，似响应声。

(77)格王：使皇上成为圣主。

(78)正厥事：正其事而异自消。

(79)谛观：审视。

⑧⓪皇自敬德：谨慎自己的德行，增修善政。

⑧①忤（wǔ）：抵触，不顺从。

⑧②非苟知之，亦允蹈之：不只是明白，还要信奉并履行。

⑧③怨汝詈（lì）汝：埋怨你责骂你。

⑧④昭格：祭祀。

⑧⑤皇化：皇帝的德政和教化。辟雍：参见505页注③。

⑧⑥菑畬（zī shē）：耕耘。

⑧⑦匡世屯：挽救世道，扶正世道。

⑧⑧裨（bì）：帮助。

箴

《敬天图》箴[①]

臣公许恭睹陛下尊御宸极[②]，十有六载。究心图治，食息靡遑[③]。退御缉熙[④]，尚以燕闲摘六经之训有关于省躬修行、弭灾兆祥者，亲御翰墨，纂为十有二图，系以圣制序跋，揭诸殿幄，仍命秘馆摹刻坚珉[⑤]。

会季秋吉辛[⑥]，肇禋重屋[⑦]。先期蔬食，备整斋庄[⑧]。款谒道祖[⑨]，入太室祼[⑩]，阴云阁雨，绥我思成[⑪]，玉辂戒严，羽卫森列，晴曦穿漏，涂潦以干。

逮中夕，皇帝入自昆仑[⑫]，素壁流空，珠纬交粲[⑬]，天颜肃穆，不懈益虔，端冕危立[⑭]，以须拜贶[⑮]。辟公左右[⑯]，乐舞和怿。望燎而退，班贺紫宸。移仗御楼，肆大宥于天下[⑰]。嘉气布濩[⑱]，欢声翕合[⑲]。较以岁丙申雷雨之异，兹为庆成无疑矣。呜呼！敬与肆一念之分[20]，而影响之不爽若是[21]，天远人乎哉。

臣以卑鄙，供职于著作郎省，被过误之宠，复使分直掖垣[22]，奎壁之光焜耀凡目[23]，而跪奉祝册，又得睹礼容之盛。职在议论文墨，责难陈善[24]，不当以菲拙废[25]，用采虞人之遗意[26]，拜手稽首，裁成《〈敬天图〉箴》一篇，昧死献之阙下。寸忠罣罣[27]，望陛下以天戒之不可忽，天庥之不可玩[28]，昼思夕惕，致知力行，拯天步之艰，用祈天永命。

臣公许不胜拳拳[29]，伏惟睿慈俯赐采择[30]。

①《敬天图》：宋理宗从六经（《易》《书》《诗》《周礼》《春秋》《礼记》）中摘录的被认为最能说明“天道”的内容，加以抄录、张挂、刻石，作为自警的座右铭。宋理宗御制《敬天图》的动机是道学修养的敬与诚。该图于嘉熙三年（1239）秋明堂礼前抛出，又是为了以大礼之庆证明其应天的效用。箴（zhēn）：旧时一种文体，是规诫性的韵文。

②宸极：即北极星。此喻帝位。

③靡遑：不安宁。

④缉熙：《诗·大雅·文王》：“穆穆文王，於缉熙敬止。”毛传：“缉熙，光明也。”此处引申为光辉。

⑤坚珉（mín）：石碑的美称。

⑥吉辛：宋时于农历九月辛日享帝于明堂，其日卜须吉。

⑦肇禋（zhào yīn）：指开始祭祀。

⑧斋庄：严肃诚敬。

⑨款谒（yè）：叩见，拜谒。道祖：道家的始祖，即老子。

⑩祼（guàn）：酹酒以祭地。

⑪绥我思成：祈先祖赐我成功。

⑫昆仑：神话中天地的中心，先民居于其周围，多数专家认为指华山。

⑬珠纬交粲：喻贤良辅臣集聚一堂。珠纬：五星的美称。

⑭端冕：玄衣和大冠，此指帝王的礼服。

⑮以须拜贶（kuàng）：准备拜受赐与。

⑯辟公：封爵的王、郡王、国公、开国郡公、开国郡侯等。

⑰肆：宽缓。大宥（yòu）：犹大赦。

⑱布濩（hù）：遍布。

⑲翕（xī）合：协调一致。

⑳敬与肆：敬畏和放纵。

㉑不爽：古意指没有差错。语出《诗·小雅·蓼萧》："其德不爽，寿考不忘。"

㉒掖（yè）垣：中央官署。门下、中书两省分别在皇宫左右掖。

㉓奎壁：二十八宿中奎宿与壁宿，旧谓二宿主文运。焜（kūn）耀：照耀。

㉔责难陈善：仔细问责，再给出好的建议。

㉕以菲拙废：因香浓而被埋没。

㉖虞人：古掌山泽苑囿之官。

㉗翜（mào）翜：恭谨诚恳的样子。

㉘天庥（xiū）：上天的庇护。

㉙拳拳：本意为奉持之貌，引申为诚恳、勤勉。

㉚伏惟：敬辞。表示有所愿望。睿慈：皇帝仁爱。俯赐：采择。

箴曰：

莫高者天，苍苍其色。孰主张是，以生以殖[①]？名之曰帝，统御三极[②]。帝何言哉，畴得而测[③]。何视听自我民，而降灾祥。在德王受天命[④]，作民父母。民之休戚，即上帝喜怒。无日不可俄而度，监观有赫[⑤]；无日不可阶而升，不显亦临[⑥]。

在昔帝王，允蹈斯理。无一步而非灵承，无一念而非顾禔[⑦]。惟时惟几[⑧]，相儆于有虞之朝[⑨]；夙夜毖祀[⑩]，申戒于成周之世。於穆我后[⑪]，亦惟鉴兹。念天命之难谌[⑫]，永言保之。垂拱御朝[⑬]，缉熙清燕[⑭]。一十二图，经训之钩纂[⑮]；百千万言，心画之精湛。以内省致其粹精，以力行体其刚健。严恭奚待于圭币之执[⑯]，馨香岂专于黍稷之荐。呜呼！惟命之申，以德克配[17]。惟德之配，匪学则怠。载籍所传，成宪斯在[18]。

自后世之道学不明，而先王之心法斯晦。祠官秘祝之除[19]，五畤路车之增[20]，孝文非不知秉心之祗肃[21]，夫何神气集为五彩，玉杯刻曰延寿，乃误以谲诈为可凭[22]；美气浮云阳之坛，白云出肃然之封，世宗非不知备物以尊崇[23]，夫何宝鼎神策之授[24]，白玉镂牒之秘[25]，乃妄意于神人之通。斯皆悖经籍之训，惟异学之宗。苟祭祀之黩，奚福祉之蒙？

我祖宗则不然，酌情文而益损。圆丘之柴燎[26]，有取乎《郊特牲》[27]；九筵之禋享[28]，匪殢于公玉带[29]。翼翼一忱[30]，洋洋如在。曾孙笃之[31]，十有六期，被衮冕以见上帝[32]，五宗祀而一郊祠[33]。往在丙申[34]，祼太室而景气明霁[35]，胡烈风雷雨大警于登歌合享之际[36]？

乃今岁秋，谒清宫而雾雨栗惨[37]，胡璧月珠星辉映于坛陛陟降之宵[38]？得非遇晴而喜，喜则肆而敬心弛，敬心一弛，帝动威而警之以抑畏[39]；因雨而惧，惧则戒而圣心悟，圣心一悟，帝鉴观而赉之以眷顾[40]？

故曰："惟上帝不常，作善降之百祥，作不善降之百殃[41]。"又曰："天之所助者顺，人之所助者信。位乎两间，奈何不敬[42]？"勿谓日月薄蚀、星曜错行为躔度交会之常[43]，德政失则谪见三光[44]。勿谓旱干水溢，阳愆阴伏[45]，虽盛世所不免，德政失则兆为灾变。勿谓已往之咎证可置而勿问，谴告所加，曷尝虚其应[46]？勿谓晴景之协祷可卜于眷佑，怠忽一萌[47]，或移为眚咎[48]。相古之人，乐不忘忧，已治若未治，虽休弗敢休。其在于今，可弗深戒？

外焉强敌之凭陵[49]，内则百度之蛊坏[50]。涉大水罔知津涯，寝积薪厝火其下[51]。是宜念辛螯之征[52]，可不闻善言而拜？

钦哉！莫见乎隐，瞻威咫尺，莫显乎微，举足千里。无徇其名而汩其真[53]，无缛于文而薄于诚[54]。蝼蠖蜵蜎[55]，必如我将我享之不敢慫[56]；向晦入息[57]，必如在庙在宫之不敢斁[58]。天命不已，谨终如始。天命不易，罔俾失坠[59]。位曰天位，保之以祗畏[60]；禄曰天禄，守之以谦牧[61]。天官不可任非才以瘝厥职[62]，天爵不可牵私恩而厚亲昵。天民所当矜，毋若楚茨之伤吾仁[63]；天伦所当睦，盍念角弓之亲九族[64]。礼曰天秩[65]，其谨察于内庭崇卑之式；罪则天讨，其无忘于淮蜀虔刘之暴。敢言之气伸，犹埃氛不能滓天德之清明；蠹财之阱窒[66]，犹妖眚不能疠天产之民物[67]。国势之弱可强，当若威弧之射天狼[68]；国威之偾可植[69]，当如列星之拱天极。

吁戏！敬天有啬，应天以实。一念感移，桴鼓其疾[70]。胡不观申公之说[71]，顾力行何如[72]；荀卿之言[73]，真积力久则入。敬则日强，学则日益。方寸湛然[74]，与天为一，天心克享[75]，天变乃息。天步斯宁[76]，天休其格[77]，于万斯年，子孙千亿。

小臣司文，伸纸濡笔，敢告丞弼[78]，所其无逸[79]。

①以生以殖：生育繁衍。以，因。

②三极：天、地、人。

③畴：通“筹”，筹划。测：预料、验证。

④在德：楚王在周朝边境炫耀武力，问鼎之轻重。周王派人答曰：治天下在德，不在鼎。德美善，鼎小也重。奸邪昏乱，鼎大也轻。

⑤有赫：有征兆。

⑥不显亦临：暗处亦有天帝监临。

⑦顾禔（shì）：指敬奉、禀顺天命。

⑧惟时惟几：顺应时势，防微杜渐。几：苗头；预兆。

⑨儆：警醒。有虞：有虞氏：中国上古时代的部落名。

⑩毖祀（bì sì）：谨慎祭祀。

⑪於穆：赞美感叹。

⑫难谌（chén）：不能信任。

⑬垂拱御朝：垂衣拱手，顺其自然统治天下。

⑭缉熙：指光明，又引申为光辉。清燕：清闲，安逸。

⑮钩纂：研究编辑。

⑯奚待：为何等待。圭币：祭祀时用的圭玉和束帛。执：凭证。

⑰克配：能相匹配。

⑱成宪：原有的法律、规章制度。

⑲祠官：掌管祭祀之官。秘祝：代司祈祝之官。除：授拜（官职）。

⑳五畤（zhì）：五畤原，在今陕西凤翔市南，秦汉祭祀天帝处所。

㉑孝文：此指北魏孝文帝拓跋宏，他实施一系列改革，对各族人民的融合和发展，起了积极作用，32岁去世。祇（zhī）肃：恭谨而严肃。

㉒谲（jué）诈：奸诈，虚伪。

㉓世宗：此指周世宗柴荣，他在位期间恢复农业，革除弊政，为统一作出了重要贡献。

㉔宝鼎神策：宝鼎里卜筮所用的蓍草。

㉕白玉镂牒：白玉雕刻的证件。

㉖圆丘：古代祭天的圆形高坛。柴燎：烧柴祭天。

㉗《郊特牲》：《礼记》中的一篇，杂记诸礼和阐发礼义，涉及较多的是祭祀礼。

㉘九筵：参见738页注㉘。禋（yīn）享：燃烟供物祭天。

㉙殢（tì）：沉溺。公玉带：官员所用的玉饰腰带。

㉚一忱（chén）：专心专意。

㉛曾孙：孙以下后代均称曾孙。笃：指笃行，行事一心一意。

㉜被（pī）：穿着。衮冕（gǔn miǎn）：即衮衣和冕，是皇帝等王公贵族在祭天地、宗庙时穿戴的正式服装。

㉝五宗：根据宗法制度，继承始祖的后人为大宗；仅继承高祖、曾祖、祖、父的后人为小宗；大宗一，小宗四，合称为“五宗”。

㉞丙申：即1236年。

㉟祼（guàn）：酹酒以祭地。明霁（jì）：雨雾中透出阳光。

㊱登歌：升堂奏歌。

㊲栗惨：寒冷貌。

㊳璧月珠星：月如玉璧洁白，星似珍珠圆润。陟（zhì）降：上下。

㊴抑畏：谦抑敬畏。

㊵鉴观：察视。赉（lài）：赏赐。眷顾：关心照顾。

㊶此句出自《尚书・伊训》。意为天帝不分亲疏贵贱，对行善者赐给各种吉祥，对作恶者降给各种灾祸。

㊷此句出自《周易・系辞上》。意思是天帮助顺应天理的人，人帮助有道德的人。信：信用，引申为道德。

㊸星曜（yào）：又称孔明六曜星，是中国传统历法中的一种注文，用以标示每日的凶吉。躔（chán）度：日月星辰运行的度数。

㊹谪（zhé）见：古代迷信认为异常的天象是上天对人的谴责，出现灾变的征候谓之“谪见”。三光：指日、月、星。

㊺阳愆（qiān）：阳气过盛。本谓冬天温和，有悖节令，后亦指天旱或酷热。阴伏：谓热伏于阴。

㊻曷尝：何曾是。

㊼怠忽：懒惰松懈，玩忽职守。

㊽眚（shěng）过错。咎：灾祸。

㊾凭陵：侵扰。

㊿百度：各种章程和行为准则。蛊（gǔ）坏：惑乱败坏。

51厝（cuò）火：“厝火积薪”的缩语，喻隐伏的危机。

52辛螫（shì）：毒虫刺螫人。

53无徇其名：不舍身求名。徇，通“殉”。汨其真：失去本真。

54无缛于文：没有繁多的礼节。薄于诚：将真诚看得很容易。

55蠖濩蜎蜎（huò huò yuān yuān）：谓宫室深邃，宫殿中雕龙刻凤，凿鸟镂花之状。

56享：祭献。愆（qiān）：耽误。

57向晦入息：‘向’接近。‘晦’冥，夜晚。到了晚上本应休息。

58斁（yì）：厌倦；懈怠。

59罔俾（bǐ）失坠：不使出现失误。俾：使。

60祇（zhī）畏：敬畏。

(61)谦牧：谦逊自处。

(62)瘝（guān）厥职：旷废自己的职守。瘝，旷废。厥，其。

(63)楚茨（cí）：丛生的刺蒺藜。

(64)角弓：指《诗经·小雅·角弓》。该诗刺幽王不亲九族而好谗佞，骨肉相怨。

(65)天秩：上天规定的品秩等级，谓礼法制度。

(66)蠹（dù）财：蛀蚀的财物。阱（jǐng）窒：不使其隐藏。

(67)妖眚（shěng）：妖异之气。疠：瘟疫。

(68)威弧：星官名，即弧矢。天狼：天狼星，古人视为灾星。

(69)偾（fèn）：败坏，糟乱。

(70)桴（fú）鼓：鼓槌与鼓，喻响应迅速。

(71)申公：春申君，楚国公室大臣，著名的政治家、军事家。与魏国信陵君、赵国平原君、齐国孟尝君并称为“战国四公子”，曾任楚相。

(72)顾力行：踏实地推行。

(73)荀卿：荀况。战国赵人，战国末著名政治家韩非、李斯，曾师事其门。

(74)湛然：淡泊清澈貌。

(75)天心克享：能敬天意。

(76)天步：此指时运、国运等。

(77)天休其格：天赐福佑，使其拥有美好的品质。格，品质。

(78)敢：副词，表示谦敬，意思是请、谨请。丞弼：辅佐的大臣。

(79)所：在，在于。其：他。无：不，没有。逸：闲逸。该句意为君子为人从无闲逸之时，为王者更当勤奋自勉。

偈

上后溪刘阁学偈①

恭以某官先生繇大乘果伍②，应缘示现③，福慧具足④，慈威双运，与佛菩萨同一妙明[⑤]。就养五绵[⑥]，载逢初度[⑦]，寿开九帙[⑧]，神清气和。且内捆夫人设帨纪祥[⑨]，甫后十日，备福昌炽，荣耀緌绅[⑩]。某幸以三生香火缘亲蒙授记，被檄剑外[⑪]，阻于称觞[⑫]。大人以旧藏金银字大士颂《金刚经》一轴[⑬]，命某为先生寿。敢托此述成偈语一篇，少伸善颂。

①后溪刘阁学：刘光祖，参见 7 页注⑪。偈（jì）：佛经中的唱词。程公许自注："以金银字《金刚经》说偈。"《金刚经》为佛教经典，此经主张世上一切事物空幻不实，对于现实世界不应执著或留恋。

②恭以：恭敬地用。官先生繇：官繇先生，程公许朋友。大乘：大乘佛教。果伍：五种供果。

③应缘示现：佛教语。谓佛菩萨应机缘而现种种化身。

④福慧具足：福缘与慧根都圆满具备。

⑤妙明：妙明真心。就是禅宗说的本性。

⑥就养五绵：接受奉养。

⑦载逢：千载一逢。初度：初生之时。

⑧寿开九帙（zhì）：表示吉祥的词语，寓意生命无边无际地延展。

⑨设帨（shuì）：指女子生辰。古礼女子出生，挂佩巾于门右。

⑩緌（ruí）绅：緌，冠带末梢下垂部分。绅，大带。借指有官职的人。

⑪被檄：指被征召。剑外：指四川剑阁以南地区。泛指蜀地。

⑫称觞（chēng shāng）：举杯祝酒。

⑬大人：此指地位高的官长。大士：对高僧的敬称。

如来藏有大经卷[①]，无古无今无成坏。
卷之可纳一毫端，舒之弥纶于法界[②]。
众生与佛同受持[③]，谓有定法便虚假。
祇园食饱洗钵坐[④]，何曾有意一场话。
空生强起凿太虚[⑤]，立字安名为般若[⑥]。

三十二相不可著[7]，况有卵胎并湿化[8]。
要知人与法俱空，何须到岸筏方舍。
双林大士更周遮[9]，来对萧翁闲拍报[10]。
至今唱颂四十九[11]，同此经传四天下[12]。
稽首后溪老尊宿，第一义谛最深解[13]。
以宿誓愿悲济心，具坚固力清净戒。
父子孙曾一道场[14]，良窳精粗大炉冶[15]。
彩衣堂上春融融，后先十日奭寿斝[16]。
耆龄天为开九帙[17]，后学心知宗大雅[18]。
吾亲千里意勤劬[19]，授我轴书字端楷[20]。
金银绚烂满云蓝[21]，是不诳语真语者。
鬼神秘护知几年，持以寿翁翁勿诧。
愿翁觉性日圆明[22]，愿翁眉寿备纯嘏[23]。
如金刚体不可坏，以大方便福朝野[24]。
亦愿吾亲寿似翁，岁岁持觞拜堂下。

①如来：佛的别名，梵语意译。如，谓如实。如来，即从如实之道而来，开示真理的人。

②弥纶：综括、贯通。法界：佛教语。梵语意译。通常泛称各种事物的现象及其本质。

③受持：佛教语。谓领受在心，持久不忘。

④祇（qí）园："祇树给孤独园"的简称，梵文的意译。印度佛教圣地之一，后用为佛寺的代称。

⑤空生：须菩提的别称。释迦牟尼十大弟子之一，善解真空之义。太虚：谓宇宙。

⑥般若（bō rě）：佛教语，梵语的译音。或译为"波若"，意译"智慧"。佛教用以指如实理解一切事物的智慧。

⑦三十二相（xiāng）：佛教语，谓佛陀具有的三十二种不同凡俗的显著

特征，与微细特征八十种“好”，合称“相好”。著：展示。

⑧湿化：佛教语，指湿生与化生。佛学中，众生有四种生命型态：胎生、卵生、湿生、化生。

⑨双林：指释迦牟尼涅槃处。大士：此特指观世音菩萨。周遮：多方回护。

⑩萧翁：寺庙里的长者。

⑪四十九：参见 9 页注㉘。

⑫四天：四方的天空。

⑬第一义谛：宋王安石《答蒋颖叔书》：“佛说有性，无非第一义谛，若第一义谛，有即是无，无即是有。”

⑭孙曾（zēng）：孙子和曾孙，泛指后代。

⑮良窳（yǔ）：好坏。大炉：《庄子·大宗师》：“今一以天地为大炉，以造化为大冶，恶乎往而不可哉?”后以喻天地。

⑯后先十日：前后十天。奭（shì）：盛大。寿斝（jiǎ）：寿觞。

⑰九帙（zhì）：秩表示十年，10 岁为一秩，满 80 岁就是开九秩，即 90 这一秩就开始了。

⑱后学：程公许自谦。大雅：德高而有大才的人。

⑲吾亲：此指程公许父亲。勤劬（qú）：辛勤劳累。

⑳端楷：字写得工整。

㉑金银：程公许前注“以金银字《金刚经》说偈”。云蓝：底色为蓝色的纸名，唐段成式在九江时自制。

㉒觉性：佛教语，离一切迷惘而开悟本性。日圆：指好日子。

㉓眉寿：长寿。纯嘏（gǔ）：大福。

㉔大方便：佛教语，谓以灵活方式因人施教，使其悟佛法真义。

上雁湖先生偈①

雁湖先生揆初在旦②，某以家藏唐画炽盛光如来像一轴③，祝先生寿，稽首说偈云：

十方世界香水海[4]，如微尘数无边亿。
诸佛各以本誓愿，遍坐道场作饶益[5]。
稽首两足炽盛光，具有广大神通力。
罡风其上罗诸天[6]，日月星宿与梵释[7]。
手持宫殿充妙供[8]，雨香花云作严饰[9]。
慈悲为车众宝聚，载以万行波罗蜜[10]。
周游三界一弹指[11]，善行何曾有辙迹。
我曾礼足持秘咒，宝绘偶得唐人笔[12]。
素缣一幅几断烂[13]，丹青惨澹古颜色。
巍巍趺坐宝莲台[14]，冠佩环趋星拱极[15]。
未论画手入何品，成坏难以有相诘。
龙天守护敢不戒[16]，一会灵山俨如昔[17]。
恭惟雁湖老尊宿，佛地位人人不识[18]。
偶年与世作依怙[19]，意倦还归弄泉石。
愿持画本祝修龄[20]，往与净名分半席[21]。
刀兵之劫遍大地，三界同聚一火宅。
要须开士运悲心[22]，立大津梁拯群溺。
岂同小乘专利己[23]，块守空山缚禅寂[24]。
金轮慈光耀今古[25]，愿与我公占寿籍。
向来摩顶经授记[26]，坚拂许令亲入室。
夜深急雪欲齐腰，少室岩前好消息。

①雁湖先生：李壁，参见 7 页注⑫。

②揆初在旦：此指生日这天。《楚辞·离骚》："皇览揆余于初度兮，肇锡余以嘉名。"揆初后用以代称生辰。旦，天，日。

③某：程公许自指。炽（chì）盛光：光芒四射。

④十方世界：佛教谓十方无量无边的世界。香水：佛家供佛的水，用香

料和水制成。

⑤饶益：使人受利。

⑥罡（gāng）风：高天强劲的风。罗诸天：泛指天界；天空。

⑦梵释：指色界诸天王及欲界帝释天王。

⑧妙供：殊妙之供养。

⑨严饰：装饰盛美。

⑩波罗蜜：梵语音译，意为到彼岸，即由此岸（生死岸）度人到彼岸（涅槃、寂灭）。

⑪三界：佛教指众生轮回的欲界、色界和无色界。

⑫宝绘：珍贵的画。

⑬素缣（jiān）：白色的绢帛。断烂：残缺不全。

⑭趺（fū）坐：盘腿端坐。

⑮冠佩：冠和佩饰，此借指官吏。星拱：如众星环绕北斗。

⑯龙天：佛教语，即天龙八部，皆为护法神。

⑰灵山：印度佛教圣地灵鹫山，因山顶栖有众多鹫鸟，故称。

⑱位人：尊重人。

⑲偶年：逢双的年纪。依怙（hù）：依靠。

⑳修龄：长寿。

㉑净名：毗摩罗诘佛的别称，此指毗摩罗诘佛像。

㉒开士：菩萨的异名。以能自开觉，又可开他人生信心，故称。后用作对僧人的敬称。悲心：慈悲心。

㉓小乘（chéng）：指小乘佛教，早期佛教的主要流派，注重修行、持戒，以求得“自我解脱”。公元1世纪左右，佛教中出现了主张“普度众生”的新教派，自称“大乘”，而称原有的教派为“小乘”。

㉔空山：幽深少人的山林。禅寂：佛教以寂灭为宗旨，故谓思虑寂静为禅寂。

㉕金轮：喻太阳。慈光：佛教语，诸佛大慈之光明。

㉖摩顶：指受戒出家。授记：佛教语，梵语的意译，谓佛对菩萨或发心修行的人给予将来证果、成佛的预记。

附卷　诗文辑佚

集外佚诗

步虚蕊珠[①]

玄盖之天高崒嵂[②]，自满天眼支一脉。
嶙峋四面森翠壁，中有瑶柱倚天立。
窈窈郁郁仙者宅，涵云蓄雾九锁隔[③]。
石扉谁遣玉茋擘，通行岂虞虎豹扼[④]。
云台散吏青城客[⑤]，掉头三岛风烟窄[⑥]。
南薰驾我来散策[⑦]，晴天万里展笑色。
祖龙驱山山辟易[⑧]，仙人抵住如刻划。
武皇情念膏火迫[⑨]，宫坛经营竞奚益。
惟我章献荐简璧[⑩]，心与天同绵宝历[⑪]。
高皇中天定都邑[⑫]，脱屣大位驻清跸[⑬]。
至今仙馆闷奎画[⑭]，跪拜谛视涕沾臆[⑮]。
大涤栖真转石室[⑯]，幽岩邃窦杳莫测[⑰]。
似闻句曲通咫尺[⑱]，飙游何曾有辙迹。
天坛可望不可陟[⑲]，翠箬闪们丹气溢。
我名何自标洞额[⑳]，得非三生咤真籍[㉑]。
一念之差甘堕谪，抚心静虑深咎责，
羽衣窥我惨不怿[㉒]，为我洗盏酌琥珀[㉓]。
沉沉古井龙嗜蛰[㉔]，谁令怒吼卷飞帛[㉔]。
夜凉健倒风雨急，醒悟乃是岩溜滴。

西瞻氛祲羌塥塞[26]，玉华故栖归未得[27]。
文举远游记夙昔，借一庵地袖隐帙[28]。
百六行度运会厄[29]，列真校录晓继夕[30]。
恫悯含生沛德泽[31]，罢征宽敛戢锋镝[32]。
名山是处可栖逸，不材我自安社栎[33]。
勋业振古名揭日，邂逅要知非尔力[34]。
蛮触扰扰鏖得失[35]，岂容汩我室虚白[36]。
流铃掷火九穹碧[37]，泰初为邻寿无极[38]。

①辑自宋潜说友《咸淳临安志》卷二四。步虚：道士唱经礼赞时作凌空步行状。蕊珠：即蕊珠宫，道教经典中所说的仙宫。

②崒嵂（zú lǜ）：高峻貌。

③九锁：谓道路曲折险阻。

④虞：忧虑。扼：把守，控制。

⑤青城客：青城山为道教第五洞天圣地，因以“青城客”指道教信徒。

⑥三岛：指传说中的蓬莱、方丈、瀛洲三座海上仙山，亦泛指仙境。

⑦南薰：《南风》歌，借指从南面刮来的风。散策：拄杖散步。

⑧祖龙：指秦始皇。辟易：退避，避开。

⑨武皇：指汉武帝。

⑩章献：章献皇后，宋真宗赵恒皇后，宋朝第一位摄政的皇太后。她完成宋政权从真宗到仁宗的平稳交接，为仁宗时期的繁荣打下基础。

⑪绵宝历：延续皇位。宝历：指国祚、皇位。

⑫高皇：宋高宗赵构，南宋开国皇帝。

⑬脱屣（xǐ）：比喻看得很轻，无所顾恋，犹如脱掉鞋子。清跸（bì）：旧时谓帝王出行，清除道路，禁止行人。此借指帝王的车辇。

⑭仙馆：仙人修道及游憩之所。此借称道观。閟奎画：收藏帝王的墨迹。

⑮谛视：仔细地看。沾臆（yì）：谓泪水浸湿胸前。

⑯大涤：大涤山，在杭州余杭区的青山绿水之间，是山灵水秀之地。栖真：道家谓存养真性，返其本元。石室：传说中的神仙洞府。

⑰邃窦：深暗的岩洞。

⑱句曲：弯曲。咫尺：帝王身边。

⑲天坛：帝王祭天的高台。

⑳程公许自注："大涤崖壁上仿佛有贱名二字。"

㉑真籍：谓真人或仙家的名册。

㉒羽衣：道士的代称。不怿（yì）：不悦；不欢愉。

㉓琥珀：此指美酒。

㉔飞帛：即飞白，是书法中的一种特殊笔法，相传是东汉书法家蔡邕受了修鸿都门的工匠用帚子蘸白粉刷字的启发而创造。

㉕健倒：滑倒，翻倒。

㉖氛祲（jìn）：指预示灾祸的云气。堛（bì）塞：堵塞。堛，土块。

㉗玉华：道教语，称鬓发斑白。

㉘隐帙（zhì）：冷僻少见不为人知的书籍。

㉙百六：古代以为厄运。古代言灾变运数者，以阴阳代表对立面，阴为六，阳为一，互为消长。百一为阳数极点，百六为阴数极点。

㉚列真：犹言众仙人。道教称得道之人为真人。

㉛恫悯：哀伤同情。含生：一切有生命者，多指人类。

㉜戢（jí）：收藏。

㉝社栎：谓不材之木，喻无所可用。

㉞邂逅：欢悦貌。

㉟蛮触：参见114页注⑰。

㊱虚白：语本《庄子·人间世》："虚室生白，吉祥止止。"谓心中纯净无欲。

㊲流铃掷火：道教语，谓仙人之行。穹碧：犹穹苍。

㊳泰初：道家指道的本源。

罗江三首①

其一

瞻云日怀归，及瓜法当代②。

喜同绦鹰掣[③]，翻作风鹢退。
誓言不可寒，幽赏夙所爱。
但恐彼上人，雄办费酬对。

①辑自《永乐大典》卷一一三一三。程公许自注："行至罗江，以代者爽期得史者书，复还涪滨，径走富乐山中借馆。"富乐山在今绵阳市内。以下诗作许吟雪等《宋代蜀诗辑存》（四川大学出版社 2000 年版）有载，不另注出。

②瓜代：参见 190 页注②。

③绦（tāo）：指丝绳，丝带。

其二

淋浪一日雨，浩荡千崖秋。
宛破石涧水，奔霆撼林丘。
须臾忽敛缩，幽咽锵琳璆[①]。
混混须有本，万古江河流。

①琳璆（qiú）：玉石相碰声。

其三

山中有后乐，奔流不复叹。
濯足涧泉碧，洗耳松风寒。
清碧度林杪，枯禅兀蒲团[①]。
拙不会参请，幸勿催抽单。

①枯禅：指老僧，枯坐参禅。兀：独。

红白芙蓉①

木蕖三数株，能白又能朱。
晓暮浅深色，醉醒容态姝②。
流霞奭玉斝③，抽汞养丹炉。
模写终难尽，秋江有画图。

①辑自《永乐大典》卷五四〇。芙蓉、木蕖：指木芙蓉。

②姝（shū）：美好。

③奭（shì）：舀、盛。斝（jiǎ）：饮酒器，圆口，平底，三足。

送家君归侍旁①

随牒走千里②，离家恰二年。
送君归戏彩③，笑我觅行缠④。
忍话关山远，须凭信息传。
抱持娇小女，恣索老人怜⑤。

①辑自《永乐大典》卷二二六二。家君：家父。侍旁：站在旁边听候安排。

②牒：任命文书。

③戏彩：孝养长辈之典。刘向《列女传》：“老莱子孝养二亲，行年七十，婴儿自娱，着五色采衣。尝取浆上堂，跌仆，因卧地为小儿啼。”

④行缠：裹足布、绑腿布。古时男女都用。

⑤怜：爱。

石湖三首①

其一

振袂芙蓉城里游，香风十里劝人留。
瓦盆最恨廉泉陋②，归与夸张定自羞。

①辑自《永乐大典》卷二二六六。程公许自注："范石湖东归过乡国，名之芙蓉城。余以季夏来游，适荷花称意红之时，雁湖环湖尤甚盛。李子先家小池界金数朵，花品之最高者，各纪以诗。"范石湖：即范成大，江苏苏州人，号石湖居士。曾任四川制置使，知成都府。成都府别名芙蓉城。乡国：家乡。

②程公许自注："左绵池中不容凿池，廉泉堂下仅列瓦瓮数十以栽莲耳。"

其二

芙蓉城下六月秋，最好雁湖湖上游①。
周遭一机云锦灿，并与老仙供唱酬。

①雁湖：此指今广汉金雁湖。

其三

环湖曲曲露香清，醉袖褰风取意行①。
翻爱李园方沼碧，界金几朵艳羞赪②。

①搴（qiān）：撩起衣服。

②李园：程公许自注中李子先家小园。界金：荷莲名品。赪（chēng）：粉红色。

三湖①

官柳三千诧蜀川，天涯流浪得重游。
苦无东阁梅花句，小为西湖竹色留。

①辑自《永乐大典》卷二二六七。三湖：在今湖北江陵县东，自东至西有白湖、中湖、官湖，三湖合为一水。北魏郦道元《水经注》云："杨水东北流，白湖水注之。湖在大港北，港南曰中湖。南堤下曰皆官湖，三湖合为一水。宋元嘉中，三湖下注杨水，以广漕运。"三湖以她宁静、幽远的人间仙境般的风姿，吸引过不少骚客名士的吟唱眷恋，南朝书画家宗少文曾弃官立宅隐居于此四十年。

入青城山门二首①

其一

入山佳气异他山，翠逻周遭几复关②。
流水白云无尽藏，莫教容易到人间。

①辑自《永乐大典》卷三五二五。宋代青城山的山门坐落于长生观外，长生观原名碧落观，是青城山最早修建的道观，乃晋人范长生故宅，旧址在今青城山麓的鹤翔山庄。1221 年左右程公许站立山门，观赏长生观外景写出：

“一径石墙分竹色，两桥涧水和松风”诗句。

②逻：山的边缘。

其二

一径石墙分竹色，两桥涧水和松风。
山灵怜我嗜幽胜，洗出林峦晚照红。

李贰车约饮东湖[①]

西湖绕过又东湖，永夜论文酒浅㪷[②]。
最爱霜林梅蘸水，拟撑小艇访林逋[③]。

①辑自《永乐大典》卷二二六二。李贰：即贰李，井研人李心传、李性传。

②㪷（yǔ）：古代酒容器。

③林逋：参见351页注④。

送别彦威侄西归侍母三首[①]

其一

先集载行橐[②]，叩阍书万言[③]。
风云乘快便，雨露沐殊恩。
客裹仍分袂[④]，天涯想倚门。
去留交喜戚，情不尽离尊。

①辑自《永乐大典》卷一三三四〇。西归：指回到老家四川叙州宣化越溪河畔蟠龙书院。

②行橐（tuó）：即行囊。

③叩阍：此指扣击宫门，到朝廷上奏折。

④客裹：他乡游子。分袂（mèi）：离别，分手。

其二

况自宦情薄，未忘嫠纬忧①。
圣知非我责，若要尽心酬。
牛陇松萝月②，鸥汀水竹秋③。
丁宁与将护，待我赋归休。

①嫠（lí）纬：参见 399 页注⑥。

②松萝：又名过山龙，属地衣门，生于深山的老树枝干或高山岩石上，成悬垂条丝状。

③鸥汀：鸥所栖息的小洲。

其三

宇宙暗矛戟，吾当何处归。
故山几幸免，暮景倘同依。
若见亲知问，愁无羽翮飞①。
一箪元自足②，底用带金围③。

①羽翮（hé）：鸟类羽毛的中轴没于皮肤的部分，内含空气。

②一箪：一箪食物，一瓢饮料。形容读书人安于贫穷的清高生活。

③底用：反诘询问，相当于“何须”。

赠山老借馆[1]

山生云水僧，失脚困下吏。
每逢道人语，莫逆犹夙嗜[2]。
况兹法龙象，共饮良有味。
宝坊寄嚣氛，一室淡如水。
蹇驴劣驰骛[3]，入门辄心碎。
向来棰楚尘，火急须湔洗[4]。
净名方丈室，逼塞诸天侍。
可吝一毫端，借成容膝地。
从来支许交[5]，清谈遗世累。
团蒲与茗碗，共谈第一义[6]。

①辑自《永乐大典》卷一一三一三。山老：此指山中老僧。借馆：借宿。

②莫逆：彼此非常相好，情投意合。

③驰骛（wù）：疾驰，奔腾。

④湔（jiān）洗：洗涤污秽。

⑤支许：晋代高僧支遁和高士许询的合称。两人友善，皆善谈佛经与玄理。

⑥第一义：佛教语，指最上至深的妙理。

驯鹿入县庭[1]

阆风觞九醖[2]，脍鲸羞玉麟。

宿命忆往劫，隐诀闻至人。
失脚五浊海[3]，未泯一念仁。
就盈纪良月，揆度逢佳辰[4]。
深恩感顾复[5]，瓣香谒仙真。
同来山中吏，得非我同伦。
岩泉千仞雪，涧草四时春。
雅嗜自幽闲，胡为此逡巡。
怜我久埃渴，方记三生因。
野性欣得友，不待呼礼宾。
鼓瑟趣升歌，明当下温沦。
嘉宴属君等，努力语去陈。
灵囿岂予慕[6]，愿交惟梓椿[7]。
方寸有玄感，清都宁隔尘。

①辑自《永乐大典》卷一四七〇七。程公许题注："初度诣葛仙山，奉香火归邑。之明日有驯鹿自中经入县庭，士友异其事，赋诗相庆，用张权父韵。"初度：生日。葛仙山：位于今成都彭州市葛仙山镇。

②九醖：一种经过重酿的美酒。

③五浊：大乘佛教提出的劫浊、见浊、烦恼浊、众生浊、命浊。

④揆度：揣度，估量。

⑤顾复：指父母之养育。

⑥灵囿：仙人畜养动物的园林。

⑦梓椿：程公许自注："长椿、梓杞、葛仙之二童子也。"

借宿洞门五首[1]

其一

身是西来旦过僧[2]，洞门一再解行縢[3]。

老师若许中分鲁，也会漫天话葛藤。

①辑自《永乐大典》卷一四七〇七。此处洞门喻寺庙。

②旦过僧：佛教徒称宿于旦过寮的行脚僧为“旦过僧”。因其夕来宿，过旦去。

③行縢（téng）：绑腿布，古时男女均用。

其二

传语岩前五百牛[1]，尘缘误我意无憀[2]。
灵山幸有三生契，更约天台度石桥[3]。

①五百牛：意思是众牛，喻巨大的力量。

②无憀（liáo）：闲而郁闷。

③天台：尚书台。

其三

一枕齁齁客梦长[1]，忽闻钟梵响云堂[2]。
舌根久厌齑盐味[3]，洗钵聊分豆粥香。

①齁（hōu）：鼻息声。

②钟梵：寺院的钟声和诵经声。

③齑（jī）：细碎。

其四

意行忽上凌云阁，粉雉周遭山四围[1]。

何似清音亭上座，峨眉扫翠雪涛飞。

①粉雉：白色围墙。

其五

石笋岩前灿熳游，异闻要验佛低头。
却叫古佛低头笑，笑杀痴人枉刻舟。

①灿熳（màn）：色彩鲜丽灿烂。

②佛低头：表恭敬。因为佛陀是人类离苦得乐，脱离轮回的导师，儒家思想认为见到大善人、导师、都要恭敬。

游石湖①

雨过春塘水慢流，唤船聊作石湖游。
水亭风槛今余几，越垒吴台相对愁。
笑拂壁题如觌面②，忆从乡老话遨头③。
不知化鹤曾归否，更撚梅花一饷留。

①辑自《永乐大典》卷二二六六。此石湖在江苏吴县西南。

②觌（dí）面：当面，见面。

③遨头：宋代成都自正月至四月浣花，太守出游，士女纵观，称太守为“遨头”。

游东湖三首①

其一

积雨酿成寒料峭，漫游稍觉意清真。
痴云妒日吞还吐，弱柳含烟巧斗新。
簪屐招呼参楚蜀②，肴蔬饤饾杂冬春。
却嫌车从妨佳趣，那得临流岸白纶③。

①辑自《永乐大典》二二六二。程公许题注：“正之二十八日，忽小霁，领数客过东湖。若水有赋为次韵。”此东湖位于今浙江杭州市余杭区。若水：不详。程公许又注：“倅、教授、判官皆为东湖有赋，又次韵二首。”

②簪屐：簪笄和鞋子，此喻卑微旧臣。

③岸白纶：白色头饰高戴。

其二

逶迤三径带东湖①，心眼经营念厥初②。
问俗只须无事治，僝工适际有年书③。
雪融趁急栽花柳，春到随宜办果蔬。
最喜城隅便来往，不嫌奔走费台舆。

①三径：此指归隐者的家园或是院子里的小路。

②厥初：初创不易。

③僝工：显现功业。

其三

交情郁穆两监州[①]，采藻依莲总俊游。
冰洁霜明相并照，渭清泾浊岂同流。
虢堂拟把新题和[②]，锦里还思故事修。
荷荡花溪总幽绝，剩须栽竹柰霜秋。

①监州：宋代于诸州置通判，亦称监州。程公许曾任简州、施州通判。
②虢（guó）堂：此指州县的衙门。

谢慧明王道士寄赠三诗并蜜黄精[①]

其一

与君一再会岷山，共把匏尊中圣贤[②]。
强说市朝为大隐，何如山泽友臞仙[③]。
空中皓月参心地，海面浮沤悟世缘。
安得一龛时晤语，笑披云雾豁青天[④]。

①辑自《永乐大典》卷八五二六。
②匏（páo）尊：紫砂壶的一种。
③臞（qú）仙：身体清瘦而精神矍铄的老人。
④豁：裂开。

其二

尺书覙缕写衷诚[①]，大面山前两日程[②]。

黄独润含崖谷味，清诗吟作涧泉声。
灰心久已安枯寂，月指何劳借发明[③]。
更与草庵求扁榜，太虚底处强安名[④]。

①覙（luó）：详细而有条理地叙述。

②大面山：参见113页注①。

③月指：佛教语，以指譬教，以月比法。《楞严经》卷二："如人以手指月示人，彼人因指，当应看月，若復观指，以为月体，此人岂唯亡失月轮，亦亡其指。"

④底处：何处。

其三

三复君诗想洛阳，令人愤极意飞扬。
鼎湖知有威灵在[①]，魏阙欣闻孝里彰[②]。
一念变迁无量劫[③]，寸心寂照大圆光。
君能勘破皆泡幻，长与乔松燕玉房[④]。

①鼎湖：古代传说黄帝在鼎湖乘龙升天，此处"鼎湖"指代帝王。

②魏阙：古代宫门外的高大建筑物（公布法令的地方）。

③无量劫：佛教时间概念。

④燕玉：如玉的燕地美女，亦泛指美女。

寿后溪刘侍郎[①]

朱颜白发炯双瞳，一念平生造物通。

内阁图书真学士，西园几杖老仙翁。
木公金母人间现[②]，桂子桐孙寿籍同。
遥想彩衣圆四世[③]，后溪无日不春风。

①辑自《永乐大典》卷一一六一八。刘侍郎：即南宋大臣刘光祖，四川简州后溪阳安人。

②木公金母：即仙人东王公和西王母。后用于祝寿，指寿星主人夫妇。

③彩衣：参见附卷761页注③。

绳翁初度[①]

男儿十六已非孩，心地迷云渐剔开。
虽复词章当藻绘，要从德性植根荄。
谦和孝友能无愧，富贵功名付傥来。
但愿时平早还蜀，田间伴我除蒿莱。

①辑自《永乐大典》卷一四七〇七。绳翁：程公许的孙子。初度：生日。

顺风泛太湖[①]

明月伴我酒家眠，五更顺风催放船。
月波荡湖湖欲溢，扶桑夺染半天赤。
湖山破晓郁青苍，坐觉山与船低昂。
少年负气隘湖海，老虽敛缩余心在。

叩舷一笑宇宙宽，瓮天那可差别观。
蒲帆瞬息几百里，峨峨阊门尺有咫[2]。
五湖千古自清风，诘朝持叩伏柱史[3]。

①辑自《永乐大典》卷二二六〇。程公许题注：“晓月未没，顺风泛太湖，期以明日与悦斋会。”

②阊门：苏州城八门之一，位于城西北。

③柱史：此借指朝官。程公许的老师悦斋先生李埴时任国史院编修官、实录院检讨官，除秘书少监、起居舍人。

东川节度歌[1]

东川节度兵马雄[2]，我尝闻之浣溪翁[3]。
五百年间人事纷，惟有青山今古同。
春官侍郎李太史[4]，沃丝昔日来观风。
八年俯仰一炊黍，蔚蓝台上烟雨濛。
棠郊蔽芾公所憩[5]，还有竹骑驰儿童。
是时北尘转骚屑，绿林之寇纷内讧。
洛波殷雷跃双龙，遂也长公潼少公[6]。
少公赴镇先十日，千夫煌煌飞旆红。
金城一面森戌削，贼戈自此不复锋。
三灾之劫偶参会[7]，天岂薄遂而私潼。
屹然泽彼之砥柱，艰哉安宅之集鸿。
玉山对峙双玲珑，缭绕下与州城通。
高如石首矗万仞，坚并铁瓮盘层穹。
楼棚丹霞未为丽，形势墨守何可攻。

向来牛头著亭处，万井历历明双瞳。
彻桑未雨宁过计[⑧]，路旁筑屋难为功。
侍郎忧国秉卓识，始谋肯使轻伤农。
登登之筑纷百堵，一朝巀页如金墉[⑨]。
初疑化城为佛幻，又恐鬼役非人工。
浣溪囊赋冬狩行，恨不回辔擒四戎。
向令眼前见此事，奇伟大篇当加容。
腐儒自嗟才力窘，唤起诗老细琢弄。
紫皇坐朝甘泉宫[⑩]，四明不隔天九重[⑪]，
慨怀豹尾旧持橐[⑫]，长安日远身孤蓬。
起家小屈东川牧，骥足折旋萦蚁封[⑬]。
三年厌听鞞鼓噪，甲兵何时一洗空。
事不为难亦非易，所病滔滔皆发蒙。
明堂只须一柱力，宋桷渠可令乏供[⑭]。
更须度外广物色，纳纳万顷云梦胸。
我歌节度兵马雄，歌声激烈辍丰隆。
先一州兮后天下，风云呼吸龙虎从。

①辑自《永乐大典》卷一四七〇七。程公许题记："东川自唐以来，为征镇重地。国朝以文治，不尚武功。拥旄殿邦者，皆当世妙选。春宫侍郎眉山李公，以发从名流，开藩于兹。适潢池有警，公以德望，隐然为西州捍蔽。事变甫定，顾瞻环雉，谓牛头巍峙城外，俯瞰万井，于镇守非便，乃请于朝，包括一峰，增筑城堞。发千古之形胜，成旷代之伟绩，非公不能办此也。公许仅为赋《东川节度歌》一篇，以记盛事。虽芜词不公，清朝采诗，或有取于此。嘉定十三年正月吉日，程公许谨序。"

②东川节度：唐至德二年（757），分剑南为东川、西川，各置节度使。剑南东川节度使治所在梓州（今四川三台县），辖区在今四川盆地中东部，大致包括今三台、中江、安岳、遂宁、重庆等，相当于今天四川盆地中部涪江

流域以西，沱江下游流域以东地区。

③浣溪翁：杜甫成都诗《冬狩行（时梓州刺史章彝兼侍御史留后东川）》中有“君不见东川节度兵马雄”句。

④李太史：李壁，参见 7 页注⑫。春官侍郎：即礼部侍郎。李壁先任礼部侍郎，后任礼部尚书。

⑤棠郊蔽芾（fèi）：《诗经》中怀念地方官员召伯的政德之典。蔽芾，茂盛。

⑥潼：潼川，今四川三台县，曾为路、府、州治所。少公：李埴，参见 7 页注⑫。

⑦三灾：佛学辞汇，有大三灾、小三灾之说。小三灾是刀兵、瘟疫、饥馑。大三灾是火灾、水灾、风灾。

⑧彻桑未雨：在还没下雨前，就剥下桑树皮来捆扎门和窗。比喻事先做好准备。

⑨巀（jié）：高峻。金墉：洛阳城的外城，皇室郊区度假场所。

⑩紫皇：道教传说中最高的神仙。甘泉宫为汉武帝时仅次于长安未央宫的重要活动场所。

⑪四明：山名，在浙江宁波市西南。

⑫持橐（tuó）：即“持橐簪笔”，指侍从之臣携带书和笔，以备顾问。橐，口袋；簪，插。

⑬蚁封：蚂蚁掘地封土为巢。

⑭宋（máng）：房屋的大梁。大木为宋，细木为桷。

集外佚文

轮对札子①

嘉熙元年②，御史杜范论执政李鸣复③，不行，徙右史，竟拂衣东归，鸣复坐政府自若[④]。公许轮对，言："志士仁人，婴逆鳞[⑤]，贾众怒[⑥]，不过为陛下通耳目，为朝廷立纲纪而已。今也假以职而弃其谏，幸其退而优其迁，则是自裂其纲纪，自蔽其耳目，遂使居是职者虽被亲擢[⑦]，言不得行，始焉固辞而弗从，终焉强留而饮愧。臣恐自此同类沮失[⑧]，各起遐心[⑨]，来者相戒，以为容默，陛下愈孤立无助矣。"

①以下至《论京学养士以五百为额奏》均选自《宋史》（中华书局 1985 年版）卷四一五《程公许传》，不另注出。

轮对：皇帝就某个问题指定官员研究并提出处理办法。札子：札子和"疏"一样，是给皇帝的奏章。1234 年后，程公许授大理司直，迁太常博士，应诏言事机会增多。

②嘉熙元年：1237 年。嘉熙是南宋理宗赵昀（yún）的年号。

③杜范：时任监察御史，因弹劾副宰相李鸣复，被明升暗降为记事史官，愤而辞官渡江归家。

④政府：唐宋时称宰相治理政务的处所为政府。

⑤婴逆鳞：出自《韩非子·说难》，意思是说龙之喉下有逆鳞径尺，人若触之，则必动其怒。韩非以此隐喻古代谏臣难免触怒君王，遭杀身之祸。

⑥贾（gǔ）：招引。

⑦亲擢（zhuó）：宋代中央一级监察官多由帝王亲自选拔。

⑧沮失：沮丧失落，因命运不公，时运不济而伤心。

⑨遐心：与人疏远之心。

应诏论行都大火奏[①]

夏，行都大火[②]，殿中侍御史蒋岘逢君希宠[③]，创为邪说，禁锢言者。

公许应诏曰："群臣忠告者众，而圣意确不可回；圣意不可回，而言者不免于激。陛下宜以大舜无藏怒宿怨为心[④]，而参酌于汉文帝之待淮南厉王、我太宗待秦邸之故事[⑤]，以召和气，弭眚灾[⑥]，特在一念转移之顷耳。"

（程公许）迁秘书丞兼考功郎官[⑦]，竟为岘劾去。差主管云台观、知衢州[⑧]，未上。改江东宣抚司参议官，不赴。

①行都：在首都之外另设的一个都城。南宋绍兴八年（1138）正式定临安（今杭州市）为行都。

②大火：1237年夏，临安城因大量北方难民涌入，居所多用竹木茅草搭成，遇火就着。加上又是盛夏，天气干旱，火势殃及千门万户，有钱人家纷纷逃到西湖上避火。

③蒋岘（xiàn）：浙江宁波人，历军器监、崇政殿说书、殿中侍御史。逢君希宠：逢迎皇上，希望取得宠爱。

④藏（cáng）怒宿怨：成语，意思是把愤怒和怨恨藏留在心里；指心怀怨恨，久久难消。

⑤淮南厉王：刘长，汉文帝异母弟，被封淮南王，图谋叛乱，朝臣议罪，文帝将其谪徙蜀郡严道（今四川雅安），途中不食而死。秦邸：秦王赵廷美为宋太宗四弟"谋反"案，得罪宰相赵普，被诬陷图谋不轨，降为涪陵县公。

⑥弭眚（shěng）灾：消除因过失而造成灾害。

⑦秘书丞：掌文秘等事之官。考功郎官：吏部下置。总掌百官功过善恶之考法及其行状，并详加簿录。

⑧云台观：南宋四大著名道观之一，在今四川三台县云台山。衢州：位于浙江西部，钱塘江上游。蒋岘因怀恨弹劾程公许，公许被贬，多职不就。

乞还言官奏[①]

李宗勉入相[②]，以著作佐郎召，兼权尚左郎官兼直舍人院，迁著作郎③。时谏官郭磊卿以论事不报出关④，徐荣叟亦抗章引去⑤，公许奏："乞还言官，俾安厥位⑥。"

既而史嵩之自江上入相⑦，台谏谢方叔、王万及磊卿相继他徙⑧，公许又奏："外难凭陵⑨，国势岌若缀旒⑩，朝廷上自为弗靖⑪，阳为迁除⑫，阴夺言职，此中外所以怏怏⑬。"

①言官：监察官和谏官通称言官。监察官代表君主监察各级官吏；谏官对君主的过失直言规劝并使其改正。

②李宗勉：杭州人。嘉熙三年拜左丞相，严守法度，乐闻谠言，身居台辅，家类贫士，时人誉之为"公清之相"。

③著作佐郎：掌编撰国史。尚左郎官：尚书省左郎官，相当于今天副部级。直舍人院：参与起草诏令。以上皆李宗勉入相后程公许所任官职。

④郭磊卿：浙江仙居人，任左正言兼侍讲。史嵩之为相，怙权不法，祸国殃民，磊卿拟章劾奏。史嵩之以明升暗贬之法任他为起居郎，磊卿愤而离京，被押羁留，不久暴卒。

⑤徐荣叟：福建浦城人，右谏议大夫。史嵩之专权，把与己不合的翰林学士、以廉著称的李韶逐去。徐荣叟不畏权势，发愤力争，自求与李韶同去。

⑥俾：使。厥：通"缺"。

⑦史嵩之：浙江宁波人。嘉熙四年（1240），入朝拜右丞相兼枢密使。

⑧谢方叔：四川理县人。监察御史，南宋末年大臣。王万：字万里，四川邛州蒲江人，曾知荣州。应诏言事，提出崇学校在于养士气："士者，国之元气，而天下之精神也。"

⑨凭陵：侵扰。

⑩缀旒（zhuì liú）：皇冠上悬垂的玉串，此喻国势垂危。

⑪弗靖（jìng）：不安定。

⑫迁除：官职之升迁除授。

⑬怏怏：不满意。

论易楮法奏[①]

（程公许）迁将作少监。大旱，应诏疏时事四条。又言："储极虚位[②]，天下寒心。"时朝廷令侍从、台谏条具易楮利害，寻降旨以新造十八界折五行使。

公许缴申省，谓："庙堂决意更革，本欲重十八界，亦当令十六界、十七界稍有分别[③]，若一时皆以五折一，安保将来十七界与十八界并行而不折阅乎[④]。曷若将十七界且以三兑一，使民间尚知宝此一界，不至一旦贸易不行，令三界各有等第，庶几公私两便。"

嵩之搁不行[⑤]，径揭黄榜[⑥]。公许谓："不经凤阁鸾台[⑦]，不得为敕[⑧]。朝廷出令而宰相擅行如此，则掖垣可废[⑨]。"累上奏牍，径欲引去。宗勉及参知政事游似面奏留之[⑩]，兼国史编修、实录检讨。

①楮（chǔ）：纸币。纸币产生于宋代，因其多用楮皮纸制成，故名。此文作于1240年。

②储极虚位：由于楮币制作印刷简单，市面存在大量伪币。南宋朝廷不断推出新币防伪，从孝宗乾道四年（1168）第一界至嘉熙四年（1240）第十八界，已换十八次，且上界与下界不能等值兑换。每界最短使用仅四年，最长三十年，楮币不断贬值。

③十六界：使用年限为绍定四年（1231）至嘉熙四年（1240）。十七界：使用年限为端平元年（1234）至景定五年（1264）。十八界：使用年限为嘉熙四年（1240）至南宋末。

④折阅：杀价。

⑤嵩之：时任右丞相史嵩之。

⑥黄榜：皇帝的公告。因用黄纸书写，故名。

⑦凤阁鸾台：中书省为凤阁，门下省为鸾台。

⑧敕：皇帝的诏令。

⑨掖垣：参见 4 页注⑧。

⑩宗勉：左丞相李宗勉。游似：四川南充人。宗勉嘉熙三年（1239）为端明殿学士，淳祐五年（1245）拜右丞相。

论机务错谬奏①

时二相尚逊②，机务多壅③。

公许奏："辅臣崇执谦逊④，避远形迹⑤，相示以色而不明言，事几无穷，日月易失。今最急莫若疆场之事，帅才不蓄，一旦欲议易置，茫然莫知所付。九江择守⑥，至以近所废斥朋附为欺之台察充其选⑦。同时任言责者，虽心迹有显晦⑧，过恶有重轻，而获罪于清议则同。一人拉拭之骤若是⑨，三人者宁不引领以望玷缺之复⑩。况近者言官方以刘晋之、郑起潜、濮斗南三人乞明正其罪⑪，以示警戒，而忽闻龚基先之用⑫，议者咸谓改纪之初，所为错缪，邪枉窥伺善类⑬，何可高枕而卧。"

帝见公许疏称善，且言基先之用太早。

①机务：机要事务，多指机密的军国大事。

②二相：左丞相范钟和多病的右丞相杜范。尚逊：经验不足。

③壅（yōng）：堵塞、堆积。

④崇执：遵从顺命。

⑤避远：犹疏远。形迹：举动和神色。

⑥九江：今江西省地级市，古称柴桑、江州、浔阳。

⑦朋附：勾结、攀附。台察：审察。

⑧显晦：明与暗。过恶：错误，罪恶。

⑨拉拭：本义是揩、擦，此犹掩饰。

⑩玷缺：白玉上的斑点、缺损，比喻缺点、过失。

⑪刘晋之：曾任右谏议大夫。郑起潜：曾任著作郎。濮斗南：曾任吏部侍郎。三人均为史嵩之党羽。

⑫龚基先：曾任太常少卿，史嵩之党羽。

⑬邪枉：奸邪的人。

论右使徐元杰死状奏①

右史徐元杰暴亡，司谏谢方叔、御史刘应起言②，不报。

公许亟奏曰："正月，侍御史刘汉弼死③。四月，右丞相杜范死④。六月，右史徐元杰死。汉弼之死固可疑，范之死人言已籍籍⑤，然汉弼类风淫末疾⑥，范亦尪弱多病⑦，诿曰天命，犹可也。

"元杰气体魁硕，神采严毅，议论英发，甫闻谒告⑧，奄至暴亡，口鼻四体变异之状，使人为之雪涕不已⑨。六馆诸生叩阍告⑩，陛下始命有司置狱鞫勘⑪，谓当于朝绅中选公正明决无所顾忌者专莅其事，尽情研究，务使得实。集议朝堂，分列首从，必诛无赦。"

疏入，不报。物论沸腾⑫，临安尹赵与筹奏乞置狱天府⑬，帝从之。

公许缴奏："与筹乃嵩之死党，乞改送大理寺，命台臣董之⑭。"

诏殿中侍御史郑寀⑮，寀回懦首鼠⑯，事竟不白，然公论莫不伟公许。

①徐元杰（1196－1246）：江西上饶人，理宗绍定五年（1232）进士。官至中书舍人（右史），曾轮对阻止史嵩之起复，中毒后指爪忽裂，暴卒，传为

史嵩之下毒。三学诸生，伏阙请愿，指系奸人毒害，御旨交大理寺审理，事竟不白。

②谢方叔：四川威州人，时任司谏，掌讽谕规谏。刘应起：时任监察院监察御史。徐元杰去世当天曾找到刘应起，准备在第二天向皇上启奏。后来刘应起第一个上书弹劾史嵩之，但被嵩之党羽搁置不报。

③刘汉弼：浙江上虞人。嘉定进士，官至监察御史。汉弼死后，太学生蔡德润等百七十有三人伏阙上书以为暴卒，而程公许著《汉弼墓铭》，亦将汉弼死因与徐元杰并言，其旨微矣。

④杜范：浙江台州人，淳祐四年（1244）任右丞相。

⑤籍籍：众口喧腾貌。

⑥风淫：外感性疾病。末疾：四肢的疾患。

⑦尪（wāng）弱：瘦弱，衰弱。

⑧甫闻：刚刚听到。谒（yè）告：请假。

⑨雪涕：擦拭眼泪。

⑩六馆：国子监之别称。阍（hūn）：宫门。

⑪有司置狱：掌管刑狱的官员。鞫（jū）勘：审问查验。

⑫物论沸腾：指舆论强烈。

⑬赵与筹：宋太祖十世孙。1241—1252年，知临安府长达12年。乞：请求自首。置狱：投监。

⑭大理寺：掌刑狱案件审理，相当于今之最高法院。

⑮侍御史：在御史大夫之下。朝中高官犯法，一般由侍御史报告御史中丞然后上报皇帝。郑寀（cǎi）：福建福安人。

⑯回懦（nuò）：犹豫不决，胆小怯弱。首鼠：窥伺观望，进退无定。

论郑士昌复职与内祠奏①

郑清之以少保奉祠②，侍讲幄中，批复其子士昌官职，与内祠，且许侍养行在所[③]。盖士昌尝以诏狱追逮[④]，或云诈以死闻，清之造阙[⑤]，泣请于帝，故有是命。

公许缴奏："士昌罪重，京都浩穰[⑥]，奸宄杂糅[⑦]，恐其积习沉痼，重为清之累；莫若且与甄复[⑧]，少慰清之，内祠侍养之命宜与收寝。"帝密遣中贵人以公许疏示清之[⑨]。

（程公许）迁中书舍人，进礼部侍郎。嵩之免丧，以观文殿大学士提举洞霄宫[⑩]，台谏给舍交章论奏[⑪]。公许疏："乞睿断亟下明诏，正邦典。"殿中侍御史章琰、正言李昴英以论执政及府尹[⑫]，帝怒，出二人，公许力争之。公许自缴士昌之命，清之日夜于经筵短公许[⑬]。周坦妻与清之妻善[⑭]，因拜坦殿中侍御史。坦首疏劾公许，以宝章阁待制知建宁府[⑮]；谏议大夫郑寀又劾之，命遂寝。

清之再相，公许屏居湖州者四年，再提举玉隆观、差知婺州[⑯]，未上。帝欲召为文字官，清之奏已令守婺，帝曰："朕欲其来。"授权刑部尚书，屡辞弗获。入对，上疏货财，兴缮、逐谏臣、开边衅时弊七事，荐知名士二十九人。

①郑士昌：宰相郑清之儿子。内祠：指宫观使，掌在京宫观，是安置罢职大臣的闲职。

②少保：太子少保，辅导太子的官。

③行在所：指天子所在的地方。

④诏狱：奉皇帝命令拘捕犯人的监狱。

⑤造阙（què）：朝见皇帝。

⑥浩穰（ráng）：重大烦扰。

⑦奸宄（guǐ）：坏人（由内而起叫奸，由外而起叫宄）。

⑧甄（zhēn）复：经审查后复职。

⑨中贵人：帝王宠幸的显贵宦官。

⑩洞霄宫：杭州临安道教宫观。史嵩之守父丧后，试图起复，反对者众。理宗让其提举洞霄宫。

⑪台谏给舍：台官、谏官、给事中、中书舍人。

⑫正言：掌对皇帝规谏讽谕。章琰、李昴英：二人因弹劾史嵩之被罢职。

⑬经筵（yán）：帝王为讲论经史而特设的御前讲席。

⑭周坦：浙江平阳人，宋嘉熙二年（1238）进士。

⑮宝章阁待制：官名，位在学士、直学士之下，掌更直备顾问。建宁府，治所在今福建省北部建瓯（ōu）市。

⑯婺（wù）州：浙江金华古称。

论京学养士以五百为额奏①

时罢京学类申②，散遣生徒。

公许奏："京学养士，其法本与三学不侔③。往者立类申之法，重轻得宜，人情便安，近一旦忽以乡庠教选而更张之④，为士亦当自反，未可尽归咎朝廷也。令行之始，臣方还朝，未敢强聒以挠既出之令⑤。今士子扰扰道途⑥，经营朝夕⑦，今既未能尽复旧数，莫若权宜以五百为额，仍用类申之法，使远方游学者，得以肄习其间。京邑四方之极，而庠序一空，弦诵寂寥⑧，遂使逢掖皇皇⑨，市廛坊怨而不敢议，非所以作成士气、尊崇教化也。"

清之益不乐。授稿殿中侍御史陈垓以劾公许⑩，参知政事吴潜奏留之⑪，帝夜半遣小黄门取垓疏入⑫。后二日，二府奏公许不宜去⑬，同知枢密院徐清叟上疏论垓⑭。太学生刘黻等百余人、布衣方和卿伏阙上书论垓⑮。

朝廷寻授宝章阁学士、知隆兴府⑯，而公许已死矣。遗表上，帝嗟悼，进龙图阁学士致仕⑰，赠宣奉大夫⑱，官其后⑲，赐赙如令式⑳。

①京学：京师的太学，为最高学府。养士：此指培养人才。

②类申：依类申报。

③三学：宋代太学学生从八品以下官员子弟和平民的优秀子弟中招收。分成三等，即上舍、内舍、外舍。新生入外舍习读，考试合格升补内舍。内舍生两年考试一次，优等为上舍生，即可授官。不侔（móu）：不相同。

④庠（xiáng）：古代的乡学。

⑤强聒（guō）：唠叨不休。

⑥扰扰：纷乱、烦乱貌。

⑦经营：此指周旋。

⑧弦诵：弦歌和诵读，指学校教学。

⑨逢掖：宽大的衣袖。此指儒生。

⑩侍御史：在御史大夫之下。朝官的高级官员犯法，一般由侍御史报告御史中丞然后上报皇帝。陈垓（gāi）：福建福州人。

⑪吴潜：安徽宣州人，理宗时为参知政事，拜右丞相。

⑫小黄门：汉代低于黄门侍郎一级的宦官，后泛指宦官。

⑬二府：宋代称中书省和枢密院。

⑭徐清叟：福建建宁人。宋设枢密院与中书、门下省分掌军政大权，号称“二府”。枢密院有同知枢密院事，简称同知院，为知院的副职。

⑮刘黻（fú）：浙江温州人。伏阙：拜伏于宫阙下，多指直接向皇帝上书奏事。

⑯宝章阁学士：宝章阁藏皇帝的书法作品和印玺及名人珍贵的书法真迹，置学士、直学士、待制等官。

⑰龙图阁学士：官名。名义上为皇帝出入侍从，并备作顾问，实为“加官”“贴职”的荣誉称号。

⑱宣奉大夫：宋代文职散官。

⑲官其后：考察并使其后人为官。

⑳赐赙：赏赐财物助办丧事。如令式：按规定标准。

书

与叶绍翁书[①]

《闻见录》二帙[②]，并沐示教，记载详博，事得实而词肯微婉，他日足以备史官补放失，非细故也。

靖逸抱才蓄学[③]，含章退处[④]，著书以待来世，当于古人中求之。

《闻见录》所记西山谥议一段[⑤]，是时公许待罪奉常[⑥]，为博士，所订文忠二字，实参考公论，与长官同僚商定累日，而后敢落笔。间有一二公以为大过。然予此谥者，上下无异词，故议下考功覆考[⑦]，个人亦以为当。当时却不闻其家子弟与政府辩论一节，架阁公后入朝[⑧]，亦未尝一访。但建安诸贤及尝登西山之门者，颇相称尚。当候稍闲，搜索副墨，录以求教。

①本文及以下序、跋七篇和记九篇录自《全宋文》卷七三三七至卷七三四〇（上海辞书出版社、安徽教育出版社 2006 年版）等，吴洪泽《宋代蜀文辑存校补》（重庆大学出版社 2014 年版）也有载，以下不另说明。叶绍翁（1194—1269）：浙江丽水龙泉人，曾在朝中做官，后长期隐居临安西湖之滨。

②帙（zhì）：量词，一套线装书叫一帙。叶绍翁著有《四朝闻见录》，补正史之不足，后被收入《四库全书》。

③靖（jìng）逸：叶绍翁，字嗣宗，号靖逸。

④含章退处：有德不显，怀才不露，引退闲居。

⑤谥（shì）议：古代帝王、贵族、大臣、士大夫等死后，评议其生平事

迹，依据谥法拟定谥号，奏请钦定，谓之“谥议”。

⑥奉常：掌宗庙礼仪。

⑦考功：官名。属吏部，掌官吏考课之事。覆考：审察。

⑧架阁：架阁库，即档案库。始设于宋代。“架”为庋物的用器，“阁”同“搁”，有“载”意。“架阁”为贮存档案的木架，数格多层，便于分门别类存放和检寻。

序

《春秋分记》序①

先兄伯刚自童丱至强壮②，殚思于《春秋》一书③，不自觉其心力之耗。重以感时愤懑，殁其元身④，言之可谓楚怆。犹幸先一年而《分记》书脱稿，特是以待后之学者，其为寿也不亦多乎哉！

兄早登进士科，须次亲庭⑤。及为广都主簿⑥，临邛教官，公许皆得侍左右。每见其穷昼夜，废寝忘食，玩索探讨，钩纂窜易⑦，前后积稿如山。先君子、先夫人一日阅所坐团蒲穿破⑧，意窃嘉之，而亦忧之，力戒以惜精神、养寿命。

兄拱手答曰“学不可已，而修短不可期。苟得就此书，庶无负大人及吾母教诲⑨。”二亲固疑其语不祥，后一年而卒。死生出入，意者自有见而然耶？

公许幼刻意自见于诗文⑩，所可博杂，兄责之其厉。添继名第⑪，偶以组绣鞶帨见之于当代文章家⑫，游扬引重⑬，缪承人乏，载笔入直禁省⑭，而经训突奥⑮，未之有省，多以是愧于吾先兄。

书尝得备四库之储，尘乙夜之览[16]，学《春秋》者多欲传抄，苦于编帙之多。误恩职牧宜春六阅月[17]，纲条初整，因以余为刻梓公帑[18]，广其传于四方。

兄玉立颀秀[19]，蜀之儒先若李文懿公、杨恭惠公、刘文节公、游忠公、刘清惠公、宝谟宇文公皆深知之[20]，而邓元卿、薛仲章、宋正仲、李德秀、冯公辅、程元辅、李贯之、张义立与今秀崖李徽之太史诸贤[21]，则同志而相与讲论者也。

东南巨公将指使蜀[22]，兄与之际遇，尤加赏识，而敬爱之厚，莫若大谏已[23]。

兄之学，于《春秋》为专门，然每与仲逊兄扬榷今古[24]，所著金石刻词极精诣，诗亦雅淡，锐欲以不朽自树立，而皆不克寿[25]，可悲也已。

宇文正公正甫从南轩最久[26]，以学行著西南。兄事之期年，得南轩遗文箧藏与俱，油口风涛[27]，独《分记》得免。适经进副本留京邑[28]，得以参校舛误[29]。斯文之不坠[30]，天也，而隐使之堙晦无传[31]，可乎？

若夫伯刚之诗文甚当[32]，不幸并毁于兵火矣。兄之言行，得文节刘公志墓[33]，足以昭永久。论著之法，亦已详所为序及资院资政弘毅堂游公冠篇端之作[34]。手足钟情，怆慕奚极[35]！凡夙昔所亲见兄稽古之勤，求益之切，取友之端，具戴如上方，抑以表见吾兄此书，非与浅学编类以备遗忘者同，览者当自知之。

公论在人，小子不敢得而私也。淳祐三年癸卯岁立秋节[36]，季弟朝奉大夫、直宝谟阁、知袁州军州事[37]，借紫程公许序[38]。

①《春秋分记》：宋程公说撰，公说，字伯刚，号克斋。淳祐三年(1243)，由其弟程公许刊于宜春。

②童丱：参见 7 页注①。

③殚（dān）思：殚思竭虑，殚：竭尽。形容用尽心思。

④殁（mò）：终。元身：美德之身。

⑤须次：谓官吏候补，等待依次补缺。亲庭：此指侍奉父母。

⑥广都：位于成都南部，范围大致相当于今成都市天府新区。主簿：掌管文书的佐吏。

⑦钩纂窜易：推究、修改、贯通、替换。

⑧先君子、先夫人：对已故父、母亲的称呼。

⑨庶无：但愿没有。

⑩自见：自我显露。

⑪名第：科举考试中式的名次。

⑫组绣：华丽的丝绣服饰。鞶帨（pán shuì）：华丽的腰带和佩巾。组绣鞶帨喻华丽的辞采。

⑬游扬引重：宣传推重。

⑭载笔：携带文具以记录王事，此指担任史官。直禁省：轮值于皇宫。

⑮经训：经籍义理的解说。窔（yào）奥：喻深邃、高深的境界。

⑯乙夜：二更时候，约为夜间十时。

⑰误恩：误施恩泽。职牧宜春：担任袁州（宜春县为袁州治所）太守。六阅月：历经六月。

⑱刻梓（zǐ）：刻板印刷，出版印行。公帑（tǎng）：公款。

⑲颀（qí）秀：修长清秀。

⑳李文懿公：李璧，参见 7 页注⑫。后面提及诸公皆南宋蜀中名儒。

㉑李徽之：李心传，参见 315 页注①。此句提及的邓、薛、宋、李、冯、程、李、张等蜀中诸君，皆与程公说志同道合。

㉒巨公将指：指文武大臣。将指：大指。

㉓大谏已：宋时谏议大夫之别称。

㉔仲逊：程公说弟程公硕，字仲逊。

㉕克寿：未能长寿。

㉖宇文正公：字正甫，因其父宇文师瑗使北死而被朝廷封官，至宝谟阁学士。南轩：张栻，字乐斋，号南轩，学者称南轩先生，四川绵竹人，右相

张浚之子。南宋学者、教育家。

㉗油口：油江口。古油水流入长江处，在今湖北省公安县北。

㉘经进：谓为帝王进讲经义。

㉙舛（chuǎn）误：错误，差错。

㉚斯文：指文化或文人。

㉛堙（yīn）晦：埋没。

㉜伯刚：程公说，字伯刚。

㉝文节刘公：刘光祖，谥文节，撰有《程伯刚墓志铭》。

㉞游公：游似，南宋南充人，仕至右丞相。

㉟怆慕：悲伤仰慕。奚：文言疑问代词，相当于“胡”“何”。极：顶点。

㊱淳祐三年癸卯岁立秋节：即1243年7月立秋节。

㊲朝奉大夫：宋文散官名。直宝谟阁：宝谟阁是藏书的地方，直宝谟阁是皇帝侍从顾问。

㊳借紫：唐宋时规定官员的服色，三品以上服紫，未至三品者特许服紫，称为“借紫”。

《石田法熏禅师语录》序[①]

石田和尚入破庵室[②]，乳水相投，认取祖翁遗下一片荒田，随水牯牛[③]，牵犁拽耙，是菑是获[④]，普为一切[⑤]，倾出所储，作大受用。

五处法会[⑥]，云集展钵[⑦]，随其福力，各使属厌[⑧]。至若谈笑，起废支倾，莫非游戏，如幻三昧[⑨]。世缘欲辩，退藏于密[⑩]。

不知三月十五之最后垂诲，但得本语录末一句子公案，已是合杀了也[⑪]。诸仁者于此荐得[⑫]，方知这老汉渊默雷声[⑬]，原有不死者在。

淳祐六年九月廿日[14]，沧洲子程公许敬书于玉堂直庐[15]。

①法熏禅师（1171—1245）：号石田，俗姓彭，四川眉山人，破庵祖先禅师衣钵继承者。

②破庵：普庵，南宋僧人，江西宜春人，俗家姓余，名印肃，号普庵。其留下的庙宇被人们称作了“破庵”。

③水牯牛：即水牛，用于农耕。

④菑（zī）：开荒耕种。

⑤普为一切：为一切众生祈福。

⑥五处法会：寺院举办的佛法活动，有诵经法会、超度亡灵法会、祈福法会、传戒法会等。

⑦展钵：谓效僧人以钵盂进食。

⑧属厌：饱足。

⑨三昧：参见222页注⑧。

⑩退藏于密：退而隐藏于秘密之处，不露行迹。

⑪合杀：谓乐曲终止，此指了结。

⑫荐得：推荐介绍得知。

⑬渊默雷声：言有道者足不出户而能声名远播。渊默：深沉、不说话。

⑭淳祐六年：1246年。

⑮直庐：侍臣值宿之处。

《大慧禅师语录》跋[1]

《大慧禅师语录》板顷为丙丁童所夺[2]，寺僧德浚谋再绣梓[3]，以惠后学。公许尝为作二颂，俾持叩檀度[4]。

辛亥岁[5]，蒙恩召还班列[6]，浚复来谒，则知信施云集[7]，工役将竣。以木石尤贰卿序跋见示[8]，退而伏读，所举二事最为切当。

大率先正宿儒卫道植教[⑨]，议论间不得不为限防，然理之所在，本无二致。或者未尝窥斑尝脔[⑩]，胶于形迹而轻加诋呰[⑪]，余每病焉[⑫]。后之览是录者，能先以木石之言而求之，思过半矣。

是岁良月既望[⑬]，沧洲叟程公许书于武林寓舍[⑭]。

①大慧禅师：又名普觉（1089—1163），南宋高宗敕赐大慧禅师。

②丙丁童：火灾。天干五行分为甲木、乙木、丙火、丁火，丙、丁皆与火有关。

③绣梓（zǐ）：刻版印刷。古书版以梓木为上。

④俾持：持于手边。檀度：佛教称布施、资助。

⑤辛亥岁：1251年，即结尾处提及的淳祐十一年。

⑥班列：朝班的行列，指朝廷上。

⑦信施：谓信奉者施物。

⑧木石尤：人名。尤木石，南宋诗人，端明殿学士。贰卿：侍郎。古代尚书称卿，侍郎副之，故称贰卿。

⑨先正：前代的贤臣。宿儒：学问深、修养高的读书人。

⑩窥斑尝脔（luán）：喻从部分推测到全貌。窥斑，成语“窥斑见豹”。尝脔，尝脔知鼎。脔，切成小片的肉。

⑪胶于：纠缠于。诋呰（dǐ zī）：毁谤非议。

⑫病焉：以此为病。

⑬是岁：淳祐十一年（1251）。良月：古人称十月为良月。既望：指望日的次日，通常指农历每月十六日。

⑭武林：杭州旧称，因灵隐、天竺等处旧时称为武林山而得名。

《无准师范禅师语录》序[①]

维佛鉴老自蜀道来[②]，早与石田师兄同为破庵上足[③]，得句中眼，秉捆外权[④]，险如剑阁崇墉[⑤]，壁立万仞，夺却梓潼如意[⑥]，截断众流。

自清凉过焦山，由雪宝移鄮岺[⑦]。熏风飘转，驱来五项峰头[⑧]，宿债难逃，争奈两番劫火。你诸人百般较计，这老子一味痴顽。瓦砾成堆，柳栗杖依前横竖；工徒杂作，金刚圈各自咽吞[⑨]。

凡五会问答举扬[⑩]，被丛林勘验不少。顺寂之前一日[⑪]，搜拣而为巨编。况曾信笔亲书，自甘招伏，更引旁人作证，忒煞周遮[⑫]。

点检将来，有甚交涉？只恐旃檀林下展转传抄[⑬]，何如搕坑边等闲抛掷[⑭]？且图省事，免起祸端。然虽如是，这一则公案毕竟如何合杀[⑮]？

不见古人道："阳焰何曾能止渴[⑯]，画饼几何充得饥？劝君不用栽荆棘，后代儿孙惹着衣。"咄！

淳祐岁辛亥月建丑日壬子[⑰]，沧洲道人程公许希颖雪溪寓隐西瞻堂书[⑱]。

①无准师范（1179－1249）：被誉为"南宋佛教界泰斗"，名师范，号无准，俗姓雍氏，四川梓潼人，宋理宗赐"佛鉴禅师"之号。

②佛鉴老：即无准师范禅师。

③石田：见前石田法熏禅师。上足：犹高足。

④秉捆：掌握控制。外权：指其他寺庙的话语权。

⑤崇墉（yōng）：高墙。

⑥如意：古之爪杖。用竹、木、玉等制成，长三尺许，前端作手指形。脊背有痒，手所不到，用以搔抓，可如人意，因而得名。

⑦此句言无准师范九岁在阴平道出家，15 岁受戒，16 岁于成都正法寺坐夏（佛教语，僧人于夏季三个月中安居不出，坐禅静修，称坐夏）。二十岁投东南宁波阿育王山秀岩师瑞。鄮（mào）岺：在今浙江鄞县东。

⑧五项峰头：南宋朝廷评定禅院五山：余杭径山万禅寺、杭州南屏山净慈寺、杭州灵隐山灵隐寺、宁波阿育王山广利寺、鄞县天童山景德寺。

⑨金刚圈：佛家比喻无坚不摧的智慧。

⑩五会：寺院的诵经法会、超度亡灵法会、祈福法会、传戒法会等。

⑪顺寂：顺化圆寂，佛教称僧尼死亡。

⑫忒（tè）煞：过分。周遮：噜苏；唠叨。

⑬旃（zhān）檀林：佛林中。旃檀，即檀香、白檀，是一种古老而又神秘的珍稀树种。

⑭搕（kē）：取。

⑮合杀：了结。

⑯阳焰：指浮尘为日光所照时呈现的一种远望似水如雾的自然景象。佛经中常用以比喻事物之虚幻不实。

⑰淳祐岁辛亥：淳祐十一年（1251）。月建丑：农历十二月。日壬子：十八日。

⑱霅（zhà）溪：程公许被排挤出朝廷后，一度隐居于浙江省湖州霅溪边的西瞻堂。

跋唐九天使者庙碑①

圆覆在上，沧沧正色，而一气之翕辟②，万有之生花，莫知其然而然。孰主张是，孰纲维是？

即儒者之说，形体谓之天，主宰谓之帝，析理精矣。道家书乃明言所以为主宰者，维皇上帝，高居宸极③，统御三界④，分职而理。

独世之帝王，内有宰辅百执事，外有方岳侯藩，丝牵绳联，生杀赏罚，各率其属，以为民极者。幽显一道⑤，斯固可以类推。而儒者不欲言之，难乎为言也。

青城潜庐三山真君降灵显化⑥，方有唐之开元，而推原本始，盖与无极道祖同胚晖于太元[7]，司生化于品汇[8]，应运御世，保国卫民，可以世数之久近[9]，后先之彰晦而臆度哉[10]！

绍兴间[11]，九江通守叶义问纂《感应记》[12]，中有唐李玭庙碑[13]。近岁道流搜补放矢[14]，首载临川故守王阮录寄事实一纸，谓开元庙成，诏刺史独孤正访诸工文辞者制碑以进，凡六百八十一字，谓李泚文称旨，命召，固辞。阮说必有据。泚、玭字异，岂旧记误耶？

颂文葩藻可观[15]，是必栖道不仕，尝究心于真诠者[16]。我国家肇开景运[17]，跻世隆平[18]，易庙扁为观为宫，若节春秋，有严典祀[19]。逮中兴南渡，真君之助顺福善，灵响交著。上御极[20]，文明稽古[21]，躬宝慈俭[22]。属运度参会[23]，边尘绎骚[24]，用震于渊衷[25]，为生灵请命，秘祝书名惟谨[26]。是至前管辖上清法师熊守中既承诏祗厥事[27]，乃簪笏伏阙下[28]，乞为真君加徽号[29]。上乃亲书"三清阁"三大字以赐[30]，有旨即"九天采访应元保运"之下加二字[31]，曰"妙化"。

臣公许秉笔直西省[32]，演纶非才[33]，惧无以发扬圣意。守中属书李泚之文，拜识本末，庸侈上赐[34]。狄难孔艰，岷潜二福地氛祲惨结[35]。独康庐穹爽屹峙[36]，此固圣上乎所以恳恳乎钦崇之典，禬禳之供[37]，于以宁国步[38]，拯民谟[39]。与夫楼居甲帐之伫瞻，露台仙掌之崇侈，穷人欲而妄希仙事者，可同日语哉！

呜呼！阳九百六[40]，运度有常，虽帝王盛时所不能免。然天道好生[41]，岂忍其赤子之刘于锋镝[42]？而人君者代天以子万姓，体天之生育长养为心，则兵祸可得而戢[43]，和气可得而致也。不然，保制劫运，开度群品[44]，何以见于龙汉赤明之宝篆玉章[45]，而迓续乃命于天[46]，用祈天永命？

圣经垂训，何乃冥契若此乎？今圣上忧勤思治，心与天通，否顷必享[47]，眷顾有属，岂唯丹梯天柱尽扫退于搀抢[48]，五老崇山长屏蔽于江浒[49]，将际天所覆[50]，悉主悉臣，环岳镇于四维中央，奠神鼎于荥河温洛[51]，车书万里，冠带百蛮，祀宋配天，绵载千亿。小臣庸鄙，职在词翰，庚《车攻》《崧高》之雅[52]，勒元和平淮之碑[53]，揆才非宜[54]，尚能泚笔以俟。

淳祐元年岁在辛丑重阳节[55]，朝奉大夫、守太常少卿、兼直学士院臣程公许拜手谨跋[56]。

①跋：一般是写在书籍、文章、金石拓片等后面的短文，内容大多属于评介、鉴定、考释之类。唐九天使者庙：在庐山的西北面。据传为唐开元年间，神仙自九天而降，托梦于唐玄宗，故建庙。

②翕（xī）辟：开合，启闭。

③宸极：即北极星，比喻天皇帝位。

④三界：道家所说的“三界”，一般是指天、地、人三界，也包括整个世界或宇宙范围。

⑤幽显：犹阴阳，亦指阴间与阳间。

⑥三山：此指四川青城山、安徽潜山、江西庐山。

⑦无极道：“无极”是道的终极性概念，指的是虚无混沌、无形无象状态，道教认为“无极”即是“道”，“道”即是“无极”。太元：犹太空。

⑧司生：主管生。品汇：事物的品种类别。

⑨世数：世系的辈数，寿数；定数。

⑩彰晦：明显和昏暗。臆度（yì duó）：主观揣度；猜测。

⑪绍兴（1131—1162）：南宋高宗的年号，共32年。

⑫通守：官名。佐理郡务，职位略低于太守。叶义问：浙江严州人。

⑬李玭（pín）：义王李玭，唐玄宗第二十四子。

⑭道流：道士之辈。放矢：放箭，引申为说话做事针对某目的。

⑮葩藻（pā zǎo）：华丽，华美。

⑯真诠（quán）：犹真谛，意为正确的解释、真实的道理。

⑰肇（zhào）开：犹肇始。景运：指好时运。

⑱跻世隆平：跨入盛世，昌盛太平。

⑲典祀：按常礼举行的祭祀。

⑳御极：登极，即位。

㉑文明：谓文治教化。

㉒躬宝慈俭：自身以慈爱俭约为宝。

㉓属：同“嘱”。运度：用心测度。

㉔绎骚：意为骚动、扰动。

㉕渊衷：内心。

㉖秘祝：代司祈祝之官。

㉗祇（zhī）：恭敬。厥：文言代词，相当于“其”。

㉘簪笏：冠簪和持手版。阙下：宫阙之下，借指帝王所居的宫廷。

㉙真君：道教对神仙的尊称。徽号：褒扬赞美的称号。

㉚三清：道教三清大殿中，供奉着三位最高神，即玉清元始天尊、上清灵宝天尊、太清道德天尊。

㉛九天采访：巡察人间的神仙。应元保运：顺应天命，受天承运。

㉜西省：中书省的别称。

㉝演纶：谓起草诰命。

㉞庸侈（chǐ）：平庸夸大。

㉟岷潜：四川青城山、安徽潜山。氛祲（jìn）：喻战乱，叛乱。惨结：使人忧伤郁结。

㊱康庐：宋时庐山的别称。

㊲禬禳（huì ráng）：带领向神灵祈祷消除灾殃。

㊳宁国步：使国运安宁。步，时运。

㊴民瘼（mó）：人民的疾苦。

㊵阳九百六：道家称天厄为阳九，地亏为百六。指灾荒年景和厄运。

㊶好（hào）生：爱护生灵。

㊷刘：被杀戮。镝（dí）：箭头。

㊸戢（jí）：停止。

㊹开度：开示度脱。群品：佛教语，谓众生。

㊺龙汉赤明：道家认为：龙汉元年，元始真气化盘古开天地，万物创生；赤明元年，上清真气分化宇宙阴阳，天地之中产生神魔及人类。宝篆玉章：指传说中凤凰授与帝尧的图玺，以其章如篆，故称。

㊻迓（yà）续：接续。

㊼否（pǐ）：闭塞，阻隔不通。顷：通“倾”，偏侧。享：适应。

㊽丹梯天柱：喻仕进之路。搀抢：彗星名，此喻坏人。

㊾屏蔽：杂草遮挡。

㊿际天所覆：整个天空所覆盖的。

(51)荣河温洛：使黄河两岸水草丰茂，使洛水暖和。古代传说王者如有盛德，则洛水先温，故称“温洛”。

(52)庚：赓续。《车攻》：《诗经》中关于田猎演兵的一首颂歌。《崧高》：《诗经》中赞美宣王的一首颂歌。

(53)元和平淮：唐宪宗元和年间，平定了淮西的藩镇割据。

(54)揆（kuí）：估量，揣测。

(55)淳祐元年岁在辛丑重阳节：1241 年农历九月九日。

(56)朝奉大夫：宋文散官名。太常少卿：正四品上。掌礼乐、郊庙、社稷之事。直学士院：官名。北宋太祖始置，以中书舍人及知制诰充任。

《淮海拏音》序①

岁戊戌②，余自中秘丞考功郎得祠去国③。维夏筱舆游诸山④，过双径，留五宿。

乡僧安侍者为瀹茗焚香于不动轩⑤，示余以一轴诗，淮海肇禅人所作也。风檐展读，律吕相合⑥，组绣竞巧，几与晴岚夺翠，谷泉递响，独恨未识其人。想其顶笠腰包⑦，枝筇双屦⑧，穿云度水，逐月追风，超然氛垢之外，不待见而意度了了在目前矣。

后六年，余复以赋闲得自放于湖海，偶过吴门，小憩开元精舍⑨。大长老枯椿昙公携一雪颅破衲比丘访我⑩，袖出诗稿，索为之序。亟阅十数首，皆昔日得见于双径山中者，不待交语已一笑莫逆。

前辈评僧诗讳有蔬笋味，斯论非不精切，知道者勘破，尚有说在。甘露灭赋诗成集[11]，又工乐府长短句，精拔流丽[12]。人但目以骚士墨客，不知其遍参知识及周旋贤士大夫间，融会玄同[13]，游戏文字，语言三昧[14]，与佛祖第一义谛本无差别。有得肇集以余言参之，当具顶门上一只眼[15]，不然是为对痴人前说梦耳。

淳祐四年甲辰岁冬至后四日[16]，沧洲道人程公许希颖书于雪溪寓舍。

①《淮海拏（ná）音》：宋末僧人释元肇（zhào）的诗集。本文录自《宋代蜀文编辑存校补》（重庆大学出版社 2014 年版）。程公许自注："此序后有版刻的四枚黑色阳文印：季与父（长方）、一真法界（圆）、沧洲书堂（方）、百桂苑程公许季与父图书印（方）。"释元肇（zhào）：江苏南通人，俗姓潘，号淮海。十九岁剃染受戒，初于通州报恩光孝禅寺任住持，后历清凉广慧禅寺、万寿报恩光孝禅寺、阿育王山广利禅寺等诸刹。著有《淮海肇和尚语录》《淮海外集》《淮海拏音》等。拏音：指桨声。出自《庄子・渔父》："颜渊还车，子路授绥，孔子不顾，待水波定，不闻拏音，而后敢乘。"

②岁戊戌：南宋嘉熙二年（1238）。

③考功郎：官名，掌京官、地方官考课。

④维夏：夏初。篼舆：竹滑竿。

⑤瀹（yuè）茗：煮茶。

⑥律吕：古代用竹管制成的校正乐律的器具，从低音管算起，成奇数的六个管叫作"律"；成偶数的六个管叫作"吕"。后来用"律吕"作为音律的统称。

⑦顶笠腰包：头戴笠腰挎包。

⑧屦（jù）：古时用麻、葛等做成的鞋。

⑨精舍：出家人修炼的场所。

⑩比丘：指年满二十岁，受过具足戒的男性出家人。

⑪甘露灭：佛教语，犹涅槃、寂灭。

⑫精拔：精妙挺拔。流丽：流畅而华美，常用以形容诗文、书法等。

⑬玄同：谓冥默中与道混同为一。

⑭三昧：参见 222 页注⑧。

⑮顶门眼：佛教中摩呵首罗天具有三眼，其中顶门竖立一眼，超于常人两眼，具有以智慧彻照一切事理之特殊眼力，故称顶门眼。后用来比喻卓越之见解。

⑯淳祐四年甲辰岁冬至后四日：即 1244 年农历十一月冬至后四日。

记

重建谯楼记[①]

按《严陵郡志》[②]，属邑淳安旧名始新，名新安，尝隶歙[③]，历代沿革靡常。隋仁寿置睦州，县为州治，大业改雉山。唐徙郡治建德县，凡三易名，曰新安，曰还淳，曰青溪。逮本朝宣和[④]，荡平寇窃，改郡曰严，而县亦定为今名。

幽岩穹谷之间，水流激清，林薄遂密，土硗产薄[⑤]，民贫俗愿，本易于施教化，粤近岁颇号为难理[⑥]。山川今犹昔也，昔者之民，今之民祖父也。铜章墨绶[⑦]，奉天子诏而为之令长，鞅掌期会[⑧]，使吏得以旁缘为奸[⑨]，擅予夺损益之柄[⑩]，浮诈相樛[⑪]，赋入冞耗[⑫]，蠹积于官而莫克究，俗讹于下而浸以玩。

吾友虞君退夫以铨格来莅是邦[⑬]，朋侪交訾其择地之不善[⑭]。退夫曰："不然。邑以淳得名，乌得厚诬为不可理？"

入境，延见父老，诘致弊之源，推救弊之策，参订版帐，略充端绪。乃布大信，宽期程，令孚于人，权趋惟谨。浹浹旬朔[⑮]，纲目斯张。退夫喟然叹曰："使侥幸纾于曹司[16]，追胥无扰于田里，不及兹时修举政事，与吾民去其惠苦，措之礼义，命之曰承流宣化[17]，人谓斯何?"两造在廷[18]，剖松枉直，刀笔吏莫能措一词高下其手，用能束笞锤[19]，卧桁杨[20]，士藏修于庠序，农力作于田亩，以复其所谓淳且安之俗哉。

顾邑政隳废久[21]，学馆风化之本也，而堂皇几于陔坏[22]；市廛生齿之所聚也[23]，而衢术靡所扁识[24]；桥梁济涉，而往来交病；犴狱戢奸[25]，而讼击几废。于是衡其缓急，次第营缮，而后及于治事之厅，燕寝之室[26]，除馆以纳宾友[27]，分曹以课文书[28]。

独丽谯自宣和更创[29]，嘉定重修，历祀既深[30]，重废撑拄。计工度材，诣府禀命，将撤其故而新是图。

前守编修章景孟，今守礼部高不妄，咸器其才而诺其请，且捐郡帑廪之缗斛及抽分之章箇[31]，以相其役。

重门洞启，井干屹峙[32]，凭虚有闶[33]，引绳其直[34]。于以宣诏令，揭教条，来赋租，理诉讼，使幽枉毕达，文华发舒[35]，岂徒以侈土木，备制度而已哉。

古诸侯国都皆设台门，今令长犹子男之爵也[36]。有民有社，而澳汩于薄书期会之间[37]，视官寺若传舍，傍风上雨，苟且遣日，将何以时兴居，静志虑，平狱讼，尊瞻视于吏民?

退夫之作新斯楼也，裁节用度，杜绝渗液，因事之举，民之和以究图之。僝功于丁未之秋杪[38]，及良月而祟成[39]，费缗钱若干。

明年春，考满当代[40]，书来谂予以记[41]。抑尝谓官无大小[42]，时无今昔，事无难易，一言以蔽之，夫子所谓"子帅以正，孰敢不正"而已矣[43]。

退夫名桄[44]，蜀陵阳人[45]，乾道名宰相孙[46]。才谞敏赡[47]。早岁从师取友，熟悉义理之学，谨于律身，严于束吏，恕于临民[48]，故能理弊坏之邑，以治最称。他日朝廷择循良吏，为二千石部刺史之储，退夫抑非其选欤[49]？

淳祐丁未嘉平月[50]，宝章阁待制程公许记。

①谯（qiáo）楼：古代城门上建造的用以瞭望的楼。

②严陵：即严州，位于浙江西部，钱塘江流域，治所淳安。

③歙（shè）：歙州，即徽州，位于安徽省南部。

④宣和：北宋宋徽宗的年号（1119—1125）。

⑤硗（qiāo）：土质硬，贫瘠。

⑥粤：句首助词，无意义。

⑦墨绶：结在印钮上的黑色丝带。

⑧鞅掌：谓职事纷扰烦忙。《诗·小雅·北山》："或栖迟偃仰，或王事鞅掌。"期会：约期议事。

⑨旁缘：谓相互勾结。

⑩予夺损益：给予、夺取、减少、增加。

⑪浮诈相樛（jiū）：浮夸虚假相互缠结。

⑫罙（mí）：深。

⑬虞君退夫：姓虞名退夫。铨格：考试选拔。

⑭交訾（zǐ）：交相议论。

⑮洊（jiàn）浃：一次又一次融洽。旬朔：十天或一个月，指不长的时日。

⑯纾（shū）：宽缓。曹司：吏目。

⑰宣化：传布王命，教化百姓。

⑱两造：也叫"两曹"，指诉讼的双方，原告和被告。

⑲笞（chī）：用鞭、杖或竹板子抽打。锤：用锤敲打。

⑳桁（háng）杨：套在囚犯脚或颈部的枷。

㉑嫷（duò）：古通"惰"，懒惰。

㉒堂皇：殿堂。陔（gāi）：台阶。

㉓市廛（chán）：街市上的商店。生齿：长出乳齿，古时把已经长出乳齿的男女登入户籍，后来借指人口、家口。

㉔衢（qú）术：道路。扁（biǎn）识：匾额标记。

㉕犴（àn）狱：指冤狱。戢（jí）奸：制止奸邪。

㉖燕寝：公余休息；睡眠。

㉗除馆：打扫馆舍。

㉘分曹：犹今之分部门，分科室。课：督促完成。

㉙丽谯：华丽的高楼。此指谯楼。

㉚历祀：历年。祀：殷代特指年。

㉛帑廪（tǎng lǐn）：国库与粮仓。缗斛（mín hú）：钱和粮。抽分：亦称抽解，政府对商贾征收的实物商税。章箇（gè）：剩余。

㉜井干（gān）：构木所成的高架。

㉝凭虚：凌空。闶（kāng）：高大建筑。

㉞引绳其直：牵拉绳索使其树立。

㉟文华发舒：文化昌盛，充分发展。

㊱子男之爵：周代爵位分公、侯、伯、子、男五等。

㊲淟汩（tiǎn gǔ）：沉沦，埋没。薄书期会：处理公文，商量公务。

㊳僝（chán）功：筹集工料。丁未：南宋淳祐七年（1247）。秋杪（miǎo）：暮秋，秋末。

㊴良月：十月。崇成：材料汇集齐备。

㊵考满：官吏的考绩期限已满，故考满亦常为任满。

㊶谂：告诉。予：我。

㊷抑：发语词。尝：曾经。

㊸夫子：孔子。子帅以正：《论语》载季康子问政于孔子，孔子对曰："政者，正也。子帅以正，孰敢不正？"

㊹甡（shēn）：锐意进取之意。

㊺陵阳：今四川仁寿。

㊻乾道：南宋皇帝宋孝宗的年号（1165—1173）。

㊼才谞（xū）：才智，才识。敏赡：机灵多智。

㊽恕：以仁爱的心待人；用自己的心推想别人的心。

㊾二千石：参见 248 页注⑪。部刺史：中央派到地方的监察官。

㊿淳祐丁未嘉平月：1247 年农历十二月。

杜清献公祠堂记[①]

淳祐八年春正月[②]，台州黄岩县以故大丞相清献杜公祠于学[③]。公天下士也，砥节砺行[④]，络节金石[⑤]，崇论宏议，焜耀册书[⑥]，精忠可质之鬼神，盛名明揭乎日月[⑦]。方百里之国，安能得以地产私其有？

然尝论之，天下惟是是非非不可泯于人心，而是是非非之公，订之乡党，为得其实。必其修于身，行于家，信于州闾也，而后可使从政。由一命以上，推所学以行己及物[⑧]，达而立乎人之本朝[⑨]，以道事君，施利泽于天下，皆其取信于州闾者推之也。盖古者尚贤崇德，始终校庠之习射习御，而乡先生殁[⑩]，得祭于社之义[⑪]，距古未远。举三老孝悌有诏[⑫]，月旦有评[⑬]。

至于邦彦硕老[⑭]，生有令闻，卒有遗烈，或立之祠，或树之碑。江都相之茔[⑮]，过者为之下马。郭有道之葬[⑯]，铭者自谓无愧色。彼其徘徊顾瞻，悲慕绸缪[⑰]，必有以心服于人，而人自不能弭忘者。民之秉彝好德之懿[⑱]，岂吾欺哉！

公之解送于乡，第春官[⑲]，仕州县也，曜然一儒生耳[⑳]。掌故府四岁不迁，稍进而列属寺监，为郎中秘，安知其际更化于端平[㉑]，任言事官，以直道结主知，以风节耸动四海？

逮其出辅硕藩，入扈禁橐[㉒]，兼掌书命，擢贰事枢[㉓]，寻见嫉于枋臣[㉔]，归食洞霄之禄[㉕]，犹前日一臞儒耳[㉖]。安知其积天下之重望，又际更化淳祐[㉗]，入秉国钧，以全德终始也？

先是甲辰岁[㉘]，时宰以忧去位[㉙]，上观监久，若未有所属者，中外疑虑，异论蜂起。公许奉祠寓霅[30]，被起家之诏，以左螭直禁苑[31]。

嘉平月之十二日[32]，赐封便殿，画漏昼十三刻而退[33]。日晏，宣麻之命遂下[34]，秉烛问词头，公与宝婺范公并命[35]，拜左右丞相。丙夜[36]，二制脱稿进入，偶当上意。翼旦路朝宣布[37]，缙绅举笏更庆，都人士欢声如雷动。上侧席延伫[38]，驿召旁午[39]，且申戒郡邑长吏趣发。人情厌于朋比[40]，徯公相国[41]，一振刷之。以六旬始克舆疾造朝[42]，理机务甫八旬[43]，而遗表上矣[44]。

疾革[45]，索纸笔，欲有忠告，淡墨数十字，仅一字可辨。上深悼，为之不视朝者三日。诏赠少傅[46]，谥清献。公许属当演纶[47]，中有两联："如闻余息之仅存，颇欲有言而已涩。虽数字欹倾而若辨，想九京忠爱之未忘[48]。"识其宝也。

呜呼！士君子幼而学之，状而行之，每患乎无其时，无其位。有其时，有其位，道可得而行矣，命之不淑，则天也。天于斯民，何薄其佑而啬其予也！

意者，气运之伸屈，来往如环无端。苍苍正色，亦姑任其自然而已乎？抑阴数偶，阳数奇，为善者不能以胜天为恶者之朋，犹阳之奇不能以胜夫阴者之偶夫？不然，何望治于上者注意之切若是，而事与人迕十常八九[49]？温文正公所云[50]："四患未除，吾死不瞑目。"吕献公临诀[51]，谓天下事尚可为。以今揆往[52]，信可为于悒而流涕也已[53]！

间者邑子戴君汝白过我溪浒，尝及其长官赵君必迨之意曰："清献公祠堂成，惟畴昔心事之同[54]，非程公孰当笔?"顿首谢，不能自已。无何以书来，申前请益坚。尝闻黄岩之为邑，与赤城、雁宕冈阜联属[55]，下际沧海，渺无涯涘，育秀孕奇，有衍未艾[56]。赵君之作斯堂也，尊贤纪善，崇化厉俗[57]，非但为一邦衮绣之夸[58]。圭章特达[59]，近接耳目之闻见；君蒿凄怆[60]，宁忘岁时之瞻思？德容如存，风迹未泯，继自今父诏子，兄诏弟，此吾曹之乡先生也，则必竦然知所敬慕[61]，退而自力于学，以求为矩护之尊。炳灵载英[62]，岂特赋《三都》者得以专美于江汉哉[63]！

公讳范，字成之，学者尊之曰立齐先生，而不以官称云。

①杜清献公：杜范（1182－1245），历官监察御史、兵部尚书、礼部尚书、右丞相，曾弹劾郑清之等权奸误国。卒赠少傅，谥清献。

②淳祐八年：1248年。

③黄岩：浙江台州黄岩。

④砥（dǐ）节砺（lì）行：指磨砺操守和品行。

⑤络节金石：气节坚定、忠贞。络，脉络、气质。金石，喻品质刚强，心志坚定。

⑥焜（kūn）耀：照耀。

⑦明揭：像举着太阳、月亮走路那样明显。

⑧行已及物：谓立身行事，推己及人。

⑨达而立乎人：出自《论语·雍也》："己欲立而立人，己欲达而达人。"意思是自己想有所建树，推己及人，马上就想到也要让别人有所建树。

⑩乡先生殁（mò）：指杜范去世。

⑪社之义：州闾弘扬真善美精神的地方。

⑫三老：古代掌教化之官，乡、县、郡均曾先后设置。孝悌：孝顺父母，敬爱兄长。

⑬月旦评：参见547页注⑳。

⑭邦彦硕老：国家的优秀人才。三国魏邯郸淳《后汉鸿胪陈君碑》："乃与邦彦硕老，咨所以计功称伐，铭赞之义，遂树斯石，用监于后。"

⑮江都相：指董仲舒。

⑯郭有道：郭泰（128—169），字林宗，人称有道先生，山西介休人，东汉末太学生领袖。

⑰悲慕：哀伤思念。绸缪：缠绵不解。

⑱秉彝好德之懿（yì）：人心所持守的常道。出自《诗·大雅·烝民》：

“民之秉彝，好是懿德。”汉郑玄笺：“民所执持有常道，莫不好有美德之人。”

⑲春官：礼部的别称。

⑳曜（yào）：明亮。

㉑端平：南宋理宗的年号（1234—1236）。

㉒扈（hù）：跟从。禁橐（tuó）：禁地。

㉓擢（zhuó）：提拔。贰事枢：秘书监兼崇政殿说书。

㉔枋臣：权臣。

㉕洞霄：道观。

㉖臞（qú）儒：清瘦的儒者。

㉗淳祐：宋理宗的年号（1241—1252）。

㉘甲辰：此指1244年。

㉙时宰：指史嵩之。时遭父丧去职。

㉚霅（zhà）：浙江湖州霅溪边。

㉛左螭（chī）：门下省起居郎的别称。直禁苑：在朝廷轮值。

㉜嘉平月：农历十二月。

㉝漏昼：白天的时间。

㉞宣麻之命：唐宋拜相命将，用黄、白麻纸写诏书公布于朝，称为“宣麻”。宣麻拜相，是读书人的最高追求。

㉟宝婺范公：范钟，浙江兰溪（曾属婺州）人，被封左丞相。

㊱丙夜：三更或半夜的时候。

㊲翼旦：翌（yì）日天明。翼，同“翌”。

㊳侧席：不正坐以待贤者。延伫：久立；引颈悬望。

㊴旁午：四面八方。北魏杨衒之《洛阳伽蓝记·永宁寺》：“尔朱荣不臣之迹，暴於旁午；谋魏社稷，愚智同见。”

㊵朋比：阿附，勾结。

㊶徯（xī）：等待。

㊷六旬：1244年12月，杜范62岁任右丞相兼枢密使。舆疾造朝：乘车快速上朝。

㊸机务：军政要务。甫：刚，才。八旬：此处八旬指任职80天，1245年

4月，杜范去世。

㊹遗表：古代大臣临终前所写的章表。

㊺疾革：病情危急。

㊻少傅："三公九卿"中"九卿"之一，夏朝始设，后只作为皇帝对有功之臣的表彰，是虚职。

㊼演纶：谓起草诰命。

㊽九京：犹九泉，指地下。

㊾迕（wǔ）：违背。

㊿温文正公：司马光。山西闻喜人，北宋史学家、文学家，官至宰相，当政八月即逝，追封温国公，谥文正。

(51)吕献公：吕公著（1018—1089），北宋著名政治家，司马光死后，独自当政。逝世后赠太师、申国公，谥正献。

(52)揆（kuí）：估量；揣测。

(53)悒（yì）：忧愁不安。

(54)畴：同类。

(55)赤城：山名，在浙江天台西北，因山上赤石屏列如城，故名。雁宕（dàng）：今浙江温州雁荡山。宕，同"荡"。该山顶部有荡，秋天大雁南归时多宿于此，故称"雁荡"。

(56)衍：发展。艾：停止。

(57)崇化：崇尚教化。厉俗：激励乡风民俗。

(58)衮（gǔn）绣：衮衣绣裳，借指显宦。

(59)圭（guī）章特达：形容德才卓绝，与众不同。

(60)蒿：坟墓上的蒿草。

(61)竦（sǒng）然：恭敬貌。

(62)炳灵：焕发灵气。载英：培育英才。

(63)《三都赋》：西晋文学家左思所写魏、蜀、吴都城赋。

重开支川记①

天地间物之利于人者水为大，浚畎距川②，治遂达浍③，等级绳绳[④]，圣人为利民计，其祥如此。后代因之，河渠有书，沟洫有志，咸以利舟楫，沃膏腴，有不可一日废者。

浙居东南，隘水逾于地[⑤]，引以为田，厥土衍沃[⑥]。姑苏产甲两浙[⑦]，枝邑常熟复甲姑苏[⑧]，即名可知已。有湖昆承江浦发源也[⑨]，分为支川，横贯于中，挟以东骛，周泾、团塘、白茆浦、李庄泾咸汇焉[⑩]。南渡前居甿占冒[⑪]，脉络弗直，干弗克潴[⑫]，溢弗克泄，为甽畮大忌[⑬]。百数十年间，乡耆豪右咸思开治，竟怵异议[⑭]。

淳祐癸卯[⑮]，陶唐侯升班过里[⑯]，慨然叹曰："是川与诸泾交汇，为胡海喉衿，田里命脉，湮于碍绝乃尔，岂可因循顾忌，惮于疏凿，俾穑夫束手无计乎？"爰咨于众[⑰]，髦倪贵贱闻言曲踊[⑱]，谓非侯不可。于是揆延袤[⑲]，视窊隆[⑳]，准事物，经始于甲辰仲春之七日[㉑]。弗抑弗强，群农纷至，因地顺势，堑高堤下[㉒]，一指顾顷[㉓]，荷锸如云[㉔]，鼓袂风动[㉕]。侯表众劳来，饮馌典嘉[㉖]，咸勇于力。

甫一月俊事，长四千寻[㉗]，广一丈，深倍广之数。凡用工六千，縻泉粟若干，侯以为己任而营综之[㉘]。曩据川之址靳弗退听者[㉙]，侯一不校，割己产迁道代之。繇是酾引泉流[㉚]，灌输千顷，堰岸雄固，远迩混融，遂为海邦永永利[㉛]。自非侯才干公敏，襟宇恢拓[㉜]，畴克有成？

矧此川西北有凤凰泾者[㉝]，侯之高祖名节朝请府君故廛也[㉞]。二子曰扩曰振，联危科[㉟]，跻朊仕[㊱]，蝉嫣弗绝[㊲]。淳熙间[㊳]，其孙天台史君以祖母言宜人丘垅在焉，念河道壅淤，锐于疏导，不果。逮公凡三世，始克成其志。

先是学竺干氏者将浚长泾[㊴]，有老者力止曰："时法未可，三十年后自有地位中人来办。"君子谓兹举嗣先志，侈后基，孚众愿，三者备矣。

是役也，乐于佽助者三兰若[㊵]，明因、褒亲、永福，是皆可书，以昭于后，庶千载间弗至陵塞。

侯名窠，字任道，府君五代孙也。今为通直郎、舒城邑大夫[41]。淳祐己酉孟春[42]，沧洲程公许记。

①支川：河流的分支。

②浚畎（quǎn）：疏浚田间小沟。距川：至河流的分支。

③达浍：水到达田间。浍，田间的水沟。

④等级绳绳：从高到低接连不断。

⑤隘（ài）水：急流。逾：高过。

⑥厥土衍（yǎn）沃：其土地平坦肥美。

⑦姑苏：今苏州。两浙：浙东和浙西的合称。

⑧枝邑：傍邑。常熟素有“江南福地”的美誉。

⑨湖昆：众多大小湖泊。江浦：泛指江河。

⑩周泾、团塘、白茆（máo）浦、李庄泾：皆为支川流经的地方。

⑪居甿（méng）：古代指农村居民。

⑫潴（zhū）：指水停聚。

⑬甽畮（zhèn mǔ）：农田。

⑭怵（chù）：害怕，担心。

⑮淳祐癸卯：1243 年。

⑯陶唐侯：陶窠（kē）。升班过里：赴任安徽舒城县令经过家乡（于是产生捐资重开白茆塘支河湖漕塘的想法）。

⑰爰：于是。

⑱髦倪（máo ní）：老幼。曲踊：欢呼雀跃。

⑲揆延袤：测量长宽、面积。

⑳窊（wā）隆：高低、凹凸。

㉑经始：开始营建。甲辰仲春之七日：1244 年农历二月初七日。

㉒堑（qiàn）高：挖掘高的地方。堤（dī）下：在低的地方筑堤。

㉓一指顾顷：听从指挥。

㉔荷锸（chā）：肩负铁锹。

㉕鼓袂（mèi）：卷起衣袖。

㉖饮馌（yè）典嘉：给工地上的人送去茶水和很好的饭菜。

㉗寻：古代的长度单位，一寻等于八尺。

㉘营综：经营管理。

㉙曩：从前。靳（jìn）：不肯给予。弗退听：不退让顺从。

㉚繇（yáo）：通“徭”，力役。酾：疏导（河渠）。

㉛永永利：长期带来久远的好处。

㉜襟宇：襟怀，气派。恢拓：开拓扩展。

㉝矧（shěn）：文言连词。况；况且。

㉞朝请：诸侯春天朝见皇帝叫朝，秋天朝见皇帝叫请；泛称朝见皇帝。故虞：旧时分管的地方。虞：古代掌管山泽鸟兽的官吏。

㉟危科：科举名登前列。

㊱朊（hū）仕：高官厚禄。朊，古代祭祀用的大块鱼、肉。

㊲蝉嫣弗绝：连续不断。

㊳淳熙：南宋孝宗年号（1174—1189）。

㊴竺干氏：印度佛教徒。

㊵佽（cì）助：帮助。兰若：梵语音译词，指林中寂静处的佛寺。此指下句提到的三位佛寺住持：明因、褒亲、永福。

㊶通直郎：文散官名，从六品。

㊷淳祐己酉孟春：1249年农历正月。

回仙观碑记①

吕仙翁访东林沈东老②，酌十八仙酒，论古今得失成败，出入竺干老庄之说③，擘榴皮题绝句壁间。东坡继为赓赋④，世之好事者为之倾心骇耳。仙翁尝有言：“仙之求人，甚于人之求仙。”东老有志行，多阴德，能致仙翁款门⑤，索饮谈道。东老固仙者流，而东坡翁几仙之谪而非谪者欤⑥！

曩予自中秘丞为烦言太侈[7]，放浪苕霅间[8]，过东老之乡，讯故居，鞠为榛莽。眉山道人王闻喜访得片地锦峰之北，为仙翁结屋三间。

无何，同里杨承元自南昌移病还浙，视其卑陋，欲撤而新之。吾友著作郎潘允恭温叔慨然捐金为之助[9]，改卜山之阴[10]。

龟筮叶吉[11]，相彼中土，为寥阳望幸之殿[12]。辟一室祠仙翁，奉东老、东坡肖像侑祀[13]，门庑斋馆咸具。温叔复方度材，建会仙楼以崇峙其面势。

先是甲辰更化[14]，收召元老，以今观文殿大学士、提举洞霄宫南充游公起家位元枢[15]，参预政事。明年嘉平月[16]，再拜右丞相兼枢密使，恩许建寺荐先福。公秉政一期四阅月[17]，上印授[18]，归佚于新市之里第[19]。

又两载，始上奏曰："臣本州有东林之回仙庵，造端乡人沈东老。愿即此地建观，以妥仙游，仍旧额，俾持久无废。"上赐制曰可。

吴兴距蜀八千里[20]，吕仙翁之访东老，捻指一百七十有五年矣。东坡和章，首为发扬，相国复以赐额贲其成[21]。慨昔经始，温叔非饶于资而志气冲静者欤[22]？然克自贬损，乐施者翕从之。承元藉是以储糗粮[23]，裒众美[24]，为一方补阙典[25]，使云水之徒来往者有所栖托[26]，岂为溪山与吾蜀人有夙者缘乎[27]？

予继室杨氏殁，所遗簪珥衣裳[28]，计楮万四千余缗[29]，并归庵之司出纳者，俾贮以为予本，禆斋庖土木什一之需[30]。承元因请予记本末。相国出东蜀之果山，代以儒学济美[31]。至公之考君太师忠公绍兴未造列于朝[32]，密赞大议，勋在社稷。施及嗣子，以学识行谊知圣主，博大纯正，为淳祐名宰相[33]。于斯举也，虽曰仍典故申锡嘉名[34]，乃若营葺屋宇，增市良田，戒敕门下舍人，不使有纤细烦扰，用意恳到，笃君亲之敬，非徒以世俗福田利益为能事也[35]。

夫公槐棘崇峻㊱，择精蓝之壮与物产之丰㊲，意欲为，谁曰不可？而谦抑岁久，姑以一小庵名之观，且不忍易其回仙之故扁，传所谓为臣必以敬恪恭俭之谓欤㊳？

噫，承元知之乎！崇台千仞，培土以持之，苟一篑之忽㊴，必为成功之亏。明堂八窗，裒材以持之㊵，非一柱之壮，无以拓九筵之规㊶。矧是靖庐㊷，真仙所栖，谋之为难，成之匪易。而幸会际遇，得假宠于一代宗工。惟是规制仍故，而不以崇侈为夸；栱枅略具㊸，而不以丹垩为饰㊹。

相国知道者也㊺，省之又省，其有合于老氏之深旨矣。若乎学老氏而居于此者，必能体相国之远虑，持之以朴素，保之以清净，撤其拳曲者而加葺之，易其腐坏者而加新之，使簪褐弈叶㊻，与相国之清门偕为悠久，不亦善乎！

承元对曰："某不敏，敢不敬恭夙夜，以祗承厥事㊼！"

仙翁泛景八极㊽，挟苏、沈二公而与之俱㊾。眷然昔游，实鉴斯语，因并述于下方，俾持以谒相国，归而镵之石㊿。

相国姓游，名似，字景仁，以耆寿隽父为四海具瞻[51]。幅巾绿野，逍遥自适，莫得而亲疏云。

淳祐九年岁在己酉十月望日[52]，中大夫、宝章阁待制、提举隆兴府玉隆万寿宫、眉山县开国子、食邑五百户、赐紫金鱼袋程公许记[53]。

①回仙观：在浙江归安县东林山中。观，道教的庙宇。

②吕仙翁：传说中的仙人吕洞宾。沈东老：北宋道士沈恩，居浙江湖州市归安县东林山，相传是吕洞宾的好友。沈在东林山建回仙观。

③竺（zhú）干老庄：佛、道两家。竺干，古印度的别称。

④赓赋：苏东坡接着作赋。

⑤款门：敲门。

⑥谪（zhé）仙：受了处罚，降到人间的神仙。后引申为才情高超、清越

脱俗的道家人物。

⑦烦言：气愤或不满的话。太侈（chǐ）：太过分。

⑧苕霅（zhà）：苕溪（今名西苕溪）、霅溪（今名东苕溪），两河在浙江湖州市汇合后注入太湖。

⑨潘允恭：字温叔，四川眉州人，历袁州通判。

⑩卜：选址。山之阴：山的北边。

⑪龟筮：古时占卜用龟，筮用蓍（shī）草，视其象与数以定吉凶。

⑫寥（liáo）阳望幸：静寂空旷，视野开阔。

⑬侑祀（yòu sì）：配享，从祀。

⑭甲辰：宋孝宗淳熙十一年（1184）。更（gēng）化：改革。

⑮观文殿大学士：官名。宰相善罢者例加此职，从二品，资望极高。游公：游似，四川南充人，累官吏部尚书，拜右丞相兼枢密使。元枢：宋代枢密使的别称。

⑯嘉平月：农历十二月。

⑰四阅月：历经四个月。

⑱上印授：皇上授予建庙的印信。

⑲归佚（yì）：归家放置。新市：浙江湖州新市镇。

⑳吴兴：浙江湖州的古称。

㉑贲（bì）：装饰。

㉒温叔：好友眉州人潘允恭。志气冲静：内心宁静，淡泊名利。

㉓承元：同乡杨承元。藉是：借此。储糗（qiǔ）粮：提供干粮。

㉔裒（póu）：聚集。

㉕阙典：犹憾事。

㉖云水之徒：漫游如行云流水、漂泊无定的道人。

㉗溪山：借指浙江湖州。

㉘簪珥（zān ěr）：发簪和耳饰。古代多为贵妇的首饰。

㉙楮：楮币，即纸币。缗：古代穿铜钱的绳子，每串一千文。

㉚裨（pí）：辅助。

㉛济美：在前人的基础上发扬光大，世济其美，不陨其名。

㉜考君：指死去的父亲。游忠公：游仲鸿，四川南充人，一度进入朝廷，绍兴年间被排挤，出任利州路提刑。

㉝淳祐：游似于淳祐五年（1245）拜右丞相。

㉞申锡：厚赐。

㉟福田：佛教语。佛教以为供养布施，行善修德，能受福报，犹如播种田地，有秋收之利，故称。

㊱槐棘：周代朝廷种三槐、九棘，公卿大夫分坐其下，以定三公九卿之位。后因以“槐棘”喻指朝廷高位。

㊲精蓝：佛寺，僧舍。

㊳敬恪（kè）：恭敬谨慎。恭俭：恭谨俭约。

㊴一篑（kuì）：一筐。篑，盛土竹器。

㊵裒（póu）：聚集。

㊶九筵：参见 738 页注㉘。

㊷矧（shěn）：文言连词，况且。靖（jìng）：安静。

㊸栱枅（gǒng jī）：柱上横木，借指屋宇。

㊹丹垩（è）：油漆粉刷。

㊺知道：懂得老子李耳道家学说。

㊻簪褐（zān hè）：连缀不断的黑黄色。弈（yì）叶：弈世，累世，代代。

㊼祇（zhī）承：祗奉，敬奉。厥：文言代词。相当于“其”。

㊽泛景八极：游览八方极远之地。

㊾苏、沈二公：苏东坡和北宋道士沈恩。

㊿镵（chán）：凿刻。

(51)耆寿：泛指高寿之人。隽（jùn）父：才智出众的长者。

(52)淳祐九年岁在己酉十月望日：1249 年农历十月十五日。

(53)中大夫：参见 691 页注(56)。

兴圣禅院记[①]

天以皇朝世有明德，惠恰黎民，申眷命于高宗[②]，继天立极[③]，用再造我区夏[4]。孝宗夙自秀邸[5]，毓质少海[6]，以承尧禅[7]，祗若慈训，诞保此丕丕基[8]，积一执中之传，有光往牒。

维今嘉禾兴圣禅院[9]，则上圣载育之地也[10]。斗枢绕电而寿丘辑庆[11]，赤龙游河而庆都孕灵[12]，帝命溥将[13]，百神先后，父老传颂，可考无误。

庆元更元[14]，州升为府。迨嘉定戊辰岁[15]，因守臣希道之请[16]，加赐军额。仍即其所规作梵宫，扁以今名，所以纪长发之祥，示四海以有尊也。地接县治，位置偏浅，无以肃视瞻。甫及四纪[17]，而支倾植仆之不暇[18]，守土者何以辞其责？

今皇帝在位之二十八年，郡当择牧。上念畿辅股肱[19]，列祖在天之灵不忘顾歆[20]，命大臣差择其可寄以赤子者[21]，得太府丞臣与訔于班列[22]，即日佩以章绶。

始至，款谒庙廷，退而诹之僚吏曰："汉制，郡国得立祖宗原庙。我国朝陪京及车驾尝所临幸，咸即寺观创殿以奉于神御，而洛师之应天、启圣[23]，则又即诞生而纪瑞也。唯兹兴圣，伯父臣希道实倡之[24]。粤四十有五年，而臣与訔嗣领郡寄，臣与弼同时持常平使者节按部浙右[25]。前比苟有而未全者，若有待焉。失今不图，人谓斯何!"

往复究度，旧基之左右，乃牙民产[26]，倍其值以偿之。由殿堂门庑以及庖库，皆革其故而取其新，不侈不陋，十阅月而崇功成[27]。捐官庄田地二百七十有七亩，合旧地为一千八百二十有八亩，畀寺僧以给斋厨[28]。费出于台郡撙节之余[29]，不以劳民。

是役也，大宗正、嗣秀王臣师弥实主其议[30]，拜疏阙下，上为援笔大字书"流虹圣地兴圣之寺"八大字，命锓梓涂金[31]，揭之新刹。龙蟠凤翥[32]，日丽星晖，耆老聚观，感慕洒泣。

臣师弥被旨袖香奏告[33]，道霅川[34]，以图示臣公许曰："此国家盛美，君尝以簪橐陪法从[35]，秉铅椠[36]，掌内命，盍为之记，庸诏久远[37]？”臣固谢不能，而竟弗得辞。

窃惟艺祖以神武膺图肇造[38]，继统以太宗，而天下宜定。高宗以艰勤绍复[39]，逊位于孝宗，而骏命以凝[40]。至公无私，与天同运，孙谋诒远[41]，配天无极，册书所纪，旷古鲜丽。小臣固陋，何敢妄以管窥？

惟是隆、乾、淳熙盛德大业[42]，得之面命心传，见之躬行实践，耳濡目染，为法可传于天下者，蔽一言，曰仁曰俭而已。惟仁故见善明，用心刚，爱恶是非得其正；惟俭故处己约，待人恕，刑罚赋敛得其平。自陟大位[43]，以讫倦勤授禹[44]，惟日乾乾[45]，祇畏于民心，中外安宁，风俗淳厚，士大夫咸以礼义廉耻自修饬。

绍熙、庆元之际[46]，国家赖以扶颠持危者，犹昔日所作成之人才。此无他，仁俭之德积于躬者厚而化于人者深，其培养之道，感移之机，自有不期然而然者。盛矣哉！

若夫笃于尊亲，谦以自牧，虽震夙之所[47]，未尝一语及焉。逮宁考御图[48]，遹追来孝[49]，始克举行旷典，道隆德盛，而退藏于密。业巨事宏，而民无能名。刻辞丰碑，所以侈盛美于无穷，示来世以必葺也。

臣谨拜手稽首而述以颂曰：

宋受命古帝，有十一世。笃生孝皇[50]，神武哲睿[51]。艺祖之孙，高宗之嗣。毓德青宫[52]，揖逊以位。丕显丕承[53]，克顺克比[54]。厥初发祥，秀水之涘[55]，帝实启之，百灵萃止。若昔寿丘[56]，枢电荐祉[57]。庆都河流[58]，赤龙纪瑞。有开必先，古今一轨。于赫梵宫，作镇星纪。昔臣希道，以宗室子，来宣藩条[59]，兹焉经始。敝弗之图，鲜不心愧。

臣訔假守，臣弼将指[60]。同是肺腑，同所出自。诹之嗣王，典宗正事，老臣师弥，奏闻九陛[61]。

皇帝曰吁，天命匪易。念我列祖，宵旰致理[62]，德巨业宏，道恰政治。积庆有源，涵洪演迤[63]，施及曾孙，式承式继[64]。伸纸濡墨，为八大字，凤舞龙蟠，星辉日丽。钦伫飚游[65]，聿严嗣志[66]，皇灵赫奕[67]，百神翼卫，心法所传，仁俭而已。仁祈天命，俭承天意。于时保之，夙夜敢替！

小臣作颂，庸侈休美。莫高匪天，莫厚匪地。于千万年，作宋元祀[68]。

淳祐十一年龙集辛亥仲夏初吉谨记[69]。

中大夫、宝章阁待制、新知婺州军州事兼劝农使、眉山县开国子、食邑五百户、赐紫金鱼袋程公许撰[70]。

①兴圣禅院：位于浙江嘉兴。禅院是佛教寺院的一种，属禅宗，是供禅师们参禅悟道修行的场所。

②申眷：晓谕。高宗：宋高宗赵构。

③继天立极：继承天子的皇位。

④区夏：华夏。出自《书·康诰》："用肇造我区夏。"

⑤秀邸（dǐ）：宋孝宗赵昚（shèn）生于浙江嘉兴青杉闸官舍。

⑥毓质少海：培育太子美好品质。少海：喻太子。唐杜甫《壮游》诗："崆峒杀气黑，少海旌旗黄。"

⑦尧禅：相传尧年老，让位于舜。后以"尧禅"指明君相继。

⑧丕丕基：巨大的基业，指国家和帝位。

⑨嘉禾：今浙江嘉兴，别名嘉禾、禾城。

⑩上圣：指宋孝宗赵昚。他六岁时被失去生育能力的宋高宗选中，幸运地成为南宋第二位皇帝。

⑪斗枢：北斗七星的第一星，名天枢；亦泛指北斗。绕电：闪光。寿丘：位于山东曲阜城东，据古史记载，为黄帝诞生地。宋真宗在寿丘建宫祭祀。辑庆：聚集庆祝。

⑫庆都：传说中的人名，为帝尧之母。

⑬溥将（pǔ jiāng）：广大。

⑭庆元：南宋宁宗年号（1195—1200）。更元：更改年号。

⑮嘉定戊辰岁：1208 年。

⑯希道：赵希道，时为嘉禾府太守。

⑰甫及四纪：才四十八年。纪：古汉语中一纪十二年。

⑱支倾植仆：支撑倾斜，补救下坠。

⑲畿（jī）辅：国都附近的地方。股肱（gōng）：大腿和胳膊。

⑳顾歆（xīn）：关照祭祀。

㉑差（chà）择：选择。

㉒与訔（yín）：赵与訔，宋太祖赵匡胤十世孙，元代著名书画家赵孟頫的父亲。班列：名列其中。

㉓洛师：今河南洛阳。应天：今河南商丘。启圣：今浙江嘉禾。

㉔伯父：赵希道为赵与訔的伯父。

㉕与弼：赵与弼。常平使者：负责平衡米价等的官员。

㉖牙民：为买卖双方说合并抽取佣金的中间商人。

㉗十阅月：经历十个月。崇功：大功。

㉘畀（bì）：与。

㉙撙（zǔn）节：节约，节省。

㉚大宗正：管理宗室事务。赵师弥时为嗣秀王：嗣王是封爵的一种，高于郡王，低于亲王。

㉛锓（qǐn）梓：刻在梓木板上。

㉜翥（zhù）：向上飞。

㉝被（bèi）旨：承奉圣旨。

㉞道霅（zhà）川：取道霅溪（今名东苕溪）。

㉟簪橐（zān tuó）：指皇帝近臣的笔墨生涯。法从：追随皇帝左右。

㊱铅椠（qiàn）：参见 37 页注⑯。

㊲庸诏：功劳得到宣传。

㊳艺祖：有文德之祖。膺（yīng）图：承受瑞应之图，指帝王得国或嗣位。肇（zhào）造：谓始建。

㊴绍复：继承复兴。

㊵骏命：指上天或帝王的命令。以凝：凝聚力量，以完成自身使命。

㊶孙（xùn）谋诒（yí）远：顺应天下人心的谋略，传得很久。孙，通“逊”。

㊷隆、乾、淳熙：隆兴、乾道、淳熙是宋孝宗赵昚（shèn）使用过的年号。

㊸陟（zhì）：登。

㊹倦勤：谓帝王厌倦于政事的辛劳。

㊺乾乾：敬慎貌。

㊻绍熙：南宋皇帝宋光宗赵惇的年号（1190—1194）。

㊼震夙：诞生培育。《诗·大雅·生民》：“载震载夙，载生载育。”

㊽宁考：谓亡父。

㊾遹（yù）追：遵循继承，出自《诗·大雅·文王有声》：“匪棘其欲，遹追来孝。”

㊿笃生：谓生而得天独厚。孝皇：宋孝宗。

51哲睿（ruì）：圣明、睿智。

52毓德：修养德性。青宫：喻太子所居之宫。因太子一般居东宫，而东方属木，主青色。

53丕显：明显。丕承：承天受命。

54克顺克比：能够恭敬而顺从地仿照。

55涘（sì）：水边。

56寿丘：参见附卷 819 页注⑪。

57枢电：斗枢绕电，参见附卷 819 页注⑪。荐祉（zhǐ）：献福。

58庆都：传说中人名，为帝尧之母。

59藩条：汉代州刺史以六条考察州郡官吏，后因以指刺史之职。

60臣弼将指：此指赵与訔（yín）接任太守，赵与弼任常平使者。

61九陛：宫殿的台阶。此指赵师弥奏闻皇上。

62宵旰（xiāo gàn）：宵衣旰食的略语，犹日夜。

63涵洪演迤：喻学问渊博精深。演迤：水长流延伸。

64式承式继：按仪式继承皇位。

65钦伫（zhù）：敬仰向望。

⑯聿（yù）：文言助词，无义，用于句首或句中。嗣（sì）志：继承遗志、精神。

⑰赫奕：显耀盛大。

⑱元祀（sì）：指大祭天地之礼。

⑲淳祐十一年龙集辛亥仲夏初吉：1251 年农历五月初一日。

⑳婺（（wù））州：浙江金华古称。紫金鱼袋：参见 691 页注⑯。

重建开宝仁王寺记[①]

仁王院旧隶东京开宝寺，艺祖皇帝六龙御天[②]，沙门智𬀪奉敕兴创[③]，奕叶纂绍[④]。至慧照大师法晔领徒从高宗大驾南渡，奏疏行阙[⑤]，请即钱塘七宝山改建，主大内祈禳事如故典[⑥]。制曰可。

五传而为文坦[⑦]。嘉泰岁甲子[⑧]，以民居火延毁。坦议起废，而未暇也。绵十有七祀[⑨]，易四主僧。逮及祖仁[⑩]，以坦嫡传得次补，念先志未就，慨然以肯堂自任[⑪]。不数年，浸复旧观[⑫]。再燎于绍定辛卯之季秋[⑬]，瓦砾堆阜，诸比丘众托身靡所。

祖仁仰天而泣，吁曰："凡囿形数[⑭]，成坏有时。惟大愿力，历劫无尽。矧兹梵刹[⑮]，肇开宝朝[⑯]。以心传心，同一悲济。河沙可算，虚空可量，而此至仁，不可胜用。誓以坚忍，期复厥初[⑰]。申祝帝图[⑱]，配天其永。"

今皇帝嗣履大宝[⑲]，祇畏于天，显民岩[⑳]，躬宝俭慈[㉑]，内帑羡储[㉒]，丝素靡耗[㉓]。有以祖仁所发弘誓转而上闻，帝若曰："嘻！兹惟我祖，受佛心印，贻后之人，忽而弗图[㉔]，宁不忝厥绍[㉕]？"

亟命司藏辇畀金币[㉖]，为之经始。豪贵风动，叶襄其成。古石佛像、观音台殿宏丽，与三门鼎立相望[㉗]，云堂丈室，庖湢帑廪[㉘]，馔僧之所，作务之寮，缭绕周回，纤细毕具。万石龙簴[㉙]，架以层楼，晨昏镗鞳[30]，则端平元年尚方之制作也[31]。六字飞白，揭之前荣[32]，奎壁焜耀[33]，则淳祐元年宸翰之贲饰也[34]。三顷上腴[35]，择之余杭，香积属厌[36]，则三年上命之颁赉也[37]。清净檀施，佛所护念，乃若经律论钞，覆以宝藏，运以飙轮，金碧庄严，天龙围绕，俨然双林一会未散[38]，无非官闱赐予[39]，及近侍之臣捐金喜拾，出纳具图籍，可覆考[40]也。祖仁殚劳土木，幸汔于成[41]。

介灵隐禅者宗礼、谒直学士院臣公许曰："仁王名寺，加以开宝、绍熙诏旨[42]，与圣天子藻翰[43]，罔不惟皇祖是宪[44]，匪但为宗门龙光而已[45]。子执铅椠[46]，直禁林[47]，盍为之记，期以尘露增盖海岳？"

臣稽首拜手，作礼称赞，昔在觉皇住灵鹫峰[48]，为波斯匿等说菩萨摩诃萨现诸王身化导之事[49]。住百佛刹，修百法门[50]，等而上之[51]，为千为万为亿，为百亿千亿万亿，为百万微尘数，百万亿阿僧祇微尘数[52]，乃至不可说，不可议。从初一地至后一地，自所行处及佛行处，修证具有阶降[53]，化利各有多寡。然以甚深般若波罗蜜多[54]，照见一切法皆如，则随所应现[55]，利乐有情，最初发心与正觉无相[56]，殆未可以差别观也。然则佩法王印，位天王位，为天下一切众生之所依怙[57]，非佛菩萨本所誓愿，畴克担荷[58]？

赞宁《僧录》对艺祖言[59]："现在佛不拜过去佛。"岂亦有见于此乎？梵语释迦牟尼，华译曰能仁。由今观之，唐末五代[60]，豺狼恣睢[61]，生齿凋耗。大圣人者作，扬仁风，扫其荒秽，洒甘雨，苏其疲瘵[62]，揭慧日烁其幽昏[63]，然后天统以正，地维以张，人极以立。恻隐一念，施及无穷，历三百年，销眚厉[64]，却魔怨，击人心，奠国步[65]，莫非此念之推也。岂若萧梁、李唐诸君规规乎因果报应[66]，名相有为者比哉。大梁夷门[67]，佳气郁积，安知嗜杀之丑虏不为我驱除？

六飞吉行[68]，言旋故都，奠九鼎于中州，复宏观于开宝，梯航万国[69]，仁寿八荒[70]，尽十方世界，同一道场，无有一众生非我眷属！

顾瞻吴会[71]，岌立宝峰，以智眼观，奚别远近？可使职方氏擅会稽、维扬之镇[72]，岂惟奉高宫，闻山呼万岁者三？先佛世尊住三昧[73]，定证我所说真实不诬。于是祖仁偕其徒侣弹指赞叹，欢喜无量，请以斯文伐石摹刻[74]，昭示未来。

①开宝仁王寺：北宋太宗开宝九年于开封建开宝寺。南渡后，高宗时在杭州营造开宝仁王寺。

②艺祖：有文德之祖，此指宋太宗。御天：统治天下。

③智晖（yǎn）：因纪念宋太祖登基，僧人智晖奉旨在开封建开宝寺。

④奕叶：累世，代代。纂绍：嗣续。

⑤行阙（quē）：行宫前的阙门，此借指行宫。

⑥大内祈禳事：皇宫内室信众佛事。

⑦文坦：法师名。

⑧嘉泰岁甲子：1204 年。嘉泰是南宋皇帝宁宗的年号。

⑨绵十有七祀（sì）：绵延十七年。

⑩祖仁：法师名。

⑪肯堂：愿意立堂基，盖屋。意为继承师傅遗愿。

⑫浸（jìn）复：逐渐恢复。

⑬绍定辛卯之季秋：1231 年农历九月。

⑭形数：气数，命运。

⑮矧（shěn）：况且。

⑯肇（zhào）开：犹肇始。

⑰厥初：火灾以前的样子。

⑱申祝：祷祝。

⑲大宝：指帝位。

⑳民岩（yán）：谓民心不齐。

㉑宝俭慈：以勤俭仁慈为宝。

㉒内帑（tǎng）：皇室的私财。羡储：有余，余剩。

㉓靡耗：没有浪费的。

㉔弗图：不谋划。

㉕厥绍：接续；继承。

㉖辇畀（bì）：皇宫内室受恩分享积攒的。

㉗三门：寺庙为了避开大都会市井尘俗而建在山林之间，因此设山门。一般有三个门，有智慧、慈悲、解脱之义。

㉘庖湢（bì）：厨房和浴室。

㉙万石（dàn）：虚指其重。龙簴（jù）：古代挂钟磬的架子。

㉚镗鞳（tāng tà）：钟鼓声。

㉛端平元年：1234 年。

㉜前荣：房屋的南檐。

㉝奎壁：参见 743 页注㉓。焜（kūn）耀：照耀。

㉞淳祐元年：1241 年。宸（chén）翰：帝王的墨迹。贲（bēn）饰：装饰，文饰。

㉟上腴（yú）：最肥沃的土地。

㊱香积：指僧道的饭食。属厌：饱足。

㊲三年：淳祐三年，即 1243 年。颁赉（lài）：犹颁赐。

㊳双林一会：佛教菩提佛事盛会。据传佛圆寂于菩提双林之间。

㊴官闱（wéi）：皇宫，多表示后宫。

㊵覆考：审察。

㊶汔（qì）：接近。

㊷开宝：宋太祖赵匡胤的年号（968—976），共计 9 年。开宝九年十月宋太宗即位沿用。绍熙：南宋皇帝宋光宗赵惇的年号（1190－1194），共计 4 年半。

㊸藻翰：华丽的文辞、文章。

㊹皇祖：君主的祖父或远祖。宪：效法。

㊺龙光：皇帝给予的恩宠、荣光。

㊻铅椠：参见 37 页注⑯。

㊼禁林：皇家园林，此代指翰林院。

㊽觉皇：佛的别称。灵鹫峰：五台山台怀镇内的一座名山，往往作为五台山的代称。

㊾波斯匿：梵名 Prasenajit，意译月光王。摩诃萨：梵语 mahaˆsattva，意译大菩萨。化导：教化开导。

㊿法门：佛教指修行者入道的门径，也指佛门。

51等而上之：成语，意为按某一等级，由此再往上。

52阿僧祇（qí）：梵语的译音，意译为无数。

53修证：佛教称修行证理。

54般若波罗蜜多：梵语 Prajna paramita，意为到达智慧彼岸。“般若”指的是“智慧”，“波罗”指“彼岸”，“蜜”指“到”，“多”是语尾的拖音。

55应现：佛教语，谓佛、菩萨应众生机缘而现身。

56发心：动念。正觉：指真正之觉悟。无相：指摆脱世俗之有相认识所得之真如实相。

57依怙（hù）：依靠。

58畴：世代相传。

59赞宁：北宋僧人，佛教史学家。

60唐末五代：从 907 年朱温灭唐到 960 年，依次定都于中原地区有五个政权，即后梁、后唐、后晋、后汉和后周。

61恣睢（zì suī）：放纵、骄横。

62瘵（zhài）：病。多指痨病。

63慧日：佛教语，意为日月之光；喻佛之智慧普照众生，照亮黑暗。

64眚（shěng）厉：灾害疾疫。

65国步：国家的命运。步，时运。

66萧梁：南北朝时萧衍所建，国号梁，又称萧梁。后期国政败坏，导致侯景之乱。规规：惊恐自失貌。

67大梁：北宋开封。夷门：开封的别称。

68六飞：古代皇帝的车驾六马，疾行如飞，故名。

69梯航：梯与船，登山渡水的工具，指水陆交通。

⑩仁寿：有仁德而长寿。八荒：八方。

㉛吴会（kuài）：秦汉会稽郡治所在吴县，郡、县连称为吴会。唐以后，俗亦以苏州为吴会。

⑫职方氏：周代掌天下地图与四方职贡之官。擅：专掌。会稽：绍兴别称，因会稽山得名。维扬：扬州的古称。

⑬世尊：梵语 bhagavat，意译有德、有名声，世间最尊贵的圣者。三昧：参见 222 页注⑧。

⑭斯文：此指文人。

黄龙洞题名①

云台散吏程公许自武林过吴兴②，访郡太守东平刘长翁③，命其子儒珍偕馆客南郑苏玹、汉嘉赵庭、眉山王棣载酒④，拉浚仪赵钥夫⑤，从碧澜堂放船谒祥应宫⑥。

登弁山顶，观太湖，窥金井洞⑦，徘徊文节倪公云崖⑧。走赵氏玉林⑨，饭九曲池。取法华院陟上方⑩，晚饮沈氏小玲珑。金井摩崖，上方刻柱，皆东坡先生墨宝⑪。

嘉熙二年龙集戊戌维夏四日⑫。

①黄龙洞：位于今浙江湖州市吴兴区，是道教洞天福地。“黄龙洞”三个楷书大字，为北宋黄庭坚所题。

②云台：宫中高台名。汉光武帝时，用作召集群臣议事之所，后用以借指朝廷。武林：杭州的别称。吴兴：浙江湖州的古称。

③刘长翁：山东东平人，时任湖州太守。

④南郑：位于陕西汉中盆地西南部，北临汉江，南依巴山。汉嘉：汉嘉郡，今四川乐山。眉山：今四川眉山。棣（sù）：草木茂盛。

⑤浚仪：古县名，治所在今河南开封市。

⑥碧澜堂：湖州霅溪河傍，唐杜牧任湖州刺史时所建。祥应宫：位于湖州弁（biàn）山，山上道观有二茅宫、三茅宫、祥应宫、真武殿，规模宏大。

⑦金井洞：黄龙洞直下似井，唐代以前称“金井洞”。

⑧文节倪公：倪思，浙江湖州归安人，曾任南宋礼部侍郎、兵部尚书、礼部尚书等职。卒后谥文节。

⑨赵氏：南宋定都临安，皇室赵姓部分宗室曾居湖州。玉林：仙境中的森林。

⑩陟（zhì）：登高。

⑪北宋湖州太守苏轼有《卞山龙洞祈晴诗》：“吴兴连月雨，釜甑生鱼蛙。往问卞山龙，曷不安其家。”

⑫嘉熙二年龙集戊戌维夏四日：1238年农历四月四日。

宋户部侍郎刘忠公墓志铭[①]

淳祐四年九月三日[②]，宰相史嵩之以父忧去位。后二十有五日，诏以前监察御使刘汉弼自崇禧祠直宝章阁，知温州。逾月，改除太常少卿。于是谏议大夫刘晋之、殿中侍御史王瓒揣上意将有易置，率监察御使胡清献、龚基先夜草奏，叩银台门缴入[③]，乞将汉弼新命寝罢[④]。

上遽揽衣秉烛阅过，出手札付外。

翌日太祖忌，百官侍班景灵台。知枢密院兼参知政事范钟拆封，则四人左迁[⑤]，而汉弼独以谏院召。

时嵩之谋起复，依四人为肘腋，俦侣翕讹[⑥]，声势张甚。圣上天造神断，百辟震悚[⑦]，有旨以汉弼侍讲帷幄。越三日，又有台端之命[⑧]，申诏趣发，且面谕范钟以书速其来[⑨]。

十一月四日，引见论事称旨。流风不竞，以天子耳目官为柄臣私人[10]，公道堙郁[11]。方赖公一振起之，俄感末疾[12]。明年正月三日，遽以遗奏闻[13]。上震悼，士大夫相顾骇愕。

二月塑旦[14]，丞相杜范始自天台来朝[15]，扶病治事。四月二十日，亦以薨闻。五月二十九日，起居舍人徐元杰无疾暴亡。三君子忠鲠端亮，上所注意，不五月相踵沦谢。世故之不可料若此，岂气运消长，天实为之？抑人事与天理不相为谋而然耶？

公卒之明年十一月庚申，始克葬。孤遗尝以墓铭属公许论撰[16]，谊不得辞。

谨按：公讳汉弼，字正甫，汉中山靖王之后。其先居金华，九世祖仕吴越武肃王为殿中丞，左迁象山令[17]，道由上虞[18]，因家焉。曾祖讳平，贡太学。祖讳开，举进士。父讳昌龄，贡里选，赠宣教郎。

公生四岁而哭父，家贫，薪水莫继，太夫人谢氏悯其孤弱，一意保抱。少长，课以经籍，能通大义。习举子艺业，敏赡绝出流辈。乡先生李磐翁，故参政庄简公嗣子也[19]，以风节为一时闻人。公从之游，学识益茂。寻以书学冠嘉定丙子乡贡[20]。明年奉召南省[21]，庭策甲科第七人，调吉州教授[22]。历江西安抚司干官[23]，监南岳庙，浙西提举司干官[24]。召试馆职，除秘书省正字，序迁校书郎，兼沂王府教授。授秘书郎、著作佐郎兼史馆校勘，权考功郎，升著作郎。明堂大礼[25]，差充读册官，以更迭乞补外，知嘉兴府。

召还朝廷，兼兵部郎，改兼考功，寻真除为员外。兼崇政殿说书、编修国史、检讨实录，擢监察御史，奉视崇禧，知温州。寻除太常少卿，以左司谏召，擢侍御史兼侍讲，以户部侍郎致仕[26]。

公奋自儒生，居今学古，尤明于义利取予之便。初为教官，学廪出纳皆归之纠曹[27]。

江西崆峒瑶叛乱[28]，邱寿隽以路帅开幕府，虚席以待其来。公至而邱已卒，魏大有摄帅事，与邱有旧怨，意若移怒于公，公即请辞以归。魏竟以暴刻激变，识者嘉其有远见。

赞画吴门[29]，督牢盆之利[30]，凡以私利为名者，公未尝有纤芥入私室[31]。

用大臣荐入馆介，时上欲勉戚里以学[32]，诏皇后宅置讲官。公首被选，慨然曰："三馆清流[33]，出入贵戚之门，岂惟辱其身，是辱其官也。"力辞不就，事亦随寝。

时值岁歉，一意抚牧，民德之深，曰："天其吾民累公乎！"还执经筵[34]，惟谈经析理，默寓规谏，上益简注[35]。至是为察官，入谢，上奖谕之曰："以卿纯实不欺，故此亲擢，更宜悉心忠告。"公益自励。每谓台纲久驰[36]，疏三事，曰定规模、正体统、谋远虑。首论给事中钱相巧于迎合[37]，睥睨政地，直学士院吴愈不称其职[38]，当罢去之。濮斗南由南床掌外制[39]，叶贲以宫教为言事官，公察其回曲不少贷[40]，疏留中不出[41]。贲为时宰腹心，有纵臾使互按者[42]。明日，贲左迁螭[43]，而公有少常之命。公力伸辞请，径绝江去。

后一年，始有崇禧之除[44]。甲辰冬[45]，再入。先是时宰久擅国柄，予夺废置，恣睢自由，时论愤郁，上亦患苦之。以公正色不挠，为可属任，而淫朋胶固[46]，未悉上意，日夜引领傒其来[47]。公引见，首赞上分别邪正，以息众疑。上领之再三。奏疏论立君心、正君道、谨事机、伸士气、收人才五事，次论台谏之劾奏不当循月课，官僚见台谏不当循月礼，皆切中时弊。上嘉其言，并付外施行之。

公自迁南床逾月，上于朝廷大议未有予决，密奏两疏：

其一谓："自古来未有一日无宰相之朝，今相位之虚已三月矣，尚可狐疑而不断乎？西汉之末，王氏专政，刘向尝欲去之，而成帝惑于杜钦、永谷之奸言[48]，故王氏卒不去，以移汉祚[49]。西晋之始，贾充行事[50]，裴楷尝欲去之[51]，而武帝惑于荀勖、冯统之邪说[52]，故贾充得以复留，而为晋祸。臣观廷臣为刘向、裴楷者少，为钦、永、勖、统者多，窃恐奸言犹有以惑圣德。愿奋发英断，拔去阴邪，庶可转危为安。”

其二，以十一月十二日西北方时有雷声，天文书大臣专政，君弱臣强之应。愿亟选贤臣，早定相位。上览公奏，意遂决。会公许蒙恩召，以左螭兼内命[53]。嘉平月三日[54]，入奏事，俄顷有旨宣锁[55]。翌日，文德殿宣布范公、杜公并命[56]，百官举笏相庆，国论大定，赖公密奏之力为多。

公自入台，累章劾奏同签书枢密院金渊、兵部尚书兼直学士郑起潜、宗正少卿兼检正舍人陈一荐、司农卿谢逵、起居舍人韩祥、新知泉州濮斗南、步帅王德明[57]，皆畴昔托身私门，为之腹心，盘踞要路，公论之所切齿者。至马光祖夺情总赋淮东[58]，乃去相预为引领之地[59]，乞令追服终丧，尤有补于名教。

呜呼！使公少假数月，得以展布，则群憸何所逃罪[60]？天下尝可得而理也。

上尝嘱公以荐人才，退而条具以奏，皆时望所归重。公以受知特异，而奸邪未尽屏汰，议论未能坚定，积忧熏心，遂感末疾。

上闻之，忧形于色，命上方赐药饵，给钱楮。公感上恩，泣数行下。然病日寖，不可复疗，抗草纳禄[61]。有旨真除户部侍郎[62]，以贲其终[63]。

乙巳正月三日[64]，卒于台治之正寝[65]。特赠四官，与致仕遗表恩泽。奉丧归葬上虞，赙赠银绢甚厚[66]，敕绍兴府量给丧事。八月，御札赠官田五百亩，新楮五千缗，以给其家，庶为臣者知所劝焉。生荣死哀，君子孰不以是为古今鲜俪[67]？岂知主眷之渥而未能竭知以图报[68]，亲年之高而莫克竭力以终养，殁且有知，九原赍恨[69]，曷惟已乎！

公气度凝远，识趣正大，平居简默，未偿妄发一语，而疾恶好善，见义必为。尝谓士大夫穷达有命，苟依附不得其人，躐进躁求[70]，他日势去援孤，所得毫芒，所丧丘山，虽欲痛自澡濯，不可得也。

呜呼，斯可为名言也已！年五十有八，官从四品，而姱节修名，照映宇宙。其为寿与显也，不既多矣乎！太安人谢氏[71]，封太夫人。夫人周氏，封硕人。一男子怡，承务郎、新差监嘉兴府都酒务[72]。一孙。公抚其侄悦如己子，怡以遗表之泽官之[73]，遵父志也。墓在上虞县上管乡南岙之原[74]。

公许来自西州，与公并游蓬馆。甲辰更化[75]，后先被召，相与矢心[76]，协济国事。公首弃游，疑议无所质，两载殚劳，一无补报。念此伤心，不愧芜陋，为叙次而铭之。非有关于国事者不著。

铭曰：

天之生才，为国寿脉。脉得其养，坚壮充实。外邪客气，奚自得入！古先哲王，念此怵惕。涵养成就，汲奖珍惜。不以匪类，为之蠡贼。元气保固，国乃其国。勇毅刘公，端亮纯实。山立朝端[77]，休问霱郁[78]。翩其引归，帝念不释。岁甲辰冬，更理化瑟[79]。诏以公起，为国司直[80]。分别忠邪，如辨黑白。开陈利害，如品药石。朝纲放纷，如发斯栉[81]。公道堙塞，如茅斯拔。淫朋坚固，如距斯脱。甫浃六旬[82]，天日开豁。故不憖遗[83]，而夺之亟。厚其植矣[84]，遽夭阏矣[85]。菑其获矣[86]，暴摧折矣。殄瘁之痛[87]，何嗟及矣！当宁轸念[88]，顾瞻太息。多士闻讣，匍匐涕泣。赠赙从厚，土田加锡。节惠易名，国有彝式[89]。尚克举之，光被幽窆[90]。时刻墓门，庸诏罔极[91]。

淳祐六年十一月[92]。

①刘忠公：刘汉弼，浙江上虞人，嘉定九年进士，官至户部侍郎。刘汉弼等一批大臣是南宋后期史嵩之专权的主要反对者。

②淳祐四年：1244 年。

③银台门：宫门名。翰林院在其附近，此借指代翰林院。

④寝罢：废除。

⑤左迁：贬官。汉代贵右贱左，故将贬官称为左迁。

⑥俦（chóu）侣：结为朋党。翕訿（xī zǐ）：谓小人相互勾结，朋比为奸。

⑦百辟：百官。震悚（sǒng）：因恐惧而颤动。

⑧台端：侍御史。

⑨范钟：南宋宋理宗时曾任左丞相。

⑩柄臣：权臣。私人：以私利照顾依附的人。

⑪堙（yīn）郁：窒塞；不明。

⑫末疾：四肢的疾患。

⑬遗奏：犹遗表。大臣临终前所写，于卒后上奏。

⑭塑旦：农历每月初一。

⑮杜范：南宋宋理宗时曾任右丞相兼枢密使。天台：浙江台州。

⑯孤怡（yí）：指无父母的子女。

⑰象山：今浙江象山。

⑱上虞：在浙江绍兴东部。

⑲庄简公：李光，参知政事，孝宗赐谥“庄简”。

⑳嘉定丙子：1216 年。

㉑南省：尚书省的别称。

㉒吉州：江西吉安。

㉓安抚司干官：由中央派遣处理地方事务的官员。

㉔提举司干官：掌管提拔荐举的官员。

㉕明堂：帝王宣明政教、举行典礼等活动的地方。

㉖致仕：旧时指交还官职，即辞官（退而致仕）。

㉗学廪（lǐn）：学校的经费。纠曹：纠举失谬。

㉘崆峒（kōng tóng）：山名，属江西赣州。瑶：少数民族之一。

㉙赞画：辅佐谋划。吴门：江浙沿海一带为春秋吴国故地，故称。

㉚牢盆：煮盐器具，借指盐政或盐业。

㉛纤芥（xiān jiè）：丝毫。

㉜戚里：帝王外戚聚居的地方，借指外戚。

㉝三馆：宋设广文、大学、律学三馆，为教育士子的机构。

㉞经筵：汉唐以来帝王为讲论经史而特设的御前讲席。宋代始称经筵，置讲官以翰林学士或其他官员充任。

㉟简注：留心，关注。

㊱台纲：指朝廷的纲纪。

㊲给事中：官名，属门下省，掌驳正政令。钱相：南宋江苏武进人，钱镠十三世孙，历给事中、吏部侍郎、吏部尚书等职。

㊳直学士院：掌校理图籍。

㊴南床：参见 318 页注⑨。外制：中书舍人所掌的皇帝诰命称外制，翰林学士所掌之诰命称内制。

㊵回曲：邪曲。不少贷：没有丝毫宽恕。

㊶留中不出：皇帝把臣下的奏章留在宫禁中，不交议也不批答。

㊷纵臾：怂恿；鼓动别人做坏事。

㊸螭（chī）：门下省起居郎的别称。

㊹崇禧之除：刘汉弼奏叶贲不称职，而叶为时相史嵩之腹心，反而得重用，汉弼由是去国。

㊺甲辰：1244 年。

㊻淫朋胶固：邪党勾结，朋比为奸。

㊼引领：伸直脖子（远望），形容盼望殷切。傒（xī）：等待。

㊽杜钦：汉成帝舅大将军王凤以外戚辅政，封其为大将军军武库令。永谷：汉成帝时奸臣。

㊾汉祚（zuò）：汉朝的皇位和国统。移汉祚指西汉末年王莽篡权。

㊿贾充：三国曹魏末期至西晋初期重臣，曾参与弑杀魏帝曹髦，因此深得司马氏信任。

51裴楷：三国曹魏及西晋时期大臣、名士。

52荀勖（xù）、冯统（dǎn）：西晋奸臣。

㊾左螭（chī）：门下省起居郎的别称。内命：在朝廷中任职之官或由皇帝直接任命的官员。

㊿嘉平月：农历十二月的别称。

(55)宣锁：宋制，凡拟草除授宰执及重要事项的制诏，由天子当晚宣召当直翰林学士官面谕，归院后令锁学士院，禁人出入。天明前呈送皇帝，当日晨交中书舍人宣读后，方可开院，称“宣锁”。

(56)范公：范钟。杜公：杜范。二人同时被任命为相。

(57)同签书枢密院：枢密院副职。直学士：掌校理图籍。宗正少卿：掌管皇帝亲族或外戚勋贵等有关事务之官。检正：中书省、门下省皆置，掌纠正省务。司农卿：掌谷货。起居舍人：掌记录皇帝日常行动与国家大事。

(58)夺情：官员遭父母丧应弃官家居，称“丁忧”。丧满再行补职。朝廷或命其不必弃官去职，不着公服，素服治事，不参与庆贺，祭祀、宴会等称“夺情”。总赋：揽赋征税。淮东：宋代淮南东路的简称，首府为扬州。

(59)去相：此指离任居丧的宰相史嵩之，刘汉弼乞勒令其追服终丧。引领：伸直脖子盼望之地。

(60)憸（xiān）：奸邪。

(61)抗草纳禄：违背皇上旨意，归还俸禄；谓辞官。

(62)真除：实授官职。户部侍郎：户部的副长官。

(63)贲（bēn）：到达。

(64)乙巳：1245年。

(65)台治：官员办公的地方。正寝：房屋的正室。

(66)赙（fù）：拨付财物帮助其办丧事。

(67)鲜俪（xiān lì）：罕见的榜样。

(68)主眷之渥（wò）：夫人感情深厚。渥：深厚。

(69)九原：九泉。赍（jī）：怀着。

(70)躐（liè）进：非循序渐进，越级提升。躁求：急于求得。

(71)太安人：封建时代命妇的一种封号。宋代自朝奉郎以上，其母或祖母封太安人，其妻封硕人。

(72)承务郎，官名，从八品下。

⑬怡：刘子怡。官之：任命他为官。

⑭岙（ào）：山间平地。

⑮甲辰：1244 年。更化：改制。

⑯矢心：发誓；下决心。

⑰朝（cháo）端：位居首席的朝臣。

⑱霭（ǎi）郁：浓荫遮蔽。

⑲更化：改制。瑟：弦乐器。

⑳司直：官名。帮助皇上检举不法。

㉑栉（zhì）：梳子、篦子等梳头发的用具。

㉒甫浃（jiā）六旬：辛劳到近 60 岁。浃：汗湿透。

㉓慭（yìn）遗：遗弃。

㉔厚其植矣：加倍地培育。

㉕夭阏（è）：夭亡，夭折。

㉖菑（zāi）：灾祸。

㉗殄瘁（tiǎn cuì）：凋谢；枯萎。

㉘轸（zhěn）念：悲痛地怀念。

㉙彝式：常规；定式。

㉚幽穸（xī）：墓穴。

㉛罔极：不公正。此指刘汉弼等暴亡事，查而无果。

㉜淳祐六年十一月：1246 年农历十一月。

祭法熏禅师文[①]

维石田老，江乡名家[②]。五浊海中[③]，优昙钵花[④]。弃儒而释，如古丹霞[⑤]。挑起钵囊，周游天涯。邂逅破庵，古道铁蛇[⑥]。赤手捕取，雷攫电拿[⑦]。开堂枫桥[⑧]，起废咄嗟[⑨]。永明灵隐[⑩]，法鼓日挝[⑪]。横沾竖说，西抹东涂。参徒云集，袂属肩差[⑫]。土木余事，无丝粟差。八面受敌，人莫我加。晚营把茆[13]，岩谷谽谺[14]。以病得闲，归亦可嘉。生晚识昧[15]，几井中蛙。言从师游，如升宝阶[16]。矧是生缘[17]，同眉丹厓[18]。忽口讳间[19]，不胜惨怀[20]。四大合离[21]，撒土抟沙[22]。真见道者[23]，何所安排。一炷水沈[24]，一瓯茗芽[25]。无缝塔中[26]，生耶死耶？

尚飨[27]！

①法薰禅师，号石田，赐号佛海，俗姓彭，四川眉山人。年十六出家，从丹棱石龙山法宝院智明。年二十二受戒。南游湖、湘、赣，往依吴门破庵禅师。1225年迁临安府净慈报恩光孝寺，1235年迁灵隐寺，1245年卒，年七十五。著有《石田法薰禅师语录》。

②江乡：多江河的地方。此指法薰禅师为四川眉山人。

③五浊：大乘佛教在佛经中提出的劫浊、见浊、烦恼浊、众生浊、命浊。

④优昙（tán）钵（bō）：参见143页注⑧。

⑤丹霞：巨厚红色砂岩经长期风化剥离和流水侵蚀，形成孤立的山峰和陡峭的奇岩怪石地貌。

⑥铁蛇：喻铁鞭。

⑦攫（jué）：抓取。拿：执拿。

⑧开堂：指新任命的住持入院时，开法堂宣说大法。

⑨咄嗟（duō jiē）：吆喝。

⑩永明灵隐：唐末，全国有二十六万僧尼被逐还俗，灵隐寺人走寺毁。后来永明延寿禅师中兴灵隐寺。

⑪挝（zhuā）：打击。

⑫袂（mèi）属：衣袖相连。肩差（chà）：肩相并立。

⑬茆（máo）：同“茅”。

⑭谽谺（hān xiā）：山谷空旷、山石险峻貌。

⑮昧（mèi）：糊涂，不明白。

⑯宝阶：佛教语，指佛自天下降的步阶。

⑰矧（shěn）：文言连词。况且。

⑱丹崖：丹山碧水边。程公许和法薰禅师祖上都曾在岷江下游丹山碧水间居住。

⑲讳：因有所顾忌而不敢说或不愿说。

⑳惨怀：伤心。

㉑四大合离：四大即地、水、火、风。地大是指身体的骨骼等具有坚固性；水大是指身上的血液等具有滋润和柔和的特点；火大是指身体的心脏等具有温暖激情的表现；风大是指人的呼吸（外风大）和大脑的思维活动（内风大）的流动性，具有推动向上的性能。这四大功能，“合”则恰到好处地配合着人生的每一个思想活动、语言活动和身体活动，产生身心愉悦的“禅”境。如果“离”则不协调，就会产生身心不适的“病”态。

㉒撒土抟沙：此指安葬。

㉓见道：又作见谛道。为修行之阶位。与修道、无学道合称为三道。见道以前者为凡夫，见道以后则为圣者。

㉔水沈（chén）：即沉香、檀香。香品中加入水沉，能提升香品品质，但如单独使用，则很不易点燃。

㉕瓯（ōu）：小盆。

㉖无缝塔：僧死入葬，地上立一圆石作塔，没有棱、缝、层级，故称无缝塔。以其形如卵，又称卵塔。

㉗尚飨（xiǎng）：祭文结语，表示希望死者来享用祭品的意思。

跋

2018年春节，我在上海图书馆发现了程公许《沧洲尘缶编》十四卷繁体大字影印本，即向宜宾市地方志办公室领导作了汇报，得到支持，同时征得上海图书馆相关部门同意，将底本复制回宜后交市方志办存档。以后又去上海图书馆，复制回上海古籍出版社出版的《四库全书·集部四》中的《沧洲尘缶编》繁体竖排小字缩印本作为参校本，还查阅了《全宋文》《全宋诗》相关部分内容，为校注作好准备。

校注工作充满艰辛和乐趣。

第一轮校注：从2018年12月至2021年12月，形成初稿80万字。包括完成底本和参校本选择、正确标点与注音、规范使用汉字、词语注释、农历与公历纪年对应、古今地名对照等工作。第二轮修改：从2021年12月至2022年10月，将初稿80万字修改为定稿40万字。主要工作是努力改正第一轮注释过细、过详的问题，做到精准、简明注释，对程公许原著进行疏解；对历史人物、职官、典章制度、帝王年号、古行政区划和地名等再次核对，做到正确无误。

在校注过程中，我先后撰写了《程公许的仕宦生涯》《程公许〈送仲嘉弟赴湖州长兴尉〉赏析》等发表在《文史杂志》等期刊，并将论文《程公许〈沧洲尘缶编〉诗脉探源》在2022年成都“当代诗词曲创作与批评高端论坛”上宣读，得到了与会专家肯定。该文在《方志四川》首发后，相继被澎湃社、人民日报社、新华网全文转载。

近四年的校注工作，我对程公许其人其书有以下认识：

第一，叙州宣化人程公许。

《宋史·程公许传》载：“程公许字季与，一字希颖，叙州宣化人。”清乾隆四十八年纪晓岚等编成的《钦定四库全书·集部四·沧洲尘缶编》提要，说程公许为“叙州宣化人”。清嘉庆《宜宾县志·艺文》载：“宋三程墓，治西120里，越溪岸上，墓后为蟠龙寺，即蟠龙书院也，明周叒撰有碑文。”李伯章等新修《宜宾县志》（巴蜀书社1991年版）说“三程”系指南宋程公说、程公硕、程公许兄弟三人，“墓在今改进乡合众村蟠龙生产组，墓今已改作农田，尚有巨碑一座，半埋土中，风蚀无一字可认。”《沧洲尘缶编》卷一《孔山赋》序中程公许自述也言：“叙州程某……”

程公许在《沧洲尘缶编》中对其祖籍河南的情况有所交代。卷二《安人赵氏哀词》《亨泉词》等中均提到“眉山程公许”，《撰先伯桂隐先生哀词》中称：“程氏自唐入本朝，号眉山望族。”卷七《寿廷迈叔祖》中说：“吾宗谱牒祖通义，蝉联到公十五世。五派之分同一源，如木有本瓜有蒂。”卷十《宗绪河南》中提及程氏安史之乱自河南伊水入蜀，卷十二《感怀》中提到入蜀始祖最初落脚地在今四川眉山市东坡区崇礼镇境内蟆颐山下岷江边蟆颐津，“颍昌旧第归无日，且向蟆津稳僦居”，僦（jiù）居即租房而居。现有资料对程公许的父祖记载很少，具体情况不详。从其先祖自公元八世纪中期唐安史之乱（755—763）入蜀至公元十三世纪中期南宋时程公许这一代，四百多年间，开枝散叶，耕读传家，其祖上定居叙州宣化越溪河畔，创办蟠龙书院，没有十几代人的赓续接力是办不到的。

第二，出仕蜀中的程公许。

程公许嘉定四年（1211）中进士，开始踏上仕途，在四川任过成都府华阳县尉、绵州教授、崇宁知县、简州通判等职。

程公许任华阳县尉，位在县令之下，主管治安捕盗等事。他勤政爱民，恪尽职守，虽初涉政事，但治绩斐然。嘉定十四年（1221），出任绵州教谕。这是由朝廷任命掌管用儒家经典教导诸生，并掌课试等的学官。他除了亲自传道授业、管理绵州及所属各县官学外，还主持并参与地方文化活动，有时也直接参与地方政务，凸显了他的理政才能。

崔与之为四川安抚制置使兼知成都府，程公许入其幕府，辅佐崔理财，调整粮食征收办法，发展边境贸易，通过边民买卖，将金、夏统治区大批战马、粮食买入，使四川很快成为兵精粮足的地区。

崔与之颇为器赏程公许，遂荐公许知崇宁县。崇宁县是原川西上五县“温、郫、崇、新、灌”之一，县城位于今成都市郫都区唐昌镇。程公许在冬季巡视辖境内都江堰灌溉水渠，常夜宿乡村。白天亲自督促维修水渠，指挥用笼石之法加固堤堰：即破竹为笼，圆径三尺，用竹笼装石，当地人称“笼石”“石蛇”，筑堰堵水，以备来年春耕。他在崇宁施政有方，蠲预借，免抑配，人甚德之，届满后升任简州通判。

第三，立朝刚正的程公许。

端平初年（1234），程公许进入朝廷。

程公许与主和派进行坚决斗争。面对南宋末年严峻的军事形势，当朝议拟用攀附史嵩之等主和派的龚基先为九江太守时，公许奏：“今最急莫若疆埸之事，帅才不蓄，一旦欲议易置，茫然莫知所付。九江择守……而忽闻龚基先之用，议者咸谓改纪之初，所为错缪，邪枉窥伺善类，何可高枕而卧。”帝见公许疏称善。

他在专权的郑清之等的责难、攻击中竭力维护朝纲。南宋后期，郑清之第三次任相时，年事已高，政事都由其妻子、儿子处理。程公许因反对无罪释放郑清之作恶多端的儿子郑士昌而被清之忌恨。郑清之又利用手中权力，欲为儿子谋取要职。程公许奏："士昌罪重，京都浩穰，奸宄杂糅，恐其积习沉痼。"郑清之未遂愿，又拟罢京师太学，遣散生徒。公许奏请保留五百名额，郑清之益不乐，多方刁难程公许，将其排挤出朝廷。

第四，清正廉洁的程公许。

程公许在崇宁任上写的《县斋秋怀》中说："每负伐檀耻，欲期尽心偿。"伐檀是《诗·魏风》篇名。程公许以"伐檀"这个讥刺贪鄙者尸位素餐的典故，警示自己要清正廉洁

他的《送仲嘉弟东归赴湖州长兴尉》一诗，表现了如何应对"枕边风"。"我行作吏三十秋"，表明此诗作于1241年。诗中说"老亲坐堂眉不开"，而程公许在刚踏上仕途，任温江尉时（1211）即"丁母忧"，任绵州教谕时父亲又去逝，据此分析，老亲当为程公许岳父母，仲嘉弟为程公许妻弟。

诗里把"老亲"喻作神仙，程公许的妻子则成了"人间"。妻弟考了"公务员"，岳父母托话给女儿，想让女婿帮忙，替妻弟在朝廷谋个一官半职。但岳父母可曾知晓女儿只能暗中落泪，因为托程公许帮忙的想法早已犹如死灰。夫君孤傲清高，如同天空飘浮的白云不会被玷辱。吏部公告揭晓，程公许只是跟在他人后面悄悄地去观看，妻弟考取的是浙江湖州长兴县尉，主管治安捕盗，人们都看不起。但程公许却劝说妻弟，长兴县风光景物宜人，离湖州又近，早上乘船出发，傍晚即可到达。"霜刃割鱼慎莫尝，唯有青铜可照面。"对刚踏上仕途的妻弟谆谆教诲，要求其为官清正廉洁。

《宋史》载："公许冲澹寡欲，晚年惟一僮侍，食无重味，一裘至十数年不易，家无羡储。"

第五，诗人程公许。

纵览本次校注的程公许800多首诗词，其诗脉源流越来越清晰地呈现在笔者脑海。耕读传家，养成童丱之年的程公许好学上进，甚至不顾父兄要其专注科举的劝阻，开始试写诗词。《续资治通鉴长编》的作者李焘任荣州知州时，其子李壁和李埴曾来叙州宣化越溪河边蟠龙书院讲学，程氏三弟兄均曾受教。程公许得到李壁和李埴严谨的诗词写作训练和熏陶，功成名就后以门人身份创作了《拟九颂》《述九颂》等答谢师恩。岷江下游地域文化中苏轼、黄庭坚诗词对程公许产生潜移默化的影响，他对苏黄倾心仰慕，在诗词创作中自觉学习苏、黄风范。对宋代诗人来说，唐诗在前，如巍巍高山，难以攀越，对唐诗的学习也就顺理成章地成为宋代诗人不变的传统。唐代诗人中对程公许影响最为深远的便是杜甫，程公许与杜甫一样生处动荡的乱世，自然传承杜诗风格。程公许为官四十余年，仕宦生涯中丰富的阅历，为他提供了源源不断的创作之源。

程公许所作诗词才气磅礴，可以强烈地感受到他作为文人从政所追求的富于诗意的生活；可以深切地体验到他将自然景观与心赏胜游融为一体的诗画风情；可以触摸他在国难当头，拍案而起，感讽时事的铮铮铁骨。

在本书付梓之际，我要感谢四川省社科院陈世松教授（《四川通史》主编），他在校注工作起步之初，给予了方向性的指导和支持，对寄去的书稿仔细阅读，热忱予以肯定；还冒着酷暑，找到《宋代蜀诗辑存》收录的《沧洲尘缶编》集外佚诗拍照发我，使本次校注辑佚工作更加完善。感谢四川省人民政府文史研究馆馆员刘复生教授、谭继和教授、赵义山教授，他们在百忙中对请教的问题给予了解答。感谢宜宾市地方志办公室的李勇、王卫义、邱邦武等同志，他们在初稿完成后，数次组织小型座谈会，对全书字数、注释详略、体例要求等予以了全面的指导和帮助。最后要感谢四川大学历史学博士、西南大学硕士研究生导师、宜宾学院何一教授，他长期关注本书校注工作，曾冒严寒亲临恢复重建后的叙州区越溪河畔程公许故居蟠龙书院实地考察，又在酷暑中对《沧洲尘缶编》全书校注稿进行了仔细的审阅，提出了中肯的完善建议。

根据文献检索和咨询业内专家，前人未对《沧洲尘缶编》做过校注工作。笔者是首次对《沧洲尘缶编》进行校注，没有模本可以参考，加之本人水平所限，错误难免，切望各位专家、各位读者不吝指正，在此深表感谢！

四川省人民政府文史研究馆特约馆员　陈明本

2022 年 8 月 30 日于碧水金沙

图书在版编目(CIP)数据

沧洲尘缶编校注 /(宋)程公许著；陈明本校注. —成都：巴蜀书社，2023.5
(宜宾历史文化研究丛书)
ISBN 978-7-5531-1981-6

Ⅰ.①沧… Ⅱ.①程… ②陈… Ⅲ.①中国文学—古典文学—作品综合集—宋代 Ⅳ.①I214.42

中国国家版本馆 CIP 数据核字(2023)第 069854 号

沧洲尘缶编校注
CANGZHOUCHENFOUBIAN JIAOZHU

(宋)程公许 著
陈明本 校注

责任编辑 徐庆丰
封面设计 最近文化
出　　版 巴蜀书社
四川省成都市锦江区三色路 266 号新华之星 A 座 36 楼
邮编 610023 总编室电话:(028)86361843
网　　址 www.bsbook.com
发　　行 巴蜀书社
发行科电话:(028)86361852
经　　销 新华书店
照　　排 成都完美科技有限责任公司
印　　刷 四川川林印刷有限公司
版　　次 2023 年 7 月第 1 版
印　　次 2023 年 7 月第 1 次印刷
成品尺寸 240mm×170mm
印　　张 55.75
字　　数 800 千字
书　　号 ISBN 978-7-5531-1981-6
定　　价 280.00 元(全二册)